中央高校基本科研业务费专项资金资助
2013年度北京语言大学学术著作出版基金资助

中国现代文学期刊中的外国文论译介及其影响：1915—1949

沈素琴／著

北京语言大学出版社
BEIJING LANGUAGE AND CULTURE UNIVERSITY PRESS

图书在版编目（CIP）数据

中国现代文学期刊中的外国文论译介及其影响：1915～1949 / 沈素琴著 .-- 北京：北京语言大学出版社，2015.6

ISBN 978-7-5619-4212-3

Ⅰ.①中… Ⅱ.①沈… Ⅲ.①文学理论－研究－外国－1915～1949 Ⅳ.①I109.5

中国版本图书馆 CIP 数据核字（2015）第 135970 号

中国现代文学期刊中的外国文论译介及其影响：1915—1949

ZHONGGUO XIANDAI WENXUE QIKAN ZHONG DE WAIGUO WENLUN YIJIE JI QI YINGXIANG: 1915—1949

排版制作：北京创艺涵文化发展有限公司
责任印制：姜正周

出版发行：北京语言大学出版社
社　　址：北京市海淀区学院路 15 号，100083
网　　址：www.blcup.com
电子信箱：service@blcup.com
电　　话：编辑部　8610-82303647/3592/3395
国内发行　8610-82303650/3591/3648
海外发行　8610-82303365/3080/3668
北语书店　8610-82303653
网购咨询　8610-82303908
印　　刷：北京京华虎彩印刷有限公司

版　　次：2015 年 6 月第 1 版
印　　次：2015 年 6 月第 1 次印刷
开　　本：710 毫米 ×1000 毫米　1/16　　印　　张：35.25
字　　数：460 千字
定　　价：88.00 元

PRINTED IN CHINA

前　言

虽然外国文论在现代中国的译介，及其对中国现代文学和文学（批评）理论所产生的深远影响早已获得中国比较文学、现代文学(史)、翻译文学和翻译研究等领域学者的认可，并形成共识，但多年来，由于外国文论译介这一课题的复杂的跨学科性，该领域的基础研究仍有尚待补足的地方。为此，本书以《中国现代文学期刊目录汇编》(唐沅等，1988)(以下简称《汇编》)为原始依据，对其中 276 种刊物进行了全面的检索、整理、统计和分析。经过多年努力，终于完成了《中国现代文学期刊中的外国文论译介及其影响：1915—1949》一书的撰写。本书是国家社科基金项目《二十世纪中期前外国作品的汉译及其影响》(项目批准号 05BYY009）的最终成果之一。

全书除绪论和结束语外，共分十章。

第一章是对中国现代文学期刊中的外国文论译介的综述。根据所得的译介文章总数，对国别文论的译介篇数、文论译介年代、文论类别、文论来源国、文论所涉国、文论译介者、期刊种数等进行多方面的数据统计和分析说明，从而勾勒出 1915 至 1949 年期间的译介概貌。

本书从第二章至第八章分别对俄苏、英、日、法、美、德及其他欧亚诸国文论在中国现代文学期刊中的译介做了全面梳理，从而可以了解到最早被译介的外国文论文章、被译介最多的外国文论、产出译介文章最多的译介者等等。同时，也分析了不同国家文论在现代中国译介的特点及其对中国现当代文学和理论的多重影响。

第九章是对《汇编》中所有参与外国文论译介的期刊的描述。

第十章着重分析了1915—1949年间中国现代文学期刊中外国文论译介产生的条件，并以评介类文章为主要对象，阐述了外国文论译介对中国现代文学与理论的重要影响。

在本书出版之际，首先必须感谢北京语言大学2004级和2005级英语翻译方向研究生赵惠君、李春蕾、金华、佟牧、孟博、李粟、徐洁、庞博。这些同学不仅为项目初期的资料和数据收集、统计、整理和录入做了大量艰辛的基础性工作，而且还根据各自负责的部分，撰写了初期的统计分析报告。毫不夸张地说，没有这些研究生的倾情付出，这个项目几乎无法启动。她们的细致和辛劳为这个项目的后期研究奠定了最坚实的基础。

其次，要感谢为本项目提出评审建议的各位专家。没有他们的批评与洞察，本书不会有今天的面貌和研究视野。

同时，也要感谢华北水利水电大学外国语学院的梁云老师、北京工业大学外国语学院的陈平老师和北京语言大学高级翻译学院的卢宁老师。她们分别承担了本书第五章“法国文论译介”、第七章“德国文论译介”和第九章“《中国现代文学期刊目录汇编》中的外国文论译介综述”这三章的撰写。正是由于她们的加入，本书的研究内容才更加完整。感谢她们为本书写作所付出的心血。

本书的出版还得到了2013年度北京语言大学学术著作出版

基金、北京语言大学出版社和北京语言大学高级翻译学院的资助。没有他们的慷慨支持，本书无以面世。

特别需要感谢的是北语社负责本书的编辑们，他们的细心、周到和严谨让我深深感到学术研究的意义和价值。

我也要在本书出版之际，对我的丈夫和女儿表达最真切的谢意。感谢他们多年来对我的包容，对我的研究工作所给予的最大支持和理解。

书中如有任何不当之处，纯属本人学识和能力有限，恳请专家同行斧正。

沈素琴

目　录

绪　论

从20世纪90年代中期开始并一直延续到21世纪初的一场关于中国文学现代性的讨论，让学界得出了一个共识，那就是中国现代文学和文学理论的发轫与发展离不开18、19世纪的西欧文学和俄罗斯文学（乐黛云，1987；宋剑华，1998；谢天振，1999；殷国明，1999；吴元迈，2000；等等）。“五四时期中西文学的大交流，无论在其规模、深度和巨大影响方面，在中国文学史上都是空前的，在世界文学史上也是罕有其匹的。以文学理论而言，五四时期，几乎没有一个中国文艺思想家没有受到一种乃至几种西方文学思潮的影响，也几乎没有一个重要的西方近代文艺思想家没有在中国得到相应的介绍。”（罗钢，2000：2）“五四时代是一个自觉地接纳外来思想、学说进行文化革命的时代，它所引进的西方思想、学说，比中国以往任何一个时代都要庞杂，都要深入，其中有一些思想、学说，虽然早在辛亥革命前就为中国资产阶级革命派与改良派诸君涉猎过，但是，只有到了五四时代，这种介绍才以自觉和较为系统的方式进行，这些思想、学说也才获得了应有的意义”（许祖华，2002：2）。王宁在《视角：翻译学研究》第一卷中文版序言“翻译中的文化和文化研究中的翻译学转向”（2003：iii）中也明确指出，翻译对推进中国文化现代性进程和建构中国文学批评理论话语起到了“不可替代的作用”，“中国文学在过去的一百年里，已经深深地受到了西方文学的影响……而在‘五四’期间有一个特别重要的现象，就是大量外国文学作品，尤其是西方文学作品和文化学术思潮、理论被翻译成中文”。

那么，到底有多少外国文学理论的著述被译成汉语了呢？对于这个问题，无论在中国现代文学研究、比较文学研究，还是翻译（文学）研究中几乎都没有得到相对可靠的数据支持。就此，陈思和曾从比较文学的角度在他的《20世纪中外文学关系研究中的“世界性因素”的几点思考》一文中有过这样的表述：“20世纪中外文学关系”这个研究方向的其中一个部分应该是译介学研究，“它包括对20世纪以来中国翻译活动的研究，对外来理论思潮流派的介绍、评价和研究，译介外国文学的评价与研究，等等。它是一种对外国文学研究的研究，是中外文学关系的原始译介资料的汇集整理和汇编，以及对此项工作的评介研究”。但是，他也指出，“到目前为止，我们仍然缺乏系统的可供依据的资料汇编和翻译研究”（2001：10）。李欧梵在《晚清文化、文学与现代性》一文中也曾讲到，对中国现代性问题的研究，“要依靠扎实的多方面的研究才能完成的。当然，我们无法对复杂的历史现象做出非常详尽的描述，我们更多的还是要做一些概括性的工作，但是我个人认为，在概括的过程中需要相当丰富的史料作为基础，然后再与当前西方关于现代性的几种比较重要的理论进行对话和交流”（2000: 160）。从上述学者的论述可以看到，充分掌握译介资料，开展切实的基础研究，在文学研究中实属必要和重要。

一 外国文论译介在中国的研究现状

多年来，由于外国文论译介这一课题复杂的跨学科性，该领域的基础研究仍有尚待补足的地方。黄修己曾这样说道，“文学史应该是文学与史学的交叉学科。它记录、评介的是文学，离不开文学理论和文学批评。但它又是史学中的一门专史，自然具备史学的一些共同特征”（1994：134）。文学史如此，外国文论译介史更是如此。它既与外国文学和外国文学理论有关，更与二者的专史，以及二者的翻译史或译介史有关；并且，因其与中国现代文学的紧密关系而与中国现代文学（史）和比较文学有关。不过，纵观我国的外国文论译介研究，可以发现，无论在翻译研究还是比较文学和文学研究领域，这一课题都没有得到应有的重视。一方面，在翻译研究领域，传统的翻译文学史或文学翻译史只谈外国文学作品的翻译，很少或几乎不谈外国文论的翻译；另一方面，在比较文学之下的“中外文学关系”领域，相关课题的研究往往重在“关系”“接受”和“影响”，译介本身并不是研究的焦点。至于中国现代文学研究领域，外国文论及其译介只被视为一个外在因素或条件，而难以成为研究的终极目标。所以，外国文论译介这一课题本身的跨学科性，导致对这一领域的研究还存在不够系统、缺乏一定客观性的不足。具体而言，外国文论译介在我国的研究状况可以归纳为以下五个特点：

第一，在有关外国文学译介的论著中，外国文论译介始终处于研究的边缘地位。这一状况在与外国文论相关的多个学科，如翻译文学、比较文学、中国现代文学、中国现代文学理论等研究领域中都是惊人的相似。仅以2000年之后出版的六部翻译文学史专著为例——《五四以来我国英美文学作品译介史：1919—1949》（王建开，2003）、《外国文学翻译在中国》（罗选民，2003）、《中国现代翻译文学史（1898—1949）》（谢天振、查明建，2004）、《中国翻译文学史》

（孟昭毅、李载道，2005）、《中国翻译通史·现当代部分（第1卷）》（马祖毅等，2006a）和《中国20世纪外国文学翻译史》（查明建、谢天振，2007），我们不难注意到这样一个事实，即外国文论在现代中国的译介研究，与当年中国翻译文学这个“弃儿”的命运相差无几（陈惇、孙景尧、谢天振主编，1997：153），因为在这六部著作中，涉及外国文艺理论译介的仅有三部，且相当不成系统：孟昭毅、李载道主编的《中国翻译文学史》第十五章第二节介绍了“马克思主义文艺理论的译介与研究”，第十六章第二节谈到瞿秋白对马克思主义文艺理论译介的贡献；谢天振、查明建主编的《中国现代翻译文学史（1898—1949）》第三章和第四章分别以简要的文字，穿插式地介绍一些当时外国文艺理论的译介状况，但对于具体的译介情况则所及寥寥；马祖毅的《中国翻译通史·现当代部分（第1卷）》（2006a）辟专章介绍外国文论译介，然而，无论从国别还是从文学思潮来看，所涉内容也相当不完整。显然，外国文论的译介不是这些文学翻译史或翻译文学史等学科所关注的主要研究内容（沈素琴、朱琳，2007：47）。

第二，有关外国文论的译介研究，往往以外国文学思潮或流派为焦点，而以国别文论译介为焦点的研究少。实际上，在比较文学研究领域，已有不少著作对外国文论按文学思潮或流派进行了深入而广泛的研究，如《象征主义与中国现代文学》（吴晓东，2000）、《世纪末思潮与中国现代文学》（肖同庆，2000）、《表现主义与中国现代文学》（徐行言、程金城，2000）、《社会主义现实主义理论在中国的接受与转化》（陈顺馨，2000）、《浪漫主义与二十世纪中国文学》（陈国恩，2000）等等。有些直接以“文学思潮”为名的著作，如《中国现代文学思潮研究》（邵伯周，1993），重点落在中国现代文学思潮，至于外国文论在中国的译介情况只是作为补充或者旁证。而《西方文学思潮在现代中国的传播史》（张大明，2001），如题所示，重点实实在在地落在了西方文学思潮在中国的传播上，其中也有很多对译介情势和译作的介绍。如作者所说，为了收集第一手材料，历经了很多艰辛。但是，在其相当详尽的论述中，还是难以让人对当时的译介活动一目了然。《中国现代文学理论发生史》（傅莹，2008），顾名思义，以中国文论的发生为论述焦点，外国文论译介（第四章）仅是作为外来因素在书中加以探讨的。正如邵伯周在《中国现代文学思潮研究》中所说的，“由于历史的原因和国际交往的发达，某一种文学思潮又可能同时或先后存在于几个国家的文学领域中”（1993：8）。但是，正因为此，若想了解某国文论在中国的译介状况，只能从不同的外国文学思潮或文论的研究著述中去找寻相关内容。另一种情况是，一些以国别为题的著述，也多以专题或个案为研究对象。因此，就国别文论译介而言，一般很难在现有的研究著述中见其全貌（沈素琴、朱琳，2007：47）。

第三，有关外国文论译介的定性研究多，而定量的、描述性的研究少。在目前已有的相关论著中，对外国文论译介进行定性研究的，以比较文学领域的影响研究居多。从学科定位上讲，外国文论的译介研究曾经是以“中国现代文学史上的外来影响”或“20世纪中外文学比较史”为课题名称，20世纪80年代中期比较文学引进中国后，才改为“20世纪中外文学关系”（陈思和，2001：14）。以下这些书名可以为证:《二十世纪西方文化史掠影》(阿海,1991)、《现代中外文化交流史略》（陈辛仁，1997）、《20世纪中西文艺理论交流史论》（殷国明，1999）、《方法与实践: 中外文学关系研究》（宋炳辉，2004）、《20世纪中国文学与中外文化》（陈国恩，2004）、《20世纪文学的东西方之旅》（李岫，2004）等等。显然，任何意欲探讨中国现代文学或者“五四”新文学的论著，都避免不了探讨一下它与外国文学和外国文论的复杂关系，只是研究的角度和研究的深度、广度不同而已。因此，或多或少涉及外国文论在中国的译介状况的著述，数量不少。这些著作，与前面所说的以外国文学思潮为题的著作一样，虽然会提及当时的译介内容、译介背景及其影响等，但它们多以影响研究为己任，往往重点在于探讨外国文学作品和文论在中国的接受或者对中国文学创作与理论的影响。至于译介本身，并不为其主要的关注焦点。从研究方法看，无论是翻译史还是中国现代文学研究，或是中外文学关系研究，绝大多数研究都是以定性研究为手段、以外国文论译介之影响或接受为研究目的。但若从外国文论译介史的角度来看，这些著述由于很少使用描写性或定量研究的手段，因此，有时难以一目了然地反映当时外国文论在中国的译介状态。而将数据统计作为典型的实证研究方法，如果资料的选择及使用得当，则应该能够展示更为客观的译介图景，提供更为可靠的译介史实。

第四，有关外国文论的译介研究，多重视正式出版的专著，而忽略期刊。众所周知，从“五四”到1949年之前是个文学社团并峙、文学期刊纷起的百家争鸣、百花齐放的时代。随着新文学运动的发展，俄苏、日本、欧美各国，从其最早的文学作品直至20世纪三四十年代的各种文艺思潮和理论都被纷纷译介到了中国。其间，中国现代文学期刊对外国文论在中国的译介起到了不可低估的积极作用。根据我们对唐沅等编的《中国现代文学期刊目录汇编》（以下简称《汇编》）（1988）上下两册的统计，在总共276种刊物中，共有227种期刊参与了外国文论的译介，其中有194种期刊发表了直接译自外文的外国文论文章（即翻译类文章），有208种期刊发表了国人对外国文论进行评介或研究的文章（即评介类文章），而同时既刊载翻译类文章又刊载评介类文章的期刊多达157种，占到《汇编》所收期刊总数的57%。但是，正如王建开在研究“五四”以来我国英美文学作品译介史时所发现的那样，人们“习惯上只把目光投向出版机构的单行本译著，文学期刊的情况则常有忽略，形成人为的欠缺”（2003：113）。这种情形，在我国的外国文论译介研究方面尤为严重。虽然凡是谈论外国文学文论译介或现代中国文学理论的著述鲜有不提当时包括文学期刊在内的各种刊物上发表的相关译介文章的，但即便这样，这方面的著述，也往往因为研究对象或目的的局限而使对期刊译介活动的研究显得零星而不成系统；或者仅以个别刊物为研究对象和目的而不及其余，如董丽敏的专著《想象现代性——革新时期的〈小说月报〉研究》（2006）、张生的文章《对“现代”的追求——试论〈现代〉杂志对外国文学的译介》（2009）等。这么说，并非要否定相关研究的成果和价值，而是想指出，在中国现代文学期刊对外国文论译介这一历史事件上，我们基本上还没有相对清晰的数据。换言之，我们对于中国现代文学期刊究竟发表了多少有关外国文论的译介文章，整个译介究竟呈现怎样的态势，至今并未有相对准确的描述。可以说，以中国现代文学期刊为研究对象、以定量方法描述国别文论译介的研究，至今几乎还是空白。

最后，翻译和评介属于两种不同的文本生产活动。翻译，从严格的专业角度来讲，是不容译者对源语文本的意义进行改变的一种文本生产活动。它是对原作整体的移植，而非译者本人意志的表达，但评介却不同。在评介文章中，评介者既可传达或转述源语文本的意义，也可以对之加以阐发，从而使源语作者或者评介者本人的认识和观点得到更加充分的表述。正因如此，翻译与评介作为两种有差异的译介手段，产生的效应是不会完全一致的。然而，在外国文论译介这个问题上，绝大多数研究者对翻译类与评介类著述一般是不做区分的。这一做法，不仅混淆了翻译与评介这两种不同的文本生产方式，而且也混淆了外国文论进入中国文坛的两个最重要途径。而在研究中区分翻译与评介，则可以使人更加清楚地看到，外国文论在中国传播的初始状态及后续状况。在对《汇编》的梳理过程中，可以发现有些外国文论仅有源语作品的汉译而没有相关评介；有些则仅有评介而不见源语论述；有些则翻译与评介兼而有之；有些非通用语国家的文论，有不少是通过诸如俄语、英语、日语等转译为汉语的。虽然我们在译介外国文论的过程中，翻译和评介两种手段基本上可以说是双管齐下，相辅相成，但这些不同的译介方式，显然在中国文坛具有不同的作用力和影响力。在研究中适当加以区分，应该是有必要的。我们同意刘增人的观点，尽管研究现代文学期刊意味着很多困难或麻烦，但是，“现代文学期刊是现代文学研究的可持续开发的学术增长点，具有非常宽广的研究发展空间”（2005：15）。

二　研究内容与目的

综上所述，外国文论译介作为多学科交叉点，依然有些基础性问题尚待回答。比如，当我们说俄国、日本和欧美文论对中国现代文学和文论影响极大时，那么，究竟这些国别文论在中国有多少被译介？当某一理论或某一作家、作品被译介时，其译介量又是多少？真正译介的内容是什么？译介者是谁？译介内容是以怎样的方式融入中国文学理论的机理？又有多少种期刊实际参与了外国文论的译介？在这些林林总总的刊物上共发表过多少译介文章？诸如此类的问题可以说在各相关领域的研究著述中时有涉及，但却几乎没有相对可靠的数据支持，也几乎看不到相对切实、完整的描述，给人以只见树木不见森林的感觉。当然，数量并不总是决定性因素，但在大多数情况下，没有量的积累就难有质的变化。而我们在外国文论译介研究中执着于探寻这些基础性、客观性的答案，第一个目的就是希望通过外国文论在中国现代文学期刊中的译介这一角度，从一个方面厘清外国文论进入中国文学的具体路径、时间、方式和重要程度。这一点之所以重要，是因为以往的研究更多地强调外国文论在中国的接受和影响，而比较忽略外国文论在现代中国译介的起始状态。前辈学者如唐弢、严家炎、王瑶和杨义均提出过，要重视报刊资料的研究，因为报刊不仅是“资料库”，而且能够使人“切实地进入文学史的过程，返回文学史的原生形态”，“‘报刊意识’应该成为现代文学史写作的基本意识”（杨义，2009：143），但恰恰在这一点上，现有的研究似乎是不够充分的。因此，我们试图以《汇编》为基础资料，在此范围内对外国文论（包括俄苏、英国、美国、日本、法国、德国和其他欧亚诸国的文论）在中国现代文学期刊中的译介加以全面描述，以期为外国文论译介研究提供基于文学期刊的、尽量客观可靠的史实数据。此外，基于《汇编》所得资料，我们还将对其中参与外国文论译介的期刊进行总体描述，使之共同作为已有的和未来的相关研究的背景。

我们的译介描述的另一个目的，是想通过清点和梳理这份世界文学馈赠给中国、而今亦已沉淀为中国现代文学“家产”一部分的宝贵资源，在将来可能的情况下，把外国文论在中国的译介、接受和流变的情形与这些文论来源国做真正的交流，使文学间、文化间的交流名副其实，而不是关起门来自言自语。

事实上，对于中国现代文学期刊译介外国文论这一史实，从哪个学科角度进行描述和研究，并不是问题的关键。最重要的是我们必须首先整理清楚这部分的史料，真正了解其来龙去脉。

三　研究方法与说明

基于上面的考察和考虑，本课题将在以下五方面有所侧重和突出，也希望因此而与其他研究有所不同：第一，纯粹以唐沅等人所编的《中国现代文学期刊目录汇编》为基础材料；第二，以期刊中的外国文论译介为研究对象；第三，以国别文论译介描述为本研究最主要的内容；第四，以量化研究为主，但也与描述性研究相结合；第五，对所涉外国文论译介文章进行翻译类和评介类的区别。总之，通过数据统计与描述分析，本课题旨在再现1915—1949年间外国文论在我国现代文学期刊中的译介面貌，为向来只有共识而缺乏史实数据的外国文论译介提供更多一些的客观性，减少一些模糊性。

以下是对本课题研究的几点说明：

第一，外国文论译介的媒介可有正式出版物（如专著、论文集）和期刊文章之分。考虑到学界在文学期刊研究方面仍然较少，但同时，据刘增人等人（2005：4）的研究，我国现代文学期刊在3504种左右，如要真正全面、系统地对所有期刊展开调查研究，必将是一项庞大的工程；再者，部分期刊馆藏分散，一一查阅也有相当困难，因此，我们决定仅以《汇编》为研究的原始材料，因为这部《汇编》“以煌煌两巨册的空前容量，尽可能准确地描述了276种（另有附录4种）比较重要的现代文学期刊的创刊、休刊、复刊、终刊、编辑、撰稿、出版、印刷、发行……的基本情况”，“是自有现代文学期刊研究以来最为完备的工具书和资料库，至今仍是现代文学研究特别是现代文学期刊研究最可靠的依据之一”（刘增人等，2005：9）。

第二，在年代划分上，我们将研究的时间点定于1915年，这是因为本课题研究所依据的主要资料《汇编》即以《新青年》第1卷第1号（1915年9月15日）为起点。同时，我们赞同中国学界有关中国现代文学史分期方面的主流观点，如许怀中在《中国现代文学史研究史论》中就说道：“文学史研究既要排除‘以政治代替艺术’的庸俗社会学，也要批评‘淡化政治’的倾向，因为在中国现代文学史上，政治对文艺的影响、干预是客观存在的”（1997：222）。旷新年在其《中国现代文学史分期的政治学与文学》一文中也指出，“文学史分期当然不应该直接以政治作为标准，但是政治是制约着中国现代文学史的基本力量，政治的力量已经深刻地投射在中国现代文学的历史发展中，中国现代文学本身就是被政治所唤起的，中国现代文学的发生、发展与转折都与政治有着密不可分的联系”（2002：7），而外国文论在中国的译介史上作为中国现代文学史中一个不可或缺的组成部分，也必然与中国政治发生呼应并受其影响。所以，本课题参照了国内学者对中国现代史常用的年代划分法（如钱理群等，2001：前言1；尚海等，1991：凡例），将1915—1949这一时段划分为三个时期，即1915年至1927年为第一时期、1928年至1937年为第二时期、1938年 至1949年为第三时期。如此划分，既便于统计，也有利于在外国文论译介与中国时局，以及中国现代文学及理论之间发现一些关联、影响或作用。

第三，为了尽可能全面地收集到中国现代文学期刊中的外国文论译介文章，本课题所使用的“外国文论”一词，不仅包含理论性的外国文学批评、文学理论与文学史论三方面的译介文章，也包含了除外国文学译作之外的、其他或多或少论及外国文学和外国文论的介绍性的译介文章。具体而言，文学批评主要指与小说、诗歌、戏剧等文学体裁有关的外国作家作品论，包括对作家、作品的介绍，以及有关这些体裁的理论性和史论文章；文学理论包括了外国文学思潮与流派、纯文学理论、批评理论、创作论等方面的文章；文学史论则包含涉及外国文学国别史、通史、断代史和当代史（包括文坛概述、综述）等的文章。

第四，在确定了研究对象、时期、内容之后，我们对《汇编》中所有的文章标题（不包括期刊中偏重资讯的短小板块与栏目，如“通讯”“补白”“海外文坛消息”“现代文坛杂话”“杂碎”“世界文坛”等）按上面第三点中对外国文论的界定，进行逐条检索、筛选。最后入选的文章，只要符合以下检索标准中的任何一条，则不论译介者国籍、政治背景如何，一概收入其中：

文章标题以专论、评介、概论等形式而关涉外国诗歌、戏剧、小说（含散文、神话、报告文学、童话与儿童文学等）的作家作品论，以及有关这些文学体裁的史论和理论性论述；

文章标题以专论、评介、概论等形式而关涉外国文学理论（包括文学思潮、文学批评理论、文学创作理论等）；

文章标题以专论、评介、概论等形式而关涉外国文学的国别史、通史、断代史和当代史（包括文坛现状述评与介绍）；

文章标题虽然不含外国文论常用词或关键词，但根据其他已有研究和资料可以确定为论述外国文论的译介文章。

第五，根据我们所收集的语料，当时日本、俄苏、英国等国作者，对其他国家的文学也有一定研究和译介，但为了从国别角度更加清晰地梳理和反映外国文论译介文章的来源，我们将所有来自某一国家的文论文章，一律定义为某国文论。如在日本文论译介中，既有中国译者译自日本本土作者有关日本本土文学的文论文章，也有中国译者译自日本译者所译、所述的有关别国（如俄苏、英国等）文学的文论文章，同时也包括中国作者有关日本文学的评介文章。

第六，为了表述方便，本课题将检索到的有关外国文论译介文章进一步明确为翻译类文章和评介类文章两大类。前者是指直接从外语翻译或编译、辑译成汉语的文章；后者是指用汉语直接撰写的文章。文中使用的“译介”一词则是对“翻译”和“评介”二词的缩合。

第七，在提取相关语料后，我们对收集到的翻译类和评介类外国文论文章，按照译介年代、文论类别、刊登文论的期刊、文论所涉国、文论来源（国）、文论（原）作者、文论译介者等不同方面进行分项统计，以期回答谁（原作者、翻译者、评介者）在何时（年代）产出了多少篇（原文、译文、评介文章）有关哪些国家（国别文论）哪些方面（译介内容）的文章，从而对当时的译介现象给出客观的描述。

第八，由于当时白话文初步形成，对外国人名、地名的翻译没有统一规范，故译名极不一致。为了方便读者，本课题在论述中，对外国人名、地名等一律采用现行规范的译名，但对原始文章及其标题中出现的专名则保留其原貌。

第九，本课题中使用的所谓“最早”“最多”等字眼，仅限于本研究所依据的材料及所得数据，可能与其他的发现或研究结论不同。

最后，我们在根据《汇编》而遴选、辑录数千条语料的过程中，多数情况下仅能依据文章标题，而非文章内容本身，所以，由于文章篇数众多，只能对辑录的材料进行一定的整理和归类，而不能在论述中一一论及。同时，有些文章不便简单归类，有些文章则难以准确判断其类别，故有可能发生错误归类，或者因判断不当而造成遗漏、错收的现象。此外，由于当时对外国人名的翻译既不规范又不统一，如今，有些外国原作者的名字，根据其当时的汉译名已很难查到原来的真名；而另有一些用外文拼写的人名，又因为当时可能的拼写错误或排版错误，也难以查到真名；再有些文章只标明译者姓名而没有原作者姓名，故而也无法标明国别，所以只得以“不详”代之。

参考文献

阿　海．二十世纪西方文化史掠影 [M]. 北京：北京师范学院出版社，1991.

查明建、谢天振．中国 20 世纪外国文学翻译史 [M]. 武汉：湖北教育出版社，2007.

陈　惇、孙景尧、谢天振．比较文学 [M]. 北京：高等教育出版社，1997.

陈国恩．浪漫主义与二十世纪中国文学 [M]. 合肥：安徽教育出版社，2000.

陈国恩 . 20 世纪中国文学与中外文化 [M]. 武汉 : 长江文艺出版社，2004.

陈顺馨 . 社会主义现实主义理论在中国的接受与转化 [M]. 合肥：安徽教育出版社，2000.

陈思和 . 20 世纪中外文学关系研究中的“世界性因素”的几点思考 [J]. 中国比较文学，2001（1）：8~39.

陈辛仁 . 现代中外文化交流史略 [M]. 北京 : 中国书籍出版社，1997.

董丽敏 . 想象现代性——革新时期的《小说月报》研究 [M]. 桂林 : 广西师范大学出版社，2006.

傅　莹 . 中国现代文学理论发生史 [M]. 上海：上海文艺出版社，2008.

黄修己 . 文学史的史学品格 [A]. 黄修己编 . 中国现代文学研究方法论集 [C]. 北京：首都师范大学出版社，134~143，1994.

旷新年 . 中国现代文学史分期的政治学与文学 [J]. 涪陵师范学院学报，2002（6）：6~15.

[美] 李欧梵 . 晚清文化、文学与现代性 [A]. 乐黛云、[法] 李比雄（Alain Le Pichon）主编 . 跨文化对话 3[C]. 上海 : 上海文化出版社，2000 : 158~169.

李　岫 . 20 世纪文学的东西方之旅 [M]. 北京 : 人民文学出版社，2004.

刘增人等 . 中国现代文学期刊史论 [M]. 北京：新华出版社，2005.

罗　钢 . 历史汇流中的抉择：中国现代文艺思想家与西方文学理论 [M]. 北京：中国社会科学出版社，2000.

罗选民 . 外国文学翻译在中国 [M]. 合肥 : 安徽文艺出版社，2003.

马祖毅 . 中国翻译通史 · 现当代部分（第 1 卷）[M]. 武汉 : 湖北教育出版社，2006a.

马祖毅 . 中国翻译通史 · 现当代部分（第 2 卷）[M]. 武汉：湖北教育出版社，2006b.

孟昭毅、李载道 . 中国翻译文学史 [M]. 北京 : 北京大学出版社，2005.

钱理群、温儒敏、吴福辉 . 中国现代文学三十年（修订本）[M]. 北京 : 北京大学出版社，2001.
尚　海、孔凡军、何虎生 . 民国史大辞典 [M]. 北京：中国广播电视出版社，1991.
邵伯周 . 中国现代文学思潮研究 [M]. 上海：学林出版社，1993.
沈素琴、朱琳 . 1911—1949：外国文论在中国的译介初探 [J]. 语文学刊，2007（2）：46~49.
宋炳辉 . 方法与实践：中外文学关系研究 [M]. 上海：复旦大学出版社，2004.
宋剑华 . 现代意识与现代文学 [J]. 文艺研究，1998（1）：76~78.
唐沅等 . 中国现代文学期刊目录汇编（上、下）[Z]. 天津：天津人民出版社，1988.
王建开 . 五四以来我国英美文学作品译介史：1919—1949[M]. 上海：上海外语教育出版社，2003.
王　宁 . 视角：翻译学研究（第一卷）[C]. 北京：清华大学出版社，2003.
吴晓东 . 象征主义与中国现代文学 [M]. 北京：北京大学出版社，2000.
吴元迈 . 回顾与思考——新中国外国文学研究 50 年 [J]. 外国文学研究，2000（1）：1~13.
肖同庆 . 世纪末思潮与中国现代文学 [M]. 合肥：安徽教育出版社，2000.
谢天振 . 译介学 [M]. 上海：上海外语教育出版社，1999.
谢天振、查明建 . 中国现代翻译文学史（1898—1949）[M]. 上海：上海外语教育出版社，2004.
徐行言、程金城 . 表现主义与中国现代文学 [M]. 合肥：安徽教育出版社，2000.
许怀中 . 中国现代文学史研究史论 [M]. 厦门：厦门大学出版社，1997.
许祖华 . 五四文学思想论 [M]. 武汉：华中师范大学出版社，2002.
杨　义 . 中国现代文学图志 [M]. 北京：生活·读书·新知三联书店，2009.
殷国明 . 20 世纪中西文艺理论交流史论 [M]. 上海：华东师范大学出版社，1999.

乐黛云 . 比较文学与中国现代文学 [M]. 北京：北京大学出版社，1987.
张大明 . 西方文学思潮在现代中国的传播史 [M]. 成都：四川教育出版社，2001.
张　生 . 对“现代”的追求——试论《现代》杂志对外国文学的译介 [J]. 中国比较文学，2009（4）：72~79.

第一章
外国文论译介综述

描写一部现代中国的外国文论译介史，无异于翻开一段尘封有时、却也不算遥远的历史。描写即是发现，发现让我们不禁唏嘘：译介，作为一种理论活动，在我们生活中所发挥的作用何其重要。因为正是通过译介这一跨语活动方式，我们生活其中的世界，无论是物理层面还是精神层面才变得圆而互通；也正是通过译介，世界各地的一股股文艺思潮此起彼伏，循环流淌，随着时间的推移而旅行、迁徙、变化、发展，进而融入新的文化语境，生发出新鲜的活力，改变了本土文学和世界文学的格局，即便在这变化和发展的过程中有过误读、误解，有时还把原非最好的作品，译介到中国，之后捧为圭臬，流传甚广，产生了不尽人意的影响（陈平原，1988：79）。为了再现1915—1949年间中国现代文学期刊中的外国文论译介活动概貌，我们根据《汇编》（唐沅等，1988）所得的资料，在进行国别文论译介描述之前，从文论译介年代、期刊、文论类别、文论所涉国别、文论来源国别、译介者等不同角度做一综述。

1.1 外国文论译介年代、期刊与文章篇数的统计及说明

从下面图 1.1 可见，在 1915—1949 年间，我国就外国文论译介在现代文学期刊上共发表了 1818 篇翻译类文章和 2008 篇评介类文章。从三个不同时期的统计来看，第二个时期（1928—1937）确是外国文论译介的高潮期，翻译类文章达 1076 篇，评介类文章达 916 篇，分别占翻译类总数的 59.2% 和评介类总数的 45.6%。在第一个时期（1915—1927）中，评介类文章明显多于翻译类文章，共有 619 篇，而翻译类只有 309 篇。在第三个时期（1938—1949），翻译类和评介类文章篇数基本平衡，分别为 433 篇和 473 篇。从总数看，第二个时期内所产出的译介文章篇数明显高出第一和第三个时期，而后两者的数量差距并不很大。这一态势与后面所述的各国文论译介是基本一致的。

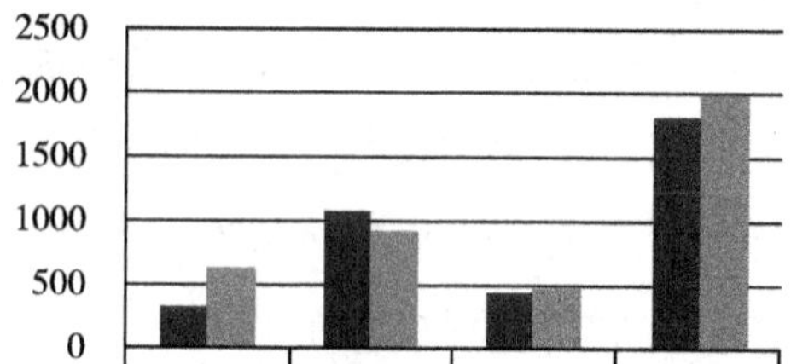

	1915—1927	1928—1937	1938—1949	总计
■翻译类（篇）	309	1076	433	1818
■评介类（篇）	619	916	473	2008

图 1.1 三个时期译介文章篇数统计

倘若从现代文学期刊参与外国文论译介的角度来看，那么，在三个时期中，刊登翻译类文章的期刊总数与刊登评介类文章的期刊总数相差不大，分别是 194 种和 208 种[①]，但具体到每一个时期，则

① 这是按刊登翻译类文章和评介类文章分别统计的数字，因此其中包含了重复计数的期刊，如《新青年》《小说月报》《文学周报》《学衡》等等。

可以发现，第二个时期不仅译介文章总数占据第一，而且刊登译介文章的期刊总数也是如此。而第一个时期内，虽然期刊总数远不如第三个时期多，但其译介量并不比第三个时期少很多。事实上，第三个时期的期刊数为 82 种，是第一个时期期刊数的 5.5 倍，但文章篇数却仅是第一个时期的 1.4 倍。在评介方面，第一个时期刊登评介类文章的期刊只有 30 种，但发表的文章却有 619 篇；而在第三个时期，刊登评介类文章的期刊有 72 种，是第一个时期期刊数的 2.4 倍，但其所载文章总数仅为 473 篇，低于第一个时期评介类文章的总数，仅为其 0.76 倍（见图 1.2）。

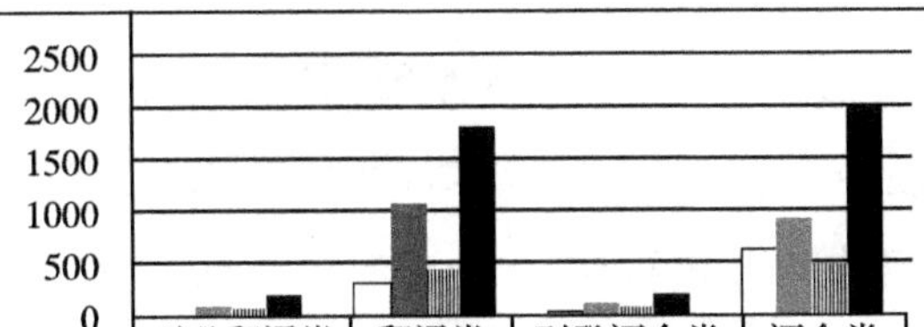

	刊登翻译类文章的期刊数（种）	翻译类文章（篇）	刊登评介类文章的期刊数（种）	评介类文章（篇）
□1915–1927	15	309	30	619
■1928–1937	97	1076	106	916
▥1938–1949	82	433	72	473
■总计	194	1818	208	2008

图 1.2 三个时期刊登外国文论译介文章的期刊数与文章篇数

假如对三个时期的期刊数与文章篇数做一比率计算，则可发现，实际上，第一个时期的期刊数与译介文章篇数之比，无论是翻译类还是评介类，都是最高的，各达 1 ∶ 20.6。其次是第二个时期和第三个时期。不过，在第三个时期，期刊数量从翻译类到评介类，都不算少，但所刊载的文章篇数，却没有同步增加，尤其是评介类文章篇数，还远不如第一个时期，所以，期刊数与译介文章篇数之比是最低的，分别只有 1 ∶ 5.3 和 1 ∶ 6.6（见图 1.3）。

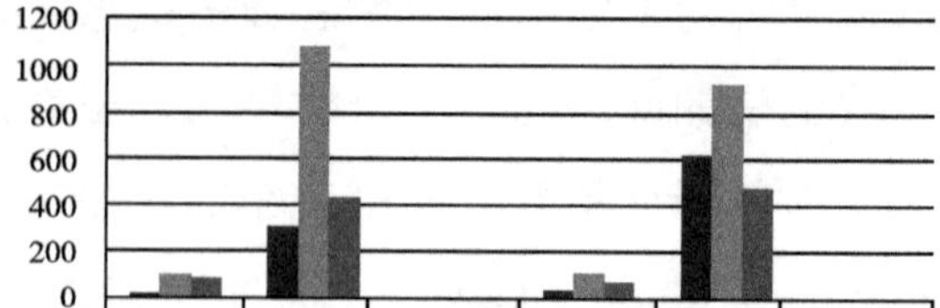

	期刊（种）	翻译类文章（篇）	期刊数与文章篇数之比	期刊（种）	评介类文章（篇）	期刊数与文章篇数之比
■ 1915–1927	15	309	1∶20.6	30	619	1∶20.6
■ 1928–1937	97	1076	1∶11	106	916	1∶8.6
■ 1938–1949	82	433	1∶5.3	72	473	1∶6.6

图 1.3　三个时期刊登译介文章的期刊数与文章篇数之比

有关第三个时期期刊数与译介文章篇数之比的数据所印证的一个史实即是：当年有些期刊因各种原因，如时局动荡、人事变更、经费不足、政见冲突等等，不得不停刊，或迁移地址，或更换刊名，所以，在我们的统计过程中，发现有些刊物仅发表了一期即停刊了，如《文艺科学》在 1937 年 4 月 10 日于日本东京创刊后便停止了；而有些则断断续续地在停与续之间挣扎，如《抗战文艺》，总共刊出 80 期，但却从 1938 年 5 月 4 日至 1938 年 5 月 14 日、1938 年 5 月 21 日至 1939 年 3 月 1 日、1939 年 4 月 10 日至 1940 年 2 月 20 日、1940 年 3 月 30 日至 1946 年 5 月 4 日，共停刊 4 次，复刊 4 次。

为了更加清晰地再现中国现代文学期刊中的外国文论译介状况，我们在此按数量多少，分别统计了 31 个文学期刊。这些期刊在三个时期中所发表的翻译类和评介类文章总篇数均超过 30 篇（更多详情可参见本书第九章）(见下表 1.1）。表中所列期刊，除了《译文》和《奔流》仅刊印翻译类文章，其他刊物均同时刊印翻译类和评介类文章，都以 30 篇及以上篇数的译介量在中国传播了外国文论。所有这 31 个文学期刊所译介的外国文论篇数共达 2167 篇，占到所有译介文章总数（3826 篇）的 57%。其中又以《小说月报》《文学周报》和《文艺月刊》为数最多。

表 1.1　刊载译介文章共计达 30 篇以上（含 30 篇）的 31 种期刊

期刊	翻译类文章（篇）			评介类文章（篇）			合计
	1915—1927	1928—1937	1938—1949	1915—1927	1928—1937	1938—1949	
《小说月报》	113	38	—	184	42	—	377
《文学周报》	78	14	—	150	49	—	291
《文艺月刊》	—	75	5	—	62	13	155
《译文》	—	95	—	—	—	—	95
《北新》	3	66	—	8	18	—	95
《语丝》	6	41	—	22	14	—	83
《文学》	—	28	—	—	53	—	81
《现代》	—	26	—	—	53	—	79
《青年界》	—	16	3	—	25	9	53
《时与潮文艺》	—	—	13	—	—	38	51
《文艺先锋》	—	—	18	—	—	31	49
《乐群》	—	45	—	—	3	—	48
《东流》	—	30	—	—	15	—	45
《文艺春秋》	—	—	2	—	—	43	45
《创造月刊》	—	6	—	22	15	—	43
《奔流》	—	42	—	—	—	—	42
《真美善》	—	12	—	4	26	—	42
《小说世界》	27	—	—	14	—	—	41
《新青年》	10	—	—	31	—	—	41
《莽原》	34	—	—	6	—	—	40
《文学季刊》	—	17	—	—	21	—	38
《现代文学评论》	—	20	—	—	18	—	38
《学衡》	8	7	—	19	3	—	37
《少年中国》	9	—	—	25	—	—	34
《戏剧》(欧阳予倩、胡春冰主编)	—	23	—	—	11	—	34
《新月》	—	4	—	—	30	—	34

（续表）

期刊	翻译类文章（篇）			评介类文章（篇）			合计
	1915—1927	1928—1937	1938—1949	1915—1927	1928—1937	1938—1949	
《诗创作》	—	—	22	—	—	11	33
《文艺生活》	—	—	12	—	—	20	32
《拓荒者》	—	18	—	—	13	—	31
《朝花》	—	28	—	—	2	—	30
《新时代》	—	13	—	—	17	—	30
合计	288	664	75	485	490	165	2167

1.2　外国文论类别统计及说明

经我们梳理出来的1818篇翻译类文章和2008篇评介类文章，如果按一般的文论三分法（文学批评、文学理论、文学史论）对之进行归类（但为了描述更加精细，我们又将文学批评文章再细分为小说（含散文）文论、诗歌文论、戏剧文论三种，那么，统计数据则如下面图1.4所示：

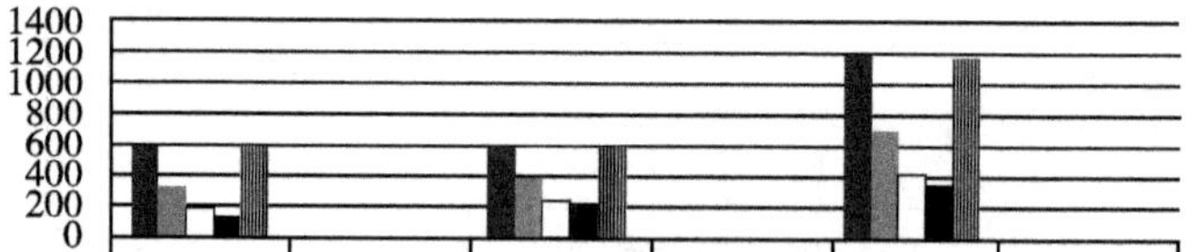

	翻译类（篇）	总数百分比（%）	评介类（篇）	总数百分比（%）	合计（篇）	总数百分比（%）
■小说文论	596	32.80	591	29.40	1187	31
■诗歌文论	316	17.40	381	19	697	18.20
□戏剧文论	179	9.80	240	12	419	11
■文学史论	133	7.30	221	11	354	9.30
■文学理论	594	32.70	575	28.60	1169	30.50

图1.4　按文论类别统计的译介文章篇数及总数百分比

图 1.4 中的数据说明，无论在翻译类还是评介类中，小说文论和纯文学理论的文章数量均占第一或第二位，其他依次是诗歌文论、戏剧文论和文学史论。这些译介数据可以证明，我国在 1915—1949 年期间对外国小说文论和文学理论高度重视，也可以在一定程度上证实外国小说文论和文学理论对我国新文学的重要影响；当然，这并不等于说，其他类别的文论对我国新文学的重要性不如前二者。

如果我们进一步把这些文论按照三个时期进行统计（见下表 1.2），那么，我们又可以在各类文论中发现一些数据上的差别。比如小说文论和戏剧文论的译介态势保持完全一致，即在三个时期中均以第二个时期为高峰期，此后依次为第三时期和第一时期。诗歌文论的翻译类和评介类则有所不同，其翻译类的数量分布与小说文论和戏剧文论一致，但诗歌文论的评介类就呈现出不同景象，以第一时期为最多，后面依次是第二和第三时期。至于文学史论和文学理论部分，二者仍然以第二时期为译介高潮期，但位居第二的是第一时期，位居第三的则是第三时期。

表 1.2 按三个时期统计的各类文论篇数

译介年代	小说文论（篇）		诗歌文论（篇）		戏剧文论（篇）		文学史论（篇）		文学理论（篇）		合计（篇）	
	翻译类	评介类	翻译类	评介类	翻译类	评介类	翻译类	评介类	翻译类	评介类	翻译类	评介类
1915—1927	63	141	34	154	24	44	39	72	150	208	310	619
1928—1937	367	293	174	137	106	132	79	101	352	253	1078	916
1938—1949	168	160	108	90	48	64	15	48	91	111	430	473
合计	598	594	316	381	178	240	133	221	593	572	1818	2008

1.3 外国文论所涉国别统计及说明

根据《汇编》整理出来的译介文章我们看到，自“五四”以来，我国确实一直着力于引进和学习西方文学及理论。一部20世纪中国文学理论史几乎就是一部外来文学理论的译介史。从中，我们可以清晰地看到，中国曾以怎样虔诚而热烈的姿态迎接过世界上每一个有“文学”可言的国度。从下面表1.3数据可见，我国在1915—1949年间的现代文学期刊中所发表的有关外国文学文论的译介文章，其涉及的地缘范围之广，已几近文学百科的程度。具体说来，在翻译类1818篇文章中，共有1685篇文章明确论及世界上28个国家的文学①；在评介类中，也共有1296篇文章明确论及35个国家的文学，分别约占各自文章总数的93%和65%。此外，还有为数不少的文章，在标题中包含了“阿拉伯”“巴尔干”“东方”“非洲”“东西方”“欧洲”“欧美”“英美”“世界”“国际”及“拉丁美洲”等字样。这充分反映了当时文章所及已经遍布世界除大洋洲以外的各大洲及多个地区②。

表1.3 文论所涉国别及译介文章篇数

序号	文论所涉国别	翻译类（篇）	评介类（篇）	合计（篇）
1	俄苏	682*	322	1004
2	英国	237（含复计4篇）	250（含复计3篇）	480
3	法国	191（含复计2篇）	234（含复计7篇）	416
4	日本	175（含复计3篇）	96	268
5	美国	158（含复计4篇）	110	264

① 此处所谓的“明确论及”，是指文章标题明确含有某外国国名，或某外国作家姓名、作品名，或经查证为外国作者所写文章。

② 不过，在未被我们统计在内的期刊短讯文章中，还可以看到其他一些当时受到中国译介者关注的国别文论，如沈雁冰在《小说月报》“海外文坛消息”栏目就撰写过有关其他一些国家的文章，包括《塞尔维亚文学批评家拉夫令的陀思妥耶夫斯基评》（1921年11月第12卷11期）、《最近的冰地文学家》（1922年4月第13卷4期）、《加拿大小说》（1924年6月第15卷6期）；赵景深则在《小说月报》“现代文坛杂话”栏目撰写过《芬兰的一个新近作家》（1923年6月第13卷6期）、《现代澳大利亚文学》（1929年1月第20卷1期）、《现代南非文学》（1930年1月第21卷1期）等等。这些文字虽然简短，并以信息介绍为主要目的，但却不能不说是这些国家的文学在中国最早的译介。

（续表）

序号	文论所涉国别	翻译类（篇）	评介类（篇）	合计（篇）
6	德国	104（含复计 1 篇）	85（含复计 7 篇）	181
7	埃及	2（含复计 1 篇）	3	4
8	奥地利	15（含复计 1 篇）	7（含复计 3 篇）	18
9	巴西	1	1	2
10	保加利亚	2	1	3
11	比利时	5	8（含复计 2 篇）	11
12	波兰	7	6	13
13	朝鲜	1	1	2
14	丹麦	10	18（含复计 1 篇）	27
15	捷克	9	5	14
16	南斯拉夫	1	2（含复计 1 篇）	2
17	挪威	20	26	46
18	瑞典	1	3	4
19	瑞士	1	1（此为复计）	1
20	希腊	11	32	43
21	西班牙	24（含复计 2 篇）	25（含复计 1 篇）	46
22	匈牙利	17	10	27
23	伊朗（波斯）	1	3	4
24	印度	8（含复计 1 篇）	43	50
25	意大利	12	23（含复计 5 篇）	30
26	芬兰	3	0	3
27	荷兰	4	0	4
28	塞尔维亚	2	0	2
29	阿根廷	0	2	2
30	阿比西尼亚（埃塞俄比亚）	0	1	1
31	马来西亚	0	1	1
32	罗马尼亚	0	1	1
33	葡萄牙	0	1	1

（续表）

序号	文论所涉国别	翻译类（篇）	评介类（篇）	合计（篇）
34	斯洛伐克	0	1	1
35	土耳其	0	3	3
36	乌拉圭	0	1	1
37	秘鲁	0	1（此为复计）	0
38	印尼	0	1	1
39	犹太	3	3（含复计 1 篇）	5
40	阿拉伯	0	2	2
41	巴尔干	0	2	2
42	东方	0	1	1
43	非洲	2	0	2
44	东西方	2	3	5
45	欧洲（西洋、北欧、东欧、南欧）	43	52（含复计 2 篇）	93
46	欧美	18	9	27
47	英美	8	15	23
48	世界、国际	14	17	31
49	拉丁美洲	1	1	2
	国别不详 **	5	7	12
	无国别理论文章	37	603	640
	合计	1818	2008	3826

* 翻译类 682 篇俄苏文论包含了 11 篇兼论英、法、日、美、印度文论的文章。此外，还包含了论及乌克兰的文章 3 篇，论及白俄罗斯、哈萨克斯坦和格鲁吉亚的文章各 1 篇，及论及当时新兴小国（如立陶宛、爱沙尼亚、亚美尼亚等）的文章 1 篇。由于这 11 篇兼论文章已被先行计入翻译类俄苏文论，所以，在计算相关国别文论总数时只以“复计”字样显示该篇与某国文论有关，但不再计入该国文论总数。本书中“复计”字样的意义与用法均同此。

** 由于按文章标题难以判断文论所涉国别，故此名。

表 1.3 中还有一些以“欧洲”或“西洋”“欧美”“阿拉伯”或“波

斯”“东西方”“拉丁美洲”“世界”“国际”“犹太”等字样为题的文章，翻译类和评介类分别有91篇和102篇。如翻译类文章中有忆秋生（沈雁冰）译的《欧洲最近文艺思潮》（原作者不详），在周刊《小说世界》上从1924年1月第5卷4期一直连载到1924年7月第7卷4期；其他如冯雪峰译自匈牙利I.Matsa（玛察）的《现代欧洲艺术及文学底诸流派》（《奔流》，1929年8月第2卷4期）、陈勺水译自日本外山卯三郎的《现代的欧美诗坛》（《乐群》（月刊），1929年1月第1卷1期）、胡仲持译自美国F.H.Pritchard（普里特查德）的《西洋诗的鉴赏》（《文学创作》，1943年12月第2卷5期）、楼适夷译自日本堀口九万一的《现代拉丁美洲的文学》（《青年界》，1932年12月第2卷5期）等。评介类文章中则有如陈独秀的《现代欧洲文艺史谭》（《新青年》，1915年11月第1卷3期）、胡先骕的《欧美文学最近之趋势》（《解放与改造》，1920年8月第2卷15期）、谢六逸的《西洋小说发达史》（《小说月报》，1922年第13卷1~3期、5~7期和11期）、虚白（曾虚白）的《欧洲各国文学的观念》（《真美善》，1930年9月第6卷5号）、予倩（欧阳予倩）的《欧洲之国际戏剧运动》（《戏剧》，1929年7月第1卷2期）、梅光迪的《现今西洋人文主义》（《学衡》，1922年8月第8期）、王宪熙的《泰西名小说家传略》（《小说世界》，1925年12月第12卷13期），等等。由于这些文章兼涉欧洲多国，所以没有归类到具体的国别文论中。

1.4 外国文论来源国统计及说明

表1.3的数据无以辩驳地证明了俄、日、英、美、法、德等国文论在我国的外来文论译介史中的重要地位。但需知道，表1.3中的翻译类文章（篇数）并非完全来自其相应的国家。下面表1.4所显示的数字，才表明文章真正的来源。根据统计，1818篇翻译类外国

文论文章，分别来自22个国家，而俄苏和日本在文论来源国中分别位居第一和第二，后面依次是美国、英国、法国等。不过，一方面由于当时对外国作者人名翻译不够规范、统一，另一方面也由于有些原作者因时过境迁而被后人遗忘，再加之当时的拼写与排版错误，甚至有些文章只署译者姓名而未署原作者姓名。如此种种原因，导致在1818篇翻译类文章中有293篇文章国别不详（当然这里也可能包含因我们知识缺失而未能知其来源的文章），但这些文章从文论所涉国别的角度来看，则绝大多数是有明确指涉的。

表 1.4　翻译类文论来源国及文论篇数

篇 / 国	文论来源国	文论（篇）
各国文论篇数	俄苏	510
	日本	401
	美国	179
	英国	150
	法国	134
	德国	64
	匈牙利	21
	丹麦	18
	奥地利	11
1国5篇	挪威、意大利	10
1国4篇	捷克、塞尔维亚、西班牙	12
1国3篇	荷兰、希腊、多国合著 *	9
1国2篇	波兰	2
1国1篇	朝鲜、加拿大、黎巴嫩、瑞典、印度	5
	国别不详	292
合计	22国 **	1818

* 多国合著指由2个或更多国家的作者合著的文章。

** 22国仅包含表中有明确国别指向的国家，不包含多国合著和国别不详的文章。

然而，比较表 1.3 和表 1.4 的数据，可以清楚地看到两个不同点：第一，仅就翻译类文论而言，文论所涉的国别数量多于文论的来源国别数量（前者为 29 个国家，后者为 22 个国家）；这说明有些国别的文论如俄苏文论、英国文论、德国文论，不仅通过源语国的语言经汉译之后进入中国文学界，而且通过别国（即第三国）语言如日语、俄语和英语的中转而进入中国。第二，所涉国别的文论篇数与文论来源国的文论篇数并不是完全一致的。从图 1.5 的数据对比可见，从文论所涉国别看，俄苏、英国和法国分别位居前三，日本和美国则依次位居第四和第五。但若从文论来源国别看，则顺序有所变化，来自俄苏的文论数量依然最多，但来自日本的文论数量则跃居第二，其后是美国、英国和法国。

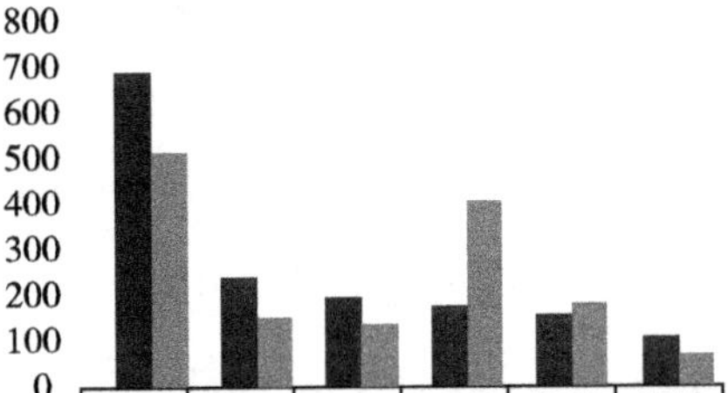

	俄苏	英国	法国	日本	美国	德国
■ 所涉国文论（篇）	682	233	189	172	153	103
■ 来源国文论（篇）	510	150	134	401	179	64

图 1.5　6 个文论所涉国与来源国文论篇数对比

从图 1.5 可以注意到，俄苏、英国、法国和德国所产出的文论篇数都不如它们被论及的文论篇数多，这似乎表明，世界其他国家对这些国家的文学文论所抱的兴趣比较浓厚，所以，对此多有评论。而美国和日本则正好相反：它们所产出的文论篇数多于被论及的文论篇数。这从另一侧面说明，这两个国家对于其他国家的文学文论比较关注，所以有些文章是关涉别国的。这里，差别最大的是日本。

它共产出了401篇文章，但论及本国文论的文章仅172篇。其余文章则分别论述了包括俄苏、英国、美国、法国、德国等多个国家的文学与文论（详见第四章日本文论译介）。这是日本大力译介西方文学的最直接佐证，也是日本文论作为中国了解西方文论的窗口之一的证明。

1.5 最早发表的外国文论译介文章统计及说明

从文论所涉国别的统计，也可看到一批在我国文学期刊上发表的最早的外国文论译介文章。在下面表1.5中即可发现，凡是在前面表1.3中被提及的国家，最早的相关文论文章大多在第一个时期进入中国文坛。其他较晚进入中国文坛的外国文论基本是关于一些小国文学的，如在翻译类中，在第二个时期得到译介的国家仅有埃及、瑞典、朝鲜和荷兰四国；在第三个时期才得到译介的仅有伊朗一国。在评介类中，只有包括斯洛伐克、阿根廷、葡萄牙、土耳其、保加利亚、巴西、马来西亚和阿比西尼亚在内的八国文学在第二个时期受到关注；在第三个时期被译介的外国文学仅是朝鲜、印尼和罗马尼亚三国。

表1.5　中国现代文学期刊上最早刊登的外国文论译介文章

序号	国别	最早的翻译类文章	最早的评介类文章
1	俄苏	英国W.B.Trites著、周作人译，《陀思妥夫斯奇之小说》（《新青年》，1918年1月第4卷1期）	汝非，《托尔斯泰之逃亡》（《新青年》，1915年10月第1卷2期）
2	日本	厨川白村著、朱希祖译，《文艺的进化》（《新青年》，1919年11月第6卷6期）	T.F.C生，《日本之文学兴趣——致胡适》（《新青年》，1918年4月第4卷4期）

（续表）

序号	国别	最早的翻译类文章	最早的评介类文章
3	法国	法国罗曼·罗兰著、张嵩年译，《精神独立宣言》（《新青年》，1919年12月第7卷1期）	陶履恭，《法比两大文豪之片影》（《新青年》，1918年5月第4卷4期）
4	比利时	Gaston Pilings，Leon Chenov著、式微编译，《比利时一百年来的法语文学》（《小说月报》，1931年10月第22卷10期）	
5	挪威	脑威（挪威）卡特著、沈泽民译，《包以尔传》（《小说月报》，1922年4月第13卷4期）	胡适，《易卜生主义》；袁振英，《易卜生论》（《新青年》，1918年6月第4卷6期）
6	美国	美国E.Goldman著、震瀛（袁振英）译，《近代戏剧论》（《新青年》，1919年2月第6卷2期）	田汉，《平民诗人惠特曼的百年祭》（《少年中国》，1919年7月第1卷1期）
7	英国	译自Soviet Russia[原文如此]、震瀛（袁振英）译，《罗素与哥尔基》（《新青年》，1921年1月第8卷5期）	段澜，《英国十六世纪之戏剧》（《曙光》，1919年12月第1卷2期）
8	西班牙	日本厨川白村著、鲁迅译，《西班牙剧坛的将星》（《小说月报》，1925年1月第16卷1期）	沈雁冰，《西班牙写实文学的代表者伊木讷兹》（《小说月报》，1921年3月第12卷3期）
9	瑞士	日本新关良三著、楼适夷译，《现代瑞士文学》（《青年界》，1932年11月第2卷4期）	雁冰（沈雁冰），《哈姆生和斯劈脱尔》（《新青年》，1921年5月第9卷1期）
10	匈牙利	Bèla Zolnai著、元枚译，《欧战给与匈牙利文学的影响》（《小说月报》，1922年11月第13卷11期）	沈雁冰，《十九世纪及其后的匈牙利文学》（《新青年》，1921年6月第9卷2期）
11	丹麦	亨利·哥达·倡赤著、沈泽民译，《近代的丹麦文学》（《小说月报》，1923年8月第14卷8期）	沈雁冰，《十九世纪丹麦大文豪约柯伯生》（《小说月报》，1921年6月第12卷6期）
12	印度	日本宫岛新三郎著、仲云（樊仲云）译，《太戈尔和托尔斯泰》（《小说月报》，1923年9月第14卷9期太戈尔号·上）	冯友兰，《与印度泰谷尔谈话》（东西文明之比较观）（《新潮》，1921年10月第3卷1号）

（续表）

<table>
<tr><th>序号</th><th>国别</th><th>最早的翻译类文章</th><th>最早的评介类文章</th></tr>
<tr><td>13</td><td>希腊</td><td>法国 Astèriotis 著、汉俊（李书诗）译,《新希腊文学的近况》(《小说月报》, 1921 年 11 月第 12 卷 11 期)</td><td>唐性天,《西喇叙事诗》(《文学周刊》, 1921 年 5 月第 2 期)</td></tr>
<tr><td>14</td><td>瑞典</td><td>美国 Thomas H. Dickinson 著、春冰（胡春冰）译,《史特林堡评传》①(《戏剧》(欧阳予倩、胡春冰主编), 1931 年 4 月第 2 卷 5 期)</td><td>沈泽民,《瑞典大诗人赫滕斯顿》(《小说月报》, 1922 年 3 月第 13 卷 3 期)</td></tr>
<tr><td>15</td><td>德国</td><td>德国尼采著、田汉译,《说尼采的“悲剧之发生”》(《少年中国》, 1919 年 9 月第 1 卷 3 期)</td><td>希真（沈雁冰）,《霍甫德曼传》(《小说月报》, 1922 年 6 月第 13 卷 6 期)</td></tr>
<tr><td>16</td><td>捷克</td><td>微拉绥克著、唐俟（鲁迅）译,《近代捷克文学概观》(《小说月报》, 1921 年 10 月 第 12 卷 10 期)</td><td>沈雁冰,《现代捷克文学概略》(《小说月报》, 1922 年 10 月第 13 卷 10 期)</td></tr>
<tr><td>17</td><td>意大利</td><td>原作者不详、王统照译,《意大利文学的最近趋势》(《曙光》, 1921 年第 2 卷 2 期)</td><td>洪丹（沈雁冰）,《欧战与意大利文学》(《小说月报》, 1922 年 12 月第 13 卷 12 期)</td></tr>
<tr><td>18</td><td>南斯拉夫</td><td>Milivoy. S. Stanoyevich 著、佩韦（鲁迅）译,《南斯拉夫的近代文学》(《小说月报》, 1923 年 4 月第 14 卷 4 期)</td><td rowspan="2">沈雁冰、郑振铎,《现代世界文学者略传》(四)(南斯拉夫、波兰)(《小说月报》, 1924 年 4 月第 15 卷 4 期)</td></tr>
<tr><td>19</td><td>波兰</td><td>波兰诃勒温斯奇著、周作人译,《近代波兰文化概观》(《小说月报》,1921 年 10 月第 12 卷 10 期)</td></tr>
<tr><td>20</td><td>奥地利</td><td>John E. Jacoby 著、韦兴（沈雁冰）译,《奥国的现代文学》(《小说月报》, 1923 年 4 月第 14 卷 4 期)</td><td>沈雁冰,《现代德奥文学者传略——现代世界文学者略传之一》(《小说月报》, 1925 年 1 月第 16 卷 1 期)</td></tr>
</table>

① 《现代戏剧大纲》第十三章。

（续表）

序号	国别	最早的翻译类文章	最早的评介类文章
21	埃及	法国 Elian J. Finbert（凡伯尔特）著、马宗融译，《埃及的阿剌伯文学发展的一瞥》（《文学季刊》，1934年12月第1卷4期）	沈雁冰，《古代埃及的〈幻异记〉》（《文学周报》，1925年11月第201期）
22	伊朗（波斯）	陶斐克哈肯著、张秉铎译，《伊朗诗人费尔岛西的罗密欧与朱丽叶》（《抗战文艺》，1940年3月第6卷1期）	西谛（郑振铎），《中世纪的波斯诗人》（《一般》，1926年10月第1卷2号）
23	巴西	美国 Issac Goldberg 著、佩韦（鲁迅）译，《巴西文坛最近的趋势》（《小说月报》，1922年12月第13卷12期）	周起应（周扬），《巴西文学概观》（《现代文学评论》，1931年8月第1卷4期）
24	保加利亚	N.Dontcheff 著、方易译，《保加利亚诗里的乡村生活》（《小说月报》，1922年12月第13卷12期）	黄英（庐隐），《跛佐夫的小说》（《青年界》，1933年3月第3卷1期）
25	朝鲜	郑学哲著、俞遥译，《朝鲜新文艺运动小史》（《现代》，1933年9月第3卷5期）	蒲剑（林林），《北朝鲜的人民文艺》（《小说》，1949年3月第2卷3期）
26	芬兰	Hermione Ramsden 著、沈雁冰译，《芬兰的文学》（《小说月报》，1921年10月第12卷10期）	—
27	荷兰	Van Deijssel 著、子雄译，《谈散文》（《金屋》，1929年2月第1卷2期）	—
28	塞尔维亚	Chedo Mijatovich 著、沈泽民译，《塞尔维亚文学概观》（《小说月报》，1921年10月第12卷10期）	—
29	乌拉圭	—	沈雁冰、郑振铎，《现代世界文学者略传》（六）（乌拉圭、秘鲁）（《小说月报》，1924年9月第15卷9期）
30	秘鲁		

（续表）

序号	国别	最早的翻译类文章	最早的评介类文章
31	斯洛伐克	—	赵景深，《现代斯罗伐克文学》（《小说月报》，1929年8月第20卷8期现代世界文学号·下）
32	阿根廷	—	孙春霆，《阿根廷近代文学》（《新文艺》，1929年10月第1卷2期）
33	葡萄牙	—	李晋华，《葡萄牙现代文学》（《新文艺》，1929年11月第1卷3期）
34	土耳其	—	杨昌溪，《现代土耳其文学》（《现代文学》，1930年9月第1卷3期）
35	阿比西尼亚	—	朱梅，《阿比西尼亚的文学》（《文艺月刊》，1936年1月第8卷1期）
36	马来西亚	—	何易明，《马来文学一脔》（《文艺月刊》，1936年5月第8卷5期）
37	印尼	—	金丁（汪金丁），《关于印尼的小说》（《小说》，1949年4月第2卷4期）
38	罗马尼亚	—	谢庸（鲁直），《罗马尼亚文学的优秀传统》（《小说》，1949年4月第2卷4期）

同样在表1.5中，也可发现，在翻译类和评介类文章中，总共被译介的有关38个国家的文论文章，一般是评介类文章早于翻译类文章面世，只有美国、德国、意大利、希腊、捷克、奥地利、南斯拉夫、波兰、巴西、保加利亚、朝鲜等11国是翻译类文章早于评介类文章。而且颇令人意外的是，我们当时对有些国家的文学文论译介，如挪威、西班牙、匈牙利、丹麦、希腊、印度、捷克、意大利、南斯拉夫、波兰、奥地利等，几乎与我们对俄、日、英、美、法、德等主要国家的文论译介是同时展开的。这说明，译介者从最初就是以开放的眼光、了解世界的目的，扮演着输送者的角色。

再根据上面表1.5，最早刊登涉及38个国家的外国文学文论译介文章的期刊共有 19 种，其中刊登翻译类文章的期刊有 10 种，刊登评介类文章的期刊有 13 种，而《小说月报》和《新青年》都是刊载译介文章篇数最多的（见下表 1.6）。由于《新青年》（《青年杂志》）是《汇编》所收的第一个刊物，创刊于 1915 年 9 月 15 日，所以，刊登在它那里的有关文章，有些就成为我们这项研究中的外国文论译介方面的开创篇。《小说月报》也是如此。自沈雁冰于 1920 年末接任该报主编后，从 1921 年 1 月第 12 卷 1 号起，《小说月报》就“发表了许多在我国现代文学史上有影响的作品”，并“重视文学评论和文学研究，发表了大量关于文艺思潮和作家作品的评论”，此外，还“大规模地翻译介绍外国文学思潮和世界著名作家作品”（唐沅等，1988：110~111），因此，它也成为我国对外国文论译介的最重要阵地，而且在文章数量上占据第一。

表 1.6 最早刊登外国文论译介文章的中国现代文学期刊

序号	期刊名	所载翻译类文章（篇）	所载评介类文章（篇）
1	《新青年》	4	6
2	《小说月报》	16	10
3	《少年中国》	1	2
4	《青年界》	1	1
5	《文学季刊》	1	—
6	《抗战文艺》	1	—
7	《现代》	1	—
8	《金屋》	1	—
9	《曙光》	1	—
10	《戏剧》	1	—
11	《新潮》	—	1
12	《解放与改造》	—	1
13	《新文艺》	—	2
14	《现代文学》	—	1

（续表）

序号	期刊名	所载翻译类文章（篇）	所载评介类文章（篇）
15	《现代文学评论》	—	1
16	《文学周报》	—	1
17	《一般》	—	1
18	《文艺月刊》	—	2
19	《小说》	—	3
合计		28	32

如果从译介者及其译介文章篇数来看的话，那么，沈雁冰在这些最早期的译介者中确实出类拔萃，一人就有两篇翻译类文章、11篇评介类文章，这些译介文章分别涉及多个国家，如埃及、德国、奥地利、意大利、捷克、丹麦、匈牙利、瑞士、西班牙、芬兰，以及与郑振铎合著文章中所论及的乌拉圭、秘鲁、南斯拉夫和波兰四国。其他译介文章较多的还有沈泽民、周作人、田汉、袁振英和郑振铎。

在表1.5所列的译介者中，有19人有留学或旅居海外（尤其欧美）的经历，如留学日本或有旅日经历的有9人，其中包括鲁迅、周作人、周扬、沈泽民、田汉、楼适夷、庐隐、李书诗和沈雁冰；留学法国的有马宗融（他也曾留学日本）和袁振英；留学美国的有胡适、冯友兰和瞿世英；有旅欧经历的包括郑振铎、王统照和张嵩年。

不过，从这些最早的译介文章标题也不难发现，它们大多围绕两方面内容，一是外国文学（史）介绍，二是外国作家作品述评。在文学史方面，又尤其侧重对各国文学近况、现状、概观、最近趋势等的介绍。比如在翻译类中，涉及国别文学史的文章就有16篇，论及外国作家作品的文章有8篇；在评介类中，则以论及外国作家作品的文章居多，有16篇，而述及外国文学史的文章是13篇。从文论类别看，也涉及了诗歌、小说、戏剧文论的粗略介绍。如今，也许我们会认为，这些最初的译介文章太缺乏真正意义上的学术研究和批评精神，其所及的内容也早已沉淀为最普通、最基础的文学常识，有些甚至可以被视为过时。然而，谁又能否认它们在当初开拓国人文学视野、了解世界文学格局等方面所起的作用呢！

1.6　外国文论译介者统计及说明

从1915年10月汝非在《新青年》第1卷2期发表《托尔斯泰之逃亡》始，先后加入外国文论译介者行列的人，仅根据《汇编》，就有好几百人。施蛰存在其主编的《中国近代文学大系：1840—1919翻译文学集（一）》的导言中写道，在中国近现代史上，通过翻译而导致人们思想观念上起急剧变化的主要渠道有三：一是“留学生和进步人士的宣传”，二是“报章、杂志对东西洋各国情况的及时报导”，三是“大量外国书籍译本的传布”（1990：22）。此话，尤其前两点，同样适用于五四时期我国现代文学期刊对外国文论的译介。在西学东渐的过程中，留学生的作用确实不可低估——作为中国新型知识分子，他们对西方思潮的译介起到了至关重要的作用。下面表1.7是根据《汇编》对1915—1949年间外国文论译介者及其译介文章篇数的统计。

表1.7　外国文论译介者及其文论篇数

篇/译者	译者（人）	译文（篇）	篇/评介者	评介者（人）	评介文论（篇）
1人译1篇者	437	437	1人写1篇者	541	541
1人译2篇者	101	202	1人写2篇者	120	240
1人译3篇者	38	114	1人写3篇者	49	147

（续表）

篇/译者	译者（人）	译文（篇）	篇/评介者	评介者（人）	评介文论（篇）
1人译4篇者	22（陈北鸥 杜衡 蒋路 金溟若 李长之 李健吾 丽尼 梁实秋 梁遇春 岂哉 孙用 田汉 夏丏尊 夏衍 邢桐华 田禽 王云开 魏晋 魏猛克 以人 袁振英 周作人）	88	1人写4篇者	33（CP 陈烟桥 高明 何家槐 洪为法 胡铭 胡秋原 许杰 胡愈之 黄桦霈 李广田 林语堂 诵虞 毛秋白 张闻天 鲁迅 商章孙 唐性天 汪馥泉 王独清 王平陵 熊佛西 徐中玉 严既澄 叶灵凤 俞平伯 欧阳凡海 周钢鸣 汤道耕 子贻 范存忠 王任叔 臧云远）	132
1人译5篇者	7（陈瘦竹 邓演存 黄仲苏 金人 林林 马宗融 穆木天）	35	1人写5篇者	18（陈北鸥 常风 戴望舒 陈独秀 董每戡 顾均正 洪深 朱光潜 焦菊隐 黎锦明 李霁野 林林 罗念生 毛如昇 袁昌英 徐志摩 瞿世英 吴达元）	90
1人译6篇者	11（林焕平 刘穆 马彦祥 钱歌川 吴伯箫 张定璜 周扬 张资平 周煦良 欧阳予倩 赵如琳）	66	1人写6篇者	13（病夫 顾仲彝 李长之 梁宗岱 刘延陵 楼适夷 再生 朱自清 方光焘 郑伯奇 欧阳予倩 盛澄华 袁振英）	78
1人译7篇者	17（崔真吾 冯亦代 刘灿波 高明 梁指南 秦似 沈泽民 施蛰存 石民 铁弦 谢声 徐霞村 俞荻 章泯 赵家璧 葛一虹 何家槐）	119	1人写7篇者	10（冯乃超 耿济之 田汉 祝秀侠 黄仲苏 马宗融 吴宓 施蛰存 邵荃麟 沈起予）	70

（续表）

篇 / 译者	译者（人）	译文（篇）	篇 / 评介者	评介者（人）	评介文论（篇）
1 人译 8 篇者	6（胡仲持　李辰冬　周行　周学普　谢六逸　楼适夷）	48	1 人写 8 篇者	10（楚茨　胡适　胡仲持　徐迟　刘大杰　周扬　王统照　尤炳圻　钟敬文　蒋光赤）	80
1 人译 9 篇者	5（李书诗　孙俍工　章锡琛　庄寿慈　李葳）	45	1 人写 9 篇者	7（毕树棠　戈宝权　李健吾　夏衍　杨丙辰　柳无忌　杜衡）	63
1 人译 10 篇者	7（曹葆华　陈占元　焦菊隐　黎烈文　梅川　韦丛芜　胡风）	70	1 人写 10 篇者	5（陈瘦竹　费鉴照　胡风　徐仲年　曾虚白）	50
1 人译 11 篇者	5（戈宝权　耿济之　孟十还　吴宓　陈望道）	55	1 人写 11 篇者	3（陈铨　徐霞村　赵家璧）	33
1 人译 12 篇者	5（林语堂　赵光荣　朱维基　汪馥泉　韦素园）	60	1 人写 12 篇者	2（傅东华　林焕平）	24
1 人译 13 篇者	1（林伯修）	13	1 人写 13 篇者	2（穆木天　杨昌溪）	26
1 人译 14 篇者	1（李霁野）	14	1 人写 14 篇者	4（成仿吾　郁达夫　张香山　徐祖正）	56
1 人译 15 篇者	2（李兰　沈起予）	30	1 人写 15 篇者	1（钱杏邨）	15
1 人译 16 篇者	1（胡春冰）	16	—	—	—
1 人译 20 篇者	1（戴望舒）	20	1 人写 20 篇者	2（樊仲云　谢六逸）	40
—	—	—	1 人写 21 篇者	1（郭沫若）	21

（续表）

篇/译者	译者（人）	译文（篇）	篇/评介者	评介者（人）	评介文论（篇）
1人译22篇者	1（郁达夫）	22	1人写22篇者	1（梁实秋）	22
—	—	—	1人写23篇者	1（周作人）	23
1人译26篇者	2（冯雪峰傅东华）	52	—	—	—
1人译32篇者	1（赵景深）	32	—	—	—
1人译36篇者	1（陈勺水）	36	—	—	—
1人译40篇者	1（沈雁冰）	40	—	—	—
1人译41篇者	1（韩侍桁）	41	1人写55篇者	1（赵景深）	55
1人译42篇者	1（樊仲云	42	1人写79篇者	1（郑振铎）	79
1人译52篇者	1（鲁迅）	52	1人写102篇者	1（沈雁冰）	102
译者不详	49	49	—	—	—
合译文章者	20	20	合著文章者	21	21
合计	676人*	1818	合计	826人**	2008

*合计栏所示的676人中不包括“译者不详”和“合著文章”中的译者人数。

**合计栏所示的826人中不包括“合著文章”中的作者人数。

从表 1.7 不难发现，很多人兼译者和评介者于一身。而且，很多人还是中国现代文学史上著名的文学家、文论家和批评家。同时，他们中的大多数人又都有留学或游历海外的经历，他们是绝对意义上的外国文论在中国传播和接受的急先锋、排头兵。然而，同样显而易见的是，在这一译介大潮中，只翻译了 1 至 3 篇的译者有 576 人，占译者总人数的 85%，他们共产出译文 753 篇，占翻译类文论总数的 41.4%。而只写了 1 至 3 篇评介文章的有 710 人，约占评介者总人数的 86%，他们共写下文章 928 篇，约占评介类文论总数的 46.2%。这些译介者，从人数讲，占到绝对多数；从文章篇数讲，也占到各自总数的五分之二强。因此，他们无疑筑成一个坚强的社会基础，有力地促成了外来文论译介高潮的形成。

当然，更令人刮目的是，在所有翻译者阵容中，翻译了 4 篇（含 4 篇）以上的译者，虽然只有 100 人，约占译者总人数的 15%，但他们却产出了译文 996 篇，占到翻译类文论总数的约 55%。同样，在评介者中，写下 4 篇（含 4 篇）以上的评介者，仅有 117 人，占评介者总人数的 14%，但他们所写的评介文章却有 1058 篇，约占到评介类文论总数的 52.7%。

下面表 1.8 是对翻译和评介文章超过 15 篇（含 15 篇）的译介者的统计。在这些译介者中，译介篇数最多的是沈雁冰、赵景深、郑振铎、樊仲云、鲁迅、韩侍桁等。

表 1.8　文章篇数在 15 篇以上（含 15 篇）的译介者

序号	译介者	翻译类（篇）	评介类（篇）	合计（篇）
1	沈雁冰	40	102	142
2	赵景深	32	55	87
3	郑振铎	1	79	80
4	樊仲云	42	20	62
5	鲁　迅	52	4	56

（续表）

序号	译介者	翻译类（篇）	评介类（篇）	合计（篇）
6	韩侍桁	41	2	43
7	陈勺水	36	3	39
8	傅东华	26	12	38
9	郁达夫	22	14	36
10	吴　宓	11	17	28
11	谢六逸	8	20	28
12	冯雪峰	26	1	27
13	周作人	4	23	27
14	梁实秋	4	22	26
15	戴望舒	20	5	25
16	沈起予	15	7	22
17	郭沫若	0	21	21
18	胡　风	10	10	20
19	戈宝权	11	9	20
20	李霁野	14	5	19
21	赵家璧	7	11	18
22	徐霞村	7	11	18
23	穆木天	5	13	18
24	林焕平	6	12	18
25	耿济之	11	7	18
26	胡春冰	16	1	17
27	汪馥泉	12	4	16
28	林语堂	12	4	16
29	胡仲持	8	8	16
30	张香山	1	14	15
31	楼适夷	9	6	15
32	李　兰	15	0	15
33	焦菊隐	10	5	15

（续表）

序号	译介者	翻译类（篇）	评介类（篇）	合计（篇）
34	陈瘦竹	5	10	15
35	钱杏邨	0	15	15

以上数据可以使我们直观地看到，译介大潮的形成，必然需要如沈雁冰、鲁迅、郑振铎这样的领军人物，但也肯定离不开其他众多呼应者和追随者。没有后者的参与，译介高潮势必会丧失它应有的气势和基础。但更为重要的是，这一译介大潮中的领军者和追随者为外国文论在中国的接受营建了一个极佳的环境。如果说大量追随者的译介工作代表了社会普遍的接受与认知水平，并为领军者的译介烘托了气氛，那么，领军者的译介工作虽然代表的是个人的接受与研究水平，但其典范的力量和效果却转而影响到更多人的认知和接受。而二者的作用和影响，正是外国文论在中国的译介和接受的主要推动力之一。

1.7　结语

通过上述不同侧面的数据统计和说明，我们试图勾勒 1915 年至 1949 年前中国现代文学期刊中外国文论译介大潮的总体轮廓，使人可以通过这些数据，切实地体察外国文论在中国的传播态势。外国文论译介在中国最初的倡导者和实践者，对中国新文学而言，其革命性意义与中国现代社会所经历的急剧变化，完全有异曲同工之妙。这股译介高潮，不仅打开了中国的文学视野，而且，拉近了中国文学与世界文学的距离，使世界文学以从未有过的亲切姿态走入中国文学的疆域，为中国文学的变革和发展带来了它所急需的源头活水；与此同时，也让中国文学具备了一些世界文学的因子，使二者从彼此陌生走向彼此相伴相融。

金耀基、乐黛云在《文化趋同还是文化多元》一文中曾指出，虽然中国追求现代性，追求对西方的认同，从鸦片战争之后就已开始，但直到现在，我们也只是刚刚开始而已，也许需要整个世纪的时间来完成。不过，我们在接受西方事物时并不是那么辛苦，因为“中国文化基本上是一个开放的文化”（2000：11~28）。此话确实不假。但是还应该补充一句，我们在接受外来文学的时候，也并不是完全采用全盘接受的态度和做法的。有的来去匆匆，昙花一现；有的则生根发芽，开花结果。在下面的章节中，我们将以更加具体的数据和描述，依次呈现俄苏、英国、日本、美国、法国、德国和其他欧亚诸国文论在中国现代文学期刊中的译介概貌。

参考文献

陈平原．重提两部早该遗忘的小说论 [J]. 读书，1988（4）：79~86.

金耀基、乐黛云．文化趋同还是文化多元 [A]. 乐黛云、[法] 李比雄（Alain Le Pichon）主编．《跨文化对话》3[C]. 上海：上海文化出版社，2000. 11~28.

施蛰存．中国近代文学大系：1840—1919 翻译文学集（一）[M]. 上海：上海书店，1990.

唐沅等．中国现代文学期刊目录汇编（上、下）[Z]. 天津：天津人民出版社，1988.

第二章

俄苏文论译介

自1915年以来，俄国文学和文论在中国极受关注。对此，瞿秋白在《俄罗斯名家短篇小说集》一书的序文中曾有过精辟的论述："俄罗斯文学的研究在中国似极一时之盛，何以故呢？最主要的原因就是：俄国布尔什维克的赤色革命在政治上、经济上、社会上产生极大的变动，掀天动地，使全世界的思想都受到他的影响，大家要追溯他的原因，考察他的文化，所以不知不觉全世界的视线都集中于俄国，都集中于俄国的文学；而在中国这样黑暗悲惨的社会里，人都想在生活的现状里开辟一条新道路，听着俄国旧社会崩裂的声浪，真是空谷足音，不由得不动心。因此大家都要求研究俄国，于是俄国文学就成了中国文学家的目标。"（转引自王锦厚，1996：304）

俄苏文论在现代中国的译介，对中国现代文学和文学理论来说可谓意义深远，但正如前所述，包括俄苏文论在内的国别文论译介在国内尚未得到系统研究。首先，从翻译研究角度看，以2000年以后出版的外国文学翻译和翻译文学史专著为例，可发现涉及俄苏文论译介的专著仅有两部，即孟昭毅、李载道主编的《中国翻译文学史》，其中第十五章第二节介绍了"马克思主义文艺理论的译介与研究"，还有马祖毅的《中国翻译通史·现当代部分》(第2卷)，在"苏俄文学”一章中对“左联”在30年代对马列有关文艺理论的翻译做了简单介绍（2006b：44），但二者都不是对俄苏文论在中国译介的系统描述。

其次，已有的涉及俄苏文论译介的著述，要么着重研究苏俄文艺理论本身及其发展，如《苏联文艺学派》（彭克巽，1999）、《卢那察尔斯基文艺理论批评的现代阐释》（程正民，2006）、《列宁文艺思想与当代》（程正民，1997）、《20世纪俄罗斯文学批评史》（张杰、汪介之，2000）、《俄国文学批评史》（刘宁，1999）等；要么从“影响研究”的视角，梳理中国文学和苏俄文学理论与批评的关系，考察苏俄文学理论与批评在中国的译介、传播、接受、影响与转换，或辨析中俄（苏）文学理论与批评的异同，并探讨形成上述各种关系的历史文化原因，如陈顺馨的《社会主义现实主义理论在中国的接受与转化》（2000）、《回望与沉思：20世纪俄苏文论在20世纪中国文坛》（汪介之，2005a）等，抑或是对俄苏文论进行个案性研究，如吕德申的《高尔基的社会主义文学理论》（1988）、李今的《中国左翼文学运动中的高尔基》（2000）和汪介之的《高尔基的文学理论与批评在中国的接受》（2005b），等等。

再次，从比较文学研究和中国现代文学研究的角度看，因为已有著作大多按文学思潮或流派进行论述，如《西方文学思潮在现代中国的传播史》（张大明，2001）即对不同的文学流派——新浪漫主义、象征主义、唯美主义等在我国的传播做了介绍；而对于俄苏文学思潮，则在“左翼文学思潮在中国”和“社会主义现实主义与中国革命文学”两章中做了较为细致的介绍。再如《新文学现实主义的流变》（温儒敏，1988），则对当时俄苏文学的译介情况做了较为翔实的介绍，但其重点是该文学思潮在中国的接受与变化。虽然书中几乎每个章节都有对俄苏文论的介绍，但毕竟不能反映俄苏文论在中国译介的全貌。列举这些著作，只是想说明，它们的研究重点不在译在描述，而在译介之后的接受、影响，乃至转化和发展。

对当时俄苏文论译介状况进行较多描述、迄今为止最值得一提的是陈建华于2007年出版的四卷本《中国俄苏文学研究史论》。该书不仅对俄苏文艺思想和文艺作品与中国文化现象之间的复杂关系进行深刻的分析，而且还详细勾勒了24位俄苏作家及其作品在中国译介和传播的历史，资料翔实、内容丰富，但其资料主要限于出版的专著，对期刊文章涉及较少。

综上所述，如能对俄苏文论在现代中国文学期刊中的译介从国别研究的角度进行一次比较全面的梳理和描述，我们觉得，无论对中俄文学关系研究还是翻译研究，都应是一件很有意义的事。为此，本文将主要通过定量描述研究的方法，根据《汇编》，对中国现代文学期刊中发表的有关俄苏文学文论的译介文章进行整理、统计与说明，以客观数据再现当时的译介风貌。下面将从总体描述和具体描述两方面展示俄苏文论在中国的译介状况。

2.1　俄苏文论译介的总体描述

在根据《汇编》所提取的外国文论译介文章中，我们按前述检索标准，进一步提取俄苏文论的译介文章。但为了避免收集范围过于泛化，我们排除了有些涵盖整个地区或者涉及多个国家、因此也非常可能涉及俄苏文论的译介文章，如《欧洲最近文艺思潮》《现代的世界左派文坛》《西洋诗的鉴赏》《一九二八年世界文艺界概观》等类的专论、通论、概论文章。在获得了相关资料后，我们对这些关涉俄苏文论译介的文章标题，按照译介年代、文章来源、文论类别、(原) 作者、译者等项目进行了分项统计，发现《汇编》所含的276种期刊中，分别有123种现代文学期刊在1915年至1949年间发表了 682 篇有关俄苏文论的翻译类文章，并同时有 100 种期刊发表了 322 篇评介类文章。这个数据，无论与我们已经整理出来的外国文论译介总数相比，还是与其他国别文论的译介量相比，都是相当可观的。这在翻译类文论中尤其显著，如图 2.1 所示。

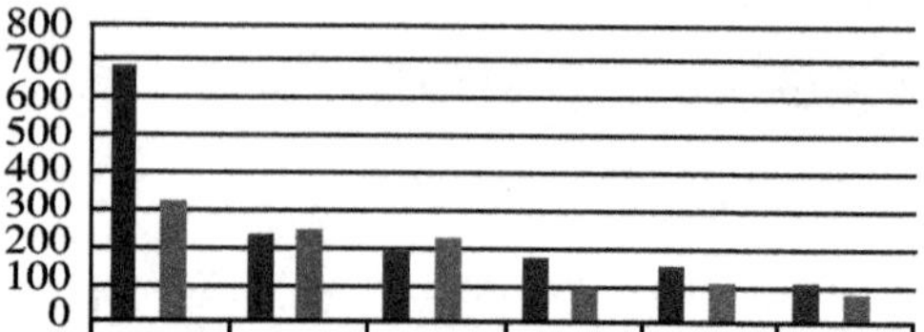

	俄苏文论	英国文论	法国文论	日本文论	美国文论	德国文论
■ 翻译类（篇）	682	233	189	172	153	104
总数百分比（%）	37.50	12.80	10.40	9.50	8.40	5.70
■ 评介类（篇）	322	247	227	96	110	78
总数百分比（%）	16	12.30	11.30	4.80	5.50	3.90

图 2.1　俄苏文论译介篇数与其他国别文论译介篇数之比

图 2.1 清楚地显示，对俄苏文论的翻译量占到当时期刊中外国文论翻译总数的三分之一强，远远高出对英美、日本、法国、德国文论的翻译量。在评介类文章中，有关俄苏文论的比例也是最大的，英、法等国均居于其后。以下，将从多个侧面统计俄苏文论译介的相关数据并加以相应说明 。

2.1.1 俄苏文论译介年代与文论类别的统计与说明

俄苏文论在 1915—1949 年间的三个时期的总体译介量差别很大。从下面图 2.2 可见，翻译类和评介类文论均以第二个时期（1928—1937）最为活跃，数量最多，分别占了总数的 60% 和 47%。其中翻译类文论在三个阶段中的比例依次分别约为 6∶61∶33；评介类文论的比例约为 20∶47∶33。

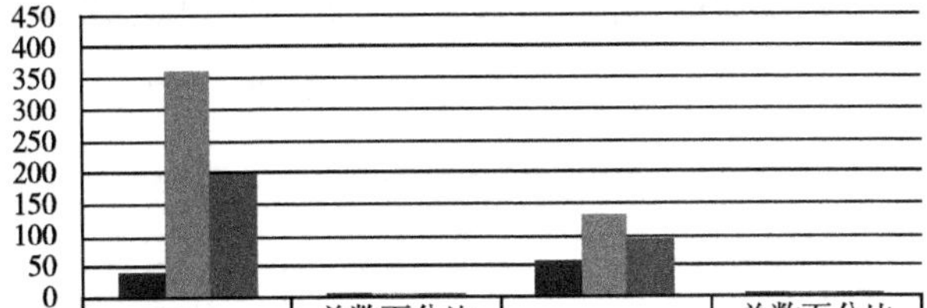

	翻译类（篇）	总数百分比（%）	评介类（篇）	总数百分比（%）
■ 1915–1927	44	6.40	65	20
■ 1928–1937	413	60.60	151	47
■ 1938–1949	225	33	106	33

图 2.2　按三个时期统计的俄苏文论译介篇数

如果按小说文论、诗歌文论、戏剧文论、文学理论和文学史论等进行统计（见下表 2.1），可见在俄苏文论中，小说文论的译介量最大，其中翻译类文章有 300 篇，评介类文章有 192 篇，各占俄苏文论翻译类和评介类总数的 44%和 60%。其他相对较多的是翻译类中的文学理论部分（200 篇）和评介类中的诗歌文论部分（46 篇）。这些较大的数据可在一定程度上反映出俄苏在小说文论、诗歌文论和文学理论方面对我们的重大影响。

表 2.1　按文论类别统计的俄苏文论译介篇数

文论类别	翻译类		评介类		合计	
	文论（篇）	总数百分比（%）	文论（篇）	总数百分比（%）	文论（篇）	总数百分比（%）
小说文论	300	44	192	60	492	49
诗歌文论	112	16.4	46	14	158	15.7
戏剧文论	37	5.4	16	5	53	5.3
文学理论	200	29.3	45	14	245	24.4
文学史论	33	4.8	23	7	56	5.6
合计	682	99.9	322	100	1004	100

然而，如果我们把俄苏文论的译介年代和所译文论类别结合起来看，就可以更加清楚地发现，其实，我们对俄苏小说文论的译介

是最为看重的，因为即使在不同时期，翻译类和评介类的小说文论始终占据最多的篇数。至于其他文论类别，则各有不同。

表 2.2　按三个时期与文论类别统计的俄苏文论译介篇数

文论类别	1915—1927		1928—1937		1938—1949		合计	
	翻译类（篇）	评介类（篇）	翻译类（篇）	评介类（篇）	翻译类（篇）	评介类（篇）	翻译类（篇）	评介类（篇）
小说文论	18	35	182	88	100	69	300	192
诗歌文论	4	8	57	20	51	18	112	46
戏剧文论	—	—	17	8	20	8	37	16
文学理论	17	16	136	20	47	9	200	45
文学史论	5	6	21	15	7	2	33	23
合计	44	65	413	151	225	106	682	322

第一个时期对俄苏文论的译介量是最小的，内容主要包括了对俄国小说家，如托尔斯泰、高尔基、契诃夫、陀思妥耶夫斯基等人的评介、对俄国诗坛和俄国文学史的一般性介绍，如《小说月报》1921 年 9 月第 12 卷号外俄国文学研究专号上刊登了《俄国的诗坛》（日本白乌省吾著、夏丏尊译）、《十九世纪俄国文学的背景》（沙洛维甫著、耿济之译），以及《俄罗斯文学便览》（Moissaye J. Olgin 著、何畏编译，《创造》，1923 年 2 月第 1 卷 4 期）等。这一时期最重要的译介恐怕是对特洛斯基所著的 11 篇文章的翻译，如 3 篇连载文章《论无产阶级的文化与艺术》（樊仲云译，《文学周报》，1926 年 3 月第 216、217 和 219 期）、3 篇连载文章《无产阶级的文化与无产阶级的艺术》（韦素园译，《莽原》，1927 年 3—4 月第 2 卷 6~8 期）（这两组连载文章疑为重译——笔者注），以及韦素园译的又 3 篇连载文章《未来主义》（《莽原》，1927 年 5 月第 2 卷 9 期、1927 年 6 月第 2 卷 11~12 期）。韦素园还译了《〈文学与革命〉引言》（《莽原》，1927 年 7 月第 2 卷 13 期）。

而评介类文章主要包含作家作品论和俄国文学介绍、评述文章。所涉作家包括托尔斯泰、陀思妥耶夫斯基、契诃夫、普希金、阿里鲍甫、阿尔志跋绥夫、屠格涅夫、法捷耶夫、莱蒙托夫、奥斯特洛夫斯基、卜留沙夫等；而有关俄国文学的评述文章则有郑振铎的5篇连载文章《俄国文学史略》(《小说月报》，1923年5—9月第14卷5~9期)、蒋光赤著的5篇连载文章《十月革命与俄罗斯文学》(《创造月刊》，1926年4—6月第1卷2~4期；1927年7—8月第1卷7~8期)，以及周作人的论述中俄文学关系的文章《文学上的俄国与中国》(《新青年》(《青年杂志》)，1921年1月第8卷5期)。这些文章不但清晰地向读者展示了俄罗斯文学的发展脉络，而且也预示了中国研究俄国文学的方向。

第二个时期的译介，不仅数量最大，而且从作家作品论、文学史论到文艺理论，内容包罗万象。从文论类别来看的话，第二时期对俄苏作家作品论的译介占绝对优势，第一时期被译介的那些重要作家在这第二时期都得到了更多的译介，如表2.3所示。

表2.3 第二时期被译介最多的俄苏小说家和诗人

被译介者	第二时期 文论总数（篇）	总数百分比（%）
高尔基	51	12.3
托尔斯泰	40	10
果戈理	22	5
陀思妥耶夫斯基	21	5
契诃夫	11	2.6
普希金	24	5.8
马雅可夫斯基	9	2.2
合计	178	42.9

与此同时，俄苏文艺、文学理论也在这一时期得到了大量译介，文学理论类中的135篇文章几乎涵盖了当时俄苏各类文艺理论——

社会主义现实主义文学理论、无产阶级文学理论、苏联的文艺政策、文学与革命、文学与社会、意识形态与艺术、文艺批评理论、创作论，等等。

至于第三个时期，可以发现，作家作品论仍是译介焦点，翻译类有小说文论 100 篇，评介类有 69 篇，分别占到各自小说文论总数的三分之一强。而在文学理论方面，虽然译介量明显减少，但仍然可以看出，这一时期所译介的相关俄苏文学理论与思潮都与“五四”文学思想，特别是 30 年代文学思潮密切相关，几乎所有的文艺论争都是第二个时期论争的继续和发展。（王瑶，1990:1）

2.1.2 俄苏文论来源国及原作者文论篇数的统计与说明

从翻译类俄苏文论来源国情况看，大部分来自俄国本身，有 442 篇，约占总数的 65%，而译自其他国家的文章就相对少多了。尽管如此，译自日语的有关俄苏文论的文章仍有 70 篇，占总数的 10%，是除了俄国之外文章篇数最多的国家，比法国、美国、英国、德国、丹麦、匈牙利等国的文章数量高出很多，见表 2.4。

表 2.4　俄苏文论来源国及文论篇数

<table>
<tr><th>文论来源国</th><th>翻译类（篇）</th><th>总数百分比（%）</th></tr>
<tr><td>俄苏</td><td>442</td><td>64.8</td></tr>
<tr><td>日本</td><td>70</td><td>10.3</td></tr>
<tr><td>美国</td><td>18</td><td>2.6</td></tr>
<tr><td>法国</td><td>15</td><td>2.2</td></tr>
<tr><td>德国</td><td>9</td><td>1.3</td></tr>
<tr><td>英国</td><td>8</td><td>1.2</td></tr>
<tr><td>匈牙利</td><td>1</td><td rowspan="3">0.6</td></tr>
<tr><td>丹麦</td><td>1</td></tr>
<tr><td>多国</td><td>2</td></tr>
<tr><td>不详</td><td>116</td><td>17</td></tr>
<tr><td>合计</td><td>682</td><td>100</td></tr>
</table>

按俄苏文论原作者文章篇数统计的话，可以发现，这些原作者中不但有俄苏本国的作者，也有像冈泽秀虎和藏原惟人这样的日本作者。其中文章数量最多者首推高尔基，一人共有53篇文章被译成汉语（其中含复计两篇），而且这些文章所涉内容相当丰富，既有对托尔斯泰、契诃夫、叶赛宁的回忆，也有对果戈里、科罗琏珂、普希金、珂丘宾斯基的评论；既论诗、论剧、论散文，也论儿童文学和童话；既有文学创作论，也有文学批评，如《文学与现在的俄罗斯》（郑振铎译，《新青年》，1920年10月第8卷2期）、《论无产作家》（陈勺水译，《乐群》，1929年1月1日第1卷1期）、《论白党侨民的文学》（陈节译，《海燕》，1936年1月第1卷1期）等文章。对高尔基所著文章的翻译，说明我们对他的译介不仅仅停留在他作为小说家的身份上，而且延伸到他的文学主张和文艺观上。当然，经过历史的洗涤和沉淀之后，人们发现，当时受到热烈追捧的高尔基，其实是受到了其时苏联文坛和政治的扭曲与利用（李淼，2000）。而国内对高尔基的译介热情，一方面受到了苏联的误导，另一方面也似乎同样受到了国内政治与左翼文学运动的极大影响（李今，2000；汪介之，2005；张娟，2005）。

表2.5　俄苏文论重要原作者及其文论篇数

原作者	原作者 文论（篇）	总数百分比（%）
高尔基	53（含复计2篇）	7.5
卢纳察尔斯基	36	5.3
冈泽秀虎	18	2.6
伊佐托夫	12	1.8
吉尔波丁	11	1.6
万垒赛耶夫	11	1.6
特洛斯基	11	1.6

（续表）

原作者	原作者 文论（篇）	总数百分比（%）
藏原惟人	8	1.2
奴西诺夫	7	1
佛理契	7	1
合计	172	25.2

如表2.5所示，卢纳察尔斯基的文论文章也同样得到了积极译介。众所周知，他是苏联早期著名的马克思主义文艺理论家与美学家，论述了文学理论和文艺批评中的许多问题。他为马克思主义美学思想在苏联的传播和研究作出了卓越贡献，他的美学和文艺思想对苏联早期社会主义文艺有重要指导作用。随着马克思主义文学理论在中国的传播，卢纳察尔斯基的思想和观点也自然而然地得到了中国文学界的重视。《春光》1934年4月1卷2号上，刊登了一篇署名晓丹的文章《卢纳卡尔斯基小传》，文中对卢纳察尔斯基做出了这样的评论："他提供的世界图画及批判概要均带有鲜明的阶级性及广泛的社会的一般化。阶级的定义虽然宽泛，但这不妨碍卢氏从某一阶级的许多艺术家的创作中分别出每人特有的个性。卢氏会从阶级相互关系、影响及色彩的复杂性中指出每一个艺术家的时代和个性。……他要求艺术家在时代的最高峰，在艺术的模型中深刻地揭示出其内容并发展之。卢氏是无产阶级文化及无产阶级艺术的思想统一者，而且是他们的第一派理论家之一，他要求现代的艺术家不要陷入传统的倾向性，不要缩小人类的生活的经过，反之，应当扩大其周围，首先应当反映出无产阶级集体的，战斗的，劳动的力量以建设社会主义并吸收别种社会集团中符合无产阶级的分子以增强创作阵势。"这样的思想，应该是极易被左翼作家和文论家所接受的。

在卢纳察尔斯基所著的36篇汉译文章中，大部分是关于文艺理论的，其中包括了鲁迅翻译的《艺术与阶级——〈艺术论〉第三章》（《语丝》，1928年10月第4卷40期），这篇文章很好地反映了卢纳察尔斯基对于艺术活动中对待阶级问题应采取怎样的正确态度，以及“文艺与现实”“意识形态与艺术”“现代资产阶级的艺术”“关于文艺批评的任务之论纲”“艺术之社会的基础”“关于文艺批评”等。此外，还有一些文章是对托尔斯泰、高尔基、普希金的评论，如《托尔斯太和马克思》(两篇连载，鲁迅译，《奔流》，1928年12月30日第1卷7期和1929年1月30日第1卷8期)、《普希金论》(江思[①]译，《新文艺》，1930年4月15日第2卷2期)、《高尔基与托尔斯泰》(沈起予译，《文学月报》1932年12月第1卷5、6期合刊）等。

事实上，除了俄国作者之外，日本作者也对俄苏文学或介绍，或评论，写了不少文章，如日本文艺批评家、俄国文学研究者冈泽秀虎（1902—1973）就有18篇关于俄苏文论的文章被译成汉语，其中有陈雪帆译的《苏俄十年间的文学论研究》，6篇连载于《小说月报》(1929年3月—1930年8月)，及其对果戈里和陀思妥耶夫斯基的研究文章。另被译介较多的日本作者是文艺评论家、翻译家藏原惟人（1902—1991），有8篇文章译成汉语，如《俄罗斯文学之最顶点的要素》《普罗列塔利亚艺术底内容与形式》《浪漫主义以后的俄国文学》等。其他如升曙梦、秋田雨雀、上田进、黑天辰男等人论俄苏文学的文章，也被适时地译介到中国。

其他重要的原作者还包括伊佐托夫、万垒赛耶夫、特洛斯基、奴西诺夫、佛理契、吉尔波丁等。前五位原作者被译介的文章主要关涉文艺文学理论，且有些原作者如伊佐托夫和万垒赛耶夫主要以连载文章而占较多篇数（前者有12篇连载文章《文学修养的基础》，

① 江思即戴望舒。

后者有8篇连载文章《果戈里怎样写作的》)，而吉尔波丁的文章则多属小说文论。

2.1.3 被译介最多的俄苏小说家、诗人及相关文论篇数的统计与说明

上面表2.5所列的俄苏文艺文学理论的作者只是当时我们译介的重点或热点之一。而比这数量和声势更大的译介其实是发生在俄苏最重要的小说家、诗人身上。据我们的统计，在小说文论方面，论及高尔基的翻译类文章共有76篇，托尔斯泰64篇、陀思妥耶夫斯基29篇、果戈理24篇、契诃夫21篇、屠格涅夫13篇、肖洛霍夫10篇。对这七位作家的翻译类文章共有223篇，占到整个小说文论总数的74.3%。有关俄苏小说文论的评介类文章数量不如翻译类多，但是所占比例也高达72.4%，见表2.6。

表2.6　俄苏重要小说家及有关译介文论篇数

被译介者	翻译类（篇）	总数百分比（%）	评介类（篇）	总数百分比（%）
高尔基	76（含复计6篇）	23.3	51	26.6
托尔斯泰	64（含复计3篇）	20	34	17.7
陀思妥耶夫斯基	29（含复计3篇）	9	17	9
果戈理	24	8	7	3.6
契诃夫	22（含复计1篇）	7	13	6.7
屠格涅夫	13（含复计2篇）	4	15	7.8
肖洛霍夫	10	3	2	1
合计	223	74.3	139	72.4

在诗歌文论方面，共有翻译类文章112篇和评介类文章46篇。在翻译类文章中，评论普希金的文章有38篇、马雅可夫斯基19篇、莱蒙托夫7篇。在评介类文章中，论及这三位诗人的文章篇数分别

是 22、7 和 5，共计 34 篇。两类文章在俄苏诗歌文论中所占比例也相当可观，见表 2.7：

表 2.7　俄苏重要诗人及有关译介文论篇数

被译介者	翻译类（篇）	总数百分比（%）	评介类（篇）	总数百分比（%）
普希金	38	34	22	48
马雅可夫斯基	19	17	7	15
莱蒙托夫	7	6	5	11
合计	64	57	34	74

2.1.4 俄苏文论译介者及其文论篇数的统计与说明

事实上，在 1915 年至 1949 年这一译介高潮期，译介者群体的构成也颇值得关注。首先，从翻译者人数统计可以看出，这一时期的译介高潮和氛围，在很大程度上可说是由那些译介篇数很少（往往只有一篇或者两篇）的译者烘托和营造起来的，如表 2.7 所示。在俄苏文论共计 682 篇翻译类文章中，除去 24 篇文章为译者不详外，其余仅翻译了一篇或两篇文章的译者就有 299 人，约占译者总人数的 85%，他们所翻译的文论篇数有 340 篇，占俄苏翻译类文论总数的 50%；而翻译 3 篇及 3 篇文章以上的译者，虽然只有 53 人，占译者总人数的约 15%，但却翻译了 318 篇文章，其翻译量也占到俄苏翻译类文论总数的 46.6%（见表 2.8）。

表 2.8　俄苏文论翻译者及其所译文论篇数

篇 / 译者	译者（人）	译文（篇）
1 人译 1 篇者	240（略）	240
2 人合译 1 篇者	12（魏晋、博文；陈北鸥、邢桐华；克洛、泰乃；萧三、李又然；潘孑农、李丽冰；赵如琳、蒲哲）	6

（续表）

篇 / 译者	译者（人）	译文（篇）
1 人译 2 篇者	47（周作人　陈望道　沈泽民　沈雁冰　刘穆　代石　纬森　不文　夏衍　冯乃超　建南　曹靖华　北芒　汉奇　王凡西　向葵　任白戈　孟式均　荒芜　文戎　魏晋　斐琴　以人　梁蕙　孙用　林林　亚克　章泯　陈占元　黎烈文　春雷　赵家璧　李育中　徐幸之　常风重　何及人　张挚　叶藜　陈节　白澄　梅雨　林焕平　田方绥　李微　白楚　唐旭之　朱镜我）	94
1 人译 3 篇者	15（袁振英　夏丏尊　嘉生　闵予　林焕平　雨田　叶以群　萧敏颂　焦菊隐　小畏　孙湋　陈北鸥　林林　杜衡　邢桐华）	45
1 人译 4 篇者	9（梅川　丽尼　曹葆华　周行　冯亦代　蒋路　樊仲云　胡风　周扬）	36
1 人译 5 篇者	9（楼适夷　吕荧　周学普　金人　何家槐　秦似　铁弦　许天虹　冯雪峰）	45
1 人译 6 篇者	6（陈雪帆　俞荻　李葳　沈起予　吴伯箫　葛一虹）	36
1 人译 7 篇者	2（庄寿慈　洛生）	14
1 人译 8 篇者	1（戴望舒）	8
1 人译 9 篇者	3（耿济之　沙可夫　韩侍桁）	27
1 人译 10 篇者	1（赵景深）	10
1 人译 11 篇者	4（戈宝权　韦漱园　林伯修　冯雪峰）	44
1 人译 14 篇者	1（李兰）	14
1 人译 15 篇者	1（陈勺水）	15
1 人译 24 篇者	1（鲁迅）	24
	译者不详	24
合计	352	682

注：表中的合计人数不包含“译者不详”篇。

既是意料之外，也是意料之中的是，鲁迅在俄苏文论的译介中身体力行，从 1928 年至 1935 年，他共翻译了 24 篇有关俄苏文论的文章。“鲁迅对于文学与革命的思考与接受，并加入苏联文艺的译介工作，是在1928年‘革命文学’论争开始的时候。……他不相信文艺有‘旋乾转坤的力量’，但不否认文艺有‘宣传’的效应，革命文艺可以被利用为工具，但挂了招牌并不等于能正视暴力和黑暗。”而且，鲁迅“对当时各种‘主义’名词输入后得不到相应的介绍所引起的混乱情况和空谈作风确感不满，多次呼吁要实实在在地翻译‘几本世界上已有定评的关于唯物史观的书’作为论证的知识基础”。（转引自陈馨顺，2000：27）也就是在这一段时期内，苏俄的文艺政策成为鲁迅关注的重点之一。在1928年6月至1929年5月间，鲁迅共在《奔流》上发表了8篇译文——《苏俄的文艺政策——关于文艺政策评议会速记录》（5篇连载）、《苏俄的文艺政策——观念形态战线和文艺》《关于文艺领域上的党的政策——党中央委员会的决议》和卢纳察尔斯基所著的《〈文艺政策附录〉（一）苏维埃国家与艺术》。应该说，这些文章的翻译，以及他与新月派、创造社、太阳社在文学阶级性问题上的论争，使他看到了特洛斯基否定无产阶级文化的错误观点。（谭好哲，1997：454）此外，鲁迅也翻译了几篇对托尔斯泰、果戈里、契诃夫等人的评论文章，以及高尔基所著的《俄罗斯的童话》4篇。

对俄苏文论译介较多的另一译者是陈勺水，他共翻译了15篇文章，其中有7篇是连载于《乐群》的《高尔基的回忆琐记》（原作者不详，1928年11月1日—1929年6月1日）。另又从日文分别翻译了冈泽秀虎和藏原惟人关于俄国文坛的文章，以及由新居格、千叶龟雄、平林辅之助分别所写的《论现代美俄二国文化和日本新文学》的3篇连载文章。同时也有译自俄文的3篇——高尔基的《论无产作家》、左宁的《俄国最近文学的批判》和别林斯基的《论文学批评的新观点》。

若从评介者群体看，在俄苏文论共计316篇评介类文章中，除去4篇文章作者不详外，仅写了一篇或两篇文章的作者也同样占绝大多数，共有193位作者，占作者总人数的90%，其所写文章210篇，占到评介类文章总数的66%。在俄苏文论评介者队伍中，写了3篇及3篇以上文章的作者，仅有21人，约占作者总人数的10%，但他们却写出了102篇文章，占评介类文论总数的32%，见表2.9：

表2.9　俄苏文论评介者及其所写文论篇数

评介者/篇	评介者（人）	文论（篇）
1人写1篇者	159（略）	159
2人合写1篇者	4（曾朴、曾虚白；赵景深，叶圣陶）	2
7人合写1篇者	7（邢桐华　彭澎　魏晋　宋寒衣　牧声　林蒂　溅波）	1
1人写2篇者	23（艾芜　白樱　常凤　陈独秀　冯乃超　葛一虹　李春潮　路翎　楼适夷　庐隐　梅雨　潘乐述　若英　邵荃麟　萧爱梅　萧三　锡金　王西彦　杨昌溪　周作人　周扬　祝秀侠　尊疑）	46
1人写3篇者	9（端木蕻良　胡风　焦菊隐　K.H.　李霁野　罗濯　孟十还　瞿秋白　鲁迅）	27
1人写4篇者	6（CP钱杏邨　胡铭　夏衍　何家槐）	24
1人写5篇者	1（张香山 ）	5
1人写6篇者	2（蒋光慈　耿济之）	12
1人写7篇者	1（戈宝权）	7
1人写8篇者	1（赵景深）	8
1人写13篇者	1（沈雁冰）	13
1人写14篇者	1（郑振铎）	14
	作者不详	4
合计	215	322

如表2.9所示，在评介类文章的作者中，著述最多的是郑振铎。在他的14篇文章中，有10篇与俄国文学史有关，如《俄国文学发达的原因和影响》(《解放与改造》(《改造》)，1920年12月第3卷4期)、《俄国文学史略》(《小说月报》1923年5—9月第14卷5~9期)、

《俄国文学的起源时代》(《小说月报》，1921 年 9 月第 12 卷号外《俄国文学研究》专辑）等，以及 4 篇评介高尔基、陀思妥耶夫斯基和阿尔志跛绥夫的文章。

同期著述第二多的是沈雁冰，共有评介文章 13 篇。其中一篇论述《儿童文学在苏联》(《文学》，1936 年 7 月第 7 卷 1 号《儿童文学特辑》)，另有 8 篇均可视为作家作品论，所涉作家、诗人包括高尔基、托尔斯泰、陀思妥耶夫斯基、马雅可夫斯基等。其余 4 篇是 1925 年 5 月，沈雁冰发表在《文学周报》第 172、173、175、195 期上的连载文章《论无产阶级艺术》。该文介绍了以高尔基为代表的无产阶级艺术在俄国的情况，阐明了这种新艺术产生的条件，同时也具体分析了无产阶级艺术的范畴及其内容和形式。他认为无产阶级艺术并非就是描写无产阶级生活的艺术，它应以无产阶级精神为中心，而创造一种适应于新世界（即无产阶级居统治地位的世界）的艺术（谭好哲，1997：409~410），并指出，无产阶级艺术应“以全社会及全自然界的现象为汲取题材之泉源”。“无产阶级作家应该承认形式与内容须得谐和；形式与内容是一件东西的两面，不可分离的。无产阶级艺术的完成，有待于内容之充实，亦有待于形式之创造。”(转引自贾植芳，1985：139）

据表 2.8 和表 2.9 可以看到，从“五四”至 1949 年的译介高潮，固然离不开大众的参与，否则其声势就不会那么浩大，但如果没有那些译介者群体中的领军人物，那么其影响就不会如此深刻和久远。

2.1.5 刊载俄苏文论的中国现代文学期刊的统计与说明

根据对《汇编》的整理，发现我国对俄苏文论的译介最早始于汝非所写的《托尔斯泰之逃亡》一文。该文发表在《新青年》1915 年 10 月第 1 卷 2 期。而真正的翻译类文章是在两年多之后，即由英国人特里狄斯（W.B.Trites）所著、周作人汉译的《陀思妥夫斯奇之小说》一文，刊于《新青年》1918年1月第4卷1期上。

据统计，从1915年至1949年，我国共有124种刊物登载了682篇翻译类俄苏文论，其中仅刊登了1篇和2篇文论的期刊各有27种，刊登了3篇以上（含3篇）文论的期刊有70种，详情如表2.10所示：

表2.10　刊登3篇以上（含3篇）翻译类俄苏文论的中国现代文学期刊及文论篇数

刊名	文论（篇）	刊物（种）
《译文》	51	1
《小说月报》	36	1
《奔流》	22	1
《东流》	19	1
《光明》《文学月报》	17	2
《乐群》	16	1
《文学丛报》	15	1
《文学》	14	1
《海风周报》《拓荒者》《文艺阵地》	13	3
《文学周报》《文艺科学》《文艺新潮》《文艺月刊》	12	4
《萌芽》《青年文艺》《野草》《语丝》	11	4
《北新》《莽原》《文艺》《文艺月报》《作家》	10	5
《现代文艺》《诗创作》《夜莺》	9	3
《文艺生活》	8	1
《七月》《新文艺》	7	2
《朝花》《文饭小品》《文学战线》《现代》《新青年》《质文》	6	6
《创造月刊》《春光》《大众文艺》《东方文艺》 《抗战文艺》《时代文学》《文讯》《文艺先锋》 《文艺杂志》《新时代》《新演剧》	5	11
《谷雨》《今代文艺》《黄河》《清明》《人世间》《文学季刊》《文艺讲座》 《现代文学》《中国文化》《文学批评》	4	10
《春潮》《当代文学》《华北文艺》《青年界》 《诗歌生活》《文学新地》《文艺春秋》《文艺知识连丛》 《戏剧春秋》《戏剧与文学》《新诗》《戏剧》	3	12

在评介类文论方面，共有100种刊物发表了322篇评介俄苏文

学的文章，其中刊登了1篇文章的期刊有41种，刊登2篇文章的期刊有22种，刊登3篇（含3篇以上）文章的期刊共有37种，具体如表2.11所示

表2.11 刊登3篇以上（含3篇）评介类俄苏文论的中国现代文学期刊及文论篇数

刊名	文论（篇）	刊物（种）
《小说月报》	36	1
《文学周报》	30	1
《文艺春秋》	15	1
《东方文艺》	12	1
《文学》	11	1
《文艺知识连丛》	7	1
《东流》《创造月刊》《青年界》《风雨谈》	6	4
《光明》《大众文艺》《文艺先锋》《诗歌生活》《一般》《现代》	5	6
《文艺科学》《青年文艺》《文艺》《文艺生活》《读书月刊》《时与潮文艺》《现代文学》《涛声》	4	8
《拓荒者》《北新》《文艺月报》《文艺讲座》《笔阵》《文学新报》《杂文》《解放与改造》《希望》《小说》《中原》《小说月刊》《文坛》	3	13

事实上，从1915年至1949年，刊登俄苏文论译介文章的刊物共达148种，其中有70种同时刊登了翻译类和评介类俄苏文论。而在这70种刊物中，登载篇数达3篇（含3篇以上）的期刊有23种，见下表2.12。这些刊物可说在俄苏文论译介方面发挥了重要作用。以《小说月报》为例，不仅刊登了大量有关俄苏文论的翻译类和评介类文章，而且，还在1921年9月第12卷号外开辟《俄国文学研究》专辑，刊载了国内多位俄国文学研究和译介的大将，如郑振铎、耿济之、陈望道、沈雁冰、周建人、鲁迅、郭绍虞、沈泽民、张闻天、夏丏尊等人的译介文章，其中既有有关俄国文学史及俄国文学思潮的译介文章，也有国人对多位俄国文学家的评介，如郑振铎的

《俄国四大文学家合传》一文就谈及果戈里、托尔斯泰、屠格涅夫和陀思妥耶夫斯基，沈雁冰的《近代俄国文学家三十人合传》更是把俄国文学史上几乎所有重要人物全部囊括其中，如莱蒙托夫、赫尔岑、加尔洵、安德列夫等等；既有译自克鲁泡特金的关于俄国文艺批评的翻译文章，译自日本作者的有关俄国诗坛、俄国童话文学、托尔斯泰的文章，也有郭绍虞、张闻天、沈泽民等人对俄国诗歌、托尔斯泰、俄国文艺学的评论；除此之外，还有多篇俄苏小说的译文，作者包括高尔基、屠格涅夫、柴霍甫、陀思妥耶夫斯基、阿尔志跋绥夫、安德列夫等，并有少量诗歌翻译和一部普希金的剧本翻译。可以说，这辑俄国文学研究专号几乎是一部缩微的俄国文学史。

表 2.12　刊载俄苏文论的主要中国现代文学期刊及文论篇数

刊名	翻译类（篇）	评介类（篇）	合计（篇）
《小说月报》	35	37	72
《文学周报》	30	12	42
《东流》	6	19	25
《光明》	5	17	22
《文艺春秋》	15	3	18
《东方文艺》	12	5	17
《拓荒者》	3	13	16
《文艺科学》	4	12	16
《文学》	11	14	15
《青年文艺》	4	11	15
《文艺》	4	10	14
《文艺月报》	3	10	13
《北新》	3	10	13
《文艺生活》	4	8	12
《创造月刊》	6	5	11

（续表）

刊名	翻译类（篇）	评介类（篇）	合计（篇）
《文艺知识连丛》	7	3	10
《大众文艺》	5	5	10
《文艺先锋》	5	5	10
《现代》	4	5	9
《青年界》	6	3	9
《现代文学》	4	4	8
《诗歌生活》	5	3	8
《文艺讲座》	3	4	7

2.2　俄苏文论译介的具体描述

汪介之曾指出："在中国新文学的成长过程中，始终有着外国文学的多元的、复杂的影响，其中最为显著的无疑是文艺复兴以后欧美现实主义文学，特别是19世纪俄罗斯文学的影响。这一历史现象对于我们考察中外文学关系，认识中国新文学总体格局赖以形成的外部条件，有着重要意义。"（1992：123）下面我们将按照俄苏小说文论、诗歌文论、戏剧文论、文学理论和文学史论等分别描述俄苏文论在中国现代文学期刊中的译介情况。

2.2.1 俄苏小说文论的译介

俄国文学，尤其俄国小说，对中国文学的影响，是无论怎样强调都不会过分的。鲁迅就曾说过，"俄国文学是我们的导师和朋友"（鲁迅，1981：460）。俄苏作家及其作品中深沉的人道主义和理想主义情怀、博大恢弘的气质及强烈的内省与忧患意识，都与中国的现实有很多契合点，并且给予了中国作家很多深刻的启发与激励。从我们检索到的有关俄苏小说文论的译介文章看，我们确实对俄苏小说家的译介饱含着热情，给予了深情的关注。这是可以从数据上加以证实的。在俄苏文论翻译类（682 篇）和评介类（322 篇）总数中，小说文论在数量上都是位居第一的（见表 2.1），分别有 300 篇和 192 篇，各占总数的 44%和 60%；而且译介重点基本一致，均以介绍、评论俄苏各小说家及其作品为要点，尤其是俄苏重要小说家及其作品成为当之无愧的译介焦点（见表 2.6）。下面将着重概述表 2.6 中所列的 7 位小说家的译介情况。

2.2.1.1　高尔基

高尔基（1868—1936）是俄苏文论译介的最大焦点。对他在现代文学期刊中的译介可以从三类文章谈起。第一类是对高尔基本人所著文章的翻译（共 53 篇），第二类是他人有关高尔基的翻译文章（共 76 篇，含复计 6 篇），第三类是国人有关高尔基的评介文章（共 51 篇）。这三类文章中最早登上中国现代文学期刊的分别是郑振铎所译的《文学与现在的俄罗斯》(《新青年》,1920 年 10 月第 8 卷 2 期)、震瀛[①]所译的《罗素与哥尔基》(《新青年》, 1921 年 1 月第 8 卷 5 期）和风光发表在 1925 年 10 月第 50 期《语丝》上的《高尔基及其他》。下面分别描述。

高尔基本人所著的 53 篇文章分别发表在多种期刊中。这些文章论及童话、作家评论、文学理论和批评、文学创作论等。童话方面的文章有：邓当世[②]翻译的《俄罗斯的童话》4 篇，先后刊于《译文》1934 年 10—12 月第 1 卷 2~4 期，及 1935 年 4 月第 2 卷 2 期；沙可夫翻译的《意大利的童话》3 篇。前两篇连载于《译文》1936 年 7—8 月新 1 卷 5~6 期高尔基逝世纪念特辑一、二；第三篇则发表在

① 震瀛即袁振英。
② 邓当世即鲁迅。

《译文》1937 年 6 月新 3 卷 4 期。此外，还有林林翻译的《论儿童文学的主题》，刊于《质文》1936 年 6 月第 5、6 合刊号上。但是在 1936 年 7 月《文学》杂志第 7 卷 1 号儿童文学特辑上还可见由沈起予翻译的《儿童文学的“主题”论》。这两篇文章疑为同文重译。

在作家评论方面，高尔基著有 13 篇文章，论及不同的作家，如《托尔斯太回忆杂记》(赵景深译，《奔流》，1928 年 12 月 30 日第 1 卷 7 期)、《高尔基对布洛克的批评》(译者不详，《拓荒者》(《海燕》)，①1930 年 1 月第 1 期)、《关于托尔斯泰的一封信》(柔石译，两篇连载，《萌芽》(《新地》)②，1930 年 1 月 1 日第 1 卷 1 期和 2 月 1 日第 1 卷 2 期)、《契诃夫：回忆底底片》(胡风译，《译文》，1935 年 3 月第 2 卷 1 期)、《悼巴比塞》(老达译，《东流》，1935 年 11 月第 2 卷 1 期周年纪念号)、《 M.M. 珂丘宾斯基》(胡风译，《译文》，1936 年 4 月，新 1 卷 2 期)、《果戈里论》(曹葆华译，《谷雨》，1942 年 6 月 15 日第 1 卷 5 期)。

其他还有 19 篇是高尔基论述文学理论与批评的文章，它们主要是：《论无产作家》(该文由陈勺水从松田伊之介的日译本译成汉语，发表在《乐群》(月刊) 1929 年 1 月第 1 卷 1 期上)、《论现实》(艾思奇译，《文学丛报 (人民文学)》，1936 年 4 月诞生号)、《劳动阶级应当养成文化的工作者》(冯雪峰译，《文艺讲座》，1930 年 4 月第 1 期)、《论形式主义》(慕文译，《文学丛报 (人民文学)》，1936 年 7 月高尔基逝世特辑第四期)，此文疑有邢桐华的同名译文，刊于《质文》1936 年 10 月第 2 卷 1 期，以及《论语言》(孟昌译，《野草》，1941 年 6 月第 2 卷 4 期)、《论文学及其他》(赵家璧译，《文季月刊》，1936 年 8 月第 1 卷 3 期)，同样，此文也疑有白澄的同名译文，刊于《文学月报》1940 年 6 月 15 日第 1 卷 6 期。

① 此刊第 1 期即《新流月报》。第 4、5 期合刊后另有一部分更名《海燕》。从第 3 期起成为中国左翼作家联盟机关刊物。

② 从第 3 期起成为中国左翼作家联盟机关刊物。第 5 期更名《新地》。

同时，高尔基还有一些文学创作方面的文章，如《给青年作家》（绮雨译，《译文》，1935 年 3 月第 2 卷 1 期）、《论创作技巧》（沈起予译，《文学丛报（人民文学）》，1936 年 8 月第五期）和《我怎样学习写作》，这是由戈宝权翻译的四篇连载文章，发表在《青年文艺》1944 年 9—11 月新 1 卷 2~4 期和 1945 年 2 月 15 日新 1 卷 6 期，以及他的一些通信文章。

在 76 篇翻译类文论中，有 19 篇是对高尔基生平及活动的论述，比如其中有一篇是美国作家辛克莱（Upton Sinclair，1878—1968）所著，被林疑今翻译成《关于高尔基》发表在《海风周报》1929 年 3 月 23 日第 13 期上，讲的是高尔基在美国因为对于美国政府对两位铁路工人领袖的绞杀行为表示抗议，因而引起了美国政府对他的不满。美国报界就借机向俄国公使透露有关高尔基和他的妻子非正式婚姻一事，对高尔基大加诋毁，因此让高尔基在纽约出境遇到障碍。其他相关文章还包括：《高尔基的晚年》（邱玛特林著、秦炳著译，《光明》，1936 年 6 月第 1 卷 2 期）、《高尔基的生涯和事业》（古尔士杰夫著、周学普译，《作家》，1936 年 7 月第 1 卷 4 号）、《玛克沁·高尔基的一生》（中条百合子著、雨田译，《译文》，1936 年 9 月第 2 卷 1 期）、《忆高尔基》（I. 勃罗特斯基著、天虹译，《译文》，1936 年 10 月，新 2 卷 2 期）、《高尔基小传》（原作者和译者均不详，《文艺月刊·战时特刊》，1939 年 6 月 16 日第 3 卷 5、6 期）、《世界作家悼高尔基》（原作者不详、秦似节译，《野草》，1941 年 6 月第 2 卷 4 期）等。

由于高尔基的逝世，当时的中国文学期刊掀起了对他的一个不小的译介高潮。有些杂志，如《译文》《文学》《东方文艺》和《文学丛报》都分别刊印高尔基逝世特辑，发表纪念文章、评论文章和高尔基本人所著的文章。比如《译文》杂志就在 1936 年 7—8 月新 1 卷 5~6 期连续两期刊印高尔基逝世纪念特辑，里面的文章包括：《高尔基之死》(秋田雨雀著、雨田译)、《从普式庚说到高尔基》(施答尔却可夫著、沙克夫译)、《高尔基论托尔斯泰的信》(苏联科学学院编辑，春雷译)、《高尔基与苏联文学》(I. 奴西诺夫著，天虹译）和《意大利的童话》(高尔基著，沙可夫译）等。

在外国作者撰写的有关高尔基的纪念文章中，我们不能不提法国的罗曼·罗兰（Romain Rolland，1866—1944）。他既是伟大的人道主义者，也是“十月革命”坚定的支持者。从30年代开始，罗曼·罗兰与高尔基频繁接触，并在1935年应高尔基的邀请，访问了苏联。他在30年代写下的数篇论述、纪念高尔基的文章，被我国不同刊物翻译出版。从《汇编》可以检索到他写过的相关文章如下：1932年11月《文学月报》第1卷4期上刊登了寒琪译的《论高尔基》、1936年4月《译文》新1卷2期上陈占元译的《向高尔基致礼》。1936年6月，高尔基逝世，同年7月《东方文艺》第1卷4期（追悼高尔基特辑）即刊发了罗曼·罗兰的《永息在我们心里》一文，悼念高尔基；1936年8月《译文》新1卷6期（高尔基逝世纪念特辑二）中刊登黎烈文译的《和高尔基告别》，1941年6月《野草》第2卷4期上还有秦似译的《忆高尔基》。从这些文章可以看出罗兰和高尔基之间非同寻常的关系。在《向高尔基致礼》一文中，罗兰批判了当时欧洲的艺术和文学，认为那就是“人民的鸦片”，整个欧洲智识阶层因为其坚持的“个人主义”而显得“无力”；他称赞高尔基是出自劳动的民众的“黑压压的大地”里面，他“今日与家无恒产的人们的意识成为一体。他是那些人的智识上的荣耀”。文章还表达了罗兰对两人会合后的未来充满的期盼和希望。

另外57篇关于高尔基的翻译类文章则是专论性质的。比如《现代文学》1930年10月16日第1卷4期上曾刊登楼适夷译自日本秋田雨雀所著的《高尔基在苏联的地位》一文。文章高度评价了高尔基作为一名伟大的无产阶级作家在苏联的影响。该文引用了P. S. 科根教授的话，说高尔基也和其他革命的知识阶级作家相似，起初难免和革命前的印贴利更追亚[①]的作家同样的动摇；但该文同时指出，对高尔基，“可以说是尽力地清算了革命与自己间的矛盾，……成为一个普罗列塔利亚之国、苏联的热烈的拥护者”，对高尔基在无产阶级文学事业上所做的贡献给予了高度肯定。秋田雨雀在这篇文章中还指出，高尔基对于培养无产阶级文学青年的极其重视，这也是他作为一名坚定的无产阶级文学家对于无产阶级革命事业所做的非常重要的贡献之一。其他有关高尔基的专论文章还有如下：《高尔基论》（日本升曙梦著、凌坚译，《读书月刊》，1931 年 8 月 10 日第 2 卷 4、5 期文学研究专号）、《高尔基早年作品风格之研究》（皮思拉杜甫著、易华译，《文学季刊》，1935 年 6 月第 2 卷 2 期）、《列宁的高尔基论》（塞维林著、叶以群译，《华北文艺》，1941 年 6 月 1 日第 1 卷 2 期）、

《艺术家和人——高尔基的两重伟大》（A. 阿涅克斯脱著、葛一虹译，《时代文学》，1941 年 7 月 1 日第 1 卷 2 期）、《高尔基创作中的浪漫主义》（日本熊泽复六著、梁蕙译，《东流》，1936 年 11 月第 3 卷 2 期）、《高尔基创作中的现实主义》（日本熊泽复六著、译者不详，《东流》，1936 年 11 月第 3 卷 2 期）、《高尔基与大众》（V.Sidotine 著、金苑莹译，《文艺月报》，1933 年 7 月第 1 卷 2 期）、《高尔基与苏联文学》（I · 奴西诺夫著、梅雨译，《文学丛报（人民文学）》，1936 年 5 月第二期；同名文章也由天虹翻译，刊于《译文》，1936 年 8 月，新 1 卷 6 期高尔基逝世纪念特辑（二））、《高尔基与现实主义》（A · 拉弗列茨基著、蒋天佐译，《新中国文艺丛刊》，1939 年 8 月第 2 辑、《论高尔基底社会主义的人道主义》（E.Knipovich 著、王楚良译，《文艺新潮》，1939 年 11 月第 2 卷 1 期）、《高尔基的人道主义》（熊泽复六著、林焕平译，《文学月报》，1940 年 6 月 15 日第 1 卷 6

① 即 intelligentsia，知识分子。

期)、《社会主义现实主义创作者高尔基》(拉金著、凌之译,《今代文艺》, 1936 年 8 月第 1 卷 2 期)、《高尔基——伟大的人道主义者》(德国 F.Schneider 著、译者不详,《中国文化》,1941 年 6 月第 3 卷 1 期)、《从高尔基看创作的自由与党性》(布亚里克著、聂宏远译,《群众文艺》, 1948 年 11 月 15 日第 4 期) 等。

此外，还有一些比较研究性质的文章，如《文学新报》1945 年 9 月 10 日第 2 卷 1 期所刊登的文章《 L. 托尔斯泰与 M. 高尔基》，由庄寿慈翻译自苏联对外文化协会会刊（即 V.O.K.S）。里面详细地介绍了托尔斯泰和高尔基二人的相知、相识，以及二人在文学上的相异见解。托尔斯泰初见高尔基的感觉是“他是一个人民的人”，两人彼此喜欢对方，而且一直保持良好的关系，但他们也有不同的见解，如高尔基不能同意托尔斯泰对于屠格涅夫和陀思妥耶夫斯基的批评，而且不能接受托尔斯泰“不以武力抵抗邪恶的思想”，认为托尔斯泰的“不抵抗的说教”“毫无疑问那是起着反动作用的”，他主张的是对生活的积极的态度。而托尔斯泰在某些方面也无法理解高尔基，他曾经说过:“我仍然不忘欧洲有这么多人翻译阅读他的书的这个事实:无疑的他是有一些新的东西的。”“高尔基的新，首先就是高尔基的作品与革命的无产阶级，俄国的人民，二者间的联系。”而这些“新”东西，确实是托尔斯泰无法理解的。其他文章则有:《罗素与哥尔基》(原作者不详、袁振英译,《新青年》, 1921 年 1 月第 8 卷 5 期、《高尔基与托尔斯泰》(卢纳察尔斯基著、沈起予译,《文学月报》1932 年 12 月第 1 卷 5、6 期合刊)、《高尔基与杰克伦敦之比较研究》(A. 坎臬迪著，马彦祥译,《矛盾》, 1934 年 1 月第 2 卷 5 期)、《高尔基与郭沫若》(藤森成吉著、春卷译,《新时代》, 1937 年 3 月 1 日第 7 卷 3 期(复刊号 3 月号)、《列宁与高尔基》(Y. 加奈次基著、胡风译,《七月》, 1939 年 8 月第 4 集 2 期（总第 20 期))、《罗曼 · 罗兰与高尔基》(勃莱特堡著、张治平译,《文章》, 1946 年 3 月 1 日第 1 卷 2 期)。

《文学丛报（人民文学）》也在1936年7月发表高尔基逝世特辑，其中文章有《麦克辛·高尔基》(卢纳察尔斯基著、修奇译)、《作为戏剧家的高尔基》(Wiener（维纳）著、少茀译)，以及高尔基所著两篇文章《论形式主义》(慕文译）和《科罗琏珂》(露蒂译)。

在51篇有关高尔基的评介类文章中，对高尔基生平介绍或一般性介绍的文章占25篇，作品论有7篇，专论文章有11篇。

有关高尔基的介绍性或悼念性的评介文章大多刊发于1936年6月及以后。如《东方文艺》在1936年7月第1卷4期印发的《追悼高尔基特辑》中就有这些文章:《高尔基的死》(郭沫若)、《吊高尔基》(梅雨)、《普罗文学的师表——高尔基》(雷石榆)、《关于高尔基》(彭毓炯)、《悼念高尔基》(菲戈）和《柴霍甫所见的高尔基》(裴琴)。其他还有多种期刊和多位评介者为高尔基的逝世写下了相关文章：

《悼念玛克辛·高尔基》(唐弢，《作家》,1936年7月第1卷4号)、《追悼马克星·高尔基特辑》(邢桐华、彭澎、魏晋、宋寒衣、牧声、林蒂、溅波，《诗歌生活》,1936年10月第2期)、《悼高尔基》(杜宣，《东流》，1936年7月第3卷1期讽刺文学特辑)、《 M. 高尔基（作家介绍)》(未艾，《大众文艺》第1卷3期（无出版时间))、《 M. 高尔基断片》(胡风，《现实文学》,1936年8月第2期)、《伟大的战士高尔基》(梅雨，《今代文艺》，1936年7月，创刊特大号)、《文学巨匠高尔基》(铎，《笔阵》,1940年6月，新1卷2期)、《关于高尔基》(萧三，《谷雨》,1942年8月15日第1卷6期）和《高尔基的道路》(林焕平，《文艺复兴》，1946，第1卷5期）等。

在这类文章中，茅盾写于1945年6月1日的《写下第一篇作品以前的高尔基》(《文学新报》，第2卷1期）值得一提，因为该文不仅介绍了高尔基成名前的生活，而且为青年作家总结了四点可向高尔基学习的地方：第一，不为学习写作技巧而读名家名作，为只为“求认识人生”；第二，不为积累写作素材而流浪，作家需要的是用真心去感受生活；第三，自己创作的过程中，不要受到已读过的名家名作的羁绊，要用自己亲眼目睹、亲耳所听的事件，表现活生生的现实；第四，也是最为重要的一点，作家须有“对于真理，对于光明，对于合理的生活之坚定不拔的信心，……这种信心和勇气是从事写作者最基本的一个条件”。这些观点无论对于当时的青年作家，还是对于当世的作家，都是不无裨益的。

同时，也有 7 篇文章是对高尔基作品的评介，如《读了高尔基的〈我的童年〉以后》(李铁郎，《海风周报》，1929 年 1 月 20 日第 4 期特大号)、《高尔基的〈我的童年〉》(勉之，《读书月刊》，1930 年 12 月 1 日第 1 卷 2 期)、《高尔基的〈母亲〉》(糜一勺，《读书月刊》，1932 年 6 月 10 日第 3 卷 3 期)、《高尔基的〈忏悔〉》(海流，《文艺》，1936 年 7 月第 3 卷 3 期)、《读高尔基的〈在人间〉》(伍辛，《抗战文艺》，1944 年 2 月第 9 卷 1、2 期合刊）等。

有关高尔基的 11 篇评介类专论文章各有论述重点，比如周扬的《高尔基的浪漫主义》(《文学》，1935 年 1 月第 4 卷 1 号）就是从浪漫主义角度而对高尔基作品的一个评介。文章一开始便称“高尔基是以一个浪漫蒂克走进文学世界的”，认为高尔基的浪漫主义在本质上就和过去一般的浪漫主义迥然不同，表现出“积极的，战斗的性质”，“他从空想，传说的世界，浮浪人，‘无家者’的世界，选拔了勇敢的人物，来和贪婪卑怯的俗物对立”。而且，在“高尔基的浪漫蒂克的作品中，我们看到了真实现实的描写和画面。这些作品中的许多人物都是非常现实的，典型的。现实的精神和浪漫的灵感在初期的高尔基中融合为一了”。周扬也指出，“讴歌自然，描写风景，是浪漫主义者的一个最大的特色。高尔基便是最善于描写自然风景的。他初期的作品几乎每一篇里都可以看见平静的海，威胁的浪波，或无尽的日光照耀的大草原”。不过，文章最后也指出，“高尔基虽以浪漫蒂克的姿态出现于文坛，但他四十年创作的主要方向却是现实主义”（周扬，1984：131~139）。（该文章末尾，作者有一个追记，说明内容大部分是根据塞维林和特立福罗夫的《新文学概论》中关于高尔基一章的前半而成。）其他文章主要还有：《高尔基》（辛亥，《小说月刊》，1932年10月第1卷1期）、《高尔基的创作经验》（曹靖华，《文学》，1934年7月第3卷1号）、《高尔基的艺术与思想》（李宗文，《光明》，1936年6月第1卷2期）、《高尔基的风度和给予我们的教训》（寿清，《青年界》，1936年7月第10卷2期）、《普罗文学的师表——高尔基》（雷石榆，《东方文艺》，1936年7月第1卷4期追悼高尔基特辑）、《高尔基的新的人道主义》（徐懋庸，《文学》，1936年8月第7卷2号高尔基纪念特辑）、《今天我们应该向高尔基学习什么》（徐中玉，《七月》，1938年6月第3集4期（总第16期））、《高尔基论艺术与思想》（罗烽，《文艺月报》，1941年7月1日第7期）、《高尔基的小说》（艾芜，《萌芽》，1946年7月15日第1卷1期）、《高尔基的作品在中国》（金人，《东北文艺》，1947年6月15日第2卷1期）。

从上述译介文章可见，当时有关高尔基的翻译类文论文章远多于评介类文章，而且共有60种期刊曾刊发过译介、评论或纪念高尔基的文章。这些刊物是《北方文化》《北新》《奔流》《笔阵》《创造月刊》《大江》《大众文艺》《东北文艺》《东方文艺》《东流》《读书月刊》《谷雨》《光明》《海风周报》《华北文艺》《今代文艺》《抗战文艺》《乐群》《矛盾》《萌芽》《七月》《青年界》《青年文艺》《群众文艺》《诗歌生活》《时代文学》《文学》《文学创作》《文学丛报（人民文学）》《文学季刊》《文学新报》《文学月报》《文艺》《文艺春秋》《文艺复兴》《文艺生活》《文艺突击》《文艺新潮》《文艺月报》《文艺月刊·战时特刊》《无轨列车》《现代》《现代文学》《现实文学》《小说月报》《小说月刊》《新青年》《新时代》《新文学》《新中国文艺丛刊》《野草》《译文》《语丝》《中国文化》《作家》《朝华》《文艺讲座》《文学》《夜莺》和《文季月刊》。如果说高尔基在中国的影响确实很大，那么，这些刊物就是明证之一。

无论当下的学术界如何评价被扭曲、被神化、被片面阐述的高尔基，他作为19世纪末20世纪初俄罗斯杰出的现实主义文学家，其“文学是人学”的创作命题，代表的正是以19世纪俄罗斯的文学传统以及遗产为源头的人道主义精神。而“构成十九世纪俄罗斯文学精神基础的人道主义是一种对自由和泛爱的追求，对受苦受难者的哀怜，对受侮辱受损害者的同情。”（张建华，1997：53）正是在这一点上，高尔基的这种现实主义精神与当时中国反封建、反资本主义、反帝国主义的重重压迫的现实相呼应，他的作品及其文学主张也就必然在中国大地得到响应和追随。

2.2.1.2 托尔斯泰

托尔斯泰（1828—1910）在我国现代文学期刊中的译介，虽然在文论数量上次于高尔基，但在译介时间上却均早于高尔基。早在1915年10月第1卷2期《新青年》上就有汝非所写的评介文章《托尔斯泰之逃亡》；而最早的翻译类文章则见于1920年9月第2卷3期《少年中国》上由美国作者德雷克（Durant Drake）著、李小缘译的《自托尔斯泰学说上的俄罗斯解释》一文。汝非的文章称托尔斯泰为《俄罗斯大文学家、道德家》，并评价了托尔斯泰的品德及其对全世界的影响。

据我们的资料统计，有关托尔斯泰的翻译类文章有64篇，其中论及其生平的文章有14篇，评论其作品的文章有8篇，各种专论文章有42篇。

生平方面主要有《怀托尔斯泰》（蒲宁著、徐霞村译，《文学周报》，1928年9月第333、334期（第7卷8、9期））、《托尔斯太回忆杂记》（高尔基著、赵景深译，《奔流》，1928年12月30日第1卷7期）、《托尔斯泰孙女回忆录》（安娜·托尔斯泰著、耿济之译，《小说月报》,1931 年 1 月第 22 卷 1 期)、《L.N. 托尔斯泰与他的时代》(乌里亚诺夫著、何思敬译,《文艺》, 1933 年 12 月第 1 卷 3 期)、《托尔斯泰之家》(E · 敏特林著、禾康译,《自由中国》, 1941 年 7 月，新 1 卷 2 期)，以及美国作者西蒙斯著、冯亦代译的《青年托尔斯泰》，此文从《清明》杂志 1946 年 5 月 1 日创刊号始，一直连载 4 篇。同时，也发现，卢纳察尔斯基的《托尔斯泰的死与少年欧罗巴》一文被韦漱园[①]和鲁迅同时翻译，分别发表在 1929 年 1 月第 2 卷 2 期的《未名》和 1929 年 1 月 15 日第 1 卷 3 期的《春潮》上。

评论托尔斯泰作品的 9 篇翻译类文章，主要围绕《安娜 · 卡列尼娜》和《战争与和平》这两部作品，如《论〈战争与和平〉》(齐尔查宁诺夫著、孙湋译,《文哨》, 1945 年 7 月 5 日第 1 卷 2 期)、《介绍文学巨著〈战争与和平〉》(H. 古舍夫著、郭竞天译,《文讯》, 1946 年 11 月 15 日第 6 卷 8 期)、《〈战争与和平〉是怎样写成的?》(伏尔克夫作著、白澄译,《文学月报》, 1940 年 11 月 15 日第 2 卷 4 期)、《论〈安娜 · 卡列尼娜〉》(A. 莫德著、徐迟译,《青年文艺》, 1944 年 4 月 1 日，新 1 卷 1 期)、《〈安娜 · 加列尼娜〉的构成和思想》(原作者不详，邢桐华译,《东流》, 1935 年 5 月第 1 卷 6 期)、《托尔斯太的〈安娜 · 卡列尼娜〉》(勃拉尼夫著、小畏译,《人世间》, 1943 年 5 月 25 日第 1 卷 5 期)、《托尔斯泰的恋爱及其〈家庭幸福〉》(巴甫洛夫著、唐锡如译,《现代》, 1933 年 7 月第 3 卷 3 期) 和《托尔斯泰的〈活尸〉与法国精神》(明斯基著、马宗融译,《文艺先锋》, 1943 年 9 月 20 日第 3 卷 3 期)。

对托尔斯泰的专论文章共有 42 篇，这些文章从各个不同角度对这位伟大作家进行了评论，主要者如下：《自托尔斯泰学说上的俄罗斯解释》(Durant Drake 著、李小缘译,《少年中》, 1920 年 9 月第 2

---

① 韦漱园即韦素园。

卷3期)、《俄罗斯文学里托尔斯泰底地位》(升曙梦著、灵光译,《小说月报》,1921年9月第12卷,号外)、《托尔斯泰的思想》(S·褚威格著、许天虹译,《现代文艺》,1940年4月第1卷1期)、《托尔斯泰底艺术观》(雪尔特科夫著、曹葆华译,《文艺阵地》,1942年10月第7卷3期)、《托尔斯泰对于文学的意见》(V·契特柯夫著,P·塞吉演科笔录,汝龙译,《现代文艺》,1942年10月第6卷1期)、《托尔斯泰小说论》(费尔普司著、赵景深译,《文学周报》,1928年9月第333、334期(第7卷8、9期))、《托尔斯太》(两篇连载)(托马斯·曼著、闵予译,《朝花》(旬刊),1929年7月1日第1卷4期和1929年7月11日第1卷5期)、《艺术家托尔斯泰》(《艺术家的悲剧》节录)(傅利采著、冯乃超译,《文艺讲座》,1930年4月10日,第1期)、《评托尔斯泰主义》(傅立策著、杨东莼译,《北新》,1930年11月第4卷21、22期)、《托尔斯泰及其周围的人们》(高尔基著、任钧译,《光明》,1936年6月第1卷2期)。

事实上,列宁对托尔斯泰有过深刻的评论。在发表于1908年9月11日的文章《列甫·托尔斯泰是俄国革命的镜子》中,列宁就以唯物辩证观对托尔斯泰做出了客观评价,指出"托尔斯泰的作品、观点、学说、学派中的矛盾的确是显著的。一方面,是一个天才的艺术家,不仅创作了无与伦比的俄国生活的图画,而且创作了世界文学中第一流的作品;另一方面是一个发狂地笃信基督的地主。一方面,他对社会上的撒谎和虚伪作了非常有力的、直率的、真诚的抗议;另一方面,是一个'托尔斯泰主义者',即是一个颓唐的、歇斯底里的可怜虫,所谓俄国的知识分子,这种人当众捶着自己的胸膛说:'我卑鄙,我下流,可是我在进行道德上的自我修养……'一方面,无情地批判了资本主义的剥削,揭露了政府的暴虐以及法庭和国家管理机关的滑稽剧,暴露了财富的增加和文明的成就同工人群众的穷困、野蛮和痛苦的加剧之间极其深刻的矛盾;另一方面,狂热地鼓吹‘不用暴力抵抗邪恶’。一方面，是最清醒的现实主义，撕下了一切假面具；另一方面，鼓吹世界上最卑鄙龌龊的东西之一，即宗教，力求让有道德信念的僧侣代替有官职的僧侣，这就是说，培养一种最精巧的因而是特别恶劣的僧侣主义”（列宁，1995：370~371）[①]。

也许是受到列宁观点的影响，我们可以发现与上述列宁的文章几乎同名的另外两篇文章——伊理支著、嘉生译的《托尔斯泰——俄罗斯革命明镜》(《创造月刊》，1928 年 10 月第 2 卷 3 期）和乌里亚诺夫著、高廷发译的《托尔斯泰像俄国革命的一面镜子》(《文学新地》，1934 年 9 月创刊号)。

M. 维丁的论文《托尔斯泰的历史意义》也是对托尔斯泰的全面评价，首先由秦似翻译，刊登在《野草》1941 年 12 月第 3 卷 3、4 期合刊上，后又有徐激的译文，刊登在《现代文艺》1942 年 1 月第 4 卷 4 期上。文章总结了托尔斯泰矛盾的一生，指出托尔斯泰“这位伟大的作家本能地感觉到这种种人道的、慈善的和教育的自由学说，以及他自己那社会层底份子想把横在有产阶级和人民之间的深渊填充起来的念头，用来医治这个不公平底社会的话，只不过是一个可鄙的假面具”。作者还指出，托尔斯泰的作品反映了他曾经生活和成长的社会环境，以及“民众们对这一不公平和压迫的制度的累积的憎恨”，深刻地揭露出所谓的“文明”与“进步”的社会的丑恶嘴脸。“托尔斯泰是现实主义的天才”，“他把人们的眼睛睁向社会制度的黑暗面，更坦白地向每一个人提出了生命上的难题和死亡，并且粉碎了不少陈旧的梦幻。”正如列宁在其《列甫·托尔斯泰是俄国革命的镜子》中指出的那样：“这种努力去完完全全地清扫官僚教会、地主和地主的政府，去摧毁地主阶级统治下的一切老的方式和制度，

① 列宁此文有瞿秋白的汉译文，题名为《列甫·托尔斯泰象俄国革命的镜子》，收录在鲁迅编辑的《海上述林》中，由 1936 年沈阳东北书店出版。

去免除土地的负担，以及要建立一个自由平等的小生产者底共产主义来代替这个阶级统治的国家，好像在我们的革命过程中，由农民们在历史的阶级上划上了一条鲜红的线条；这是毫无疑义的，托尔斯太著作里面的意识形态底内容是比他有时候也抨击的那一种主义：抽象的‘基督教安娜其主义’还要更适应于农民斗争。”不过，作者对托尔斯泰也有客观的批判，认为在他的《复活》与《克鲁兹赛·苏纳特》两部作品中，“每一页都充满着冷淡的，出世的道德学说”。而最终，托尔斯泰在晚年成了一名“他自己的艺术所严格拒绝的，他自己的伟大的小说所排斥的那种人”。这篇文章可以说为我们勾勒出了一个鲜活而完整的托尔斯泰——他的伟大，以及他的不足。

其他还有一些文章带有比较性质，如：《太戈尔和托尔斯泰》(宫岛新三郎著、樊仲云译，《小说月报》，1923 年 9 月第 14 卷 10 期太戈尔号（上））、《托尔斯太和马克思》(两篇连载)(卢纳察尔斯基著、鲁迅译，《奔流》，1928 年 12 月 30 日第 1 卷 7 期和 1929 年 1 月 30 日第 1 卷 8 期）、《高尔基与托尔斯泰》(卢纳察尔斯基著、沈起予译，《文学月报》，1932 年 12 月第 1 卷 5、6 期合刊)、《 L · 托尔斯泰与 M · 高尔基》(庄寿慈译自 V.O.K.S.（即苏联对外文化关系协会会刊)，《文学新报》，1945 年 9 月 10 日第 2 卷 1 期)。

这里尤其值得一提的是刊登在《奔流》杂志上的 8 篇文章，其中 7 篇同时刊于该杂志 1928 年 12 月 30 日第 1 卷 7 期，它们是：罗迦契夫斯基著、鲁迅译的《托尔斯太》、韩侍桁译的《小泉八云论托尔斯太》、高尔基著、赵景深译的《托尔斯太回忆杂记》、托尔斯泰著、赵景深译的《托尔斯太自己的事情》、卢纳察尔斯基著、鲁迅译的《托尔斯太和马克思》(讲演)、Maiski 著、鲁迅译的《托尔斯太》(演讲)、藏原惟人著、许霞译的《访革命后的托尔斯太故乡记 》，以及卢纳察尔斯基著、鲁迅译的（即托尔斯泰)《托尔斯太和马克斯》(讲演)(完)(《奔流》，1929 年 1 月 30 日第 1 卷 8 期)。

其他还有多篇以《托尔斯泰》《论托尔斯泰》或《托尔斯泰论》为标题的文章，如：《托尔斯泰论》(劳伯慈著、赵景深译，《小说月报》，1928年12月第19卷12期)、《托尔斯泰论》(尼古拉涅灵著、故剑译，《文学周报》，1928年9月第333、334期（第7卷8、9期))、《托尔斯泰论》(伊里支著、陈淑君译，《文学杂志》，1933年5月第1卷2号)、《论L·托尔斯泰》(N.丹钦柯著、焦菊隐译，《文艺先锋》，1944年2月20日第4卷2期)。

在34篇评介托尔斯泰的文章中，有关其生平的有3篇，评论其作品的有13篇，其他均为专论文章，共计18篇。但需指出一点的是，由于当时对翻译活动未如当今有明确界定，有些文章按今天的标准来看当属编译，但署名时并未明示，比如张闻天的《托尔斯泰的艺术观》(《小说月报》，1921年9月第12卷号外）一文，如作者在文中所说，是根据托尔斯泰《艺术论》一书的英文译本（*What Is Art?*）所写的，而且里面“引用的地方都是从本书上直译下来的”。文章一方面介绍托尔斯泰的艺术观，一方面又对之进行阐释或批评，是一篇典型的介绍兼评论的文章。如在如何定义艺术的目的与功用的问题上，文章就介绍了托尔斯泰有别于古今一切艺术观的思想：“假使要正当的下艺术的定义，应当先不要把他[艺术]看做快乐的方法，而视为人类生活条件中之一。如其这样的看起来，我们便可以看出艺术是人与人交通的一种方法啊！”“艺术是人类的一种活动力，是在一个人有意识地用某种外面的符号把自己经验过的情感传语别人，那别人被这些感情染感了，并且也经验这些感情。……总之，艺术不是快乐，却是为人生及个人与人类趋向于幸福的进步的路上，所不可少的一种联合人类的方法，把他们连接在同样的情感里。”文章也介绍了托尔斯泰对伪艺术的批评，认为伪艺术往往产生于上流社会，上流社会“只有三种无价值的单纯的感情——即骄傲，肉欲和厌世的感情”；“富人的艺术……不是从艺术家内面的冲动上发生，大都是因为上流社会的人的要求娱乐并且支付重大的报酬而产生的”。正因为此，制造艺术就和制造其他生产品一样，也变成一种有报酬的职业了；也正因为此，艺术最主要最宝贵的性质——诚实——也立刻衰弱下来并被破坏殆尽了。“上流社会艺术题材的贫乏，因失了宗教的性质而又失了通俗的性质，更其增大了，并且还减少那传达的感情的范围。”文章最后引述托尔斯泰对未来艺术的乐观态度，认为，将来的艺术是大多数人民的艺术，将来的艺术家也不是住居在不自然状态的变态的人，而是能代表大多数人的最高人生观的人。总之，文章亦译、亦述、亦评，是对托尔斯泰艺术观的一个比较全面的评介。

其他主要的专论文章还包括：《托尔斯泰的文学》(沈雁冰，《解放与改造》，1920 年 12 月第 3 卷 4 期)、《托尔斯泰的哲学》(耿济之，《解放与改造》，1921 年 10 月第 4 卷 2 期)、《托尔斯泰思想的断片》(胡仲持，《一般》，1927 年 12 月第 3 卷 4 号)、《托尔斯泰在俄国文学上的地位》(罗翟，《一般》，1928 年 12 月第 6 卷 4 号)、《缠不清的托尔斯泰》(博董（即赵景深)，《文学周报》，1928 年 9 月第 333、334 期（第 7 卷 8、9 期))、《〈安娜·加列尼娜〉的构成和思想》(邢桐华，《东流》,1935 年 5 月第 1 卷 6 期)、《托尔斯泰与现实主义》(佚名，《东流》，1935 年 11 月第 2 卷 1 期，周年纪念号)、《罗曼罗兰的托尔斯泰观》(罗念远，《东流》,1935 年 11 月第 2 卷 1 期周年纪念号)、《托尔斯泰作品里的女性典型》(彭慧，《文讯》，1947 年 7 月 15 日第 7 卷 2 期)、《论托尔斯泰底时代思想及其与人民的结合（上)》(石怀池遗，《文艺杂志》，1945 年 9 月，新 1 卷 3 期)、《论托尔斯泰的新美学的探索》(黄桦霈，《文艺先锋》，1943 年 10 月 20 日第 3 卷 4 期（周年纪念特大号)、《托尔斯泰的历史观》(实斋，《风雨谈》，1944 年 1、2 月合刊，第 9 期)、《托尔斯泰及其作品》(3 篇连载)(李霁野，《风雨谈》，1944 年 4 月第 11 期；1944 年 6 月第 12 期；1944 年 7 月第

13 期)、《从托尔斯泰学习什么》(舒非,《新演剧》, 1937 年 6 月第 1 卷 2 期)。

刊登过有关托尔斯泰的翻译类文章的期刊共有 37 种，其中刊登文章数量较多的有《奔流》(8 篇)、《小说月报》(4 篇)、《文学周报》(5 篇)、《清明》(4 篇)、《现代文艺》(3 篇)。刊登过有关托尔斯泰的评介类文章的期刊共有 20 种，其中刊登数量较多的是《风雨谈》(4 篇)、《文学周报》(5 篇)、《一般》(3 篇)、《东流》(3 篇)。除了一些同时刊登翻译类与评介类文章的期刊，如《小说月报》《文学周报》《文讯》《时与潮文艺》《文艺先锋》《文艺春秋》等，参与俄苏文论译介的期刊总共有 48 种。

事实上，我们大量译介有关托尔斯泰的文章，就是如耿济之在《俄国四大文学家合传》(《小说月报》, 1921 年 9 月 12 卷号外）一文中评价托尔斯泰时所说的，因他“富有伟大之天才，至高之独创性，不为旧学惯例所拘，运用其高超之哲学思想于文学作品中，以灌输于一般人民。他是俄国的国魂，他是俄国人的代表，从他起我们才实认俄国文学是人生的文学，是世界的文学。”升曙梦在《俄罗斯文学里托尔斯泰底地位》(灵光译,《小说月报》,1921 年 9 月 12 卷号外）中也给予托尔斯泰高度的肯定：“他底在俄罗斯文学史上有伟大的意义，不但只因为他是艺术家，是因为他把那时代的病的良心体现在他的作品里……而且通观他的一切作品，我们觉得倒是贯穿着同一的思想，这就是探求人生底意义和想获得那人生之真的不断希求。”显然，作为俄国文学的代表人物，托尔斯泰所主张的“人生的文学”，在中国广为传播并被积极接受。尤其是他的《艺术论》, 1921 年由耿济之翻译，“对中国新文学的理论建设产生过积极的作用”（汪介之，2005a：21)。郑振铎在为这一译本所写的序言中也说道，“中国的艺术向来是以娱乐为宗旨的”，而“托尔斯泰的这种民众的、人生的艺术主张，实在足以医治我们的这些病”(1921 ：3~4)。可见，当时托尔斯泰以及他的文学艺术与社会人生之关系的文艺观点，是受到了中国作家及译者的极大推崇的。

2.2.1.3 陀思妥耶夫斯基

陀思妥耶夫斯基（1821—1881）被认为是俄国文学史上最复杂、最矛盾的作家之一。与高尔基和托尔斯泰相比，我们对他的译介远不能说多或者全面。事实上，根据《汇编》，有关陀思妥耶夫斯基的翻译类文章才有 29 篇，评介类文章 17 篇。其中翻译类文论最早始于《新青年》1918 年 1 月第 4 卷 1 期的《陀思妥夫斯奇之小说》（W.B.Trites 著，周作人译）一文。据李万春编的《中国陀思妥耶夫斯基评介文章要目索引（1918 年 1 月—1986 年 1 月）》（1986），周作人这篇译文是根据英译文资料转译的，但它却是我国对陀思妥耶夫斯基的最早专文介绍的文章。而评介类文论最早的则始于《文学周报》1921 年 11 月第 19 期上郑振铎所著的《陀思妥以夫斯基的百年纪念》和茅盾所著的《陀思妥以夫斯基带了些什么东西给俄国？》。

在 29 篇翻译类文章中，有 12 篇是对陀思妥耶夫斯基的生平介绍和评传，如《杜思退益夫斯基的五十年纪念》（普时纳著、许德佑译，《小说月报》，1931 年 4 月第 22 卷 4 期）、《托斯退益夫斯基的回忆》（格里哥罗维基著、俞念远译，《文学季刊》，1935 年 9 月第 2 卷 3 期）和《杜思退益夫斯基的生平》（S·褚威格著、徐天虹译，《现代文艺》，1941 年 2 月第 2 卷 5 期）。《文艺杂志》1943 年 3 月第 2 卷 3 期和 1944 年 4 月第 2 卷 4 期上刊登了两篇瓦戈尔（Alexender Vanngel）著、常风重译的连载文章《记陀思妥也夫斯基》，文中介绍了陀思妥耶夫斯基被流放西伯利亚的生活。

论及陀思妥耶夫斯基的小说文论仅有两篇，除前述 W.B.Trites 所著的文章外，还有英国作者莫里（J.Middleton Murry）著、盈昂译的《托思退夫斯基的〈白痴〉》（《文艺月刊》，1933 年 1 月 1 日第 3

卷7期）。这是翻译类文论中唯一一篇专门讨论陀氏小说的文章。

其他翻译类文章可视为专论，其中有卢纳卡尔斯基著、云林译的《妥斯退夫斯基论》(《春光》，1934年4月第1卷2号)、脱拉耶诺夫斯基著、建南译的《杜斯退益夫斯基》(《青年界》，1931年7月10日第1卷5期)，以及升曙梦著、陈秋子译《杜斯妥夫斯基论》(《文学批评》，1942年9月1日，创刊特大号)。下面这些文章从标题看似是有所侧重的：《杜斯托也夫斯基与现代艺术》(Janko Lavrin著、郭安仁译，《新时代》，1932年6月1日第2卷2、3期)、《妥斯退益夫斯基在俄罗斯文学上的地位》(米川正夫著、魏晋译，《东流》，1935年2月第1卷3、4期)、《杜斯退益夫斯基的特质》(S·昂德烈益维奇著、沈起予译，《译文》，1935年4月第2卷2期)、《杜斯退夫斯基评价的再检讨》(倍列维尔则夫著、辛人译，《东方文艺》，1936年3月创刊号)、《从哥郭里到妥斯退益夫斯基》(徐村吉太郎著、曼之译，《东流》，1934年8月创刊号)、《果戈理和杜斯退益夫斯基》(冈泽秀虎著、陈望道译，《译文》，1935年9月终刊号)、《高尔基与杜思退夫斯基》(威雅里克著、文戎译，《文学战线》，1949年3月第2卷1期)。

其余的专论文章中，有些疑为重译文章，如刊登于《东流》1934年8月创刊号上的《妥斯退益夫斯基底方法》一文，没有原作者姓名，但有译者姓名（魏晋、博文）；而在《文学季刊》1934年12月第1卷4期上也有类似标题的文章《杜斯退益夫斯基的方法》，署名原作者为冈泽秀虎，译者为莫孚。另如《杜思退益夫斯基的样式与方法》一文，原作者是配勒卫哲夫（又译帕列维尔札夫），译者是魏猛克，刊于《译文》1936年11月新2卷3期；但陀氏此文被吴英重译为《朵思退耶夫斯基的样式与方法》，发表在《文艺》1938年10月第2卷1期特大号上。

在17篇评介类文章中，涉及陀思妥耶夫斯基生平的文章有5

篇，作品论5篇，可视为专论文章的有7篇；而且，对陀思妥耶夫斯基的评介文章大多发表在第一个时期内。可以认为，陀氏比其他俄国文学家更早地进入了中国文坛的视野。有关文章主要如下：

1921年11月《文学周报》第19期刊登的两篇文章——郑振铎的《陀思妥以夫斯基的百年纪念》和沈雁冰的《陀思妥以夫斯基带了些什么东西给俄国？》、1922年1月《小说月报》第13卷1期刊登的沈雁冰两篇文章——《陀思妥以夫斯基的思想》和《陀思妥也夫斯基的地位》、C P，《朵思退益夫斯基与其作品》（4篇连载）（《文学周报》，1922年3月第32期，1922年4月第33、34、35期）、罗翟的《陀思退夫斯基的地位特质及影响》（《一般》，1929年9月第9卷1号）、白樱的《杜斯妥以夫斯基回忆录》（两篇连载）（《风雨谈》，1944年10月第15期；1944年12月和1945年1月合刊，第16期）、常风的《陀思妥也夫斯基的〈白痴〉》（《文学杂志》，1947年6月第2卷1期）。

鲁迅在《陀思妥耶夫斯基的事》（《海燕》，1936年2月第1卷2期）中曾这样写道，“在年青时候，读了伟大的文学者的作品，虽然敬服那作者，然而总不能爱的，一共有两个人。一个是但丁，……还有一个，就是陀思妥耶夫斯基。……他把小说中的男男女女，放在万难忍受的境遇里，来试炼它们，不但剥去了表面的洁白，拷问出藏在底下的罪恶，而且还要拷问出藏在那罪恶之下的真正的洁白来。”即便是极能承受灵魂之痛苦和阴深的鲁迅，也说他对陀思妥耶夫斯基是敬而难爱，因而常想“废书不观”。然而，鲁迅也说道，对陀思妥耶夫斯基，“愈身受，也就会愈懂得他那夹着夸张的真实，热到发冷的热情，快要破例的忍从，于是爱他起来的罢”。

然而，在对陀思妥耶夫斯基的译介中，沈雁冰可说是借俄国文学家来唤醒中国青年的重要人物，他在《陀思妥以夫斯基的思想》（1922）一文中，着力强调了我们学习陀思妥耶夫斯基的意义：

我们就现在讲现在，把陀氏的思想摊在面前，和现在人性的缺陷比较着一看，总应该觉得陀氏的思想是人类自古至今的思想史中的一个孤独的然而很明的火花。对于中国现代的青年，尤是一剂良好无害的兴奋剂。他的对于将来的乐观，对于痛苦的欢迎，他的对于无产阶级的辩诬和同情，……——都是现代的消沉，退缩，耽安乐，自我的青年的对症药。我们，中国的青年，这几年来所见的黑暗，所受的痛苦，所牺牲的，比诸俄国青年在西伯利亚'死室'里所受的，孰多孰少？恐怕一千分之一也没有啊！然而我们社会中已有许多青年发出绝望的叫声来，对于人生没味了，甘心要把享乐的浓酒麻醉自己清醒的神经再装着假睡：这真太说不过去哩！让我们来宝爱生命罢，不要随他灰色的呆滞的过去；我们确信将来罢！社会改造的方法，陀氏曾言俄国不应抄西欧的旧法而应自创俄国的法式的，现在不是已经明明放在那里么？此外我们还缺少了什么？（转引自王锦厚，1996：314~315）

2.2.1.4 果戈理

有关果戈理（1809—1852）的翻译类文章有 24 篇，除了 P · 安恩廓夫著、姚可昆译的《忆果戈理》(《译文》，1937 年 3 月，新 3 卷 1 期）一文，其余基本属专论类，如：

冈泽秀虎著、东声[①]译的 5 篇文章——《郭哥尔的艺术》(《文艺月刊》，1931 年 12 月 30 日第 2 卷 11、12 期)、《郭果尔的生活与思想》(两篇连载于《文艺月刊》，1932 年 3—4 月第 3 卷 3~4 期)、《俄罗斯文学上的郭果尔时代》(两篇连载于《文艺月刊》，1933 年 2—3 月第 3 卷 8~9 期)、冈泽秀虎著、林焕平译的《郭哥里的写实主义》(《东流》，1934 年 8 月创刊号)；原文疑被须白石重译，发表在《文艺月

① 东声即韩侍桁。

刊》1936年9月第9卷3期上)、立野信之著、鲁迅译的《果戈理私观》(《译文》,1934年9月第1卷1期)、《当代文学》1934年11月第1卷5期上的两篇文章——倍列维尔则夫著、孟式均译的《郭戈里的艺术与环境》和亚里克士特著、叶琪译的《郭戈里讽刺了他自己阶级的罪恶》《果戈理怎样写作的》(8篇连载)(万垒赛耶夫著、孟十还译,《作家》,1936年4月—11月第1卷1号~第2卷2号)、高尔基著、曹葆华译的《果戈里论》(《谷雨》,1942年6月15日第1卷5期)、A·叶果林著、吕荧译的《论果戈里》(两篇连载)(《文讯》,1947年11月15日第7卷5期;1948年2月15日第8卷2期)。

但值得注意的是,在上述翻译类文章中,日本作者的文章共有9篇,其中有7篇(含重译1篇)为日本冈泽秀虎所著。

对果戈理的评介类文章只有7篇,是周扬的《果戈理的〈死魂灵〉》(《文学》,1935年4月第4卷4号)、胡风的《〈死魂灵〉与果戈理》(《文学》,1936年1月第6卷1号新年号)、艾芜的《略谈果戈理描写人物》(《青年文艺》,1942年10月10日创刊号)、潘乐述的《果戈里是怎样写作的》(《文艺知识连丛》,1947年5月15日第一集之二)、李广田的《说果戈理的〈外套〉》(《文艺春秋》,1948年3月15日第6卷3期)等。

根据资料,相对于其他几位俄苏文学家而言,我们对果戈里的译介是比较晚的。最早的翻译类文章是《文艺月刊》1931年12月第2卷11、12期上的《郭哥尔的艺术》(冈泽秀虎著、东声(即韩侍桁)译);最早的评介类文章是《文学》杂志1935年4月第4卷4号上周扬所著的《果戈理的〈死魂灵〉》。

2.2.1.5　契诃夫

1919年2月第6卷2期《新青年》上刊登的、托尔斯泰著、周作人译的《Tolstoi对于〈可爱的人〉的批评》一文,可说是我国现代文学期刊中对契诃夫（1860—1904）最早的译介。而对他的最早的评介文章则是赵景深所写的《柴霍甫与安徒生》一文，刊于《文学周报》1928年7月第323期（第6卷23期）上。

在22篇涉及契诃夫的翻译类文章中有9篇是纪念、回忆这位作家的文章，其余13篇属专论文章，如：《柴霍甫作品的来源》(Michael P. Chekhov著、赵景深译，《文学周报》，1929年3月第363期（第8卷13期））、《契诃夫小说的新认识》(米尔斯基著、赵景深译，《北新》，1928年9月第2卷20期)、《契诃夫与新时代》(罗迦契夫斯基著、鲁迅译，《奔流》，1929年12月20日第2卷5期)、《在我们时代里的契诃夫》(A·卢纳卡尔斯基著、P.K译，《萌芽》，1930年2月1日第1卷2期)、《关于所谓契诃夫的绝望》(R·林德著、张挚译，《文艺知识连丛》，1947年7月1日第一集之三)。

不过，其中还有4篇仅以作者名作为文章标题，如斯妥甫著、刘凤生译的《柴霍甫》(《解放与改造》，1921年10月第4卷2期)、蒲宁著、赵景深译的《柴霍甫》(《小说月报》，1926年10月第17卷10期)、何家槐译的《契诃夫论》(原作者不详，《文艺知识连丛》，1947年5月15日第一集之二)、A·德伊其著、陈敬容译的《安东·契诃夫论》(《文讯》，1948年4月15日第8卷4期)。

有关契诃夫的评介类文章是13篇，除了6篇泛论性文章外，其他7篇文章从不同角度论述了契诃夫：赵景深写的3篇文章——《柴霍甫与安徒生》(《文学周报》,1928年7月第323期（第6卷23期))、《鲁迅与柴霍甫》(《文学周报》,1929年5月第369期（第8卷19期))和《关于译文里的柴霍甫》(《文学》，1935年11月，5卷5号)、《关于契诃夫的创作》(白莱，《芒种》，1935年4月第4期)、《平凡时代中契可夫的姿态》(蔡骧，《文艺先锋》，1945年10月31日第7卷4期)、《柴霍夫艺术的特点》(作者不详，《文艺先锋》，1947年11月30日第11卷3、4期，六周年纪念号)、《契诃夫作品研究之一》(张岂之,《文艺大众》, 1946 年 12 月 11 日, 新 4 号)、在涉及契诃夫的所有 34 篇译介文章中, 赵景深一人就有 6 篇 (3 篇翻译类文论, 3 篇评介类文论)。

2.2.1.6　屠格涅夫

据王锦厚 (1996 : 308~309),《新青年》于 1915 年 9 月 15 日出版的创刊号上就发表了陈嘏翻译的屠格涅夫小说《春潮》并为之写了译者按, 其中对屠格涅夫做出的评价极高:“屠尔格涅甫氏乃俄国近代杰出之文豪也。其隆名与托尔斯泰相颉颃。……著作亡虑数十百种, 咸为欧美人所宝贵。称欧洲近代思想与文学者, 无不及屠尔格涅甫之名, 其文章乃咀嚼近代矛盾之文明, 而扬其反抗之声者也。”根据《汇编》, 我国从文论角度对屠格涅夫 (1818—1883) 的译介, 就翻译类文章而言, 均集中在 20 世纪 30 和 40 年代, 共有 13 篇; 就评介类文章而言, 最早的始于 20 年代, 其他文章也多刊发于 20 世纪三四十年代, 共有 15 篇。

翻译类文章中主要有:《屠格涅甫》(Janko Lavrin (简科 · 拉弗林) 著、赵景深译,《青年界》, 1933 年 8 月 1 日第 4 卷 1 期)、《屠格涅甫的人生观》(Maurios 著、吴且冈译,《青年界》, 1933 年 8 月 1 日第 4 卷 1 期)、《屠格涅夫新论》(原作者不详, 钱芝君译,《文艺春秋》, 1934 年 4 月第 1 卷 8 期)、《屠格涅夫底现实主义》(S. 玛拉霍夫著、谭林通译,《夜莺》,1936 年 3 月第 1 卷 1 期)、《马拉霍夫谈屠格涅夫》(马拉霍夫著、以人译,《东流》, 1936 年 4 月第 2 卷 4 期最近世界名著介绍专号)、《论屠格涅夫的小说》(斯特拉若夫著、孙漳译《青年文艺》, 1944 年 9 月 1 日, 新 1 卷 2 期)、《屠格涅夫论》(瓦格拉夫斯基著、钱新哲译,《高原》,1946 年 1 月 1 日, 新第 1 卷 1 期)、《屠格涅夫及其作品》(N. 博哥斯洛夫斯基著、李兰译,《萌芽》, 1946 年 7 月 15 日, 第 1 卷 1 期)。

而在有关屠格涅夫的15篇评介类文章中，较早撰文介绍这位作家的是谢六逸。他在1922年3月《小说月报》第13卷3号上的文章《屠格涅夫传略》就对屠氏做了介绍：

屠氏在俄国文学史上，占了极重要的位置，他是把俄国文学介绍给西欧诸国的一个伟人，使俄国文学在俄国以外的地方，为世人亲密的知道，直到现在，他仍旧影响西欧的思想及文艺，在这一点，他和托尔斯泰有同样的功绩。

与谢六逸在上面同期《小说月报》上发表文章的还有耿济之。他在《猎人日记研究》一文中表达了自己对屠格涅夫的欣赏：

我在俄国诸大文学家中最爱读屠格涅甫的作品，因为他的作品能在高超的艺术内曲折传出社会的呼声，反映时代的精神。读屠格涅甫几部长篇的小说，无异于读19世纪一部俄国社会思想史，所以欲研究俄国近代思想的变迁，不能不研究屠氏的文学。屠氏的《猎人日记》反抗农奴制度，最为激烈，影响于当时俄国社会者亦属最大。因其为俄国文学中最重要的作品，所以我极喜欢读他，研究他。

此外的大部分评介文章多论及屠氏作品，如《屠格涅夫的〈烟〉》(罗荪，《微波》，1944年8月第1卷1期)、评论《父与子》两篇——《屠格涅夫和他的〈父与子〉》(郁天，《文艺知识连丛》，1947年5月15日第一集之二)和《屠格涅夫的〈父与子〉》(常风，《文学杂志》，1948年6月第3卷1期、评介《罗亭》的文章5篇——《屠格涅夫及其〈罗亭〉》(李梅，《黄河》，1943年4月第4卷3期)、《论屠格涅夫的〈罗亭〉》(王西彦，《时与潮文艺》，1945年3月15日，第5卷1期两周年纪念特大号)、《屠格涅甫和他的〈罗亭〉》(赵景深、叶圣陶，《青年界》，1948年5月，新5卷4期)、《论罗亭》(王西彦，《文艺春秋》，1948年9月15日第7卷3期)。这些文章大多发表于上世纪40年代。在《论罗亭》一文中，王西彦详尽分析了罗亭的性格，指出罗亭和娜泰雅两人的爱情悲剧正是罗亭性格的宿命——他“在言辞上获得光辉万丈的胜利，但一碰在行动上，言辞便变成无济于事的东西”，“他缺乏的不是自觉，而是自觉之后的行动，正因为没有行动的自觉，所以连这种自觉也成为缺点”。

对屠格涅夫《罗亭》的译介最早大约是从赵景深开始的，1928年6月第321期（第6卷21期）的《文学周报》上就有他的文章《罗亭型与俄国思想家》。赵景深在文中主要通过引用俄国作家史提普涅克（Stepniak，1852—1895）和美国文评家费尔普司（W. L.Phelps）的话，讨论了罗亭型人“空虚而且美丽”的特点——“这一群人只生活于精神的梦之花房，哲学的空论和抽象并不能参与真实的生活”，“是语言的巨人，行为的矮子”。但是，赵景深也指出，在艺术描写方面，“屠格涅甫是高过托尔斯泰的。他写〈罗亭〉简直是画家的写法，有色彩，有远近景，有各种不同的阴影，还能把内心描写出来”。

其他文章还有《屠介涅夫的地位特质及其影响》(罗翟，《一般》，1929年8月第8卷4号)、《屠格涅夫是怎样写作的》(韦昌英，《文艺生活》，1941年9月15日第1卷1期）等。如果说上述文章都是以译介为目的，那么，芦蕻所写的《从奥布洛莫夫・罗亭论中国知识分子的几种病态生活》(《中原》，1945年10月第2卷2期）一文，完全可被视为从外国文学角度对中国社会情形所做的批判，从中可见外国文学批评对我国批评界所产生的影响。

2.2.1.7　肖洛霍夫

对肖洛霍夫（1905—1984）的译介文章共有12篇（翻译类10篇，评介类2篇）。在这些文章中，有5篇是对《静静的顿河》的评论，如《〈静静的顿河〉总结》(A. 罗斯康著、林林译，《野草》，1941年4月第2卷1、2期合刊)、《论〈静静的顿河〉》(雷兹涅夫著、李育中译，《文学批评》，1942年9月1日创刊特大号）、《〈静静的顿河〉与悲剧》（V. 耶未洛夫著、斯庸译，《艺丛》，1943年7月第1卷2期），以及《苏联农民文学的一个考察（中）——肖洛珂夫的〈静静的顿河〉》（张香山，《东方文艺》，1936年6月第1卷3期）和《向〈静静的顿河〉学习些什么》（司马文森，《艺丛》，1943年7月第1卷2期）。

其他文章还包括《论〈被开垦的处女地〉》（K. 拉狄克著、蒙天译，《文学批评》，1943年3月1日第2号）、《梭罗诃夫论》（列兹内夫著、周立波译，《文学战线》，1949年4月第2卷2期）、《肖洛霍夫在一九四〇年》（犹黎·卢金著、杨振麟译，《文艺阵地》，1941年6月第6卷3期）、《战时的肖洛诃夫》（戴雷季埃夫著、唐旭之译，《抗战文艺》，1944年12月第9卷5、6期），以及由不同原作者所著、不同译者所译的几乎同名文章如《索罗诃夫访问记》（Gir著、闵子译，《文学丛报（人民文学）》，1936年6月第3期）、《萧洛霍夫访问记》（原作者不详，焦敏之译，《光明》，1937年2月第2卷6期）、《梭罗珂夫访问记》（Isaae Eksler著、胡岚译，《鲁迅风》，1939年8月第18期）。

当然，翻译类俄苏小说文论不仅仅涉及上述7位重要作家，其中还有对其他一些小说家的译介。据统计，在300篇翻译类俄苏小说文论中，至少另有44篇文章论及了27位以上的俄苏小说家。其中论及孚尔玛诺夫的有4篇；论及萨尔蒂珂夫、法捷耶夫、A. 托尔斯泰的各有3篇。而论及其他作家，如伊·埃·巴别尔、绥拉菲莫维支、卡拉马佐夫、莱蒙托夫、珂丘宾斯基、阿尔志跋绥夫、迦尔洵、伊凡·蒲宁、杜勃洛夫斯基、潘苔莱耶夫、查伊可夫斯基、卡达耶夫、科罗琏珂、肖罗姆·阿莱克汉等的，仅有一篇。

最后还值得一提的是翻译类中16篇有关俄苏小说的专论文章。这些文章让人们可从不同角度了解宏观的俄苏小说和俄苏小说批评，如:《近代俄罗斯小说》(原作者不详，瞿世英译,《曙光》，1920年，第1卷6期)、《俄国小说最近的趋势》(Mirsky著、辜怀译,《春光》，1934年5月第1卷3号)、《苏联的历史小说》(A.柯恩著、章泯译,《时代文学》，1941年9月1日第1卷4期)、《古典传统与苏联长篇小说》(上、下)(吉尔波丁著、蒋路译,《抗战文艺》，1945年3月第10卷1期；1945年6月第10卷2、3期合刊)，以及《见于斯大林著作中的文学形象》(原作者不详，戈宝权编译,《文学月报》，1940年11月15日第2卷4期)、《论苏联近年的小说创作》(P.巴甫连珂、F.列文著、铁弦译,《文艺阵地》，1942年11月第7卷4期)、《苏维埃文学的杰出作品》(N.吉洪诺夫著、克夫译,《长城》，1946年7月20日创刊号)、《关于作家的阶级性》(罗西珂夫著、易林译,《文艺新潮》，1940年2月第2卷4期)、《列宁论作家》(《国际文学》辑、吕荧译,《文学月报》，1940年12月15日第2卷5期）和《苏联青年作家论》(A.卡拉娃爱娃著、俞荻译,《文艺》，1938年9月第1卷5期）等。

小结

第一，从上述描述可见，在300篇俄苏翻译类小说文论中，作家作品论占绝对多数，达270篇，并论及至少34位小说家及其作品；其他仅有少量文章涉及小说史论、童话和儿童文学、各种小说专论。而在192篇评介类小说文论中，也有多达176篇文章至少涉及了29位小说家及其作品。此外，有8篇文章以概论的形式论及俄苏作家，有6篇专论文章论及俄苏小说的其他方面。

而且，就在这270篇翻译类作家作品论中，有223篇文章集中对表2.6中所列7位重要作家进行了译介，这个数字占到俄苏翻译类文论总数的33%、俄苏翻译类小说文论的74%。类似的情况也可见于评介类小说文论中，在176篇评介性的作家作品论中，有139篇文章是以这些重要作家为主题的，这个数字占到俄苏评介类文论总数的43%、俄苏评介类小说文论总数的72%。下面图2.3显示的是俄苏小说文论中各总数之间的百分比差。

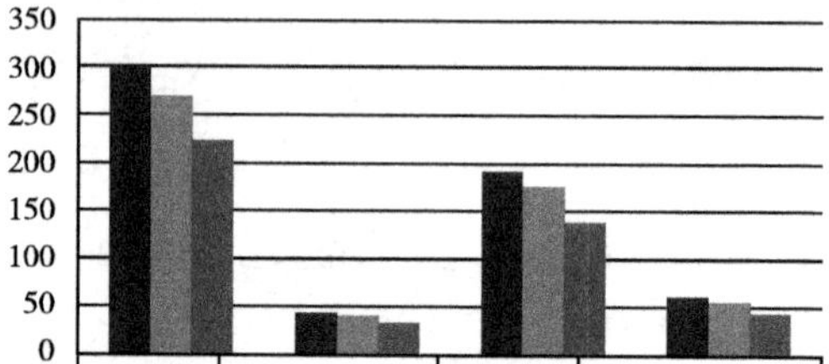

	翻译类（篇）	总数百分比（%）	评介类（篇）	总数百分比（%）
■俄苏小说文论总数	300	44	192	60
■俄苏作家作品论总数	270	40	176	55
■俄苏重要作家作品论总数	223	33	139	43

图2.3 俄苏小说文论与作家作品论译介文章数据对比

第二，俄苏小说文论译介在我们所统计的范围内不仅是整个外国文论译介起始时间最早的，而且译介的热点、焦点始终都非常明确，重点都围绕在几位主要作者身上。然而，经梳理发现，在数量不菲的译介文章中，有关各作家生平介绍、诞辰纪念、逝世悼念等评传性、纪念性文章却占相当篇数，见表2.13（另见表2.6）。这些文章，在今天看来，似乎已没有太多的学术价值，但是，从历史的角度看，它们在当时既方便了中国大众对俄苏作家的了解和认识，也为日后这些作家及其作品在中国的经典化发挥了一定的初始效应。同时，我们也应能看到，除了那些学术价值不太高的评传性、纪念性文章外，也确实有一些文章从小说家的特征、创作观、文学观、哲学观、文学地位等角度涉及小说理论与批评的各个层面。

表 2.13 评传性文章在作家译介中所占篇数及百分比

原作者	翻译类评传篇数 / 总数（篇）	总数百分比（%）	评介类评传篇数 / 总数（篇）	总数百分比（%）
高尔基	19/76	25	25/51	49
托尔斯泰	14/64	22	3/34	9
陀思妥耶夫斯基	7/29	25	5/17	29
契诃夫	9/22	41	6/13	46
果戈里	1/24	4	0/7	0
合计	50/215	23	39/122	32

第三，从译介年代看，本节所涉 7 位重要俄苏小说家的译介文章大多发表在第二个时期。尤其在翻译类文论中，第二个时期对每位作家的翻译文章占到各自总数的 50%~80% 多，见表 2.14。译介量最小的是第一个时期，翻译类和评介类皆同，但各个作家的实际情况又不尽相同。其中，相对而言，托尔斯泰和陀思妥耶夫斯基二人在第一个时期得到较多的译介，分别有 10 篇和 11 篇文章。第一个时期对高尔基的译介文章只有 2 篇，契诃夫仅有 5 篇翻译类文章，但没有发现关于果戈理的译介文章。第三个时期的译介多于第一个时期，但远远少于第二个时期。

表 2.14 按三个时期统计的有关 7 位重要俄苏作家的文论数据

原作者	1915—1927		1928—1937		1938—1949		合计	
	翻译类（篇）	评介类（篇）	翻译类（篇）	评介类（篇）	翻译类（篇）	评介类（篇）	翻译类（篇）	评介类（篇）
高尔基	1	1	51	33	24	17	76	51
托尔斯泰	3	7	39	14	22	13	64	34
陀思妥耶夫斯基	1	10	21	4	6	3	28	17
果戈理	—	—	20	4	4	3	24	7
契诃夫	6	—	11	7	5	6	22	13
屠格涅夫	—	2	8	3	3	8	11	13

（续表）

原作者	1915—1927		1928—1937		1938—1949		合计	
	翻译类（篇）	评介类（篇）	翻译类（篇）	评介类（篇）	翻译类（篇）	评介类（篇）	翻译类（篇）	评介类（篇）
肖洛霍夫	—	—	2	1	8	1	10	2
合计	10	20	162	66	72	51	235	137

最后，经统计发现，对7位重要俄苏小说家的译介，大多是翻译类文论早于评介类文论（见表2.15），仅有托尔斯泰例外；对肖洛霍夫，则翻译与评介同时。

表2.15　有关7位重要俄苏小说家的最早译介文章

作家	翻译类	评介类
高尔基	1921：《罗素与哥尔基》(袁振英译，《新青年》，1921年1月第8卷5期)	1925：《高尔基及其他》(风光著，《语丝》，1925年10月第50期)
托尔斯泰	1920：《自托尔斯泰学说上的俄罗斯解释》(Durant Drake著、李小缘译，《少年中国》，1920年9月第2卷3期)	1915：《托尔斯泰之逃亡》(汝非，《新青年》，1915年10月第1卷2期)
陀思妥耶夫斯基	1918：《陀思妥夫斯奇之小说》(W.B.Trites著，周作人译，《新青年》，1918年1月第4卷1期)	1921：《陀思妥以夫斯基的百年纪念》(郑振铎)；《陀思妥以夫斯基带了些什么东西给俄国？》(茅盾)(《文学周报》，1921年11月第19期)
契诃夫	1919：《对于〈可爱的人〉的批评》(托尔斯泰著、周作人译，《新青年》，1919年2月第6卷2期)	1928：《柴霍甫与安徒生》，(赵景深，《文学周报》，1928年7月第323期(第6卷23期))
果戈里	1931：《郭哥尔的艺术》(冈泽秀虎著、东声(韩侍桁)译，《文艺月刊》，1931年12月第2卷11、12期)	1935：《果戈理的〈死魂灵〉》(周扬，《文学》，1935年4月第4卷4号)

（续表）

作家	翻译类	评介类
屠格涅夫	1930:《关于屠格涅甫之死》(波丽娜著、陆立之译,《现代文学》, 1930年8月16日第1卷2期)	1922:《屠格涅甫传略》(谢六逸,《小说月报》, 1922年3月第13卷3期);《〈猎人日记〉研究》(耿济之,《小说月报》, 1922年3月第13卷3期)
肖洛霍夫	1936:《索罗诃夫访问记》(Gir著、闵子译,《文学丛报(人民文学)》, 1936年6月第3期)	1936:《苏联农民文学的一个考察(中)——肖洛珂夫的〈静静的顿河〉》(张香山,《东方文艺》, 1936年6月第1卷3期)

正如陈顺馨在《社会主义现实主义理论在中国的接受与转化》一书中指出的那样，俄苏小说的译介从晚清时期的位居第三到五四时期的跃居第一，并不是单纯地靠大量译介，而是与中国社会文化背景息息相关的，因为“苏联的文学传统与20世纪初中国文学的‘新民’、‘为人生’等目标是有内在契合点的”(2000：11)。

2.2.2 俄苏诗歌文论译介

俄苏诗歌文论的译介量明显小于俄苏小说文论，翻译类只有112篇，评介类46篇。在112篇翻译类诗歌文论中，诗人及其作品依然是译介重点，其中普希金、马雅可夫斯基、莱蒙托夫三人就占了61篇，各有35、19和7篇；另有21篇涉及了至少13位诗人，如叶赛宁（6篇）、希维钦科（2篇）、谢甫琴科（3篇）、江布尔（2篇，重译）、杨卡·库巴拉（2篇），爱罗先珂、涅克拉索夫、A·柴芮泰里、达拉斯·雪夫兼珂、乌克兰诗人巴夫洛·铁钦拿等各1篇。其他有17篇专论文章从不同侧面论述俄苏诗歌，有10篇论及俄苏诗歌史，3篇文章概论俄苏诗人。

在评介类的46篇文章中，仅有2篇专论文章和2篇史论文章；其余42篇文章全部与各诗人有关，其中论及普希金的有22篇，马雅可夫斯基7篇，莱蒙托夫5篇，其他诗人8篇。下面首先对普希金、马雅可夫斯基、莱蒙托夫三位诗人的译介情况做一介绍。

2.2.2.1 普希金

我国对普希金（1799—1837）最早的译介始于1920年张西曼所著的《俄国诗豪朴思砼传》(《少年中国》，1920年3月第1卷9期诗学研究号（二））；最早的翻译类文章见于1930年4月15日第2卷2期《新文艺》上由卢纳卡尔斯基著、江思（即戴望舒）译的《普希金论》。

在所有关于普希金的35篇翻译类文章中，有11篇是评传性的，这些文章或论及普希金之死（有不同作者的三篇同名文章），或论及普希金的生平等，如V·万垒赛耶夫著、克夫译的《普式庚的一生》和A·雅尔摩林斯基著、丽尼译的《普式庚之生涯与作品》。此二文均刊于《译文》1937年2月新2卷6期普式庚逝世百年纪念号上。另有式采尔巴可夫著的《普希金评传》(译者不详，《新诗》，1937年2月10日第5期)、吉尔波丁著、萧敏颂译的三篇连载文章《普希金生平》(《时代文学》，1941年7月1日第1卷2期~9月1日第1卷4期）和布拉郭衣作著、李葳译的《孤独的普式庚》(《文艺阵地》，1942年5月第6卷5期）等。

在其他24篇专论文章中，有些对普希金的文学地位和影响做了积极肯定，如《普式庚——俄国文学的创立者》(I·卢波尔著、吕荧译，《诗创作》，1942年3月25日第9期)、《普式庚对西欧文学的影响》(V·努斯塔德著、李葳译，《文艺杂志》，1942年2月15日第1卷2期)、《普式庚纪念与文艺的气质》(V·吉尔波丁著、铁弦译，《译文》,1937年5月，新3卷3期)、《普式庚与西欧文学》(原作者不详，吴伯箫译，《文艺月报》，1942年1月1日第13期)、《普式庚的流行之基础》(L·格劳思门著、唐弢译，《译文》，1937年2月，新2卷6期普式庚逝世百年纪念号）；有些对普希金的诗歌予以评论，如《普式庚的社会政治抒情诗》(哥德里雷夫斯基著、陈北鸥译，《诗歌生活》，1936 年 10 月第 2 期)、《普式庚的抒情诗》(L · 铁摩菲叶夫著、庄寿慈译，《现代文艺》，1941 年 3 月第 2 卷 6 期)、《普式庚底抒情诗》(原作者不详，玮璐译，《谷雨》，1942 年 1 月 15 日第 1 卷 2、3 期)、《论〈欧根 · 奥尼金〉》(原作者不详，庄寿慈译，《诗创作》，1942 年 2 月 20 日第 8 期)。还有两篇具有比较性质，如施答尔却可夫著、克夫译的《从普式庚说到高尔基》(《译文》，1936 年 7 月，新 1 卷 5 期高尔基逝世纪念特辑）和升曙梦著、雨田译的《普式庚与拜伦主义》(《译文》，1936 年 10 月，新 2 卷 2 期)。

同时，也有些翻译类文章，是其他著名作家和文论家对普希金的评论，如杜思退益夫斯基著、丽尼译的《普式庚论》(《译文》，1935 年 9 月终刊号)、勃兰兑斯著、代石译的《普式庚论》(《东方文艺》，1936 年 5 月第 1 卷 2 期普式庚特辑译)；有些文章则转引其他著名作家的观点，如《译文》杂志 1936 年 9 月新 2 卷 1 期上刊登的两篇文章——雪纪衣夫斯基著、春雷译的《高尔基论普式庚》和 L.G 著、王然译的《纪得论普式庚》，以及《左拉论普式庚》(原作者、译者均不详，《野草》，1941 年 1 月第 1 卷 5 期)。

在共计 46 篇评介类俄苏诗歌文论中，有 22 篇是关于普希金的，几乎占到总数的二分之一，大致可分为评传（8 篇)、作品论（4 篇）和专论（10 篇)。评传类文章中张西曼写的《俄国诗豪朴思砮传》(《少年中国》，1920 年 3 月第 1 卷 9 期诗学研究号（二)）一文。根据《汇编》这可能是国内对于普希金最早的评介文章。其他还有如 K.H. 著的《普希金评传》(《文学周报》，1923 年 2 月第 65 期)、戈宝权著的《普希金逝世百年祭》(苏联通讯)(《文学》，1937 年 6 月第 8 卷 6 号)、云裳的《诗人普希金百年祭》(《新时代》1937.3.1；7 卷 3 期)，以及尊疑的《俄国大诗人普式庚之放荡生活》，分两篇连载于《逸经》1937 年 2 月第 23 期和 1937 年 4 月第 28 期等。

对普希金诗歌作品的评论文章主要集中在《欧根·奥尼金》上，如周钢鸣的《关于〈欧根·奥尼金〉的几个问题》(《诗创作》，1942年10月30日)、冰菱（即路翎）的《〈欧根·奥尼金〉与〈当代英雄〉》(《希望》,1945年1月第1集第1期)、李春潮的《关于普式庚的〈犹根·奥涅根〉》(《诗歌生活》，1936年10月第2期)，及江良的《普式庚的作品》(《小说》，1949年10月1日第3卷1期)。

专论文章的评论角度各不相同，如林薇的《民族诗人普式庚》(《文艺》，1937年2月第4卷2期)、林林的《拜伦主义与普式庚》(《诗歌生活》，1936年10月第2期)、杨骚的《普式庚给我们的教训（纪念普式庚的百年祭）》(《光明》，1937年2月第2卷5期)、梁惠的《普希金的现实主义》(《文艺科学》，1937年4月创刊号)、乔一苏的《莎士比亚给予普希金的影响》(《新演剧》，1937年6月第1卷1期)、锡金的《俄罗斯文学之父——普式庚》(《文艺月报》，1949年6月1日第4期）等。

2.2.2.2 马雅可夫斯基

在译介马雅可夫斯基（1893—1930）的文章中，翻译类有19篇，评介类7篇。翻译类文论中对马雅可夫斯基的评传文章有6篇，专论文章有13篇。不过在这13篇专论文章中有3篇似为重译，即美国曼吉尔（A.B.Magil）著的《玛耶阔夫斯基》一文，有3篇译文载于不同刊物：光人的译文载于《北新》1930年7月第4卷14期，余能的译文载于《小说月报》1930年12月第21卷12期，杜衡的译文载于《现代文学》1930年10月16日第1卷4期。其他专论文章有《正在开始的马亚珂夫斯基时代》(阿谢叶夫著、金人译，《文艺新潮》，1938年10月第1卷1期)、《作为讽刺家的马雅可夫斯基》(卡塔尼阳著、千冬译，《大众文艺》，1940年4月创刊号)、《高尔基与马雅可夫斯基》(L·齐莫费耶夫教授著、朱荑译，《文艺阵地》，

1940年7月第5卷1期文阵丛刊一：水火之间)、《玛雅可夫斯基的讽刺》(V·克坦扬著、茹雯译，《野草》，1941年4月第2卷1、2期合刊）和《玛耶可夫斯基与革命》(A·可洛思夫著、叶藜译，《文学战线》，1948年12月25日第1卷5、6期)。

除了上述专论文章外，有些文章仅以《马雅可夫斯基》为标题，如克尔仁赤夫著、洛生（即刘灿波）译的《论马雅珂夫斯基》(《新文艺》，1930年4月15日第2卷2期)、法国A.Habaru著、戴望舒译的《玛耶阔夫斯基》(《现代文学》，1930年10月16日第1卷4期)、V·卡坦阳著、张原松译的《论马耶可夫斯基》(《七月》，1940年12月第6集1、2期）等。

在对马雅可夫斯基的6篇评传类文章中，既有日本作者上田进著、周学普译的《马耶科夫斯基断片》(《译文》，1937年1月，新2卷5期)，也有法国作者特里奥莱（Elsa Triolet）著、柳无垢译的《玛耶可夫斯基回忆》(《文艺阵地》，1940年3月第4卷9期)，当然更有俄苏作者所写的《回忆玛耶诃夫斯基——诗人逝世七周年的纪念》(卡尔玛著、慎夫译，《中国文艺》，1937年5月第1卷1期)、《忆马耶可夫斯基》(尼库林著、庄寿慈译，《野草》，1940年9月第1卷2期)，以及原作者国别不详或原作者不详的文章两篇——《玛耶阔夫斯基评传》(特拉克著、赵景深译，《小说月报》，1930年12月第21卷12期）和《苏联纪念马雅可夫斯基》(原作者不详，高阳译，《大众文艺》，1940年4月创刊号)。

对马雅可夫斯基的评介类文章有7篇，除一篇为评传类外（《诗人玛耶阔夫斯基的死》(戴望舒，《小说月报》，1930年12月第21卷12期)，其他均为专论文章，如《苏维埃俄罗斯的革命诗人玛霞考夫斯基》(沈雁冰，《文学周报》，1924年7月第130期)、《正确地认识马耶可夫斯基》(萧爱梅，《大众文艺》，1940年4月创刊号）[作者的同名文章还载于《诗创作》，1942年10月30日第15期（诗论专号)] 和《现代文学》1930 年 10 月 16 日第 1 卷 4 期上的 3 篇文章——《玛耶阔夫斯基底诗》(陆立之著)、《玛耶阔夫斯基死了以后 》(谷非(即胡风) 著) 及《玛耶阔夫斯基论》(杨昌溪著)。

2.2.2.3 莱蒙托夫

相对来说，对莱蒙托夫（1814—1841）的译介比对普希金和马雅可夫斯基的译介更少，翻译类仅有 7 篇，评介类仅 5 篇。即便如此，在两类文论中也同样可发现评传性文章和专论性文章。

在评传性文章中，翻译类的有 2 篇——《弥开尔 · 勒尔蒙托夫——诞生一百二十五周年纪念》(N · 罗丝托夫著、周学普译，《现代文艺》，1940 年 5 月第 1 卷 2 期）和《诗人莱芒托夫的奋斗生涯》(N · 罗斯托夫著、俞荻译，《文艺新潮》，1940 年 9 月第 2 卷 9 期)；评介类的有 3 篇——《娄蒙妥夫评传》(两篇连载)(K.H.，《文学周报》，1923 年 3 月第 67 期和 68 期）和《纪念人民诗人莱蒙托夫逝世一百年》(葛一虹，《时代文学》，1941 年 8 月 1 日第 1 卷 3 期)。在专论文章中，翻译类的有 5 篇——《列芒托夫论》(P · 安独珂里斯基著、何见鹤译，《文艺》，1938 年 11 月第 2 卷 3 期)、《 M · 来蒙托夫的世界意义》(K · 纳斯达特著、葛一虹译，《文艺先锋》，1944 年 6 月 20 日第 4 卷 6 期)、《莱蒙托夫特辑》(原作者不详，戈宝权译，《文艺复兴》，1946 年 11 月 1 日第 2 卷 4 期），以及《现代文艺》1940 年 5 月第 1 卷 2 期上的两篇文章——《勒尔蒙托夫与拜伦》(M · 支维勒夫著、周学普译）和《勒尔蒙托夫的诗》(原作者不详，黄强译)；评介类的有 2 篇——《莱蒙托夫的诗》(戈宝权，《中原》，1943 年 6 月创刊号）和《论莱蒙托夫》(何家槐，《文艺春秋》，1947 年 10 月 15 日第 5 卷 4 期)。

除了上述三位诗人外，得到较多译介的俄苏诗人还有叶赛宁。有关他的翻译类文章有 6 篇，包括茂森唯士著、不文译的文章《叶赛宁倾向底清算——苏联文坛底一问题》(《语丝》,1929 年 8 月第 5 卷 23 期)、高列里著、戴望舒译的《叶赛宁与俄国意象诗派》(《现代》,1934 年 7 月第 5 卷 3 期 七月号)和《苏俄诗坛逸话(续三)(1)意象派们——赛尔该・叶赛宁等》(《文饭小品》,1935 年 6 月第 5 期)、斯・曼宁著、施蛰存译的《叶赛宁的悲剧》(《新诗》,1937 年 4 月 10 日第 2 卷 1 期)、于士拉克著的《叶赛宁白描像》(译者不详,《新诗》,1937 年 4 月 10 日第 2 卷 1 期)和高尔基著、孙滜译的《忆叶赛宁》(《萌芽》,1946 年 8 月 15 日第 1 卷 2 期)。

在上述文章中,译自日本作者茂森唯士的文章《叶赛宁倾向底清算——苏联文坛底一问题》,论述了苏联文坛对"叶赛宁倾向"——即"叶赛宁的颓废底倾向"——的两种不同的见解。第一种代表革命左翼,包括卢纳察尔斯基的批评,认为苏俄的指导者,或为政者,应该对源于叶赛宁的这股颓废倾向做彻底的清算,"非宣布决然的战斗不可",否则,"那并没有叶赛宁那般的必然性的人也走到同一的悲剧的终结了";第二种以 V・波隆斯基的观点为主,认为,"把叶赛宁底话单单当作颓废的倾向底诗而加以特色,是完全愚蠢的。因为他底创造力是复杂的,涉及多方面的。""放荡无赖底辩护,是在叶赛宁底诗底任何地方也都没有的。……他的放荡无赖,那是他底诗成为'损耗的诗'了的时候的自己苛责底对象。"(贾植芳、陈思和,2004:874~879)这篇文章无疑有助于人们了解对于"叶赛宁倾向"的不同看法。

此外,也有极少量概述性文章介绍俄苏诗歌和诗人,如《苏俄的诗歌》(A.Selivanovsky 著、高寒译,《文学》,1937 年 3 月第 8 卷 3 号)、《苏联亚细亚的诗人》(C・克尼兹著、秀沅译,《质文》,1936 年 6 月第 5、6 合刊号)、《苏联最有才能的诗人》(亚历山大洛夫著、林淡秋译,《文艺新潮》,1940 年 6 月第 2 卷 8 期)。

除此之外,翻译类俄苏诗歌文论中还有为数不多的专论文章 16

篇。虽然数量有限，但其中一些文章的原作者却颇值得注意，比如有玛雅可夫斯基所著3篇——《诗人与阶级》(洛生（即刘灿波）译，《新文艺》,1930年4月15日第2卷2期)、《最好的诗》(秦似译，《野草》，1941年4月第2卷1、2期合刊）和《怎样写诗》(译者不详，《大众文艺丛刊》,1948年12月第5辑)，以及米尔斯基（D.S.Mirsky，1890—1939）著的《论市民诗歌》(季明译，《文学》，1935年2月第4卷2号)、高尔基著的《论诗的主题》(林林译，《杂文》，1935年8月第3号)、N·杜勃洛柳蒲夫著的《给诗人》(克夫译，《译文》，1936年4月，新1卷2期)、布哈林著的《诗、诗学和苏俄诗的问题》(伍蠡甫译，《文学丛报（人民文学)》,1936年9月第六期)、M·列尔蒙托夫（莱蒙托夫）著的《诗人及其他》(孙用译，《译文》，1937年6月，新3卷4期)、车尔尼雪夫斯基著的《诗论》(周扬译，《文艺月报》，1942年2月15日第14期）等。

在俄苏诗歌史方面，有翻译类文章10篇、评介类文章2篇，主要介绍当时的俄国诗坛，如：

《俄国的诗坛》(日本白乌省吾著、夏丏尊译，《小说月报》，1921年9月第12卷号外)《赤俄的诗坛》(D.C.Mirski，玄瑛[①]译，《小说月报》，1922年11月第13卷11期)《俄国诗坛的昨日今日和明日——革命后五年来（1917至1922）的俄国诗坛略况》(德国布利乌沙夫著、耿济之译，《小说月报》，1923年7月第14卷7期)《革命十年间苏俄的诗的轮廓》(黑田辰男著、杨骚译，《语丝》，1930年2月第5卷48期)《俄国现代诗坛》(美国George Z.Patrick著、杨震译，《乐群》，1929年8月1日第2卷8期)《苏俄诗坛逸话》(一、混乱中的作家们；二、神秘派；三、在革命中的诗歌；四、意象派们等；五、俄罗斯的未来主义)(5篇连载)(高力里著、戴望舒译，《文饭小品》，

① 玄瑛即苏曼殊。

1935 年 3 月第 2 期至 1935 年 7 月第 6 期)《革命后的苏俄的诗》(克己,《文艺》,1933 年 12 月第 1 卷 3 期)《近代苏联诗歌》(董每戡著,《文艺先锋》,1948 年 8 月 31 日第 13 卷 2 期)

上面所列文章仅最后一篇论及近代苏联诗歌。而在评介类俄苏诗歌文论中,蒋光慈的《十月革命与俄罗斯文学》(《创造月刊》,1926 年 4—6 月 第 1 卷 2~4 期;1927 年 7—8 月 第 1 卷 7~8 期)颇值探讨和分析。文章由“死去了的情绪”“革命与罗曼谛克——布洛克(Blok)”“依利亚·爱莲堡”(爱伦堡)、“叶贤林”(叶赛宁)、“谢拉皮昂兄弟——革命的同伴者”“无产阶级诗人”“未来主义与马牙可夫斯基(Mayakovsky)”等多个章节组成,阐述了作者对新俄罗斯文学的看法。首先,作者在文章第一节“死去了的情绪”中开门见山地指出,“在事实上,诗人总脱不了环境的影响,而革命这件东西能给文学,或宽泛地说艺术,以发展的生命;倘若你是诗人,你欢迎它,你的力量就要富足些,你的诗的源泉就要活动而波流些,你的创作就要有生气些。否则,无论你是如何夸张自己呵,你终要被革命的浪潮淹没,要失去一切创作的活力”。作者还说道,“每一社会的阶级有自己的心灵,每一艺术家必生活于某一阶级的环境里,受此阶级的利益的熏染陶溶,为此阶级的心灵所同化。因之,艺术家的作品免不了带阶级的色彩,我们虽不能说某一艺术家是某一阶级的代表,但至少可以说某一艺术家是某一阶级的同情者”(贾植芳、陈思和,2004 : 824~827)。从这些论述,可见蒋光慈在对待文学与革命的关系、作者的阶级性问题上存在夸张的和庸俗化、绝对化的倾向。那种把革命视为文学创作源泉的看法,不仅使革命之于文学的影响变得功利和庸俗,而且夸大了文学家的阶级立场的作用,似乎只有某一阶级的作家才能表现某一阶级的文学。而在“革命与罗曼谛克——布洛克(Blok)”一节中,蒋光慈认为,真正拯救布洛克于幻想和现实之冲突的，不是别的，而是十月革命。“革命在一瞬间把布洛克弄得再生了：在革命前不久，布洛克还悲哀地呻吟：‘生活轰扰过一下，就消灭了；’……‘一切将来还是如此，出路是没有的。’但是现在呵，布洛克呼喊着说：‘生活是美妙的！’他在革命中看见了电光雪浪，他爱革命永远地送来意外的，新的事物；他爱革命的钟声永远为着伟大的东西震响。”（贾植芳、陈思和，2004：832）从这里，我们也可以看出，作者显然夸大了革命对于文学的功用。在“无产阶级诗人”一节中，作者分析了无产阶级诗人的四个特征：

第一，就是他们对于革命的关系，无所谓领受不领受，他们自己就是革命，他们的革命看做解放劳动阶级的方法，因之他们的命运是与革命的命运相同的……。第二，就是他们都是集体主义者（Collectivists），在他们的作品里，我们只看见‘我们’，而很少看见这个‘我’来。他们是集体主义（Collectivism）的歌者。

……

无产阶级诗人之第三特质，就是他们都是地上的歌者，他们的欲望是在地上，他们所要改造的也是在地上，凡为地上所不需要的东西，一切天上的不可想象的幻景，这都是他们所鄙弃的。

……

第四种特质，就是无产阶级诗人是城市的歌者。……无产阶级诗人将自己的希望都付托于城市，工厂，集体的劳动，……。（贾植芳、陈思和，2004：859~860）

作者在“无产阶级诗人”一节不无正确地指出，“革命后的俄国，无产阶级负有创造新文化的使命”，“不过有一些无产阶级诗人太过于夸张这个口号了。他们想将一切旧的文化，不问好歹地，一起都摔却，反对一切与过去时代的诗人或文学家之任何调和。他们不了解无产阶级虽然负着创造新文化的任务，但是这种新文化并不是从空中就可以创造好的。旧的文化虽然一部分为资产阶级所利用了，但除却这一部分无产阶级所不可采取的以外，还有一些人类共同的价值，我们绝对不可抛弃，而不采取之为建设新文化的材料。倘若不施行这种采取的方法，那么这种凭空无据的创作运动，简直是退后的运动了"（贾植芳、陈思和，2004：823~866）。

蒋光慈高度肯定无产阶级文学对于社会革命的意义，这对于当时文坛上的彷徨、悲观情绪来说是一种鞭策，但是，不可否认，蒋光慈此文明显夸大了革命对于文学的改造功用，过分强调作家的阶级性，主张文艺为社会所“定做”。这种庸俗化的文艺观，与苏联20世纪20年代社会学派否认艺术内部规律、在文学与阶级、文学与社会需要之间简单画上等号的庸俗社会学一脉相承，也与“拉普”片面强调文学的阶级性、强调文学作为政治斗争的工具功用异曲同工。

小结

我国对俄苏诗歌文论的译介，与对俄苏小说文论的译介既有相似之处，也有相异之处。相似之处是，在有关俄苏诗歌文论的译介中，也同样以俄苏诗人及其作品的评介研究为主。在112篇翻译类文论中有83篇是论及俄苏各诗人的，占到总数的74%。其中关于普希金、马雅可夫斯基和莱蒙托夫三位诗人的有61篇，占到总数的54%。在这61篇文章中，对其生平介绍的又有19篇，占到三人总数的30%（见表2.7，另见表2.16）。而评介类文章总共才46篇，里面却有42篇是关于各诗人的，占到总数的91%，其中有关三位诗人的评介文章就有34篇，涉及其生平的评传文章有12篇，占到三人评介类文章总数的35%（见表2.16）。

表 2.16　评传性文章的篇数及在诗人译介中所占百分比

原作者	翻译类评传篇数 / 总数（篇）	总数百分比（%）	评介类评传篇数 / 总数（篇）	总数百分比（%）
普希金	11/35	29	8/22	36
马雅可夫斯基	6/19	32	1/7	14
莱蒙托夫	2/7	29	3/5	60
合计	19/61	30	12/34	35

相异之处是，俄苏诗歌文论的译介不是始于翻译，而是始于评介（见表 2.17）。由此可见在文化交流中，翻译不是唯一的手段，评介同样可以起到先行作用，而且也许是更快捷有效的手段，恰如安德烈·勒菲弗尔在《翻译、改写与文学名声的制控》（2004）一书中指出的，各种改写手段，包括翻译、评介、评论、传记、编纂等等都是操控文学名声的手段。

表 2.17　有关 3 位俄苏诗人的最早译介文章

诗人	翻译类	评介类
普希金	1930：《普希金论》（《新文艺》，卢纳卡尔斯基著、江思（即戴望舒）译，1930 年 4 月 15 日 第 2 卷 2 期）	1920：《俄国诗豪朴思径传》（张西曼，《少年中国》，1920 年 3 月第 1 卷 9 期诗学研究号（二））
马雅可夫斯基	1930：《玛耶阔夫斯基》（A.B.Magil 著、光人译，《北新》，1930 年 7 月第 4 卷 14 期）	1924：《苏维埃俄罗斯的革命诗人玛霞考夫斯基》（沈雁冰，《文学周报》，1924 年 7 月第 130 期）
莱蒙托夫	1938：《列芒托夫论》（P·安独珂里斯基著、何见鹤译《文艺》，1938 年 11 月第 2 卷 3 期）	1923：《娄蒙妥夫评传》（K.H.，《文学周报》，1923 年 3 月第 67 期）

2.2.3 俄苏戏剧文论译介

从时间段来看，我国对俄苏戏剧文论的译介比对俄苏小说文论和诗歌文论都来得晚——最早译介的俄苏戏剧文论均始于 1928 年，而且第三个时期的译介量比第二个时期大，分别为翻译类20篇和评介类15篇；其次，译介量小，仅有37篇，其中28篇是戏剧专论文章，9篇论及5位俄苏剧作家和戏剧理论家。

那些专论文章，有的是对苏联剧坛的倾向或现状的评论，如格勒博夫（A. Glerboff）著、建南译的《苏维埃剧坛上的现代潮流》(《拓荒者》，1930年5月10日第4、5期)、卢纳卡尔斯基著、余文生译的《苏联的演剧问题》(《文学新地》，1934年9月创刊号)、英国戏剧批评家卡特（Huntly Carter）所著两篇文章——《卢纳卡尔斯基的剧场》(赵如琳译，《戏剧》，1931年4月第2卷5期）和《史丹尼司拉夫斯基的剧场》(如琳、蒲哲合译，《戏剧》，1931年6月第2卷6期)，以及其他文章如S.Priacel著、李兰译的《反映于本届戏剧节的苏联戏剧的现倾》(《光明》，1936年10月第1卷9期)、M·戈列立克著、孙师毅译的《苏联剧场的前哨》(《电影戏剧》，1936年10月10日第1卷1期)、D·卡尔姆著、舒霞译的《苏联戏剧的诸问题》(《戏剧与文学》，1940年6月20日第1卷4期）和索罗多夫尼科夫（Solodovnikov）著、郁文哉译的《苏联的戏剧》(《戏剧时代》，1944年2月15日第1卷3期)；有的关注对俄苏戏剧的评论，如《苏俄革命在戏剧上的反应》(俄苏白克许著、刘穆译，《小说月报》，1929年1月第20卷1期)、《苏联剧作家论述苏联的戏剧》(原作者不详，葛一虹译，《新演剧》，1937年7月第1卷3期)、《苏联戏剧中的新思想》(V.Kirshon（珂松）著、李嘉译，《戏剧岗位》，1941年11月第3卷3、4期）和《论苏联的戏剧》(斯特罗维著、沈蔚德译，《文艺先锋》，1944年2月20日第4卷2期)；有的是对戏剧艺术的批评，如卢纳察尔斯基的《论现实主义的剧本创作》(葛丽沙译，《新演剧》，1938年6月新1卷3期)、史旦尼斯拉夫斯基著的《论戏剧与观众及其它》(川麟译，《七月》，1939年10月第4集3期（总第21期)）和

《论想象》(郑君里译，《天下文章》，1943 年 7 月 1 日第 4 期（战时教育问题特辑）)，以及《A·托尔斯泰论戏剧文学》(原作者疑为 A·托尔斯泰，郭征意述，《文艺大众》，1946 年 11 月 20 日新 3 号)。

从第二个时期开始，中国文艺在很大程度都受到时事及战事的影响，具有很明显的功利性。例如 1938 年 5 月刊登在《新演剧》新 1 卷 2 期上吉尔波丁的《戏剧的功利性》一文（译者不详)，虽然篇幅短小，但却向全体作家发出了号召："一切作家在丰富的艺术和优越的戏曲底创造上应有最多的主意。"他提倡全体作家通过戏曲的创作来更快更好地达到让"最广泛的群众"最容易接受的目的，"鼓励他们底心，使他们兴奋，而获得某种教育的效果"。

而葛丽沙所译的卢纳察尔斯基的《论现实主义的剧本创作》(《新演剧》，1938 年 6 月，新 1 卷 3 期）一文，则主要批判了小资产阶级的所谓的现实主义，认为那是"否定的现实主义""纯粹的自然主义"。文章批判了"资产阶级的浪漫派"，指出"其种子是幻想……那些充分忠实而足以懂得这是幻想的艺术家和理论家，便创造'为艺术的艺术'，……。要是我竟描写现实，那么使我发生兴趣的，不是事物，而是描写的本身，描写的技巧，使我发生兴趣的，是艺术底纯粹艺术的方面。"这些论断很深刻地剖析了所谓"为艺术的艺术"的实质。他还进一步指出，"资产阶级艺术底总纲是静止的写实主义，否定的写实主义，想用浪漫主义的幻想和现实对立。"同时，又指出，真正的社会主义现实主义的实质"首先也在于写实主义，在于对现实的忠实性。……我们接受现实，我们不是静止地接受他。——其实，当我们视现实界为一种材料，为一种发展过程而接受他的时候，我们怎样能够去承认他呢？我们的写实主义是一种极端动态的。"文章也具体分析了无产阶级是如何来观察现实的："无产阶级在观察现实的时候，看见过去、现在和将来的历史底基本动力是阶级斗争。……

社会主义写实派把实际了解为发展，了解为在各种对峙性底不断斗争中前进的运动。但是他不仅不是静止论者，而且也不是宿命论者；他在这个发展中，在这个斗争中找到自己，他确定自己的阶级地位，确定自己对于一定阶级的隶属或自己走向这个阶段的道路，他确定自己是一种积极的力量，这种积极的力量努力使过程按着一定的方向前进。他确定自己一方面是历史过程的表现，而另一方面是决定这个过程形成的一种积极的力量”。这篇文章可说是卢纳察尔斯基的社会主义现实主义文艺理论在戏剧领域的应用。

俄苏戏剧文论中的其他专论文章还包括高尔基所著的《论剧》(屈轶译，《夜莺》，1936年5月第1卷，第3期)(此文疑由沈起予发表在《文学》1936年12月第7卷6号上的重译文《戏曲论》)、《关于剧作底题材》(Y·奥丽沙著、葛一虹译，《文艺阵地》，1939年9月第3卷10期)、《艺术剧院与现实主义》(丹青科著、赵铭彝译，《新演剧》，1940年6月，复刊号)和《戏剧的教义》(诺维兹基著、舒非译，《戏剧春秋》，1940年11月创刊号)。

有关苏联剧作家的9篇翻译类文章中，有3篇是对俄苏戏剧教育家、理论家兼演员和导演斯坦尼斯拉夫斯基的评论：《关于史丹尼斯拉夫斯基》(萨汉诺甫斯基著、金人译，《文艺新潮》，1938年11月第1卷2期)、《史丹尼斯拉夫斯基：剧场与革命》(A·卢纳却尔斯基著、康棣译，《戏剧与文学》，1940年1月25日，特辑)和《自然主义·现实主义·史达尼斯拉夫斯基体系》(普陀普金著、侯风译，《戏剧与文学》，1940年3月10日第1卷2期)。另有关于果戈里的两篇——《果戈理和戏剧》(倍列维尔则夫著、张感明译，《文学》，1935年2月第4卷2号)和《果戈理的悲剧》(万雷萨夫著，耿济之译，《译文》，1935年9月，终刊号)。关于高尔基的两篇是《作为戏剧家的高尔基》(Wiener(维纳)著、少苇译，《文学丛报(人民文学)》，1936年7月，高尔基逝世特辑第四期)和《高尔基与〈蒲雷曹夫〉》(Jozef Youzovsky（尤佐夫斯基）著、章泯译,《戏剧时代》，1937年5月第1卷1期)；以及《格利薄哀杜夫百年纪念》(米尔斯基著、赵景深译,《语丝》，1929年10月第5卷30期）和《作为剧作家的普式庚》(G·维诺库尔著、庄寿慈译,《戏剧春秋》，1942年5月第2卷1期)。

评介类俄苏戏剧文论是在所有俄苏文论类别中数量最少的，仅16篇，但其中有11篇是对4位苏联剧作家及其作品的评论。比如评论契诃夫的文章有5篇，它们是焦菊隐的《柴霍甫与其〈海鸥〉》(两篇连载,《时与潮文艺》，1943年5月15日第1卷2期、3期)、阳翰笙的《关于契诃夫的戏剧创作》(《中原》，1945年3月第2卷1期)、吴鲁芹的《泛论契可夫戏剧里的人物》(《文艺先锋》，1945年11月30日第7卷5期)，以及王西彦的《柴霍甫和他的〈可爱的人〉》(《文艺春秋》，1948年11月15日第7卷5期)。评论高尔基的文章有4篇，分别是祝秀侠的《高尔基的〈夜店〉》(《艺术》，1930年3月16日第1卷1期)、苏明的《高尔基最后的剧作》(《光明》，1936年6月第1卷2期)、邵荃麟的比较研究文章《〈北京人〉与〈布雷曹夫〉》(《青年文艺》，1942年11月15日第2期）和莫高的《高尔基论戏剧》(《文艺知识连丛》，1947年5月15日第一集之二)。其他两篇文章所论的是《革命戏剧家梅叶荷特的足迹》(冯乃超,《创造月刊》，1928年10月第2卷3期）和《巴尔德夫斯基的《游戏剧》说》(顾仲彝,《戏剧》，1930年10月第2卷2期)。

出自中国评介者的俄苏戏剧专论文章仅5篇，它们是《苏联的戏剧（介绍)》(申东造,《太阳月刊》，1928年5月第5期)、《普罗的戏剧》(张季平,《前锋周报》，1930年9月7日第12期)、《苏俄戏剧之演化及其历程》(杨昌溪,《矛盾》，1933年3月第1卷5、6期合刊戏剧专号)、《苏联戏剧节十日》(马彦祥,《光明》，1936年12月第2卷2期）和《俄国作家论莎士比亚》(焦菊隐,《文艺生活》，1941年10月15日第1卷2期)。

2.2.4 俄苏文艺理论译介

在 1915—1949 年期间，我国对俄苏文艺理论方面的译介是仅次于俄苏小说文论的重要领域，共有 200 篇翻译类文章，其中既有关于俄苏文学的批评或评论，也有俄苏文论家的文艺批评理论；既有关于俄苏文艺思潮，尤其是俄苏社会主义现实主义的文章，也有关于文艺理论其他各方面的论述，从文学本体论到文艺理论本身，从俄苏的无产阶级文艺观和文艺政策（包括列宁的文艺思想）到创作论、文学修养论等（见表 2.18）。这些文章无论从批评实践层面，还是从纯文艺理论层面，都为传播俄苏文艺理论，尤其是无产阶级文艺观，为中国文论的转型发挥了重要作用。至于评介类文章方面，则只有 45 篇，内容的丰富程度远不如翻译类文章，评介重点多落在俄苏文学批评领域。下面从各方面分别介绍译介情况。

表 2.18　有关俄苏各种文艺理论译介文章的篇数统计

文论类别		翻译类（篇）	评介类（篇）
文学批评	俄苏文学批评	38	29
批评理论	文艺批评理论	23	—
文艺思潮	俄苏文艺思潮	5	—
	俄苏社会主义现实主义	19	1
文艺理论	文学本体论	16	2
	文艺理论	42	8
	俄苏无产阶级文学艺术观	12	5
	俄苏文艺政策	9	—
	列宁文艺思想	13（含复计 3 篇）	—
	创作论	14	—
	文学修养论	12	—
合计		200	45

2.2.4.1 俄苏文学批评

在我国对俄苏文艺理论的译介文章中，关于俄苏文学批评的文章篇数相对较多，共有 38 篇。这类文章主要从理论和宏观层面对俄苏文学展开批评，涉及的论题主要有文学与社会、文学与革命、文学与国家、文学特性、文学形式等问题，其中的重要文章如下：克鲁泡特金著、沈泽民译的《俄国的批评文学》(《小说月报》，1921 年 9 月第 12 卷号外俄国文学研究)、沈雁冰编译的《俄国文学与革命》(原作者不详，《文学周报》,1923 年 11 月第 96 期)、普洛特尼珂夫著、韦素园译的《现在俄国文学底共通性》(《莽原》，1927 年 1 月第 2 卷 1 期)、毕力涅克著、汪馥泉译的《现代俄国文学与社会性》(《大江》，1928 年 10 月 15 日创刊号)、冈泽秀虎著、陈雪帆译的 6 篇连载《苏俄十年间的文学论研究》(《小说月报》，1929 年 3 月第 20 卷 3 期、5—6 月第 20 卷 5~6 期、8—9 月第 20 卷 8（现代世界文学号）~9 期、1930 年 8 月第 21 卷 8 期)、左宁著、陈勺水译的《俄国最近文学的批判》(《乐群》，1929 年 6 月 1 日第 1 卷 6 期)、藏原惟人所著的两篇——《俄罗斯文学之最顶点的要素》(方炎武译，《北新》，1929 年 9 月第 3 卷 17 期）和《浪漫主义以后的俄国文学》(毛一波译，《新时代》，1931 年 8 月 1 日创刊号)、佛理契著、徐幸之译的《社会主义的建设与俄国现代文学》(《文艺讲座》，1930 年 4 月 10 日，第 1 期)、德国罗莎罗森堡著、沈端先译的《罗莎罗森堡的俄罗斯文学观》(《拓荒者》　(《海燕》)，1930 年 1 月 10 日第一期（特大号)）、《无产阶级文艺运动与左联成立的意义》(原作者不详，冯乃超编译，《萌芽》(《新地》)，1930 年 6 月 1 日第 1 卷 6 期)、卢纳察尔斯基著、寿熹译的《苏联艺术的发展——在全苏作家同盟组织委员会第二次扩大会议上的演说》(《文艺》，1933 年 10 月创刊号)、日本村山知次著、格收译的《苏联文学与斯泰哈诺夫运动》(《夜莺》，1936 年 4 月第 1 卷 2 期)、西齐哀尔巴可夫著、陈北鸥译的《苏联文学的当前诸问题》

（《质文》，1936年10月第2卷1期）、P. 巴武列林柯著、张郁廉译的《国防文学》（《文艺阵地》，1938年4月第1卷1期创刊号）、苏联对外文化关系协会会刊VOKS特稿、崔克译的《反映在苏联文学中的爱国精神》（《野草》，1941年12月第3卷3、4期合刊）、顾尔希坦著、戈宝权译《论苏联文学中的民族形式问题》（《希望》，1945年5月第1集2期）。

在这类文章中，高尔基著、郑振铎译的《文学与现在的俄罗斯》（《新青年》，1920年10月第8卷2期）一文值得一提。高尔基在文中开篇即说，“文学是世界的心，一切世界上的喜与忧，人类的幻梦与希望，他们的失望与愤怒，他们对于自然的美的尊敬，以及他们对于宇宙的神秘的恐怖，多翱翔于其中”。因此，“文学也可以说是世界的无所不及的眼，他的眼光透入人类精神的最深处。书籍——这样简单，这样熟知的一件东西——是世界上伟大的，神秘的奇物之一。”高尔基还写道，“文学著作的范围，在精神上是无国界的”；“人的知识愈广，则人愈为完全；人对于他的同人的兴趣，愈锐敏，愈热切，则镕合善的创造分子成一个联合势力的历程，完成得愈快，我们经过我们的横断的驿站而达到相互的了解，敬重，友爱的普遍的快乐也愈快——达到我们自己的光荣也愈快”。文章中，高尔基对文学的认识与赞美、对世界文学的关注、对出版世界文学丛书所寄予的高度期待，无不吻合20世纪20年代中国文坛对于世界文学及文学功用的想象。而根据高尔基此文，当时计划出版包括英、美、法、德、西班牙、葡萄牙、北欧诸国、匈牙利等国最著名的作家作品，约“一千五百种以上，每种大略有三百二十页”。这样的出版计划确实堪称伟大，“在欧洲实是空前的举动”。

对世界文学如饥似渴的中国文坛，看到苏俄这样的宏大出版计划，怎能不艳羡？郑振铎不仅在高尔基原文发表四个月后就将其翻译成中文而刊登在1920年10月1日的《新青年》上，而且还在中译文前加了一个引子，介绍说，高尔基“新近在布尔塞维克政府庇荫底下，组织了一个伟大的出版所，名‘世界文学丛书社’，刊行世界的文学名著”。并把高尔基此文称为“哥尔基的重要的著作，也是现在的最紧要的，最伟大的出版宣言。使我们与俄国的文学关系，更增亲切。”同年12月，郑振铎还在《解放与改造》(《改造》) 第3卷4期上撰文呼吁：“我们要创造中国的新文学，不得不先介绍俄国的文学”，因为他深信，“俄国文学的介绍与中国新文学的创造是极有关系的。”

此后，我们还可在《小说月报》1921年1—5月第12卷1号和3~5号上依次发现沈雁冰在接任《小说月报》后所发表的《改革宣言》、郎损[①]的《新文学研究者的责任与努力》、郑振铎的《译文学书的三种问题》、沈雁冰的《译文学书方法的讨论》和沈泽民的《译文学书三问题的讨论》等文章。沈雁冰的《改革宣言》特别强调了翻译介绍外国文学对于中国新文学发展和中国读者的意义，指出：“小说月报行世以来，已有十一年矣，今当第十二年之始，谋更新而扩充之，将于译述西洋名家小说而外，兼介绍世界文学思潮之趋向，讨论中国文学革进之方法。同人认为西洋文学变迁过程有急需介绍与中国人之必要。而中国文学变迁之过程则有急待整理之必要。……同人认为研究文学哲理介绍文学流派虽为刻不容缓之事，而移译西欧名著使读者得见某派面目之一斑，不起空中楼阁之憾，尤为重要。”而其他文章则针对外国文学在中国的翻译及翻译方法和其间存在的理论上和实践上的问题展开了讨论。由于《新青年》上所刊登的高尔基的《文学与现在的俄罗斯》一文在先，而《解放与改造》和《小说月报》所刊登的前述诸文在后，我们也许可以相信，郑振铎当时对高尔基文章的翻译，更加坚定了他以及包括沈雁冰等人的

① 郎损即沈雁冰。

主张翻译外国文学，尤其俄国文学的决心，加快了我国翻译外国文学的进程。至1923年8月，郑振铎在《小说月报》第14卷8号上又发表《关于俄国文学研究的重要书籍介绍》，足见郑振铎对翻译俄国文学之事的深切关注。

克鲁泡特金著、沈泽民译的《俄国的批评文学》也很值得重温。在这篇文章中，克鲁泡特金把文学批评看做是“没有言论自由的俄国”“一条吐纳一般人政治思想的运河”，并且看到了文学批评所能发挥的极重要的作用，他说，“最近的半世纪以来，俄国曾有一班不断的接踵而起的批评家；他们对于当时的知识生活，曾有过极大而且极广极远的影响，这种影响能力是任何其他各界中的小说家著作家所不能企及的。我们竟可以说，要看某时代的知识界状况，只须举出一二个在当时有重大影响的艺术批评家来做代表，就很够很够了。”而别林斯基就是他认为的代表之一。别林斯基“哪止是一个批评家！他是人类进化道上一个重要的时期，一个俄国社会教师的教育者。他所教给俄国社会的，不但是艺术——他的价值，他的意义，他的包含——并且是政治问题，社会问题，和人道主义的福音。”对这类文章的译介，无疑似在昭示中国缺乏像别林斯基这样的批评家，因而也就突出了像别林斯基这样的批评家对于现代中国的重要性。

在评介类文章中，郑振铎的《俄国文学发达的原因和影响》(《解放与改造》(《改造》)，1920年12月第3卷4期）一文也同样具有重要意义。文章首先论及俄国文学发展史上对外国文艺思潮和形式的译介，及其对俄国文学发展所产生的巨大的推动作用。文章历数欧洲多国文学，从最早的保加利亚和马其顿、拜占庭，到法、德、英等国，通过译介而进入俄国，使俄国文学吐故纳新。可以说，“俄国文学发达的初期是完全受外来的影响之赐。此后外来的影响，虽不能比盛于前，却终是有一些。到了现代俄国写实主义文学有盛极将衰之慨，西欧新发现的新理想主义，象征主义，又万马奔腾似的输将进去"(转引自王锦厚，1996：288~289)。更重要的是，郑振铎在这篇文章中还详尽分析了中国旧文学和俄国文学的特质，对俄国文学将来可能对中国文学产生的影响作了预测："第一个最大的影响，就是能够把我们中国文学的'虚伪'的积习去掉。俄国的文学，最注意的是'真'。中国的文学，最缺乏的也是'真'"；"第二个影响就是可以把我们的非人的文学变成人的文学。俄国的文学是人的文学。他们充满了同情心，深埋着人道的情感；他们是诚恳，真实，同情，友爱，怜悯，爱恋——是人类的文学，人道的文学"；"第三个影响就是能够把我们的非个人的，非人性的文学，易而为表现个性，切于人生的文学"；"第四个影响就是能够把我们的文学平民化了"；"第五个影响，就是能够把我们的文学悲剧化了"，改变那千篇一律的"团圆主义"。正是出于对俄国文学的热切期待，郑振铎竭力倡导介绍俄国文学，"我们要创造中国的新文学，不得不先介绍俄国的文学"，并且坚信，"如果俄国文学的介绍盛了，这些影响必定是都要实现的。——现在已经实现了一些了——所以我们相信俄国文学的介绍与中国新文学的创造是极有关系的"(转引自王锦厚，1996：317)。

在文学批评方面，虽然其重要作用在当时已被人们所认识，但我国学人也并未亦步亦趋地重复着他人之说。比如郭绍虞在《俄国美论与其文艺》(《小说月报》，1921年9月第12卷号外俄国文学研究专号）中，就清晰地简述了从别林斯基、车尔尼雪夫斯基、杜勃罗留波夫到毗萨莱夫、托尔斯泰等不同时期的艺术观，指出他们对于艺术的一个共同观点，即把艺术功利化，让艺术为现实人生服务，因而使得艺术'脱离精神方面而倾向于现实方面'，对他们而言，"文学者的地位遂成为社会改革者，未来的预言者，将来文明的宣传者。"郭绍虞认为，以这样的见解而进行的文学批评"已超出艺术批评的范围，与其称为文艺批评家不如称为社会评论家。"然而，作者也认识到，这种种“美论”“都是由于现代生活的不安而起”，而且，在俄国这样的社会历史背景之下，文艺肩负起了了不起的作用——它“以俄国阴森，恐怖，黑暗，残酷的社会，遂以酿成人生的文艺，而因于人生的文艺卒至创造新俄罗斯，可见文艺与社会的相互规定有如此。”郭绍虞对于俄国文学批评的评论简短而中肯。而且，在文末作者联系中国境况，不免有所感慨：“社会的改善，文学亦肩起责任，而文学的发达，又不仅在创作一方面更须赖有正确忠实的批评者。吾人一想到中国文学正在筚路蓝缕之时，创作方面固须注重，批评方面亦不可忽，为中国文学的前途计，对于光明的指导者，其渴仰的希望为何如！”郭绍虞此文显然是他对中国文学批评的真切呼唤。

其他涉及俄苏文学批评或评论的评介类文章还有29篇，其中主要文章如下：钱杏邨的《俄罗斯文学漫评》(批评)(《小说月报》，1928年1月第19卷1期)、K.T.的《纪德纵谈俄国文学》(《文学》，1936年2月第6卷2号)、黄峰的《国防文学在苏联》(《文学界》，1936年7月第1卷2号)、张香山的《苏联农民文学的一个考察》(《东方文艺》，1936年10月第2卷1期革新号)、任白戈的《关于国防文学的几个问题》(《质文》，1936年11月第2卷2期)、许修林的《苏联文学运动方向转换的考察》(《文艺科学》，1937年4月10日创刊号)、葛一虹的《俄国文学中的爱国主题》(《文艺春秋》，1946年1月15日第2卷2期)、戈宝权的《三种新的苏联抗战文艺作品》(《文联》，1946年2月25日第1卷4期)、沈雁冰的《谈苏联战时文艺作品》(《文艺春秋》，1946年10月15日第3卷4期)。

另有3篇具有比较性质的评介类文章也值得注意，它们是周作人著的《文学上的俄国与中国》(《新青年》,1921年1月第8卷5期)、芦蕻著的《从奥布洛莫夫·罗亭论中国知识分子的几种病态生活》(《中原》，1945年10月第2卷2期）和冯雪峰著的《关于鲁迅和俄罗斯文学关系的研究》(《小说》，1949 年 10 月 1 日第 3 卷 1 期)。

《文学上的俄国与中国》这篇文章原是 1920 年 11 月 8 日周作人在北京师范学校做的演讲。作者在文中运用了泰纳、勃兰兑斯等人的比较研究的新方法，先从宗教、政治、地理等方面对比分析了俄中两国的差别，说其本意“只是想说明俄国文学的背景有许多与中国相似，所以他的文学发达情形与思想的内容在中国也最可以注意研究”。作者接着通过对比俄国人和中国人的生活态度，看出了由此而导致的文学差异：“俄国人所过的是困苦的生活，所以文学里以至诗文都含有一种悲哀的气味，但这个结果并不使他们养成憎恶怨恨或降服的心思，却只培养了对于人类的爱与同情。”但是，“中国的生活的苦痛，在文艺上只引起两种影响，一是赏玩，一是怨恨。……但中国多是一种玩世的（cynical）态度，这是民族衰老，习于苦痛的征候”。作者还从文学特色上对比了俄中两国的文学，指出“俄国文学上还有一种特色，便是富于自己谴责的精神，……描写国内社会情状的，其目的也不单在陈列丑恶，多含有忏悔的性质”，但“在中国这自己谴责的精神，似乎极为缺乏。写社会的黑暗，好像攻讦别人的阴私。说自己的过去，又似乎炫耀好汉的行径了。这个缘因大抵由于旧文人的习气，以轻薄放诞为风流，流传至今没有改去，便成为这样的情形了”。作者把俄国近代的文学称作“理想的写实派的文学”，并且认为，“文学的本领原来在于表现及解释人生。在这一点上俄国的文学可以不愧称为真的文学了”。可以看出，周作人对文学的目的在于“表现及解释人生”这样的观点是完全认同的，并提请国人多加注意与研究这种文学，因为总体而言，“中国的特别国情与西欧稍异，与俄国却多相同，所以我们相信中国将来的新兴文学，当然的又自然的也是社会的人生的文学”。周作人的这一观点在当时是具有代表性的。之后，该文被其他报刊多次转载，其中包括 1920 年 11 月 15 日—16 日《晨报·副刊》《小说月报》1921 年 9 月

第12卷号外俄国文学研究专号、1921年11月19日《民国日报·觉悟》，后来又被收入周作人《艺术与生活》一书，1931年由上海群益书社出版。由此足见当时文坛对这篇文章的重视。

2.2.4.2 俄苏文艺批评理论

这方面的翻译类文章偏向纯文艺批评理论，共有23篇。其中比较重要的包括5篇连载文章《理论与批评》，由苏联文学史家拍高根（又译戈庚、珂刚，即P.S.Kogan，1872—1932）著、林伯修译，登载于《海风周报》1929年1月1日—27日第1~5期；卢纳察尔斯基所著8篇——《关于马克思主义文艺批评的任务之大纲》(朱镜我译，《创造月刊》，1929年1月第2卷6期)、《关于文艺批评的任务之论纲》(林伯修译，《海风周报》，1929年2月10日第6、7期合刊)、《拓荒者》1930年1月10日第1期（特大号）上连载的两篇《现代资产阶级的艺术》(一、二)、《批评论》(孟式均译，《东流》，1935年12月第2卷2期创作特辑号；此文疑被杜宣重译，发表在《人世间》1943年4月1日第1卷4期上)、《论文艺批评史的发展》(陈素译，《文学丛报（人民文学)》，1936年8月第五期）及《关于文艺批评》(代林译，《文艺》，1938年9月第1卷5期)。

其他如波旦诺夫著、杜衡译的《无产阶级艺术底批评》(《熔炉》，1928年12月1日第1卷1期)、破良斯基（即别林斯基）著、陈勺水译的《论文学批评的新观点》(《乐群》，1929年8月1日第2卷8期)，以及波里耶斯基著、朱镜我译的《文学批评底观点》(《现代小说》(附)《五一特刊》，1929年10月第3卷1期)、蒲力汉诺夫著的《文艺上的极端个人主义》(译者不详，《拓荒者》(《海燕》，1930年1月10日第1期（特大号)）、日本上进田著、洛文译《苏联文学理论及文学批评的现状》(《文化月报》，1932年11月第1卷1期)、及柳维松（Richard Lewinsohn）著、韩侍桁译的《苏俄的艺术的转换》(《现代》，1933年9月第3卷5期)。

2.2.4.3 俄苏文艺思潮

冯至在《五四以来翻译界的优良传统》一文中曾指出："有目的地介绍现实主义，尤其是俄国现实主义文学，以及被压迫、被损害的民族的文学，可以说是五四以来翻译界的优良传统。这传统40年来从没间断过，而且随着革命形势的发展，在党的领导下得到越来越大的发扬。从20年代末期起始的苏联文学的介绍翻译在中国起着巨大的作用。它和我们社会主义文学的成长密切联系着，和我们的革命事业密切联系着"（转引自马祖毅，2006b：3）。而伴随这股持续良久的苏联现实主义文学翻译的正是对苏联社会主义现实主义文学思潮的译介。

据我们统计，论及俄苏文艺思潮的文章共有24篇，其中10篇涉及了俄国文学史上出现过的文艺思潮，如升曙梦著、陈望道译的《近代俄罗斯文学底主潮》(《小说月报》，1921年9月第12卷号外俄国文学研究)、特洛斯基著、韦素园译的3篇连载文章《未来主义》(《莽原》,1927年5月第2卷9期、1927年6月第2卷11~12期)、《论超现实主义派》(I·爱伦堡著、黎烈文译，《译文》，1934年12月第1卷4期)、V.白林斯基著、周扬译的《论自然派》(《译文》，1935年4月第2卷2期)，和有关现实主义的多篇文章，如《俄国文学的现实主义底发达》(西三郎著、高纷译，《文学》，1935年2月第4卷2号)、《现实主义与心理主义的表现》(E·奴西诺夫著、欧阳凡海译，《东流》,1935年11月第2卷1期周年纪念号)、《新现实与新文学》(法捷耶夫著、以群译，《夜莺》，1936年5月第1卷3期）和《关于现实主义和自然主义》(A. K. 华西利也夫著、何家槐译，《文讯》，1948年12月15日第9卷5期)。

而其余14篇全是关于苏联社会主义现实主义的翻译文章，并且都是在第二和第三个时期翻译面世的。对苏联社会主义现实主义文论的译介是我国20世纪中期前最重要的外国文论译介活动之一。在译介这一思潮的过程中，《文艺科学》杂志虽然仅出版了一期（1937年4月创刊号），而且出版地在日本东京，但却集中刊登了多篇论述与社会主义的现实主义相关的文章，如多利科诺夫、施惠林合著的《社会主义的现实主义概观》(梁惠译)、吉尔波丁的《论社会主义的现实主义》(田方绥译）和《新现实主义与革命的浪漫主义》(赫戏译)、罗森达尔的《社会主义的现实主义基本的诸源泉》(卓戈白译）和西尔列尔的《社会主义的现实主义的前提》(李微译)。

有关社会主义现实主义的翻译类文论还包括《社会主义的写实主义的风格问题》(卢纳卡尔斯基著、吴春迟译,《文学》，1933年12月第1卷6号)、《苏维埃文学底新现实主义》(梅雨译,《东方文艺》，1936年5月第1卷2期普式庚特辑)、《高尔基论社会主义的现实主义》(A·拉佛勒斯基著、周行译,《七月》，1940年1月第5集1期（总第23期))、《在社会主义现实主义路程上的苏联文学》(塔拉仙柯夫著、金人译,《文学战线》，1948年9月25日第1卷3期）等。

事实上，在1932年，苏联的“拉普派”及其宣扬的“唯物辩证法的创作方法”就已受到批评，取而代之的是“社会主义现实主义”这一新口号。这种新的理论动向很快引起中国左翼文艺界的重视(谭好哲，1997：461)。不过，虽然有关这一新理论的文章，如《社会主义的写实主义与革命的浪漫主义》(上田进著、王笛译,《文学杂志》，1933年7月，1卷3、4号）和《社会主义的现实主义理论》(华希里可夫斯基著、森堡译,《现代》，1933年10月第3卷6期)，略早于周扬的《关于“社会主义的现实主义与革命的浪漫主义”——“唯物辩证法的创作方法”之否定》(《现代》，1933年11月第4卷1期)，但是，周扬确实可以说是“较早将社会主义现实主义方法介绍到中国的”（孟繁华，1998：25），他的这篇文章也被认为是“标准的文学批评理论研究论文”（庄桂成，2006：18）。文中，周扬分析了苏联文学批评中的“唯物辩证法的创作方法”的错误，指出这一口号的根本错误就是“忽视文学的特殊的性质”，“把艺术对于政治，对于意识形态的复杂而曲折的依存关系看成直线的，单纯的，换句话说，就是把创作方法的问题直线地还原为全部世界观的问题”。这篇文章的发表标志着周扬文艺思想上的一个重大变化。与前一个时期简单、片面地强调政治或世界观对于创作的决定作用不同，他在此时转到了对于艺术特点的重视。他在文章中指出：“固然，艺术家是依存于他自身的阶级的世界观的，但这个依存关系，因为各人达到这个世界观的道路和过程的多样性以及客观的情势之不同，而成为非常复杂和曲折。艺术家的世界观又是通过艺术创造过程的复杂性和特殊性而表现出来的。艺术的特殊性——就是‘借形象的思维’；若没有形象，艺术就不能存在。单是政治的成熟的程度，理论的成熟的程度，是不能创造出艺术来的。……艺术家是从现实中，从生活中汲取自己的形象的。所以，决定艺术家的创作方向的，并不完全是艺术家的哲学的观点（世界观），而是形成并发展他的哲学，艺术观，艺术家的资质等的，在一定时代的他的社会的（阶级的）实践。艺术家在创作的实践中观察现实，研究现实的结果，即他的艺术的创造的结果，甚至可以达到和他的世界观相反的方向。”（周扬，1984：105~106）。

周扬在文章中归纳了“社会主义现实主义”的三个基本特征，第一，是社会主义现实主义是“在发展中，运动中去认识和发展现实的”，它不会像“资产阶级的现实主义”那样静止地认识对象。重要的是，这种社会主义的现实主义明确地表达了“不在表面的琐事中，而在本质的，典型的姿态中，去描写客观的现实”的愿望。第二，社会主义现实主义是“大众性，单纯性”的，它必须为人民大众所理解，但又不是简单地庸俗化，“假如把社会主义的现实主义的文学看成为迎合工人农民的低级的文学，那是绝对错误的。”第三，社会主义的现实主义含有革命浪漫主义的要素，革命的浪漫主义并不与社会主义现实主义对立，也不是并立，而是被包含在社会主义现实主义之中，是“使‘社会主义现实主义’更加丰富和发展的必要的要素”。因此，革命的浪漫主义也就与以往的所谓“革命的浪漫谛克”不同。

从历史上看，19世纪的俄罗斯文学在批判现实主义方面已经取得了举世瞩目的成就，俄罗斯文坛的一代大师，如托尔斯泰、陀思妥耶夫斯基等，利用他们手中的笔，忠实而深刻地反映着他们那个时代的社会矛盾，揭露统治阶级的罪恶，表达劳苦大众要求改变现实的强烈愿望；而20世纪的苏维埃文学，在以高尔基为代表的一代现实主义作家当中，继续发扬着19世纪的现实主义风格。五四运动以后，中国广大进步的的文学家和革命家积极自觉地学习苏俄现实主义文艺理论和创作方法，对中国现代文学和文学理论的贡献是不可否认的。从批判现实主义到社会主义现实主义，俄苏文学和文学理论对我国的影响是深刻而全面的。但正如温儒敏所说，由于当时大家“大都是带着文学的社会功利主义的眼光去选择吸取外国文学理论的，而俄国文学与社会人生的关系确实也比较密切，正好为中国初期的现实主义者提供了文学‘为人生’的楷模，在理论上充实了他们所追求的文学功利观”（1988 : 26），所以，才出现了对苏联社会主义现实主义文学思潮的译介热潮。

2.2.4.4 俄苏文艺理论

这部分内容很丰富，共有113篇文章，大致可分为文学本体论（16篇）、文艺理论（42篇）、苏俄无产阶级文学、艺术观（12篇）、苏俄文艺政策（8篇）、列宁文艺思想（10篇）、创作论（13篇）及文学修养基础（12篇）这几个方面。

A. 文学本体论

文学本体论方面的文章主要有雅各式莱夫著、冯宪章译的《文艺作品上的形式与内容》(《萌芽》(《新地》)，1930年4月1日第1卷4期）和米哈伊洛夫斯基著、惟之译的《生活与文学》(《文艺月刊》，1930年10月15日第1卷3期)。

其他还有高尔基写的3篇文章——《论现实》(艾思奇译，《文学丛报（人民文学)》，1936年4月诞生号)、《论形式主义》(慕文译，《文学丛报（人民文学)》，1936年7月，高尔基逝世特辑第四期；另此文疑有邢桐华的重译文，载于《质文》1936年10月第2卷1期)、《论文学及其他》(赵家璧译，《文季月刊》，1936年8月第1卷3期)；奴西诺夫写的两篇文章——《文学的诸问题》(维�武译，《文艺科学》，1937年4月创刊号）和《形象和观念》(何芜译，《文艺》，1938年7月第1卷3期)。此外，还有N. A. 莱别兑夫著、陈原译的《文学的语言》(《文艺生活》，1942年2月15日第1卷6期)、爱伦堡著、刘群译的《作家的业务》(《文艺月报》，1948年10月19日创刊号)、塞茨著、荒芜译的《论文学的自由》(《华北文艺》，1949年5月1日第4期）和阿玛卓夫著、荒芜译的《论文学的倾向性》(《华北文艺》，1949年6月1日第5期）等。

而评介类中只有两篇是有关文学本体论的文章，它们是徐中玉的《果戈理论文学的语言》(《文学新报》,1945年6月1日第1卷6期)和戈茅的《论形式主义》(《笔阵》，1943年4月第8期)。

B. 文艺理论

这部分的文章共检索到42篇，其中原作者文章较多者有卢纳察尔斯基（11篇)、佛理契（5篇)、鲍格斯洛夫斯基（4篇)、高尔基（3篇)、普列汉诺夫和别林斯基各两篇。以下仅列举比较重要的文章：

1930年1月10日第1期《拓荒者》(《海燕》)特大号上有卢纳察尔斯基所著(译者不详)的5篇文章——《意识形态与艺术》(两篇连载)、《我们的艺术》(两篇连载)和《文艺与现实》;以及其他刊物上的文章,如《艺术与阶级——〈艺术论〉第三章》(鲁迅译,《语丝》,1928年10月第4卷40期)、两篇连载文章《艺术之社会的基础》(林伯修译,《海风周报》,1929年4月21日第14、15期合刊、1929年第17期特大号)、《唯物论者的文化史观》(化青译,《北新》,1929年11月第3卷22期)和《艺术是怎样产生的》(钱歌川译,《北新》,1930年5月第4卷9期)。

佛理契所著5篇是:《艺术之社会的意义》(洛生(刘灿波)译,《新文艺》,1930年3月15日第2卷1期)、《艺术风格之社会学的实际》(洛生(刘灿波)译,《新文艺》,1930年4月15日第2卷2期)、《艺术社会学之任务及诸问题》两篇连载(雪峰译,《萌芽》(《新地》),1930年1—2月第1卷1~2期)和《艺术上的阶级斗争与阶级同化》(徐幸之译,《文艺讲座》,1930年4月10日第1期)。

别林斯基所著2篇是:《艺术的观念》(向葵译,《文艺杂志》,1946年5月25日,新1卷1期)和V.白林斯基著、吴伯箫译的《文学、艺术与社会断想》(《文艺月报》,1948年10月19日创刊号)。

高尔基所著3篇是:《文艺底课题》(果译,《海燕》,1936年1月第1卷1期)、《艺术的本质是战斗》(代石译,《东方文艺》,1936年3月创刊号)和《布尔乔亚文化的谩骂》(北芒译,《今代文艺》,1936年7月,创刊特大号)。

普列汉诺夫所著2篇是《社会的上层建筑与艺术》(晓村译,《新文艺》,1929年10月15日第1卷2期)和《〈艺术论〉〈艺术与社会生活〉——蒲列汉诺夫与艺术》(沈端先译,《文艺讲座》,1930年4月10日第1期)。

应该说，苏联文艺理论家佛理契的艺术社会学理论是被我们重点译介的文学理论之一。他的《艺术社会学之任务及诸问题》等文章曾被我们当做马克思主义文艺理论的范本读物译介给中国读者而受到推崇。但根据李岫（2004：107），在翻译和传播佛理契理论的过程中，人们也发现了他的错误，而给予他中肯批评的是瞿秋白。1932年10月，他在《文学月报》第1卷3期中以笔名易嘉发表了《论弗里契》一文，指出“弗里契是将马克思主义唯物辩证法运用于艺术科学的第一人，这是他的功绩；但他的理论中包含着机械论的错误，如宣扬文艺能够组织生活的论调、宣扬只有党派的文艺批评才符合科学的文艺批评”，并指出，弗里契“往往忽略历史的具体性，缺乏具体问题具体分析的马克思主义的科学态度等等”（李岫，2004：108）。

其他文章还有Sergel Dilvqmov著、杨刚译的《现代资本主义与文学》(《文学新地》，1934年9月创刊号)、A.卡拉干诺夫著、文戎译的《国家与文学》(《文学战线》，1948年10月25日第1卷4期）等等。

当时我们不但翻译苏俄文艺理论，而且连同介绍、评论那些文艺理论家，如杜勃罗留波夫、车尔尼雪夫斯基、别林斯基等人的文章也一并翻译。比如N.鲍格斯洛夫斯基所著4篇评论车尔尼雪夫斯基和别林斯基的文章就被译成汉语；《译文》杂志1936年4月新1卷2期上也有两篇由沙克夫翻译的、关于杜勃罗留波夫的文章——《批评家杜勃洛柳蒲夫》(V·治唐诺夫著）和《杜勃洛柳蒲夫略传》(原作者不详)，以及V·吉尔波丁著、明森译的《杜勃洛柳蒲夫论》(《译文》，1936年5月，新1卷3期)。

具体而言，有关车尔尼雪夫斯基文艺思想的文章有5篇：《文学及艺术底意义——车勒芮绥夫斯基底文学观》(蒲力汗诺夫著、雪峰译，《小说月报》，1930年2月第21卷2期)、连载两篇《俄国伟大学者和批评家（车尼雪夫斯基研究）》（N·鲍皋斯洛夫斯基著、伯箫译，《中国文化》，1940年12月第2卷4期、1941年1月第2卷5期）、《批评家车尼雪夫斯基》（耶罗斯拉夫斯基著、李育中译，《文学批评》，1942年9月1日，创刊特大号）、《车尔尼雪夫斯基底艺术观和文学创作》（普罗特金著、曹葆华译，《文艺杂志》，1945年6月25日，新1卷2期）。

关于别林斯基的文章有3篇：《伟大的文艺批评家——柏林斯基》（勃拉哥伊著、俞荻译，《文艺新潮》，1938年2月第1卷4、5期）、《论伟大的批评家柏林斯基》（N.鲍格斯洛夫斯基著、葛一虹译，《文学新报》，1945年2月20日第1卷5期）和《倍林斯基论》（波戈思洛夫斯基[即N.鲍格斯洛夫斯基]著、唐旭之译，《文艺杂志》，1946年5月25日，新1卷1期）。

在评介类文章中，也可发现对苏俄文论家的介绍文字，如晓丹著的《卢纳卡尔斯基小传》（《春光》，1934年4月第1卷2号）和《伊里亚·爱伦堡（文艺家介绍）》（作者不详，《文艺大众》，1946年11月1日，新2号），但更多的是对那些文论家的评论，如冯宪章的《蒲列汉诺夫论》（《文艺讲座》，1930年4月10日第1期）、胡秋原的《蒲力汉诺夫论艺术之本质》（《现代文学》，1930年7月16日第1卷1期）、易嘉（瞿秋白）著的《论弗里契》（《文学月报》，1932年10月第1卷3期）、黎君亮著的《卢那卡尔斯基的盖棺试论》（《现代》，1934年2月第4卷4期）和周扬的《艺术与人生——车尔芮雪夫斯基的〈艺术与现实之美学的关系〉》（《希望》，1937年3月10日第1卷1期）。

周扬在这篇文章中对车尔尼雪夫斯基大加赞誉之词，认为他那本《艺术与现实之美学的关系》是“最有光辉的著作”，文章多处引用车尔尼雪夫斯基的原话，以介绍这位文艺批评家的观点。首先，是关于车尔尼雪夫斯基的艺术再现现实的观点。周扬在文章中指出，

“车尔芮雪夫斯基的所谓‘再现现实’并不同于十七八世纪的伪古典派的‘自然摹仿论’。……他要求艺术家抓住现实的本质，描写有用的主题。”周扬也指出，车尔尼雪夫斯基不同意“艺术的主题是美”这个说法，“因为艺术的领域并不限于美和它的所谓要素，在实生活中所发生的，引起兴味的一切事物都是艺术的主题的内容，美不过是艺术的形式而已。”但是，车氏强调，他所说的兴味不是个人的趣味，而是深刻的时代的关心。对此，周扬评论道，“这是对于我们的艺术家的一个极尊贵的指示。艺术家应当和历史的发展倾向脉息相关，在他的作品里来处理并且解答时代所提出的问题。”周扬写此文评介车尔尼雪夫斯基的文艺主张，主要原因是他认为“车尔芮雪夫斯基达到了现实之教育的意义和作为‘人生教科书’的艺术之教育的意义的理解”，而且，“这构成了社会主义现实主义的一个重要的理论的源泉。”(周扬，1984：192~197)

C. 俄苏无产阶级文学艺术观

苏俄无产阶级文学、文化和艺术观是我们关注最早的理论重点之一，最早的译介，无论翻译类还是评介类文论，都可在第一个时期内找到。如在翻译类12篇文章中，最早的于1920年12月《新青年》第8卷4期上就有袁振英翻译的《文艺与布尔塞维克》一文（原作者不详），次年1月的《新青年》上还有卢纳察尔斯基著、袁振英翻译的《苏维埃政府的保存艺术》(第8卷5期)。其他文章主要见于特洛斯基，他一人有10篇文章得到翻译，如《论无产阶级的文化与艺术》《无产阶级的文化与无产阶级的艺术》。这组文章应译自特洛斯基《文学与革命》一书的第六章。此外，韦素园还译了《〈文学与革命〉引言》。应该说，托洛茨基的学说对于中国的左翼文学有着非常大的影响。他在《文学与革命》中反复重申了“同路人”政策的意义。正如李霁野所说：“在文艺政策上，特罗茨基和瓦浪斯基（Voronsky）与有些极端派相反，采取一种较为宽容而开明的态度。凡文学足以加强乡村与城市间，党员与非党员间，知识阶级与劳动者间的连锁，因而增加革命底力量者，党都应加以赞助和指导……一九二四年五月关于共产党艺术政策的会议，决定采取特罗茨基底态度，于是'同路人'底作品也可以在国家出版物上刊印了。"（转引自方维保，2005：552）

作为左翼作家、翻译家，同时也作为左翼文化总同盟负责人之一，林伯修（1889—1961）的翻译活动也值得关注。他所翻译的文章包括卢纳察尔斯基的《艺术之社会的基础》和《关于文艺批评的任务之论纲》，拍高根的《理论与批评》及《俄罗斯文学》等。拍高根的文章论述了无产阶级创造自己的文学的重要性，并对此进行了透彻的阐释。这些文章都在当时的文艺论争中产生了不小的影响。此外，还有蒲力汗诺夫著、郭建英译的《无产阶级运动与资产阶级艺术》（《新文艺》，1930 年 3 月 15 日第 2 卷 1 期）。

在评介类方面有 5 篇文章，全都发表于第一个时期内，不仅有瞿秋白在《小说月报》1924 年 6 月第 15 卷 6 期上的文章《赤俄新文艺时代的第一燕》，还有沈雁冰发表在《文学周报》上的 4 篇连载文章《论无产阶级艺术》（1925 年 5 月第 172、173、175 期、10 月第 195 期）的连载文章。瞿秋白的文章论述了俄国文学与俄国社会运动的关系，运用阶级斗争的观点和阶级分析的方法阐释文学现象，探求文学发展规律，论证了无产阶级文化取代资产阶级文化的必然性。（谭好哲，1997：408）沈雁冰的文章应是早期中国新文学史上，第一次在马克思主义文艺观指导下，"探索无产阶级文学的产生、性质、内容和形式的最系统的理论文章"（李岫，2004：45）。沈雁冰在文中指出，无产阶级艺术就是要"把无产阶级所受的痛苦真切地写出来"，"把无产阶级所负的使命明白地指出来给全世界人看"，沈雁冰甚至还提出了一个无产阶级艺术的公式——"新而活的意象+自己的批评（即个人选择）+社会选择=艺术”。李岫认为，沈雁冰此文“从理论到实践说明了无产阶级艺术在性质、内容、理想成分以及形式的和谐统一”，“对引导新文学从人的文学、平民的文学向无产阶级革命文学方向发展，起了重要的推动作用。”（2004：45）总之，这些文章不但比较有力地宣传了马克思主义文艺理论，而且“就文艺和生活、文艺与阶级、文艺与革命的关系等问题提出了切合时代需要的主张和见解，对文学革命转入革命文学产生了较大的影响，促进了革命文学的酝酿和倡导”(谭好哲，1997：400)。

D. 俄苏文艺政策

有关苏联文艺政策的文章共有9篇。1928年6月至1929年5月间，鲁迅一人在《奔流》上发表了8篇译文——《苏俄的文艺政策——关于文艺政策评议会速记录》(5篇连载,《奔流》，1928年6月20日—10月30日第1卷1期~5期)。这些文章应是鲁迅根据藏原惟人和外村史郎的日译本重译的。此外还有《苏俄的文艺政策——观念形态战线和文艺》(《奔流》，1928年12月30日第1卷7期)、《关于文艺领域上的党的政策——党中央委员会的决议》(《奔流》，1929年4月20日第1卷10期）和卢纳察尔斯基所著的《〈文艺政策附录〉（一）苏维埃国家与艺术》(《奔流》，1929年5月20日第2卷1期)。其中有些译文，如《观念形态战线和文艺》《关于文艺领域上的党的政策》文章，后来被收录到论文集《文艺政策》中，作为《科学的艺术论丛书》之一，于1930年6月由上海水沫书店出版。这部论文集于同年10月又被再版发行，可见当时整个社会对其的重视。

苏俄文艺政策是作为马克思主义文论的一个部分而在中国得到译介的。这也是中国接受马克思主义文论的一个特别之处（汪介之，2005a：55）。1915—1949年间，中国文学界，特别是左翼作家对于马克思主义文艺思想的传播和接受是很有热情的，对于苏俄的学习也是全面的。由于当时文人直接接触马克思主义文艺理论的机会比较少，因此只能大量借助俄国和日本的有关资料来了解和接受它。但是在译介过来的这些资料当中，有相当一部分同真正的马克思主义文艺理论是有相当差距的。比如苏联的“无产阶级文化学派”“拉普”和庸俗社会学的代表人物的著作，与马克思主义文艺理论的基本精神是相悖的，但这些学说当时都被当成马克思主义文艺理论而被介绍到中国，尤其是“当俄罗斯文学发展到苏维埃时期后本身的某种意义和程度上的转向和退化；而当苏联文学界自身开始反省或解冻之时，其最优秀和前卫的作品又未能及时介绍到中国。”（汪介之，2005a：59）

在苏联文艺政策问题上，有一篇金田常三郎著、不文译的文章《苏联文坛近事——马克思派与非马克思派的文学论争》（《语丝》，1929 年 5 月第 5 卷 11 期）。这篇文章不长，却让我们看到了当时苏联作家中所谓的马克思派（如凯尔晴采夫、马雅可夫斯基）和非马克思派（如辟力涅克、哀弗洛斯）对待苏联文艺政策的态度。此文实际上是对苏联文艺政策的一个讨论会的记述。1925 年苏联党中央执行委员会通过了关于文艺政策的决议，包括四个方面：第一是“把同路人作家引入到无产阶级底阵营内”；第二，“文艺作品之马克思主义的意识形态底把握”；第三，“承认文学底大众性，排击非大众的文学”；第四，“形式尊重论底否定”。然而，凯尔晴采夫发现，由于“共产党内的右翼派底抬头……，以及在文艺方面旧的同路人作家底反动化，和新的同路人作家之出现”，“许多同路人作家都丧失去直面着今日的问题，现实的问题的气力了”，一部分人“想避去今日的问题，和大众分离”。他认为，“真正的苏维埃文学，必须是大众化的，容易读的东西，必须近于读者的”。但是，同路人作家哀弗洛斯这样反驳道：“对于作家，是无所谓革命的逃避或不逃避的事的；

倘想从正面来知道今日的问题，那么与其问作家是不如去问评论家或合理化论者好些，作家是迂回地眺望着事物的。”辟力涅克也认为凯尔晴采夫的观点，是一种“训令”，是对于创作的干涉。他说，“普希金一点也没有写现实；重要的是并不在写什么，是在应该怎样地写”。

这篇记述文章所反映的问题和现象，无不让人联想到我国现代文学史上的一些著名论争，如鲁迅、茅盾同创造社、太阳社的争论、左翼作家与新月派理论家梁实秋之间关于“文学基于普遍人性”的论争、胡秋原、苏汶（杜衡）和左翼作家之间关于“文艺自由”的论争，以及当时整个中国文化界关于“大众语文”的论争。

E. 列宁的文艺思想

有关列宁文艺思想的文章有13篇，含复计3篇。在这些文章中有7篇以介绍列宁的文艺思想为主，主要有《艺术与行动：论列宁》（罗曼·罗兰著、译者不详，《七月》，1938年5月第3集2期（总第14期）；同时，1948年10月19日《文艺月报》创刊号上有同名文章，疑为重译）、《列宁论文学、艺术与作家》（原作者不详，戈宝权辑译，《文艺阵地》，1941年1月第6卷1期）、《列宁与文学遗产问题》（M·魏丹松著、沙可夫译，《五十年代》，1941年5月1日创刊号）、《列宁与艺术创作底根本问题》（原作者不详，曹葆华译，《谷雨》，1942年1月15日第1卷2、3期）、《列宁与文艺问题》（A·梅耶斯涅可夫著、邵荃麟节译，《文艺生活》，1949年6月20日，海外版第15期（总第49号））等。此外还有一篇是列宁自己所著的文章——《论新兴文学》，由冯雪峰翻译，刊载于《拓荒者》《海燕》1930年2月10日第2期。

余下3篇，主要涉及列宁对作家的评论，文章有伊里奇夫人著、白楚译的《伊里奇与现实主义作品》（《文艺科学》，1937年4月创刊号)、苏联《国际文学》辑、吕荧译的《列宁论作家》(《文学月报》，1940年12月15日第2卷5期）和马雅可夫斯基著、萧三、李又然译的《与列宁同志谈话》(《大众文艺》，1940年4月创刊号)。而复计的3篇，也主要反映列宁对托尔斯泰和高尔基的观点：列宁本人所著、陈淑君译的《托尔斯泰论》(《文学杂志》，1933年5月第1卷2号）和Y. 加奈次基著、胡风译的《列宁与高尔基》(《七月》，1939年8月第4集2期（总第20期)），以及塞维林著、叶以群译的《列宁的高尔基论》(《华北文艺》，1941年6月1日第1卷2期)。

F. 创作论

在14篇文学创作论文章中，有5篇为高尔基所著——《论创作技巧》(沈起予译、《文学丛报（人民文学)》，1936年8月第五期）和4篇连载《我怎样学习写作》(戈宝权译，《青年文艺》，1944年9月—11月，新1卷2~4期；1945年2月15日，新1卷6期新春特大号)；其他文章，有些出自各作家之手，如阿·托尔斯泰著的《我的创作经验》(译者不详，《文学》，1934年1月第2卷1期新年号)、皮涅克著、K.H. 译的《我怎么创作的》(《文学季刊》，1934年7月第1卷3期)、M. 左勤克著、孟十还译的《我怎样写作》(《译文》，1934年11月第1卷3期)、E. 拉甫列涅夫著、曹靖华译的《我怎样创作的》(《现实文学》，1936年8月第2期)；有些则出自文艺批评家之手，如蒂莫费也夫著、耿济之译的《怎样创造文学上的形象》(《文学》，1936年8月第7卷2号)、司帕考诺伊著、赫戏译的《关于世界观和创作方法》(《文学丛报（人民文学)》，1936年7月高尔基逝世特辑第四期)。

这里，最重要的文章也许就是由何丹仁[①]译的、法捷耶夫的演说《创作方法论》一文（《北斗》，1931年11月第1卷2期)。这篇文章阐释了20世纪初期苏联“拉普”（即俄罗斯无产阶级作家联合

① 何丹仁即冯雪峰。

会）在1930年倡导的“唯物辩证法的创作方法”的思想，要求作家必须从无产阶级的观点，从无产阶级的世界观来观察或描写，并认为“唯物辩证法的创作方法”是无产阶级文学最根本的创作方法。

G. 文学修养论

半月刊《光明》杂志从1936年6月第1卷2期~1937年2月第2卷6期曾连载12期发表伊佐托夫著、李兰译的《文学修养的基础》，其中包括初从事写作的作家应如何修养、新闻与速写、言语的正确与艺术性、短篇小说、戏曲等五部分，介绍写作基础知识。1937年5月，《文学修养的基础》以专著形式最先由上海生活书店出版，译者署名为沈起予和李兰。1937年11月在汉口再版；1939年和1944年，此书又分别被重庆生活书店和桂林文学出版社出版。直至1951年，《文学修养的基础》还由三联书店再版。可见这本书受人重视的程度。

小结

俄苏文艺理论在中国现代文学期刊中的译介，有两个比较鲜明的特点。第一，从原作者角度讲，我们所选择翻译的原作者既有广泛性，也有代表性。所谓广泛性，是说我们共译介了约76位作者（其中包括少数日、美、德、英、法等国的作者）所著的200篇有关俄苏文学、艺术理论多方面的文章；所谓代表性，是说当时所翻译的文章，不但在思想观念上代表苏联革命后的新文学文艺理论，而且被大量译介的原作者也极具代表性，他们多是苏联文学、文艺理论的旗手，如高尔基、卢纳察尔斯基、伊佐托夫、特洛斯基、佛理契、普列汉诺夫等15位作者，如表2.19所示。这些作者共有118篇文章被译成中文，占到翻译类俄苏文学理论文章总数的59%。

表 2.19 被重点译介的俄苏文论家及其所著文章

原作者	文论 / 人（篇）	合计（篇）
高尔基	24	24
卢纳察尔斯基	22	22
伊佐托夫	12	12
特洛斯基	10	10
佛理契 冈泽秀虎	6	12
拍高根 奴西诺夫 普列汉诺夫 藏原惟人	5	20
法捷耶夫 吉尔波丁 别林斯基	4	12
爱伦堡 鲍格斯洛夫斯基	3	6

从上表有关卢纳察尔斯基和普列汉诺夫的数据可见，我们对前者的译介大大多于后者。理由也许即在两人在文艺观点方面的差异。虽然普列汉诺夫长期以来被认为是马克思、恩格斯的权威学生，但他后来所提出的不干涉原则却受到了卢纳察尔斯基的批评。在普列汉诺夫看来，所谓不干涉原则就是要“取消社会集体或政党对文学发展过程的领导或指导，让文学在自身的客观规律下运行”（王建刚，2004：170）；“文艺理论家及批评家对艺术的态度只限于：客观地阐明社会原因如何决定创作的特定性质、思想内容和形象体系以及艺术特点，客观地研究文学艺术的起源和发展过程，说明有关现象及其所有原因的不可避免的规律性，而不应该提出这种或那种文化现象的肯定或者否定性的问题，谴责它或者欢迎它”（王建刚，2004：162~163）。然而，卢纳察尔斯基将普列汉诺夫的这种观点称为“孟什维克的定命论”，他认为，“我们当然应该从客观的生活实际出发，但是我们是领导的党，可以对事件的进程施加巨大的影响，根据客观的科学分析，我们应该制订计划，在国家的生活中，包括文化建设在内，几乎没有什么东西是我们的计划不能触及的。怎么能设想

我们可以回避这样的问题：什么样的文学我们将重视、发展、给予支持，什么样的文学我们将对它进行斗争呢”(转引自王建刚，2004：170~171)？列宁对普列汉诺夫的观点也不赞同：“普列汉诺夫在冷冰冰的理论和建设之间向来存在着脱节，建设在他的心目中一直是某种朦胧的遥远的未来。”(卢纳察尔斯基，2002：171)苏联在十月革命成功后的十多年，普列汉诺夫被划归到孟什维克一边，对他的理论也进行了系统的清理。我们对普列汉诺夫和卢纳察尔斯基的译介一方面反映了我们对当时苏俄文论和论争的紧密关注，另一方面，也反映出我们对这些源头理论的选择完全与当时中国的政治文化生活息息相关，因为显然卢纳察尔斯基的观点更易被中国现代国家意识形态所接受。

第二，从译者情况看，共有110名译者翻译了这200篇有关俄苏文艺文学理论的文章，其中翻译篇数较多的译者如表2.20所示。这13位译者共翻译了77篇文章，约占到翻译类俄苏文艺文学理论文章总数的39%。

表2.20　俄苏文艺理论的重要译者及译文篇数统计

译者	文论/人（篇）	合计（篇）
李兰	12	12
林伯修	10	10
鲁迅	9	9
韦素园	8	8
戈宝权	7	7
陈雪帆 冯雪峰	6	12
梅川	4	4
樊仲云 沙可夫 吴伯箫 夏衍 楼适夷	3	15

事实上，除了上述译者外，还有不少译者虽然所译篇数不多，但其身份却颇值得关注，如郑振铎、周扬、沈雁冰、胡风、萧三、

冯乃超、曹葆华、曹靖华、荒芜、耿济之、沈起予等等，他们大多支持或参与革命，有明显的进步倾向，同时还是诗人、作家、理论家、教育家、期刊编辑、社会活动家等等。更为重要的是，他们在当时或日后都身居要职。他们既是国外文艺理论的最初接受者，又是这些理论的重要推行者和实践者，因此，当中苏两国政治在意识形态上日渐靠拢的时候，苏联的革命文艺理论因他们的译介、传播和实践而“顺理成章地在中国得到接受”而“成为文艺的指导性理论”（陈顺馨，2000：1），“并对中国文艺的发展产生深远的影响，从而深刻地影响了中国革命文艺的发展进程”（陈顺馨，2000：11~12）。因此，可以说，这种局面的产生与译介者的身份及其影响力是不无关系的。

对于中国大量译介俄苏文论并深受其影响的事实，宋剑华的评论是辩证的。他认为，“对于20世纪中国文学而言，向苏俄文学靠拢这本身并没有什么过错，因为它的确比较符合现代中国的实际国情”（2003：103）；但是因此而“完全排除西方现代主流文学的客观存在，这对转型期中国文学的发育成长，明显又起到了极大的负面影响”；同时，过度推崇“苏俄社会文学与政治文学的功利主义思想，不仅没有促使中国文学迅速走向主体自由的生命空间，相反它却以一副正统正宗的‘西方’面孔，全面强化了中国文学忧国忧民的‘入世’精神。”（2003：103）

汪介之也批判性地指出，“我们对19世纪俄国文论与批评的接受，却久久局限在别、车、杜三大批评家和现实主义作家的范围内，现实主义之外的理论批评，几乎全部处于我们的接受视野之外。……在过去一个长时期内，我们曾片面地认为19世纪俄国文论与批评史上仅仅有一个现实主义流派，而且都是千篇一律的‘社会历史批评’”（2006：8）。不但如此，从20世纪20年代以后起，我们所译介的俄苏文论，主要包括了十月革命后的马克思主义批评、列宁关于文学艺术的思想、苏俄的文艺政策，包括“无产阶级文化派”思潮、庸俗社会学理论和“拉普”的文学观，直至30年代出现的“社会主义现实主义”理论，40年代末50年代初的日丹诺夫主义，等等。“这些理论批评对此后近半个世纪中国文学的指导思想、基本格局和发展走向产生了直接的影响。”（2006：9~10）

如20年代末我国“革命文学”论争中对“五四”文学传统的否定，对鲁迅、冰心、叶圣陶等作家的攻击，显然是承袭了“无产阶级文化派”和“拉普”对俄罗斯传统文学的评判和对所谓“同路人”作家的排斥；托洛茨基的《文学与革命》以政治尺度衡量20世纪初的俄罗斯作家，则为中国的批评家们提供了一个恶劣的范例；30年代初“左联”的文学口号和主张，特别是对所谓“辩证唯物主义创作方法”的宣扬和推崇，则完全是“拉普”理论的照搬和运用；40年代对王实味、丁玲等人的批判，其实是沿用了苏联独尊“社会主义现实主义”之后对待所谓“异己”作家的做法。……而从50年代初期开始把“社会主义现实主义”规定为我国文学创作的基本方法，更是照搬了苏联30—50年代对文学实行“一统化”控制的做法，并由此而造成公式化、概念化作品的大量出现。贯穿于苏联极左文学理论与批评的各种形态之中、或作为其理论基础的庸俗社会学，更成为一个时期内我国文艺指导思想、文艺政策和文艺理论的理论根源。（汪介之，2006：10）

如何正确、全面地评价俄苏文学与文论在中国的译介，及其对中国现代文学的影响，显然还需要我们更为深刻而客观的反思。

2.2.5 俄苏文学史论译介

有关俄苏文学史论的译介文章共计56篇，其中翻译类33篇，评介类23篇，是所有俄苏文论中除戏剧文论外，数量第二少的。在翻译类史论文章中，粗略地说，涉及俄苏文学通史的文章有10篇，介绍俄苏文坛和俄苏现当代文学史的有 23 篇。而在这些翻译类文章中，日本作者共写了 12 篇，俄苏作者 9 篇，英德各 1 篇，另有 10 篇文章的原作者不详。

在关于俄苏文学通史方面的比较重要的翻译类文章如下：《十九世纪俄国文学的背景》(沙洛维甫著、耿济之译，《小说月报》，1921 年 9 月第 12 卷号外俄国文学研究专号)、《小俄罗斯文学略说》(凯尔沛来斯著、唐俟（鲁迅）译，《小说月报》，1921 年 10 月第 12 卷 10 期)、《俄罗斯文学便览》(Moissaye J. Olgin 著、何胃编译，《创造》，1923 年 2 月第 1 卷 4 期)、《俄罗斯文学》(拍高根著、林伯修译，《海风周报》，1929 年 1 月 27 日第 5 期)、两篇连载《苏俄文学概论》(第一至四章；第五至七章)(凡伊斯白罗特著、洛生（即刘灿波）译，《小说月报》，1930 年 1—2 月第 21 卷 1~2 期)、《苏联文学的路》(Cornelius Zelinsky 著、吴火任译，《光明》，1936 年 9 月第 1 卷 8 期)。

有关俄苏文坛与俄苏现当代文学史的翻译类文章如下：《现代的世界左派文坛：最近的俄文坛》(冈泽秀虎著、陈勺水译，《乐群》，1929 年 2 月 1 日第 1 卷 2 期)、《由日本文坛看来得欧美文坛的优点三、〈俄文坛的最顶尖的要素〉》(藏原惟人著、陈勺水译，《乐群》，1929 年 9 月 1 日 第 2 卷 9 期)、《乐 群》 杂 志 1929 年 7 月 1 日 第 1 卷 7 期上连载的 3 篇文章——《论现代美俄二国文化和日本新文学一、〈两种唯物文学和他的母胎〉》(新居格著、陈勺水译)、《论现代美俄二国文化和日本新文学二、〈机器成熟时代的艺术和反抗意识文学〉》(千叶龟雄著、陈勺水译)、《论现代美俄二国文化和日本新文学三、〈美国文学和俄国文学〉》(平林辅之助著、陈勺水译)、新俄文坛最近的趋势》(Joshna Kunitz 著、刘穆译，《文学周报》(《文学旬刊；《文学》)，1929 年 4 月第 364~368 期 (第 8 卷 14~18 期))、《最近的苏联文学》(米川正夫著、索原（包叔元）译，《语丝》，1929 年 10 月第 5 卷 33 期)、《苏俄普罗文学发达史》(冈泽秀虎著、杨浩译，《语丝》，

1930年1月第5卷44期)、《革命后十二年之苏俄文字》(茂森唯士著、秋原（胡秋原）译，《北新》，1930年1月第4卷1、2期)、《最近的苏俄普鲁文学》(米川正夫著、查士骥译，《真美善》，1930年1月第5卷3号)、《俄国无产阶级文学发达史》(冈泽秀虎著、雪峰（冯雪峰）译，《文艺讲座》，1930年4月10日，第1期)、《俄国革命后的初期文坛》(拉夫林著、储安平译，《真美善》，1931年1月第7卷3号)、十月革命后的苏联文学》(爱浮瑞敏著、冯文侠译，《文艺月报》，1933年6月第1卷创刊号)、《苏联战时文学的新收获》(吉洪诺夫著、葛一虹译，《青年文艺》，1944年12月20日，新1卷5期)、《爱国战争时期的苏联文学》(A.耶果林著、铁弦译，《文哨》，1945年7月5日第1卷2期)、《苏联文学二十五年（特载)》(史屈罗夫著、孙家新节述，《时与潮文艺》，1946年1月15日第5卷4期)、《新兴小国文学述略——立陶宛、莱多尼亚、爱莎尼亚、乔治亚、阿美尼亚五小国的文学》(原作者不详、胡天月编译，《小说月报》，1921年10月第12卷10期)。

在23篇评介类文章中，俄苏文学通史有6篇，即郑振铎著的《俄国文学的启源时代》(《小说月报》，1921年9月第12卷号外俄国文学研究专号）和郑振铎著的5篇连载文章《俄国文学史略》，刊于《小说月报》1923年5—9月第14卷5~9期。

其他17篇文章主要是对现当代俄苏文学史的介绍与评论，主要如下：巴克的《一九二五至一九二九年的俄罗斯文学》(《泰东》，1929年5月第2卷9期)、沈端先的《革命十年间的苏俄文学》(《大众文艺》，1930年3月1日第2卷3期)、冯乃超的《俄国革命前的文学运动》(《艺术》，1930年3月16日第1卷1期)、爱南的《新俄文学概况》(《读书月刊》，1931年8月10日第2卷4、5期文学研究专号)、黄达的《最近的苏联文学》(《前哨·文学导报》，1931年11月15日第1卷8期)、胡铭著的3篇连载文章《革命后之苏俄文坛》(《涛声》，1932 年 1 月 16 日第 1 卷 23 期；1932 年 1 月 23 日第 1 卷 24 期；1932 年 1 月 30 日第 1 卷 25 期)、耿济之的《一九三五年苏俄文坛的回顾》(《文学》，1936 年 2 月第 6 卷 2 号)、李曼罗的《苏联文学的最近状》(《文艺科学》，1937 年 4 月创刊号)、戈宝权的《二十五年来的苏联文学》(《文艺阵地》，1942 年 11 月第 7 卷 4 期)、戈宝权的《伟大卫国战争中的苏联文学》(《文艺复兴》，1947 年 5 月 1 日第 3 卷 3 期)。

从上面的描述可见，我国对俄苏文学史论的译介，主要集中在十月革命以后的苏联现代文学史论，甚或苏联文坛现状介绍。其次，日本作者关于俄苏文学史的著述成为当时了解俄苏文学史的重要来源之一，所以被转译成中文。不但如此，这一部分的译介者大都是当时非常活跃的文坛干将，如郑振铎、耿济之、陈勺水、沈端先、戈宝权、冯乃超、冯雪峰等。

2.3 结语

根据《汇编》，俄苏文论是所有外国文论中最早得到译介的。从下面表 2.21 可知，《新青年》《少年中国》《小说月报》《奔流》《解放与改造》《太阳月刊》都是最早把俄苏各类文论引入中国人视野的期刊。除了戏剧文论是在 1928 年才得到译介，其他类别的文论均在 1922 年之前就通过翻译或评介进入中国文坛。

表 2.21 各类俄苏文论在中国最早的译介文章

文论类别	翻译类文章	评介类文章
小说文论	1918：《陀思妥夫斯奇之小说》(W.B.Trites 著，周作人译，《新青年》，1918 年 1 月第 4 卷 1 期)	1915：《托尔斯泰之逃亡》(汝非，《新青年》，1915 年 10 月第 1 卷 2 期)

（续表）

文论类别	翻译类文章	评介类文章
诗歌文论	1921：《俄国的诗坛》(白乌省吾著、夏丏尊译，《小说月报》，1921年9月第12卷，号外)	1920：《俄国诗豪朴思砼传》(张西曼，《少年中国》，1920年3月第1卷9期诗学研究号（二）)
戏剧文论	1928:《生活的演剧化》(《演剧杂感》之一）（N.Evreinov著、葛何德译，《奔流》，1928年7月20日第1卷2期)	1928：《苏联的戏剧（介绍）》(申东造，《太阳月刊》，1928年5月第5期)
文学理论	1920:《文学与现在的俄罗斯》(高尔基著、郑振铎译，《新青年》，1920年10月第8卷2期)	1920：《俄国文学发达的原因和影响》(郑振铎，《解放与改造》(《改造》)，1920年12月第3卷4期)
文学史论	1921：《十九世纪俄国文学的背景》(沙洛维甫著、耿济之译，《小说月报》，1921年9月第12卷号外)	1921:《俄国文学的启源时代》(郑振铎，《小说月报》，1921年9月第12卷号外俄国文学研究专号)

俄苏文论译介不但在时间上捷足先登，而且因其译介量之大，在我国对外国文论的译介中独占半壁江山，并且对中国文学与文论的影响也最为直接，最为深刻。汪介之对此曾从六个方面——“民主主义、人道主义精神”“‘为人生’的主导意向”“使命意识：作家创作活动的内驱力”“主潮：现实主义”“体裁样式：问题小说与社会小说”和“描写对象：农民、小人物、知识分子和女性形象”——考察了俄苏文学对中国文学的影响（1992：123~136），从中我们可以明显看出，这六点影响与俄苏文论在中国的译介与接受关系也极为紧密。

然而，不少学者早已看到了俄苏文学与文论本身的复杂性，以及它们在中国的译介过程之中及之后，由于中国的社会历史、文化、政治的因素而产生了复杂的影响。“一方面，由于这种影响，中国文学中的马克思主义理论批评逐渐形成，并在文学运动的实践中发挥着举足轻重的作用。另一方面，起源于庸俗社会学和“无产阶级文化派”思潮的各种极左的文学理论观点和批评实践，也一度被中国文学界的某些人士当作马克思主义文学理论及其具体运用而接受下来，强化了中国文学的政治化倾向，为后来的文学急剧极左化埋下了伏笔。”（汪介之，2006：10）

如今，在钩沉这段俄苏文论汉译史的时候，我们显然面临着一个文学研究中不可回避的问题，那就是文学与政治的关系问题。文学在多大程度上可以保持其独立性、非功利性及纯审美价值？在民族存亡的关键时刻，文学和文学家是否必须服务于政治，抑或有权做出选择？如果文学功能与形态的多样性可以允许持不同价值观的人对文学采取不同的创作态度和理论观念，那么，探讨文学理论、进行文学批评的目的难道必须是肯定一方而否定另一方，肯定此时而否定彼时？事实上，无论后人怎样评价当时的译介状态，都无法逃脱一定意识形态的影响，只是以现时的意识形态观念去评判在过去的意识形态影响下发生的事件时，往往容易发现不同的立场，并且想象可能不同的结果罢了。

参考文献

陈建华．中国俄苏文学研究史论（1~4卷）[M]. 重庆：重庆出版社，2007.

陈顺馨．社会主义现实主义理论在中国的接受与转化 [M]. 合肥：安徽教育出版社，2000.

程正民．列宁文艺思想与当代 [M]. 北京：北京师范大学出版社，1997.

程正民．卢纳察尔斯基文艺理论批评的现代阐释 [M]. 北京：北京大学出版社，2006.

方维保．托洛茨基与中国现代左翼文艺 [J]. 安徽师范大学学报（人文社会科学版），2005（5）：551~555.

贾植芳、陈思和．中外文学关系史资料汇编（1898—1937）[C]. 桂林：广西师范大学出版社，2004.

李今．中国左翼文学运动中的高尔基[J]. 中国现代文学研究丛刊，2005（4）：13~40.

李淼．被扭曲与被利用的高尔基[J]. 出版广角，2000（2）：47~50.

李岫．20世纪文学的东西方之旅[M]. 北京：人民文学出版社，2004.

鲁迅．鲁迅全集（第10卷）[M]. 北京：人民文学出版社，1981.

吕德申．高尔基的社会主义文学理论[J]. 文艺理论与批评，1988（2）：45~56.

马祖毅．中国翻译通史·现当代部分（第2卷）[M]. 武汉：湖北教育出版，2006.

孟繁华．社会主义现实主义的来源与在中国的接受[J]. 广播电视大学学报（哲学社会科学版），1998（4）：25~30.

孟昭毅，李载道．中国翻译文学史[M]. 北京：北京大学出版社，2005.

彭克巽．苏联文艺学派[M]. 北京：北京大学出版社，1999.

谭好哲．文艺与意识形态[M]. 济南：山东大学出版社，1997.

托尔斯泰．《艺术论》[M]. 耿济之译．上海：商务印书馆，1921.

汪介之．俄罗斯文学精神与中国新文学总体格局的形成——中俄文学关系的宏观考察[J]. 国外文学，1992（4）：123~136.

汪介之．回望与沉思：20世纪俄苏文论在20世纪中国文坛[M]，北京：北京大学出版社，2005a.

汪介之．高尔基的文学理论与批评在中国的接受[J]. 吉林大学社会科学学报，2005b（4）：201~207.

汪介之．百年俄苏文论在中国的历史回望与文化思考[J]. 浙江师范大学学报（社会科学版），2006（3）：7~14.

王锦厚．五四新文学与外国文学[M]. 成都：四川大学出版社，1996.

王瑶．中国新文学大系（1937—1949）第一集“文学理论卷一”[M]. 上海：上海文艺出版社，1990.

温儒敏．新文学现实主义的流变 [M]. 北京：北京大学出版社，1988.
张大明．西方文学思潮在现代中国的传播史 [M]. 成都：四川教育出版社，2001.
张建华．高尔基思想探源 [J]. 俄罗斯文艺，1997（1）：52~56.
张杰、汪介之．20 世纪俄罗斯文学批评史 [M]，南京：译林出版社 2000.
张娟．高尔基形象在中国的嬗变 [J]. 内蒙古社会科学（汉语版），2005（6）：104~107.
周扬．周扬文集（第 1 卷）[M]. 北京：人民文学出版社，1984.
庄桂成．周扬接受俄苏文学批评的三个维度及反思 [J]. 长江学术，2006（3）：17~23.

第三章

英国文论译介

英国文学及文学理论对中国现代文学的影响是毋庸置疑的。英国文学、文论作为世界文学的重要组成部分，也属于最早被译介到中国的西方作品之一。根据郭延礼的《中国近代翻译文学概论》（1998：23），我国早在1873年就有了正式的英国小说的翻译，如蠡勺居士翻译的《昕夕闲谈》（原著为英国17世纪小说家约翰·班扬（John Bunyan，1628—1688）的寓言体长篇小说《天路历程》（*The Pilgrim's Progress*）；在近代诗歌翻译中，英国诗歌也是“翻译数量最多的”（1998：91）。从时间上讲，最早且正式出版的英诗译者该是严复，他在1898年出版的译著《天演论》中就译过英国18世纪诗人蒲伯（Alexander Pope，1688—1744）《人道篇》（*Essay on Man*）的片断和丁尼生（A. Tennyson，1809—1892）的《尤利西斯》（*Ulysses*）中的一节（1998：89~90）。至于戏剧翻译，则要晚十多年，直到1915年10月《新青年》第1卷2号才开始有薛琪瑛译的王尔德的剧本《意中人》（即《理想丈夫》（*An Ideal Husband*））（1998：192）。

然而，虽然对英国文学作品的翻译在现今出版的翻译史著作中多有详述（罗选民，2003；王建开，2003；谢天振、查明建主编，2004；马祖毅，2006；等等），但是从国别角度专门论述1949年之前英国文论在中国的译介则不多见。有些英国文学史专著，如《英国二十世纪文学史》(王佐良、周珏良主编，1994)，或者外国文论(史)专著，如《外国文论简史》(刘象愚，2005)、《二十世纪西方文论》(朱刚，2006)，再或专论文章，如《当代英国文论与文化研究概述》(王宁，2001)等等，都是以英国文论为直接的评述与研究对象，而不是针对英国文论译介本身所展开的译介研究。因此，我们认为，对英国文论在中国现代文学期刊中的译介状况做一梳理，可以丰富这一领域的研究内容。

3.1 英国文论译介的总体描述

从时间上看，我国对英国文学作品的翻译起始时间较早，但对其文论的译介却晚于俄苏、法国、日本和美国。根据《汇编》，我国最早有关英国文学的翻译类文论文章出现在1921年。这一年，《新青年》1921年1月第8卷5期刊登了震瀛(袁振英)译自Soviet Russia(苏联)的《罗素与哥尔基》一文;《戏剧》杂志也于同年9月第1卷5号刊发了欧阳予倩编译的《英吉利之歌剧》和徐半梅译的《莎翁剧之疑问》(此二文原作者均为不详)。而最早的有关英国文学的评介文章则当数段澜发表于1919年12月《曙光》第1卷2期的《英国十六世纪之戏剧》。下面我们将从英国文论的译介年代与文论类别、文论来源国和原作者文章篇数、文论译介者及其译介文章篇数等方面分别进行统计说明。

3.1.1 英国文论译介年代与文论类别的统计与说明

在《汇编》所收的中国现代文学期刊中，共有涉及英国文论的翻译类文章237篇(含复计4篇)，评介类文章247篇，如表3.1所示。

表 3.1　按三个时期统计的英国文论译介篇数

译介年代	翻译类（篇）	评介类（篇）	合计
1917—1927	26	73	99
1928—1937	153	126	279
1938—1949	53	45	98
不详	1	3	4
合计	233	247	480

从上表可以发现，英国文论在三个时期的总体译介量差别很大。翻译类和评介类文论均以第二时期（1928—1937）最为活跃，数量最多，分别约占了总数的 66% 和 51%。其中翻译类文论文章在三个时期中的比例依次分别约为 11∶66∶23；评介类文论文章的比例约为 30∶51∶18。

如果按各文论类别进行统计，可以发现，在英国文论中，诗歌文论的译介数量最多，其中翻译类文章有 67 篇，评介类文章有 97 篇，各占英国文论翻译类和评介类总数的 28.8% 和 39.3%。小说文论和戏剧文论的译介量比诗歌文论略少，但差距不算很大，三者基本持平。其后是文学理论，共有翻译类 46 篇和评介类 17 篇。至于文学史论，在英国文论中数量最少（见下表 3.2）。

表 3.2　按文论类别统计的英国文论译介篇数

文论类别	翻译类		评介类		合计	
	文论（篇）	总数百分比（%）	文论（篇）	总数百分比（%）	文论（篇）	总数百分比（%）
小说文论	53	22.7	57	23.1	110	22.9
诗歌文论	67	28.8	97	39.3	164	34.2
戏剧文论	54	23.2	62	25	116	24.2
文学理论	46	19.7	17	6.9	63	13.1
文学史论	13	5.6	14	5.7	27	5.6
合计	233	100	247	100	480	100

3.1.2 英国文论来源国及原作者文论篇数的统计与说明

从英国文论看，在共计233篇翻译类文章中，英国作者产出112篇，占总数的48%，而其余121篇文章则出自日本（40篇）、俄苏（21篇）、美国（17篇）、法国（9篇）、丹麦（2篇）、德国（4篇），以及加拿大、瑞典、希腊、匈牙利四国各1篇，另有国别不详的24篇。这一情况说明，我国当时对英国文论的译介采取的是不拘一格的态度和策略，而不是仅仅局限于英国作者的文章，对不同国家的作者有关英国文学的评论文章也积极做了译介。通过这一做法，国人不仅间接地了解了英国文学和理论，同时也因此了解到世界其他国家对英国文学的态度和评价。就这一点来说，对这类文章的译介起到了既引进英国文论，又引进了别国对其评价的双重作用。

从下表3.3可见，除了英国本土外，我们从日本译介的文章共有40篇，远远多于从俄苏、美国、法国、德国等其他国家译介的文章。这一情况再次证明，我国在向西方学习的过程中，日本确实为中国起到了桥梁作用（肖霞，2003）。

表3.3　英国文论来源国及文论篇数

<table>
<tr><th>文论来源国</th><th>文论（篇）</th><th>总数百分比（%）</th></tr>
<tr><td>英国</td><td>112</td><td>48</td></tr>
<tr><td>日本</td><td>40</td><td>17.2</td></tr>
<tr><td>俄苏</td><td>21</td><td>9</td></tr>
<tr><td>美国</td><td>17</td><td>7.3</td></tr>
<tr><td>法国</td><td>9</td><td>3.9</td></tr>
<tr><td>德国</td><td>4</td><td>1.7</td></tr>
<tr><td>丹麦</td><td>2</td><td>0.9</td></tr>
<tr><td>加拿大</td><td>1</td><td rowspan="4">1.7</td></tr>
<tr><td>瑞典</td><td>1</td></tr>
<tr><td>希腊</td><td>1</td></tr>
<tr><td>匈牙利</td><td>1</td></tr>
</table>

（续表）

文论来源国	文论（篇）	总数百分比（%）
黎巴嫩	—	—
国别不详	24	10.3
合计	233	100

据我们统计，英国文论的原作者至少有119人。但是在所有这些原作者当中，很多人只有一篇或两篇的文章得到译介，而被译介文章较多的原作者则如表3.4所示。尤其在英国本土的文论作者当中，有的本身就是文学家兼文评家，如戈斯（Edmund Gosse，1849—1928）、王尔德（Oscar Wilde，1854—1900）、萧伯纳（Bernard Shaw，1856—1950）、贝内特（Arnold Bennett，1867—1931）、艾略特（Thomas Stearns Eliot，1888—1965）、刘易斯（Cecil Day Lewis，1904—1972），有的则是文学理论家，如哈德森（William Henry Hudson，1862—1918），这些人的理论、思想对当时中国文坛，乃至之后的中国文学批评和研究范式应该是有较大影响的（傅莹，2008）。

表3.4　英国文论重要原作者及其文论篇数

原作者	文论（篇）
[日]小泉八云	19
[英]戈斯	11
[英]刘易斯	10
[英]贝内特	7
[日]佐治秀寿	7
[英]哈德森	6
[英]王尔德	5
[日]本间久雄	4
[英]萧伯纳	4

（续表）

原作者	文论（篇）
[英] 约翰·德林瓦特	4
[英] 艾略特	3
[英] 詹姆斯·巴里	3
[法]A. 莫洛亚	3
[美] 卡尔浮顿	3

不过，从表 3.4 可见，当时英国文论被我们译介最多的竟是出自日本作者小泉八云（1850—1904）。其实他本名为拉夫卡迪奥·赫恩（Lafcadio Hearn），出生于希腊，1890 年他到了日本，后来与日本一英语女教师结婚，并于 1896 年加入日本国籍，改名为小泉八云。由于他精通英、法、希腊、西班牙、拉丁、希伯来等多种语言，学识极为渊博，在介绍东西方文明、文化、文学方面有很多著述，同时也有很多译作，在促进不同文明的相互了解上贡献卓著。在我们所收集的资料中，仅英美文论部分就有他撰写的 19 篇文章，先后被翻译成汉语，发表在《语丝》《奔流》《北新》《小说月报》《文艺月刊》和《诗歌月报》等刊物上。就内容而言，既有诗论文章，如连载六期之多的《雀鸟在英文诗歌上的地位》（梁指南译，《语丝》1928 年 7 月第 4 卷 30 期至 1928 年 8 月第 4 卷 35 期），也有发表在《奔流》上的三期连载小说史论文章《十九前半世纪英国的小说》（韩侍桁译，1929 年 1 月 30 日，第 1 卷 8 期；1929 年 3 月 20 日，第 1 卷 9 期；1929 年 4 月 20 日第 1 卷 10 期）；同时还有介绍研究英国作家（小说家、诗人、剧作家）的文章 9 篇，其中 6 篇发表在《语丝》杂志上，包括《William Beckford》（英国小说家威廉·贝克福德（1760—1844），《语丝》1929 年 4 月第 5 卷 7 期）、《Christopher Smart》（英国诗人克里斯托弗·司马特（1722—1771），《语丝》1929 年 8 月第 5

卷22期)、《Thomas Lovell Beddoes》(英国诗人托马斯·洛维耳·贝多斯（1803—1849），《语丝》1929年12月，第5卷38期)、《Thomas Love Peacock》(英国讽刺小说家、诗人托马斯·皮科克（1785—1866），《语丝》1929年12月第5卷42期)、《William Blake》(英国浪漫主义诗人威廉·布莱克（1757—1827），《语丝》1930年1月第5卷46期)、《Blake——第一个英国神秘书》(《语丝》1930年2月，第5卷49期)。此六篇作家论均由韩侍桁翻译成汉语。另外三篇则是《评拜伦》(陈镈译，《小说月报》，1924年4月第15卷4期)、《英国短诗论》(陆印泉译，《诗歌月报》1934年10月第2卷1期）和《小泉八云论莎士比亚》(马彦祥译，《文艺月刊》1931年6月30日，第2卷5期)；甚至还有《英国的“谣曲”》(石民译，《北新》1929年1月第3卷2期)。

其次，是埃德蒙·戈斯，作为英国诗人、文学史家和批评家，他有11篇文章被译介到中国。这些文章有的与文学史或文学现状有关，如《前维多利亚时代的英国文学》及续篇（韦丛芜译，《文艺月刊》1931年3月30日第2卷3期，1931年4月30日第2卷4期)、《谭尼孙时代的英国文学》及续篇（苇丛芜译，《文艺月刊》1931年6月30日 第2卷5期；1931年7月15日 第2卷7期)、《大战在文学上的结果》(冬芬（即茅盾）译，《语丝》1929年8月第5卷24期）以及《文学史作法论》(苇丛芜译，《现代文学评论》，1931年8月10日第2卷1、2期)。有的是诗论，如《渥兹渥斯与珂莱锐吉》(苇丛芜译，《未名》1928年11月第1卷8、9期)、《诗人榜思传》(Robert Burns（彭斯），1759—1796)(苇丛芜译，《未名》1928年12月第1卷12期)、《英国十九世纪四十年代的诗人》(苇丛芜译，《未名》1929年2月第2卷3期)、《诗歌底始原》(汪馥泉译，《文艺月刊》1932年4月30日第3卷4期)。此外，还有一篇文章是《英国十九世纪初叶的小说家》(苇丛芜译，《未名》1929年1月第2卷1期)。

排在第三的是英国诗人、侦探小说家兼文学评论家的刘易斯。他有10篇诗论文章全部由朱维基（1904—1971）译成汉语，其中包括6篇连载文章《一个对于诗的期望》，发表在《文艺新潮》上（1939年11月第2卷1期至1940年5月第2卷7期）；《文艺新潮》上还发表了另两篇刘易斯的文章——《近代诗的词藻问题》（1940年6月，第2卷8期）和《近代抒情诗产生的困难》（1940年9月第2卷9期）。此外在《诗创作》上也有他的两篇文章——《论讽刺诗》（1942年10月30日第15期诗论专号）和《近代诗中的辞藻问题》（1942年1月20日第7期）。

此外，被我们比较集中译介的作者还有贝内特（旧译宾那脱）。他是英国小说家、剧作家和文学评论家。译介他的最早的文章是《文学作品与人生观察》，由赵景深翻译，发表在《文学周报》，1928年2月第300期（第5卷25期），此后对他的译介主要是他的文论著作《文艺鉴赏论》，在《文艺月刊》上共连载5次（1934年1月1日第5卷1期~1934年5月1日第5卷5期），由陈瘦竹和陈瘦石兄弟俩翻译。1944年12月1日第2卷12期的《艺文杂志》上还有陈介白翻译的《文艺鉴赏的两大问题》一文。

与贝内特并列的是日本作者佐治秀寿，他也有7篇文章，即《英国小说史》一书被译成汉语，在《乐群》上的连载七期，由谢声翻译并发表在《乐群》1928年10月15日第2期至1929年7月1日第1卷7期上。

3.1.3 英国文论译介者及其文论篇数的统计与说明

英国文论的译介者阵容，与俄苏文论译介者阵容极其相似：译文篇数只有一篇或者两篇的译者人数极多。如表3.5所示，英国文论翻译类文章共计233篇，涉及译者共131人，其中1人翻译1篇文章的译者有99位（此数字不包含2人合译1篇的译者人数）；一人翻译两篇文章的译者共有 8 位；而 1 人翻译 3 篇（含 3 篇）文章以上的译者共 21 人，但他们翻译的文章却达 115 篇。如此看来，翻译了 3 篇及 3 篇文章以上的英国文论译者，虽然人数不多，只约占译者总人数的 16%，但他们所翻译的 115 篇文章，却约占翻译类英国文论总数的 49%。

表 3.5　英国文论翻译者及其所译文论篇数

翻译者	文论 / 人（篇）	合计（篇）
韩侍桁　朱维基　韦丛芜	12	36
赵景深	8	8
谢声	7	7
林语堂　梁指南	6	12
邓演存　李霁野　陈瘦竹	5	15
石民　梁实秋　徐天虹　沈雁冰	4	16
傅东华　梁遇春　陈勺水　柳无忌 袁水拍　沙可　夫宗玮	3	21
林疑今　戴镏龄　高明　林林 顾彭年　姚克　冯亦代　周煦良	2	16
柳无忌、曹鸿昭；	2（二人合译）	2
1 人译 1 篇者（99 人）	1	99
译者不详	1	1

注：表中的译者人数不包含“译者不详”篇。

其次，从评介者阵容看，有关英国文论的评介文章共计 247 篇，涉及评介者 154 位，其中仅写了一篇和两篇文章的作者占绝大多数，共有 137 人，约占评介者总人数的 89%。相较之下，写了 3 篇及 3 篇以上文章的评介者，仅有 17 人，只占评介者总人数的 11%，但是他们所写的文章共有 89 篇，约占评介类英国文论总数的 36%，见表 3.6。

表 3.6　英国文论评介者及其所写文论篇数

评介者	文论 / 人（篇）	合计（篇）
赵景深　郑振铎	12	24
梁实秋　费鉴照	9	18
徐祖正　沈雁冰	5	10
毛如昇　杜衡　罗念生　柳无忌	4	16
樊仲云　郭沫若　邢鹏举　黄嘉德 顾仲彝　胡哲谋　徐志摩	3	21
陈独秀　周作人　汤道耕　朱维基 钱公侠　S 生　董每戡　孟式均　林语堂 胡仲持　曼如　潘修桐　梁遇春　周有照 曾虚白　阎折梧　傅东华　梁指南 王统照　吴宓　诵虞	2	42
1 人写 1 篇者（116 人）	1	116

从上面表 3.6 可见，翻译或写作了 3 篇及 3 篇文章以上的译者或作者，虽然人数不多，但是他们的文章数量却相对可观。并且，其中有些人不仅仅同时翻译和评介了英国文论，而且还同时翻译、评介了美国文论，是名副其实的兼译者、作者和学者于一身的领军人物（见下表 3.7）。英国文论在中国的传播和接受正是凭借了这些人的译介活动。下表 3.7 是对翻译和（或）评介英国论文的文章篇数多于 5 篇（含 5 篇）的译介者统计。

表 3.7　英国文论译介者及其译介文章篇数

译 介 者	翻译类（篇）	评介类（篇）	合计（篇）
赵景深	8	12	20
朱维基	12	2	14
梁实秋	4	9	13
韦丛芜	12	—	12
郑振铎	—	12	12
韩侍桁	12	—	12

（续表）

译介者	翻译类（篇）	评介类（篇）	合计（篇）
费鉴照	—	9	9
沈雁冰	4	5	9
林语堂	6	2	8
梁指南	6	2	8
柳无忌	3	4	7
谢声	7	—	7
傅东华	3	2	5
梁遇春	3	2	5
邓演存	5	—	5
陈瘦竹	5	—	5
徐祖正	—	5	5
李霁野	5	—	5

上面诸表中赫然显示的那些依然被当今学界所关注的译介者人名，如沈雁冰、郑振铎、赵景深、韩侍桁、林语堂、朱维基、梁实秋、傅东华、陈勺水、冯亦代等等，他们虽然在译介数量上多寡不一，但是通过他们的译介而使英国文论对当时乃至现在中国文学界所产生的影响，却是很难以数量而定论的。此外，我们发现，英国文论翻译类文章在《文艺月刊》《译文》《北新》《现代文学评论》《文学季刊》《语丝》等杂志发表较多。而评介类文章则以《小说月报》《文学周刊》《文艺月报》和《新月》等为主。

3.2　英国文论译介的具体描述

下面将按照诗歌文论、戏剧文论、小说文论、文学理论和文学史论，依次描述英国文论在中国现代文学期刊中的译介情况。

3.2.1 英国诗歌文论译介

论英国诗歌对世界文学的影响，当以 19 世纪浪漫主义诗歌为最。布莱克、托马斯·格雷（Thomas Gray，1716—1771）、华兹华斯（William Wordsworth，1770—1850）、柯勒律治（Samuel Taylor Coleridge，1772—1834）、拜伦（George Gordon Byron，1788—1824）、雪莱（Percy Bysshe Shelley，1792—1822）、济慈（John Keats，1795—1821）等等，无不似人类诗歌史上一颗颗璀璨的明星，越过时空而依然光芒万丈；诗人们咏古叹今、睹物抒情时曾经抒发的激情、表达的哲思、自然流露的真情，无不给人以启迪、慰藉和力量。正因为此，在英国文论中，诗歌文论的译介在我国最受重视，而浪漫主义诗歌又是重中之重。

表 3.8　对英国诗歌文论篇数的分类统计

译介对象	翻译类（篇）	评介类（篇）	合计（篇）
浪漫派诗人	26	56	82
其他诗人	12	28	40
诗学文章	29	13	42
合计	67	97	164

如表 3.8 所示，在英国诗歌文论方面，翻译类文章共有 67 篇，其中 29 篇是从不同方面对英国诗歌的专论文章，38 篇是对至少 14 位英国诗人的译介。在那 38 篇论及英国诗人的文章中，有关英国浪漫主义诗人的文章占了绝大多数，共有 26 篇，其中尤以介绍和评论拜伦的最多，共有 10 篇，其次是雪莱、济慈和布莱克各 4 篇（见表 3.9）。

我国对英国浪漫主义诗歌的情有独钟，在评介类文章中也非常突出（见表 3.9）。在 96 篇文章中，有 86 篇涉及了英国各个时期的著名诗人，其中有关英国浪漫主义诗人的文章仍居多数，共有 56 篇，包括评介拜伦的文章有 26 篇，评介布莱克的有 13 篇，译介雪莱的有 10 篇（含复计 2 篇），评介济慈的有 8 篇（含复计 1 篇）。其他较受关注的诗人还有叶芝 8 篇，曼斯菲尔德 3 篇。另有英国诗歌的专论文章 13 篇。

表 3.9　有关英国浪漫派诗人的译介文章篇数统计

被译介者	翻译类（篇）	评介类（篇）	合计（篇）
拜伦	10	26	36
布莱克	4	13	17
雪莱	4	10（含复计 2 篇）	12
济慈	4	8（含复计 1 篇）	11
柯勒律治	3（含复计 1 篇）	1	3
华兹华斯	2（含复计 1 篇）	1	2
通论文章	1	—	1
合计	26	56	82

从文章来源国看，在 67 篇翻译类英国诗歌文论中，有 37 篇出自英国作者，15 篇出自日本作者（但这其中小泉八云一人就占了 13 篇），俄苏 3 篇，美国 4 篇，丹麦、希腊和法国各 1 篇，作者国别不详的有 5 篇（见表 3.10）。这也在一定程度上反映了英国文学在世界文学中令人瞩目的地位。

表 3.10　按英国诗歌文论来源国统计的数据

文论来源国	文论（篇）
英国	37
日本	15
俄苏	3
美国	4
法国	1
丹麦	1
希腊	1
国别不详	5
合计	67

以下将依据我们整理的资料，主要从英国诗人和诗学两方面分别描述其在现代中国的译介状况。

3.2.1.1　拜伦、雪莱和济慈

在英国浪漫主义诗人中，拜伦是被我们译介最多的一位。实际上，我们对拜伦诗歌的译介远早于从文论角度对他所做的译介；而且，从一开始，我们便是对作为社会反抗者的拜伦和为希腊人民争取独立而奋斗的拜伦更感兴趣。他的《唐璜》的中译本直到1956年才有上海新文艺出版社出版的朱维基的全译本，但其中的插曲《哀希腊》却从1902年起便吸引着梁启超、马君武、苏曼殊和胡适等人的不断重译。早在1907年，鲁迅先生就在《摩罗诗力说》中向中国人介绍了拜伦，赞美其人其文，说英国"迨有裴伦，乃超脱古范，直抒所信，其文章无不函刚健抗拒破坏挑战之声。平和之人，能无惧乎！于是谓之撒旦"。鲁迅可说是中国人较早评价拜伦者之一。

据《汇编》，有关拜伦的译介文章共有36篇，其中翻译类的有10篇，评介类的有26篇，而《小说月报》则是拜伦译介的重要期刊。1924年4月第15卷4期为拜伦专辑，除了拜伦诗作的译文外，还同时刊发了6篇翻译类文章，13篇评介类文章，从拜伦的生平、个性、作品、思想、在文坛的地位等多个角度对他做了全面的译介。郑振铎、沈雁冰、王统照等现实主义作家和论者，也纷纷借拜伦来大力宣扬浪漫主义对自由的向往和他们反抗旧世界的无限热情。其他参与者还包括多名不同背景的著名作家和学者，如赵景深、梁实秋、朱维基、张闻天、耿济之、徐志摩、樊仲云、汤澄波、顾彭年、甘乃光、诵虞、希和、周学普、陈镈等。该刊的首篇是郑振铎为纪念拜伦而写的卷首语，同时也向读者表明介绍拜伦的意义所在。他这样写道：

我们爱天才的作家，尤其爱伟大的反抗者，所以我们赞颂拜伦。

不仅赞颂他的卓越的天才而已。他的反抗的热情地行为，其足以使我们感动，实较他的诗歌为尤甚。他实在是一个近代很伟大的反抗者！

反抗压迫自由的恶魔，反抗一切虚伪的假道德的社会。诗人的不朽都在他们的作品，而拜伦则独破此例。

上面这段文字十分清晰地揭示了当时中国热切译介拜伦的原因：中国需要革命精神，需要反抗者。而拜伦作为一个诗人，恰好体现了一个反抗者所必须具备的革命精神。

如果说卷首语是一个引子，那么接下来的所有围绕拜伦的或翻译、或评介、或研究的文章更加表明了这一点。在这个拜伦专辑中，翻译类的文章就有张闻天译的《勃兰兑斯的拜伦论》，该文源自于勃兰兑斯的《十九世纪文学主潮》，主要从四个方面介绍拜伦，分别为热情的拜伦（上、下），反叛的拜伦，堕落与伯爵夫人的爱及战与死。文章对拜伦的生活、爱情和革命都做了比较详细的介绍。另外还有小泉八云的《评拜伦》(陈镈译)、鲍尔斯（R.H.Bowles）著、顾彭年译的两篇文章《拜伦在诗坛上的位置》和《拜伦的个性》、本村鹰太郎著、樊仲云译的《拜伦的快乐主义》、和 Long 著、赵景深译的《拜伦评传》。

顾彭年的译文《拜伦在诗坛上的位置》是从比较的角度谈论拜伦，并给予他极高的评价："如果我们从这位诗人要觅寻完全的艺技，那是我们当然要失望的。在诗人之中，拜伦要算最参错的一个。他的诗里的想象，没有像克慈（Keats）的‘Eve of St.Agnes’或‘Ode on a Grecian Urn’一律的丰富；没有像雪莱（Shelley）的可听许的音乐和‘以太’似的柔美的云；没有像丁尼孙（Tennyson）诗歌的精密完整。就艺术家而论，他比这几位诗人都次一等，因为他没有耐性去润饰或雕琢，然而他抒情的词调有时竟达水平线上极高点。……他具有抒情的天才，他抒情的作品有时竟不亚于雪莱。""距今二十年前，阿诺尔德（Matthew Arnotd）预言：至千九百年，拜伦与华资华斯（Wordsworth）将为这世纪中两个很伟大诗人，当今有几个批评家，将丁尼孙与白浪宁（Browning）同他们并列。就这两种评论看来，拜伦的名誉，是同这几位诗人一样的绚烂的。他是不朽者之一。”陈镈所译的日本小泉八云的《评拜伦》一文同样给了拜伦极高评价：“拜伦的影响所以能及于全欧者，并非因为他宣传什么主义的原故，但是他的作品里面却把一种真理暗示给世人们了。”这些论点，至今看来仍是中肯的。

同期拜伦专辑中，对拜伦的评介类文章更多，有13篇，如西谛[①]的《诗人拜伦的百年祭》、署名为C M的《拜伦与Piertro Gramba》[②]、樊仲云的《诗人拜伦的百年纪念》、汤澄波的《拜伦的时代及拜伦的作品》、希和的《拜伦及其作品》、王统照的《拜伦的思想及其诗歌的评论》、甘乃光的《拜伦的浪漫性》、子贻[③]的《日记中的拜伦》、耿济之的《拜伦对于俄国文学的影响》、徐志摩的《拜伦》、沈雁冰的《拜伦百年纪念》(选录)、蒲梢的《关于拜伦的重要著作介绍》和诵虞的《拜伦名著述略》。

在上述评介文章中，各位作者无不给予拜伦高度评价。郑振铎在其《诗人拜伦的百年祭》中，便这样解释拜伦百年祭的重要性，他写道：“这样一个百年祭是较世界上的其他诗人更伟大的百年祭。”而且，读伟大诗人的事迹犹如在读着最感动的诗歌戏剧与传奇；他们高洁的人格，他们伟大的心胸，他们的坦白的行动，他们的如炮火似的热情，如山泉如春雨似的言辞，他们的坚固不拔的意志，他们的勇迈直前，不顾一切的精神，他们的一切可动人的真实的经历，

---

① 西谛即郑振铎。

② Piertro Gramba即彼得罗·甘巴，是拜伦在意大利期间与之同居的特瑞萨·归齐奥利伯爵夫人的哥哥。甘巴是意大利烧炭党人的重要领导人之一，通过甘巴，拜伦卷入了烧炭党的革命活动。

③ 子贻即胡哲谋。

似都从文字中流出，显示于我们之前，使我们感到了一种犹如夏天的太阳似的热力，一种如春晨的微风所带来的生气，使我们感兴而于泪盈于目眶，使我们潜在心底里的热情要暴跳出来，于是我们便也不自禁地对于他们生了一种崇慕之感。

我们对于拜伦的崇慕却兼有了这两种的崇慕之感，我们不惟崇慕他的伟大的诗歌，并且崇慕他的伟大的豪迈的事迹。

在这篇百年祭的文章中，郑振铎也对拜伦的诗歌加以评价，认为拜伦的诗歌“虽有粗豪之处，却也讶异于其雄伟”。同时，作者还认为，拜伦的诗歌体现了“撒旦的精神，对于每个人的威权，个人自由的强固不屈的主张与他的对于虚伪庸俗、以礼教的假面孔掩饰一切社会的深绝痛恶，这种‘伟大的表现，豪爽的表现’使他的作品不久便有了极大的影响，在俄国感动了普希金与李门托夫，在德国海涅也受到了他的感兴；在波兰、西班牙、意大利、法国也有无数的诗人受到了他的感化，他的作品引起了文学界的绝大的海流。哥斯（Edmund Gosse）说：‘欧洲各国有欲反抗专制之政治或虚伪的礼俗者，此国文人皆能于拜伦诗中得其感兴。’是的，有多少的反抗者是读到拜伦的著作而不热血在沸腾，而眼睛为感动之泪所湿的”。郑振铎对拜伦的评价，可以说代表了现代中国对拜伦的普遍的认识和接受程度：拜伦式的英雄主义比他的诗歌更有影响力。

徐志摩在他写的《 拜伦》专文中，也热情歌颂了拜伦的反叛精神和傲藐一切的英雄气概，说：“……他是一个骄子：人间踏烂的蹊径不是为他准备的，也不是人间的镣链可以锁住他的鸷鸟的翅羽。”

沈雁冰的《拜伦百年纪念》也着重指出，拜伦的魅力在于他的反抗精神；他的诗，像火山喷发一样，摧毁了一切陈腐的东西，其雷霆之势震动了全世界，因而成为了欧洲浪漫主义文学运动的导火索。正是因为如此，对拜伦的介绍才显得特别重要：‘中国现在正需要拜伦那样富有反抗精神的震雷暴风般的文学，以挽救垂死的人心，同时又最忌那狂纵的，自私的，偏于肉欲的拜伦式的生活；……我们现在纪念他，因为他是一个富于反抗精神的诗人，是一个从军革命的诗人。'”（转引自张旭春，2004：245~246）

另外颇值一提的文章是汤澄波的《拜伦的时代及拜伦的作品》。开篇之处，作者即引用歌德的话来评价拜伦："他自然是会被人家认为我们这个世纪的最大天才。英国人可以随他们的意思论及拜伦，但是他们断不能指出别个像他一样的诗人，他和其他一切的诗人是不同的，且总是较为伟大。"文章的正文部分从七个方面介绍了拜伦，即华兹华斯时代的清白和贞洁、当代的强制及虚伪性、拜伦的反抗性、拜伦的作品、拜伦的风格、拜伦的影响、各家对拜伦的评价。

在众人高调译介拜伦的时候，也有作家、学者，如王统照和樊仲云，对拜伦的艺术成就做出了更为客观、公允的评价。比如樊仲云的文章《诗人拜伦的百年纪念》论述角度稍有不同。首先作者肯定了拜伦对于世界的影响，并界定浪漫主义的起始时间及其在西方的产生和发展过程，然后提到英国三个浪漫主义诗人拜伦、雪莱和济慈的人生境遇，指出此三人中拜伦态度最为极端、最激烈。相较之下，樊仲云的评述似乎显得更为冷静与客观。

王统照在《拜伦思想及其诗歌评论》一文中更是试图把拜伦的思想与其诗歌统一起来观照，他先把拜伦的思想特点归纳为三："热情的冲动""自由的观念"以及"时代思潮"。然后对拜伦的诗歌进行分析，认为"拜伦一生的诗歌，以在第二次意大利居留中的作品为有最伟大的成就"。而且，他的诗歌与其思想是完全一致的，"他作诗歌不必是先有主义而后写出，但他的思想与情绪俱颠宕于革命的潮流之中，则发成心声的诗歌"（贾植芳、陈思和，2004：219）。但是，王统照还是在文章中指出了拜伦在戏剧和作品结构设计方面的缺点，并且就拜伦的诗歌，做出了这样的评说："他对于一切景物及事实，并不似艺术的诗人的精细注意，与描写。他虽与能以表现解释它们，却不是一个深沉的紧密的思想者。在有精神的鼓励的韵文中，他诚然已高呼出普遍的希望与热诚的声音，但在生活的无限哲学的考求及评判上，以及精思妙理的解析上，则少有达到。”（贾植芳、陈思和，2004：221）虽然如此，王统照还是认为，“拜伦取得莎士比亚第二的位置也无人可与匹敌了”。

除了《小说月报》，其他期刊也刊登过评论拜伦的翻译类文章，除了上面提到的6篇外，还有4篇分别是刊登在1924年4月《文学周报》第119期诵虞译的《泰因（泰纳）的拜伦论》、1934年3月《论语》第37期黄嘉音译自俄苏亚佛司钦珂的《拜伦再世》、1936年10月《译文》新2卷2期雨田译自日本升曙梦的《普式庚与拜伦主义》（普希金），以及1940年5月《现代文艺》第1卷2期周学普译自俄苏M.支维勒夫的《勒尔蒙托夫与拜伦》（莱蒙托夫）。

评介类文章中的其余13篇分别是：徐祖正的《英国浪漫派三诗人——拜伦、雪莱、箕茨》（《创造季刊》，1923年2月第1卷4期）、朋其（黄鹏基）的《Don Juan》（《唐璜》）（《狂飙》，1926年10月第1期）、《创造月刊》上梁实秋的两篇文章——《拜伦与浪漫主义》（1926年5月第1卷3期）和《拜伦的浪漫主义》（1926年6月第1卷4期），以及徐祖正的《拜伦的精神》（1926年6月第1卷4期）、《南国周刊》所刊阎折梧的两篇连载文章——《从海洋文学说到拜伦，海贼及其他》（1929年10月15日、22日第7~8期）、《新时代》两篇文章——陈翔冰的《拜伦的魔性》（1931年8月1日，创刊号）和陈希孟的《拜伦与雪莱》（1933年10月1日第5卷4期）、林林的《拜伦主义与普式庚》（《诗歌生活》，1936年10日第2期）、灵珠的《诗魔拜伦》（《人世间》，1943年5月25日第1卷5期）、《文艺春秋》所载朱维基的两篇连载文章——《摆伦与哥德》（1945年6月1日丛刊之四朝雾；1945年9月1日丛刊之五黎明）。

对于雪莱的译介，是评介早于翻译，而且翻译类文章的数量很少，仅有 4 篇——《北新》杂志上刊登的英国罗伯特·林德（Robert Lynd）著、梁遇春译的两篇连载文章《论雪莱》（1929 年 6 月第 3 卷 11 期和 1929 年 8 月第 3 卷 14 期）、雪莱原著、甘师禹译的《诗之辩护》（《华严》，1929 年 6 月 20 日第 1 卷 6 期）和英国汤白苏著、孙家新译的《雪莱论》（《时与潮文艺》，1944 年 2 月 15 日第 2 卷 6 期）。

评介类文章共 10 篇（含复计文章两篇），它们是：

1923 年 2 月《创造季刊》第 1 卷 4 期上的 3 篇——郭沫若的《雪莱的诗》、张定璜的《 Shelley 》和徐祖正的《英国浪漫派三诗人——拜伦、雪莱、箕次》、S 生著的《读雪莱诗后》（《文学周报》，1923 年 11 月第 95 期）、涛每的《诗人雪莱的心理》（《清华文艺》，1925 年 11 月第 1 卷 3 号）、赵景深的《雪莱不是美丽的天使》（《小说月报》，1928 年 1 月第 19 卷 1 期）、啸霞（柳无忌）的《师梨 Shelley 》（《文艺杂志》，1931 年 7 月第 1 卷 2 期）、东美的《雪莱与萨西》（《华严》，出版时间不详，第 1 卷 3 期）、陈希孟《拜伦与雪莱》（《新时代》，1933 年 10 月第 5 卷 4 期）、郑朝宗的《论雪莱〈诗辩〉》（《文艺先锋》，1944 年 8 月第 5 卷 1、2 期）。

可以说，1923 年 2 月《创造季刊》第 1 卷 4 期上郭沫若、徐祖正、张定璜的文章，都大力介绍雪莱，比如张定璜在文章中首先肯定了苏曼殊所译拜伦诗对他所属的“五四”青年的影响，但指出，这是由于当时苏曼殊不知道雪莱，所以未能把这位和拜伦同样伟大的英国浪漫主义诗人介绍给中国青年。在该文中，张定璜紧扣雪莱独特的浪漫主义反叛人格和反叛人生，对其生平、作品和思想体系进行了较为详细的介绍。但恰如张旭春所言，张定璜与其说是在盛赞雪莱，不如说是在呼唤一位中国的雪莱，因为雪莱那勇往直前、追求民主的浪漫主义启蒙精神，正是处于封建专制高压下的中国所急需的（2004：238~239）。

有关济慈的译介文章，主要有翻译类文章 4 篇，评介类文章 8

篇（含复计文章 1 篇）。最早的也是从评介开始。沈雁冰在 1921 年 5 月《小说月报》第 12 期 5 卷上的文章《百年纪年祭的济慈》应该是最早的 1 篇。其他 7 篇评介文章分别是：

徐祖正的《英国浪漫派三诗人——拜伦、雪莱、箕次》(《创造季刊》,1923 年 2 月第 1 卷 4 期)、徐志摩的《济慈的〈夜莺歌〉》(论述)(《小说月报》，1925 年 2 月第 16 卷 2 期)、《文艺月刊》上费鉴照写的 3 篇——《济慈与莎士比亚》(1934 年 10 月 1 日第 6 卷 4 期)、《济慈的一生》(1935 年 4 月 1 日第 7 卷 4 期）和《济慈美的观念》(1935 年 5 月 1 日第 7 卷 5 期)、啸霞[①]的《济慈 Keats》(《文艺杂志》,1931 年 7 月第 1 卷 2 期)、傅东华的《英国诗人济慈》(《文学》，1935 年 1 月第 4 卷 1 号）

翻译类 4 篇文章是《济慈的三封信》(石民译,《语丝》，1929 年 12 月第 5 卷 39 期)、《约翰・济慈》(叶夫格里・兰著、路荣超译,《诗创作》，1942 年 12 月 25 日第 17 期）和《医师与病者的诗人济茨》(上、下)(日本式场条三郎著、林林译,《宇宙风》，1940 年 9 月第 104~105 期)。

对于济慈，徐祖正在《英国浪漫派三诗人——拜伦、雪莱、箕次》一文中有这样的评论：“只有箕茨既不曾对于社会反抗又没有什么大错，而所受的创痛更在两人之上，使人怀疑到天才和社会到底能不能两立。”徐祖正认为，济慈，同雪莱一样，都属于英国第一流诗人；从生活上看，“只有箕茨为最完全最纯洁”（贾植芳、陈思和，2004：205)。

徐祖正此文，在“五四”前后对英国浪漫主义诗人译介中可说是比较独特的一篇。它首先简述了英国浪漫主义从湖畔派转到撒旦派的发展线索。其中，对于湖畔派从早期的社会革命理想，到因对

① 啸霞即柳无忌。

法国革命的幻灭而转向后期的内在审美，及撒旦派何以继续湖畔派的早期革命理想等问题均有比较准确的把握。徐祖正写道：

细视起来，拜伦，雪莱，箕次三人还属于英国浪漫主义中的撒旦派（Santanic School 恶魔派）。在拜伦，雪莱，箕次以前，英国的浪漫主义早已极盛。湖畔诗人（Lake Poets）的胡慈华士（Wordworth），郭力其（Coleridge），苏瑞（Southey），及别派的史各脱（Scott），都是这个主义的健者。原来浪漫主义底发生是在打破古典主义底知巧的，形式的，现实的，要做成情绪的，内容的，理想的，和自我的。湖畔派和史各脱诗人在英文学上改革之功不能说不多，然而他们仅不过做到几分。他们都是稳健人物，思想摆脱不掉旧习惯。那时候正是美国独立，法国大革命等卷地的大风潮弥漫欧洲，思想动荡震撼达于极点，保守的英国也抵御不住这种波浪容易受到刺戟，亢奋的青年诗人们顿时感染。胡慈华士早年听到法国革命时竟想投入漩涡，热狂到如此程度。郭力其，苏瑞在青少年时代也想组织“新村”那样一个新社会现实他们的理想，同时表明对于旧社会的反抗。后来看到法国革命那种残忍惨毒比旧时更黑暗更没有是非的时候，便大家不免心冷。胡慈华士就改变初志一意在文学上用力。郭力其，苏瑞也是得到了现实底教训，将从前的理想溶化到文学里去。（贾植芳、陈思和，2004：202）

文章不仅称拜伦、济慈、雪莱“属于英国浪漫主义中的撒旦派（Stanic School 恶魔派）”，而且认为撒旦派的共同色彩便是反抗。“反抗的对手有二：其一为文学上的形式和内容；其二为他们所处的社会！”作者还这样评论这三位撒旦派诗人：

他们的一生是真挚和热烈。想说什么就说什么；想做什么就做什么。他们想把社会旧制度完全推翻，重造一个理想的新社会。他们的诗是他们最高最美的世界，就是他们深信可以造就可以安住的世界。他们全不知道什么利害打算，赤手空拳的同旧社会接战。实

在他们都是纯洁无垢的小孩子，一直到死是个天成的小孩子。（贾植芳、陈思和，2004：204~205）

从1923年2月《创造季刊》上的“雪莱纪念专号”到1924年4月《小说月报》的“拜伦专辑”，以雪莱和拜伦为代表的英国浪漫主义诗人，作为反叛的化身，无疑在当时鼓舞并激发了中国知识分子反抗旧制度、追求自由与独立的精神和勇气。

3.2.1.2 布莱克、华兹华斯和柯勒律治

英国诗人布莱克是英国浪漫主义文学运动的先驱之一，同时，其人其作也极具复杂人格魅力——浪漫中透着古典、热烈中带着神秘、哲理中饱含深情。在1949年之前他并没有像拜伦那样得到较多的关注。在1949年之后，他与其他一些英国诗人、作家，如艾略特、乔伊斯、劳伦斯、伍尔芙一样，在中国的译介也颇受冷落。根据《汇编》，有关他的译介文章，翻译类仅4篇——赵景深译自约翰·弗里曼（John Freeman）的《英国大诗人勃莱克百年纪念》（《北新》，1927年11月第2卷2期）、韩侍桁译自日本小泉八云的两篇文章：《William Blake》（布莱克）（《语丝》，1930年1月第5卷46期）和《Blake——第一个英国神秘书》（《语丝》，1930年2月第5卷49期），及周煦良译自T.S. 爱略特《勃莱克论》（《新诗》，1936年12月第3期）

而评介类文章有13篇，对他最早的评介者是周作人，他在1920年2月《少年中国》第1卷8期（诗学研究号一）上即有《英国诗人勃来克的思想》一文发表，首次介绍了布莱克的生平，及其诗歌特性和艺术思想，称布莱克的艺术是以神秘思想为本，特重想象（imagination）和感兴（inspiration），并首次译出了布莱克的长诗《无知的占卜》总序中的四句：

一粒沙里看出世界，

一朵野花里见天国。

在你掌里盛住无限，

一时间里便是永远。

但对布莱克译介最多的应是赵景深，他一人就有 5 篇评介类文章和 1 篇翻译类文章，分别发表在《文学周报》《小说月报》和《北新》上。在《文学周报》上先后有 4 篇——《英国诗人勃莱克百年纪念——介绍叙事诗〈彭威廉〉》（1927 年 10 月第 288 期）、《勃莱克是象征主义者么》（1928 年 3 月第 307 期）、《三论勃莱克》（1928 年 6 月第 322 期）和《勃莱克确是浪漫主义者——示可怜的哈娜》（《1928 年 7 月第 325 期）；此外，赵景深先在 1927 年 8 月《小说月报》第 18 卷 8 期上发表《英国大诗人勃莱克百年纪念》，而后在 1927 年 11 月又以同名文章在《北新》第 2 卷 2 期上发表由他翻译、约翰·弗里曼著的《英国大诗人勃莱克百年纪念》。在这篇文章中，赵景深对诗人做了简要介绍，如生平与创作情况；并称布莱克有一双神秘的眼睛，能够看见别人所不能看见的东西，同时唯其他有窥看幻象的天赋，他的诗歌都才穿上了幻想的衣裳。

此外，邢鹏举和徐祖正也分别对布莱克进行了评介。前者有《勃莱克》一文，分上中下 3 篇连刊于《新月》1929 年 10—12 月第 2 卷 8~10 期；后者则在 1927 年 9、10 月《语丝》第 148、150 和 153 期上发表了题为《骆驼草——纪念英国神秘诗人白雷克》的文章。文中称布莱克“是富于独创精神深挖到真正浪漫精神源泉的神秘诗人”，并且从当时英国的时代精神与诗人的关系入手，指出我们百年后纪念布莱克的意义，在于理解这样一个道理，即“文学上的浪漫运动乃是反抗拟古主义的束缚打破传统形式力求真我表现’，‘诗歌艺术与道德宗教一样，实是国民觉醒运动真正的渊源。”（贾植芳、陈思和，2004：983）徐祖正还进一步就诗人与政治的关系做出这样的论述：

就19世纪的英国浪漫诗人的态度而论，不单对于当时的政治而已；对于当时的社会制度，风俗习惯，思想精神无一不持反抗态度。他们不单是破坏，同时着重于建设。他们的诗歌是代替一般人述说他们的理想，建设的理想，所以，不把全部精神投入政治运动不一定是轻视政治，为要使政治革命不致空虚不是徒然的牺牲，他们对于当前而切实的社会问题，妇人问题，思想问题等等亦同样的关心，同样的努力。这从他们真心流露出来的诗歌中可以得到各种暗示。（贾植芳、陈思和，2004：984）

接着作者又从19世纪浪漫文学三大特征——人道精神（Humanism）、崇尚自然（Naturalism）和性爱问题（Sexual Love）——并结合布莱克的诗作，具体讨论了布莱克作为浪漫主义先驱者的成就。这是一篇对布莱克既有背景介绍、又有实例分析的文章。

邢鹏举的连载长文《勃莱克》，可以说代表了当时译介布莱克思想、诗画艺术的最高水平，即便到现在仍有很大的参考价值（葛桂录，1998：49）。对于布莱克的魅力，邢鹏举这样评说："我们平心静气的论起勃莱克来，只觉得他那种伟大的精灵，还不时的挑拨着我们的心弦，起了一种不可思议的共鸣作用。他好像是个光芒万道的北斗辰星，我们看得见，可是抓不住他。"邢文也详细剖析了布莱克关于想象、自然、人生的观念，并指出布莱克解释宇宙的唯一方式，便是从神奇的想象出发，参透了艺术的美质、自然的象征和人生的神秘，他把诗的天才、真的现实和爱的活力，都送到伟大的永恒界去，此即布莱克所创设的"艺术的宗教"。文章最后总结认为，布莱克确是一个伟大的诗人，对于他，诅咒便是赞美，怀疑便是崇拜，排斥便是拥护，根本是多余的。总而言之，邢鹏举在这篇长文中对布莱克作了相当高的评价，对其思想观念作了透彻的分析，对其诗歌作品作了深刻的感悟，作者能够把握住布莱克复杂思想的核心和诗画艺术的精髓，无论如何称得上是布莱克的一个知音。

1927年8月《小说月报》第18卷8期上还有一篇无署名的文章《关于勃莱克研究书目》，其中收录了1863年至1927年有关布莱克研究的重要英文书目23种，涉及作品集、传记、批评理论等，这些国外布莱克研究成果为我国研究这位诗人提供了必要的参考书目。

华兹华斯和柯勒律治二人同属英国“湖畔派诗人”。对他们的译介，就作品而言，是华兹华斯的诗歌最早进入中国，1914年3月《东吴》杂志第1卷2期上刊发了陆志韦翻译的华氏诗两首。（谢天振、查明建，2004：241）从文论角度而言，对他们的译介也谈不上多。根据我们的整理，也仅有下面这些：

戈斯著、韦丛芜译的《渥兹渥斯与珂莱锐吉》（《未名》，1928年11月第1卷8、9期）、J. 弗里曼著、宗玮译的《柯勒律治与华资华斯》（《七月》，1941年4月第6集3期）、史沫德黎著、茅盾译的《珂勒惠支，民众的艺术家》（《作家》，1936年8月第1卷5号）、田汉的《诗人与劳动问题》（1920年2—3月第1卷8~9期诗学研究号（一、二））、巩思文的《兰姆与柯立奇的友谊》（《文艺月刊》，1934年12月第6卷5、6期合刊）。

但是，华兹华斯和柯勒律治在其共同创作的《抒情歌谣集》第二版序言中所系统倡导的诗歌主张，却引起了中国新诗革命的倡导者胡适极大的注意。当年，胡适就是通过引证华兹华斯来说明他的文学革命的理论主张的。1919年他曾以《谈新诗》为题，著文论道：“……英国华次活等人所提倡的文学改革，是诗的语言文字的解放……这一次中国文学的革命运动，也是先要求语言文字和文体的解放”。（转引自夏新宇，2003：89）从这一点可以看到，英国浪漫主义诗歌理论对中国新诗运动的影响。

对华兹华斯的诗歌理论做比较详细介绍的是田汉。1919年2月他在《少年中国》第1卷8期诗学研究号（一）上发表了《诗人与劳动问题》一文。在谈及诗歌的性质与定义时，就曾引用华兹华斯的观点，并运用其诗学理论中诸如情感、自然、想象这些关键词；而且还对华兹华斯关于诗的定义，以及诗人的杰出地位等都有所介绍。

在对英国诗歌文论的译介中，美国作者 Moody and Lovett 著、曹鸿昭译、柳无忌校的《十九世纪的英国浪漫诗歌》(《文艺月刊》，1937 年 1 月 1 日第 10 卷 1 期）是一篇比较全面的、以平静而客观的论调评价英国浪漫派诗人诗作的文章。该文对英国浪漫派主要诗人柯勒律治、华兹华斯、拜伦、雪莱、济慈等都有所评论；并且，作者的很多批评，可以说代表了人们当时对那些诗人的认识水平。比如提到柯勒律治时，作者这样说道，“柯立奇 [柯勒律治] 的诗的贡献，在于使神秘的与超自然的材料具有无比的真实的幻觉”，“柯立奇完全代表着浪漫想象之忘情于梦幻及奇境的方面”；论及华兹华斯时，则指出，“华滋华斯的诗则以自然界与人生活中之朴素而平凡的事物为主旨，以露示其中常人所不查的那些神秘与可敬畏的素质”，他的诗歌“有一种特殊的刺激性……，使我们透视他那字句朴素的诗篇的表面，并留意着那表面意义之外尚有一层更深刻的意义……”，作者因而称他为“在大自然的诗人之中成为第一位诗家”，他的“单纯主义乃是一个极彻底的主义，他不仅渗入他对于艺术的整个概念，而且也渗入他对于人生的整个概念里。”对于华兹华斯在英国浪漫主义诗歌中享有的地位与影响，作者认为是由两方面的因素构成的，一是“他扩大了诗歌的范围，把各样的主旨当成诗的题材”，“另一方面则因为他形成了一种足以适合这种材料的诗体”。

不过，作者对于拜伦的评论，与当时国内的情形相比，则多了一份客观和冷静。比如对于拜伦式的英雄，文章这样分析道，拜伦作品中所表现的英雄，虽然名字很多，但其实只有一个人，即诗人自己，而且主要原因是由于法国革命的失败，“欧洲已从自由博爱的急切梦想里回转到一种阴沉的状态里；在那儿，那仍然有着潜力的反抗精神，一变而为个人的，自我的，与反社会的。拜伦就代表这种反冲的动力，并在欧洲人的心目中辩明这种动力的正当，因此拜伦主义成了一种热情，一种病狂。”在长篇叙事诗《恰尔德·哈洛尔德游记》中，拜伦“以更悲哀的情调表现着拜伦式的英雄，他是一个沉思着的漂泊者，流落于欧洲大陆与东方”。尽管如此，拜伦对于他那个时代，“在白天是一根云柱子，在夜间是一根火柱，但是这根柱子只能让人更深入无信仰与反对主义的荒原里。”这样的论述，似乎与国内对拜伦一面倒的赞词形成反差。

对与拜伦齐名的另一位“革命诗人”雪莱，Lovett 主要是从文学审美角度高度肯定了雪莱抒情诗歌的成就，尤其是他的《被解放了的普罗米修斯》，认为这首诗“达到了极高峰，因为雪莱的天才主要地还是抒情的。在他的一切最好的歌曲里，他的字句似乎自动地排列在合适的地位，与某种隐匿的谐声起了共鸣，音调的节奏放纵而且奇特，但永远是极完备的。”不但如此，作者还指出雪莱的另一个特点，即“他的‘制造神形’的能力。他的诗里充满了‘描像的人物’（personification)”，而且，都是“很有力量地想像出来的，所以能变成真正精神的形像，足以发人惊恐之念”。

谈到济慈，作者的观点也不失公正，认为济慈与拜伦、雪莱不同。后者“很深刻地沾染着时代的骚乱；可是在基茨的作品里，‘时代的精神’几乎完全没有”；然而，在他的诗歌里可以发现意大利古典诗歌、希腊神话和英国 16 世纪诗人埃德蒙德·斯宾塞（Edmund Spenser，1552—1599）对他的影响。济慈的诗歌才华即来源于此。作者进一步指出，“以诗人而论，基茨的主要的品质是他对于美的敏感，及其在‘各种事物里寻求美之原则’的单纯目的。他为美而崇拜美，毫无米尔顿（弥尔顿），华滋华斯，与雪莱之附属的道德意图，而是用一种爱人或信仰教者之不事理智的喜欢来崇拜美。”具体说来，济慈“对于字的运用，甚至在最初的那部诗集里，也是非常的新颖。他复活了许多古字，造了许多新字，而且给时用的字一种新的用法——他用字的那种自信心与成功，除了乔塞[乔叟]，莎士比亚，或者史本赛[斯宾塞]以外，是其他任何英国诗人所不能比的”。

总之，如果说拜伦、雪莱等英国浪漫主义诗人从思想和内容方面为中国文坛注入了抗争的激情，那么，华兹华斯和柯勒律治则从诗学观念和诗艺特质给中国诗坛输入了新的理论和形式，为中国新诗渐趋成熟和完善提供了必要的养料（夏新宇，2003：89）。

3.2.1.3 英国其他诗人

在翻译类文章中被论及的其他英国诗人还包括彭斯、蒲柏、豪斯曼、艾略特等共6篇，所涉范围相当有限：

戈斯著、韦丛芜译的《诗人榜思传》(《未名》，1928年12月第1卷12期)、小泉八云著、韩侍桁译的《Christopher Smart》(《语丝》，1929年8月 第5卷22期)、《Thomas Lovell Beddoes》(《语丝》，1929年12月第5卷38期)、俄苏D.S.Mirsky著、罗莫辰译的《T.S.艾略忒与布尔乔亚诗歌之终局》(《文季月刊》，1936年8月第1卷3期)、A.E.霍思曼之弟L.霍思曼（Lawrence Housman，1865—1959）著、林率译的《纪念A.E.霍思曼》(Alfred Edward Housman，1859—1936)(《新诗》，1937年2月10日第5期)、G.K.查士瑞登著、柳无忌译的《蒲伯与讽刺的艺术》(《新文学》，1944年1月1日第1卷2期)。

虽然当时我们对英国现代派诗人的译介不多，但俄国米尔斯基（D.S.Mirsky）著、罗莫辰译的《T.S.艾略忒与布尔乔亚诗歌之终局》一文，至今读来仍觉得入木三分。首先，作者米尔斯基认为，艾略特无论在英国还是法国的布尔乔亚诗人中是没有对手的；他的诗的重要性在于“他的诗的势力（Puissance poetique)，以及他的题材在历史上，人道上的价值”，并指出“当今的诗人们，至多宣布了布尔乔亚以及其文化之死亡，而艾略忒，独创造了一种死的诗歌”；虽然“和那些恶魔诗人的子孙们一样，他也企求离开不毛之土，且和葛洛代尔一样他也选了宗教，作最后的救星。可是与葛洛代尔相较之下，正可显出艾略忒的诚实。他所寻求与发见的，并不是某已死文化的阴魂的幻影，并不是腐朽的象征主义的，某种竭力强装积极的理论，却是极端的弃世的出路，离开四季‘不良’的循环，到另一个，他不曾存在的空间去。一种与生命毫无联系的生活，这就是艾略忒之所求于宗教者：一种纯精神的宗教，不受拘束于一切生命活动一切心智活动；一种纯然空虚的宗教，极其严肃地神秘与唯智的宗教。”作者最后指出，“最近数年来，艾略忒的宗教诗的作风，愈来愈缩小，变成‘小而且干’（small and dry）了”，这是因为他所能找到的枯瘠干燥的，布尔乔亚的诸价值并不在生命或历史的现实中”。除了翻译这篇文章，罗莫辰还写了“译者赘言”，里面写道，这篇文章给予人们的启示是多方面的：“尤其是在原则上，就是历史与社会的观点，颇值得取法”，同时，认为“中国不能产生艾略忒一类的诗人因为中国没有精神的贵族（elite intellectuelle）扎根的 haute bourgeoisie（高等布尔乔亚）”。（贾植芳、陈思和，2004：511~523）

此外，还有以通论形式论及英国诗人的 3 篇文章，如 R.Church 著、一嘤译的《英国战时诗作家》（《文艺杂志》，1942 年 4 月 15 日第 1 卷 4 期）、希腊 Demetrios Capetanakis（德米契奥斯·卡皮塔南基斯）著、袁水拍译的《论当代英国诗人》（《诗文学》，1945 年 2 月第 1 辑（诗人与诗））和戈斯著、韦丛芜译的《英国十九世纪四十年代的诗人》（《未名》，1929 年 2 月第 2 卷 3 期）。

英国诗歌评介类文章，不仅数量更多，而且涉略范围更广。在 97 篇文章中，除了上面已经提及的有关浪漫诗人的评介文章 56 篇外，还另有 28 篇文章涉及英国各个时期的重要诗人，其中不仅有论述英国最早的叙事长诗《皮粤胡尔夫》（*Beowulf*《贝奥武甫》），郑振铎著，《文学周报》，1927 年 3 月第 253 期（第 4 卷 15 期））和《乔叟和他的康妥波雷故事》(*Canterbury Tales*《坎特伯雷故事集》)(方重，《时与潮文艺》，1943 年 9 月 15 日第 2 卷 1 期)，以及《莎士比亚的商籁》(梁宗岱，《民族文学》，1943 年 8 月 7 日第 1 卷 2 期)、《密尔敦二百五十周年纪念》(梁指南著，连载两篇，《文学周报》，1924 年 12 月第 153、154 期)、《诗人 White（介绍）》(Henry Kirke White，1785—1806)(野萍 [周有照] 著，《文艺旬刊》，1923 年 9—10 月第 9~10 期)，也有论述近、现代诗人的介绍文字和评述文章，如梁实秋的《谈谈蒲伯》(《新月》,1929 年 1 月 10 日第 1 卷 11 期)、S 生的《最近英国诗坛人物》(《文学周报》,1923 年 4 月第 69 期)、袁嘉华的《女诗人罗塞谛百年纪念》(Christina Georgina Rossetti，1830—1894)(《现代文学》，1930 年 12 月 16 日第 1 卷 6 期 世界文学家纪念号)、费鉴照的《现代英国桂冠诗人——白理基士》(Robert Bridges，1844—1930)(《新月》，1930 年 1 月 10 日第 2 卷 11 期)、对另一位桂冠诗人约翰·梅斯菲尔德（John Masefield，1878—1967）的 3 篇评介文章——刘延陵的《现代的平民诗人买丝翡尔》(《诗》，1922 年 3 月第 1 卷 3 号)、费鉴照的《新任桂冠诗人——梅士斐尔特》(《新月》，1930 年 10 月第 3 卷 1 期）和汪倜然的《梅士斐尔特》(《读书月刊》，1930 年 11 月 1 日第 1 卷 1 期)，以及郭沫若的《英国诗人葛雷的〈墓畔哀歌〉》(《创造》，1924 年 11 月第 2 卷 2 期)、柳无忌的《读阿诺"东与西"诗》(Mathew Arnold，1822—1888)(《文艺杂志》，1931 年 7 月第 1 卷 2 期)、南星的《谈劳伦斯的诗》(D.H.Lawrence，1885—1930)(《文饭小品》，1935 年 6 月第 5 期)、赵瑞蕻的《回忆诗人燕卜孙》(William Empson，1906—1984)(《时与潮文艺》，1943 年 5 月 15 日第 1 卷 2 期)、杨周翰的《奥登——诗坛的顽童》(W. H. Auden，1907—1973)(《时与潮文艺》，1944 年 9 月 15 日第 4 卷 1 期)、钱公侠的《漫谈爱略脱》(《风雨谈》，1943 年 8 月 25 日第 5 期)、李旦的

《史彭德论奥登等诗人》(《诗创造》，1948 年 6 月第 12 期）等。

这里还应该提到一点，即在评介类英国诗歌文论中还有 8 篇是关于现代派诗人叶芝（William Butler Yeats，1865—1939）的，其中还是以评传文字为主，如滕固的《爱尔兰诗人夏芝》(《文学周报》，1921 年 11 月第 20 期)、西谛的《得 1923 年诺贝尔奖金者夏芝》(《文学周报》，1923 年 11 月第 97 期)、徐调孚的《本年诺贝尔文学奖金的得者叶芝氏》(《小说月报》，1924 年 11 月第 15 卷 11 期)，以及 1923 年 12 月《小说月报》第 14 卷 12 期上的两篇文章——郑振铎的《一九二三年得诺贝尔奖金者夏芝评传》和记者的《夏芝的传记及关于他的批评论文》；不过，仲云（樊仲云）的《夏芝和爱尔兰的文艺复兴运动》(《文学周报》，1923 年 11 月第 99 期)、王统照的《夏芝的诗》(《诗》,1923 年 5 月第 2 卷 2 号）和陈麟瑞《叶芝的诗》(《时与潮文艺》，1944 年 3 月 15 日第 3 卷 1 期)，应是对诗人及其诗作比较有针对性的评述。

3.2.1.4 英国诗学文章

除了对英国诗人的译介外，在 67 篇翻译类英国诗歌文论中还 29 篇是有关诗学研究的专题文章，其中不乏一些颇有深度的研究，比如小泉八云的 6 篇连载文章《雀鸟在英文诗歌上的地位》(梁指南译，《语丝》，1928 年 7 月第 4 卷 30 期~1928 年 8 月第 4 卷 35 期)；刘易斯所著的 6 篇连载文章《一个对于诗的希望》(朱维基译，《文艺新潮》，1939 年 11—12 月第 2 卷 1~2 期；1940 年 1 月第 2 卷 3 期；1940 年 3—5 月第 2 卷 5~7 期)，以及他所著的其他 4 篇文章：《近代抒情诗产生的困难》(《文艺新潮》，1940 年 9 月第 2 卷 9 期)、《论讽刺诗》(《诗创作》，1942 年 10 月第 15 期（诗论专号)）和《近代诗的词藻问题》(《文艺新潮》，1940 年 6 月第 2 卷 8 期)。这最后一篇文章还曾以相同的题目刊登在《诗创作》1942 年 1 月第 7 期上。

其他翻译类诗学方面的文章还包括：

利奥那·武尔夫的《论新诗》(梁遇春译，《北新》，1929 年 1 月第 3 卷 1 期)、卡莱尔的《诗人与英雄》(曾虚白译，《真美善》，1930 年 1 月第 5 卷 3 号)、约翰·德林瓦特（John Drinkwater，1882—1937）著的两篇文章——《诗人与通晓》(赵荫堂译，《华严》，出版时间不详，第 1 卷 4 期）和《论诗》(章人农译，《文艺春秋》，1933 年 11 月第 1 卷 5 期)、戈斯的《诗歌底始原》(汪馥泉译，《文艺月刊》，1932 年 4 月第 3 卷 4 期)、安诺德的《诗底研究》(曹葆华译，《文学季刊》，1935 年 3 月第 2 卷 1 期)、T.S. 爱略特的《诗与宣传》(周煦良译，《新诗》，1936 年 10 月 10 日第 1 卷 1 期)、里德的《诗人的人格》(戴镏龄译，《时与潮文艺》，1943 年 9 月 15 日第 2 卷 1 期)。

斯彭德（Stephen Spender，1909—1995）的两篇文章——《现代诗歌中的感性》(袁水拍译，《诗文学》，1945 年 5 月第 2 辑）和《现代诗人的危机》(赵景深译，《黄河》，1948 年 5 月，复刊第 3 期)

从 67 篇翻译类英国诗歌文论可以发现，我国不仅对英国诗人，尤其是浪漫主义诗人做了译介，而且对诗学研究的文章也颇感兴趣。那些翻译文章的标题，非常鲜明地反映出英国诗论与中国传统诗论在观念与研究视角方面的巨大差异。

在 97 篇评介类英国诗歌文论中，除了上述有关诗人的评介文章外，还有 13 篇以英国诗歌通论和英国诗学理论介绍为主的文章，如吴宓在《学衡》杂志上发表的两篇文章——《英诗浅释》，分别载于 1922 年 9 月第 9 期和 1922 年 12 月第 12 期，傅东华的《二十年来的英国诗坛》(《小说月报》，1929 年 7 月第 20 卷 7 期现代世界文学号（上))、张鸣琦《英国现代之诗歌》(《戏剧与文艺》，1930 年 3 月第 1 卷 10、11 期)、梁遇春的《谈英国诗歌》(《现代文学》，1930 年 7 月第 1 卷 1 期）和董每戡的《近代英国诗歌》(《文艺先锋》，无出版日期，第 13 卷 1 期）等。这些介绍性文章对于人们了解和赏析英国诗歌无疑是很有必要的。以梁遇春的《谈英国诗歌》一文为例，文章共有46页，分6章从英国古民歌、伊丽莎白时代的诗歌、17世纪诗歌、18世纪诗歌（A.古典主义；B.过渡时代）、19世纪诗歌（A.浪漫派时代；B.维多利亚时代），一直到近代诗歌，对英国各时期的诗人、诗作进行了概括性评介，几乎就是一部浓缩了的英国诗歌史。

而英国诗学研究方面有罗念生在《文艺杂志》上先后发表的4篇文章——《十四行体》(诗学之一)(1931年7月第1卷2期)、《无韵体》(诗学之二)(1932年1月第1卷3期)、《双行体》(诗学之三)和《双行体诗》(1932年9月第1卷4期)，及杜衡的《卡莱尔论诗的真实》(《文饭小品》，1935年2月，创刊号）和袁可嘉的《现代英诗的特质》(《文学杂志》，1948年5月第2卷12期诗歌特号）。

从上面的描述可以发现，我国对英国诗歌文论的译介其实反映了三方面的需求，一是精神层面，二是求知层面，三是诗学层面。在精神层面，以拜伦为代表的浪漫派诗人，因其象征着反抗与革命的精神而深深地激发了五四时期人们极大的要求变革、追求自由的热情，这在翻译类和评介类文章都有十分明显的表现。在求知层面，主要见于评介类文章。我们知道，评介类文章中除了对浪漫派诗人有较多的介绍外，还另有31篇文章是对英国各时期重要诗人的介绍，所涉范围涵盖了几乎整个英国诗歌史。这种对英国各时期诗人全方位的评介恰好说明了当时人们迫切的求知要求。这一要求又延伸到诗学领域，成为我们在诗学层面，努力探求诗歌创作与研究的新视野、新概念、新研究范式的革新动力之一。比如翻译类文章中，那些在西方诗学传统下写就的、有关诗学本体论的论述，对于中国传统诗学及诗学研究来说，无疑意味着新观念、新技法和新研究方法的输入。总之，我们对英国诗歌文论的译介应该说不全是意识形态影响下的活动，其中也包含了纯诗学层面的求新、求变，虽然在当时整个中国社会都面临大变革的时期，似乎任何文艺活动都或多或少地会与时代精神发生牵连。

3.2.2 英国戏剧文论译介

对英国戏剧文论的译介，包括54篇翻译类文章和62篇评介类文章。译介重点集中在莎士比亚和萧伯纳二人身上。从下面表3.11可知，论述莎士比亚的翻译类和评介类文章就各有30篇之多；论述萧伯纳的译介文章也共有35篇，其中翻译类有12篇，评介类有24篇。其余文章则属于英国戏剧的介绍性文字。以下将对莎士比亚和萧伯纳等的译介分别加以描述。

表3.11　对英国戏剧文论的分类统计

译介内容	翻译类（篇）	评介类（篇）	合计（篇）
莎士比亚	30	30（含复计1篇）	59
萧伯纳	12	24（含复计1篇）	35
其他	12	10	22
合计	54	62	116

3.2.2.1　莎士比亚

从文论角度看我国对莎士比亚的最早译介，可能要算徐半梅翻译的文章《莎翁剧之疑问》，原作者不详，发表在《戏剧》1921年9月第1卷5号上。徐群晖在其《论莎士比亚对中国现代戏剧的影响》（2003：38）一文中指出，“中国现代戏剧从萌芽期开始，就一直深深地受到莎士比亚戏剧艺术的滋养。这种影响可分显性的影响和深层的关联。显性的影响主要体现为：对莎士比亚作品的阅读、翻译、研究和传播等主体意识较强的影响；而深层的关联，除了为中国学术界较为熟悉的，如莎士比亚戏剧在人物、情节的丰富性、生动性、语言的诗意化、风格的浪漫化等方面的影响外，更为重要的是莎士比亚悲剧最独特最根本的审美方式对中国现代戏剧所形成的潜移默化的影响”。正是由于这双重的影响力，莎士比亚成为“20世纪上半叶中国文学界译介最多的外国作家之一”（谢天振、查明建，2004：286）。从文论译介角度看（见上表3.11），莎士比亚确是如此。值得注意的是，在所翻译的论述莎士比亚的30篇文章中，大多数并非为英国作者所著，英国作者的文章仅有4篇。倒是俄国作者共有12篇，美国、德国、法国、日本四国作者各有2篇，丹麦作者1篇，另有5篇文章的原作者国别不详。以下是具体的译介情况。

俄苏作者论莎士比亚的12篇文章是：

屠格涅夫的《Hamlet和Don Quichotte》（哈姆雷特和唐吉诃德）（郁达夫译，《奔流》，1928年6月20日第1卷1期）、托尔斯泰的《托尔斯泰论莎士比亚》及续篇（东声[①]译，《文艺月刊》，1931年2月28日第2卷2期和1931年3月30日第2卷3期）、1936年6月《译文》新1卷4期沙克夫所译两篇：N·麦耀尔斯基的《莎士比亚的故乡》和A·柴米尔诺夫的《论莎士比亚及其遗产》、M.涅兹基纳著《在〈资本论〉里的莎士比亚》（杨晦译，《译文》，1936年8月，新1卷6期 高尔基逝世纪念特辑（二））、B·理伊邱著《黑色精神透视下的莎士比亚》（谷殷译，《新演剧》，1937年6月第1卷1期）、《苏俄作家论莎士比亚》（潘孑农、李丽水译，《文艺月刊·战时特刊》，1941年10月10日）、迪那莫夫（狄纳莫夫）的3篇文章：《学习莎士比亚》（魏猛克译，《译文》1935年7月第2卷5期、《莎士比亚的人物与动作》（温剑风译，《西线文艺》1939年11月10日第1卷4期、《莎士比亚新论》（宗玮译，《戏剧春秋》1941年10月第1卷5期）、俄国M·莫罗梭夫著的《莎士比亚剧作在苏联舞台》（潘孑农、李丽水译，《戏剧岗位》，1941年9月第3卷1、2期），但此文疑与秦似根据莫罗梭夫所译的文章《莎士比亚在苏联舞台上》为重译，发表在《戏剧春秋》

① 东声即韩侍桁。

1941 年 10 月第 1 卷 5 期。

在有关莎士比亚的翻译类文章中，有两篇文章，从不同的角度提出了原作者对莎士比亚的认识和分析。一是屠格涅夫的《Hamlet 和 Don Quichotte》，该文是作者在 1860 年 1 月 10 日为贫苦文学家学者救济协会而作的公开讲演，郁达夫此篇译文则是依据德译文再译成汉语的。在文章中，屠格涅夫对堂·吉诃德和哈姆雷特这两个人物进行了深入的对比分析。对于堂·吉诃德，屠格涅夫这样评论道：

堂克蓄德［堂·吉诃德］对于一个理想的归依心是再强也没有的了，为求这理想的实现，他就是任何可能的难行苦节也有所不辞，就是生命也可以牺牲的。……他是完全在己身以外（我们若可以这样说的时候）——为己身以外的事情而生活着，为了他人，为了同胞，想把“恶”来铲除，他是对人类的大敌的恶势力在作战；对那些魔鬼，那些巨大的恶灵，就是对人类的压制者在作战。他没有一点儿为我主义（Egoismus）的痕迹，……——他只晓得信仰，他的信仰是确然不动没有思前顾后的犹疑的，所以他又是大胆无畏，坚忍不拔，而以最粗薄的食料与最俭朴的衣饰自甘；他实在没有闲工夫计及到这些衣食的琐事上去。他本心是柔和的，但精神是伟大勇敢的，他的柔美易感的善良却不妨碍他的勇猛的自由。因为他没有功名心，所以他对他本身，对他自任的天职，即对他自己的体力，也毫没有疑念。他的意志是铁样的坚强的意志。他的不断的向着一个目标的努力，使他的思想单纯化，而致他的理性也只变成了简单的一面的悟性。他没有多少智识；但他并不需要这些过多的智慧，他晓得他所努力的是什么事情，他晓得他为什么要生到这世上来；这就够了，这在他就是最重要的智识。（贾植芳、陈思和，2004：997~998）

相比之下，莎士比亚笔下的哈姆雷特却呈现出一个与堂·吉诃德完全不同的对立面。屠格涅夫把哈姆雷特首先定义为一个“分析辩证（Analyse）与为我主义（Egoismus）与信念的狐疑（Unglauben）”者，认为哈姆雷特的“聪明悟性太发达了，所以使他不能在己身以内所发见的东西而感到满足。他自己认知自家的弱点，但各种自知都是力量，所以这就是他的那种冷讽的情性（Ironie）的出处，他的冷意讽刺的情性却是堂克蓄德的狂热之情（Enthusiasmus）的正相反的对照”。屠格涅夫还指出，哈姆雷特一方面“轻笑”自己的缺点，一方面又是“生存在这种轻笑之上而以这轻笑为自己的养料的”。然而，屠格涅夫也看到，哈姆雷特的“‘否定’对善是在怀疑的，但对恶却不怀疑而在与它恶斗苦战。”这就是哈姆雷特的意义和价值所在。“在汉来脱 [哈姆雷特]，善和恶，真和伪，美和丑并不是偶然的，漠然的，混混然的溶合在一道的东西。汉来脱虽不相信真理会实际上实现出来，但他的怀疑主义却在表示对伪的绝对不妥协的抵抗，所以他倒变成了一个为他所不能相信的真理的最有力的斗将。”（贾植芳、陈思和，2004：999）

屠格涅夫对堂·吉诃德和哈姆雷特二人的分析，可谓鞭辟入里；不但如此，作者还在文章中对塞万提斯给予高度评价，认为莎士比亚虽然可被视为“半神的伟人”，“以莎士比亚的想像的丰富和有力，以他的伟大的诗的光华，以他的全部精神的广大与深刻，可以把塞尔范底斯 [塞万提斯]——也不止塞尔范底斯一个人——压倒得暗澹无光；但是你们在塞尔范底斯的小说里却也看不出矫揉造作的诙谐，不自然的譬喻，和平庸无味的才智来”，他是“从他的灵魂里，他的那个透明，柔和，富有人生的经验而又不被这些经验所悲惨化的灵魂里造出他的华富的作品来”（贾植芳、陈思和，2004：1009~1010）。字里行间，屠格涅夫透露出对塞万提斯的肯定和欣赏。

不过，由韩侍桁翻译的那篇文章《托尔斯泰论莎士比亚》却为中国读者提供了一种与大多数人不同的、对莎士比亚来说几乎是颠覆式的评价。该文发表于托尔斯泰 75 岁的时候，集他从年轻到晚年时阅读莎氏剧作所得之认识，认为莎氏作品使“我不仅没有体会到快感，反而感到一种难以抑制的厌恶和无聊”。文章从主题、人物、语言、情节等，对莎士比亚进行了全面、系统的批驳，指出莎剧是“这样的不合年代（所有莎士比亚戏剧是充满着这个缺点的）”；“莎士比亚剧作的内容，正像从他的几个最卓越的赞美者的解释中所看到的那样，是一种最低下最庸俗的世界观，这种世界观把权贵的外表的高尚看作人们真正的优越性，蔑视群氓，即劳动阶级，否定任何志在改变现存制度的意图，不仅宗教方面的，也包括人文方面的意图”。

从人物及其语言方面，托尔斯泰也指出了莎剧的不足，“莎士比亚的人物也是在一种与他们自己确定的性格不相调和的方式里行动着，并且那是非常的随意的”；并认为莎士比亚“主要地缺少这描绘人物的方法，那便是言语的个性，他所有的人物，不是以一种他们自己的言语谈话，而是以同样一种莎士比亚所揉造的，不自然的言语说着话，那不是他们不能说的，而那也是在任何处没有真实的人会说过的”；“在许多地方，莎士比亚的人物，代替着说话，只是惊呼，哭泣，或是在独白中与姿势指示出他们的情况的痛苦”。

从情节而言，莎士比亚的作品“除了能安排表现情感进展的场面之外，在他那里，没有合乎情理的情势，没有登场人物的语言，主要是没有分寸感，而离开分寸感，作品也就不能成为艺术品”。

然而，在托尔斯泰看来，最重要的不足就是莎剧缺乏真诚。“在所有这些作品里看到的都是刻意的矫揉造作，显然，他不认真，他在玩弄文字游戏。”因此，托尔斯泰指出，莎剧的害处表现在两个方面。“第一，表现为戏剧的堕落以及这种重要的进步手段为空虚和不道德的娱乐所取代。第二，向人们提供了效尤的坏榜样，以此直接腐蚀他们。”

《托尔斯泰论莎士比亚》一文写成于1902年，文中那些与众不同的评论，对于后来的莎学研究者，都是一个不能忽略的声音，一种不能忽视的观点，提醒着或拓展着他们对莎士比亚的认识。

关于莎士比亚，英国作者写有4篇文章，它们是：F. S. 巴士著、姚克译的《今日的莎士比亚》(《译文》，1936年7月，新1卷5期高尔基逝世纪念特辑)、G.B. 哈烈逊著，葛一虹译的《莎士比亚的研究》(《文艺先锋》，1945年2月20日第6卷1期)、锡德尼·李（Sir Sidney Lees，1859—1926）著、陈治策译的《莎士比亚在英美两国的身名之后》(《文讯》，1946年10月15日第6卷7期（新7号）)、《十二磅的容貌》(评戏剧)(巴利（James Matthew Barrie，1860—1937）著，百合译，载于《文艺杂志》1932年9月第1卷4期。

其他国家作者的文章包括美国作者两篇：莫尔顿（Moulton）著、张君川译的《戏剧艺术家莎士比亚》(《文讯》，1942年9月30日第3卷3期）和A·威尔斯的《戏剧家也是诗人的沙氏比亚》(施佛译，《文学批评》，1943年3月1日第2号）；德国两篇：《关于莎士比亚的曲解》(B.Reich著，何家槐译，《文学》，1937年6月第8卷6号）和《恩格斯论莎士比亚》(以人译，《东流》，1936年4月第2卷4期最近世界名著介绍专号)；法国两篇：Romes et Yuliett的《〈莎士比亚〉之剧情》(华林译，《新时代》，1931年8月1日，创刊号）和A. 法郎士著、焦菊隐译的《哈孟雷特在法兰西剧院》(《戏剧春秋》，1942年5月第2卷1期)；日本两篇：《小泉八云论莎士比亚》(马彦祥译，《文艺月刊》1931年6月30日第2卷5期）和本多显彰著、王执钟译的《德国人与莎士比亚》(《译文》，1936年6月，新1卷4期)。

在《小泉八云论莎士比亚》的文章中，小泉八云分析了莎士比亚戏剧创作的两个特质，一是莎士比亚对戏剧题材的天才般的创新能力，作者认为，“莎士比亚的天才往往独创一种新的戏剧形式”，是几乎不能用喜剧与悲剧来分类的；对莎士比亚而言，“不管这题目是多么旧，他可以使牠变新；不管故事已经是多么美丽，他能够讲得无限地更好些，……他在无论哪里都可以找到他的题材。”而且，莎士比亚不受一般戏剧结构理论的束缚，也“从来没有一个‘基本观念’的；他写剧本除了尽他的能力所及使牠们近于真实，没有其他的方法”，然而，却“只有一种限制是他所服从的，而且严格地服从的——被舞台上的戏剧的必需所限制的。”二是莎士比亚人物之人性的永久性，甚至连他所创造的坏人和荡妇都有显著的个性，是“有活力的人物”。

此外还有丹麦1篇，是勃兰兑斯的《〈William Shakespeare〉的卷首》(威廉·莎士比亚)，由废名（冯文炳）翻译，刊于《语丝》1927年6月第134期，以及其国别与原作者不详的文章5篇：《莎翁剧之疑问》(徐半梅译，《戏剧》1921年9月第1卷5号)、《哈姆雷特源流考》(郑伯奇辑译，《中原》，1943年9月第1卷2期)、梁实秋编译的《莎士比亚时代之英国与伦敦》(《新月》，1928年11月10日第1卷9期）和《莎士比亚传略》(《新月》，1929年1月10日第1卷11期)，和李嘉译的《俄国作家论莎士比亚及西万提斯》(《文学月报》，1941年12月10日第3卷2、3期合刊)。

由此可见，我们对莎士比亚的认识是基于国际范围的，尤其是俄苏对这一伟大剧作家的介绍与评论。又据李伟民（2004：89），俄苏的莎学研究，特别是对马克思主义莎评的译介，对我国的莎士比亚研究具有极大的开启眼界的作用，并对中国莎学的形成和发展产生了相当重要而深远的影响。

而在62篇有关英国戏剧的评介类文章中，有关莎士比亚的文章较多，共有30篇（其中含复计1篇)，有些文章以剧作家介绍为主，如徐云生的《介绍莎士比亚》(《文学季刊》,1934年12月第1卷4期)、梁实秋的《莎士比亚是诗人还是戏剧家？》(《文学杂志》，1937年6月第1卷2期）和吕荧的《莎士比亚理解》(《文艺杂志》，1945年5

月 25 日，新 1 卷 1 期）；有些文章以介绍或评论莎剧为主，其中又以讨论《哈姆雷特》居多，主要有梁实秋的《近代英国文学鸟瞰〈哈姆雷特〉问题》(《文艺月刊》，1934 年 1 月 1 日第 5 卷 1 期)、艾芜的《关于〈哈姆雷特〉》(《文艺生活》，1941 年 10 月 15 日第 1 卷 2 期)、张天翼的《谈〈哈姆来特〉》(论文)(《文艺杂志》，1942 年 2 月第 1 卷 1 期)、唐密（陈铨）的《哈孟雷特的解释》(《民族文学》，1944 年 1 月第 1 卷 5 期)、顾仲彝的《哈姆雷特》(《文艺春秋》，1949 年 4 月第 8 卷 3 期)；其他剧作评论主要有梁实秋的《〈马克白〉的意义》(《文艺月刊》，1934 年 5 月第 5 卷 5 期)、章泯的《关于〈罗密欧与朱丽叶〉》(《戏剧时代》，1937 年 8 月第 1 卷 3 期）和施章的《莎士比亚名剧〈凯撒〉之介绍》(《文艺月刊》，1934 年 1 月 1 日第 7 卷 1 期)、杜衡的《莎剧〈凯撒传〉里所表现的群众》(《文艺风景》，1934 年 1 月第 1 卷 1 期)、柳无忌的《莎士比亚的该撒大将》(《时与潮文艺》，1943 年 7 月 15 日第 1 卷 3 期）等。

而可能代表莎士比亚研究较高水平的文章主要有虚生（徐旭生）的《莎士比亚问题之一个解决》(《猛进》，1925 年 4 月第 6 期)、杜衡的《又是莎士比亚与群众》(《现代》，1934 年 11 月第 6 卷 1 期)、卓戈白的《现实主义与莎士比亚的泼剌》(《文艺科学》，1937 年 4 月，创刊号)、宗白华的《莎士比亚的艺术》(《戏剧时代》，1937 年 8 月第 1 卷 3 期)、梁实秋的《略谈莎士比亚作品里的鬼》(《论语》，1936 年 7 月第 92 期鬼故事专号（下))、《莎士比亚的戏剧艺术》(《戏剧时代》，1937 年 8 月第 1 卷 3 期）和林焕平的《莎士比亚为什么成功》(《文章》，1946 年 7 月 15 日第 1 卷 4 期）等。

此外，还有两篇是国内作者对俄苏莎学研究的介绍文章——胡仲持的《狄纳摩甫论莎士比亚》(《文学》，1936 年 3 月第 6 卷 3 号）和焦菊隐的《俄国作家论莎士比亚》(《文艺生活》，1941 年 10 月第 1 卷 2 期)，另有 4 篇文章具有比较研究性质，如费鉴照《济慈与莎士比亚》(《文艺月刊》，1934年10月第6卷4期)、宋春舫写的《从莎士比亚说到梅兰芳》(《逸经》，1936年6月第8期)、乔一荪的《莎士比亚给予普希金的影响》(《新演剧》1937年6月第1卷1期）和赵景深写的《汤显祖与莎士比亚》(《文艺春秋》，1946年1月15日第2卷2期)。

以上文章似乎反映了一个事实，即我国在1949年之前对莎士比亚的研究是比较缺乏学理肌质的。不仅如此，在莎学问题上还引起过文艺、思想的论争。比如杜衡在其《莎剧〈凯撒传〉里所表现的群众》一文中，抨击了左翼文艺赞美民众的态度，但鲁迅却据此反击道："莎剧确实是伟大的，仅就杜衡先生所介绍的几点来看，它实在已经打破了文艺和政治无关的高论了。"（转引自李伟民，1997：20）

3.2.2.2　萧伯纳

萧伯纳是我国对英国戏剧文论译介中的另一个重点，有翻译类文章12篇，评介类文章24篇（含复计1篇)。

12篇翻译类文章中有4篇为俄苏作者所著：维特和格著、克兴译的《资产阶级的小丑——萧伯纳》(《创造月刊》1928年10月第2卷3期)、M·列维它夫著、肖参译的《伯纳·肖的戏剧》(《现代》1933年10月第3卷6期 十月号)、A·卢纳却尔斯基著、芬君（沈雁冰）译的《关于肖伯讷》(《译文》1934年10月第1卷2期)和M·列维它夫著、何凝译的《萧伯纳断片》(《文学丛报（人民文学)》1936年9月第六期)。其他8篇文章包括《升曙梦论萧伯纳》（译者不详，《涛声》，1933年2月18日第2卷6期)、美国汉密尔顿（C.Hamilton）著、辛予译的《愉快的戏剧与不愉快的戏剧》(《矛盾》，1933年3月第1卷5、6期合刊戏剧专号)、匈牙利作者B·伊勒斯著、周行译的《记G·伯纳·肖》(《文艺杂志》1943年12月第

3卷1期）、英国哈罗德·拉斯基（Harold Laski，1893—1950）著、钱歌川译的《英国文坛四画像——一吉卜林，二威尔斯，三萧伯纳，四高尔斯华绥》（《现代文学评论》，1931年5月10日第1卷2期）、Thomas H. Dickinson（迪金森）著、胡春冰译的《现代戏剧大纲》（第十三章萧伯纳）（《戏剧》，1931年6月第2卷6期）、E.Wagenknecht著、赵景深译的《萧伯纳传》（《青年界》，1933年3月5日第3卷1期）、Archibald Henderson著、陈翔泳节译的《萧伯纳传》（《论语》，1933年3月第12期）和原作者不详的文章1篇：《银幕上的萧伯纳》（胡雨荷译，《宇宙风乙刊》，1941年10月第52、53期）。

评介类中有关萧伯纳的24篇文章，其性质与莎士比亚评介基本一致，大多数是有关作者或其作品的介绍，如写萧伯纳生平的文章就有独逸的《记萧伯纳七十岁》（《文学周报》（1926年10月第249、250期合刊）、陈雪清的《萧伯纳》（《真美善》，1930年4月第5卷6号）、M.T.的《欢迎萧伯纳先生》（《文艺月刊》，1933年2月第3卷8期）、绣的《伯纳萧略传》（《艺术新闻》，1933年2月第1期）、傅雷的《萧伯纳评传》（《矛盾》，1933年3月第1卷5、6期合刊戏剧专号）、赵家璧的《萧伯纳》（《现代》，1933年3月第2卷5期 三月号）、李因的《萧伯纳在中国》（《新时代》，1933年4月第4卷3期），等等。当然，在评介萧伯纳的过程中，我们也曾介绍过外国对萧伯纳研究的观点，比如黄嘉德在《论语》上发表的3篇连载文章《赫理斯笔下的萧伯纳》（1934年10—11月第50~52期）。

涉及萧伯纳作品的文章有沈雁冰的《最近的出产——评〈华伦夫人之职业〉》（《文学周报》，1923年6月第77期）、江绍原的《萧伯纳德“生而上学”——评〈回到麦素希腊〉的中心思想》（《小说月报》，1924年1月第15卷1期）、陈瘦竹的《萧伯纳及其〈康蒂妲〉》（《文艺先锋》，1943年11月20日第3卷5期）、旅冈的《论〈卖花女〉》

(《鲁迅风》，1939 年 5 月第 14 期)、周木斋的《萧伯纳的〈黑女寻神记〉》(《太白》，1935 年 6 月第 2 卷 6 期）等。

其他也有论述萧伯纳的幽默的文章，如文幽的《萧伯纳的幽默》(《论语》，1933 年 3 月第 12 期)、陆丽的《萧伯纳的幽默》(《新时代》，1933 年 4 月 1 日第 4 卷 3 期)、潘修桐的《萧伯纳的语妙》(《新时代》，1933 年 4 月 1 日第 4 卷 3 期)、罗玉君的《萧伯纳与幽默文学》(《青年界》，1947 年 6 月，新 3 卷 4 期）等。尽管如此，从这些译介文章可以清楚地看到，当时介绍性、普及性的论述较多，深入研究的很少。

3.2.2.3 其他

在英国戏剧翻译类文论中，还有 12 篇属于介绍性的通论文章也被译成汉语，包括高尔斯华绥（John Galsworthy，1867—1933）著、傅东华译的《戏剧庸言》(《文学周报》，1927 年 3 月第 266 期第 4 卷 16 期)、美国的玛修士（James Brander Matthews，1852—1929）与黎得合著、韦丛芜译的两篇文章——《英国代表剧》(《文艺月刊》，1931 年 10 月 30 日第 2 卷 10 期）和《英国主要戏剧家》(《文艺月刊》，1932 年 1 月 30 日第 3 卷 1 期)、日本本间久雄著、徐碧晖译的《英吉利底现代剧》(《文艺月刊》，1935 年 6 月 1 日第 7 卷 6 期)、布朗著、孙晋三译的《战时英国剧坛》(《时与潮文艺》，1943 年 3 月 15 日第 1 卷 1 期创刊特大号)、汉密尔顿著、如琳译的《近代的社会剧》(《北新》，1929 年 9 月第 3 卷 16 期)，以及英国剧作家和批评家杜克斯（Ashley Dukes，1885—1959）著、谢韵心译的《近代戏剧家》(《戏剧与文艺》，1930 年 3 月 1 日第 1 卷 10、11 期)、欧阳予倩编译的《英吉利之歌剧》(原作者不详，《戏剧》，1921 年 9 月第 1 卷 5 号)，以及聂考尔著、陈瘦竹译的《戏剧批评史纲》(《文艺先锋》，1943 年 6 月 20 日第 2 卷 5、6 期)。应该说这些文章为我们当时了解英国剧坛提供了必要的背景信息。

评介类文章中，除了上面已经提到的有关莎士比亚和萧伯纳的评介文章30篇（含复计1篇）和24篇（含复计1篇）外，还有3篇是对英国戏剧的泛论文章——段澜的《英国十六世纪之戏剧》(《曙光》，1919年12月第1卷2期)、澄之的《英国伊丽莎白时代的戏剧文艺》(《黄河》，1941年2月第2卷1期戏剧专号）和董每戡的《英国的戏剧》(《文讯》,1947年9月15日第7卷3期)。而根据《汇编》，段澜此篇应是评介类中最早的有关英国戏剧的文章，也是整个英国文论评介类文章中最早的一篇。

评介类中另余7篇均是介绍其他英国戏剧家的文章，其中包括记者的《英国戏曲家汉更》(St.John Hankin，1869—1909)(《小说月报》，1922年10月第13卷10期)、西谛的《英国戏剧家琼斯死了》(Henry Arthur Jones，1851—1929)(《文学周报》，1929年1月第352期)、石灵的《约翰辛格戏剧的题材》(John Synge，1871—1909)(《文艺月刊》，1937年8月第11卷2期)、汪馥泉的《约翰沁孤的生涯及其作品》(John Synge)(《青年界》，1934年10月第6卷3期)、马宗融的《英国的〈浮士德〉》(克里斯多夫·马洛的剧作,1604)(《文学》，1935年6月第4卷6号)、巩思文的《高莪德及其戏剧》(《文艺月刊》，1936年7月第9卷1期)、孟士孙的《温德米尔夫人的扇子》(王尔德的剧作，1891)(《文学杂志》，1947年10月第2卷5期）等。

3.2.3 英国小说文论译介

英国小说文论在英国文论译介中只能排名第三，翻译类文章共有53篇。与英国诗歌文论和戏剧文论译介所不同的是，在这53篇有关英国小说的翻译类文章中，没有非常突出的译介焦点，而是对英国文学史上不同时期的小说家，进行了散点般的译介。具体情况如下：

论述英国各小说家的翻译类文章有30篇，其中有一篇是戈斯著、韦丛芜译的通论文章《英国十九世纪初叶的小说家》(《未名》，1929年1月第2卷1期)，另有7篇是单论狄更斯（Charles Dickens，1812—1870）的介绍性文字。但有意思的是，这7篇文章均为别国作者所写，德国2篇、俄苏2篇、法国3篇。其余文章绝大多数是对各英国小说家或作品的评论或介绍，如小泉八云著、韩侍桁译的两篇：《William Beckford》(《语丝》，1929年4月第5卷7期）和《Thomas Love Peacock》(皮科克，1785—1866)(《语丝》，1929年12月第5卷42期)；美国作者J.W.Cuncliffe的3篇：《乔治吉星论》(George Robert Gissing，1857—1903)(侯朴译，《文艺月刊》，1933年10月1日第4卷4期)、《高尔斯华绥论》(纪承之译，《文艺月刊》，1935年6月1日第7卷6期)、《论英国传记家斯揣齐》(Giles Lytton Strachey，1880—1932)(周骏章译，《文讯》，1946年10月15日第6卷7期（新7号))；另有吴尔芙著的《班乃脱先生与白朗夫人》(范存忠译，《文艺月刊》，1934年9月1日第6卷3期）和Edward Shank（尚克）著、李赞华译的《班奈德》(《现代文学评论》，1931年8月10日第2卷1、2期)。其他文章还有英国作者沃伦（C.Henry Warren，1895—1966）著、赵景深译的《罗兰斯论》(D.H.Lawrence，1885—1930)(《现代文学》，1930年7月16日第1卷1期)、O.Burdett（伯德特）著、铭之译的《哈代传记》(Thomas Hardy，1840—1928)(《文艺月刊》，1932年3月31日第3卷3期)、Moody and Lovett（即美国作者莫迪（William Vaughn Moody)，1869—1910）和拉维特（Robert Morss Lovett)，1870—1956）著、柳无忌和曹鸿昭合译的《乔塞及其作品》(Geoffrey Chaucer，1340—1400)(《文艺月刊》，1936年12月1日第9卷6期)、H.M.Walbrook（瓦尔布鲁克）著、由之译的《亨利詹姆士的小说》(Henry James，1843—1916)(《矛盾》，1932年12月第1卷3、4期合刊)、章伯雨译的《萨克莱论幽默作家》(原作者不详,《文艺春秋》,1934年4月第1卷8期)、雷蒙·莫蒂美著、冯亦代译的《伍尔芙论》((Virginia Woolf,1882—1941)(《中原》,1944年3月第1卷3期)、车尔尼雪夫斯基著、洪钟译的《论萨克莱的〈纽康门家〉》(William Makepeace Thackery，1811—1863)(《笔阵》,1944年5月，革新第1号)、文介翻译的《〈卫城记〉作者怎样写小说》(即 *The Citadel*，英国作家克罗宁（Archibald Joseph Cronin，1896—1981）所著)(《宇宙风乙刊》,1941年7月第48期)，以及 Ernest Boyd 著、蒋东岑译述的《茄伊丝与新兴爱尔兰作家》((James Joyce，1882—1941))(《中国文学》,1934年5月第1卷5期 五月号)等。这30篇翻译文章至少译介了19位英国作家，其中大多数至今仍在英国文学史上占居重要地位。

英国小说史方面的翻译文章有12篇，其中7篇是日本佐治秀寿著、谢声译的《英国小说史》，连载于《乐群》,1928年10月15日第2期至1929年7月1日第1卷7期)、3篇是小泉八云的连载讲稿《十九前半世纪英国的小说》(讲演一、二、三)(韩侍桁译,《奔流》,1929年1月第1卷8期；1929年3—4月第1卷9~10期)。文章对狄更斯在英国文学中的地位给予肯定，认为他不但具有超凡的描绘能力，而且更有一种讽刺家的才干；他能够在刹那间观察出来某些奇异，并像画家一般生动而夸张地加以描画。此外还有两篇是沃尔普尔（Hugh Walpole，1884—1941）所著的《近代英国小说之趋势》(赵家璧译,《现代》,1934年9月第5卷5期 九月号)。该作者的同名文章还被毛如开翻译为《英国现代小说之趋势》的文章，载于《中国文学》1934年2月创始号上。

另有8篇是有关英国小说的专论文章，分别是:《佛斯特小说杂论八章》(E.M.Forster，1879—1970)(原作者不详，吴宓译,《学衡》,1929年7月第70期)、卡尔浮登著、李霁野译《英国小说中的性表现》(《未名》,1928年12月第1卷10、11期)、《英国小说之国民性》(原作者不详，张师竹译，《前锋周报》，1930年12月7日第25期）、V. 伍尔芙著、冯亦代译《论现代英国小说——“材料主义”的倾向及其前途》（《中原》，1943年9月第1卷2期）、苏桑·伊尔次（国别不详）著、金近译《战时英国作家的创造》（《文联》，1946年2月25日第1卷4期）等。

在翻译类英国小说文论中，我们还收入了一些其他非小说门类的文章，如英国哈特兰德著的文章《神话与民间故事》（赵景深译，《小说月报》，1926年8月第17卷8期）、麦苟劳克著的《民间故事的探讨》（赵景深译，《文学周报》，1927年2月第261期），Alexander Smith（史密斯）著的两篇连载文章《小品文作法论》（上、下）（林疑今译，《人间世》，1934年4—5月第2~3期）。

同时，在这53篇有关英国小说的翻译类文章中，我们还注意到，文章来源与前面所述的英国诗歌文论和戏剧文论有所不同。这里，有21篇文章是直接来自英国本土，其次才是日本，共有12篇被译成汉语，占到总数的四分之一强；另有美国、俄苏、法国各有3篇、德国2篇；加拿大、瑞典各1篇，国别不详的7篇。

英国小说文论评介类文章共有57篇，其中涉及英国作家作品的文章有48篇，其余9篇也基本以介绍现当代英国小说史或小说家为主。此番情形与前述翻译类小说文论是基本相同的。那48篇文章所论及的英国小说家及其作品，绝大多数依然为我们今天耳熟能详，从英国早期的职业女作家阿夫拉·贝恩（Aphra Behn，1660—1689）到17至20世纪的重要作家，如笛福（Daniel Defoe，1660—1731）、斯威夫特（Jonathan Swift，1667—1745）、菲尔丁（Henry Fielding，1707—1754）、博斯韦尔（James Boswell，1740—1795）、司各特（Sir Walter Scott，1771—1832）、查尔斯·兰姆（Charles Lamb，1775—1834）、萨克雷、简·奥斯汀（Jane Austen，1775—1817）、夏洛蒂·勃朗特（Charlotte Brontë，1816—1855）、塞缪尔·巴特勒（Samuel Butler，

1835—1902)、哈代、史蒂文森(Robert Louis Stevenson，1850—1894)、高尔斯华绥、康拉德(Joseph Conrad，1857—1924)、柯南道尔(Conan Doyle，1859—1930)、乔伊斯、伍尔芙、D.H. 劳伦斯、凯瑟琳·曼斯菲尔德(Katherine Mansfield，1888—1923)等，都被一一介绍进来。以下是当时有关英国重要小说家的评介文章：

- 纪念司各特文章两篇：费鉴照《纪念司高脱》(《新月》，1932年11月第4卷4期)和张月超的《纪念司各脱的百年祭》(《新时代》，1933年1月第3卷5~6期)
- 论述狄更斯作品的文章两篇：黎先耀的《迭更司的〈人间地狱〉》(《文讯》，1948年4月15日第8卷4期)和郁天的《迭更斯和他的〈双城记〉》(《文艺知识连丛》，1947年8月20日第一集之四)
- 论述哈代及其作品的文章5篇：袁昌英的《妥玛斯·哈底》(《现代评论》，1928年3月第7卷171期)、赵景深的《小说家哈代的八大著作》(《北新》，1928年2月第2卷9期)、语堂(林语堂)的《安特卢亮评论哈代》(《北新》，1928年2月第2卷9期)和徐志摩的《汤麦士哈代》(《新月》，1928年3月创刊号)、赵敏求的《托马斯哈代和他的〈归来〉》(《文学季刊》，1934年4月第1卷2期)
- 论述康拉德及其作品的文章3篇：樊仲云的《康拉特评传》(《小说月报》，1924年10月第15卷10期)、诵虞的《新近去世的海洋文学家——康拉特》(《文学周报》，1924年8月第134期)和心谷的《康拉德〈《黑水手〉与〈不安的故事〉》(《宇宙风》，1936年6月第18期)
- 有关高尔斯华绥及其作品的文章4篇：王静的《高尔士委士的短篇小说〈觉悟〉的评赏》(《文学周报》，1921年9月第 14 期)、苏汶[①]的《约翰·高尔斯华绥论》(《现代》，1932 年 12 月第 2 卷 2 期）和源西的《高尔斯华绥》(《小说月刊》，1932 年 12 月第 1 卷 3 期）和孙晋三的《社会历史小说与〈福萨德家传〉》(又作《福赛特世家》)(《文讯》，1947 年 9 月 15 日第 7 卷 3 期）

- 有关劳伦斯的文章 3 篇：杜衡的《罗兰斯》(《小说月报》，1930 年 9 月第 21 卷 9 期)、杨昌溪的《罗兰斯逝世——最近逝世的英国小说家》(《现代文学》，1930 年 7 月第 1 卷 1 期创刊号）和林语堂的《谈劳伦斯》(《人间世》，1935 年 1 月第 19 期）
- 有关弗吉尼亚·伍尔芙及其作品的文章 3 篇：《时与潮文艺》1943 年 9 月 15 日第 2 卷 1 期刊载两篇：谢庆尧的《英国女小说家吴尔芙夫人》和吴景荣的《吴尔芙夫人的〈岁月〉》，以及知堂[②]的《"A Room of One's Own"等三种》(《宇宙风》，1937 年 1 月第 32 期）

有关其他英国小说家的评介文章还包括郑振铎的《史蒂芬孙评传》(《小说月报》，1921 年 3 月第 12 卷 3 期)、胡哲谋的《读华尔脱配德的名著两种》(Walter Pater，1839—1894，又译作佩特)(上、下)(《文学周报》,1923 年 10 月第 91 期)、费鉴照的《爱尔兰作家乔欧斯》(《文艺月刊》，1933 年 1 月 1 日第 3 卷 7 期)、梁遇春的《查尔斯兰姆评传》(《文艺月刊》，1934 年 12 月 1 日第 6 卷 5、6 期合刊)、常风的《奥斯汀的〈傲慢与偏见〉》(《文学杂志》，1948 年 8 月第 3 卷 3 期）等。

相较而言，评介类小说文章涉及了更多的英国重要小说家，这不仅有助于这些作家及其作品在中国的认知，而且在一定程度上为

① 苏汶即杜衡。
② 知堂即周作人。

日后确立他们在中国的经典地位起到了开山铺路的作用。

在评介类英国小说文论中，也有几篇通论性文章，其中有郑振铎《文学大纲》中的第二十八章，论述19世纪的英国小说，载于《小说月报》1926年6月第17卷6期，以及还有赵景深的两篇文章《二十年来的英国小说》(《小说月报》，1929年8月第20卷8期现代世界文学号（下）) 和《百年以后的英国小说家》(《文学周报》，1929年12月第378期（第9卷3期)）、曼如的《最近的苏格兰文学》(《前锋月刊》,1931年3月10日第1卷6期)、毛含戈的《现代英国小说》(《青年界》，1933年12月1日第4卷5期）和马耳的《抗战中来华的英国作家》(《抗战文艺》，1938年5月第1卷4期)。

3.2.4 英国文学理论译介

英国文学理论方面的文章共被翻译了46篇，所涉内容大体可分为文学批评理论8篇、文学思潮介绍6篇、艺术鉴赏论12篇、文学研究方法5篇和各种专论文章15篇。

文学批评理论方面的8篇翻译文章中，首先是王尔德著、林语堂译的5篇文章——《论静思与空谈》《论创造与批评》(《语丝》，1928年3月第4卷13期和1928年4月第4卷18期)，以及《印象主义的批评》《批评家的要德》和《批评之功用》，后3篇文章分别发表在《北新》1929年10月第3卷18期，1929年11月第3卷22期和1929年12月第3卷23期上。这5篇文章均节译自王尔德的《艺术的批评家》(*The Critic as Artist*，1913)。此外还有朱维基译自英国文论家佩特的文章《唯美的批评》，发表在《金屋》1930年9月第1卷12期上，以及瑞恰慈（I.A.Richards，1893—1979）著、施宏告译的《批评理论底分歧》(《文学季刊》，1935年9月第2卷3期)，和E.W. Martin著、胡仲持译的《文学批评的职能》(《文艺生活》，1947年7月，光复版第15期，独幕剧专号（总第33号)）。

文学思潮方面也有6篇，分别是日本本间久雄著的《英国文坛之渐进主义》(方炎武译，《北新》,1929年10月第3卷19期）和《由日本文坛看来得欧美文坛的优点—〈英国文坛的渐进主义〉》(陈勺水译，《乐群》，1929年9月1日第2卷9期)；日本横川有策著、高明译的两篇连载文章《现代英国文艺思潮》及续篇，发表在《现代文学评论》1931年8月10日第2卷1、2期合刊和1931年10月20日第2卷3期和3卷1期的合刊上；此外还有日本矢野峰人著、赵世铭译的《近代英国文学的主潮及其背景》(《北新》，1930年4月第4卷7期）和英国赫克斯莱（Aldous Huxley，1894—1963）著、施蛰存译的《新的浪漫主义》(《现代》，1932年9月第1卷5期九月号)。

有关艺术鉴赏论的文章共翻译了12篇，原文均为英国作者所著，如贝内特写的《文艺鉴赏论》，从1934年1月1日第5卷1期到1934年5月1日第5卷5期，分五期连载于《文艺月刊》上，除第二篇为陈瘦石所译，其余四篇均为陈瘦竹所译。《文艺鉴赏的两大问题》是又一篇译自贝内特的文章，由陈介白翻译，发表在《艺文杂志》1944年12月1日第2卷12期上。其余6篇文章包括高尔斯华绥著、李霁野译的《艺术》(《莽原》，1927年1月第2卷2期)、A. Clutton-Brock（文评家克鲁顿·布洛克，1868—1924）著、李霁野译的《艺术家和他的听众》(《未名》，1928年3月第1卷5期)、佩特著、朱维基译的《文体论》(《金屋》，1929年1月1日第1卷1期)、弥而恩著、季素译的《艺术家的地位》(《真美善》，1930年11月第7卷1号)、布拉德雷（Andrew Cecil Bradley，1851—1935）著、李康田译的《崇高论》(《文学季刊》，1934年7月第1卷3期)，及罗杰·弗莱（Roger Fry，1866—1934）著、戴镏龄译的《艺术与人生》(《民族文学》，1943年12月第1卷4期)。

在46篇有关英国文学理论的翻译类文章中，数量略多一些的是专题研究文章，共有15篇，如英国约翰·德林瓦特（John

Drinkwater，1882—1937）著、梁实秋译《文学里的爱国精神》及续篇（《大江》，1925年7月第1卷1期和1925年11月第1卷2期）；英国萧伯纳著、傅东华译的《文学的新精神》(《文学周报》，1927年3月第268期[第4卷18期]）和《理想主义之根源》(《文学周报》，1927年7月第275期[第4卷25期])、萧伯纳著、姚克译的《论魔鬼主义的伦理》(《译文》，1936年5月第新1卷3期）；美国卡尔浮登著、李霁野译的《英国复政时代文学中的性表现》及续篇（《未名》,1929年3—4月第2卷6~7期）[①]。同时，在这15篇文章中也包括对英国文学进行总体概述的文章，如宫岛资三郎著、陈勺水译的《英国新兴文学概观》(《乐群》，1929年4月1日，第1卷4期)、H. Williams著、韩侍桁译的《现代英国文学的新影响与倾向》(《奔流》，1929年7月20日第2卷3期)、戈斯著、冬芬[②]译的《大战在文学上的结果》(《语丝》，1929年8月第5卷24期)、美国Fred B.Millett（米利特,1890—1976）著、柳无忌译的《现代英国文学的背境》(《民族文学》，1943年8月7日第1卷2期)、W. B. Kaufman著、王楚良译的《英国文学中的战时倾向》(《文坛月报》，1946年4月10日第1卷2期）等，以及其他文章，如赫胥黎著、林语堂译的《猫与文学》(《宇宙风》，1936年8月第22期)、贝内特著、赵景深译的《文学作品与人生观察》(《文学周报》，1928年2月第300期（第5卷25期)）和西蒙斯（Arthur Symons，1865—1945）著、石民译的《事实之于文学》(《北新》，1929年1月第3卷1期）等。

此外，还有哈德森著、邓演存译的5篇连载文章《研究文学的方法》，发表在《小说月报》1923年1—3月第14卷1~3期和1923年5—6月第14卷5~6期上。根据《汇编》，邓演存翻译的这五篇文章还是当时最早的有关文学研究方法的理论论述。

---

① 该文译自卡尔浮登专著《文学中的性表现》第三章，原题为Sex Expression in Restoration Literature。

② 冬芬即茅盾。

在英国文学理论的评介方面，仅有17篇文章，零星地介绍了英国文学批评家、批评动向和文学思潮，如郭沫若的《瓦特裴德的批评论（介绍）》（《创造周报》，1923年11月第26号）和郑振铎的《文学大纲》第二十九章论19世纪的英国批评家（《小说月报》，1926年7月第17卷7期）；戴镏龄的《当代英国文学批评的动向》（《时与潮文艺》，1946年5月15日第5卷5期）、钱杏邨的《英国文学漫评》（《小说月报》，1928年5月第19卷5期）和闻一多的《先拉飞主义》（《新月》，1928年6月10日第1卷4期）；还有以人的《英国文学的新潮流》（《东流》，1936年2月2日第2卷3期，世界文学新动向特辑）、费鉴照的《"噶瑟"复兴与英国浪漫运动》（《文艺月刊》，1931年2月第2卷2期）和马宗融的《浪漫主义的起来和它的时代背景》（《文学》，1936年3月第6卷3号）等。

然而，即便在这为数不多的评介文章中，却不能不提《当代文艺》在1931年3月第1卷3期和同年4月第1卷4期上先后刊行的两篇文章——毛文龄的《艺术至上主义的文艺批评》和毛秋白的《人生主义的文艺批评》。看题目便知，这两篇文章论述的是两种完全不同的文艺批评理论。毛文龄在《艺术至上主义的文艺批评》中论述了阿诺德的艺术至上主义（也即唯美主义）的文艺批评观，并说明其产生的根源："亚诺尔特对于当时英国的批评界以政治的功利的实际的宗教的标准批评文艺的风潮给以一个当头棒喝的判词。他主张文艺批评不应以客观的标准来批评文艺。批评家对于文艺，应取没利害的公平无私的态度。"当然，作者并不赞同阿诺德所提倡的艺术至上论的观点，提出"以这种态度对于文艺如何能成一个'新思潮的创造者'呢。"并在文末正确地指出，"艺术至上主义的文艺批评，把文艺以外的标准逐出文艺自身中定批评的目的。创出了所谓纯文艺的批评。这果然提高了批评的地位成一门独立自尊的工作。然而势不得不趋于极端的个人主义，往往与社会发生种种抵触"。

而毛秋白的《人生主义的文艺批评》(《当代文艺》, 1931 年，第 1 卷 4 期）则首先通过卡莱尔（Carlyle，1795—1881）对歌德作品的批评，论述他关于以人生为文艺批评的目的。作者称卡莱尔是“这人生主义的艺术批评的先驱者”，并说“从作品的里面透视作者，便是喀莱尔的文艺批评的一大特色。他常从伦理的见地论作者”，并把罗斯金（John Ruskin，1819—1900）视为与卡莱尔相近的批评家，因为罗斯金对艺术的观点也是以人生的真善美为重，“美，真，善，本来应是同一的东西，所以表现了真实的美同时就是真就是善。文艺不得不是这一类的美的表现。是这样的文艺，才能把人生道之于较善的状态。以艺术为向着新文明新人生的呼声亦和喀莱尔见解相同。不过纳斯钦 [罗斯金] 一面还有艺术至上主义的态度，这是因为他受了古典的教养很深的缘故。”当然，这篇论文还评述了其他批评家，如匈牙利作者诺道（Max Nordau，1849—1924)、法国批评家布伦退尔（Ferclinand Bruntiere）和俄国作家托尔斯泰的人生主义文艺批评观。文章尤其花了大量篇幅论述托尔斯泰对莎士比亚戏剧如《罗密欧与茱丽叶》《麦克白》《李尔王》在人物、故事情节、主题思想等方面的批评，认为托尔斯泰和莎士比亚在艺术论上的分歧，根本原因就是两人不同的人生观。莎士比亚对人生是没有理想的，也“不爱以强有力的精神，反抗政治道德上一切的因袭”，因而正如托尔斯泰所批评的那样，他的作品的思想主题是堕落的，进而导致戏剧的堕落，“给一般人以一种盲目的催眠术的暗示”，而托尔斯泰作为“要实现人类的平等的和平主义者最好的代表者”，则是“以宗教与道德为标准的”。文章最后总结说，“人生主义的文艺批评是判断批评，客观批评。”

应该说，上述两篇文章在评介与评价所述的两种不同的文艺观点时，都秉着冷静、客观的态度，无论是与非，都无夸张之词进行过度的褒贬，这无疑表明二位论者对这两种文艺观在认识上是清醒的，在判断上是公允的。这与后来国内对这两种文艺主张的接受与批评形成鲜明对照。

总体而言，当时我们对英国文学理论的译介确是比较薄弱的，不仅数量少，而且与俄苏文艺理论的译介相比，几乎是既没有广度，也没有深度。其中的原因之一，可能是当时的英国文学理论不像十月革命之后的苏联文学理论那样，强调无产阶级文学和社会主义现实主义文学理论；相反，从文论史的角度看，20 世纪二三十年代，正是英美“新批评”理论逐渐形成的关键期（杨仁敬，2000）。这一文学批评流派注重从形式和语义方面研究文学文本，因此与当时的中国社会与文学现实产生了距离。

3.2.5 英国文学史论译介

英国文学史论方面的译介文章是数量最少的，仅有翻译类文章 13 篇，其中有的是对当时英国文学界动态的译介，如查士骥译自日本本间久雄著的文章《最近的英国文坛》(《北新》，1929 年 6 月第 3 卷 11 期)、鲁迅译自野口米次郎的《爱尔兰文学之回顾》(《奔流》，1929 年 6 月 20 月第 2 卷 2 期)、陈勺水译自日本舟桥雄的《由日本文坛看来得欧美文坛的优点二〈英国文坛最近的诸倾向〉》(《乐群》，1929 年 9 月 1 日第 2 卷 9 期)、韦丛芜译自 John Erskiue（厄尔斯鸠）的《近三十年的英国文学》(《现代文学》，1930 年 11 月 16 日第 1 卷 5 期)，以及顾绶昌译的《二十五年以来之英国文学》(原作者不详，《文学季刊》，1935 年 12 月第 2 卷 4 期)，有的是对英国较早时期的文学史的译介，如戈斯著、韦丛芜译的《前维多利亚时代的英国文学》(两篇连载于《文艺月刊》，1931 年 3—4 月第 2 卷 3~4 期)、《谭尼孙时代的英国文学》(两篇连载于《文艺月刊》，1931 年 6 月 30 日第 2 卷 5 期；1931 年 7 月 15 日第 2 卷 7 期)。另外还有一篇戈斯著、韦丛芜译的《文学史作法论》，刊登在《现代文学评论》1931 年 8 月 10 日第 2 卷 1、2 期上。

英国文学史方面的评介类文章也只有 14 篇，主要可分为两类，一类是相对正式的英国文学史文章，如郑振铎论述 17、18 世纪英国文学的连载文章《文学大纲》，刊于《小说月报》1925 年 4—5 月第 16 卷 4~5 期，和胡仲持的《乔治五世时代的英国文学》(《文学》，1935 年 7 月第 5 卷 1 号)，以及梁实秋对林惠元所译《英国文学史》的评论（《新月》，1929 年 12 月 10 日第 2 卷 10 期）和周骏章对金东雷所著《英国文学史纲》的评论（《宇宙风》，1938 年 3 月第 63 期）；另一类是对英国文学史和当时英国文学所做的宽泛介绍，前者如虚白的《英国文学的鸟瞰》(《真美善》，1928 年 9 月第 2 卷 5 号)、陈淑的《英国文学 ABC》(《新月》，1928 年 12 月 10 日第 1 卷 10 期)，后者如肖石君的《世纪末英法文坛的关系》(《文艺月刊》，1930 年 9 月 15 日第 1 卷 2 期)、费鉴照的《世纪末的英国艺术运动》(《文艺月刊》，1933 年 11 月 1 日第 4 卷 5 期)、李航的《战争六年的英国文学》(《文艺生活》，1946 年 7 月 1 日，光复版第 6 期（总第 24 号）)、黄国芳的《英国文学之新趋势》(《文学创作》，1943 年 7 月 1 日第 2 卷 3 期)、萧乾的《英国文坛的三变》(《文艺复兴》，1947 年 5 月 1 日第 3 卷 3 期）等。

3.3　结语

根据上述各类英国文论的译介描述，可以看出它们各自都有不同的译介特点，大致可归纳如下：

第一，别国文论也精彩。在 233 篇翻译类英国文论文章中，源自英国的文章有 112 篇，占总数的 48%；但若除去 24 篇国别不详者，仍有 97 篇文章源自其他国家，占到总数的 41.6%（见表 3.12）。这从某种意义上说，英国文论不仅是英国人有关其本国文学的文论，而且还是世界各国有关英国文学的文论。正是这些来自他国的有关英国文论的文论，不仅在当时为我们提供了有关英国文学和文论的知识，也为我们认识英国文学和文论提供了多元视角。

表 3.12　按各类英国文论来源国统计的翻译类文章篇数

<table>
<tr><th>文论来源国</th><th>诗歌文论（篇）</th><th>戏剧文论（篇）</th><th>小说文论（篇）</th><th>文学史论（篇）</th><th>文学理论（篇）</th><th>合计（篇）</th><th>总数百分比（%）</th></tr>
<tr><td>英国</td><td>37</td><td>10</td><td>21</td><td>6</td><td>38</td><td>112</td><td>48</td></tr>
<tr><td>日本</td><td>15</td><td>4</td><td>12</td><td>4</td><td>5</td><td>40</td><td>17.2</td></tr>
<tr><td>俄苏</td><td>3</td><td>15</td><td>3</td><td></td><td></td><td>21</td><td>9</td></tr>
<tr><td>美国</td><td>4</td><td>6</td><td>3</td><td>1</td><td>3</td><td>17</td><td>7.3</td></tr>
<tr><td>法国</td><td>1</td><td>5</td><td>3</td><td>—</td><td>—</td><td>9</td><td>3.9</td></tr>
<tr><td>德国</td><td>—</td><td>2</td><td>2</td><td>—</td><td>—</td><td>4</td><td>1.7</td></tr>
<tr><td>丹麦</td><td>1</td><td>1</td><td>—</td><td>—</td><td>—</td><td>2</td><td>0.9</td></tr>
<tr><td>加拿大</td><td></td><td></td><td>1</td><td></td><td></td><td>1</td><td rowspan="4">1.7</td></tr>
<tr><td>匈牙利</td><td>—</td><td>1</td><td>—</td><td>—</td><td>—</td><td>1</td></tr>
<tr><td>瑞典</td><td>—</td><td>—</td><td>1</td><td>—</td><td>—</td><td>1</td></tr>
<tr><td>希腊</td><td>1</td><td>—</td><td>—</td><td>—</td><td>—</td><td>1</td></tr>
<tr><td>不详</td><td>5</td><td>10</td><td>7</td><td>2</td><td>0</td><td>24</td><td>10.3</td></tr>
<tr><td>合计</td><td>67</td><td>54</td><td>53</td><td>13</td><td>46</td><td>233</td><td>100</td></tr>
</table>

同时，从表 3.12 也可以看到，日本、俄苏和美国这三个国家也是我们获取英国文论的重要来源，其中日本在英国诗歌文论和小说文论方面被我们翻译的文章数量都远远多于其他国家；而俄苏则在英国戏剧文论方面独占鳌头，被我们翻译的文章数量甚至超过了英国本身。

第二，作家作品是译介的焦点。在对英国诗歌、戏剧文论的译介中，可以发现十分突出的译介热点。比如在诗歌文论中，浪漫主义诗人成为译介重点，其中重中之重还是拜伦；在戏剧文论译介中，莎士比亚与萧伯纳则成为当之无愧的重要译介对象。然而，对英国小说文论的译介却显现出不同的景象。虽然当时的译介文章对英国各个时期的小说家及作品也有涉略，但却因为缺乏明显的译介热点而显得不成系统，深度不够。不过，值得欣慰的是，当时得到译介的、从古至今的英国小说家，即使从今天的眼光来看，其中有不少依然是一流的、经典的，尽管那时对其的译介也仅是少则两三篇，多则五六篇文章而已，连狄更斯这样的作家，我们对他的译介文章也总共不过 9 篇。

第三，从对英国诗歌、戏剧、小说文论和纯文学理论的译介内容来看，可以说译介重心并非单一，价值取向也趋于多元，其中既有迎合社会需要的一面，也有追求诗学意义上的文学革新的一面。以英国诗歌文论为例，如果说对前期浪漫主义诗人（如华兹华斯和柯勒律治）的译介是为了引入新的诗学理论，那么，对于后期浪漫主义诗人拜伦和雪莱的译介则更多地是为了唤醒中国民众的反抗意识。在戏剧文论译介中，这种双重目的也是十分明显。同为现实主义戏剧家，如果说对莎士比亚的译介是相对出于对这位世界瞩目的戏剧大师的敬仰，那么，对萧伯纳的译介，更多的是由于他对资本主义社会的批评精神。而在英国小说文论译介方面，则表现出更多的兼收并蓄的态度，虽然狄更斯是其中被译介最多的英国小说家，但其他被译介的多位英国小说家，也都是不同时期或流派的代表，如高尔斯华绥、哈代、劳伦斯、乔伊斯、康拉德、伍尔芙等。因此，可以说，英国文论在现代中国的译介并非完全服务于或屈服于政治意识形态。其中有些部分，是为了满足文学革新的要求而非政治革命的要求。

第四，各路翻译者、评介者群芳斗艳。在英国文论的译介过程中，可以看到不同背景、不同兴趣的译者和作者共同把英国文论引入中国文坛。前面表3.5、表3.6、表3.7已表明了每位译介者的译介文章数量，此处先从两个方面对译者略加讨论。

首先，从译者的文论翻译数量看，翻译英国文论篇数最多者是韦丛芜、朱维基和韩侍桁三人，他们各翻译了12篇文章。韦丛芜对英国文学史的介绍是他译介的主要贡献，但在英国小说、诗歌和戏剧文论方面也有他的译文，而且其中9篇文章的原作者均为英国文论家戈斯。朱维基的12篇译文中，有10篇是对英国刘易斯的诗论文章的翻译，另两篇则译自沃尔特·佩特的《文体论》和《唯美的批评》，1929年1月和1930年9月分别发表在《金屋》杂志上。韩侍桁的12篇文章则分别译自日本（9篇）、俄苏（2篇）和英国（1篇），文章内容涉及英国诗歌、小说和戏剧，如他发表在1929年《语丝》杂志上的多篇文章即是译自日本作者小泉八云（见前第一节3.2.1.3小节）。几乎同时，韩侍桁还在《奔流》杂志上发表同样译自小泉八云的系列文章《十九前半世纪英国的小说》，连载于《奔流》1929年1、3、4月第1卷8~10期上，以及英国H. Williams(威廉姆斯)著的《现代英国文学的新影响与倾向》(1929年7月第2卷3期)。另有两篇文章是韩侍桁译自俄苏托尔斯泰的文章，标题为《托尔斯泰论莎士比亚》，发表在《文艺月刊》1931年2—3月第2卷2~3期上。其他译者，如赵景深也有8篇翻译文章，分别涉及英国诗歌、小说、戏剧和文学理论。而林语堂所翻译的6篇文章，其中有5篇是对王尔德《艺术的批评家》一书的节译。邓演存翻译的是英国哈德森的《研究文学的方法》，5篇连载。李霁野也有5篇译文，其中3篇是美国卡尔浮顿论英国文学与小说的文章。

有些译者是从日语翻译有关英国文论的文章，除上面提到的韩侍桁外，还有谢声，他的7篇译文译自日本佐治秀寿的《英国小说史》。梁指南的6篇译文则是译自小泉八云的《雀鸟在英文诗歌上的地位》。另有译者从其他国家翻译了一些别国作者关于英国文论的文章，其中比较突出者如徐天虹，共有 4 篇译文，3 篇是法国莫洛亚关于狄更斯生平和作品的文章，还有 1 篇是俄国作者论狄更斯的文章。从上述译者的译介内容可知，他们比较关注英国文论的理论层面，因此他们翻译的文章内容多具专题性，而且他们的译介原文往往取自原作者的专著，被他们节译并连载于期刊上。

其次，从译者参与角度看，对当时比较受重视的英国戏剧家、诗人和小说家的译介，真可谓是百家齐鸣。以对莎士比亚的译介为例，关于他的翻译文章至少有 30 篇，但译者却有 29 人，除了梁实秋和东声二人各译 2 篇，其余译者均为一人 1 篇（其中含二人合译 1 篇）。英国浪漫主义诗人也是当时的译介热点，共有 26 篇相关文章，涉及译者 19 位，多数是一人 1 篇参与到译介中来。在英国小说文论方面，论及英国各小说家的文章有 30 篇，译者也有 24 人，除了徐天虹一人翻译 4 篇和韩侍桁翻译 2 篇外，其他译者也均是一人翻译 1 篇。可以说，在对这些英国作家的译介方面，由于译者人数众多，为当时的译介高潮起到了推波助澜的作用。如果没有这些如今大多已被人们遗忘的译者参与其中，也许译介就成了少数人的曲高和寡，孤掌难鸣。

而在同时期的英国文论评介者群体中，佼佼者是赵景深（12 篇）、郑振铎（11 篇）、梁实秋（9 篇）、费鉴照（8 篇）。这些评介者一般都涉及英国文论的多个方面，但又都各有侧重。比如赵景深对英国诗歌、小说、戏剧都有研究和评介，但其中最主要的是对英国诗人布莱克和英国小说的评介，其中有关布莱克的就有 5 篇；小说方面则有《二十年来的英国小说》（《小说月报》，1929 年 8 月第 20 卷 8 期现代世界文学号（下））、《百年以后的英国小说家》（《文学周报》，1929 年 12 月第 378 期（第 9 卷 3 期））和《小说家哈代的八大著作》（《北新》，1928 年 2 月第 2 卷 9 期）；其他还有《汤显祖与莎士比亚》（《文艺春秋》1946 年 1 月 15 日第 2 卷 2 期）、《民间故事专家哈特兰德逝世——呈江绍原先生》(《文学周报》，1927年11月第289期（第5卷14期）) 等。

郑振铎也是如此，他的文章从英国文学史谈到英国小说、文学批评等。仅他的《文学大纲》就在《小说月报》上分多期连载，其中涉及英国文论部分就有《十七世纪的英国文学》《十八世纪的英国文学》《十九世纪的英国小说》和《十九世纪的英国批评家》(分别连载于1925年4—5月第16卷4~5期和1926年6—7月第17卷6~7期)；郑振铎也曾为叶芝写下两篇文章——《一九二三年得诺贝尔奖金者夏芝评传》(《小说月报》，1923年12月第14卷12期）和《得1923年诺贝尔奖金者夏芝》《文学周报》，1923年11月第97期)。

其他著述较多的评介者还包括梁实秋和费鉴照。梁实秋的文章主要围绕莎士比亚，而费鉴照的文章主要涉及英国诗人和小说家。总之，正是凭借着所有这些翻译者、评介者和各文学期刊的共同努力，英国文论在现代中国的译介才开始展露其初始的态势，为当时的新文化运动及之后的中国文学批评输入了一些新的理论话语。

参考文献

葛桂录．威廉·布莱克在中国的接受 [J]. 淮阴师范学院学报，1998（2）：47~52.

贾植芳、陈思和．中外文学关系史资料汇编（1898—1937）[C]. 桂林：广西师范大学出版社，2004.

李伟民．俄苏莎学理论在中国的传播 [J]. 四川戏剧，1997（6）：19~24.

李伟民．马克思主义莎学在中国的传播——论赵澧的莎学研究思想 [J]. 重庆邮电学院学报（社会科学版），2004（3）：89~93.

刘象愚．外国文论简史 [M]. 北京：北京大学出版社，2005.

罗选民．外国文学翻译在中国 [M]. 合肥：安徽文艺出版社，2003.

马祖毅．中国翻译通史·现当代部分 [M]. 武汉：湖北教育出版社，2006.

王建开．五四以来我国英美文学作品译介史（1919—1949）[M]. 上海：上海外语教育出版社，2003.

王宁．当代英国文论与文化研究概述 [J]. 当代外国文学，2001（4）：116~123.

王佐良、周珏良主编．英国二十世纪文学史 [M]. 北京：北京外语教学与研究出版社，1994.

夏新宇．英国浪漫主义诗歌对五四时期中国新诗的影响 [J]. 重庆工学院院报，2003（2）：87~90.

肖霞．浪漫主义：日本之桥与“五四“文学 [M]. 济南：山东大学出版社，2003.

谢天振、查明建．中国现代翻译文学史（1919 — 1949）[M]. 上海：上海外语教育出版社，2004.

徐群晖．论莎士比亚对中国现代戏剧的影响 [J]. 文学评论，2003（3）：38~45.

杨仁敬．20 世纪美国文学史 [M]. 青岛：青岛出版社，2000.

张旭春．政治的审美化与审美的政治化 [M]. 北京：人民文学出版社，2004.

朱刚．二十世纪西方文论 [M]. 北京：北京大学出版社，2006.

第四章
日本文论译介

从 20 世纪初开始，中国和欧美各国的文学交往远胜于和亚洲各国的文学交往。在这样一个总体背景下，中国对日本文学的高度关注与积极译介就成了一个显著的个案。可以说，20 世纪前半期，中国对亚洲国家文学及文学理论的译介史，其实就是一部中国对日本文学及文学理论的译介史。日本近代以来的每一种文学思潮，几乎都被译介到了中国。从译介的内容可以明显地看出，中国现代文坛对日本文学发展表现出极大的兴趣与关注（谢天振、查明建，2004：575）。当然，这种状况可以上溯到晚清民初的康有为和梁启超等人，他们都看到了通过日本向西方学习的必要性和重要性（陈福康，1992：107~114）。但是由于日本自明治维新以后诞生的近代文学，与中国今代文学的萌芽约有 20 年的间隔，所以，“中日两国近代意义上的文学交流，只有进入 20 世纪才成为可能”（张福贵、靳丛林，1999：35）。

更重要的是，日本在明治维新之后，其文学理论与现代文学创作都受到西方形形色色的文学理论和主张的影响；并且，日本文艺理论界对西方文论保持了持续的高涨热情——既大量译介了西方几百年的文艺理论，又试图解决现实的文艺问题，可以说日本的文艺理论在整个近现代日本文学发展史上，呈现出十分繁荣的局面，恰如王向远（1998b：68）所指出的那样，几乎所有的日本作家都涉足理论领域，此外还有专门的评论家、理论家、大学的文学研究者、文学教授等，共同构成了一支庞大的文艺理论队伍。由于日本对西方各种文学思潮、流派等的译介、研究都领先于中国，因此也自然成为中国文学界了解、学习世界各国文学及文学理论，尤其是西方各国文学动态的媒介与桥梁。对此，谢六逸早在1923年11月就在《小说月报》第14卷11期上有过评论：

在东方的国度里，努力于文学而获了效果的，我们不能不说是日本，他们在真正文艺的意味上，介绍，研究，创作，足有三十余年，在文艺演进的路途上，因为受了西欧文学的影响，也有古典，浪漫，自然，新浪漫等倾向的变迁；又有文言口语的改革；也有翻译文学的盛行，这些经过，在领略今代文艺较迟的我国，有足供借鉴之处。

但必须指出的是，我们对日本文论的译介在很大程度上始于20世纪初开始的大批中国留日学生，他们的目的是想看一看学习西方的日本，并借此了解西方。因此，他们带回中国的主要不是日本文化，而是西方文化；更确切地说，是由日本“中转”而来的、经过日本文化精神和文化环境过滤了的西方文化（肖霞，2003：7）。日本之于当时中国始终扮演着桥梁或媒介的角色，中国学界或通过日本教育，学习两种或多种语言，得以打开直接通向欧美文学的大门；或通过日本人的翻译或演出，得以接触并了解欧美文学，从而受到欧美文学的熏陶；抑或通过日本人的解说或议论，得以吸取世界文学理论知识（王锦后，1996：90~102）。这些中国留日学生，“一方面直接学习欧美文学，一方面则间接译读日本研究介绍欧美文学的理论及批评。这些，也同样给了中国新文学工作者以莫大影响”（王锦后，1996：98）。比如徐懋庸通过翻译本间久雄的《欧洲近代文艺思潮论》一书而“认识了社会进化的铁则”，“解悟了唯物辩证法的公式……这些道理，都是这本书不曾讲到的，但我却由此旁通了”（转引自王锦后，1996：99）。李何林写作《近二十年中国文艺思潮论》一书也同样受到《欧洲近代文艺思潮论》的启示和影响；此外，文学研究会“为人生而艺术”的主张、创造社“为艺术的艺术”的浪漫主义思潮，以及后来的普罗文艺思潮等，其中很多被国人所接受和追随的论点或思想都离不开对日本文论家的转译（王锦后，1996：99）。

虽然日本文论对我国的新文学及现代文学理论的影响是学界的共识，但是，就目前的研究情况看，一些翻译史著作（如谢天振、查明建，2004）和中国现代文学思潮、文学理论研究方面的著作（如邵伯周，1993；张大明，2001；等等）对日本文论在现代中国的译介虽有论述，却都不够全面。有些著作如《浪漫主义：日本之桥与“五四“文学》（肖霞，2003），也有专章论述五四时期日本浪漫主义对中国浪漫主义思潮及作家等的影响，却也仅聚焦在“浪漫主义”这一单一视角，未对其他理论通过“日本之桥”在中国的译介情况做整体描述。有些期刊文章对日本文论在现代中国的译介也有描述和研究，如《“日本桥”与中国现代文艺思潮观》（卢铁澎，2006）和《中国现代文艺理论和日本文艺理论》（王向远，1998b）等，但由于期刊文章往往受到篇幅的局限，而不能展开全面深入的描述。而有的专著如《厨川白村文艺思想在中国》（刘翌，2009）和期刊文章如《〈苦闷的象征〉在中国的翻译及传播》（王成，2002）、《厨川白村在现代中国的译介与传播》（黄德志，2008）等，则都是基于个案的译介与影响研究，同样不可能对日本文论在中国的译介有比较全面的描述。

鉴于上述情况，我们拟以《汇编》所列的中国现代文学期刊为研究资料，对日本文论在现代中国的译介进行系统描述。这是因为文学期刊不仅具有快捷的传播功能，而且一些有影响的学术期刊还具有相当权威的评价功能，起着一种引领学术风向的导向作用。但考虑到日本文论对中国所扮演的“桥梁”与“中介”角色，我们在此暂且扩大了对日本文论的定义和范围，允许它既包含有关日本本土文学的文论文章，也同时包含由日本作者所写的关涉其他国家，如俄苏、英国、美国、法国、德国等国别文学的文论文章。故此，本章所谓的“日本文论”，尤其是翻译类日本文论，从原作者角度看，绝大部分是由日本作者所写的文章，仅有极少数文章为别国作者所写。但从文章内容看，有一部分是关于日本本土文学的，而更多的则是关于世界其他国家和地区的文论文章。如此定义日本文论，就是期望我们的描述能够更加全面地反映日本文论在现代文学期刊中的译介内容和范围。下面，我们将分总体描述和具体描述两部分对日本文论译介进行说明。

4.1 日本文论译介的总体描述

根据《汇编》，共检索到 394 篇翻译类日本文论文章。这些文章可进一步分为两类：一类为有关日本本土文学的文论文章，共 175 篇（含复计 3 篇），其中仅有一篇为英国作者所写，其余均为日本作者所写；另一类为日本作者所写的、有关别国文学的文论文章，共 222 篇。（需说明的是，在这 222 篇翻译类文论中，有少量文章是由日本译者译自其他国家如俄国、而后又由中国译者从日语转译成汉语的文章。如无特殊需要，为了统计方便，本文将在统计时把这类文章一并称为日本原作者所写的翻译类文论文章。）同时，有关日本文论的评介类文章仅有 96 篇。就日本文论在现代中国的翻译与评介而言，显然翻译类文论占了相当大的比重。相比之下，中国学者所写的、评介日本本土文学的文论文章较少。以下是按日本文论的译介年代、文论类别、文论所涉国别、日本文论原作者和日本文论评介者诸方面，对日本文论在现代中国译介的总体描述。

4.1.1 日本文论译介年代与文论类别的统计与说明

日本文论在三个时期的总体译介量如下表 4.1 所示。翻译类和评介类的文论数量均以第二时期（1928—1937）数量最多，分别占了日本文论总数的 68% 和 56.2%。同时，翻译类文论第一时期与第三时期的数量差距很大，而评介类文论在这两个时期的差距相对较小。

表 4.1　按三个时期统计的日本文论译介篇数

译介年代	翻译类（篇）	评介类（篇）	合计（篇）
1915-1927	103	17	120
1928-1937	268	54	322
1938-1949	23	25	48
合计	394	96	490

但是，如果从文论类别进行统计，则可发现，在翻译类日本文论中，有关文学理论的文论文章篇数最多，共有 155 篇，占到翻译类日本文论总数的 39.3%；其后依次是小说文论 91 篇，诗歌文论 64 篇，文学史论 63 篇和戏剧文论 21 篇。在评介类日本文论中，数量最多的是小说文论，共有 30 篇；其后依次是文学史论 29 篇，文学理论 22 篇，诗歌文论 9 篇，和戏剧文论 6 篇（见表 4.2）。

表 4.2　按文论类别统计的日本文论译介篇数

文论类别	翻译类		评介类		合计	
	文论（篇）	总数百分比（%）	文论（篇）	总数百分比（%）	文论（篇）	总数百分比（%）
小说文论	91	23.1	30	31.2	121	24.7
诗歌文论	64	16.2	9	9.4	73	14.9
戏剧文论	21	5.3	6	6.3	27	5.5
文学理论	155	39.3	22	23	177	36.1
文学史论	63	16	29	30	92	18.7
合计	394	99.9	96	99.9	490	99.9

4.1.2 翻译类日本文论所涉国别和地区的统计与说明

如前所述，在 394 篇翻译类日本文论中，有 222 篇是由日本作者所写的、有关世界各国和地区的文论文章。从下面表 4.3 可见，在这类日本文论中，有关俄苏文论的文章最多，达 68 篇，占到该类文论总数的 30.6%。之后依次为英国、德国、法国、欧美、奥地利、美国、挪威等国家和地区。

表 4.3 翻译类日本文论所涉国别及文论篇数

日本文论所涉国别	文论（篇）	总数百分比（%）
俄苏	71（含复计 3 篇）	30.6
英国	40（含复计 1 篇）	17.6
德国	21（含复计 1 篇）	9
法国	18	8.1
欧美	17	7.7
美国	13（含复计 3 篇）	4.5
挪威	10	4.5
奥地利	11（含复计 1 篇）	4.5
世界	8	3.6
欧洲	3	1.4
英美、印度、希腊、西班牙	8	3.6
犹太、匈牙利、瑞士、捷克、荷兰、波兰、比利时、爱尔兰、东西方、拉丁美洲	10	4.5
国别不详	1	0.4
合计	222	100

表 4.3 所列的数据，清楚地表明我国由日本转译过来的文论文章不仅涵盖了西方诸大国，如俄苏、英、美、法、德等国，共计有 185 篇，而且另有 37 篇涉及欧洲其他一些小国，如《犹太文学与宾斯奇》(千叶龟雄著、厂晶[①]译，《小说月报》，1921 年 7 月第 12 卷 7

① 厂晶即李书诗。

期)、《波兰文学的特性》(千叶龟雄著、海镜[①]译,《小说月报》,1922年7月第13卷7期)、《Bernard De Mandeville》(荷裔英籍诗人伯纳德·曼德维尔，1670—1733)(小泉八云著、韩侍桁译,《语丝》，1929年3月第5卷2期)、《捷克国的新兴文学》(牟娄尧著、陈勺水译,《乐群》，1929年4月1日第1卷4期)、《爱尔兰文学之回顾》(野口米次郎著、鲁迅译,《奔流》，1929年6月20日第2卷2期)、《现代匈牙利文学概观》(本田满津二著、楼适夷译,《青年界》，1932年3月20日第2卷1期)、《战时战后的比利时文学》(堀口大学著、凌坚译,《青年界》，1932年10月20日第2卷3期)、《现代瑞士文学》(新关良三著、楼适夷译,《青年界》，1932年11月20日第2卷4期)、《西班牙剧坛的将星》(厨川白村著、鲁迅译,《小说月报》，1925年1月第16卷1期)、《现在希腊文学概观》(千叶龟雄著、武陵译,《文艺月刊》，1933年12月1日第4卷6期)等。

通过表4.3的数据，我们可以直观地看到，日本作为中国了解世界文坛，尤其是了解西方国家文学动态和文学理论的窗口的重要性。因为正是通过这些翻译文章，我们有机会及时地了解到现代世界各国文坛的状况，从而也充分认识到“日本之桥”在中国现代文学和文学理论发展史上所起到的重要作用。当然，日本文论在中国得到大量译介的其中一个原因，可能与1927年中俄断交有关，加之当时大批有留日经历的中国学人加入了译介日本文学与文论的翻译队伍，从而促使日本成了中国学习西方文论的主要来源之一。

同时，经梳理我们还发现，中国现代文学期刊上最早刊登的、由日本作者所写的文论文章，除了其中一篇是有关日本文学的，其他4篇分别涉及犹太文学、俄苏诗坛、德国戏剧和文学理论（见表4.4）。

---

① 海镜即李书诗。

表 4.4　中国现代文学期刊上最早刊登的日本作者的文论文章

文论类别	翻译类日本作者文论文章
小说文论	《犹太文学与宾斯奇》(千叶龟雄著、厂晶译，《小说月报》，1921 年 7 月第 12 卷 7 期)
诗歌文论	《俄国的诗坛》(白乌省吾著、夏丏尊译，《小说月报》，1921 年 9 月第 12 卷号外)
戏剧文论	《德国表现主义的戏曲》(山岸光宣著、程裕青译，《小说月报》，1921 年 8 月第 12 卷 8 期)
文学理论	厨川白村著、朱希祖译，《文艺的进化》(《新青年》，1919 年 11 月第 6 卷 6 期)
文学史论	《日本文坛之现状》(原作者不详、李达译，《小说月报》，1921 年 4 月第 12 卷 4 期)

而我国作者所写的有关日本本土文学的评介文章则主要涉及日本小说、诗歌、戏剧及日本文坛等（见表 4.5）。

表 4.5　中国现代文学期刊上最早刊登的日本文论评介文章

文论类别	评介类日本文论文章
小说文论	《读武者小路君所作〈一个青年的梦〉》(周作人，《新青年》(《青年杂志》)，1918 年 5 月第 4 卷 5 期)
诗歌文论	《日本的诗歌》(周作人，《小说月报》，1921 年 5 月第 12 卷 5 期)
戏剧文论	《日本戏剧界的最近概观》(叶沉（沈西苓)，《艺术》，1930 年 3 月 16 日第 1 卷 1 期)
文学理论	《〈日本留学生与日本文学〉致胡适》(傅彦长，《新青年》(《青年杂志》)，1919 年 3 月第 6 卷 3 期)
文学史论	《日本文坛最近状况》(晓风，《小说月报》，1921 年 11 月第 12 卷 11 期)

从表 4.4 和表 4.5 可见，上述翻译类和评介类 10 篇文章，仅《小说月报》就发表了 6 篇，由此可见这份刊物在日本文论译介过程中的重要作用，而且，这 6 篇文章均发表于 1921 年。《新青年》杂志虽然只刊登了 3 篇日本文论译介文章，但最早的翻译类和评介类文章则均由它而问世。

4.1.3 日本文论原作者及其文论篇数的统计与说明

根据《汇编》，发表在中国现代文学期刊上的翻译类日本文论的原作者，除了4篇文章的原作者不详外，共有至少143位以上，其中有54位作者写了两篇（含两篇）以上的文章，其余89位作者各写了一篇文章（见下表4.6）。而著述最多的作者也都是中国学界耳熟能详的日本文学界的大家，如小泉八云（1850—1904）、升曙梦（1878—1958）、厨川白村（1880—1923）、冈泽秀虎（1902—1973）、藏原惟人（1902—1991）等等。下面我们将着重对厨川白村等五位最重要的日本文论原作者及其文论在中国现代文学期刊中的译介做一简介。

表4.6　翻译类日本文论原作者及其文论篇数

日本文论原作者	文论/人（篇）	合计（篇）
小泉八云	32	32
厨川白村	27	27
冈泽秀虎	19	19
藏原惟人	16	16
本间久雄	14	14
伊达源一郎	12	12
千叶龟雄	11	11
松村武雄	10	10
升曙梦	9	9
宫森麻太郎　狄原朔太郎	8	16
佐治秀寿　川口浩	7	14
秋田雨雀　鹿地亘	6	12
平林初之辅　鹤见右辅　北春喜八　片冈铁兵　山岸光宣	5	25
片上伸　上田进　有岛武郎　武者小路实笃　宫岛新三郎	4	20

（续表）

日本文论原作者	文论 / 人（篇）	合计（篇）
高冲阳造　黑田辰男　金子筑水　熊泽复六 小山内熏　米川正夫	3	18
山田清三郎　茂森唯士　森山启　立野信之　西川勉 竹友藻风　北春透谷　杉捷夫　外山卯三郎　高山樗牛 菊池宽　中野重治　岛村抱月　伊藤信吉　横川有策 舟木重信　生田春月　石滨知行　中村古峡　态译复六 川路柳虹　藤森成吉　槙木南郎	2	46
1 人写 1 篇者（89 人）	1	89
原作者不详	4	4

* 指文章没有作者署名。由于原作者人数难以确定，故此处只统计总篇数。

4.1.3.1　小泉八云：英国文学的研究者

提起小泉八云，20 世纪三、四十年代中国的文学爱好者恐怕都不会陌生。他的原名是拉夫卡狄欧·赫恩（Lafcadio Hearn），1850 年 6 月 27 日生于希腊伊阿宁群岛（Ionian Islands）的拉夫卡狄欧（Lafcadio），后来他以拉夫卡狄欧作为自己的小名。其父为爱尔兰军医官，母亲为希腊人。1890 年到了日本后，与岛根县松江中学的英语教师小泉节子结婚，后来入日本籍，在东京大学担任英国文学教授，他精通英语、法语、希腊语、西班牙语、拉丁语、希伯来语等。“小泉八云学贯东西，是学者，又是著名的散文作家，既有西方人的严密的理论思维，又有日本人的敏锐的感受和精细的表达……他致力于向日本人做文学启蒙工作，介绍西方文学。明治时代的许多文学家都受到他的影响和教益”（王向远，2001：64~65），厨川白村就出自他的门下。

根据我们收集的数据，小泉八云共有 32 篇文章在当时的中国现代文学期刊上得到译介，其中大部分是有关英国文学研究和文学批评的文章。除前面已经提到的论及多位英国诗人与诗歌的文章外（参见英国文论译介），还有一些连载文章，如 1928 年 7 月至 1928

年8月连载于《语丝》第31~35期的7篇长文《雀鸟在英文诗歌上的地位》(梁指南译)、1929年1月至1929年4月分三期连载于《奔流》的《十九前半世纪英国的小说》(韩侍桁译)、1933年11—12月刊于《新时代》的两篇连载文章《浪漫派文学与古典派文学在风格上的关系》(高云雁译）和1930年1—2月连载于《北新》第4卷1、2期和第4卷3期的《论创作（一至二)》与《论创作（三至五)》(石民译)。而有些文章实际上还出现在他不同的专著和论文集中，如《文学讲义》(惟夫编译，北平联华书店，1931）[①]一书中就有《英国诗歌中的雀鸟》《拜伦》《十九世纪前半英国小说》《英国的歌谣》等章节。在《英国文学研究》(孙席珍译，上海现代书局,1932）中则有《英国的民谣》《英国诗中的鸟》《十九世纪前半的英国小说》等章节。

除此之外，小泉八云也有一些文学批评文章，被不同的译者翻译发表，如《最高底艺术之问题》(韩侍桁译，《北新》，1928年7月第2卷16期)、《文学与民意》(张文亮译，《北新》，1929年4月第3卷7期)、《生活和性格之与文学的关系》(韩侍桁译，《奔流》，1928年7月第1卷2期）和《文学和政见》(杜衡译，《新文艺》，1929年10月第1卷2期)。但是，这些文章也被收入不同的专著和论文集中。如前两篇文章出现在惟夫编译的《文学讲义》之中，而《生活和性格之与文学的关系》先被收入《近代日本文艺论集》(上海北新书局，1929年2月)，后又同样出现在惟夫编译的《文学讲义》中。至于《文学和政见》一文，则被收入《文学入门》(杨开渠译，上海

① 《文学讲义》一书前有编者序及介绍小泉八云生平与创作的文章一篇，后面分生活和性格之与文学的关系、最高艺术的问题、小说之超自然的价值、特殊散文之研究、文章论略、作文之研究、读书之研究、英国的歌谣、英国诗歌中的爱、英国诗歌中的雀鸟、拜伦、十九世纪前半英国小说、十九世纪后半英国小说、英文圣经之文学价值、托尔斯泰的艺术论、托尔斯泰的复活、文学社之弊害与效用、文学与民意、临别赠言等19节。书中，小泉八云不仅将西方，尤其英国文坛的思潮、动态等做了相应的介绍，并同时发表自己的见解与观点，形成自己的文论思想。

现代书局，1930)(此书在1931年12月被上海现代书局重印时易名为《文学十讲》)。

今天，若要谈论小泉八云在中国现代文学界的影响，恐怕要从《东方杂志》1926第23卷18号谈起。在这一期中朱光潜发表了他的长篇论文《小泉八云》，对他作出了这样的评价：

小泉八云（Lafcadio Hearn）值得我们注意，就在他对于人生和文艺，都是一个强烈的热情者。他所倾向的虽然是一种偏而且狭的浪漫主义，他的批评虽不免有时近于野狐禅，可是你读他的书札，他的演讲，他描写日本生活的小品文字，你总得被他的魔力诱惑。你读他以后，别的不说，你对于文学兴趣至少也要加倍浓厚些。他是第一个西方人，能了解东方的人情美。他是最善于教授文学的，能先看透东方学生的心孔，然后把西方文学一点一滴地灌输进去。初学西方文学的人以小泉八云为向导，虽非走正路，却是取捷径。

对小泉八云另有好评的是鲁迅。1929年8月《奔流》第1卷8期刊出了韩侍桁翻译的《十九世纪前期的英国小说》第一篇。鲁迅在这一期的《编校后记》中也写下了一段感想：

这一本校完之后，自己觉得并没有甚么话非说不可。但是，忽然想到，在中国的外人，译经书、子书的是有的，但很少有认真地将现在的文化生活——无论高低，总是文化生活——介绍给世界。有些学者，还要在载籍里竭力寻出食人风俗的证据来。这一层，日本比中国幸福得多了，他们常有外客将日本的好的东西宣扬出去，一面又将外国的好的东西，循循善诱地输运进来。在英文学方面，小泉八云便是其一，他的讲义，是多么简要清楚，为学生们设想。

小泉八云在其著作中提出的一些关于创作和文学等方面的观点，对欠缺理论指引的中国文论界具有相当高的借鉴价值。他将文学主要分为三部分：诗歌、戏剧和小说。他认为“诗是一种特别需要孤独的艺术”，小说则是“生活的镜子”。他从文学创作者自身修养出发，强调“文学必须是道德的，文学特别的是一种道德的修炼。……在这里我指着‘自我修养’的意思，所谓自我修养是指那种在我们心与灵之中的最好最强壮底性质之发展而言”。在他看来，翻译对于文学创作是最有效的前期准备手段。他说：“……你们一定要问，从什么工作下手最好呢？我可以丝毫不疑虑地答道，翻译。翻译是为着创造的一种最好底预备，并且现在的日本是很需要翻译的。而想传布西洋文学的知识只在大学或各学校里是没有用处，想传布的话只有借着翻译。”这样的论调，在之前的中国文坛，是鲜少得以明确或几乎不曾提到的。通过对小泉八云的译介，中国文学界得以了解一种新的、对外来文化、文论的态度和对外来理论的审视视角。

4.1.3.2 冈泽秀虎、升曙梦、藏原惟人：俄苏文论与无产文论的传递者

如果说中国文坛在20世纪中期前对厨川白村、小泉八云等人研究的欧洲文论大感兴趣的话，那么，中国人当时对日本文坛中另一支强大的支流——俄苏文论则给予了更大的热情和关注，参与其中的日本作者包括冈泽秀虎、升曙梦、藏原惟人、秋田雨雀、黑田辰男、熊泽复六等。

据资料显示，俄苏文论在我国的外国文论译介中始终占据最重要的地位。而在日本，对俄苏文论译介最多的文论家当时要数冈泽秀虎、升曙梦和藏原惟人，且这三位文论家主要都是以俄苏文论为自己的研究对象。比如在翻译类期刊文章中我们就收入了冈泽秀虎所写的19篇文章，其中包括《苏俄十年间的文学论研究》(陈雪帆（陈望道）译，《小说月报》，1929年3—9月第20卷3~9期和1930年8月第21卷8期)，这组系列文章分别从不同角度对普罗文学进行了介绍；以及分别载于1931年12月至1936年9月间的6篇关于俄罗斯作家果戈理的文章：《郭哥尔的艺术》(东声译)、《郭果尔的生

活与思想》(两篇，韩侍桁译)、《俄罗斯文学上的郭果尔时代》(两篇，韩侍桁译)、《郭果里的写实主义》(须白石译)，对果戈理进行了比较系统的介绍与评述。但是，林焕平在两年前的《东流》1934 年 8 月创刊号上即已发表了《郭哥里的写实主义》的译文。因此，这两篇文章很可能是重译。事实上，通过查证，冈泽秀虎的“郭果尔的时代”“郭果尔的艺术”和“郭果尔的生活与思想”这三篇文章后来被收入韩侍桁所译的《郭果尔研究》(上海中华书局，1937）中。

此外，冈泽秀虎还著有关于俄苏无产文学的文章 3 篇：《现代的世界左派文坛：最近的俄文坛》(陈勺水译，《乐群》，1929 年 2 月第 1 卷 2 期)、《苏俄普罗文学发达史》(杨浩译，《语丝》，1930 年 1 月第 5 卷 44 期）和《俄国无产阶级文学发达史》(冯雪峰译，《文艺讲座》，1930 年 4 月第 1 期)；以及《关于文学史中的社会学的方法》(汪馥泉译，《现代文学》，1930 年 7 月第 1 卷 1 期)、《杜斯退益夫斯基的方法》(莫孚译，《文学季刊》，1934 年 12 月第 1 卷 4 期）和《果戈理和杜斯退益夫斯基》(陈望道译，《译文》，1935 年 9 月终刊号)。

升曙梦在中国现代文学期刊中的文章并不算多[①]，只有 9 篇，但其中有 7 篇也是关于俄苏文论的，如载于《小说月报》1921 年 9 月第 12 卷号外俄国文学研究专辑的两篇文章《近代俄罗斯文学底主潮》

---

① 从现有资料可以查到，升曙梦从 20 世纪 20 年代到 40 年代至少有 8 部关于俄苏文论的著作被译成汉语，其中包括 1927 年由上海北新书局出版、冯雪峰翻译的 3 部著作——《新俄文学的曙光期》《新俄的无产阶级文学》和《新俄的演剧运动与跳舞》。施蛰存在其“最后一个老朋友——冯雪峰”一文中谈到冯雪峰对苏联文学理论的翻译工作，并这样说道：“他 [冯雪峰] 在 1927 年已在北京北新书局出版了三本介绍苏联文学的书，都是升曙梦著作的译本，我们认为他是当时有系统地介绍苏联文艺的功臣。他的工作，对我们起了相当的影响，使我们开始注意苏联文学”(陈子善、徐如麒，1996：274)。这个例子也从一个侧面证明了升曙梦的文论作品在中国的影响。升曙梦的其他专著还包括《现代俄国文艺思潮》(陈俶达译，上海华通书局，1929)、《现代文学十二讲》(汪馥泉，上海北新书局，1931)、《俄国现代思潮及文学》(许亦非译，上海现代书局，1933)、《高尔基评传》(胡雪译，上海开明书店，1937）和《高尔基的一生和艺术》(西因译，上海杂志公司，1947)。

（陈望道译）和《俄罗斯文学里托尔斯泰底地位》（灵光译）、载于《读书月刊》1931年8月10日第2卷4、5期文学研究专号中的《高尔基论》（凌坚译）、载于《文学批评》1942年9月1日创刊特大号的《杜斯妥夫斯基论》（陈秋子译）等。在《俄罗斯文学里托尔斯泰底地位》一文中，升曙梦对托尔斯泰这位苏俄文学界的泰斗，做了如是介绍：

总之现代文学里托尔斯泰底地位恰像过去的黄金时代底传统主义。所以他在这存在中，已经是传说中的人了。是时代所生的纪念碑。是俄罗斯文坛底伟大的象征（Symbol）。这八十三年的生涯，是暗示着‘短缩的永久’，不然是‘永久之影’。这一点，俄罗斯底托尔斯泰比德意志底哥德（Geothe）法兰西的嚣俄（Hngo），有更深贵的意义。

藏原惟人也是俄苏文论译介与研究的一员大将。俄苏文论，尤其“普罗文学”，即无产阶级文学，是他的主要兴趣所在。他生于东京一知识分子家庭，曾留学苏联，精通俄语和俄苏文学，将大量苏联文学作品和文论著作译成日文。1926年藏原惟人投身于无产阶级文艺运动，参加日本无产阶级文艺联盟。1928年在建立全日本无产者艺术联盟（纳普）的活动中，成为最重要的文艺理论家[①]。他对“普罗”文学的基本观点可归纳如下：（1）在组织上提倡革命文艺团体大联合，建立革命文艺的统一组织；（2）提倡“党的文学”，主张艺术家要“成为真正布尔什维克的共产主义艺术家”；（3）作为一个共产主义作家，“不能采用同无产阶级及其正当的需要完全脱离的题

① 藏原惟人所著的有关俄苏文论的专著和论文集包括《新俄的文艺政策》（冯雪峰译，上海光华书局，1928年9月）、《文艺政策》（藏原惟人与外村史郎共同辑译，鲁迅重译，上海水沫书店，1930年6月）和《新写实主义论文集》（吴之本译，上海现代书局，1930年5月）。此外，藏原惟人的一些文章也被收入其他人编著的论文集中，如《理论与批评（新兴文艺理论）》（高根著，林伯修译，上海前夜书店，1929）收入了藏原惟人的“到普罗列塔利亚写实主义之路”一文；《新兴艺术概论》（青野季吉等著，王集丛译，上海辛垦书店，1930）收入了藏原惟人的“意识形态论”一文；《社会文艺概论》（加藤一夫著，胡行之译，上海乐华图书公司，1934）收入了藏原惟人的“理论底三四个问题”一文。

材”，而提倡“主题的积极性”。他认为“必须用无产阶级先锋的‘眼睛’观察世界，描写世界”。在创作方法上，提出“无产阶级现实主义”，后改为“辩正唯物论的创作方法”。

根据资料，在藏原惟人16篇翻译类文章中，除了涉及俄苏作家作品论、俄文坛状况等文章外，有7篇专门讨论无产阶级文学和新兴文学艺术，如《到新写实主义之路》(林伯修译，《太阳月刊》，1928年7月第7期)、《普罗列塔利亚艺术底内容与形式》(林伯修译，《海风周报》，1929年3月第10~11期)、《向新的艺术形式探求去——关于无产艺术的目前的问题》(陈勺水译，《乐群》，1929年12月1日第2卷12期；但该文疑有葛莫美的重译文《新艺术形式的探求》，刊于《新文艺》1929年12月15日第1卷4期)、《再论新写实主义》(之本译，《拓荒者》，1930年1月10日第1期)、《关于艺术作品的评价》(之本译，《拓荒者》，1930年5月第4、5期)、《新兴艺术论的文献》(不文译，《语丝》，1929年6月第5卷15期)、《俄罗斯文学之最顶点的要素》(方炎武译，《北新》，1929年9月第3卷17期)。在这些文章中，《再论新写实主义》《关于艺术作品的评价》和《普罗列塔利亚艺术的内容和形式》这几篇后被收入藏原惟人的《新写实主义论文集》(吴之本译，上海现代书局，1930年5月)。

众所周知，始于20世纪20年代的无产阶级文艺思潮，首先起源于苏联，然后是日本。但中国对无产阶级文艺理论的了解和学习则主要依赖于对日本无产文论的译介。从很大程度上，日本文坛是我国在上个世纪二、三十年代接受俄苏文论，尤其是无产阶级文艺理论的中转站；当然与此同时，我们也一并译入了日本的无产阶级文艺理论，恰如胡秋原在《日本无产文学之过去与现在》(《语丝》，1929年11月第5卷34期）中所说：“中国近年来汹涌澎湃的革命文学潮流，其源流并不是来自北方的俄国而是‘同文’的日本”。当时处于理论储备不够充足状态下的中国新文学，显然是需要通过翻译与交往，来帮助建构中国的无产阶级文学及其理论框架。

根据王向远的研究，“藏原惟人对中国左翼‘革命文学’影响最大的理论，首先是他提出的‘普罗列塔利亚现实主义’(又可译为‘无产阶级现实主义’）的所谓‘创作方法’”(2001：77)。在藏原的《到新写实主义之路》一文中，他将近代的写实主义分为三种：(1) 布尔乔亚写实主义；(2) 小布尔乔亚写实主义；(3) 普罗列塔利亚写实主义；并通过对文学思潮流变的分析，指出写实主义才是无产阶级文学的发展方向。藏原认为，普罗列塔利亚写实主义与前两种写实主义不同。首先，要求作家获得明确的阶级观点；其次，要用严格的写实主义态度去描写。他说：“普罗列塔利亚作家对于现实的态度必须是极客观的，现实的。他必须离去一切主观的构成而观察现实，把他描写出来。而在这意味上他必须是写实者，并作为站在正在抬头着的阶级的立场上，唯他能算得是在现实的写实主义的唯一的继承者。”“普罗列塔利亚作家必须获得比什么都要先的明确的阶级底观点。”藏原的这篇文章“对当时中国正蓬勃兴起的无产阶级文学运动不无借鉴意义”，“中国一些左翼批评家也开始有意识地运用藏原的写实主义理论来批评和指导文学创作”（王志松，2007：113~114)。

当时中国文坛无产阶级文论的缺失为发达的苏俄与日本无产阶级文学得以传入中国提供了契机；高涨的译介热情，不仅满足了中国左翼文学家获取理论支持的需求，也满足了当时中国整体上的新文学构建的需求。尽管当今的学术界对当时俄、日无产阶级文论的译介对中国左翼文艺理论的形成和左翼文学运动的发展所产生的影响还在加以深入探讨（王志松，2007：113~134；张福贵，2003：42)，但是，译介所带来的影响，无论是积极的还是消极的，毕竟都产生了，而且已经成为中国现代文学史上浓墨重彩的一笔。

4.1.3.3　厨川白村：对中国现代文论影响最大的日本文论家

“要说厨川白村是对中国现代文艺理论影响最大的日本文艺理论家，恐怕是没有什么异议的。”（王向远，1998a：39）这位活跃在日本大正文坛上的文艺思想家和文艺批评家，风靡了20世纪二、三十年代的中国文坛，并对中国现代文学理论的发展产生了不可磨灭的影响。

厨川白村1904年毕业于东京帝国大学英文科，历任第五、第三高等学校教授，后任京都帝国大学文学部助教。任教期间，厨川白村曾取得文部省公费留学的资格而到美国留学。在此期间，他发现，美国的文艺研究非常重视实践活动，文艺不仅不脱离社会，而且作家在直接反映社会现实的同时，也拿起了文学批评的武器，直接抨击现实社会的弊端。美国文艺的这一特点，给了厨川白村以深刻的影响。在痛苦的彷徨与深刻的思考之后，厨川白村完成了他文艺思想的一个重大转变：“从此，他的笔触伸向了社会，他由一个文艺思想家、翻译家而转向了社会文明批评家，以一副崭新的面孔出现在日本的文坛上。”（王文宏，2002：128）

在期刊条目中，我们共收录厨川白村27篇文论文章。根据《汇编》，《新青年》1919年11月第6卷6期上刊登的《文艺的进化》（朱希祖译）应该是厨川白村在中国现代文学期刊中最早的被翻译文章。其余的则包括16篇连载文章《文艺思潮论》（樊仲云译，《文学周报》，1923年12月—1924年3月第102~115期，和1924年4—5月第119~120期）；3篇连载文章《文艺创作论》（樊仲云译，《文学周报》，1924年6、7、9月第128、129、138期）；以及《病的性欲与文学》《论劳动文学》和《文艺与性欲》（樊仲云译，《小说月报》，1925年5—7月第16卷5~7期）。其他还包括《西班牙剧坛的将星》（鲁迅译，《小说月报》，1925年1月第16卷1期）、《东西之自然诗观》（鲁迅译，《莽原》，1926 年 1 月第 2 期)、《杰克伦敦的小说》(刘大杰译，《北新》，1930 年 1 月第 4 卷 1、2 期）和《美国的厌诗诗派》(东声译，《文艺月刊》，1933 年 12 月 4 卷 6 期)。

但一个有趣的现象是，厨川白村的文艺理论在日本并不受重视，反而是在中国，他的影响超过了日本任何一位著名的理论家、批评家（王向远，1998a：39）。厨川白村的文章往往先在文学期刊上刊印，尔后由出版社结集出版。如《文艺创作论》是厨川白村《苦闷的象征》(鲁迅译，北京新潮社，1924）中的第一章[①]。《文艺与性欲》《东西的自然诗观》《西班牙文坛的将星》后来被收入《走向十字街头》(夏绿蕉、刘大杰译，上海启智书局，1928）。《杰克伦敦的小说》一文则被收入《欧美文学评论》(夏绿蕉译，上海大东书局，1931)[②]。《文艺思潮论》(樊从予[③]译）由上海商务印书馆在 1924 年出版。书中对西方文艺思潮的起源、发展及现时代的新兴文艺思潮的论述，对各代著名作家的典型作品的评介，对文艺思潮与宗教关系的讨论，“特别是对异教思潮的‘肉的、本能的’、‘人间本位’、‘个人的自觉’等特征的分析，对中国‘五四’时期兴起的‘人的文学’起到了推动作用”（黄德志，2000：45）。在《文艺思潮论》中，厨川白村也努力把哲学思想、宗教思想、文学思想和文学创作的思想倾向结合起来，从整体上考察欧洲文艺思潮的历史演变，注意到思潮的阶段性发展现象，强调了文艺发展的有机联系和自身包含的矛盾运动；他所采用的“理趣与情景相结合的方法”具有一定程度的辩证的科学因素。而这些都是当时的中国文学理论所缺少但又渴求的元素。

---

① 《苦闷的象征》另有丰子恺译本，1925 年由上海商务印书馆刊印。

② 厨川白村在中国出版的其他文艺论著还包括《近代文学十讲》(罗迪先译，上海学术研究会总会，1921)、《出了象牙之塔》(鲁迅译，北京未名社，1925)、《近代日本文艺论集》(韩侍桁译，上海北新书局，1929)、《女性与文学》(辉群译，上海启智书局，1934)、《新艺术论》(夏绿蕉、刘大杰译，上海水沫书店 ，1929）和《东西文学评论》(刘大杰译，上海中华书局 ，1934)。

③ 樊从予即樊仲云。

不难看到，中国现代文论构建之初，厨川白村的著作在很大程度上满足了“五四”之后中国文坛对于理论系统性的需求，吻合了当时中国文论探索道路上的大氛围。

通过对厨川白村文艺论著的译介，很多中国作家、文评家初步了解到西方近代文艺思潮的特征及其发展、演变过程，认识了文艺的发生、起源、本质等根本问题。厨川白村融创造性、系统性、哲学性于一体的文艺理论，对于当时重视文艺观念革新、想用新的理论观念去淘汰传统而陈旧的文论观念的文艺青年来说，就如同甘露一般，为他们提供了全新的视角；对于当时处于摸索迷茫时期的中国文坛，无疑也是一场及时雨，滋润了干涸的理论土壤。

最后，那些译介厨川白村的文艺理论的译者身份对厨川白村在中国的接受也起到了不可小觑的作用。这些译者原本已是当时中国文坛的主将，他们在中国社会的地位本来就不一般；他们试图以厨川白村理论中的合理成分，来匡正“五四”现实主义文学的发展道路。虽然他们的翻译选材一定程度上受到了当时社会环境的影响，但另一方面却在满足了社会渴求之后，反过来对中国社会产生一定的导向作用。资料显示，当时热衷于厨川白村著作翻译的译者，不仅有鲁迅，还有刘大杰、丰子恺，甚至包括被后人视为“汉奸文人”的樊仲云和所谓“第三种人”的韩侍桁等。正是由于这些知名译者的出力和推崇，厨川白村的理论在现代中国的传播和接受才变得更加广泛而深入，从而为广大徘徊在苦闷与疑惑中的文学青年和文学家们提供了新的思维空间和创作空间，引导着现代作家朝着新的方向前行。在郭沫若、田汉、臧克家、胡风、徐懋庸等人的创作和文艺观上，我们都可以发现《苦闷的象征》对他们产生的影响（黄德志，2008：80~81）。总之，特殊的历史条件和名家译者的大力推崇，为厨川文论在中国的接受奠定了坚实的基础，也使厨川文论在中国的译介成为中日文学交流史上一个有趣的现象。

4.1.4 日本文论译介者及其文论篇数的统计与说明

根据《汇编》，除去译者不详的文章，我国在1915—1949年间共有至少132位译者参与了日本文论的翻译（见下表4.7）。其中翻译篇数最多的包括樊仲云、韩侍桁、陈勺水、鲁迅等。如果说樊仲云所翻译的主要是理论性的系列连载文章，其中包括松村武雄的《研究资料——精神分析学与文艺》（分10篇连载于《文学周报》1922年12月—1923年4月第57~71期）、厨川白村的《文艺思潮论》（分16篇连载于《文学周报》1923年12月—1924年5月第102~120期）以及厨川白村的《文艺创作论》（3篇连载于1924年6月、7月和9月的《文学周报》），那么，鲁迅所翻译的文章则涉及面很广，既有不同的日本原作者所写的论及不同国家（如俄国、法国、西班牙、爱尔兰、丹麦、德国等）与文学体裁（如小说、戏剧、诗歌）的作家作品论，也有系列连载文章，如千叶龟雄的《一九二八年世界文艺界概观》（分7篇连载于《朝花》1928年12月13日—1929年1月24日第2期~8期），同时也有有关文学理论与批评的文章，如金子筑水的《新时代与文艺》（《莽原》，1925年7月第14期）、山岸光宣的《表现主义的诸相》（《朝花》（旬刊），1929年6月21日第1卷3期）、本庄可宗的《艺术与哲学，伦理》（《文艺讲座》，1930年4月10日第1期）等。

表4.7 日本文论翻译者及其所译文论篇数

译者	文论/人（篇）	合计（篇）
樊仲云	37	37
韩侍桁	27	27
陈勺水	26	26
鲁迅	25	25
赵光荣	12	12
汪馥泉	11	11

（续表）

译者	文论 / 人（篇）	合计（篇）
孙俍工　章锡琛	9	18
李书诗（海镜、长晶）谢六逸　高明　谢声	7	28
梁指南　陈雪帆　张资平	6	18
林焕平　楼适夷	5	10
冯雪峰　林伯修　金若溟　岂哉　石民	4	20
李达　钱歌川　穆木天　查士骥　周学谱　周建侯　陈望道　杨骚　不文　雨田　龚漱沧　里正	3	39
胡秋原　欧阳予倩　梁蕙　方炎武　田汉　魏晋　之本　冯宪章　高之雁　毛一波　陶铁梅　张我军　魏猛克　凌坚　古巴	2	30
1 人 1 篇（82 人）	1	82
译者不详 *	11	11

* 指文章没有译者署名，由于译者人数难以确定，故此处只统计总篇数。

韩侍桁（1908—1987，笔名东声）译自日语的文章共有 27 篇，主要译自小泉八云、冈泽秀虎、高山樗牛和杉捷夫等人，内容主要涉及英国和俄国的诗人、小说家，以及诗论文章和文学理论文章。比如他在《语丝》杂志上翻译了小泉八云多篇文章，向国内读者介绍了英国多位诗人和小说家，如英国诗人克里斯多佛·司马特、威廉·布莱克、托马斯·洛维耳·贝多斯，以及英国小说家托马斯·洛·皮科克、威廉·贝克福德等，以及小泉八云的演讲稿《十九前半世纪英国的小说》，分三期连载于《奔流》杂志 1929 年 1 月、3 月和 4 月第 1 卷 8~10 期上（参见英国文论译介）。韩侍桁所翻译的有关俄苏小说的文章主要有译自冈泽秀虎的 5 篇：《郭哥尔的艺术》《郭果尔的生活与思想》(两篇连载）和《俄罗斯文学上的郭果尔时代》(两篇连载)；以及论述托尔斯泰的文章《小泉八云论托尔斯太》，发表在《奔流》1928 年 12 月 30 日第 1 卷 7 期上（参见俄苏文论译介）。

除此之外，韩侍桁还翻译了一些诗论文章，如北村透谷的《万物之生与诗人》(《语丝》，1928 年 2 月第 4 卷 8 期）和《厌世诗人与女性》(《语丝》，1928 年 4 月第 4 卷 14 期)、高山樗牛的《诗人与批评家》(《北新》，1928 年 8 月第 2 卷 19 期）和厨川白村的《美国的厌世诗派》(《文艺月刊》，1933 年 12 月 1 日第 4 卷 6 期)。而他所翻译的有关文学理论与批评方面的文章，主要有高山樗牛的《文学与人生》(《语丝》，1928 年 4 月第 4 卷 16 期)、林癸未夫的《文学上之个人性与阶级性》(《语丝》，1928 年 7 月第 4 卷 29 期)、小泉八云的《最高底艺术之问题》(《北新》，1928 年 7 月第 2 卷 16 期）和《生活和性格之与文学的关系》(《奔流》，1928 年 7 月 20 日第 1 卷 2 期)、片上伸的《都会生活与现代文学》(《北新》,1928 年 9 月第 2 卷 20 期),以及杉捷夫的《关于斯台尔夫人的〈文学论〉》，两篇连载于《文艺月刊》1931 年 8—9 月第 2 卷 8~9 期。

与韩侍桁有所不同的是，陈勺水（1886—1960）更注重对当时世界各国文坛现状、“无产文学”或曰“新兴文学”的译介。他原名陈启修，又名陈豹隐。从他所翻译的 26 篇文章篇目，我们几乎可以看见一个世界范围的文学缩略图，比如他根据六位不同的日本作者，翻译了一组题为《现代世界诗坛》的 6 篇系列文章：《乐群》(月刊）1929 年 1 月 1 日第 1 卷 1 期上先有 4 篇——外山卯三郎的《现代的欧美诗坛》、北川冬彦译自伯讷尔福爱的《现代的法国诗坛》、佐藤一英的《现代的日本有产诗坛》和西川免的《日本的无产诗坛》；另两篇分别是上野壮夫著的《论无产诗》(《乐群》，1929 年 2 月 1 日第 1 卷 2 期）和春山行夫著的《近代象征诗的源流》(《乐群》，1929 年 4 月 1 日第 1 卷 4 期)。

然而，根据日本作者芦田肇在其文章《陈启修在东京的文学活动——关于他的诗论、文学评论和文学作品的翻译、“新写实主义”论等》(2007：10）中所指出的，如果说陈勺水译自日本作者西川免的《日本的无产诗坛》是“全面性地介绍日本无产派之诗坛的现况”，那么，上野壮夫著的《论无产诗》则是“简明地叙述并评价了当时在日本、中国不断兴起的无产派诗，其表现内容、表现形式、叙事性倾向、历史地位。”芦田肇还分析说，陈勺水译自春山行夫的《近代象征诗的源流》一文，“与其说是介绍日本诗坛的现况，不如说是‘诗论’”，因为这篇文章是日本《诗と诗论》杂志的主要评论员兼诗人春山行夫“以他独特的‘诗论’为根基，对佐藤一英、萩原朔太郎等日本象征主义诗进行批评的文章，全文气势磅礴而晦涩难懂。”不过，“陈启修没有译全文”。

陈勺水翻译的另一组4篇系列文章题为《现代的世界左派文坛》，其中包括《乐群》1929年2月1日第1卷2期上刊载的天青三郎的《现代世界左派文坛既成大家》和冈泽秀虎的《最近的俄文坛》，以及《乐群》1929年3月1日第1卷3期上刊登的匈牙利作者麻搓著、藏原惟人日译的《现代欧洲的无产作者》和山青田三郎的《最近的日本无产作者》4篇。这些文章主要“介绍了俄国、欧洲和日本的无产阶级文学、无产阶级文学家”，尤其冈泽秀虎的《最近的俄文坛》一文，主要从理论方面，介绍了最近十年来苏联不同文学团体之间的斗争、以及与党的文艺政策的关系等。（芦田肇，2007：16）

《乐群》杂志1929年7月1日第1卷7期上还有陈勺水翻译的《论现代美俄二国文化和日本新文学》系列文章3篇——新居格的《两种唯物文学和他的母胎》、千叶龟雄的《机器成熟时代的艺术和反抗意识文学》和平林辅之助的《美国文学和俄国文学》。在《乐群》1929年9月1日第2卷9期上他还发表了题为《由日本文坛看来得欧美文坛的优点》系列译文，共5篇，向国内介绍了英国、俄国、德国、法国的文坛现状——本间久雄的《英国文坛的渐进主义》、舟桥雄的《英国文坛最近的诸倾向》、藏原惟人《俄文坛的最顶尖的要素》、村山知义《德国的最新诸艺术》和武林无想庵的《法国的科学文明》。

陈勺水译自日本其他作者的文章也都涉及国别文学史，其中包括宫岛资三郎的《英国新兴文学概观》和牟娄尧的《捷克国的新兴文学》(《乐群》，1929年4月1日第1卷4期)、山岸光宣的《德国新兴文学》(《乐群》，1929年8月1日第2卷8期)，和《乐群》1929年7月1日第1卷7期上的《现代美国文学概观》两篇连载文章——吉田甲子太郎的《美国文学的诞生 》和高垣松雄的《现代美国的新兴文学》。此外，有些文章如他重译自高尔基著、松田伊之介译的《论无产作家》(《乐群》，1929年1月1日第1卷1期)、《论日本无产文学理论的开展》(青野季吉著，《乐群》，1929年9月1日第2卷9期）和《向新艺术形式的探求去——关于无产艺术的目前的问题》(藏原惟人著，《乐群》，1929年12月1日第2卷12期)，也都是围绕无产文学这一主题。

评介类日本文论共有96篇文章，有关作者与文论篇数统计如下。

表4.8　日本文论评介者及其所写文论篇数

评介者	文论/人（篇）	合计（篇）
周作人	9	9
尤炳圻	8	8
张香山	6	6
谢六逸	5	5
傅仲涛　夏衍　楼适夷　崔万秋	3	12
陈琳　林焕平　华蒂（叶以群）钱杏邨　鹤君　查士元	2	12
1人1篇（43人）	1	43
作者不详	1	1

值得注意的是，评介类日本文论虽然数量不多，但同样涉及了小说、诗歌、戏剧文论，以及文学史论和文学批评理论等主要文论类别。

从上面表 4.7、表 4.8 的翻译者和评介者名字可以发现，其中参与译介的不少人都是现代中国著名的作家、诗人、戏剧家、翻译家、文艺理论家、文学史学家，他们或著或译，或著译兼顾，因而在中国现代文学史上留下了芳名，而且他们都有留学日本的经历，如鲁迅（1881—1936）、周作人（1885—1967）、夏丏尊（1886—1946）、欧阳予倩（1889—1962）、谢六逸（1898—1945）、陈望道（1891—1977）、孙俍工（1894—1962）、田汉（1898—1968）、夏衍（1900—1995）、汪馥泉（1900—1959）、穆木天（1900—1971）、楼适夷（1905—2001）、叶以群（1911—1966）等等。可以说，他们是日本文论最早的解读者和最重要的译介者，正是通过他们，中国人的文学视野才拓展到了欧美，乃至世界其他各国和地区，使更多的中国学人开始了解并学习域外文学及其理论。如前所述，不仅本间久雄所著的《欧洲近代文艺思潮论》一书对徐懋庸和李何林产生了影响，就是鲁迅的《摩罗诗力说》（1926），据北冈正文考证，几乎全部来源于日本人的著译（转引自王锦厚，1996：101）。

总之，通过上述表格与数据的说明，我们可以清楚地看到日本文论在中国的广泛译介，而且通过日本这样一个中国现代文学理论发展过程中不可或缺的桥梁和窗口，我们在更大程度上，以更加便捷的方式，学习了众多西方文学理论、更大范围内受到了西方文论的影响。当然，日本本土文学及文论在中国现代文学、文论的前进历程中也有举足轻重的意义。下面我们将通过数据和实例，系统地描述日本文论在中国现代文学期刊中的译介状况。

4.2　日本文论译介的具体描述

下面将按照翻译类和评介类小说文论、诗歌文论、戏剧文论、文学理论和文学史论，逐一描述日本文论在现代中国的译介情况。此外，还将对日本文论最重要的原作者及其著述在中国的译介进行个案描述。

4.2.1 日本小说文论译介

在翻译类日本文论中，小说文论占91篇，其中16篇是围绕各种主题的小说专论文章，比如菊池宽著、古巴译的两篇连载文章《主题小说论》(《新时代》,1937年1月—2月第7卷1~2期（复刊号））；夏目漱石著、K.C译《两种的小说》(《金屋》，1930年6月第1卷9、10期合刊)；鹤见右辅著、岂哉译的4篇连载文章《传记的意义》(《宇宙风》,1937年11—12月第51~54期)；关于报告文学的3篇文章——川口浩著、沈端先（夏衍）译的《报告文学论》(《北斗》，1932年1月第2卷1期特大号）及山田清三郎著的两篇文章《通信员运动与报告文学》(里正译，《文艺月报》,1933年6月第1卷创刊号）和《关于报告文学》(菡亭译，《东流》，1936年11月第3卷2期)。除此之外，还有6篇文章从不同方面论述小说批评与理论，其中包括西胁顺三郎著、高明译的《二十世纪小说之态度》(《文饭小品》，1935年7月第6期)、芥川龙之介著、訒生译的《小说作法十则》(《小说月报》，1921年9月第12卷9期)、小泉八云著、石民译的《小说中神异事物之价值》(《语丝》,1928年12月第4卷51期)、平林初之辅著、钱歌川译的《商品化的近代小说》(《北新》,1930年8月第4卷16期)、藏原惟人著、林伯修译的《到新写实主义之路》(《太阳月刊》，1928年7月第7期)，以及小林多喜二著、叶文律译的《墙头小说与“短”的短篇小说》(《东流》，1936年11月第3卷2期)。

其余75篇翻译类日本小说文论分别涉及不同国家和地区，如表4.9所示。

表 4.9　翻译类日本小说文论所涉国别、地区及文论篇数

文论所涉国别	文论 / 国（篇）	合计（篇）
俄国	33	33
日本、英国	12	24
法国	6	6
美国、挪威	2	4
印度	2（含复计 1 篇）	2
荷兰、西班牙、希腊	1	3
世界	2	2
犹太	1	1
国别不详	1	1
无国别小说文论	16	16

从表 4.9 可见，由日文转译的、有关俄苏小说文论的文章篇数最多，共 33 篇，其中最重要的是论述高尔基的文章 12 篇，论述果戈里的 9 篇，论述陀思妥耶夫斯基的 5 篇（含复计 1 篇），以及论述托尔斯泰的 3 篇。其他还有论述无产作家、法捷耶夫、绥蒙诺夫、俄国童话和阿乌登珂的文章各 1 篇。

在有关高尔基的 12 篇文章中，主要可见熊泽复六、升曙梦、秋田雨雀等人的文章，如《东流》杂志 1936 年 11 月第 3 卷 2 期上刊登了熊泽复六写的两篇文章——《高尔基创作中的浪漫主义》(梁蕙译)、《高尔基创作中的现实主义》(译者不详)，以及《文学月报》1940 年 6 月 15 日第 1 卷 6 期上的《高尔基的人道主义》(林焕平译)。升曙梦也有 3 篇文章被译成汉语——《最近之高尔基》(李可译，《小说月报》，1928 年 8 月第 19 卷 8 期)、《高尔基访问记》(高明译，《读书月刊》，1931 年 4 月 10 日第 2 卷 1 期，我的读书经验专号）和《高尔基论》(凌坚译，《读书月刊》，1931 年 8 月 10 日第 2 卷 4、5 期，文学研究专号)。秋田雨雀的两篇文章是《高尔基在苏联的地位》(楼适夷译，《现代文学》，1930 年 10 月 16 日第 1 卷 4 期）和《高尔基

之死》(雨田译,《译文》, 1936年7月, 新1卷5期, 高尔基逝世纪念特辑)。其他文章还有川口浩著、XY生译的《高尔基底普罗作家论》(《大江》, 1928年10月15日创刊号）和藤森成吉著、春卷译的《《高尔基与郭沫若》(《新时代》, 1937年3月1日第7卷3期(复刊号·3月号)）等。

而论述果戈里的文章主要出自冈泽秀虎，译者主要为韩侍桁。同时，在统计中发现，冈泽秀虎的《郭哥里的写实主义》一文曾被林焕平翻译后发表于《东流》杂志1934年8月创刊号上，但1936年9月1日第9卷3期的《文艺月刊》上刊登了同名文章，译者是须白石。

至于陀思妥耶夫斯基，共有5篇文章被译成汉语，它们是：冈泽秀虎著、莫孚译《杜斯退益夫斯基的方法》(《文学季刊》, 1934年12月第1卷4期)、米川正夫著、魏晋译的《妥斯退益夫斯基在俄罗斯文学上的地位》(《东流》, 1935年2月第1卷3、4期)、升曙梦著、陈秋子译的《杜斯妥夫斯基论》(《文学批评》, 1942年9月1日，创刊特大号)，以及徐村吉太郎著、曼之译的《从哥郭里到妥斯退益夫斯基》(《东流》, 1934年8月，创刊号）和冈泽秀虎著、陈望道译的《果戈理和杜斯退益夫斯基》(《译文》, 1935年9月，终刊号)。

从日文转译的不仅有关于托尔斯泰的3篇文章：升曙梦著、灵光译的《俄罗斯文学里托尔斯泰底地位》(《小说月报》, 1921年9月第12卷号外)、宫岛新三郎著、樊仲云译的《太戈尔和托尔斯泰》(《小说月报》, 1923年9月第14卷9期太戈尔号（上))，及《小泉八云论托尔斯太》(韩侍桁译,《奔流》, 1928年12月30日第1卷7期）而且还有一篇高尔基著、松田伊之介日译，后又被陈勺水重译的《论无产作家》一文，刊于1929年1月1日《乐群》第1卷1期。

译自日本作者的、有关英国小说文论的文章有12篇，其中分别有佐治秀寿所著的7篇连载文章《英国小说史》(谢声译,《乐群》,

1928年10月15日第2期—1929年7月1日第1卷7期）和小泉八云著的5篇文章，其中3篇是韩侍桁根据小泉八云的演讲而翻译的3篇连载文章《十九前半世纪英国的小说》(《奔流》1929年1月30日第1卷8期；1929年3—4月第1卷9~10期)；另两篇是小泉八云介绍英国小说家威廉·贝克福德和英国讽刺小说家、诗人托马斯·皮科克。

日本作者对法国小说共有6篇译介文章，其中有一篇是山田九郎著、汪馥泉译的《法国小说发达史》(《文艺月刊》，1933年4月1日第3卷10期)；另5篇主要写纪德和罗曼·罗兰两位作家。关于纪德的文章有3篇：高冲阳造著、周学普译的《安德列·纪德的路》(《作家》，1936年5月第1卷2号)、川口笃著、马鸣尘译的《纪德论》(《文艺》，1935年6月第1卷4期)、新庄嘉章著、云译的《纪德的小说论》(《鲁迅风》，1939年9月第19期)；关于罗曼·罗兰的文章有2篇：刺外西原著、沈泽民译的《罗曼·罗兰》(《小说月报》，1924年4月第15卷号外)、中泽临川、生田长江著、鲁迅译的《罗兰的真勇主义》(《莽原》，1926年4月第7、8期)。

涉及其他国家和地区的小说文论也是以论述作家、作品为主，那些文章分别涉及了美国作家杰克·伦敦和辛克莱·刘易斯、印度诗人泰戈尔、挪威戏剧家和小说家汉姆生（Knut Hamsum，1859—1952、荷兰裔英籍哲学家和讽刺作家伯纳德·曼德维尔（Bernard De Mandeville，1670—1733）、犹太文学家宾斯奇，以及西班牙小说《堂·吉诃德》等。

在这些翻译类日本小说文论中，日本作者所写的关于日本本土小说的文章仅有12篇，占总数的13%；而且，这些文章所涉及的日本小说家及其作品也远不如所涉及的俄苏和英美小说文论那么丰富。经梳理发现，这些日本本土小说文论仅涉及位数不多的作家，如白桦派代表作家武者小路实笃（1885—1976）、日本大正时代小说家芥川龙之介（1892—1927）、新感觉派作家十一谷义三郎和草野心平，以及后来成为日本右翼文人的林房雄（1903—1975）。相关文章分别是：夏丏尊编译的《武者小路实笃氏的话》（原作者不详，《文学周报》，1926年8月第236期）、永里德太郎著、黎烈文译的《芥川龙之介氏与河童》（《文学周报》，1928年7月第323期）、川端康成著、高明译《纪念十一谷义三郎（短论）》（《中国文艺》，1937年5月第1卷1期，以及《风雨谈》杂志上所载两篇——伊藤信吉著、雷真原译的《草也心平论》（草野心平）（1943年11月第7期）和伊藤信吉著、路易士译《林房雄论》（1944年3月第10期）。此外，日本作者所写的关于日本童话的文章也有两篇被译成汉语，它们是由槙木南郎所著的《最近日本童话界》（译者不详，《今代文艺》，1936年8月第1卷2期）和《日本童话界之现状》（胡明树译，《文艺科学》，1937年4月创刊号）。

不过，几篇有关日本无产作家的文章似乎更值一提，比如青田三郎著、陈勺水译的《现代的世界左派文坛：最近的日本无产作家》（《乐群》，1929年3月1日第1卷3期）、立野信之、鲁至道译的《农民小说论》（日本《普罗艺术教程》第二卷摘录）（《乐群》，1930年3月1日第3卷13期）、石滨知行著、胡行之译的《日本无产阶级作家作品论》（《北新》，1930年3月第4卷6期）、青野季吉著、洁白译的《日本国际笔会与左翼作家》（《东方文艺》，1936年5月第1卷2期普式庚特辑）等。从这些文章，我们可以领略到源于苏联、传入日本，而后引入中国的“拉普”“纳普”和无产阶级文学的发展脉络。其他译自日文的有关无产作家的文章还包括《乐群》月刊上连载的陈勺水另两篇译文——《现代的世界左派文坛：现代世界左派文坛即成大家》（天青三郎著，1929年2月1日第1卷2期）和《现代的世界左派文坛：现代欧洲的无产作家》（匈牙利麻搓著、藏原惟人日译，1929年3月1日第1卷3期）。

上面的描述清楚地表明，我国当时从日文翻译过来的小说文论，只有一小部分是关涉日本本土小说的文论，其他绝大部分都是指涉欧美和世界其他国家的小说文论。而真正对日本本土小说进行评介或研究的文章，其实只存在于评介类日本小说文论中，而且数量也不大，只有 30 篇，其中又以作家作品论居多，涉及的日本小说家主要有武者小路实笃、国木田独步（1871—1908）、藤森成吉（1892—1977）、菊池宽（1888—1948）、芥川赏等。而被评介较多的作家主要有岛崎藤村（1872—1943）、小林多喜二（1903—1933）和芥川龙之介。以岛崎藤村为例，评介他的文章有 4 篇，其中两篇是周作人写的，而且文章题目相同，均为《岛崎藤村先生》，分别发表在《艺文杂志》1943 年 10 月 1 日第 1 卷 4 期和《风雨谈》1943 年 11 月第 7 期；另两篇一为查士元所作，题为《岛崎藤村和他的〈新生〉》(《新月》，1929 年 2 月 10 日第 1 卷 12 期)，另一为艺文杂志社编辑，题为《追悼岛崎藤村先生》，刊于《艺文杂志》1943 年 9 月 1 日第 1 卷 3 期。

对芥川龙之介其人其作的介绍文章有 4 篇，包括徐祖正的《芥川龙之介之死》(《语丝》，1927 年 8 月第 144 期)、郑伯奇的《芥川龙之介与有岛武郎》(《洪水》，1927 年 9 月第 3 卷 34 期）和《小说月报》1927 年 9 月第 18 卷 9 期上的两篇文章：《介绍〈芥川龙之介集〉》(作者不详）和郑心南的《芥川龙之介》。

至于小林多喜二，有王任权和若沁二人以相同题目《小林多喜二的〈蟹工船〉》的文章两篇，分别发表于 1930 年 1 月 15 日第 3 卷 4 期《现代小说》的《五一特刊》和 1930 年 1 月 10 日第 1 期《拓荒者》上；夏衍则撰文评介《小林多喜二的〈一九二八年三月十五日〉》(《拓荒者》，1930 年 2 月 10 日第 2 期）。同时，还有 3 篇文章专门谈论了日本的女作家——崔万秋的《日本近代两大女作家》(《真美善》，1929 年 5 月第 4 卷 1 号)、陈琳的《日本文学史上的女作家》(《文艺月刊》，1937 年 7 月 1 日第 11 卷 1 期)、雷真原的《日本女作家群像》(《风雨谈》，1943 年 7 月 25 日第 4 期)。

除了上面这些作家作品论外，评介类文论中还有对日本小说史的论述，如张香山著的《目前的日本历史小说》(《作家》，1936 年 7 月第 1 卷 4 号)、尤炳圻的《日本的近世小说》(《艺文杂志》，1944 年 8 月 1 日第 2 卷 7、8 期)；其他还包括谢六逸的《新感觉派》(《现代文学评论》，1931 年 4 月 10 日第 1 卷 1 期)、沈绮雨的《所谓新感觉派者（批评与介绍)》(《北斗》，1931 年 12 月第 1 卷 4 期)；及傅仲涛对日本小品文的评介文章两篇——《日本小品及随笔底一斑》(《宇宙风》,1937 年 4 月第 38 期)、《日本最杰出的小品文〈枕草子〉介绍》(《宇宙风》,1937 年 4 月第 39 期)；查士元的《中日神话之比较》(《小说世界》，1927 年 9 月第 16 卷 14 期)。

但最重要的一篇当数周作人的《日本近三十年小说之发达》。这篇文章原是他在 1918 年 4 月 19 日，于北京大学文科研究所小说研究会发表的讲演，后正式刊于 1918 年 7 月第 5 卷 1 期的《新青年》上，再后收入到由上海群益书社出版的《艺术与生活》中。该文论述了从 1888 年至 1918 年日本文学的发展状况，但文章一开始便指出：

我们平常对于日本文化，大抵先存一种意见，说它是“模仿”来的。西洋也有人说，“日本文明是支那的女儿”。这话未始无因，却不尽确当。日本的文化，大约可说是“创造的模拟”。

而周作人对所谓的日本“创造的模拟”是如此解释的：

这并不是说，将西洋新思想和东洋的国粹合起来，算是好；凡是思想，愈有人类的世界的倾向，便愈好。日本新文学便是不求调和，只去模仿的好；——又不只模仿思想形式，却将它的精神，倾注在自己心里，混合了，随后又倾倒出来；模拟而独创的好。

并且，周作人认为日本的模拟是有“诚意”的，“所以能生出许多独创的著作，造成二十世纪的新文学”。而他“现在略说日本近三十年小说的发达，一面可以证明上文所说的事实；又看它逐渐发达的径路，同中国新小说界的情形来比较”。在陈融看来，周作人此文“以研究的心态，以叙事明理为目的，最早以史的形式论述日本文学，在事实上开启了我国学界的日本文学史撰构。他所提出并强调的通过文化的角度认识域外国家和民族，在认识的过程中须着眼于该种文化与本国、本民族文化之不同等方面的观念至今仍然具有相当程度的方法论意义”（2007：106~111）。

4.2.2 日本诗歌文论译介

在 64 篇翻译类日本诗歌文论中，除了 18 篇无国别的诗歌文论外，其他绝大部分均是涉及具体国别的诗论文章（见表 4.10）。而那些无国别诗歌文论，实际是关涉纯诗学的文章，论及诗歌的特性、派别、形式与内容、诗的原理以及诗歌批评等。比如川路柳虹著、汪馥泉译的《不规则的诗派》(《小说月报》，1922 年 9 月第 13 卷 9 期)、青木正儿著、江馥泉译的《关于词格的长短句发达的原因》(《语丝》，1929 年 7 月第 5 卷 19 期)；又如北村透谷著、韩侍桁译的两篇：《万物之生与诗人》(《语丝》，1928 年 2 月第 4 卷 8 期）和《厌世诗人与女性》(《语丝》，1928 年 4 月第 4 卷 14 期）和高山樗牛著、韩侍桁译的《诗人与批评家》(《北新》，1928 年 8 月第 2 卷 19 期)；再如荻原朔太郎著、孙俍工译的 4 篇文章：《诗人与艺术家》(《青年界》，1931 年 3 月 30 日，第 1 卷 1 期)、《近代诗的派别》(《青年界》，1932 年 3 月 20 日第 2 卷 1 期)、《诗与小说〈诗之原理〉的第一章》(《现代文学评论》，1931 年 4 月 10 日第 1 卷 1 期）和《叙事诗与抒情诗》(《现代文学评论》1931 年 6 月 10 日第 1 卷 3 期)；以及森山启著、杨骚译《诗的特殊性》(《新诗歌》，1933 年 3 月第 1 卷 3 期)、竹友藻风著、孙俍工译《诗底领域》(《中国文学》，1934 年 3 月第 1 卷 3、4 期四月号)、外山卯三郎著、孙俍工译的《诗歌的形式》(《中国文学》，1934 年 7 月第 2 卷 1 期七月号)、森山启著、骆驼生译的

《诗的内容与形式》(《诗歌杂志》，1937年2月第2期）等。当然，不能不提另外两篇文章：升曙梦著、鲁迅译的《无产阶级诗人和农民诗人》(《莽原》，1926年11月第21期）和上野壮夫著、陈勺水译的《论无产诗》(《乐群》，1929年2月1日第1卷2期)。这些从外文译成汉语的外来诗论对中国传统诗论发生了怎样的影响、并对中国现代诗歌理论和诗歌创作发挥了怎样的作用，是值得我们认真研究的一个课题。

在所有被论及的国家中，英国诗歌成为关注的重点，共有17篇，但其中有13篇出自小泉八云。这些文章中有连载的，如《雀鸟在英文诗歌上的地位》(梁指南译，《语丝》，1928年7月第4卷30期—1928年8月第4卷35期)，也有对英国多位诗人，如拜伦、司马特、贝多斯、布莱克、济慈以及英国诗歌的译介，如石民译的《英国的“谣曲”》(《北新》,1929年1月第3卷2期）和陆印泉译的《英国短诗论》(《诗歌月报》,1934年10月第2卷1期)。除小泉八云外，还有阿部知二著、高明译的《英美新兴诗派》(《现代》，1933年2月第2卷4期）和升曙梦著、雨田译的《普式庚与拜伦主义》(《译文》，1936年10月，新2卷2期)。

表4.10　翻译类日本诗歌文论所涉国别、地区及文论篇数

文论所涉国别	文论/国（篇）
英国	17
俄国	9（含复计1篇）
德国	7
日本	6
美国	5（含复计1篇）
法国	1
欧美	1
东西方	1
国别不详	1
无国别诗歌文论	18

其他被译介较多的国家还包括俄苏、德国和美国。在有关俄苏诗歌的9篇文章中，有5篇是对普希金、爱罗先珂、马雅可夫斯基的介绍性文字，更有意义的文章也许是白乌省吾著、夏丏尊译的《俄国的诗坛》(《小说月报》,1921年9月第12卷号外)、黑田辰男著、杨骚译的《革命十年间苏俄的诗的轮廓》(《语丝》, 1930年2月第5卷48期)、茂森唯士著、不文译的《叶赛宁倾向底清算——苏联文坛底一问题》(《语丝》, 1929年8月第5卷23期)，以及黑田辰男著、画室（冯雪峰）译的《“库慈尼错”结社及其诗》(《无轨列车》, 1928年11月10日第5期)。

茂森唯士的《叶赛宁倾向底清算——苏联文坛底一问题》实际上介绍了苏联文坛对“叶赛宁型”的两种不同见解，而黑田辰男的《“库慈尼错”结社及其诗》一文，则是对苏联无产阶级诗社“库慈尼错”派的介绍，提倡用口语写诗、描写现代生活，尤其是无产阶级的生活。这些主张曾在不同程度上对施蛰存（1905—2003）等人的诗歌观念产生了一定影响。

有关德国诗歌的7篇文章中，有4篇与歌德相关，如加藤美仑著、金溟若译的《自歌德至现代》《(文学周报》, 1924年5月第120期)、山崖光宣著、史俊宣译的《哥德的〈浮士德〉(介绍)》(《北新》, 1930年4月第4卷8期)、甘粕石介著、周学普译的《作为写实主义者的歌德》((《文学》,1937年5月第8卷5号)、石川涌著、乐雯（鲁迅）译的《说述自己的歌德》(《译文》, 1934年10月第1卷2期)；其他则有舟木重信著的两篇文章——《德国的革命底政治诗人》(杨骚译,《质文》, 1936年11月第2卷2期）和《政治诗人海涅》(穆木天译,《文学》, 1937年1月第8卷1号新诗专号)。

美国诗歌的译介情形也与上述俄苏和德国相仿，主要以诗人及其诗作为主，比如在总共5篇文论（含复计1篇）中，有3篇就是译介惠特曼的——《草之叶》(论文)(有岛武郎著、金溟若译,《奔流》,

1928年10月30日第1卷5期）和刊登在《诗创作》1942年4月30日第10期上的两篇文章《窝尔特·惠特曼》（高村光太郎著、静闻[①]译）和《布尔乔亚诗之选手惠特曼》（中野重治著、余人可诒译）。此外，仅有厨川白村著、东声译的《美国的厌世诗派》（文艺月刊》，1933年12月1日第4卷6期）。

在翻译类日本诗歌文论中，纯粹关于日本诗歌的翻译类文章仅有6篇，其中包括《乐群》月刊杂志1929年1月1日第1卷1期上的两篇：《世界诗坛三：现代的日本有产诗坛》（佐藤一英著、陈勺水译）和《现代世界诗坛四〈日本的无产诗坛〉》（西川免著、陈勺水译）；其他文章包括《〈情曲〉的引词》（原作者不详，李之常编译，《文学周报》，1921年10月第15期）、《俳句之来历及特色》（内藤鸣雪著、周丰一译，《艺文杂志》，1943年7月1日第1卷1期创刊号）和《忆先驱诗人石川啄木》（秋田雨雀著、魏晋译，《今代文艺》，1936年8月第1卷2期）。翻译类日本诗歌文论虽然数量上不算多，但也可以明显地看出其中所折射的世界视野。

与翻译类日本诗歌文论相比，评介类日本诗歌文论数量实在很少，仅有9篇，而且其中4篇是周作人为介绍日本诗歌所写的文章——《日本的诗歌》（《小说月报》，1921年5月第12卷5期）、《日本杂事诗》《逸经》，1936年4月第3期）、《谈俳文》（《文学杂志》，1937年6月第1卷2期）和《再谈俳文》（《文学杂志》，1937年7月第1卷3期）；其他文章有心因的《日本的伊吕波歌》（《小说世界》，1927年7月第16卷1期）、陈琳的《石川啄木的思想生平及其诗歌》（《文学》，1937年1月第8卷1号新诗专号）、尤炳圻的《日本近世的狂歌和川柳》（《艺文杂志》，1944年6月1日第2卷6期）、茅芭的《一九三六年日本诗坛》（《诗歌杂志》，1937年2月第2期）和陆丹林的《日本汉学家的感时诗》（《宇宙风》，1938年2月第59期）。

① 静闻即钟敬文。

4.2.3 日本戏剧文论译介

日本戏剧文论是所有日本文论类别中译介量最小的，翻译类仅有 21 篇，评介类仅有 6 篇。在翻译类戏剧文论中，比较突出的是对宫森麻太郎所著的《近代剧大观》的翻译。根据此书，周建侯、龚漱沧和陶铁梅分别在《戏剧》杂志 1922 年 1 月第 2 卷 1 号至 1922 年 4 月第 2 卷 4 号上发表了 7 篇译文，介绍易卜生的六部剧作——《傀儡家庭》(现译《玩偶之家》，又译《娜拉》)、《群鬼》《民众之敌》(现译《人民公敌》)、《建筑师》《海之夫人》(现译《海上夫人》) 和《社会的柱石》(现译《社会支柱》)，其中周建侯翻译的《〈近代剧大观〉——易卜生名剧之一〈傀儡家庭〉；易卜生名剧之二〈群鬼〉》(《戏剧》，1922 年 1 月第 2 卷 1 号) 一文大约是我国对易卜生最早的译介文章。此外，周建侯还翻译了宫森麻太郎的《近代剧与世界思潮》一文，发表在《戏剧》1922 年 2 月第 2 卷 2 号上。1928 年 8 月 20 日第 1 卷 3 期的《奔流》上也有鲁迅的译文《伊孛生的工作态度》，作者是有岛武郎。

其他翻译类日本戏剧文论主要介绍了德国、英国、西班牙、印度和法国的戏剧或戏剧家，如《德国表现主义的戏曲》(山岸光宣著、程裕青译，《小说月报》，1921 年 8 月第 12 卷 8 期)、《德国人与莎士比亚》(本多显彰著、王执钟译，《译文》，1936 年 6 月，新 1 卷 4 期)、《英吉利底现代剧》(本间久雄著、徐碧晖译，《文艺月刊》，1935 年 6 月 1 日第 7 卷 6 期)、《西班牙剧坛的将星》(厨川白村著、鲁迅译，《小说月报》，1925 年 1 月第 16 卷 1 期)、《太戈尔的戏剧和舞台》(武田丰四郎著、樊仲云译，《小说月报》，1923 年 9 月第 14 卷 9 期太戈尔号 (上)) 和《以演剧为中心的卢梭与百科全书派之对立》(佐佐木孝丸著、穆木天译，《现代》，1934 年 8 月第 5 卷 4 期) 等。

在6篇评介类日本戏剧文论中，既有对近、现代日本剧坛的概述，如《日本戏剧界的最近概观》(叶沉[①]，《艺术》，1930年3月16日第1卷1期)、《日本演剧界的动向》(任白戈，《戏剧时代》，1937年5月第1卷1期）和《日本近代的戏曲》(尤炳圻，《艺文杂志》，1944年9月1日第2卷9期)，也可以看到对几位日本剧作家的评介，如陶晶孙的《村山知义》(《大众文艺》，1930年5月1日第2卷4期)、幼葭的《金子洋文的两篇剧》(《新时代》，1933年1月1日第3卷5、6期)，和楼适夷的《"震撼支那的三日间"——介绍日本林守仁的戏剧》(《拓荒者》(《海燕》)，1930年5月10日第4、5期)。

4.2.4 日本文学理论译介

在翻译类日本文论中，有关文学理论的文章篇数最多，共有155篇。这些文章不仅涉及众多日本原作者和中文译者，而且参与译介的期刊数量也多达42种。在这些期刊中，刊登翻译类文论最多的分别是《文学周报》40篇、《小说月报》20篇、《北新》和《现代文学》各10篇、《乐群》8篇、《文艺月刊》7篇、《语丝》5篇。下面我们暂且把这155篇翻译类文章分成文学思潮（44篇)、文学理论（43篇)、文学批评（53篇（含日本文学批评5篇)）和文学创作论（15篇）这几个部分加以具体描述。

4.2.4.1 文学思潮

译自日本作者的、有关文学思潮的文章主要可分两类：一类是以欧洲英、法、德、俄等国文学思潮为题的文章，另一类是以文学思潮本身为题的文章。前者数量居多，尤以《小说月报》最为显著，从1921年起陆续刊登了多篇文章，介绍外国文艺思潮，如黑田礼二著、海镜译的《飙运动》(1921年6月第12卷6期)、梅泽和轩

① 叶沉即沈西苓。

著、海镜译的《后期印象派与表现派》(1921年7月第12卷7期)、山岸光宣著、海镜译的《近代德国文学的主潮》(1921年8月第12卷8期)、升曙梦著、陈望道译的《近代俄罗斯文学底主潮》(1921年9月第12卷号外)、岛村抱月著、晓风译的《文艺上的自然主义》(1921年12月第12卷12期)、相马御风著、汪馥泉译的《法国的自然主义文艺》(1924年4月第15卷号外)和高桥祯二著、张我军[1]译的《文学研究法——最近德国文艺学的诸倾向》(1930年6月第21卷6期)。

在所涉及的国家中，英国是被论述最多的，如《现代文学评论》1931年8月10日第1卷4期和1931年10月20日第2卷3期上就连载了横川有策著、高明译的两篇文章《现代英国文艺思潮》。另外，《北新》杂志也刊登过两篇文章——本间久雄著、方炎武译的《英国文坛之渐进主义》(1929年10月第3卷19期)和矢野峰人著、赵世铭译的《近代英国文学的主潮及其背景》(1930年4月第4卷7期)。其中，本间久雄所著的《英国文坛之渐进主义》一文，另有陈勺水的译文，以《由日本文坛看来得欧美文坛的优点—〈英国文坛的渐进主义〉》为题，刊于《乐群》1929年9月1日第2卷9期上。这两篇很可能属于重译文章。

涉及俄国文学思潮的文章有《社会主义的写实主义与革命的浪漫主义》(上田进著、王笛译,《文学杂志》,1933年7月,1卷3、4号)和《俄国文学的现实主义底发达》(西三郎著、高纷译,《文学》,1935年2月第4卷2号)二文。日本方面则有宁冈良一著、张资平编译的《日本之个人主义文学及其渊源》(《絜茜》,1932年1月，创刊号)。

而以文艺思潮为题的文章主要包括《文学周报》从1923年12月—1924年3月第102~115期，以及1924年4月—5月第119~120

① 张我军即张清荣。

期分16次连载的、由厨川白村著、樊仲云译的《文艺思潮论》[①]；《当代文艺》杂志1931年1—3月第1卷1~3期上连载的、北村喜八著、张资平译的3篇文章《表现主义的艺术》，以及《新时代》1933年11—12月第5卷5~6期也刊登了两篇小泉八云著、高云雁译的连载文章《浪漫派文学与古典派文学在风格上的关系》。而根据《汇编》，1919年11月《新青年》第6卷6期上朱希祖译自厨川白村的文章《文艺的进化》，应该是此类文章中最早的一篇。

其他散见于各期刊杂志上的文章也涉及多种不同的文学思潮，比如《近代象征的源流》(春山行夫著、陈勺水译，《乐群》，1929年4月1日第1卷4期)、《表现主义的诸相》(山岸光宣著、鲁迅译，《朝花》(旬刊)，1929年6月21日第1卷3期)、《再论新写实主义》(藏原惟人著、之本译，《拓荒者》，1930年1月10日第1期)、《写实主义之历史的研究》(山田珠树著、汪馥泉译，《中国文学》，1934年7月第2卷1期)、《现实主义与艺术形式问题》(高冲阳造著、辛人（陈辛仁）译，《夜莺》，1936年3月第1卷1期)(高冲阳造此文另有赫戏[②]的译文，题为《现实主义与艺术形式的问题》，刊于《文艺科学》杂志1937年4月创刊号)、《现代文化思潮与艺术》(川路柳虹著、陈抱一译，《前锋月刊》，1931年3月10日第1卷6期)、《现代主义及其克服》(藏原惟人著、译者不详，《大众文艺丛刊》，1948年12月第4辑)。上述文章，虽是从日文译成汉语的，但再次让我们看到日本文论所再现的世界文学思潮丰富而绚丽的一面。

4.2.4.2 文学理论

有关纯文学理论方面的43篇文章，内容也是包罗万象，从文

① 《文艺思潮论》主要论述文艺思潮的起源、发展及现时代的新兴文艺思潮，对各代著名作家的典型作品进行评介并谈及文艺思潮与宗教的关系，著作译者樊从予，为樊仲云的笔名。1924年由上海商务印书馆出版，1935年再版。

② 赫戏即雷加。

学艺术理论到文学实践问题的探讨，从文学艺术与政治和阶级的关系到文学与生活的关系，译介范围比较广泛，参与译介的期刊也更多。据统计，仅在这一小部分，就有 24 种期刊杂志发表过相关译介文章。其中发表文章篇数较多的是《语丝》(4 篇）和《文艺月刊》(7 篇)，而其他大多数期刊则以一篇或两篇的数量参与了译介。

首先，探讨文学、艺术理论方面的文章数量最多，相关文章有平林初之辅著的《民众艺术底理论和实际》(海晶（李书诗）译，《小说月报》，1921 年 11 月第 12 卷 11 期）和《文学之艺术之技术的革命》(陈望道译，《小说月报》，1928 年 2 月第 19 卷 2 期)；小泉八云著的《最高底艺术之问题》(韩侍桁译，《北新》，1928 年 7 月第 2 卷 16 期）和《文学与民意》(张文亮译，《北新》，1929 年 4 月第 3 卷 7 期)；其他文章还包括本庄可宗著、鲁迅译的《艺术与哲学，伦理》(《文艺讲座》，1930 年 4 月 10 日第 1 期)、石滨知行著、汪馥泉译的《机械与艺术》(《现代文学》，1930 年 9 月 16 日第 1 卷 3 期)、矢岛祐利著、任白涛译的《科学的文学》(《文艺月刊》，1935 年 4 月 1 日第 7 卷 4 期)、竹友藻风著、张资平译的《文学的意义之新解释》(《当代文艺》，1931 年 5 月 15 日第 1 卷 5 期)、藏原惟人著、陈勺水译的《向新的艺术形式探求去》(《乐群》，1929 年 12 月 1 日第 2 卷 12 期)，此文疑有葛莫美题为《新艺术形式的探求》的重译文，刊于《新文艺》1929 年 12 月 15 日第 1 卷 4 期)。此外，还有中村古峡著、汪馥泉译的两篇连载文章《精神分析学与现代文学》(《文艺月刊》，1934 年 1 月 1 日第 7 卷 1 期和 1935 年 2 月 1 日第 7 卷 2 期)，以及《日本艺术运动底指导理论的发展》(田口宪一著、林伯修译，《我们》，1928 年 8 月 20 日第 3 期）和《论日本无产文学理论的开展》(青野季吉著、陈勺水译，《乐群》，1929 年 9 月 1 日第 2 卷 9 期)。

还有些翻译文章探讨了文学理论中的具体问题，如《描写与情像》(荻原朔太郎著、程鼎鑫译，《青年界》，1931 年 7 月 10 日第

1卷5期)、《修辞学的变迁》(岛村抱月著、汪馥泉译，《青年界》，1932年11月20日第2卷4期)、《象征》(荻原朔太郎著、孙俍工译，《现代文学评论》，1931年8月10日第1卷4期)、《艺术创作上的“意识”问题》(长谷川如是闲著、林焕平译，《芒种》，1935年3月第2期)、《论文学的形象》(本间唯一著、林焕平译，《时代文学》，1941年6月1日第1卷1期创刊号）等。

由于受到苏联文学理论的影响，文学艺术与政治、阶级的关系自二、三十年代以后便成为一个敏感的政治话题，同时也是个世界范围的话题。它不但具有理论意义，更具有实践指导意义，对中国新文学和左翼文学尤其如此。下列文章虽然发表在20世纪二、三十年代，但标题中所包含的概念或思想，对中国新文学、乃至世纪80年代以前的中国文学与理论一直发挥着持续的影响和作用，比如《文学上之个人性与阶级性》(林癸未夫著、韩侍桁译，《语丝》，1928年7月第4卷29期)、《阶级与文学》(武者小路实笃著、云止译，《山雨》，1928年9月16日第1卷3期)、《资本主义下的大众文学》(川口浩著、里正译，《文艺月报》，1933年11月第1卷3期)、《论劳动文学》(厨川白村著、樊仲云译，《小说月报》，1925年6月第16卷6期)、《文学和政见》(小泉八云著、杜衡译，《新文艺》，1929年10月15日第1卷2期)、《政治底价值与艺术底价值——马克斯主义文艺理论之商榷》(平林初之著、胡秋原译，《小说月报》，1930年1月第21卷1期)、《艺术价值与政治价值之哲学的考察》(山木清著、冯宪章译，《拓荒者》，1930年3月10日第3期)、《文学的党派性》(川口浩著、张英白译，《文艺月报》，1933年6月第1卷创刊号)。

当然，也有文章是从文学与生活的关系来探讨文学理论的，比如《文学与人生》(高山樗牛著、韩侍桁译，《语丝》，1928年4月第

4卷16期)、《文艺家的生活态度》(长谷川如是闲著、梦鸥[①]译,《文艺月刊》,1935年3月1日第7卷3期)、《生活和性格之与文学的关系》(小泉八云著、韩侍桁译,《奔流》,1928年7月20日第1卷2期)等。

4.2.4.3　文学批评

在53篇翻译类文学批评的文章中,首先应该提及的是那些系列连载文章,如《文学周报》1922年12月—1923年4月第57~62期及64、66、68、71期上陆续刊登的松村武雄著、樊仲云译的10篇连载文章《研究资料——精神分析学与文艺》和《文学周报》1924年7月—10月第132~142期上刊登的由本间久雄著、章锡琛译的9篇连载文章《文学批评论》;1929年3月至1930年8月的《小说月报》分6篇陆续刊登的、由冈泽秀虎著、陈雪帆译的《苏俄十年间的文学论研究》,文章副标题分别为"'普罗列特卡特尔'底普罗列答利亚精神文化论""'普罗列特卡特尔'底普罗列答利亚文学论""'库士尼札'底文学论""普罗列答利亚文学团体'十月'底思想的艺术的倾向""'那巴斯图'底极左文学论"。这些文章从多个方面对普罗文学开展了介绍;《乐群》杂志1929年7月1日第1卷7期上则有不同日本作者所写、但由陈勺水翻译的《论现代美俄二国文化和日本新文学》系列文章3篇——新居格的《两种唯物文学和他的母胎》、千叶龟雄的《机器成熟时代的艺术和反抗意识文学》和平林辅之助的《美国文学和俄国文学》。

同在1929年,还有藏原惟人所著的5篇文章在不同杂志上得到译介——林伯修所译两篇连载文章《普罗列塔利亚艺术底内容与形式》(《海风周报》,1929年3月10日第10期;1929年3月13日第11期)、《俄罗斯文学之最顶点的要素》(方炎武译,《北新》,1929

---

① 梦鸥即戴望舒。

年9月第3卷17期)、《由日本文坛看来得欧美文坛的优点三〈俄文坛的最顶尖的要素〉》(陈勺水译，《乐群》，1929年9月1日第2卷9期)和《关于艺术作品的评价》(之本译，《拓荒者》，1930年5月10日第4、5期)、《世界文学论》(茅野萧萧著、张资平译，《中国文学》，1934年3月第1卷3、4期)、《关于战争文学的问题》(桥本政尾著、李春霖译，《时与潮文艺》，1943年3月15日第1卷1期)。

除上述连载或单篇文章外，《小说月报》《莽原》《北新》和《文化月报》杂志上还有一些零散文章也值得关注，如片山孤村著、李达译的《大战与德国国民性及其文化文艺》(《小说月报》，1921年8月第12卷8期)、厨川白村著、樊仲云译的两篇——《病的性欲与文学》(《小说月报》,1925年5月第16卷5期)和《文艺与性欲》(《小说月报》，1925年7月第16卷7期)；鲁迅在《莽原》杂志上所译的3篇——《新时代与文艺》(金子筑水，1925年7月第14期)、《以生命写成的文章》(有岛武郎，1926年9月第18期)和《读的文章和听的文章》(鹤见祐辅，1927年7月第2卷13期)；以及《北新》上的两篇——《都会生活与现代文学》(片上伸作著、韩侍桁译，1928年9月第2卷20期)、《文艺批评的新基准》(宫岛新三郎著、钱歌川译，1930年2月第4卷3期)。最后是《文化月报》所载两篇译文——《苏联文学理论及文学批评的现状》(上田进著、洛文译，1932年11月第1卷1期)和《文学批评上的几个问题》(川口浩著、里正译，1933年7月第1卷2期)。

在所翻译的53篇文学批评类文章中，有关日本文学批评的文章仍然很少，仅有5篇，如《日本文学的特质》(高须芳次郎著、谢六逸译，《现代文学评论》，1931年5月10日第1卷2期)和《日本军事法西斯主义与文学》(鹿地亘著、译者不详，《文艺阵地》，1938年5月第1卷2期)等。

4.2.4.4 文学创作理论

这方面的文章有 15 篇，包括厨川白村著、樊仲云译的连载文章《文艺创作论》，分 3 期刊于《文学周报》1924 年 6—7 月第 128~129 期和 1924 年 9 月第 138 期；小泉八云著、石民译的《论创作》(《北新》，1930 年 1 月 第 4 卷 1、2 期 和 1930 年 2 月 第 4 卷 3 期)，及《创作家的态度》(丰岛与志雄著、张我军译，《北新》，1929 年 6 月第 3 卷 10 期)；片冈铁兵著、谢六逸译的 4 篇连载文章《新兴小说的创作理论》(《现代文学》，1930 年 8 月—11 月第 1 卷 2~5 期)，及片冈铁兵的另一篇文章《普罗列塔利亚小说作法》(朱云影译，《新文艺》，1930 年 4 月 15 日第 2 卷 2 期)。其他还有与谢野晶子（1878—1942）著、张娴译的《创作与批评》(《真美善》，1929 年 2 月女作家专号）和鹿地亘著、林琪译的《创作方法之现实的基础》(《文艺》，1933 年 11 月第 1 卷 2 期）等。

以上介绍的是翻译类日本文学理论方面的文章。而评介类日本文学理论的文章只有 22 篇，其中有多篇文章是对日本各种文学现象的评介，如钱杏邨的《现代日本文艺印象记》(《泰东》，1929 年 1 月第 2 卷 5 期）和《关于日本新兴文学》(《现代小说》(附)《五一特刊》，1930 年 1 月 15 日第 3 卷 4 期)、毛一波的《日本的农民文学论》(《真美善》，1930 年 3 月第 5 卷 5 号)、张英白的《日本布尔乔亚文学最近倾向》(《文艺月报》,1933 年 7 月第 1 卷 2 期)、蒲剑（林林）的《日本战犯文学的复活》(《小说》，1949 年 3 月 1 日第 2 卷 3 期)、吴虹的《日本的劳动者文学》(《小说》，1949 年 6 月 1 日第 2 卷 6 期）等。有些属于通论文章，如太郎的《一夕话——谈日本文学》(《文学周报》，1922 年 10 月第 52 期)、周作人的《谈谈日本文学》(《青年界》，1934 年 10 月第 6 卷 3 期)、尤炳圻的《日本文学讲话》(《艺文杂志》，1944 年 2 月 1 日第 2 卷 2 期)。

除上述评介文章外，有3篇文章涉及文艺思潮，它们是李康佛的《关于本间久雄的〈文艺思潮论〉》(《读书月刊》，1932年12月20日第3卷5期)、傅仲涛的《日本明治文学中之自然主义》(《文学季刊》,1934年7月第1卷3期）和何穆尔的《日本文学的流派》(《风雨谈》，1943年12月25日第8期)。另有两篇文章介绍日本的文艺期刊：韩侍桁的《现代日本文学杂志》(《春潮》，1929年1月15日第1卷3期）和张香山的《略谈日本的文艺刊物》(《作家》，1936年9月第1卷6号)。

评介类日本文学理论文章虽然不多，但刊载此类文论文章的期刊却多达17种。这种现象似乎证明了当时文学期刊对日本文论的广泛兴趣。

4.2.5 日本文学史论译介

在日本文学史论部分，展现在我们眼前的依然是一幅世界文学图景。除了14篇文学史论文章和有关日本文学史的4篇文章外，在共计63篇翻译类文学史论文章中，其余大多数是关于别国的，如论及俄国文学史的文章有11篇，德国文学史6篇，美国5篇（含复计1篇)、英国4篇。其他被译介的国别文学史还包括波兰、爱尔兰、希腊、匈牙利、比利时、瑞士和捷克。

那14篇文学史论文章主要指伊达源一郎著、赵光荣译的《近代文学》①，分12期连载于1921年7月10日第7期至1922年3月1日第30期的《文学周报》。另两篇是冈泽秀虎著、汪馥泉译的《关于文学史中的社会学的方法》(《现代文学》，1930年7月16日第1

① 伊达源一郎著的《近代文学》共分11章，介绍近代文学的渊源，英、德、法国的浪漫主义，歌德、席勒及“青年德意志”派，法国自然派，俄罗斯近代文学以及比利时、意大利、美国的文学，译者是张闻天和汪馥泉，1930年8月由上海商务印书馆初版。

卷 1 期）和川口浩著、穆木天译的《关于文学史的方法诸问题》(《现代》，1933 年 6 月第 3 卷 2 期）。

从有关俄国文学史的 11 篇文章看，译介者显然更热衷于“最近的”“左派的”“普罗的”文学，比如秋田雨雀的《苏联之艺术概观》(陈直夫译，《海风周报》，1929 年 3 月 13 日第 11 期)、米川正夫的《最近的苏联文学》(索原（包叔元）译，《语丝》，1929 年 10 月第 5 卷 33 期）和《最近的苏俄普罗文学》(《真美善》，1930 年 1 月第 5 卷 3 号)、冈泽秀虎的《现代的世界左派文坛：最近的俄文坛》(陈勺水译，《乐群》,1929 年 2 月 1 日第 1 卷 2 期）和《苏俄普罗文学发达史》(杨浩译，《语丝》,1930 年 1 月第 5 卷 44 期)(该文疑有冯雪峰的重译文，题为《俄国无产阶级文学发达史》，刊于《文艺讲座》1930 年 4 月 10 日第 1 期)、茂森唯士的《革命后十二年之苏俄文学》(胡秋原译，《北新》，1930 年 1 月第 4 卷 1、2 期)、上田进的《伟大的第十五周年文学》(楼适夷译，《文学月报》，1932 年 12 月第 1 卷 5、6 期合刊）以及藏原惟人的《浪漫主义以后的俄国文学》(毛一波译，《新时代》，1931 年 8 月 1 日创刊号）等。

其他被译介较多的国家还有德国，6 篇文章主要感兴趣于当下“新兴”的德国文学，所以，以《德国新兴文学》为题的就有 3 篇，但均出自不同的日本作者：山岸光宣的《德国新兴文学》(陈勺水译，《乐群》，1929 年 8 月 1 日第 2 卷 8 期)、川口浩的《德国的新兴文学》(冯宪章译，《拓荒者》(《海燕》)，1930 年 2 月 10 日第 2 期）和中野重治的《德国新兴文学》(陶晶孙译，《大众文艺》，1930 年 3 月 1 日第 2 卷 3 期)。其他 3 篇则是金子筑水的《“最年青的德意志”的艺术活动》(厂晶译，《小说月报》，1921 年 8 月第 12 卷 8 期)、生田春月的《现代德奥两国的文学》(无明译，《小说月报》，1923 年 11 月第 14 卷 11 期）和村山知义的《由日本文坛看来得欧美文坛的优点四〈德国的最新诸艺术〉》(陈勺水译，《乐群》，1929 年 9 月 1 日第 2 卷 9 期)。

有关英、美两国的8篇文学史论中，除《英美的左倾文学》(北春喜人著、查士骥译，《语丝》，1929年12月第5卷39期）一文同时涵盖英美，其他文章主要以“概观”、现代文学和文坛近况为译介重点。如美国文学史论中，即有《乐群》杂志1929年7月1日第1卷7期上刊登的《现代美国文学概观》两篇文章，副标题分别为《美国文学的诞生》(吉田甲子太郎著、陈勺水译）和《现代美国的新兴文学》(高垣松雄著、陈勺水译)，以及北村喜八、汤浅辉夫、清水晖吉著、方天白译的《现代美国的文学》(《北新》，1929年10月第3卷18期）和宫岛新三郎著的《美国文学概观》(译者不详，《当代文艺》，1931年10月15日第2卷4期)。而英国文学史论中，则有本间久雄著、查士骥译的《最近的英国文坛》(《北新》，1929年6月第3卷11期)、宫岛资三郎著、陈勺水译的《英国新兴文学概观》(《乐群》，1929年4月1日第1卷4期）和舟桥雄著、陈勺水译的《由日本文坛看来得欧美文坛的优点二〈英国文坛最近的诸倾向〉》(《乐群》，1929年9月1日第2卷9期)。

同时，还有以下文章关注到世界及地区文学史，如千叶龟雄著、LS[①]译的7篇连载文章《一九二八年世界文艺界概观》，刊于《朝花》1928年12月13日第2期至1929年1月24日第8期，以及生田春月著、李达译的《现代的斯干底那维亚文学》《(小说月报》，1921年6月第12卷6期)、片上伸著、鲁迅译的《北欧文学的原野》(《大江》，1928年11月15日第2期）和堀口九万一著、楼适夷译的《现代拉丁美洲的文学》(《青年界》，1932年12月20日第2卷5期)。

讲到日本文学史方面的文章，数量仍然不多，而且也是以文坛近况为主，如《日本文坛之现状》(原作者不详、李达译，《小说月

① LS即鲁迅。

报》，1921年4月第12卷4期）、《日本左翼文坛一瞥》（白川次郎著、译者不详，《大众文艺》，1930年5月1日第2卷4期）、《一九三三年日本普罗文学运动的展望》《原作者不详、喆之译，《文学杂志》，1933年4月第1卷1号）和《使人哭泣（日本文坛报告）》（鹿地亘著、译者不详，《七月》，1938年3月第2卷5期）。

评介类日本文学史论文章共29篇，有些涉及日本上古、中古、近古文学史，如尤炳圻刊于《艺文杂志》的4篇文章——《日本上古文学》（1943年7月第1卷1期）、《日本中古文学》（1943年8月第1卷2期）、《日本近古文学》（连续两篇，1943年12月第1卷6期；1944年1月第2卷1期）。但更多的文章则聚焦于日本现、当代文学史。下面这些文章足以反映我国对当时日本文学史、日本文坛及其动向的高度关注，比如谢六逸所著文章4篇——《近代日本文学》（上、下两篇，1923年11月第14卷11期和1923年12月第14卷12期）、《二十年来的日本文学》（《小说月报》，1929年7月第20卷7期现代世界文学号（上））及《一九二八年的日本文学界》（《文学周报》，1929年1月第351期）；其他文章多为单篇，如《日本文坛最近状况》（晓风，《小说月报》，1921年11月第12卷11期）、《一九二九年的日本文艺界》（杨忧天，《北新》，1929年3月第3卷5期）、《一九二九年日本文坛》（沈端先，《大众文艺》，1930年3月1日第2卷3期）、《一年来日本文艺界的动向》（采，《前锋月刊》，1930年12月11日第1卷3期）、《一九一三年日本文坛（评论）》（华蒂，《北斗》，1932年1月第2卷1期）、《大战后的日本文学》（澄清，《文学季刊》，1935年12月第2卷4期）、《一九三五年日本文坛小景》（崔万秋，《文艺月刊》，1936年1月1日第8卷1期）、《日本文学的动向》（张香山，《东流》，1936年2月第2卷3期世界文学新动向特辑）、《论一九三八年的日本文学界》（林焕平，《文艺阵地》，1939年4月第2卷12期）、《战时日本文坛动态（报告）》（崔万秋，《抗战文艺》,1939 年 3 月第 3 卷 12 期)、《战后四年的敌国文坛》(张十方,《文艺月刊·战时特刊》，1941 年 8 月 16 日第 11 卷 8 月号)、《略谈中日战争爆发以来的日本文坛》(任钧,《抗战文艺》，1941 年 11 月第 7 卷 4、5 期合刊)、《日本文坛近事录》(范泉,《文艺春秋》，1948 年 12 月 15 日第 7 卷 6 期）等。这些文章，以今天的研究眼光来看，也许其自身的学术价值已经不高，但是从文学交流史的角度看，却仍然具有相当的史学意义。

此外，我们对日本的无产阶级文学也抱有强烈兴趣，先后有不同的作者撰文予以评介，如胡秋原的《日本无产阶级文学过去与现在》(《语丝》，1929 年 11 月第 5 卷 34 期)、肖崇素的《日本无产文坛零话》(《北新》，1929 年 11 月第 3 卷 22 期)、建南的《激流怒涛中的最近日本普罗艺运》(《拓荒者》(《海燕》)，1930 年 5 月 10 日第 4、5 期合刊)、华蒂的《日本新兴文艺之划期的发展》(《读书月刊》，1932 年 5 月 30 日第 3 卷 1、2 期合刊)、楼适夷的《日本群众文学运动（介绍)》(《文艺生活》，1949 年 3 月 15 日，海外版第 12 期，独幕剧号）等。

4.3 结语

对西方文论的译介无疑是促成中国现代文学和文论发生与发展的最重要因素之一，但从上述描写看来，如果说我们权且定义的日本文论是由俄苏文论、欧美文论和日本本土文论所组成，也是一点不为过的。从这个意义上说，日本文论作为现代中国文论的一个重要的外部来源，是完全不容置疑的（王向远，1998b：68）。中国文坛借助日本文坛这股东风，实实在在地为中国新文学输送了新思想、新观念、新技法。仅二、三十年代之交的几年间，中国文坛不仅在各种文学期刊上译介了以厨川白村、冈泽秀虎、藏原惟人等为代表的日本文艺理论家的论述，而且还有他们几十部文学理论的论文集和专著的出版问世。日本文论，从一般的文艺理论研究、世界文艺思潮介绍和作家作品研究，到对于文学史、文论的概述性、入门性的著作，都成为同时期外国文论在中国译介的重头戏。而且，在所有这些译介活动中，我们对日本本土文论也是有所关注的。这些都对当时处于理论贫瘠状态的中国文坛产生了深远的影响（伊藤虎丸，2005；王向远，2007；孙玉石，2009），使得中国的文学家、文论家和知识分子能够通过日本学到西方先进的文学理论。然而，我们也认识到，中国现代文学期刊对日本文论的译介，毕竟不能代表全部。正如有学者指出的那样，日本明治时代的文艺理论既是日本现代文论的奠基期，也是日本现代文论发展史上成就最大的时期。几个最有影响的文论家，如北村透谷、高山樗牛、岛村抱月、夏目漱石等都活跃在明治时期，而国内文学期刊对他们的译介也只有几篇零星的文章；至于坪内逍遥、森鸥外等人，则没有得到任何译介。但总体上可以说，中国文坛对日本文论的选择意向，主要还是受到了国内社会政治和文学界对域外文学的渴求这两方面因素的影响。日本文论在现代中国的译介，对于中国现代文学和文学理论、中日比较文学等领域实在是一个非常重要的研究课题。

参考文献

藏原惟人．藏原惟人评论集（第 1 卷）[M]. 新日本出版社，1996.

陈福康．中国译学理论史稿 [M]. 上海：上海外语教育出版社，1992.

黄德志．厨川白村与中国新文学 [J]. 文艺理论研究，2000（2）：44~51.

黄德志．厨川白村在现代中国的译介与传播 [J]. 常熟理工学院学报（哲学社会科学），2008（9）：77~82.

刘翌．厨川白村文艺思想在中国 [M]. 北京：线装书局，2009.

卢铁澎．“日本桥”与中国现代文艺思潮观 [J]. 苏州科技学院学报（社会科学版), 2006（3）: 56~61.

孙玉石．走进真实的鲁迅——鲁迅思想与五四文化论集 [M]. 北京：北京大学出版社，2009.

王成．《苦闷的象征》在中国的翻译及传播 [J]. 日语学习与研究，2002（1）: 37~43.

王锦厚．五四新文学与外国文学 [M]. 成都：四川大学出版社，1996.

王文宏．厨川白村与社会文明批评 [J]. 外国文学研究，2002（4）: 128~133.

王向远．厨川白村与中国现代文艺理论 [J]. 文艺理论研究，1998a（2）: 39~45.

王向远．中国现代文艺理论和日本文艺理论 [J]，北京师范大学学报（社会科学版），1998b（4）: 68~75.

王向远．二十世纪中国的日本翻译文学史 [M]. 北京：北京师范大学出版社，2001.

王向远．中日现代文学比较论 [M]. 银川：宁夏人民出版社，2007.

王志松．“藏原理论”与中国左翼文坛 [J]. 中国现代文学研究丛刊，2007(3): 111~134.

肖霞．浪漫主义：日本之桥与“五四“文学 [M]. 济南：山东大学出版社，2003.

谢天振、查明建．中国现代翻译文学史（1919 — 1949）[M]. 上海：上海外语教育出版社，2004.

[日] 伊藤虎丸．鲁迅、创造社与日本文学——中日近现代比较文学初探 [M]. 孙猛等译．北京：北京大学出版社，2005.

张大明．西方文学思潮在现代中国的传播史 [M]. 成都：四川教育出版社，2001.

张福贵、靳丛林．中日近现代文学关系比较研究 [M]. 长春：吉林大学出版社，1999.

张福贵．从文学史到思想史——中日“无产阶级小说”的形象关联和思想关联 [J]. 吉林大学社会科学学报，2003（5）: 42~48.

第五章
法国文论译介

法国文学及其理论历来以流派迭起、名家辈出而广为世界文学界所瞩目。可以说从中世纪末开始，每个世纪都有一个或几个主要的文学流派，如 16 世纪的七星诗社，17 世纪的古典主义，18 世纪的启蒙文学，19 世纪的浪漫主义、现实主义、自然主义、象征主义以及 20 世纪的现代主义（吴岳添，2005：1）。这些文学流派在法国交替发展了数百年，而“五四”之后不到四十年的时间内却几乎雁行式地同时传入中国（龙泉明，1998：81），并对中国的新文学和现代文学理论的发展产生了重要影响。

而法国文论成为我国当时译介的重点之一，是与法国文化的特性密切相关的。首先，是法国文化的创新性和丰富性，反映在文学领域就是流派纷呈，名家众多，各种文学思潮或流派“你方唱罢我登场”，“各领风骚三五年”。这样风采多姿的文学及文论现象必然不会逃过“别求新声于异邦”的新文学家的视野。其次，法国民族性中深藏着理性主义的内蕴。他们讲节制、重分寸，既注重精神思想的作用，也注重思想的准确明晰和思维逻辑的严密。理性主义的个性形诸文学艺术，便是将理智注入情感，使情感获得秩序和约束，同时外化为清晰明了的形式，文学本身便具有了形式和内容上的双重美。基于以上两种特性，法国文学及文论自然而然成了中国新文学家注目的对象。另外，也必须看到，始自20世纪初中国学子的赴法勤工俭学也推动了对法国文学和文论的译介。出于对法国文化的向往，加之留法费用远远低于留学英美，而且还可以勤工俭学，因此去法国学习对家境一般的中国青年很有吸引力。虽然早期赴法的留学生中，专门学习文学的很少，但即使是学习自然科学的人中，也有一部分人热衷于向国内介绍法国作家和作品。比如，赴法学生物科学的周太玄就曾译了保罗·凡尔勒仑（保尔·魏尔仑）的两首诗，发表于1921年3月15日《少年中国》第2卷九期，并在诗前写了“序”，对诗人做了简要的介绍（龚翰熊，2005：192）。

但是，我国对法国文论译介的研究，尤其是对中国现代文学期刊中的法国文论译介的研究，与前面所述各国的情况十分相似，因此我们认为，在这方面进行一次相对全面的描述有助于我们在今天更好地认识法国文论在我国的传播与接受的最初情况，以及它在促进我国新文学及文学理论与批评的发生、发展方面所产生的重要影响。

在以下的篇幅中，我们将首先依据法国文论的译介年代、来源国、文论类别、所涉作家文章篇数及其他译介重点等方面，对法国文论在现代中国的译介做一总体描述；然后根据法国文艺思潮或流派（包括浪漫主义、自然主义、现实主义、象征主义），及其重要代表作家（如雨果、左拉、罗曼·罗兰、巴尔扎克、纪德和波德莱尔等）的译介状况，给予具体描述，以期勾勒法国文论在中国现代文学期刊中的译介全貌。

5.1 法国文论译介的总体描述

根据《汇编》，我们把其中所有涉及法国文学及文学理论的相关文章分成翻译类和评介类。在翻译类文章中，如果按原作者国别进行统计，那么，法国作者共写有135篇文章，其中法国作者论法国文论的文章有98篇，法国作者论述别国文论的文章是37篇。同样在翻译类文章中，如果按文论所涉国别进行统计，那么，涉及法国文论的文章共有189篇，除去法国作者论述本土文论的98篇外，别国作者论述法国文论的文章则有91篇。从文论所涉国别统计的数据可见，法国文论在当时也被世界其他国家和地区的人们所关注。为了全面反映法国文论在中国现代文学期刊中的译介状况，我们在此暂且按照第二种方法，即我们将把法国文论的范围扩大至由法国作者所著的文论文章和别国作者所著的有关法国文学和文论的文章，进行相应的统计并给予总体描述。

5.1.1 法国文论译介年代与文论来源国的统计与说明

根据统计数据显示，翻译类法国文论文章共有191篇（其中含复计2篇），中国作者有关法国文论的评介类文章共有234篇（其中含复计7篇）。评介类文章多于翻译类文章。这是法国文论与俄苏、日本、美国、德国文论译介所不同的一点。

若从译介年代进行统计，则可发现，二者在年代分布上也有所不同。法国文论翻译类文章与西方文论在现代中国的译介总体上是趋同的。也就是说，在第一个时期（1915—1927）和第三个时期（1938—1949）内，文论翻译量偏少，而在第二个时期（1928—1937）内，文论翻译量达到高峰。但在法国文论评介类文章中，三个时期的文章数量基本持平，差别不大。表5.1显示的是翻译类和评介类法国文论在每个阶段的具体数据。

表 5.1　按三个时期统计的法国文论译介篇数

译介年代	翻译类（篇）	评介类（篇）	合计（篇）
1915-1927	35	73	108
1928-1937	116	82	198
1938-1949	38	69	107
不详	0	3	3
合计	189	227	416

法国文论译介活动的涨落，与当时中国的社会生活息息相关。特别在 1937 年之后，由于抗日战争及其后由内战引起的社会动荡，译介活动明显受到极大影响。当然，这一时期法国文论译介的减少，也与我国文坛当时大力译介俄苏文论有关。

从法国文论来源国角度进行统计，可见我国在“五四”至 1949 年期间对法国文论的认识，不仅源自法国本身，也间接得益于俄苏、日本、英美、丹麦、奥地利等国的转介。这一状况也在一定程度上说明了法国文论对世界其他国家的重要性。下面表 5.2 是对法国文论来源国的统计。

表 5.2　法国文论来源国及文论篇数

文论来源国	文论（篇）	总数百分比（%）
法国	98（含复计 1 篇）	51.3
俄国	19	10.1
日本	18	9.5
美国	10	5.3
英国	8	4.2
丹麦	7	3.7
奥地利	6	3.2
德国	3	1.6
匈牙利	2	1.0
国别不详	20（含复计 1 篇）	10.8
合计	189（不含复计 2 篇）	100

5.1.2 法国文论类别与所涉法国作家文论篇数的统计与说明

从文论类别的角度看，法国小说文论在翻译类和评介类中都以明显优势位居第一，但在其他各类文论译介中，则各有所重。翻译类中其他译介较多的依次为文学理论、诗歌文论、戏剧文论和文学史论；评介类中论及较多的依次为诗歌文论、文学史论、戏剧文论和文学理论（见表 5.3）。

表 5.3　按文论类别统计的法国文论译介篇数

文论类别	翻译类		评介类		合计	
	文论（篇）	总数百分比（%）	文论（篇）	总数百分比（%）	文论（篇）	总数百分比（%）
小说文论	84	44.4	122	53.7	206	49.5
诗歌文论	35	18.5	33	14.5	68	16.3
戏剧文论	23	12.2	24	10.6	47	11.3
文学理论	38	20.1	21	9.3	59	14.2
文学史论	9	4.8	27	11.9	40	9.6
合计	189	100	227	100	416	99.9

继而通过对法国小说文论的梳理，可进一步发现，该类文论主要由作家作品论组成，如在 84 篇翻译类小说文论中，明确涉及法国著名作家及其作品的文章就有 65 篇（见下表 5.4）；而其余 19 篇文章中，有 11 篇论及其他法国小说家，另 8 篇是对法国小说的理论评述，其中包括莫泊桑所著的文章 3 篇——《小说之评论》(金满成译，《小说月报》，1925 年 4 月第 16 卷 4 期)、《小说论》(旅翁译，两篇连载，《北新》，1926 年 10 月第 1 卷 7~8 期)；伊可维支所著的文章两篇——《小说与唯物史观》(戴望舒译，《小说月报》，1929 年 12 月第 20 卷 12 期）和《小说论》(毛一波译，《新时代》，1931 年 9 月第 1 卷 2 期)；以及勒穆彦著的《民众派小说》(病夫（曾朴）译，《真美善》，1930 年 1 月第 5 卷 3 号)、拉鲁著的《法国今日的小说》(病

夫译，《真美善》，1930 年 5 月第 6 卷 1 号）、山田九郎著的《法国小说发达史》（汪馥泉译，《文艺月刊》，1933 年 4 月 1 日第 3 卷 10 期）。

表 5.4　法国小说文论所涉作家与文论篇数

所涉作家	翻译类（篇）	评介类（篇）	合计（篇）
罗曼·罗兰	19	20	39
纪德	8	14	22
左拉	11	7（含复计 1 篇）	17
巴尔扎克	4	10	14
巴比塞	6	9（含复计 2 篇）	13
福楼拜	-	10（含复计 1 篇）	9
雨果	2	10（含复计 1 篇）	11
莫泊桑	3	6	9
法朗士	4	5	9
司汤达	3	3	6
乔治·桑	2	2	4
卢梭	-	3	3
梅里美	3	1	4
都德	-	2	2
合计	65	97	162

同时，在 122 篇评介类法国小说文论中，除了 6 篇是对法国小说的总体性介绍评述文章，如李劼人的《法国自然主义以后的小说》（《少年中国》，1922 年 5 月第 3 卷 10 期）、李青崖的《几本谈大战的法国小说》（《小说月报》，1924 年 7 月第 15 卷 7 期）、徐霞村的《最近的法国小说界》（《文学周报》，1928 年 6 月第 320 期（第 6 卷 20 期）），以及岑时甫的两篇连载文章《第一次欧战时的法国小说》（《宇宙风》，1943 年 7 月第 132 期；1943 年 9 月第 133 期）和《法国战时的几个文学家》（王靖，《小说月报》，1924 年 4 月第 15 卷号外法国文学研究专号），其余 116 篇文章都明确论及法国诸多作家

及作品，其中有97篇论及法国著名作家，如罗曼·罗兰（Romain Rolland，1866—1944）、纪德（André Paul Guillaume Gide，1869—1951）、巴尔扎克（Honore de Balzac，1799~1850）、雨果（Victor Hugo，1802—1885），）、巴比塞（Henri Barbusse，1873—1935）、左拉（mile Zola，1840—1902）等（见上表5.4），另19篇文章则述及法国其他各小说家。

至于诗歌文论，虽然数量不算多，翻译类和评介类各35篇和33篇，但二者在选择译介对象时略有差异，翻译类比较着重译介象征主义诗人，如波德莱尔（Charles Pierre Baudelaire，1821—1867）、瓦雷里（旧译梵乐希，Paul Valery，1871-1945）和魏尔伦（Paul Verlaine，1844—1896）；而评介类除了译介象征主义诗人诗歌外，还选择介绍了浪漫主义诗人维尼（Alfred de Vigny，1791—1863）和缪塞（Alfred de Musset，1810—1857），（见表5.5）。

表5.5　法国诗歌文论所涉诗人与文论篇数

所涉诗人	翻译类（篇）	评介类（篇）	合计（篇）
波德莱尔	5	7	12
瓦雷里	8	1	9
魏尔伦	2	—	2
维尼	—	6	6
缪塞	—	2	2
诗论	10	9	19
其他诗人	10	8	18
合计	35	33	68

在诗论文章方面，翻译类中的10篇主要围绕法国诗坛、诗人介绍和法国诗歌理论，如《现代世界诗坛二——现代的法国诗坛》(日本伯讷尔、福爱、北川冬彦译，陈勺水转译，《乐群》，1929年1月第1卷1期)、《现代世界诗坛六——近代象征诗的源流》(日本春山行夫著，陈勺水译，《乐群》，1929年4月第1卷4期)、《近代法兰

西诗人》(美国勒维生著，施蛰存译，3 篇连载于《新文艺》1929 年 11—12 月第 1 卷 3~4 期和 1930 年 1 月第 1 卷 5 期）和《法国现代诗歌的动向》(法国社安著，叶明译，《文哨》,1945 年 10 月第 1 卷 3 期)。而侧重法国诗歌理论评论的文章可见于戴望舒译自 M. 伊可维支的《唯物史观的诗歌》(《新文艺》，1930 年 2 月第 1 卷 6 期)、穆木天译自果果的《艺术与民众（诗)》(《新诗歌》，1934 年 3 月第 6、7 期)、诸侯译自 J · 居友的《诗与艺术的将来》(《译文》，1935 年 1 月第 1 卷 5 期)，和静闻（钟敬文）译自 A. 法朗士的《诗底语言与民众》(《诗创作》，1942 年 1 月第 7 期)。

评介类中的情况也大致相同，在 9 篇诗论文章中，有 4 篇是介绍法国诗人和法国诗坛的，如《新文艺》上连载的施蛰存两篇文章——《近代法兰西诗人》(1929 年 11—12 月第 1 卷 3~4 期)、君彦的《法国近代诗概观》(《小说月报》，1924 年 4 月第 15 卷号外）和董每戡的《近代法国诗歌——西洋文学史之一章》(《文艺先锋》(无出版日期)，第 12 卷 6 期)；其他 5 篇论述法国诗学及流派，如刊登在《诗》杂志上的两篇——《法国的俳谐诗》(周作人，1922 年 3 月第 1 卷 3 号）和《法国诗之象征主义与自由诗》(刘延陵，1922 年 4 月第 1 卷 4 号)、《创造月刊》1926 年 3 月第 1 卷 1 期上刊登的两篇——《谭诗》(穆木天）和《再谭诗》(王独清)，以及李璜的《法兰西诗之格律及其解放》(《少年中国》，1921 年 6 月第 2 卷 12 期)。

戏剧文论在法国文论中所占份额相对较少，而且与前面小说文论和诗歌文论侧重作家译介的特点有所偏离。在 23 篇翻译类戏剧文论中，仅有 3 篇文章与剧作家有关，它们是《文艺新闻》1939 年 10 月 1 日创刊号和 10 月 8 日第 2 号上连载的、M. 谢儒儿著、满涛译的《罗曼 · 罗兰在法兰西剧院》(上、下）和《黄河》杂志 1941 年 2 月第 2 卷 1 期上刊发的、郑侨生译的另一篇文章《法国今代的剧作家基拉都》(原作者不详)，其余 19 篇文章比较集中地译介了下列作者的剧论文章，如美国作者柳惟生（又译柳维松，Ludwig Lewisohn，1882—1955）有5篇文章被译成汉语，它们是胡愈之翻译的《近代的法国写实派戏剧》(《小说月报》，1924年4月第15卷）和马彦祥译的4篇连载文章《法国近代剧概观》(《文艺月刊》，1933年2、4、5、6月第3卷8、10、11、12期)；普列汉诺夫的《论法兰西底悲剧与演剧》，由冯雪峰翻译，两篇连载于1929年8月1日、11日《朝花》杂志第1卷7期和8期；罗曼·罗兰有关民众剧的论述，1927年12月《莽原》杂志第2卷23、24期上先有冯雪峰的译文《〈民众戏曲〉底序论：平民与剧》，到1946年又有沈起予译的《民众戏剧论》，3篇连载于《萌芽》1946年8、9、10月第1卷2、3、4期。此外，还有M.伊可维支著、戴望舒译的《唯物史观与戏剧》(《新文艺》，1930年3月15日第2卷1期）[①]、美国P.Carr著、胡春冰译的《现代法国戏剧概观》(《戏剧》，1930年4月1日第1卷6期)、英国陶登著、若斯译的《法国中世纪的戏剧》(《中原》，1943年6月，创刊号)，以及纪德著、陈占元译的《戏剧的进化》(《译文》，1936年9月，新2卷1期）等。

评介类戏剧文论共24篇，其中有关法国剧作家的文章12篇，包括介绍小仲马（Alexandre Dumasfils，1824—1895）的《茶花女》的文章有4篇：《〈茶花女〉本事》(樊仲云，《小说月报》，1925年10月第16卷10期)、《茶花女的剧本和小说——未必如此杂记之二》(徐霞村，《北新》，1927年3月第1卷30期)、《谈谈〈茶花女〉剧本》(林汉达，《文学周报》，1928年3月第308期）和《〈茶花女〉的前前后后》(夏康农，《春潮》，1929年5月第1卷6期)。

有关莫里哀（Moliere，1622—1673）的评介文章有3篇：《莫利哀的〈恨世者〉》(赵少侯，《文艺月刊》，1934年10月第6卷4期)、

① 《语丝》1930年2月第5卷47期上也有伊可维支著的《戏剧的唯物史观的解释》一文，译者不详。此文与戴望舒的译文疑为重译。

《喜剧的成长与莫利哀》(文治平，《文艺》，1937年8月第5卷1、2期抗战戏剧专号）和《法国喜剧诗人——莫利哀》(吴达元，《民族文学》，1943年8月第1卷2期)。

论及其他剧作家的文章有5篇：陈瘦竹的《新浪漫派剧作家罗斯当》(罗斯丹)(《文艺先锋》，1944年9月第5卷3期）和《法国古典悲剧与〈熙德〉》(《时与潮文艺》，1946年5月第5卷5期)；《法国戏剧诗人高乃依》(吴达元，《民族文学》，1943年7月第1卷1期)、《莫洛亚先生和他的〈法国的悲剧〉》(贾涌，《野草》，1943年3月第5卷3期）和《罗曼·罗兰的历史剧》(松子，《文学新报》，1945年1月第1卷3期罗曼·罗兰逝世纪念特辑)。

其余12篇文章侧重对法国不同时期戏剧的评介，如《小说月报》上有王统照的《大战前与大战中的法国戏剧》(1924年4月第15卷)、郑振铎的《文学大纲》之第三十二章所论述的《十九世纪法国戏剧与批评》(1926年8月第17卷8期）和许德佑的《今日法兰西戏剧运动》(1931年12月第22卷12期)；《真美善》上有曾朴的《论法兰西悲剧源流——希腊悲剧原始》，分4期刊载于1927年11月的创刊号、第1卷2期、1927年12月第1卷3期和1928年1月第1卷6期；以及宋春舫的《法国现代戏曲的派别》(《猛进》，1925年6月第14期)、袁昌英的《法国近十年的戏剧新运动》(《现代评论》，1928年6月，3周年增刊)、夏炎德的《现代法兰西戏剧文学》(《矛盾》，1934年4月第3卷2期)、许佑德的《法德戏剧动向之比较》(《文学》，1935年11月第5卷5期)，及李健吾的《胜利后法国现代戏剧》(《文艺春秋》，1947年8月15日第5卷2期)。

文学理论方面，翻译类和评介类文章分别有38篇和21篇。有些文章的学理性较强，涉及对文学本体论、文学批评主体、文学批评视角的探讨等，比如：

- 法国果尔芒（Remy de Gourmont，1858—1915）所著两篇文

章：《形式与实质》（傅东华译，《文学周报》，1927 年 5 月第 270 期（第 4 卷 20 期））和《文学中的影响》（李霁野译，《莽原》，1927 年 10 月第 2 卷 20 期）

- 法国 Lemaitre 所著的《批评中的人格》（李霁野译，《莽原》，1927 年 10 月第 2 卷 18、19 期）
- 法国伊可维支（Marc Ickowicz）所著 4 篇文章：《文学天才与经济条件》（江思（戴望舒）译，《语丝》，1929 年 7 月第 5 卷 18 期）、《唯物史观光下文学》（沈起予译，两篇分别载于《现代小说》（附）《五一特刊》，1930 年 1 月第 3 卷 4 期和 3 月第 3 卷 5、6 期合刊）和《文学创作的机构》（江思（戴望舒）译，《现代小说》（附）《五一特刊》，1930 年 1 月第 3 卷 4 期）
- 法国查尔斯·莫隆（Charles Mauron，1899—1966）著的《艺术中的一致与分歧》（徐霞村译，《现代》，1934 年 5 月第 5 卷 1 期）
- 法国蒙田（Michel de Montaigne，1533—1592）著的《论同样的计策底不同的结果》（梁宗岱译，《文艺先锋》，1943 年 8 月 20 日第 3 卷 2 期）
- 法国圣佩甫（Charles Augustin Sainte-Beuve，1804—1869）著的《什么是一位经典作家》（刘西渭（李健吾）译，《文讯》，1948 年 9 月 15 日第 9 卷 3 期）

有些文章，或介绍和评论法国文学态势，或从文学批评的角度，对法国文学加以评论，比如：

- 法国 Georges Lechartier 著的《法兰西文学之新趋势》（济澂译，《小说月报》，1922 年 9 月第 13 卷 9 期）
- 俄国佛利柴（佛理契）著的《中产阶级胜利时代的法国文学》（耿济之译，《小说月报》，1924 年 4 月第 15 卷号外法国文学研究专号）

- 法国郎松（Gustave Lanson，1857—1934）著的《法国革命对于文学的影响》(夏康农译，《春潮》，1929年1月第1卷3期)
- 匈牙利I·玛察著的《现代法兰西文学上的叛逆与革命》(冯雪峰译，《朝花》，1929年9月第1卷11期)
- J.卡梭著的《法国文学的革命传统》(张元松译，《七月》，1940年3月第5集2期)

但是，评介类文章的情形有所不同，有些文章依然是对法国文学的评论或介绍，如：

- 《法兰西近世文学的趋势》(周无，《少年中国》，1920年10月第2卷4期)
- 《法国文学对欧洲文学的影响》(郑振铎、沈雁冰，《小说月报》，1924年4月第15卷号外法国文学研究专号)
- 《法国文学的特质》(穆木天，《创造月刊》，1927年2月第1卷6期)
- 觉之所著的3篇连载文章《现代法国的各派文艺批评论》(《春潮》1929年3、4、5月第1卷4、5、6期)

但有些文章对法国的文学思潮或流派特别感兴趣，比如：

- 《现代文学上底新浪漫主义》(昔尘，《少年中国》，1920年6月第1卷12期)
- 《法国浪漫运动的女先驱》(曾虚白，《真美善》，1929年2月第3卷4号)
- 《浪漫主义与基督教》(赵景深，《文学周报》，1929年12月第380期（第9卷45期)
- 《十九世纪法国的浪漫主义运动》(贺义昭，《文艺茶话》，1933年2月第1卷7期)
- 《法国文学主要思潮》(徐仲年，《时与潮文艺》，1944年10月第4卷2期)
- 《现代法国文学派别》(袁昌英，《民族文学》，1944年1月第1卷5期)

- 《圣皮韦（Sainte-Beuye）的自然主义批评论》(西谛（郑振铎），《文学周报》，1922 年 10 月第 52 期）
- 《法国唯在主义运动的哲学背景》(陈石湘，《文学杂志》，1948 年 6 月第 3 卷 1 期）

在文学史论方面，翻译类文章明显少于评介类，仅有 9 篇，而评介类则有 27 篇。

翻译类文章中，有《少年中国》刊发的 4 篇，由法国巨斯大佛·郎宋（Gustave Lanson）著、黄仲苏译的《法兰西文学批评与文学史之概略》(1924 年 1 月第 4 卷 9 期)、《文学史方法》(1924 年 2—4 月第 4 卷 10~12 期)，其他文章都是有关近期法国文学史的，如法国第波德著、颜歆译的《一九三〇年的法国文坛》(《小说月报》，1931 年 3 月第 22 卷 3 期)、法国倍尔拿·法意著、戴望舒译的《世界大战以后的法国文学》(《现代》，1932 年 8 月第 1 卷 4 期）和马尼埃著、孙源译的《解放以来的法国文坛》(《文联》，1946 年 3 月第 1 卷 5 期）等。

从评介类文章也可看出，当时我国对从 17、18、19 世纪一直到战后的法国文学，都表现出全方位的关注。而较早开始译介法国文学史的期刊有《创造周报》和《小说月报》。比如《创造周报》在 1924 年就刊发过黄仲苏的 3 篇连载文章《法国最近五十年来文学之趋势（介绍）》(1924 年 1、2 月第 37、38、39 号)；同年 1 月，《小说月报》第 15 卷 1 期也发表了沈雁冰、郑振铎合著的两篇文章《现代世界文学者略传》(一、二），专门介绍法国多位作家。1924 年 4 月《小说月报》第 15 卷号外法国文学研究专辑发表了王靖的《法国战时的几个文学家》和刘延陵的文章《十九世纪法国文学概观》。该文不仅对法国写实主义、自然主义等文学流派，也对这些流派的代表作家，如巴尔扎克、福楼拜、莫泊桑等做了介绍。1925 年《小说月报》又刊登了郑振铎的两篇文章《十七世纪的法国文学》(1925 年

4月第16卷4期）和《十八世纪的法国文学》（1925年11月第16卷11期）；事实上，这两篇文章是他撰写的《文学大纲》一书中的第十九章和二十一章，于1931年由上海商务印书馆出版。《小说月报》还发表过李青崖的连载文章《现代法国文坛的鸟瞰》（1929年8月第20卷8期和1930年5月第21卷5期）。

其他与法国文学史有关的文章还刊行在多个文学期刊上，如周无的《法兰西近世文学的趋势》（《少年中国》，1920年10月第2卷4期）、玄珠（沈雁冰）的《最近法兰西的战争文学》（《文学周报》，1925年2月第161期）、病夫（曾朴）的《谈谈法国骑士文学》（《真美善》，1928年10月第2卷6号）、保尔的《十八世纪的法国文学》（《新文艺》，1930年1月第1卷5期）、沈起予的《法国的新兴文坛》（《大众文艺》，1930年5月第2卷4期）、董秋芳的《大战后的法兰西文学》（《文学评论》，1934年10月第1卷2期）、徐仲年的《无限凄凉的法国文学》（《文艺月刊》，1936年1月第8卷1期 特大号）和绍欣的《法国文学的新动向》（《东流》，1936年2月第2卷3期世界文学新动向特辑）。

在第三个时期，译介量明显减少，只有《时与潮文艺》在这方面显得比较突出，刊发过徐仲年的4篇文章，分别是《四十年来的法国文学》（1943年5、7月第1卷2、3期）、《纳粹铁蹄下的法国文学》（1943年9月第2卷1期）和《巴黎解放前后的法国文学》（1945年1月第4卷5期）。其他文章还有焦菊隐的《战时法国文艺动态》（《文哨》，1945年7月第1卷2期）和罗大刚的《两次大战间的法国文学》（《文学杂志》，1947年10月第2卷5期）等。

5.2 法国文论译介的具体描述

从16世纪的古典主义到20世纪的现代主义，法国文学在欧洲各国衍变迅速的文化文学潮流中常常敢为天下先，从而成为世界文学的先锋或表率；而现代中国对法国文学也一直保持着强烈兴趣，对法国文论的译介一直亦步亦趋。从法国文学史的角度看，前述所列各位小说家、诗人、剧作家，往往分别倾向于他们各自热衷的文学流派或主张，因此，本章将分别从浪漫主义、象征主义、自然主义和现实主义角度，对各流派所涉文论和重要作家展开进一步描述。

5.2.1 法国浪漫主义文论译介

兴起于 18 世纪末 19 世纪初的法国浪漫主义文学，是在 1789 年法国大革命后，国内资本主义和封建主义激烈斗争的产物。这一思潮受到英国和德国浪漫主义文学的影响，是许多作家不满当时黑暗的社会现实而要求变革的一种热烈的感情表现。法国浪漫主义文学具有四个思想特点：第一，“它强调创作的绝对自由，反对古典主义的清规戒律”；第二，“它从民主主义的立场或留恋旧制度的立场抨击封建制度或资本主义的罪恶现象，一类作家具有资产阶级倾向，另一类带有贵族倾向，但他们批判现实的武器都是人道主义，同情下层人民疾苦，幻想正义和博爱统治的未来”；第三，“酷爱描写中世纪和以往的历史，重新挖掘往昔的文化和文学，发现英雄史诗的价值”；第四，“偏重于描写自然风光，厌恶资本主义文明和现实，……用自然的美去对照社会的丑”（郑克鲁，2008：126）。

在法国浪漫主义文学中，斯塔尔夫人（Madame de Staël，1766—1817）和夏多布里昂（François-René de Chateaubriand，1768—1848）是当之无愧的先驱人物。前者在《论文学》和《论德意志》，后者在《基督教真谛》中，都分别阐述了张扬个性的浪漫主义文学的理论观点。然而，在中国现代文学期刊中，对斯塔尔夫人也只有 4 篇文章，即日本杉捷夫著、东声（韩侍桁）译的《关于斯台尔夫人的〈文学论〉》，两篇连载于 1931 年 8—9 月第 2 卷 8~9 期，和另两篇评介文章：曾虚白的《法国浪漫运动的女先驱》(《真美善》，1929年2月第3卷4号）与严大椿的《司达哀尔夫人论》(《文艺月刊》，1936年9月第9卷3期)。至于夏多布里昂则没有检索到任何文章。只有维克多·雨果引起了国人较多的关注，他在1827年发表了《〈克伦威尔〉序言》，这被认为是法国浪漫主义的纲领，雨果也就成了法国浪漫主义运动的领袖。虽然勃兰兑斯（Georg Morris Cohen Brandes，1842—1927）在《法国的浪漫派》(1982：22）一书中认为，雨果的这篇序言与德国的莱辛、施莱格尔和英国的浪漫派作家相比并没有提供多少新的见解，但他的《〈克伦威尔〉序言》与戏剧《欧那尼》在法国的浪漫主义运动中无疑具有里程碑式的意义。应该说，维克多·雨果以其杰出的创作和文学主张为我们提供了一种政治上带有保守主义倾向而艺术上带有古典主义倾向的浪漫观。

对雨果的译介，首先要看《文艺月刊》。1935年5月《文艺月刊》第7卷5期发行了“雨果纪念特辑”，里面发表了两篇翻译类文章：《关于雨果》(保罗·克老德尔（今译保罗·克洛岱尔，Paul Claudel，1868—1955）著，李丹译）和《评雨果名著〈可怜的人〉》(今译《悲惨世界》)(Andre Bellessort（安德烈·贝勒索尔）著，方于女士译)，和4篇评介类文章，包括徐仲年的《雨果论》、李青崖的《雨果先生年谱稿略》、郎鲁逊的《雨果的研究》和徐心芹的《雨果的〈社会学观之评价〉》。

其他有关雨果及其作品的评介类文章还有：徐霞村的《〈巴黎圣母院〉中之爱》(《北新》，1927年3月第29期)、马宗融的《法国小说家雨果》(《文学》，1935年1月第4卷1号）和《巴比塞对雨果的评语》(《文学》，1935年6月第4卷6号)、萧雯的《〈钟楼怪人〉和〈茵梦湖〉》(《宇宙风》，1938年4月第65期）和陈瘦竹的《法国浪漫运动与雨果的〈欧那尼〉》(《时与潮文艺》，1945年6月15日第5卷2期)。

上面有关雨果的评介类文章，大都以雨果一生不畏强权，为自由而奋斗，或以其作品里表现出来的人道主义和理想主义为特征。比如徐仲年的《雨果论》一文，从1935年5月法国全国上下隆重纪念雨果忌辰五十周年盛况开始，将他的生活分为五大时期进行介绍，分别为：受夏多布里昂影响的时期；浪漫派的奋斗时期；政治活动时期；放逐时期和老年荣归故里的生活。文章时时关照到雨果在文学上的横溢的才华和以文学为武器，对抗古典主义的奋斗精神。文章提到雨果中年以后，因看到浪漫派的颓势，遂将诗人的激情转移到政治生活上，但终因与当局政见不合而遭受流放的命运，直至快七十岁时才回归故土。

同辑中，方于女士所翻译的《评雨果名著〈可怜的人〉》一文之原作者是“近代权威的大批评家”安德列·贝勒索特（André Bellessort）。该文分析了《可怜的人》的优劣，认为原文中米里哀主教这个形象“含有基督教的新意义，是社会上人心问题解决的唯一方式”，并认为，在暴徒、罪犯的心理描写上，雨果比同代其他名家如巴尔扎克、陀思妥耶夫斯基的笔力无论从宽度或高度上都略高一筹。但是，他在某些细节上过分发挥，影响小说的结构，如“滑铁卢战争”“法国1831和1832年的巷战”等。但“这些冗繁的记述有时虽使读者厌烦，却能给这部书以一种包罗万有，杂而不乱的伟大气象”。文章后面仍不乏道德上的评论，写道“拉玛克将军的殡仪和暴动对垒的情形”，虽能写成“可歌可泣的奇文”，但作者认为“这种同族相残的内战是不足为训的”。这样的评语在当时国内矛盾突出，日本加紧对华侵略的政治气氛中不能不说是大有深意的。文章最后还重申了这篇小说的弊端：会使读者“痛恨警察，法律，甚至于整个的社会，有可能引发革命”，作者或者译者的保守态度可见一斑。

郎鲁逊的《雨果的研究》则对雨果的思想和性质作了三方面的

阐述：他作品所显示出来的同情和想象力；他的自傲的气质“是一种不肯迎合庸俗的感情，亦是不能得庸俗眼光了解的大智慧和大天才”；还有他的人道主义，始终“为人类的弱者鸣不平”。郎鲁逊还对雨果的诗做了深刻的解析，认为他的诗“有时代意识”，是一种时代的回响；是人类的先觉，“导引人群宣扬真理和希望”。针对现实主义者对雨果的攻击，郎鲁逊提出自己关于雨果的浪漫主义的观点，指出“最使人感动的，就是觉得他的诗不是漂渺空虚的东西，他都言之有物，不涉空想，而有真实的基础”。

李丹的译文《关于雨果》原是保罗·克老德尔为纪念雨果所作的演讲原文。而徐心芹的《雨果的“社会学观”之评价》则是以“社会学观”这一当时新兴的文艺批评方法对雨果及其作品进行审视，认为雨果的伟大之处就在于他能针对自己所处的时代——法国大革命及恐怖时代以后——一般大众切身要求创造写作，而引导群众前进。[①]

浪漫主义全盛时期的代表人物很多，除雨果之外，还有乔治·桑（Geoge Sand，1804—1876）、维尼、缪塞等。不过，对于这些作家、诗人，译介量就少了很多。然而，女作家乔治·桑，国人对于她的译介虽然非常有限但并不乏热情。期刊上有关她的翻译类文论有两篇，即法朗士著、陈炜谟译的《佐治桑德与艺术上的理想主义》(《沉钟》，1926年9月第4期）和法国亨利·布拉伊著、马宗融译的《乔治桑、巴尔扎克与左拉》(《文学季刊》，1935年3月第2卷1期)。评介类文章也有两篇，是孙席珍的《乔琪桑之生平》(《北

① 从其他资料发现，当时除了文学期刊对雨果有所译介外，在国人的其他著作中也有文章主要评论雨果的作品，如《嚣俄的圣母寺》(赵景深，《近代文学丛谈》，上海新文化书店，1925年)、《嚣俄的死刑废止论》(钱杏邨，《文艺批评集》，上海神州国光社,1930年)、《巴黎圣母寺》(保尔，《现代文艺杂论》，上海光华书局,1930年)、《嚣俄的欧那尼》(张谷若，《从嚣俄到鲁迅》，上海新时代书局,1931年）和《雨果和〈哀史〉》(即《悲惨世界》)（茅盾，《世界文学名著讲话》，上海开明书店，1936年)。并且在《文学名著研究》（日本波多野千惠子著，杨烈译，成都协进出版社，1947年）中也有《雨果底悲惨的人们》的译文。

新》，1928 年 8 月第 2 卷 19 期）和病夫（曾朴）的《乔治桑的诉讼》（《真美善》，1928 年 8 月第 2 卷 4 号）。[1]

根据钱林森的研究，当时中国文坛对乔治·桑的生平，尤其是她的传奇的爱情故事的关注远远超过了对她作品本身的热情。“人们很想知道，这个 19 世纪的才气横溢的女作家，是以怎样的魅力和热情赢得了缪塞、巴齐罗、米歇尔、肖邦的爱情，又是以怎样卓绝的才华得到名人福楼拜、海涅、大小仲马的崇拜”。她倾其一生追求真爱，又把自己追求的激情和感受诉诸笔端，融化在作品的灵魂里。“而五四时代正是呼唤激情的时代，中国正在形成自己浪漫的一代，这代人被封建礼法桎梏良久，感情的猛虎渴望着冲破牢笼。他们羡慕乔治·桑敢爱真爱的品格，而乔治·桑对自我感情和自我个性的真诚展露，反过来又成为五四人寻找‘个性主义’的借鉴之一”（1995：189）。

另外，对乔治·桑这位女性作家的译介也和“五四”后国内提倡的个性解放、妇女解放等问题不无关系。“五四”之后，中国的先进知识分子热衷于从政治上、经济上、社会地位、婚姻家庭关系等各方面探索妇女解放的道路，理想主义者引进“娜拉”，引入乔治·桑，他们从后者的生平中看到了女性自由解放的榜样，正如孙席珍在其《乔琪桑之生平》一文中所言，“她不但是文学家，同时还是革命家。她主张打破一切的传统观念，主张男女同权，主张女性独立，那种为自由而战争的论调，是为那时代的任何人所不敢道的，就是著名的北欧妇女运动家爱伦凯，也已经在她半世纪以后了。”（转引自钱林森，1995：191）因此，可以说“乔治·桑在二三十年代

① 其他有关乔治·桑的译介著述还有《乔治桑德五十周年纪念》，收于保尔的《现代文艺杂论》一书（上海光华书局，1930 年）和《爱底寻求：乔治桑传》(*George Sand: the Search for Love*)（美国玛丽霍葳（Marie Howe）著，严君默译，上海正风出版社，1949 年）。这是当时唯一一本关于乔治·桑的专论书籍，也是唯一一部浪漫主义作家的传记作品。

带给中国浪漫一代的东西更多的是精神上和情绪上的，而不是文学实质上的。她的浪漫者的精神气质比浪漫的作品更加吸引中国读者”（钱林森，1995：193）。

关于维尼，在期刊中共有评介类文章6篇，其中包括黄仲苏的《诗人微尼评传》(《少年中国》，1923年3月第4卷1期)、穆木天一人所写的《维尼及其诗歌（介绍)》，分4期先后刊于《创造月刊》1926年7月第1卷5期、1927年7月第1卷7期和1928年1—2月第1卷8~9期，以及1944年11月鲍文蔚发表在《艺文杂志》2卷11期上的《一位严肃的诗人——维尼》。

对缪塞的译介仅有《洪水》杂志1927年3月第3卷28期上王独清的《关于〈诗人缪塞底爱之生活〉》一文和《创造月刊》1926年6月第1卷4期上摩南的文章《诗人谬塞之爱的生活》。

其他有关法国浪漫派的译介文章，主要以综述、概述为主。比如在《小说月报》1924年4月第15卷号外“法国文学研究”专辑里，有希孟译自英国历史学家、传记学家斯特雷奇（Giles Lytton Strachey，1880—1932）的《法国的浪漫运动》。这是一篇系统介绍法国浪漫主义的文章，着眼于浪漫主义的全貌，详尽描述了这个流派的缘起、发展和最后被巴尔扎克的写实主义所替代的全过程。文章将浪漫主义的先驱考证至更接近于古典主义的安德列·希尼尔（André Chénier，1762—1794），接下来才提到狄德罗（Denis Diderot，1713—1784）和卢梭（Jean-Jacques Rousseau，1712—1778）。并对早期的浪漫主义者夏多布里昂的风格作了非常详尽的介绍。对于浪漫派的重要人物雨果，作者进行了比较客观的评价，对其作品的优点和弊端均有叙述。在该文结论部分，作者又指出浪漫主义的实质所在：“使浪漫主义活化起来的精神是进步与变化的精神，浪漫派告诉人，没有固定的规则可以决定文章之好坏；他们告诉人，艺术也竟和科学差不多，是托命于经验的；他们又告诉人，文学而不向新发展就是死的文学。”浪漫派这种反抗古典主义清规戒律、追求进步与发展的特征，无疑顺应了新文化运动的需求，为我国新文学指出了前进的方向。

其他翻译类文章还包括《浪漫派的红丰臂》(戈恬（Gautier）著、曾虚白译,《小说月报》，1928 年 7 月第 19 卷 5 期）和《浪漫派诗人的爱情色彩》(戈雷夫（F.Gregh）著、徐仲年译,《文艺月刊》，1933 年 7 月 1 日第 4 卷 1 期)。而评介类文章方面，有赵景深在 1929 年 12 月《文学周报》第 380 期（第 9 卷 45 期）上发表的文章《浪漫主义与基督教》，该文除了论述法国浪漫主义代表作家拉马丁（Alphonse de Lamartine，1790—1869）、斯塔尔夫人、雨果、夏多布里昂等人外，还述及英国和德国的浪漫派诗人如若瓦利斯、拜伦、雪莱和海涅等。而贺义昭和马宗融也在不同期刊上发表关于法国浪漫主义的评介性文章，如《十九世纪法国的浪漫主义运动》(贺义昭,《文艺茶话》，1933 年 2 月第 1 卷 7 期）和《浪漫主义的起来和它的时代背景》(马宗融,《文学》，1936 年 3 月第 6 卷 3 号)。

以上种种就是法国浪漫主义文论在我国现代文学期刊中的译介轮廓。① 如前所述，“五四”前后，我国社会各阶层的人都在探索新文化发展的出路，这种探索的结果就是对西方近百年文学和文论的“兼收并蓄”。斯塔尔夫人、雨果、乔治・桑、维尼等人，也是随着这样的大潮进入我国文学家视野的。当时的译介者大都是新文化运动的亲历者，他们往往格外关注国家民族的命运，关注外国作品里

① 韩侍桁辑译的《西洋文艺论集》(上海北新书局，1929 年)、黄仲苏编的《近代法兰西文学大纲》(上海中华书局，1932 年)、曾仲鸣著的《法国文学论集》(上海黎明书局，1932 年）和《法国的浪漫主义》(上海开明书店出版，1928 年)，以及费鉴照著的《浪漫运动》(上海商务印书馆，1933 年)，都有相关篇章论述法国浪漫主义文学及作家。曾仲鸣的《法国的浪漫主义》一书就包含了“什么叫做浪漫主义”“法国的浪漫主义及其时代”“浪漫主义与革命”“法国的浪漫主义的几个名家” 4 章；而费鉴照的《浪漫运动》介绍了 18 世纪中叶到 19 世纪初叶法、英、德三国浪漫运动的几个方面，书末还附有《中国与欧洲浪漫运动》一文。

显现出来的人格力量和社会内容，因此，他们对外国文学的选择具有明显的倾向性，对作品的品评更是注重其思想价值。而雨果作品所包含的广阔的社会内容及深沉的思想感情，正迎合了中国译者和研究者的这种期待视野。他的小说反映人生悲苦，但又并不消极悲哀，往往充满了善良战胜邪恶，理想战胜现实的浪漫主义色彩。因此必然成为被译介的对象。

5.2.2 法国自然主义文论译介

自然主义作为文艺思潮，发生于19世纪60年代，盛行于19世纪70到80年代。在文学中，法国是自然主义表现得比较充分的国家之一。虽然自然主义在法国的出现稍晚于现实主义，但是在我国1915—1949年的外国文论译介中，自然主义译介却早于现实主义，因此提前在此介绍。

19世纪中期的法国，由于“实证哲学的产生和传播、科学技术的发展和悠久的理性传统合力作用的结果”，整个社会充满了浓厚的科学主义空气。这种“科学主义的影响波及文化领域的各个方面。就文学而论，首当其冲的是小说”（罗芃等，1997：259）。那时，随着实证主义哲学向社会各个方面的渗透，“巴尔扎克等现实主义作家不但主张真实描写社会风俗，而且表现出急于寻找科学参照的倾向”。福楼拜“为描写包法利夫人吞服砒霜后的痛苦”“除了翻阅大量资料，还到医院实地观察病人”，他的这种“‘纯客观的’、‘科学’的描写已经得自然主义的先鞭”“实际上代表了现实主义向自然主义的过渡”（罗芃等，1997：270）。龚古尔兄弟最先强调“把日常生活的现象真实地记录下来，标榜这是科学的方法”。左拉受到这种思潮，以及前面提到的实证哲学，还有当时的遗传学研究成果的影响，“形成了自然主义的文学理论，并成为这一派的领袖人物”。他的理论文章包括《试验小说》（1880年）、《戏剧中的自然主义》（1881年）、

《自然主义小说家》(1881年) 等。他认为，过去的文艺观都已经陈旧过时，现在的人们已经发现了一种严格的科学方法，可以对人的行为进行生理和病理的分析，像化学家在实验室内进行试验一般。他还认为，作家的任务是研究和阐释人是怎样受生理学和生理学规律的影响而产生某种行为和后果。并且，作家在创作中只应进行观察、研究和记录事实，而不应作社会政治的、道德的与美学的评价。然而，“法国的自然主义文学绵延达数十年之久，但是它作为一个文学流派却只存在了短短的几年。梅塘集团成立不久，成员们就程度不同地背离了自然主义的创作原则，因为只要作家还在构思故事和刻画人物，小说就不可能完全是自然主义的，自然主义的文学理论也不可能完全付诸实践”(吴岳添，2005：143)。

对于法国自然主义文学思潮在世界文坛的影响，郑振铎和沈雁冰在他们合著的《法国文学对于欧洲文学的影响》(《小说月报》，1924年3月第15卷号外法国文学研究) 一文中是有所关注的。他们指出，“法国文学思潮对于世界文坛的影响，再没有比自然主义那样普遍而且明显了。前此的古典主义及浪漫主义时代，法国虽然曾加世界以极大的影响，但总不能说是只有法国单独发出那些思潮而使世界各国一一受其影响；独至自然主义时代可说是法国独力改换了全世界文坛的色彩，所以是尤可注意的事。”(转引自王锦厚，1996：572~573)

从我们的资料看，我国最早提到自然主义的是陈独秀1915年11月发表在《青年杂志》(即后来的《新青年》) 第1卷3~4号上的《现代欧洲文艺史谭》。这篇文章较详尽地介绍了近代欧洲文艺思潮发展的全貌，文章中讲道：

欧洲文艺思想之变迁，由古典主义(Classicalism) 一变而为理想主义(Romanticism)，此在十八十九世纪之交。文学者反对模拟希腊、罗马古典文体，所取材者，中世之传奇，以抒其理想耳，此盖影响十八十九世纪之革新，黜古以崇今也。十九世纪之末，科学大兴，宇宙人生之真相，日益暴露，所谓赤裸时代，所谓揭开假面时代，喧传欧土，自古相传之旧道德、旧思想、旧制度，一切破坏。文学艺术，亦顺次潮流，由理想主义，再变而为写实主义（Realism），更进而为自然主义（Naturalism）。

同时，作者也花了较多篇幅介绍自然主义：

自然主义倡于19世纪法兰西文坛，而左喇为之魁，左氏之毕生事业惟执笔耸立文坛，笃崇所信，以与理想派文学家勇战苦斗，称之为自然主义之拿破仑。此派文艺家所信之真理，凡属自然想象，莫不有艺术之价值，梦想、理想之人生，不若取夫世事人情，诚实描写之，有以发挥真美也。故左氏之所造作，欲发挥宇宙人生之真精神真现象。于世间猥亵之心意，不德之行为，诚实胪列，举凡古来之传说，当世之讥评，一切无所顾忌，诚世界文豪大胆有为之士也。

正是陈独秀的积极倡导，随着“五四”新文化运动高潮的来临，文坛上掀起了一股译介自然主义理论的热潮。

我国较早翻译的自然主义理论的文章也许是1921年12月《小说月报》第12卷12期上晓风（陈望道）译自日本作者岛村抱月的文章《文艺上的自然主义》。然而，当时我国对自然主义理论尚有质疑、争论，甚至误解，对写实主义和自然主义界定不清（刘庆元，2008：88）。但是，正是通过岛村抱月的阐述，人们才对这两个概念有了基本区分。岛村抱月这样写道：“写实主义包含却比自然主义更广，自然主义不妨看作写实主义底一部分”，并且作者指出，两者差别在于描写法上客观化的多少，“写实主义并不算全照自然描写，中间也还有故意作为的痕迹；自然主义却更是客观化，刻意将事象底影迹如照相器般如实地映出，丝毫没有技巧细工的痕迹。”随后的中国学者都采纳了这一观点，如谢六逸在《西洋小说发达史》(《小说月报》，1922年6月第13卷6号）中即指出，“写实主义与自然主义在实质上并没有区别。写实主义其范围比自然主义狭窄些，我以为在自然主义里面，已包括写实主义”。沈雁冰于《小说月报》第13卷6号的“通信”栏目中，在“自然主义的怀疑与解答”栏下有《复吕芾南》一信，其中写道，“文学上的自然主义与写实主义实为一物”，批评家“以为客观化较少的是写实主义，较多的是自然主义”。在《“曹拉主义”的危险性》一文中，沈雁冰认为法国的福楼拜、左拉，俄国的契诃夫，美国的德莱塞是“可以拉在一起的”，可以“请他们同住在‘自然主义’——或者称它是写实主义也可以，但只能有一，不能同时有二——的大厅里”。刘延陵在《十九世纪法国文学概观》(《小说月报》，1924年4月第15卷号外法国文学研究专号）中也认为“所谓自然主义实在也只不过是深进一层的写实主义罢了”。与此类似的文章还有李之常的《自然主义的今日文学论》和《自然主义的中国文学论》(《文学周报》,1922年8月第46和47期)[①]。

期刊上有关自然主义的翻译类文论还包括1924年4月《小说月报》第15卷号外法国文学研究专号所载的两篇文章，一是汪馥泉译自日本作者相马御风的《法国的自然主义文艺》，二是谢六逸根据日本新潮社出版的《近代文艺十二讲》一书所节译的《法兰西近代文学》。谢六逸的文章介绍了法国古典主义、浪漫主义、自然主义和象征主义，并在介绍自然主义时，认为福楼拜作为前期自然主义的代表，是“近代自然主义的第一人”，都德的自然主义被称为“浪漫的自然主义”，左拉是“自然主义之父”。此外，还有以龚古尔兄弟为代表的印象派的自然主义，和后期自然主义的代表作家莫泊桑，他是“法兰西及世界自然主义文学的代表者”。

① 当时译介自然主义的文章还有胡愈之的《近代文学上的写实主义》(《东方杂志》，1920年1月第17卷1号)、谢六逸的《自然派小说》(《东方杂志》，1920年9月第17卷18号)、沈雁冰的《文学上的古典主义、浪漫主义和写实主义》(《学生杂志》，1920年8月第7卷9号）等。不过《东方杂志》和《学生杂志》均未收入唐沅等编的《汇编》中。

根据资料，在对法国自然主义文论的译介中，评介类文章显然比翻译类文章更早登场。除了上面提到的陈独秀的《现代欧洲文艺史谭》外，还有1920年12月《新青年》第8卷4期上的《虚无的个人主义与自然主义》一文。此外还有1922年5—7月和11月的《小说月报》第13卷5~7期和11期上还连载的谢六逸所著4篇文章——《西方小说发达史——自然主义时代》。有人认为，谢六逸对自然主义的介绍受到了日本自然主义的影响，甚至还有些误解（刘庆元，2008：88）。

主张以“文艺为人生”的文学研究会的主要刊物《小说月报》除了发表以上所论及的自然主义文论文章外，还开辟专栏“文学作品中有主义与无主义的讨论”“自然主义的论战”“自然主义的怀疑与解答”等，与广大有识之士切磋讨论。1922年7月《小说月报》13卷7期上刊登了沈雁冰系统阐述自然主义之于中国文学意义的纲领性文章《自然主义与中国现代小说》。文章在总体上对自然主义是肯定的，认为自然主义主张“事事实地观察”，“把所观察的照实写出来”。而中国“不论新派旧派小说，就描写方法而言，他们缺了客观的态度，就采取题材而言，他们缺了目的”。因此，沈雁冰写道，“左拉这种描写方法，最大的好处是真实和细致……这恰巧和上面说过的中国现代小说的描写正相反对”；他甚至相信，对左拉写作方法的借助是矫正中国小说创作缺陷的良药，也是中国文学唯一的出路所在。当然，沈雁冰对于自然主义创作方法的功用，也是有清醒认识的。早在写《自然主义与中国现代小说》这篇文章之前，他于1920年9月，就在《改造》第3卷1号上撰文《为新文学研究者进一解》，文中清楚无误地指出，“自然派只用分析的方法去观察人生，以致所见的都是罪恶，其结果是使人失望、悲闷，正和浪漫文学的使人失望一般，都不能引导健全的人生观。所以浪漫文学有缺点，自然文学的缺点更大。”不过，由于当时人们对左拉自然主义的认识还是存在一定偏差，以为小说的技巧和思想是可以分开的，所以，作者也说了这样的话："自然主义是一事，自然派作品内所含的思想又是一事，不能相混。"根据钱林森（1995：321），由于对左拉自然主义的割裂的看法，"中国小说的创作方法转型没有与之相照应的心理基础，造成转换的浮泛性与不稳定性。"

1922年5月《少年中国》第3卷10期上发表了李劼人的《法国自然主义以后的小说》、1922年8月《文学周报》第46、47期上有李之常的《自然主义的今日文学论》、1922年10月《文学周报》第52期刊出了郑振铎的《圣皮韦（Sainte-Beuye）的自然主义批评论》。这几篇文章都高度评价自然主义的理论及写作方法，正如李之常在自己的文章中所言："以社会问题做材料的自然主义，不止可以化除一切不合时宜的滥污作品，而且无异乎是革命文学的建设论了"。

早期自然主义译介的热潮之后，一些文学革命的名家基于探求"新兴文学理论与自然主义文学理论的联系"，以供"文学理论建设者参考"（何仲生，2000：39），在多种刊物上继续发表了一些对自然主义进行思考、评析的译介论著。其中翻译类文章主要有：V. 白林斯基（别林斯基）著、周扬译的《论自然派》（《译文》，1935年4月第2卷2期）、布吕穆非里德著、沈起予译的《自然主义论》（《中国文艺》，1937年6月第1卷2期）。此外还有几篇兼论文章，如穆尔著、吴宓译的《穆尔论自然主义与人文主义之文学》（《学衡》，1929年11月第72期）、德国梅林（Franz Mehring，1846—1919）著、冯雪峰译的《自然主义与新浪漫主义》（《朝花》，1929年6月1日第1卷1期）、A.K. 华西利也夫著、何家槐译的《关于现实主义和自然主义》（《文讯》，1948年12月15日第9卷5期）等。

而评介类文章方面，则主要有芳孤的《革命文学与自然主义》（《泰东》，1928年6月第1卷10期）、毛秋白的《自然主义的文艺批评》(《当代文艺》，1931年6月15日第1卷6期)、胡风的《自然主义倾向的一理解》(《中流》，1936年9月第1卷2期)、陈瘦竹的《自然主义戏剧论》(《文艺先锋》，1946年12月20日第9卷5、6期合刊)和朱宝昌的《论自然主义与超自然主义》(《文讯》，1947年10月15日第7卷4期)。

这一时期，有些关于自然主义文论的译介文章，在期刊上发表后又被收入了论文集，如冯雪峰编译的《自然主义与新浪漫主义》一文即在1929年9月收入他自己编译、由上海水沫书店出版的《文学批评》论文集中；芳孤所写的《革命文学与自然主义》也被收入1930年9月范祥善编著、上海世界书局出版的《现代文艺评论集》内。[①]

提起自然主义，人们必然会想到左拉及其自然主义理论。确实，相对而言，在法国自然主义作家中，对左拉的译介是最多的。但与其他外国著名作家在中国的译介所不同的是，对左拉的译介并没有过多地停留在简单的生平、传记层面上，而是较多地侧重在对他的自然主义思想及其作品的译介和研究上。

从检索到的期刊文章可见，对于左拉的译介都集中在上个世纪三、四十年代。翻译类文章有11篇，其中包括：

- 巴比塞著、穆木天译的《左拉的作品及其遗范》(《北斗》，1931年10月第1卷1期)
- 法国艾玛努爱尔·贝勒（Emmanuel Berl）著、陈君冶译的

① 除了中国现代文学期刊中的有关自然主义文论的译介文章外，还有其他多篇文章被收入另外的著作中，如《自然主义的理论及技巧》(《壁下译丛》，鲁迅编译，上海北新书局，1929年)、梅林著、冯雪峰译的《写实主义与自然主义》(《文学批评》，冯雪峰，上海水沫书店，1929年)、丹麦作家勃兰兑斯（G.Brandes）著、傅东华译的《自然主义的开幕》(《诗歌与批评》，傅东华，上海新中国书局，1932年)、孙俍工的《自然主义的中国文学论》(《新文艺评论》，孙俍工，上海民智书局，1930年）和夜澄的《现实主义与自然主义》(《文艺探索与人生探索》，夜澄，上海海燕书店，1949年)。

《左拉与写实主义》(《春光》,1934年5月第1卷3号)

- 法国亨利·布拉伊著、马宗融译《乔治桑、巴尔扎克与左拉》(《文学季刊》,1935年3月第2卷1期)
- 1935年4月《译文》第2卷2期上所载3篇文章——匈牙利卢卡契著、孟十还译的《左拉与写实主义》、V. 渥哲狄著、黎烈文译的《左拉》和G. 波目著、马宗融译的《左拉的〈萌芽〉的新评》
- 1940年9月《野草》第1卷2期上的2篇文章,分别为尼库林著、孟昌译的《今日的左拉》和D·萨斯莱夫斯基著、秦似译的《论爱密尔·左拉》(此文拟有陈适的重译文《爱弥尔·左拉》(《文艺月报》,1941年5月1日第5期)和邵荃麟的重译文《左拉论》(《自由中国》,1942年1月,新1卷5、6期合刊)
- 白唐·德·儒卫勒著、林如稷译的《左拉青年时代的生活》(《文艺生活》,1946年12月,光复版第10期)

在期刊评介类文章中,有7篇论及左拉,而其中最早的文章应是1922年9月《文学周报》第50期刊载的郎损(沈雁冰)的《"曹拉主义"的危险性》一文。在该文中,沈雁冰指出,"自然主义的真精神是科学的描写法。见什么写什么,不想在丑恶的东西上面加套子"。"我们若说自然主义有注意的价值,当然是说自然主义之科学的描写法一点有注意的价值;至于曹拉的偏见是什么,毫不相干!"沈雁冰虽然在理论和创作上受到自然主义的影响,但他并不盲目机械地照搬,而是站在自我的本土化的立场,对自然主义做出取舍。他对自然主义的认识促使中国的新文学家们更加清楚地看到了自然主义的利与弊,也使他们中的大部分义无反顾地踏上文学现实主义的道路。

其余6篇文章分别为:《左拉 考内斯 嚣俄》(钱杏邨,《现代小说》,

1929 年 11 月 15 日第 3 卷 2 期)、《纪得的左拉观》(王一苇，《东流》，1935 年 11 月第 2 卷 1 期周年纪念号)、《关于左拉》(何凝（瞿秋白)，《作家》，1936 年 4 月第 1 卷 1 号)、《左拉的教训》(蔡语邨，《文艺新潮》，1939 年 9 月第 1 卷 12 期)、《左拉的艺术和思想（介绍)》(江未川，《黄河》，1943 年 4 月第 4 卷 4 期)、《左拉和他的〈萌芽〉》(郁天，《文艺知识连丛》，1947 年 4 月 15 日第一集之一)。[①]

在这些研究文章中，对左拉的艺术思想进行深入探索、值得回味的要数江未川发表在《黄河》上的《左拉的艺术和思想（介绍)》一文。该文是这样评价左拉的："单就左拉的气质上看来，与其说是写实主义者，不如说是浪漫主义者来得恰当"，"左拉在气质上最近于浪漫主义者，而他自己却极端的排斥自己气质之所近，而去从自然主义的见地来观察一切的事象"。"左拉不像一般的大家那么的充满了厌世色彩，或深沉的悲哀，他是人类光明的追求者，是始终相信人类光明的理想家。"但是，文章也认为，"左拉的宿命观，有一种阴暗而可怕的诗味。……左拉用残忍的单调，深刻的庄严，可怕的冷酷，很有力的将神秘的不可避免的结果表现出来。""左拉的作品，彻底地将人类生活描写做压迫在暴威之下的盲目的动物性，在这一点，他的作品，可以说是感觉着'灵感'而创作的充满了哀愁的大规模的叙事诗。"

除了这里所谓的"宿命论"之外，作者还认为左拉的作品具有

---

① 有关左拉的译介文章还可见于其他一些著作。比如在高尔基等著、胡风辑译的《外国作家研究》(桂林文学出版社，1943 年）中就有卢卡且著、黎烈文译的《左拉和写实主义》和渥哲狄著、黎烈文译的《左拉》二篇。而在评介类论文集中，则有钱杏邨的《左拉与巴黎公社》(钱杏邨，《文艺批评集》，上海神州国光社，1930 年）和周作人的《论左拉》(周作人，《艺术与生活》，上海群益书社，1930 年)。不但如此，还有 2 部译著，一部是左拉论述自然主义文学主张的重要著作《实验小说论》(张资平译，上海新文化书局，1930 年)，另一部是《爱弥儿·左拉》(狄·诺斯（D. Ross）著，万歌译，重庆群益出版社，1944 年)；此书在 1946 年由上海云海出版社再版，更名为《左拉》。

“一种改造社会的理想”，但与从来的理想主义不同，后者是“从绝对出发”，即“以超越哲学为根底”，而左拉则从“观察和经验着手”，即是“以科学的人生观为起点！”这样的剖析显然超越了机械的阶级理论和狭隘的道德评判，而是以一种哲学的深度去把握左拉，解读左拉，这无疑是对左拉的一种深刻认识。

而瞿秋白的《关于左拉》一文，可以说是他运用马克思主义理论对自然主义进行考察剖析的重大尝试，而且作者也确实“鞭辟入里”“切中肯綮”地指出了自然主义的种种不足与缺憾。但是同时，他过于强调文学的阶级性及其在阶级斗争中的“武器”作用，因而对自然主义“非道德”“非政治”倾向提出了严厉批评，将左拉与“中国思想界的一班人，事实上藉口‘科学’、‘真实’、‘客观’等等否定革命倾向的必要，来讥笑主观改革主义急色儿”，进行庸俗的比附，把左拉自然主义定性为“事实上成了资本主义掌握之中反对无产阶级革命的一种武器”（钱林森，1995：323）。这样的判断显然带有强烈的“左”的、机械论的色彩，是对自然主义者左拉的重大偏读。

5.2.3 法国现实主义文论译介

西方的现实主义在1949年以前的中国文坛常被称为写实主义，而且当时对写实主义与自然主义也是颇有混淆的，认为后者充其量不过是前者的进一步发展而已。这一点其实也不足为奇，因为泰纳（Hippolyte Adolphe Taine，1828—1893）在1858年写成的著名的《巴尔扎克论》一文中就曾将巴尔扎克称为“自然主义者”，其主要意思是指巴尔扎克研究法国社会时具有自然科学家的严谨与冷静，不带自己的偏见与激情。当然，现实主义，顾名思义，就是要真实客观地再现社会现实。

众所周知，法国的现实主义文学可说源远流长，从中世纪诗人吕特伯夫（Pauvre Rutebeuf，1230?—1285?）和维庸（（Francois

Villon，1431—1474）的抒情诗，17 世纪莫里哀的喜剧和拉封丹（Jean de La Fontaine，1621—1695）的寓言，到 18 世纪启蒙思想家的哲理小说，都不同程度地反映了法国各个时期的社会现实。到 19 世纪后半叶，现实主义成为占主导地位的文艺思潮。以巴尔扎克为代表的法国批判现实主义文学，是法国现实主义文学成熟的标志，也使法国文学达到了前所未有的高峰。但事实上，由于早年间我国学界对法国自然主义和现实主义文学流派的区分不够严谨，很多关于法国自然主义文学的论述中就常常谈到现实主义的作家作品，反之亦然，所以真正以“现实主义”为文章标题的、涉及法国现实主义思潮的文论文章就不多，一般都冠以“写实主义”之名，如《近代的法国写实派戏剧》(美国柳维松著，胡愈之译，《小说月报》，1924 年 4 月第 15 卷号外法国文学研究专号）和《辨证法的写实主义》(法国 A. Lejuneff 著，译者不详，《南国周刊》，1929 年 11 月 23 日第 10 期)。

而最能体现法国现实主义文论在我国的译介特征的，应是下面将要谈到的、对一些重要法国现实主义作家作品论的译介，其中所涉诸家如前面表 5.4 所示。在此，我们将依次介绍罗曼・罗兰、纪德、巴尔扎克、巴比塞、福楼拜和莫泊桑这六位作家在中国现代文学期刊中的译介状况。

5.2.3.1 罗曼・罗兰

罗曼・罗兰是 19 世纪末、20 世纪前半期法国最杰出的现实主义作家之一，同时也是法国著名的评论家和社会活动家。他在现代中国得到译介者青睐的原因，恰如钱林森所言，“与其来自他的艺术才能，毋庸来自他那怀抱人类的美德”和无所畏惧、追求真理的英雄主义作风（钱林森，1995：517）。据戈宝权《罗曼・罗兰和中国》(戈宝权 1986：4）一文的考证，早在 1916 年 10 月，《新青年》第 2 卷 2 号的《通讯》栏内已经最初提到了罗兰的名字。然而直到 20 世纪二、三十年代，围绕罗兰的诞辰纪念，相应的介绍、研究文章才逐渐多起来。至四十年代中期，罗兰逝世在我国文艺界掀起了一个译介罗兰的高潮。

根据我们的统计，我国从“五四”到1949年前，对罗曼·罗兰在文学期刊中的译介文章共有翻译类28篇（其中含9篇对罗兰本人所著文章的翻译）和评介类20篇。这些译介文章有两个共同特点，一是译介年代相对集中在1926年罗兰诞辰60周年、1936年罗兰诞辰70周年和1944年罗兰逝世后这几个高潮年；二是评传和纪念类文章居多，占一半以上，而对作者及其作品的研究、评论较少（见表5.7）。如在28篇翻译类文章中，除了9篇罗曼·罗兰本人所著的文章外，其余19篇中有12篇为评传性文章，只有7篇是对罗曼·罗兰的评论和研究。评介类文章中，对罗曼·罗兰的评传性文章也同样居多，详见下表5.6。

表5.6　对罗曼·罗兰的译介文章分类统计

文论类别	翻译类（篇）	评介类（篇）	合计（篇）
评传、纪念文章	12	15	27
作家作品评论	7	5	12
罗兰文论	9	-	9
合计	28	20	48

首先，从有关罗曼·罗兰的评传或纪念文章看，《小说月报》是当时译介罗曼·罗兰的主要期刊。翻译类中较早的评传性文章是《罗曼罗兰评传》(安娜·努斯保姆（Anna Nussbaum）著，孔常译，《小说月报》，1921年8月第12卷8期)。这篇文章除了介绍罗兰生平之外，也对他的众多作品的创作背景、内容作了介绍和评价。1924年2月沈雁冰、郑振铎在《小说月报》第15卷2期上合著《《现代世界文学者略传》(一)，其中介绍的作家就包括罗曼·罗兰及其他一些法国作家。而沈泽民译自日本作者剌外西原的《罗曼·罗兰》(《小说月报》,1924年4月第15卷号外法国文学研究专号）可以说是“中国第一篇系统介绍罗曼·罗兰的文字”(钱林森，1995：525)。

1926年适逢罗曼·罗兰诞辰六十周年。这年1月，《小说月报》17卷1期刊登了敬隐渔翻译的罗曼·罗兰的名著《若望·克利司朵夫》(一)(《约翰·克利司朵夫》)，并同时刊登了敬隐渔翻译的罗兰手稿《若望·克利司朵夫向中国的弟兄们的宣言》。在这篇宣言中，罗曼·罗兰向“中国兄弟”亲切地伸出了友谊之手：

“我不认识欧洲和亚洲。我只知道世间有两个民族：——一个上升，一个下降。

一方面是忍耐，热烈，恒久，勇毅地趋向光明的人们，——一切光明：学问，美，人类底爱，公共的进化。

另一方面是压迫的势力：黑暗，愚蒙，懒惰，迷信和野蛮。

我是顺附第一派的。无论他们生长在什么地方，都是我的朋友，同盟，兄弟。我的家乡是自由的人类。伟大的民族是他的部属，众人的宝库乃是‘太阳之神’。”

这种来自欧洲的友好呼声在当时的中国并不多，所以二、三十年代的很多中国留法学生“一进入罗兰的国土，便不约而同地簇拥到这位‘世界公民’的身旁，把他奉为知己和导师，和他倾心交流”(钱林森，1995：518)。同期中还有敬隐渔1925年9月在里昂写成、到瑞士新村访问罗曼·罗兰的回忆文字《蕾芒湖畔》。

1926年6月，《小说月报》第17卷6期又推出了“罗曼·罗兰专号”，该专号上除了对罗曼·罗兰作品的介绍和翻译外，还刊登了马宗融写的《罗曼罗兰传略》和张若谷写的《音乐方面的罗曼罗兰》。马宗融曾在巴黎高等社会研究学校听过罗兰音乐史的课，因而他的文章是以“目击者的身份首次向中国公众披露了罗兰的真实形象。”而张若谷的文章则为我们描画出罗曼·罗兰与音乐的不解之缘：罗兰从小即受到音乐熏陶，喜欢音乐，而且因为音乐的缘故，无形中把民族和国际界限的思想都打破了。他之所以爱音乐，是因为“音乐的美里含有道义的意义”。而且，罗兰富于音乐史知识，在创作中用文字来描写音乐。这篇文章显然给中国读者提供了一个了解罗兰的新的角度。

1926年4月,《莽原》第7、8期合刊上也出版了“罗曼·罗兰专号”，其中有赵少侯所写的《罗曼罗兰评传》。1926年10—12月《莽原》第19~24期上，连续6期刊发了奥地利作者茨威格（Stefan Zweig，1881—1942）著、张定璜译的《Romain Rolland》(罗曼·罗兰)。这组文章是茨威格撰写的罗曼·罗兰传记中的第一编部分。

1936年是罗曼·罗兰70周岁诞辰纪念。这一年,《文艺月刊》1936年4月1日第8卷4期发表了《罗曼罗兰及其生活》(P.Jouve著，金发译)、《质文》1936年6月第5、6期合刊号发表了《艺术家罗曼罗兰》(列一茄士著，邢桐华译)、《东方文艺》1936年7月1卷4期刊登了《罗曼罗兰访问记》(亚洛雪夫著、陈琳译)。30年代评介类文章仅有两篇，一是《文艺茶话》1933年2月第1卷7期刊登的杨秀涛的《罗兰》一文；一是黄源于1936年4月发表在《作家》第1卷1号上的《罗曼罗兰七十诞辰》。

1944年12月30日罗兰逝世，不同期刊再次纷纷刊登悼念罗兰的文章。《文学新报》于1945年1月第1卷3期当即推出《罗曼罗兰逝世纪念特辑》。其上刊登了当时众多名家撰写的纪念文章，有郭沫若的《宏大的轮船停泊到了安全的港湾》、茅盾的《努出力量来》、戈宝权的《关于〈约翰·克里斯朵夫〉的二三事》。该刊编辑室也发表悼念文字，称罗曼·罗兰是当时“文学的权威”“思想的先驱”和“民主的斗士”，同时号召国民“要以积极的行动——对法西斯匪徒的加紧的战斗，反侵略的彻底，全世界的民主的大胜利来纪念他!”除此以外，同期上还有葛一虹的《敬悼罗曼·罗兰》、萧蔓若的《我们将更会战斗——悼念罗曼罗兰》、松子的《略谈罗曼·罗兰的历史剧》和未署姓名的一篇《罗曼·罗兰小传》等。同时孟引还翻译了罗兰写于1936年12月的《罗曼罗兰给西班牙人民政府的信》。可见，这一时期国人更多“择取的是罗兰作为战士的这一面”（钱林森，1995：518）。并以此作为民族的精神支柱鼓励民众将抗战进行到底。

1945 年，翻译类中关于罗曼·罗兰的评传文章有方敬译自美国 L. 普莱斯的《记罗曼·罗兰》(《文哨》，1945 年 5 月第 1 卷 1 期（创刊特大号))、焦菊隐译自法国阿拉贡作的《罗曼·罗兰》(《抗战文艺》，1945 年 6 月第 10 卷 2、3 期合刊)。

在其他期刊上还可见到孙源的《敬悼罗曼罗兰》(《抗战文艺》，1945 年 6 月第 10 卷 2、3 期合刊)、戈宝权的《罗曼·罗兰的生活与思想之路》(《文坛月报》,1946 年 5 月 10 日第 1 卷 3 期)、徐迟的《罗曼·罗兰逝世一周年》(《文联》，1946 年 1 月 20 日第 1 卷 2 期）等。

由于当时文学期刊对罗曼·罗兰的译介主要集中在对他的纪念和生平介绍上，所以对他的作品研究很不突出，所涉及的作品也非常有限，主要围绕他的《约翰·克里斯朵夫》，如陈占元译自亚兰的《论詹恩·克里士多夫》(《译文》，1936 年 4 月，新 1 卷 2 期)；原作者亚兰认为，这是一部“有前途的书”，一本“有着真实的青春”的书，“少年人会一直要念《詹恩·克里士》的”（转引自宋学智、许钧，2007：48）。此外，还有 N. 雷柯夫著、朱菁译的《关于〈约翰·克里斯朵夫〉》(《文学新报》，1945 年 1 月 20 日第 1 卷 3 期)和孙纬译自 N. 莱可娃的《论罗曼·罗兰及其〈约翰·克利里朵夫〉》(《文哨》，1945 年 5 月 4 日第 1 卷 1 期)。

在评介类文章中，论及罗曼·罗兰作品的有张定璜的《读〈超战篇〉同〈先驱〉》(《莽原》，1926 年 4 月第 1 卷 7、8 期合刊)、洁孺的《论罗曼罗兰的〈七月十四〉》(《文学批评》,1943 年 3 月第 2 号)和力夫的《罗曼罗兰的〈搏斗〉——从个人主义到集体主义的道路》(《大众文艺丛刊》，1948 年 9 月第 4 辑)。[①]

另外有些文章试图则对罗曼·罗兰进行多角度的译介。尤其在翻译类文章中，就有鲁迅译自日本作者中泽临川、生田长江的

① 沈雁冰也是罗曼·罗兰作品的最早引介者之一。在 1921 年 1 月、4 月、7 月，他就在《小说月报》第 12 卷 1 期、4 期、7 期的“海外文坛消息”栏目，撰文介绍罗兰作品：《罗兰的近作》《罗兰的最近著作》和《两本研究罗曼罗兰的书》。

《罗兰的真勇主义》(《莽原》，1926年4月第7、8期合刊)；该文全文引用罗兰的著名传记作品《贝多芬传》的序言，并认为这可以“看作他（罗兰——笔者注）英雄主义的宣言书。”文章还进一步评价“他在评传中处处流露出来勇气的感染力。”另外，文章也花了很大篇幅介绍了《约翰·克里斯朵夫》，同样注重分析作品所表现出来的罗兰本人的英雄主义精神。其他译者的文章有黎烈文译自J.R.布洛克（Jean-Richard Bloch）的《法兰西与罗曼罗兰的新遇合》(《译文》，1936年4月，新1卷2期)、满涛译自M.谢儒儿的《罗曼·罗兰在法兰西剧院》(上、下；《文艺新闻》，1939年10月1日创刊号；10月8日第二号)、张治平译自勃莱特堡的《罗曼·罗兰与高尔基》(《文章》，1946年3月第1卷2期)。但在期刊评介类文章方面，只有三篇相关文章——李璜著的《记巴尔比斯与罗曼罗兰的笔战》(《少年中国》，1922年5月第3卷10期)、罗念远著的《罗曼罗兰的托尔斯泰观》(《东流》,1935年11月第2卷1期)，和1941年《宇宙风》第124期上发表的施蛰存的《罗曼罗兰的群众观》。

最后，谈一下对罗曼·罗兰本人著述的翻译情况。根据《汇编》,《新青年》1919年12月第7卷1号所发表的《精神独立宣言》(罗曼·罗兰著、张嵩年译）一文可能是对罗曼·罗兰论著在中国的最早译文。罗兰在宣言中呼吁全世界知识分子团结起来，破除种族、国家和党派的偏见，抵制帝国主义的战争阴谋，共同谋求人类幸福。当时，在这宣言上签字声援的各国各界知识分子领袖超过千人。而译者在译文后又附注了长达17页的相关介绍，其中着重介绍了罗曼·罗兰的《约翰·克利斯朵夫》，称其为“最得名誉的杰著”“20世纪最名贵高尚的说部著作”。

1936年4月《译文》新1卷2期上还发表了罗兰著、陈占元译的《论个人主义和人道主义》。这篇文章是罗兰与两位苏联青年的通信，信中罗兰就他们对“个人自由”和“人道主义”产生的疑虑给予解答，并说服他们接受“精神的自由和人道的神圣的旗号”。

罗曼·罗兰有关民众戏剧的论述，也颇受中国译介者的关注。他认为戏剧是直接影响群众的最有效的手段，因而他希望建立起一种不是供少数人消遣、而是为群众提供精神养料的“民众戏剧”；并且认为，民众戏剧的产生需要必要的前提：首先，舞台和剧院应该向民众开放；其次，民众戏剧应该有民众参与，并表现民众的动作。他的这些观点，对后来的戏剧改革产生了重大影响。这种影响可以说也传到了中国戏剧界。1927 年画室（冯雪峰）的译文——《〈民众戏曲〉底序论：平民与剧》便出现在了《莽原》1927 年 12 月第 2 卷 23、24 期合刊上。1946 年，《萌芽》发表了沈起予的 3 篇连载译文《民众戏剧论》，刊于 1946 年 8—10 月第 1 卷 2~4 期上。以上是对罗曼·罗兰与法国文论关系比较紧密的文章的译介。①

必须承认，当时我国对罗兰的译介更多地停留在对他人格力量的描述和张扬上：他不带任何偏见、倡导博爱精神；追求真理和进步，同情苏联革命，具有在逆境中奋勇搏击的英雄主义品质。正是因为这些特质，他一直是国内文坛译介的焦点。从另一个角度看，当时国内的社会现状，尤其是 1937 年国难之后民族内部普遍的渴望英雄、渴望来自异域支持和认同的强烈愿望，更是促成对他进行热情译介的重要原因之一。

---

① 罗曼·罗兰还有多篇悼念、纪念和评述高尔基的文章，发表在不同的文学期刊上，详见“俄苏文论译介”。此外，在 1949 年之前国内出版的多部论文集中，如《二十世纪的艺术家》(查士骥，上海世界书局出版，1929 年)、《世界的民族文学家》(冯白桦，上海现代书局出版，1934 年)、《诗与真》(梁宗岱，上海商务印书馆，1935 年)、《罗曼·罗兰》（胡风，上海新新出版社，1946 年)、《文艺漫谈》（何典，上海通惠印书馆，1947 年)、《文艺探索与人生探索》(夜澄，上海海燕书店，1949 年）等，都收入了有关罗曼·罗兰的评介文章。另还有关于罗曼·罗兰的传记作品 3 部：《萝曼罗兰》(奥地利茨威格著，杨人楩译，上海商务印书馆，1929 年)、《罗曼罗兰评传》(芳信，上海永祥印书馆，1945 年)、沈炼之根据美国威尔逊（R.A. Wilson）的 *The Prewar Biographies of Romain Rolland and Their Place in His Work and the Period* 翻译而成的《罗曼罗兰传》(上海文化生活出版社，1947 年)。

5.2.3.2　安德烈·纪德

叶兆言曾在“谜一般的纪德”一文中指出，“纪德在中国人的阅读中，始终扮演着一个若即若离的左派角色，早在20年代，他就被介绍到中国来，到抗日战争期间，更是当时不多的几个走红的新锐外国作家之一。”（转引自许钧，2007：181）作为法国20世纪最重要的作家之一，我国从文论角度对安德烈·纪德的译介也颇有声色。对纪德最早的译介文字是1923年4月沈雁冰为《小说月报》第14卷1期的“海外文坛消息”栏目所写的“法国文坛杂讯”，文中便提到了纪德的名字，并认为他“颇为一般人所喜”。1925年9月，赵景深也在《小说月报》第20卷9期的“现代文坛杂讯”上撰文介绍纪德——《康拉德的后继者纪德》。这是最早两篇关于纪德的简单介绍文字。实际上，我国对纪德比较有分量的译介大多集中在上个世纪三、四十年代。具体而言，翻译类主要集中在30年代，而评介类主要集中在40年代。翻译类文章共17篇，评介类文章14篇。在17篇翻译类文章中，有8篇是对纪德的作家作品论，9篇则是对纪德所著文章的翻译，详情如表5.7所示。

表5.7　对纪德的译介文章的分类统计

文论类别	翻译类（篇）	评介类（篇）	合计（篇）
作家作品论	8	14	22
纪德文论	9	-	9
合计	17	14	31

从检索到的文章标题可见，对纪德的译介具有相当的深度和内容，而不是停留在对其生平做传记式的泛泛介绍。众所周知，纪德在思想上有亲苏和反苏两次“转变”，这无疑成为人们关注他的重要理由之一。就此，国内也出现了一些译介文章，如杨潮译自法国人

爱德华·萨迦温（Edward Sagavin）的《纪德底转变（介绍）》(《春光》，1934年4月第1卷2号）一文。这可能是翻译类文章中最早论及纪德及其第一次转变的文章；文中指出，纪德彻底走向左边的同时仍相信着个人主义，但同时又高度评价“他的转变是热忱的，态度是坚定的、坦率的”，并且这是左翼运动的伟大收获。与此同类的文章还有I.爱伦堡著、黎烈文译的《纪德之路》(《译文》，1935年9月终刊号)、高冲阳造著、周学普译的《安德列·纪德的路》(《作家》，1936年5月第1卷2号)，以及沈起予著的评价类文章《纪德的一生》。

其他翻译类文章还包括《译文》上刊登的乐雯（鲁迅）译自日本石川涌的文章《说述自己的纪德》(1934年10月第1卷2期）。从1936年到1939年还有多篇对纪德的评论文章在不同刊物上翻译、面世，如《东流》杂志1935年4月第1卷5期有《纪德与小说技巧》(法国Cremieux著，魏晋译)，《文艺》月刊1935年6月第1卷4期有《纪德论》(日本川口笃著，马鸣尘译)，《海燕》1936年2月第1卷2期有《纪德的〈新的粮食〉》(法国A.Malraux（莫罗亚）著、黎烈文译)；《鲁迅风》1939年9月第19期有《纪德的小说论》(日本新庄嘉章著、云译)。

对纪德所著文章的翻译共9篇，《译文》杂志在这方面发表的文章较多，共有5篇，如《论古典主义》(黎烈文译，1934年10月第1卷2期)、《我喜欢的十种法国小说》(沈起予译，1935年6月第2卷4期)；其余3篇均为陈占元所译，分别是《论文学上的影响》(1935年7月第2卷5期)、《艺术的界限》(1935年9月终刊号）和《戏剧的进化》(1936年9月新2卷1期)。显然，纪德对文学问题的独特见解和看法成了当时译介者关注的重点。其中《论文学上的影响》和《艺术的界限》两篇文章均是陈占元译自纪德的演讲稿。前一篇中，纪德从“为被影响者的辩护”和“为影响者（几乎就是“伟人”）

的辩护”两部分阐释文学上无所不在的影响关系。他认为“那些伟大的思想家从不畏忌影响，但却是饥渴着——好比对于存在的饥渴，去找寻影响”，因此，“真正的艺术家，渴求深刻的影响，俯身去就艺术品，竭力将它忘却而使自己更加深入。”另外，凡是伟人都是一切影响者，“大人物有这样的责任，同时他驮着的思想之重要也迫使他去影响别人”。在后一篇《艺术的界限》中，作者说道，“对于有价值的艺术家，问题并不在倚靠昨日的艺术去求走出它的范围，并扩大它底界限，而在连艺术的方向也改变过，并以自己的努力创出一个新的方向。”这番话似乎也是纪德的自我阐述。

在 1935 年 12 月《东流》第 2 卷 2 期创作特辑号上还刊有苏契夫译的《巴比塞的人格》一文，而同名文章也刊发在《质文》1935 年 12 月第 4 号上，译者署名休。《时与潮文艺》1946 年 1 月 15 日第 5 卷 4 期上刊登了纪德悼念瓦雷里的文章《悼保罗·华莱里》(译者不详)；《文艺复兴》1947 年 9 月 1 日第 4 卷 1 期上则有盛澄华译的《文坛追忆与当前问题》。

而在 14 篇有关纪德的评介类文章中，有 4 篇发表于 30 年代，10 篇发表于 40 年代。最早评介纪德的人是沈起予。他在 1935 年 10 月《文学》杂志第 5 卷 4 号上撰文《纪德的一生》。之后有 1935 年 11 月《东流》第 2 卷 1 期周年纪念号上王一苇著的《纪得的左拉观》、1936 年 10 月《文艺月刊》第 9 卷 4 期上刘莹的文章《法国象征派小说家纪德》。该文全面评述了纪德的生平、旅行、宗教观、艺术观、道德观以及性爱观等，但却没有说明纪德何以是象征派（北塔，2004 ：121）。再后就是杨积帆的《纪德所成就的“奴才”与老爷的面孔》，发表在《鲁迅风》1939 年 9 月第 19 期上。

40 年代，冰菱（路翎）发表在《希望》1945 年 12 月第 1 集 4 期的文章《纪德底姿态》，被认为是“至今为止，在中国所有关于纪德的文章中，这一篇是最有才华的。”（北塔，2004 ：124）由于纪德本人在生活和思想上的多变与不羁，要对他做出公正的评价并非易事。而“路翎在一定程度上对纪德是持批判态度的，但他的批判闪现着理解和理性的光芒，而且是在肯定中的否定，具有辩证精神。他一方面说‘纪德，终他底一生，只能做一个苦闷的智识阶级的代言人’，但又说‘纪德是反抗者，这反抗的本身是辉煌的。’从承受苦闷和反抗现实这两面来说，纪德有理由成为“一些人们底‘心灵的避难所’”(转引自北塔，2004：124)。

盛澄华显然是40年代纪德最重要的译介者之一。钱林森在《法国作家与中国》一书中这样说道，“在中国的许多研究者所砌的攀向纪德的无数面墙中，只有盛澄华最接近纪德”（钱林森，1995：545~552)。他曾先后在不同刊物上发表对纪德的介绍和研究文章，如《试论纪德（作家研究)》(上、下)(《时与潮文艺》，1945年1—2月第4卷5、6期)、《介绍一九四七年诺贝尔奖金得主纪德》(《中国作家》，1947年1月第1卷2期)、《安德烈·纪德》(《中国作家》，1948年1月第1卷2期)、《纪德的艺术与思想演进》(《文学杂志》，1948年1月第2卷8期)，以及《纪德的文艺观——北京大学〈文艺社〉讲稿》(《人世间》，1948年3月，复刊第10期（第2卷4期))。上述文章均被收入盛澄华所著的《纪德研究》(上海森林出版社，1948年)。而根据钱林森（1995：43~45)，这些篇文章“各有特色，形成全面研究纪德的崭新景象”——《安德烈·纪德》一文主要介绍其生平；《介绍一九四七年诺贝尔文学奖金得主纪德》一文是对纪德的作品研究，而《纪德的艺术与思想演进》和《纪德的文艺观》则分别从纵向和横向介绍了纪德的艺术思想。又据许钧（2007：186)，《纪德的艺术与思想演进》是盛澄华以纪德的创作为依据，将其思想与艺术的演进分为相对独立但又相互影响的三个阶段，并认为《伪币制造者》在纪德的全部创作中占有一个非常重要的地位，因为这部小说无论从篇幅、类型，还是从写作时代来看，“都代表了纪德最成熟时期的产物，代表了作为思想家与艺术家的纪德的最高表现，而同时也是最总合性的表现”。

但“真正代表盛澄华纪德研究水平的当首推《试论纪德》”（钱林森，1995：43~45）。全文分为5个部分：从纪德与巴雷斯的‘白杨之争’（La querelle du peuplier）开篇，涉及纪德整个小说（艺术）发展的完整过程，旁及戏剧、文艺批评、美学观及至于伦理观和政治观、对共产主义的看法、苏联之行及对安德烈·纪德的整体评价。“在作者看来，纪德属于这样一类人：我们生存的世界有着一切现成的安排，只有极少数人对这旅程的去向及节目突然起了怀疑，只有更少数的人因怀疑而加以探索，由探索而发出问题，这少数的选民即是我们所谓的思想家与艺术家。纪德一生中，由于北方人的深沉持重和南方人的明朗辉耀，使纪德既倾向于内心的体验又倾向于官能乐趣。他喜欢为启程而启程，永远在旅途中，既富个性又最忘我。”因而，盛澄华的《纪德研究》可以说代表了当时文坛对纪德最高的研究水平。

除了上述文章，还有李广田的《说纪德的〈浪子回家〉》（《中国作家》，1948年1月第1卷2期）、灵珠的《谈纪德》（《大众文艺丛刊》，1948年7月第3辑）和赵景深的《纪德五十年来的日记》（《人世间》，1947年，第2卷1期（复刊第7期）），文章称纪德是“我们时代的主要代言人”。无论是作为政治上多变的纪德，还是作为艺术上多样的纪德，我国对他的译介始终是真诚和认真的。①

① 根据北塔（北塔，2004：118），张若名是中国最早深入研究纪德的女博士之一。1930年秋，张在法国完成的博士论文《纪德的态度》就系统地论析了纪德的人格、宗教信仰、道德观念、对待感官事物的态度，还论述了纪德与自恋主义、象征主义、古典主义的关系等。许钧也认为，“张出色的研究使她不仅成了‘发现’纪德的‘伯乐’，更是赋予作家以‘新生’的知音”（许钧，2007：182），并指出，“她以东方女性富有色彩的笔触，在认真分析的基础上，直接表明了三个重要观点：一是要区分表面的纪德和本质的纪德；二是纪德的生命在于不断创造，不断超越；三是‘纪德人格’之花一次次盛开，异常鲜艳夺目”（许钧，2007：183）。

5.2.3.3 巴尔扎克

从文论译介角度来说，我国对巴尔扎克的译介不仅开始较晚而且数量相对较少。在期刊中最早的译介文章始于 1924 年 4 月《小说月报》第 15 卷号外上佩蘅的《巴尔扎克底作风》。该文根据佩力赛尔（Pelliseer）的《19 世纪中的法兰西文学运动》一文编译而成，认为巴尔扎克是写实主义“最完全最勇敢而且最豪健的代表”，但同时又说巴尔扎克的作品“所缺乏的就是细腻”，缺乏高超的思想，“他的喜剧虽是一首史诗，却是一个一切都只从生理方面去解释而除开物质底洪醉意外没有灵思的自然主义的史诗”。从今天的角度看，对巴尔扎克如此评价也许有失偏颇。而 1927 年 11 月《真美善》第 1 卷 2 号（曾）虚白《巴尔萨克主张文学的卫生法》一文，不能算作真正的文论，只能算是道听途说的名人逸事，价值不大。

从 30 年代以后，对巴尔扎克的评介文章开始在期刊上增多，而且评论也比之前更有深度。比如 1934 年 1 月《文艺春秋》第 1 卷 7 期发行巴尔扎克专号，其中有傅雷的一篇短小的介绍文章《一个简单的介绍——为〈文艺春秋〉发刊巴尔扎克专号作》，王集丛的《简论巴尔扎克》和杨晋豪的《巴尔扎克评传》。傅雷的短文指出巴尔扎克有深刻敏锐的观察力；他所描写的感觉是“含有普遍的人间性的”，因此，人类的性格不变，巴尔扎克的作品就不会褪色。王集丛的《简论巴尔扎克》则更注重巴尔扎克的现实主义的写作手法，他写道：巴尔扎克之描写 19 世纪前半世纪的法兰西，“是站在贵族阶级（包含商业贵族与土地贵族）底立场上描写的。”但他在表现他的意见时，“是生动地、精细地借着活生生的形象的力来表现的”，而“不是简单地宣传煽动者，不是‘政治的留声机’”。而且他“忠于现实”，“客观地、忠实地把真正在现实中存在的敌人和自己底阶级描写出来。”这些观点反映出作者对当时文坛一些新文艺家“空喊口号”的创作方法的反感和对巴尔扎克现实主义的欣赏和推崇。

巴尔扎克的作品自然也成为评介的重点，所涉及的文章有《巴尔扎克的〈欧贞尼·葛郎代〉》(李健吾,《文学杂志》, 1937年7月第1卷3期)、《关于〈从兄蓬斯〉》(今译《邦斯舅舅》)(穆木天,《文学批评》,1943年3月1日第2号)、《论巴尔扎克的〈勾利尤老头子〉》(今译《高老头》)(穆木天,《人世间》,1943年4月1日第1卷4期)、《关于巴尔扎克和他的〈伏德昂〉》(陈学昭,《文学战线》, 1949年3月第2卷1期)。

李健吾的《巴尔扎克的〈欧贞尼·葛郎代〉》是在穆木天翻译的同名小说《欧贞尼·葛郎代》一书问世后发表的评论文章。文章开宗明义地称巴尔扎克是“一个社会”“一个世界”，并将小说中的主人公葛朗台和中国元杂剧《看钱奴买冤家债主》中的守财奴、古罗马喜剧家浦劳塔斯（Plautus）的《瓦罐》中的欧克里影（Euclion)、莫里哀剧中的悭吝人哈巴公、莎士比亚剧中的夏洛克进行比较，显示出开阔的文化视野（钱林森，1995：266）。但穆木天的《关于〈从兄蓬斯〉》和《论巴尔扎克的〈勾利尤老头子〉》均是在译本问世前发表的。其中,《论巴尔扎克的〈勾利尤老头子〉》尤其反映了受前一时期左翼文学影响下的巴尔扎克观。文章指出：“巴尔扎克了解到社会生活的基础是存在于经济生活上，社会的发展，社会的关系，一切是由于经济生活所决定的。”他知道“金钱是君临在一切之上的一个王者。”“他的锐利的观察，使他透视了巴黎生活的明暗的两面，他把握住了当时法兰西社会中的矛盾的对立（Anti-thèse)，而用他的丰富的想象力，在强韧的构成之中，把那种社会的矛盾的对立，反映出来。”“巴尔扎克，从矛盾的对立上，观察了和表现了当时的社会。在《勾利尤老头子》里边，巴尔扎克，对于当时的社会上的矛盾的对立的表现，达到了极美满的完成。”文章对《勾利尤老头子》给予高度评价，称其为“巴尔扎克的最大胆的创造之一，也许就是巴尔扎克的唯一的最大胆的创造，当时的巴黎的现实的形相的那种有力的描写，真是可以与丹丁的地狱的形相的丑恶相匹敌的了。”

其他评介文章还包括1934年5月《春光》第1卷3号上杜微的《论巴尔扎克》和1947年8月20日《人世间》复刊第6期上冯亦代的《兹伐格笔下的巴尔扎克》；而1933年8月《文艺春秋》第1卷2期蝉声的《巴尔扎克的生平思想及著作》，系由参考A.Symons（西蒙）的 *A Book of French Love-artiste* 和袁昌英的《法兰西文学》而成。正如题目所示，文章主要介绍了巴尔扎克的生活和创作思想。

有关巴尔扎克的翻译类文章，除上面提及的一篇外，还另有3篇：《论巴尔扎克》(法国谭纳（泰纳）著、李辰冬译，《文学季刊》，1934年12月第1卷4期)、前面已经提到过的1935年《文学季刊》第2卷1期上法国亨利·布拉伊著、马宗融译的《乔治桑、巴尔扎克与左拉》，以及《巴尔札克论》(F.恩格斯著，何凝（瞿秋白）译，《现实文学》，1936年8月第2期)。实际上，瞿秋白所译的《巴尔札克论》一文，就是恩格斯写给英国女作家玛·哈克纳斯的一封信。在信中，恩格斯说道，巴尔扎克“是比一切过去的，现在的或将来的左拉们还要伟大得多的写实主义的大师”，并且，还写道：

在《人间喜剧》里，他不啻给了我们一部最正确的法兰西的‘社会’史。他按照编年史的方式，描写新兴的资产阶级对于贵族社会之不断增涨的压力，几乎是一年一年的从一八一六年到一八四八年。……从他的著作之中，甚至于在琐碎经济事务上（例如法国革命后的私有财产和不动财产之更动），我学了许多东西，比我从这一时代的一切职业的历史家，经济学家和统计家所学到的还要多得多。不错，从政治方面来说，巴尔扎克是个保皇党；他的伟大的著作，正是对于一个模范社会的腐化和堕落，不断唱着愁叹的哀歌；他的同情，是寄予给那个命定地要归于消灭的阶级的。但是，虽然如此，当他描写到他所最同情的男人和女人——贵族时，他的讽刺再没有比这时更其尖锐，他的嘲弄也再没有比这时更加辛辣了。而他所毫不隐讳地加以赞美的人却正是他的政治上的死敌，是圣麦利修道院那些共和主义的英雄，而在那时候（一八三〇至三六年），这班人正是一般人民的代表。这样，巴尔扎克不能不与他自己的阶级同情和政治偏见背道而驰，他看出了他所爱好的贵族之必然的崩溃，他把他们描写成不值得有好一点的运命的人，他看出了将来的真正的主人——所有这些我认为是写实主义的最伟大的胜利之一，是老巴尔扎克最伟大的特点之一。[①]

正如钱林森所评价的那样："迄今为止还没有一个理论家能以如此的准确性和深刻性对巴尔扎克世界作如此独到的透视，如此科学的阐发，而这些阐发是任何一个想染指巴尔扎克学的人无法回避的，他在这里对巴尔扎克的现实主义科学论断和总体把握，是任何一个严肃的巴尔扎克探索者无法绕过也不能绕过的。"而这些科学论断一经介绍入中国，"便自然地成了我国研究者对巴尔扎克进行观照的必须依循的准则，并视之为理解巴尔扎克复杂世界的一把金钥匙。"中国学者此后展开的巴尔扎克研究，"说到底就是恩格斯对巴尔扎克的阐述的阐述。"（钱林森，1995：258）也就是说，恩格斯对巴尔扎克的评论成为中国巴尔扎克研究的基调。

5.2.3.4　巴比塞

如果说亨利·巴比塞因早期受到象征派诗歌的影响而写了诗集《泣妇》(1895年)，那么，他的长篇小说《哀求者》(1903年)和《地狱》(1908年)则被认为带有明显的自然主义倾向。第一次世界大战爆发前，他曾担任社会党的《人道报》编辑。1914年，战争爆发后，他主动要求上前线，因而有机会亲眼目睹战争的惨象，并且写下了揭露战争罪恶本质的长篇小说《火线——一个步兵班的日记》。"《火

① 此处译文引自赵季芳的《恩格斯论巴尔扎克》(赵季芳，1937：13)(《恩格斯等论文学》，赵季芳编译，上海亚东图书馆，1938年)。

线》的出版表明，巴比塞从一个热爱和平的人道主义者转变成了一个反对帝国主义侵略战争的斗士”（吴岳添，2005 ：197）。这在当时普遍鼓吹战争的沙文主义的热潮中，无疑和罗曼·罗兰《超脱于混战之上》论文集的发表同样具有振聋发聩的作用。第一次世界大战后，他致力于反对帝国主义的斗争，站在国际主义立场，热情拥护苏联；1923 年加入法国共产党，并和罗曼·罗兰一起召开第一次反法西斯大会和阿姆斯特丹国际反战同盟大会。1935 年在访问苏联并参加共产国际第七次代表大会时病逝。作为小说家，他的现实主义倾向是毋庸置疑的。

相比于国人对罗曼·罗兰的译介热情，对巴比塞的译介就显得冷清多了，期刊文章翻译类有 8 篇（其中 2 篇为巴比塞本人所写的文章），评介类则有 9 篇（含复计 2 篇）。据《汇编》，对巴比塞的评介文章最早的应是 1920 年 7 月 1 日、15 日《解放与改造》(《改造》) 第 2 卷 13、14 期上刊登的沈雁冰的两篇文章——《巴比塞的小说〈名誉十字架〉》和《巴比塞的小说〈复仇〉》。此后，1922 年 5 月《少年中国》第 3 卷 10 期上刊登了李璜的《记巴尔比斯与罗曼罗兰的笔战》。该文主要介绍了这两位法国作家就暴力、反抗暴力的方式以及共产主义等问题所表达的不同观点。

1929 年 1 月《创造月刊》第 2 卷 6 期刊有沈起予的《H.Barbusse 的思想及其文艺》。该文认为“巴氏是唯一‘与一切恶势力相混战的’小说家”，并认为文中提到的罗兰和巴比塞之争“亦是‘近代社会思想之两大潮流底代表，这个论争的介绍，不特是为明了巴比塞之思想，而且对于有心于革命及社会问题者不无补益”（转引自钱林森，1995 ：540）。从这里我们多少可以发现，这一时期我国文艺界介绍巴比塞的一个着眼点，其实是侧重于从他的作品及其社会活动中发掘他的进步思想。由于他本人对世界进步力量的赞同与支持，以及他对马克思主义的独到见解，对他的译介正好契合了我国当时热衷介绍各种马克思主义著作和学说的国情，使得当时的人们可以透过巴比塞而多一个接触和了解马克思主义的新角度。这一点是和其他法国作家在中国的译介所不同的。此外，沈起予还另著文介绍巴比塞的作品——《H. Barbusse 的作品作考》(《北斗》,1931 年 9 月，创刊号)。

1933 年，受到国际非战大同盟的委托，亨利・巴比塞将和罗曼・罗兰等来中国调查日本帝国主义在我国东北和华北犯下的侵略罪行。消息传来，我国文艺界给予热情呼应，各大报刊纷纷载文介绍巴比塞。当年 9 月的《涛声》第 2 卷 34 期猛克发表《记迎巴比塞》。同年 5 月《现代》第 3 卷 1 期则有楼适夷著的《肖和巴比塞》(萧伯纳)，因萧伯纳在此之前刚访问过中国。该文认为萧伯纳之行是为了那些“太太绅士”而来的，总会让人觉得可爱；而巴比塞则是“大声疾呼勇猛直前的战士”，“代表劳苦大众，来对抗代表帝国主义强盛的李顿调查团”，因此更受贫苦大众的欢迎。可见当时我国国内对巴比塞所率领的调查团怀有多么大的期望。1933 年 8 月《文艺茶话》第 2 卷 1 期亦载有徐仲年的《文学家巴比塞先生》。令人遗憾的是，巴比塞的中国之行因故未能实现。

1935 年 8 月，巴比塞在访苏期间逝世。此后，我国许多杂志又都先后发表纪念他的文章，主要的有《东流》杂志 1935 年 11 月第 2 卷 1 期周年纪念号中刊载的高尔基著、老达译的《悼巴比塞》《东流》1935 年 12 月第 2 卷 2 期创作特辑号中纪德著、苏契夫译的《巴比塞的人格》。纪德此文还另有译文被刊载于《质文》1935 年 12 月第 4 号上，译者署名休。1936 年 3 月《逸经》第 2 期又刊载了盛成的《纪念巴比塞（附事略及墨迹)》。这是一首诗歌，为纪念巴比塞而作，其后附记了巴比塞生平事略、主要著作、主要活动等。并且附载了巴比塞写给盛成吊唁其母亲逝世的信原件影印及翻译。由此可以看出巴比塞与我国文学界的联系。1941 年 1 月《野草》第 1 卷

5 期还刊发了庄寿慈译自俄苏 B. 派塞的文章《力·才能·真理（纪念巴比塞）》；同年 7 月《时代文学》的 1 卷 2 期刊载了李沙拉加著、柳无垢译《巴比塞·和平的战士》。有关巴比塞的其他翻译类文章还包括 1929 年 12 月《文学周报》第 377 期（第 9 卷 2 期）上刘穆翻译的一篇题为《巴比塞的檄文》的文章（原作者不详）。

除了上述他人论述巴比塞的文章外，巴比塞本人所著的有些文章也被译成汉语，如《文学家与乌托邦》(成绍宗译，《畸形》，1928 年 5 月 30 日，创刊号)、《左拉的作品及其遗范》(穆木天译，《北斗》，1931 年 10 月第 1 卷 1 期）和《创作和战争》(柳无垢译，《时代文学》，1941 年 7 月第 1 卷 2 期)。

实际上，我国在 1949 年以前对巴比塞的译介最初是从翻译他的反战小说开始，然后逐步到介绍他的反战思想，并侧重于他追求世界和平、拥护世界进步力量、支持苏联等方面的行动，因而他的思想和行动的价值比他的文学作品的价值更受当时文坛的重视。借用钱林森（1995：544）的评价："巴比塞是 20—40 年代知识分子倾向于进步、革命、社会主义的一面旗帜、一声召唤、一个警示和象征"。作为小资产阶级知识分子，巴比塞最终踏上马克思主义之途的行动本身对当时中国知识分子投笔从戎走向战争或革命第一线无疑具有深刻的启迪和示范意义。①

5.2.3.5 福楼拜

从《汇编》没有检索到论述福楼拜的翻译类文章，但是却有李健吾译自福楼拜所著的《〈遗诗〉序》特稿两篇，连载于 1940 年《宇宙风》第 93 期和第 94、95 期 合刊。评介类文章有 10 篇（含复

① 有关巴比塞的其他译介著述还有沈起予的《巴比塞传》(上海良友图书印刷公司，1933 年)，以及论文集所收入的文章：《记巴尔布斯》(李青崖，《一九三五年的世界文学》，上海商务印书馆，1936 年)、《巴比塞的战争小说》(柳无忌著，《西洋文学的研究》，上海大东书局，1946 年)。

计 1 篇)，其中最早的是《小说月报》1921 年 12 月第 12 卷 12 期中沈雁冰的《纪念佛罗贝尔的百年生日》一文。根据钱林森（2005：288~289），《晨报副镌》也在同年发表了仲密（周作人）的《三个文学家的纪念》，《东方杂志》则发表了谢冠生的《福楼贝尔的艺术观》，这三篇文章该是我国文坛对福楼拜最初的评介了。

除了《纪念佛罗贝尔的百年生日》，沈雁冰还写过另外两篇文章评介福楼拜：1923 年 11 月《小说世界》第 4 卷 6 期上的《福劳贝尔小传》和 1924 年 4 月《小说月报》第 15 卷号外法国文学研究专号上的《佛罗贝尔》。作为现代中国新文学思想、新文学理论方面的最卓越的理论战士之一，沈雁冰不仅一再强调译介外国文学对创造中国新文学的重要性和迫切性，而且还从文学的社会功能上阐述译介外国文学的意义。在 1921 年 1 月《小说日报》第 12 卷 1 号上他发表了《文学和人的关系及中国古来对于文学者身份的误认》的文章，指出，译介西洋文学是在“中国新文学运动”中创造真正有价值的新文学的“路子”之一。正是基于这种认识，他在《纪念佛罗贝尔的百年生日》一文中不但认为福楼拜“对世界文学的全体及中国新文学的将来都有重大意义”，而且针对《鲍芙兰夫人》(《包法利夫人》)还未译成中文的现实，提出了对中国新文学的希望：“我们如今恭敬地纪念他的百年生日，对于国内的将来不免有了两层希望：一是希望把佛罗贝尔的科学的描写态度介绍过来，校正国内几千年来文人的‘想当然’描写的积习；二是希望把佛罗贝尔的‘视文学如宗教’的虔诚严肃的文学观在国内普遍起来，校正数千年来文人玩视文学的心理。所以我觉得我们要拿更郑重的态度去纪念这位一百年前生的法国文学家”。

在对福楼拜的译介中，另一个重要译者是李健吾。他一人就写过 6 篇文章，对福楼拜做过多角度的、深入的研究，其中有 4 篇先后发表在《文学季刊》[①]——《包法利夫人》(1934年1月，创刊号)、《论福楼拜的人生观》1934年12月第1卷4期)、《福楼拜的内容形体一致观》(1935年3月第2卷1期)和《福楼拜的〈短篇小说集〉》(1935年9月第2卷3期)。在《包法利夫人》一文中，李健吾认为作品中“没有一个人物不是逼真逼肖，哪怕是极其微渺的人物，便是三行两行的形容，也是怎样的栩栩如生。”“和一座山一样，在这样的作品后面，是作者的深厚的性格。”作者自己融入作品，“不问事物的好坏，人物的美丑，他的深厚的性格无所不纳，无所不入。他从中产阶级选出他的典型人物。”“作者抓牢而且抓准了他们的轮廓，一下子甩在我们的眼前，便活脱脱地立了起来。”对于小说主要人物爱玛，李健吾也有自己独特的见解，他指出：“爱玛不是一个弱者。她的悲剧和全书的美丽就在她的反抗的意义”。“她有人性的自觉，觉得自己应该享受更好的生活，但仅止于此，超过情感的范围，她就失去了头绪。”她是一个近乎男性的女子，有着强烈的性格，“天生骄傲”。她同时是“一个纯粹的自私主义者。但唯其过于自私，反而不见其自私”。她又是一个和吉诃德先生一样的“理想主义者”，具有“传奇的心形”。“她的根据不是思考，是情感。而且是一种易于下流的情感。”“对于爱玛，死是最后的解脱。只有死，她可以逃出命运的桎梏。这不浪漫，这是必然的，而且尊严的。”

这样的研究明显区别于当时好些泛泛而谈的作家作品评传。它立足于作家的作品，又不断回归到作家本人对艺术的执著追求和艺

① 1935年12月，上海商务印书馆将李健吾在那一时期所发表的有关福楼拜的研究论文整理成册，以单行本《福楼拜评传》出版。这部著作在一定程度上代表了当时中国文坛对福楼拜研究所达到的水平。根据龚翰熊的《西方文学研究》(2005年)，李健吾写这本书时还不到30岁，但它却是“当时中国少见的、相当成熟的著作”。全书共8章，分别为简介福楼拜的生平、评介《包法利夫人》《萨朗波》《情感教育》《圣安东的诱惑》《布瓦尔和佩居榭》等5部小说以及其他短篇小说，最后叙述福楼拜的宗教观。

术上的精深造诣，在简要介绍了《包法利夫人》的故事以后，李健吾这样写道：

福氏当然知道这个俗不可耐的故事，其实故事本身并不重要，重要在作家的运用，在他别出心裁的安置。故事永久是故事，不会因为使用次数过多而陈旧、而腐烂、而减色；对于艺术家，兴趣集中在推陈出新的技术上，如果他的工作有他深厚的天性做基础，这已然不容易和另一个艺术家的工作相同；他有他特殊的看法，他独具只眼的见地；如果他的手腕脆弱，了解肤浅，故事便是再好、再生动、再有趣，依然不生效果。所以西施总有人歌咏，莺莺总有人谱曲，然而怎样把她们写成不同的有血有肉的女人，这却在作者，不在故事。（转引自龚翰熊，2005：215）

李健吾看出了福楼拜艺术风格在欧洲传统小说艺术上的突破性意义，认为《包法利夫人》“结束住以往的小说，成就于它的艺术形式：它的出现是近代小说的一个转机。”（龚翰熊，2005：215~216）可以看出李健吾对福楼拜小说的独特风格有准确的把握，对福楼拜在艺术上的完美追求和精深造诣也非常了解，因此是不可多得的文学评论精品。

除上述文章外，李健吾还在1947年5月《文艺知识连丛》第一集之二上发表了《托尔斯泰看福楼拜》，在1947年9月《文艺复兴》第4卷1期上发表了《〈包法利夫人〉的时代意义》。这篇文章跳出了他30年代一系列研究文章关注作品作家的视角，而是从时代需求的高度去重新把握福楼拜的作品，认为《包法利夫人》之所以被誉为现实主义的杰作，是因为它“能够说明它的时代的进展的方向和特征，如圣佩甫（今译为圣·伯夫）所列举：‘科学，观察的精神，成熟，力，一点点严酷。’”因此它具有填补那个时代空白的重大意义。这样的评介本身显示出研究者不懈努力、不断钻研的勤奋态度和不停追求理性判断的科学精神。有关福楼拜的其他期刊评介类文章还包括1937年1月《宇宙风》第32期新年特大号上沈从文的文章《〈福楼拜评传〉等二种》、1942年《文艺生活》第2卷1期（总第7号）上陈闲的《谈波华荔夫人传（作品研究）》。

5.2.3.6 莫泊桑

有“世界短篇小说巨匠”之称的莫泊桑，一生写了350多篇中短篇小说，6部长篇小说和3部游记。他虽然颇受自然主义影响，但坚持文学创作中的逼真性和真实感，不同意自然主义的绝对真实论。总体上讲莫泊桑更是一位批判现实主义作家，他比雨果、纪德、巴尔扎克都更早地进入了中国文学界的视野。据《汇编》，我国对他的译介文章大多集中在二、三十年代。最早的一篇可能是蒋百里发表在1921年8月《解放与改造》第3卷12期上的文章《莫泊桑文学上之地位略谈》。文中他这样向国人介绍莫泊桑：“莫氏为写实派正宗，其所记载多目击”，描写社会各阶层都“身亲历而观察之”，“其特长在短篇小说，所谓人生之断片者也。其文体为古典派，其天才在观察之明瞭，能专诚描写外界，而内界自能烘托而出”。

在随后几年中对莫泊桑的评介类文章主要有：《评莫泊桑的小说》（李璜，《少年中国》，1922年1月第3卷6期）、《莫泊桑研究》（谢位鼎，《小说月报》，1924年2月第15卷2期）和徐祖正的两篇文章《骆驼草——莫泊桑的修养时代》（《语丝》，1927年3月第121期）和《骆驼草——莫泊桑的作风与态度》（《语丝》，1927年7月第141期），以及《从莫泊桑说开去》（林焕平，《芒种》，1935年10月第2卷1期），共5篇。

谢位鼎的《莫泊桑研究》可谓是这一时期莫氏研究的代表作。文章述及莫泊桑早年的读书生活，成长环境，及师从福楼拜学习写作的生活等。及至谈到莫泊桑的作品时，谢位鼎认为莫氏是自然主义的完成者。并且认为，假如视左拉为自然主义理论上的“大头脑”的话，莫泊桑便是其创作上的“大头脑”。“他的创作奉行‘不做假东西’，如实观察现象又如实描绘（此也是长篇少而短篇多的原因）”“再现不变形的印象”等原则。文章还介绍了莫氏的自然主义理论文章《小说论》，进一步阐述其创作思想，对当时文坛全面了解莫泊桑其人、其事、其思想都具有重大意义。

至于论述莫泊桑的翻译类文章，仅发现3篇，而且其中两篇是重译——托尔斯泰著、东声（韩侍桁）译的《论莫泊桑》(《文艺月刊》，1930年12月15日第1卷5期），有冯亦代的重译文，刊载在1945年10月《中原》第2卷2期上。在这篇论文中，托尔斯泰指责莫泊桑不明了“谁应该爱，谁应该恨”，“缺乏对善恶鉴赏知识，将民众描写为随着性欲、憎恶与贪得无厌支配而动作的半兽性人”。(转引自钱林森，1995：360）另一篇有关莫泊桑的翻译文章则是1936年9月《文艺月刊》第9卷3期李万居译自勒麦特尔的《莫泊桑论》。

据梳理，在1925—1927年间，莫泊桑的几篇文学理论文章被我国译者译成汉语，其中包括他的著名文论《小说论》，由旅翁翻译，连载于《北新》杂志1926年10月第1卷7~8期；此外还有1925年4月《小说月报》第16卷4期上金满成译的《小说之评论》和1927年7月《莽原》第2卷14期有署名C译的《艺术箴言》①。

5.2.4 法国象征主义诗歌文论译介

韦勒克在《文学史上象征主义的概念》一文中，对“象征主义”一语做了详尽的辨析，认为在较为宽广的意义上，“象征主义”可以看作是“从奈瓦尔和波德莱尔到克洛代尔和瓦雷里的一场法国文学

① 20世纪二、三十年代有关莫泊桑的译介还包括：孙俍工的《莫泊桑的小说》(《新文艺评论》，上海民智书局，1930年）和保尔的《莫泊桑的死因》(《现代文艺杂论》，上海光华书局，1930年)。译著方面有《莫泊三传》(文棣、冠生编著，上海商务印书馆，1924年）和《莫泊桑生活》(美国 Ernest Boyd 著、孙席珍译，上海世界书局，1929年)。

运动”，并且这场运动以法国为中心向外辐射、同时在许多国家造就了伟大作家和诗歌的国际运动（转引自吴晓东，2000：19）。学界一般认为，法国诗人夏尔·波德莱尔与美国诗人爱伦·坡（Edgar Allan Poe，1809—1849）是象征主义的先驱。1857年，波德莱尔发表的《恶之花》被公认为象征主义的开山之作。随着波德莱尔的重要追随者魏尔伦（Paul Verlaine，1844—1896）、兰波（A. Rimbaud，1854—1891）和马拉美（Stéphane Mallarmé，1842—1898）的出现，象征主义在19世纪末达到鼎盛时期。法国后期象征主义诗人的主要代表是保尔·瓦雷里。他继承了马拉美的纯诗传统，却在诗歌中融入了关于生与死、变化与永恒、行动与冥思等哲学上的思索。不过，正如吴晓东指出的，我国20年代初对象征主义在概念上并不统一，“‘表象主义’、‘新浪漫主义’和‘象征主义’是复现率很高的三个词汇”（吴晓东，2000：62）。鉴于此种情况，本文把标题中含有此三种词汇的文章一并纳入法国象征主义诗歌文论译介的描述范围。

总体而言，我国在1949年前对法国象征主义诗歌文论及主要代表人物波德莱尔和瓦雷里的译介，相对于前面几个文学流派而言，译介数量偏少，但是，译介年代却并不见晚。在中国最早谈及象征主义的评介类文章可追溯到陈独秀1915年11月发表的《现代欧洲文艺史谭》(《青年杂志》(《新青年》)，第1卷3~4号）和陶履恭1918年5月发表的《法比两大文豪之片影》(《新青年》，第4卷4期)，但前者所论及的是比利时戏剧家梅特林克和德国戏剧家霍普特曼并，误把二人列入自然主义者行列，后者则称“比利时之梅特林克 Manrice Maeterlinck 今世文学界表象主义 Symbolism 之第一人也。”又据吴晓东（吴晓东，2000：61)，《小说月报》于1920年1月、2月连续发表了沈雁冰的《表象主义的戏曲》和《我们现在可以提倡表象主义的文学么？》。谢六逸在日本看到后，写了一篇反应文章《文学上的表象主义是什么？》刊于同年5月7日第11卷5、6

号的《小说月报》上。谢六逸在文章中对象征主义提出了自己准确的解释，他认为，“表象是表现法（Expression）之一，由广义说，就是联想（Association）之一种。即于目前所见所闻的事物上面，再表现以前所经验的事物出来，这新旧二要素（Factors）结合，便能起一种新的思想感情。”并介绍说，由于外形与内容的轻重之差，表象可以分成本来表象、比喻和寓言表象、高级表象、情调表象四种。而且表象是“人目所见的世界与人目未见的世界”“物质界与灵界”“有限世界与无限世界”之间的“媒介”。总之，“表象主义，不外是暗示（Suggestion）为根本的文艺。这派的文艺，以诗歌最占势力。”谢六逸还在文章中试图给表象主义下了一个定义：

表象主义的文艺，有偏于神秘的情调的倾向，是主观的艺术，有寓意暗喻讽刺暗示种种。这派的手段，是要使著者自身的神经震动，直接传之读者。使阅者起共鸣（Resonance）的作用；并要使阅者生联想的情感，将从前经验过的事物，重新表现出来。（贾植芳、陈思和，2004：356~364）

谢六逸的论述基本抓住了象征主义艺术的几个核心因素，一是多以“暗喻”（metaphor 即隐喻）作为最主要的表现手段，并强调借眼前的事物来唤醒（暗示 suggestion 与联想 Association）既有的经验，以达到两者之间的沟通；二是突出了象征作为物质界与灵界，或有限世界与无限世界之间的“中介”的独特功能，并特意强调了这两个世界之间的“对应性（correpondance）”。这种解释确实抓住了象征艺术最重要的基础，而且他的说法基本代表了“五四”之初译介象征主义思潮的最高水平，同时也为以后的探索初步奠定了基调，诸如直觉的、超验的、暗示的、无限的“灵”界对应等等，这些概括象征艺术特征的语汇成为人们谈论象征主义不可回避的概念。

在中国现代文学期刊中，《少年中国》是较早开始译介象征主义诗人的刊物之一。在 1920 年 3 月第 1 卷 9 期诗学研究号之二中，即有吴弱男女士的《近代法比六大诗人》，介绍后期象征主义诗人列米·古尔孟（今译果尔蒙，Rémi Gourmont，1858—1915）、雅谋（今译雅姆，Francis Jammes，1868—1938）、保鲁·弗劳尔（今译福尔，Paul Fort，1872—1960）、德列聂（Henri de Régnier，1864—1936）、萨曼（Albert Samain，1858—1900），以及比利时的维尔哈伦（Emile Verhaeren，1855—1916）。而在周无的《法兰西近世文学的趋势》（1920年10月第2卷4期）中，作者大量引用亚弗野·波萨的《象征主义》中的文字，认为象征主义来自"定命论（Fatalisme）、苦行主义（Jansenisme）和必然论哲学（Philosophie du destin），都是残破和浸衰了法兰西最优美高尚的灵魂和文学中最美的作品"，并提及了波德莱尔、克洛岱尔、雅姆及果尔蒙诸人。李璜则在《法兰西诗之格律及其解放》（1921年6月第2卷12期）一文中对法兰西诗歌格律做了简要的流变回顾，对象征派自由诗给法国诗歌格律的冲击也做了描述，并介绍了波德莱尔的生平、性情及其创作，认为他解放了诗歌的格律，开创了象征派的先河。

在20年代象征主义诗论的译介中，刘延陵的《法国诗之象征主义与自由诗》（《诗》，1922年4月第1卷4号）也是一篇重要文章。它对象征主义诗歌做了比较全面的介绍，不仅指出象征主义是以客观事物对应内心情调为特点，还提出自由诗是随象征主义而来："自由诗是与象征主义连带而生，他俩是分不开的两件东西：因为诗底精神已经解放，严刻的格律不能表现自由的精神，于是生出所谓自由诗了。……自由诗不是不重音节，乃是反对定型的音节，而各人依自家性情、风格、情调、与一时一地的精神而发与之相应的音节"。

上述这些早期评介象征主义诗歌的文章，为其在中国的进一步引入和接受奠定了基础。同时，对象征派诗人的译介也渐入高潮。首先，1921年，时逢波德莱尔诞辰100周年。田汉便在《少年中国》第3卷4、5期上发表连载文章《恶魔诗人波陀雷尔的百年祭》，从文学与美学角度，分“神与恶魔”“波陀雷尔的生涯”“波陀雷尔的特色”“波陀雷尔的主义”和“艺术家的宗教”五个方面对波德莱尔展开详尽的论述。这篇长文应该是我国最早最全面地介绍波德莱尔其人其诗的文章了。文章开始即引用《生命之文学》的作者松浦一先生关于神魔的见解，推导得出：“我们不为艺术家则已，有志为艺术家，便不可不为大乘的艺术家。欲为大乘的艺术家，诚不可不借波陀雷尔的恶魔之剑，一斩此心中的执着。”然后作者分析其作品，指出波德莱尔的特色在于：厌世的人工论。“‘举一切而人工化（Artification）之’便是波氏最大的特质。”对于香味尤其敏感。另外，诗想之“金属化”，对恶的赞美，腐肉的赞美，对过去的美的赞美均为其特色。“恶魔之可贵，贵在‘反叛’”，“反叛”乃是其生命之所在。就连波德莱尔神经敏锐，滥用鸦片写成很多作品都被认为是波德莱尔的特色。这就体现了当时译介者的观照角度，似乎不仅仅限于象征主义者波德莱尔与我国传统文化的相异的特质，而是他身上反抗传统、“发现恶中之美”的能力对中国新文学家们更具吸引力（贾植芳、陈思和，2004：378~398）。

之后几年中，多家刊物如《现代评论》《文艺先锋》《新月》《宇宙风》《华严》《文讯》《学衡》《无轨列车》《时与潮文艺》《文艺月刊》《文学季刊》等都刊发了有关象征主义诗人的译介文章，其中有1927年12月《现代评论》第7卷159期文铮的《波德莱（Charles Baudelaire）的悲剧》，文章介绍了诗人短暂一生中的挫折与不幸及其诗人内心潜藏的悲苦，指出正是“由波氏内心激烈生活之暗潮热流中，遂涌喷出狂如海啸暴如火山新颖超绝千古不朽之恶之花！”《文艺先锋》第9卷1、2期连载了张若铭的《法国象征派三大诗人鲍德莱尔、魏尔莱诺与蓝苞》，但根据张松建（2005：100），这两篇文章原刊于北平《中法大学月刊》1937年8月第11卷4、5期合刊，后重刊于重庆《文艺先锋》第9卷1期（1946年7月）、第9卷2期（1946年8月）。钱林森（2005：379）在其《法国作家与中国》一书中曾指出，该文“首次较切合实际地揭示了象征主义产生的时代背景”：一是1870年普法战争之后，人们对科学和实证主义的普遍怀疑；二是当时的青年人失去理想，彷徨而不知所从；三是青年人变得过度兴奋，思想日趋复杂。而这样的社会背景又有助于产生反抗的艺术。当时的思想背景归结起来包括：斯宾塞哲学、哈特满的下意识哲学、叔本华的哲学。同时相关的艺术门类如瓦格纳的音乐“合奏”理论、印象派绘画理论及实践，都对象征主义的产生具有一定的影响。文章第二章专论“颓废精神”（L’esprit décadent），第三章评论了象征主义艺术。对象征派的三大诗人分别予以介绍。文章“虽面面俱到但并不显肤浅而能提纲挈领，在当时的文章中尚能独树一帜。”在阐述波德莱尔的颓废如何包含彼时“世纪末”的苦汁时，张若铭这样写道：

鲍德莱尔曾说：我得到了美的定义，我的美应有的定义：这好像一种热烈而悲哀的东西，好像一个女人的头，富于诱惑性而美丽的头，使我们在朦胧的梦境中，幻想淫乐与悲哀。这样的美带着忧郁，厌倦、憎恶的心情，或者是正因为热情与希望受着了挫折，因而混合着绝望，烦恼与苦闷。这样的美，是包含着热烈而悲哀的情欲，与无处发泄的心情，并带有复仇与伤害的私意。总而言之，我敢承认这样的美所包含的是“不幸”(le malheur)。我并不否认，快乐可以夹杂在美感中，然而那不过是粗俗的附带成分。至于抑郁与悲哀，那才是美中的本质。鲍德莱尔的诗之所以能动人者，亦正是在此。他能发泄近代人心中的隐痛，剧烈的情欲，与死一般的悲哀。唯有沉醉于享乐与诗意中，那时的灵魂好像好像一只神鸟，冲破烦闷而振翅飞入青天。

1937年8月北平中法大学以单行本出版了张若铭的《法国象征派三大诗人——鲍德莱尔、魏尔莱诺、与蓝苞》，此书成为当时关于象征主义译介的唯一一本专著。而《新月》1929年12月第2卷10期中徐志摩的《波特莱的散文诗》，原是为邢鹏举翻译《波多莱尔散文诗》所写的“序言”，文中他这样评价波德莱尔：

波特莱一辈子话说得不多，至少我们所能听见的不多，但他说出口的没有一句是废话。他不说废话因为他不说出口除了在他的意识里长到成熟琢磨得剔透的一些。他的话可以说没有一句不是从心灵里新鲜剖摘出来的。像是仙国里的花，他那新鲜，那光泽与香味，是长留不散的。在十九世纪的文学史上。一个沸洛贝，一个华尔德裴特，一个波特莱，必得永远在后人的心里唤起一个沈郁，孤独，日夜在自剖的苦痛中求光亮者的意象——有如中古期的“圣士”们。但他们所追求的却不是虚玄的性理的真或超越的宗教的真。他们辛苦的物件是“性灵的抒情的动荡，沉思的迂回的轮廓，天良的俄然的激发”。

并对波德莱尔的诗文表达了极高的崇敬之情，他说，读波德莱尔的诗，如同“想象一支伊和灵弦琴（the Harp Aeolian）在松风中感受万籁的呼吸，同时也从自身灵敏的紧张上散放着不容模拟的妙音！不易，真是不易，这想用一种在定义上不能完美的工具来传达那些微妙的，几于神秘的踪迹——这困难竟比是想捉捕水波上的磷星或是收集兰蕙的香息。果然能成功，那还不是波特莱的奇迹？”甚至认为“波特莱是十九世纪的忏悔者，正如卢骚是十八世纪的，丹德是中古期的。他们是真的‘灵魂的探险者’，起点是他们自身的意识，终点是一个时代全人类的性灵的总和。”今天，我们也许可以这样来看徐志摩当年的论断，他实是借波德莱尔在谈自己的文艺主张。

李健吾在1939年11月《宇宙风》第84期上也发表了《鲍德莱耳——林译〈恶之华序〉》一文。一个事实是，在对波德莱尔的译介中，评介类文章多于翻译类文章，且译介高潮主要在第一个时期。最早的翻译文章可能是1924年4月《小说月报》第15卷法国文学研究号张闻天译自德国史笃姆（Frank Pearce Sturm）的《波特来耳研究》。该文主要从波氏艺术的总特征、波特莱尔的生平、《恶之花》的艺术成就和波特莱尔因吸毒而产生的想象和幻觉这四个方面，对波德莱尔的诗歌艺术做了介绍和剖析，可算是这一时期最重要的波德莱尔批评之一。[①] 此外，1929年《华严》第1卷7期和8期上刊出了血干译自史笃姆的连载文章《查理斯·鲍得来尔》，1946年9月《文讯》第6卷6期（新6号）刊登了李青崖译自法国艾司堂的《恰如本身所示之波德兰尔》。从所发表的译介和研究文章看，中国学者是把握住了波德莱尔诗学的基本精神：一为都会风情画；二为丑怪事物入诗；三为通感美学（张松建，2005：96）。

在对法国象征主义诗人的译介中，诗人瓦雷里及其译介者和研究者梁宗岱是必须提及的。与对波德莱尔的译介有所不同的是，当时对瓦雷里这位后期象征主义诗人的译介，是翻译类文章多于评介类文章，译介时间主要集中在第二个时期（1928—1937），而且其中有几篇文章还是瓦雷里本人的论述。相关文章主要如下：

- 1928年5月《学衡》第63期吴宓译《韦拉里说诗中韵律之功用》(瓦雷里)
- 1928年9月《无轨列车》第1、2期连载了徐霞村译自法国L.Galantiere的《哇莱荔的诗》
- 1935年2月《文学季刊》第2卷2期曹葆华译自英国塞门斯的《两位法国象征诗人》
- 1937年《新诗》第2卷1、2期连载戴望舒译自瓦雷里的《文学》

① 对此文更为详细的介绍可参见张大明《西方文学思潮在现代中国的传播史》(2001：118~120)。

- 1946年1月15日《时与潮文艺》第5卷4期刊发两篇文章：《悼保罗·华莱里》(纪德著、译者不详)和《华莱里小论》(罗塞尔著、译者不详)

1929年1月《小说月报》第20卷1期上所刊的梁宗岱文章《保罗哇莱荔评传》，是我们所检索到的唯一一篇评介类文章，后收入梁宗岱的诗学文集《诗与真》(上海商务印书馆,1935年)。事实上,《保罗哇莱荔评传》写于梁宗岱还在法国游学期间的1928年，1929年发表在《小说月报》上，1931年收入梁宗岱的译诗《水仙辞》中由上海中华书局印行，并于1935年改名为《保罗梵乐希先生》，收入作者诗学文集《诗与真》里。该文主旨意欲说明瓦雷里是如何使作为思想的哲学观念成为诗的。梁宗岱这样写道，瓦雷里的诗中，常有那些"永久的哲理，永久的玄学问题：我是谁？世界是什么？我和世界底关系如何？它底价值何在？在世界还是在我？柔脆而易朽的旁观者呢？"然而，瓦雷里又不为他的读者提供直截了当的答案。他的诗宣示于读者的，"不是一些积极或消极的哲学概念，而是引导我们达到这些概念的节奏；是充满了甘，芳，歌，舞的图画，不是徒具外表与粗形的照相。我们读他底诗时，我们应该准备我们底想象和情绪，由音响，由回声，由诗韵底沉浮，一句话说罢，由音乐与色彩底波澜吹送我们如一苇白帆在青山绿水著徐徐地前进，引导我们深入宇宙底淫靡，使我们感到我与宇宙脉搏之跳动——一种严静，深密，停匀的跳动。它不独引导我们去发现哲理，而且令我们重新创造那首诗。只有这样才是达到纯真的哲学思想的适当步骤，也只这样才是伟大的哲学诗。因为艺术地生命是节奏，正如脉搏是宇宙底生命一样。"(转引自张大明，2001：129~130)梁宗岱对瓦雷里的诗的评价是："我们无论读他底诗甚或散文，总不能不感到那云石一般的温柔，花梦一般的香暖，月露一般的清凉的肉感"。"我们可以说，已达到音乐，那最纯粹，也许是最高的艺术底境界了。"(转引自张大明，2001：128~129）从梁宗岱抒情般的语言中，我们也多少可以想象到音乐、节奏在瓦雷里诗歌中的重要性。陈太胜（2005：100~103）也认为，梁宗岱此文很好地体现了他“对法国象征主义诗学深入而独到的了解”；“即使到今天，它也称得上是中国学界在对法国象征主义诗学的介绍上最为深入的论文之一。”在对法国象征主义诗歌的译介与研究方面，梁宗岱可以说代表了当时研究所达到的高度。

诚如我们在本节开头所指出的那样，法国象征主义在中国的总体译介态势相对弱于其他流派，虽然对波德莱尔和瓦雷里有一些比较深入的研究。而个中原因，就正如钱林森所分析的那样：

五四一代人（甚至于直到今天）瞩目于西学的主要是“民主”“科学”“自由”等匡救时弊的西方理性工具，以启蒙运动甚至文艺复兴以及布尔什维克主义为代表，而象征主义所表现的新的艺术与社会理想则非前者所需，脱离（法兰西）庸俗、卑污、功利现实的“为艺术而艺术”或者疏远民生的苦难的纯文学、纯诗便引不起前者的兴趣。我们只要粗略考察一下鲁迅等人（包括艾青）并不真正醉心于象征派正宗的波德莱尔诸人即可悟出：法国象征主义提供不了拯国救民的灵丹妙药，因此也就引不起提倡救国文学、国民文学者的兴趣，即使如此，由于兼容并蓄的气度的影响，这些大家们并不排斥来源于异域的新鲜文化，物竞天择，一任自生自灭，适者生存。但并非所有的人都能抱有如此态度，相当多的一批人却始终视之如邪恶之水，有伤风化又不能救国（钱林森，1995：408）。

正是基于上述原因，法国象征主义文学及其文论在我国的译介际遇注定就会不同于浪漫主义、现实主义和自然主义。另外，还必须看到，即使是对后期象征主义诗学理论洞察深刻的梁宗岱，在论述某些问题时，时时表现出在中国传统中寻找对应或契合的趋势，例如象征派基于基督哲学的“万物有灵”和“天人感应”，在他的眼里变成了“天性”“妙悟”“即景生情因情生景”“心凝形释、物我两忘”。这多少体现了自晚明以来，中国知识分子介绍西洋文化毋忘发扬传统的一种心理定势。即在“介绍西方文化的同时，势必要在中国传统文化中寻找‘共相’，或者努力以中国固有的文化模式去改造、移植、中和西方文化使之中国化”(钱林森，1995：377)。

吴晓东(2000：60)在《象征主义与中国现代文学》中的一段话可以当作本节的一个结束语：“尽管同占据现代文坛主导地位的现实主义、浪漫主义思潮相比，象征主义是一种相对‘边缘化’的文学思潮，但从外国文学影响中国文坛的总体格局着眼，象征主义却与现实主义、浪漫主义以及其他各种文学流派相互渗透，共同铸造着中国现代文学的总体特征”。

5.3　结语

法国文学向来被看作欧洲文学之花，其流派之众多，作家个性之鲜明往往令许多其他民族望洋兴叹。正因为如此，从“五四”前后到1949年，法国文论才被国人不断地译介和研究，并全方位、多角度地渗透到了中国新文学的生成与发展进程之中。比如浪漫派的雨果在20世纪初来到中国时，就以其艺术魅力为建构新文学出了一臂之力。在中国新话剧问世之际，人们就读到了陈瘦竹翻译的《〈欧那尼〉序》，这就使中国话剧虽然起步稍晚，但一起步就有了一个很好的后天条件。雨果不是“为艺术而艺术”的追随者，他认为“为进步而艺术更美”(转引自钱林森，1995：163)。他的这一观点，使创造社的不少作家在追求艺术的同时，也想到了国家的进步。同时，鲁迅、冰心和巴金等著名作家也都或多或少受过雨果气质的浸染。此外，浪漫主义的诗人夏多布里昂、拉马丁、维尼等对中国新诗也产生了一定的影响。

法国自然主义小说对中国现代小说的影响就更为深刻了。它所倡导的真实客观的创作手法对“五四”以后狂热、感性地表现自我的小说起到矫枉过正的作用，也使先天不足的中国现实主义小说经历了科学、真实的洗礼，促成了它的深化。人生派作家叶绍钧、朱自清、孙俍工、王统照、徐玉诺、潘垂训、谢冰心等也都在自然主义倡导的次年（1923 年）陆续完成了从浪漫主义向现实主义的蜕变。而受自然主义影响最深的莫过于茅盾。他曾在 20 年代热心倡导自然主义，推崇自然主义的创作方法，所以，他的创作中“总是自觉不自觉表现出与左拉一致的追求”（钱林森，1995：335）。左拉的小说呈现一种纵横捭阖、烟波万顷的体势，各部作品之间互相连缀，在纵向时间轴上延展小说历史跨度，展现法国第二帝国的全部历史。对于这样“规模宏大、文笔恣肆的绚烂作品”，茅盾无疑是极为欣赏的，他的小说从《霜叶红于二月花》到《虹》《蚀》再到《子夜》《农村三部曲》直至《清明时节》也于有意无意间延展成为一个疯狂时代的写照。

现实主义的巴尔扎克对茅盾的影响也很大。茅盾曾说自己“读过不少巴尔扎克的作品”，并且折服于那一对“洞瞩一切”的“锐眼”，“看到了底里，看到了背里”，“看见人的灵魂的秘密”（转引自钱林森，1995：277）。钱林森曾就创作意识、思维和表现方式及艺术风格对巴尔扎克和茅盾进行比较，发现二人之间有很多相似之处。路翎是另一个为巴尔扎克的现实主义艺术所深深折服的中国作家。他曾说过，自己的《在铁链中》就受到了巴尔扎克创作方法的影响。胡风也赞叹巴尔扎克这位“法国伟大作家”的“现实主义的真实性”（转引自钱林森，1995：283）。

至于中国象征主义诗歌的发展，更是得到了法国象征主义诗歌的真传：梁宗岱与瓦雷里过从甚密，得到过他的指点；其他象征派的诗人或出国（日本、法国等）游学，或在国内自学成才，也基本上正确把握了象征派诗歌的脉搏规律，李金发，戴望舒、施蛰存等都成为中国现代新诗坛的中坚人物。

与“五四”同时代的罗曼·罗兰、巴比塞、纪德等作家不仅仅以其作品的艺术性影响到中国文坛，他们更是以广阔深厚的人道主义和对人类进步、正义，对真理、美学的坚定信念，以及由此而决定的一系列的社会政治行动，赢得了追求自由、民主和科学的中国人的信赖，并深刻影响了“五四”之后几代人的思想，成为中国人“行动”的楷模（钱林森，1995：505）。

总而言之，1915—1949 年间我国对法国文论的译介是全面而多维度的，因此它对中国新文学的影响也是全方位、多角度的，而且这种影响并不止于 1949 年，解放后以至新时期我国文学创作和文学理论的发展都多少受到这一最初译介内容的影响。这就是译介的作用和力量。

参考文献

保尔．现代文艺杂论 [M]. 上海：上海光华书局，1930.

北塔．纪德在中国 [J].《中国比较文学》，2004（2）：116~132.

[丹麦] 勃兰兑斯．十九世纪文学主流第五分册——法国的浪漫派 [M]. 李宗杰译．北京：人民文学出版社，1982.

陈太胜．象征主义与中国现代诗学 [M]. 北京：北京大学出版社，2005.

季芳编译．恩格斯等论文学 [M]. 赵上海：亚东图书馆，1937.

戈宝权．罗曼·罗兰和中国 [J].《法国研究》，1986（4）：3~10.

龚翰熊．西方文学研究 [M]. 福建：福建人民出版社，2005.

何仲生．自然主义和中国“五四”文学革命 [J].《绍兴文理学院学报》，2000（2）：39~44.

贾植芳、陈思和．中外文学关系史资料汇编（1898—1937）[C]. 桂林：广西师范大学出版社，2004.

刘庆元．革新时期《小说月报》读者对自然主义译介的接受研究 [J].《山东外语教学》，2008（4）：84~90.

龙泉明．现代性与现代主义 [J].《文艺研究》，1998（1）：80~83.

罗芃、冯棠、孟华．法国文化史 [M]. 北京：北京大学出版社，1997.

钱林森．法国作家与中国 [M]. 福州：福建教育出版社，1995.

王锦厚．五四新文学与外国文学 [M]. 成都：四川大学出版社，1996.

吴晓东．象征主义与中国现代文学 [M]. 合肥：安徽教育出版社，2000.

吴岳添．法国文学简史 [M]. 上海：上海外语教育出版社，2005.

许钧．相通的灵魂与心灵的呼应：安德烈·纪德在中国的传播历程 [J].《江海学刊》，2007（3）：181~188.

叶兆言．谜一般的纪德．《扬子晚报》，2002 年 10 月 17 日．

张大明编著．西方文学思潮在现代中国的传播史 [M]. 成都：四川教育出版社，2001.

张松建．“花一般的罪恶”——四十年代中国诗坛对波德莱尔的译介 [J].《中国现代文学研究丛刊》，2005（2）：76~100.

郑克鲁．法国文学史教程 [M]. 北京：北京大学出版社，2008.

第六章 美国文论译介

说起美国文学和文论在现代中国的译介，不能不提 1934 年 10 月《现代》杂志第 5 卷 6 期的“现代美国文学专号”。在一定程度上，这个专号就像一部浓缩的现代美国文学简史，里面首先收录的是一组有关美国文学及文艺批评理论的评介性文章，有赵家璧的《美国小说之成长》、顾仲彝的《现代美国的戏剧》、邵洵美的《现代美国诗坛概观》、李长之的《现代美国的文艺批评》、林语堂的《白璧德及其人文主义》、赵景深的《文评家的琉维松》、张梦麟的《卡尔浮登的文艺批评论》等；之后有多篇关于美国作家的评论文章，被论及者包括杰克·伦敦（Jack London，1876—1916）、厄普顿·辛克莱（Upton Sinclair，1878—1968）、德莱塞（Theodore Dreiser，1871—1945）、刘易斯（Sinclair Lewis，1885—1951）、奥尼尔（Eugen O'Neill，1888—1953）、安德森（Sherwood Anderson，1876—1941）、庞德（Ezra Pound，1885—1972）、海明威（Ernest Hemingway，1899—1961）、帕索斯（John Dos Passos，1896—1970）、福克纳（William Faulkner，1897—1962）等人。专号自然还刊登了包括上述美国小说家在内的多篇小说译文，以及戏剧、诗歌和散文译文。最后还提供了资料性文章《大战后美国文学杂志编目》(毕树棠）和《现代美国作家小传》(薛蕙)，并在“现代美国文艺杂话”栏目下刊登了十二条补白，提到美国的第一部小说、现代美国散文、杰克·伦敦的《鬼》、辛克莱任加州州长以前等等。

“专号”所载的内容对于美国文学和文论在中国的译介自然已成为非常重要和宝贵的资料，但从今天的角度看，这个专号的卷首文章《现代美国文学专号导言》也许让我们觉得更有意义。《导言》首先解释了之所以选择美国文学作为外来文学译介之开端的理由，一是因其创造的精神，二是因其自由的精神，并且说：

我们看到，在各民族的现代文学中，除了苏联之外，便只有美国是可以十足的被称为“现代”的。……被英国的传统所纠缠住的美国是已经过去了；现在的美国，是在供给着到二十世纪还可能发展出一个独立的民族文学来的例子了。这例子，对于我们的这个割断了一切过去的传统，而在独立创造中的新文学，应该是怎样有力的一个鼓励啊！

《导言》不仅对摆脱了英国文学传统的、美国“独立的民族文学”加以大力赞扬，而且对美国文学在世界文学格局中所发挥的作用予以充分肯定，指出“文学上的象征主义以及这一系列的其他新兴诸运动，主要的虽然是法国的产物，但是根底上却是由于美国的爱伦·坡的启发”；“革命的诗歌，甚至连最近的苏联的诗歌也包含在内，也都直接或间接地渊源于美国的惠特曼”。《导言》还认为美国文学“不但已经断然的摆脱了别国的影响，而且已经开始在影响别国文学了”，比如左翼文学。“在世界的左翼文学都不自觉的被苏联的理论所牢笼着，支配着的今日，只有美国，却甚至反过来可以影响苏联。且不论辛克莱一班人所代表的大规模的暴露文学为苏联所未曾有过，只看新起的帕索斯的作品在苏联所造成的，甚至比在美国更大的轰动，就已经够叫人诧异了。美国的左翼作家并没有奴隶似地服从苏联的理论，而是勇敢的在创造着他们自己的东西。”

《导言》对美国文坛自由辩理的氛围也是赞赏有加，“在现代的美国文坛上，我们看到各种倾向的理论，各种倾向的作品都同时并存着；他们一方面是自由的辩理，另一方面又各自自由的发展着。他们之中任何一种都没有得到统治的势力，而企图把文坛包办了去，他们也任何一种都没有用政治的或社会的势力来压制敌对或不同的倾向。美国的文学，……如前所述，是由于他的创造精神而可能发展的，而他的创造精神却又以自由的精神为其最主要的条件。”从这些引述，我们不难发现，《现代》杂志刊发这期“现代美国文学专号”，目的不仅仅是要译介美国文学及文论，更是想通过它而“更迫切的希望能够从这样的说明指示出一个新文化的建设所必需的条件来。”为此，“专号”特别指出，“我们所要学的，却正是那种不学人的，创造的，自由的精神。”从某种意义上说，这篇《导言》道出了我国译介外国文学文论的良苦用心。即便是文论译介，也在一定程度上承担起了倡导独立之精神、自由之思想的重任。

然而，对 1949 年之前的美国文论在现今中国的研究状况，与前述英然国文论的译介研究状况是基本一致的。在一些专论或旁及美国文论的著述中，如《二十世纪美国文论》(盛宁，1994)、《20 世纪美国文学史》(杨仁敬，2000) 等，美国文论都是研究者的直接阐述对象；有时，还与英国文论一起，被统称为英美文论而出现在西方文论的著述中，作为章节之一加以介绍或研究。近年来也有一些个案研究成果，比如有关白璧德文论思想在中国的接受与影响(张源，2009；段怀清，2009；于海冰，2006)。但是，比较系统的、从国别角度研究美国文论译介的还是极少。故此，下面我们将集中对美国文论在 1915—1949 年间中国现代文学期刊中的译介状况做一描述。

6.1 美国文论译介的总体描述

根据《汇编》，在1915—1949年间，有关美国文论的翻译类文章共157篇（含复计4篇），评介类文章共111篇，如表6.1所示。从译介时间看，我国对美国文论最早的翻译类文章，则应从震瀛（袁振英）译戈德曼（E.Goldman）所著的《近代戏剧论》一文算起，此文刊于1919年2月《新青年》第6卷2期。而最早的评介类文章则是田汉所著的《平民诗人惠特曼的百年祭》，刊于1919年7月《少年中国》第1卷1期。下面将对美国文论在中国文学期刊中的译介从不同侧面予以总体描述。

6.1.1 美国文论译介年代与文论类别的统计与说明

美国文论在三个时期的译介量均以第二时期（1928—1937）为最多，分别约占了总数的62%和65%，见表6.1。

表6.1 按三个时期统计的美国文论译介篇数

译介年代	翻译类（篇）	评介类（篇）	合计（篇）
1915-1927	29	9	38
1928-1937	95	71	166
1938-1949	30	29	59
不详	—	1	1
合计	154	110	264

另从统计数据看，美国文论在中国现代文学期刊中的译介呈现出鲜明的数量多寡分布，如翻译类文章的译介重点落在美国文学理论方面，共有80篇，占到翻译类总数的52%。而评介类文论文章则以小说文论为最多，有63篇，占评介类总数的57.2%。其他文类的译介量则相对较少。这些数据表明，在我国总体上对外来文论采取“雁行式”（龙泉明，1998：81）这一主要传入模式时，对待美国文论

却并没有盲目照搬，而是带有比较明确的选择性和目的性。

表 6.2 按文论类别统计的美国文论译介篇数

文论类别	翻译类		评介类		合计	
	文论（篇）	总数百分比（%）	文论（篇）	总数百分比（%）	文论（篇）	总数百分比（%）
小说文论	27	17.5	63	57.2	90	34.1
诗歌文论	23	15	20	18.2	43	16.3
戏剧文论	19	12.3	11	10	30	11.3
文学理论	80	52	10	9	90	34.1
文学史论	5	3.2	6	5.5	11	4.2
合计	154	100	110	99.9	264	100

6.1.2 美国文论来源国及原作者文论篇数的统计与说明

如果就文论来源国这一点，把我们对美国文论的译介和对英国文论的译介做一对比，就可发现，美国文论的来源国情况比较单纯。在总共 154 篇翻译类文章中，美国作者产出了 120 篇文章，约占总数的 78%。来自其他国家作者的文章数量很少，仅 23 篇（英国 7 篇、日本 10 篇、俄苏 3 篇、法国 2 篇，黎巴嫩 1 篇），占总数的 14.9%，其余则为原作者国别不详的文章 11 篇，占总数的 7.1%，见下表 6.3。而英国文论中，英国本土作者所产出的 112 篇文章，仅占总数的 48%。因此说，英国文论在当时中国的译介呈现出一幅多国言说的世界图景，那么，这里，我们可见译自美国文论的文章则主要是美国本土作者的话语。

表 6.3 美国文论来源国及文论篇数

文论来源	美国文论（篇）	总数百分比（%）
英国	7	4.5
美国	120	78
日本	10	6.5

（续表）

文论来源	美国文论（篇）	总数百分比（%）
俄苏	3	2
法国	2	1.3
黎巴嫩	1	0.6
国别不详	11	7.1
合计	154	100

据统计，美国文论的原作者至少有 77 人，其中有些人只有一篇或两篇的文章得到译介，而被译介文章较多的原作者则如表 6.4 所示。

表 6.4　美国文论重要原作者及其文论篇数

原作者	文论（篇）
[美]辛克莱	30
[美]卡尔浮登	10
[美]莫尔顿	9
[美]狄金森	7
[美]蒲克	4
[英]戈斯	3
[美]斯平加恩	3
[美]白璧德	3
[美]佩里	3

在美国文论原作者中，辛克莱首屈一指，一人就有 30 篇文章被翻译到中国，其中他于 1925 年出版的《拜金艺术》(*Mammonart*，又译《财神艺术》）从 1929 年 6 月至 1929 年 8 月在《北新》杂志上连载 19 篇（第 3 卷 10 期至第 3 卷 14 期），译者是郁达夫。辛克莱认为，在资本主义社会中，艺术家为维持生活不得不屈服于金钱收买，使自己的艺术沦为“拜金艺术”。鲁迅也曾指出，这是“一部用经济的观点解释历史上各时代的文艺的专著”。辛克莱其余的文章也涉略广泛，诗歌文论有《美国新诗人底介绍》及续篇（丘韵铎译，《畸形》，

1928年5月30日的创刊号 和1928年6月15日第2期）；小说文论有《反抗的不朽作家》(赵荫堂译,《华严》，1929年6月20日第1卷6期)、《几个美国的无名作家》(佐木华译,《现代小说》(附)《五一特刊》，1930年1月15日第3卷4期)，以及《马克吐温的悲剧》(吉人译,《译文》，1935年3月第2卷1期)、《奥·亨利论》(天虹[①]译,《译文》,1935年8月第2卷6期) 和《关于杰克·伦敦》(天虹译,《译文》，1936年5月，新1卷3期) 等。

卡尔浮登（Victor Francis Calverton，1900—1940）是美国文学理论家和评论家，其真名为George Goetz。他有10篇文章得到译介（其中含重译1篇)，分别是《罗曼主义与革命》及续篇（李霁野译,《未名》，1929年2—3月第2卷4~5期)、《清教徒美学中的性》及续篇（李霁野译,《未名》，1929年4月第2卷8期和1930年4月第2卷9~12期合刊)、《现代文学中性的解放》(傅东华译,《小说月报》，1930年3月第21卷3期）[②]。卡尔浮登的其他被译文章还包括《艺术的起源》(刘穆译,《北新》，1930年7月第4卷14期)、《美国新兴文学之起衅》(周绍仪译,《北新》，1930年10月第4卷19期)、《现代美国文学之趋势》(钟宪民译,《文艺月刊》，1930年11月15日第1卷4期)，以及《文学之社会学的批判》(The New Spirit：A Sociological Criticism of Literature）由李兰和滕固各自译成汉语，分别发表在《大众文艺》1930年6月1日第2卷5、6期和《金屋》1930年6月第1卷9、10期合刊。这两篇译文疑为重译文章。

美国文论原作者中莫尔顿（Richard Green Moulton，1849—1924）也是比较突出的，他有9篇文章被译成汉语，主要是《文学

① 天虹即许天虹。

② 此处由李霁野和傅东华所译文章均出自卡尔浮登《文学中的性表现》(1926年)(*Sex Expression in Literature*) 一书中的三个章节——*Romanticism and revolution*、*Sex in Puritan esthetics* 和 *Contemporary sex release in literature*。

之近代研究》，共5篇，由傅东华翻译，分别发表在《小说月报》1926年1—3月第17卷1~3期和1926年5月、8月第17卷5期、8期上。而在同年1月的《文学周报》第210期上还有他为此书写的《〈文学之近代研究〉译序》；1927年3月《文学周报》第264期上又发表了他编译的《〈文学之近代研究〉原序》。莫尔顿的《文学进化论》一书中的部分章节也是由傅东华翻译，共4篇，刊载于《小说月报》1927年2月第18卷2期、1927年4—5月第18卷4~5期和1927年8月第18卷8期上。可以说，这两部以进化论为思想基础的文学理论和文学史理论著作在中国的译介对中国文学史研究产生了广泛的影响，并一时成为流行的观念。郑振铎在《研究中国文学的新途径》(《小说月报》，1927年6月第17卷号外中国文学研究专号）中说："这两个主要的观念，归纳的考察与进化，乃是近代思想发达之主因，虽然以前文学上很少的应用到它们，然而现在却已成为文学研究者所必须具有的观念了"。

尽管我国当时对美国文论的译介不及对英国文论的译介，但是像卡尔浮登、白璧德这样的作者，由于其自身的学术素养，所写文章还是具有相当深度和理论性的。即使今天，学术界对他们（尤其白璧德）的理论和观点及其对中国文学与文学批评和理论的影响，仍然有持续的关注和研究（徐日君，2010；张源，2009；段怀清：2009；于海冰，2006）。

6.1.3 美国文论译介者及其文论篇数的统计与说明

和英国文论译介情况相似的是，翻译了仅1篇和2篇美国文论的译者人数占了绝大多数，共计66位，占译者人数的85%，他们所翻译的文章篇数有72篇，占到总数的约47%。然而，从表6.5可以发现，翻译文章篇数居多的还是至今在中国文学史上响当当的人物：郁达夫、傅东华、胡春冰、吴宓、李霁野、赵景深、胡仲持等。

事实上，如果按翻译文章篇数达 3 篇及以上的译者进行统计，那么，这些译者虽然仅有 12 人，但他们译出的文章却达 76 篇，占到美国文论翻译类文章总数的 50%。

表 6.5　美国文论翻译者及其所译文论篇数

翻译者	文论 / 人（篇）	合计（篇）
郁达夫	19	19
傅东华	16	16
胡春冰	7	7
吴宓	6	6
李霁野	5	5
赵景深　胡仲持	4	8
曹葆华　林语堂　赵如琳　陈勺水　徐天虹	3	15
韦丛芜　楚英　佐木华　丘韵铎　钱歌川　查谦　明久　田禽	2	16
1 人译 1 篇者（53 人）	1	53
李濂、李振东；亦华、觉人（2 人合译，计 1 人，共 2 人）	1	2
金兆梓、傅东华（2 人合译，计 1 人）	2	2
译者不详 *	5	5

注：指文章没有译者署名。由于译者人数难以确定，故此处只统计总篇数。

下面表 6.6 显示的是关于美国文论评介者的统计数据。共有 82 位作者写出了 110 篇评介美国文论的文章。其中仅有 1 篇或 2 篇评介文章的作者达 77 位，约占评介者总人数的 94%；这些作者共计发表文章 87 篇，约占评介类文章总数的 79%。而其他评介文章写得相对多些的作者人数不多，仅有赵家璧、徐迟、刘大杰、赵景深和顾仲彝几人，他们的评介文章篇数也仅有 23 篇，约占评介类美国文论总数的 20.9%。

表 6.6 美国文论评介者及其所写文论篇数

评介者	文论 / 人（篇）	合计（篇）
赵家璧	10	10
徐迟	4	4
刘大杰 赵景深 顾仲彝	3	9
林疑今 张骏祥 李育中 伍蠡甫 叶灵凤 杨昌溪 祝秀侠 余慕陶 郑振铎 曾虚白	2	20
1 人写 1 篇者（67 人）	1	67

6.2 美国文论译介的具体描述

6.2.1 美国小说文论译介

美国小说文论在美国文论中占据篇数是最多的，共有 90 篇，其中翻译类 27 篇，评介类 63 篇。在翻译类 27 篇小说文论中，有 17 篇是对美国小说家及其作品的介绍与评论，如有关杰克·伦敦的 4 篇：日本厨川白村著、刘大杰译的《杰克伦敦的小说》(北新》，1930 年 1 月第 4 卷 1、2 期)、辛克莱著、许天虹译的《关于杰克·伦敦小说》(《译文》，1936 年 5 月，新 1 卷 3 期)、A. 坎臬迪著的《高尔基与杰克伦敦之比较研究》(译者不详，《矛盾》，1934 年 1 月第 2 卷 5 期）和公南译的《杰克·伦敦》(原作者不详，《文艺知识连丛》，1947 年 8 月 20 日第一集之四)。

有关马克·吐温的文章有 3 篇：辛克莱著、吉人译的《马克吐温的悲剧》(《译文》,1935 年 3 月第 2 卷 1 期)、雷蒙·伯斯·沃特著、周新译的《马克吐温论幽默》(《论语》，1935 年 6 月第 66 期)、杨任译的《镇母斯 J·贵尔德斯夫人日记中的马克吐温》(《质文》，1935 年 12 月第 4 号)。

在翻译类文章中被论及的其他美国小说家还包括辛克莱（《辛

克莱——战斗的作家》(沙蒙·威尔士著、明久译,《文艺》,1938年12月第2卷4期)和《苏联作家祝贺辛克莱六十诞辰》(P.托尔斯泰等著、明久译,《文艺》,1938年12月第2卷4期))、刘易斯(《辛克莱·刘易士(一)刘易士在美国文坛的地位》(日本宫岛新三郎著、钱歌川译,《青年界》,1931年3月30日第1卷1期)和《刘易士的小说》(阿尔特著、赵景深译,《小说月报》,1931年7月第22卷7期)、赛珍珠(Pearl Buck,1892—1973)(《巴克评传》(戈斯著、韦丛芜译,《未名》,1930年4月第2卷9~12期合刊)和《赛珍珠谈自己的作品(世界名作家访问记之二)》(R.V.郭尔德著、楚英译,《宇宙风》,1947年3月第147、148期合刊),以及欧·亨利(O. Henry,1862—1910)、富兰克林(Benjamin Franklin,1706—1790)、霍华德·法斯特(Howard Fast,1914—2003)等作家的介绍。

除了上述论及美国小说家的10多篇文章外,还有4篇是泛论性质的,如辛克莱著的两篇文章——《几个美国的无名作家》(佐木华(叶灵凤)译,《现代小说》,1930年1月15日第3卷4期)和《反抗的不朽作家》(赵荫堂译,《华严》,1929年6月20日第1卷6期)、英国德里克·帕特摩尔(Derek Patmore,1929—1963)著、姜瘦萍译《美国文坛的新近作家》(《读书月刊》,1931年8月10日第2卷4、5期,文学研究专号)和K.S.楼支亨著、陈适怀译《爱伦堡谈美国作家》(《文艺丛刊》,1946年12月第2辑)。

其余的6篇文章有些是对小说理论的讨论,如费尔普斯(W. L. Phelps,1865—1943)著、陈瘦石译《小说中写实与现实》(《文艺月刊》1934年2月1日第5卷2期)、Blackiston著的两篇文章《悬念·斗争·风格》和《短篇小说的情节》,均由田禽翻译,刊于《青年界》1948年5月新5卷4期和1948年6月新5卷5期上,以及哈瓦斯·法斯特(疑为霍华德·法斯特)著的《现实主义与小说》(译者不详,《小说》,1948年10月1日第1卷4期);有些也属泛论性文章,如美国瓦尔德曼(Milton Waldman,1895—1976)著的《近代美国小说诸趋势》(赵家璧译，《现代》，1934年5月第5卷1期 五月号）和吴景荣译自伦敦泰晤士报的《泛论美国小说》(《时与潮文艺》，1943年10月15日第2卷2期美国当代小说专号)。

鉴于翻译类美国小说文论数量有限，所涉内容实在不够丰富。而评介类文章虽然数量增多，有63篇，但仍然以作家作品论占绝大多数，其中有58篇文章论及至少23位美国作家及作品。以被评介最多的辛克莱为例，共有10篇文章，如祝秀侠的《辛克莱和这个时代》(《大众文艺》，1930年5月1日第2卷4期)、余慕陶的《辛克莱论》(《读书月刊》，1931年8月10日第2卷4、5期文学研究专号)、高地的《辛克莱》(《小说月刊》，1932年12月第1卷3期)、钱歌川的《曷普登·辛克莱》(《现代》，1934年10月第5卷6期十月号现代美国文学专号)。有关辛克莱作品的文章则有：《辛克莱的〈油！〉》(叶灵凤，《现代小说》(附)《五一特刊》，1929年10月第3卷1期)、《辛克莱的〈潦倒的作家〉》(祝秀侠，《拓荒者》(《海燕》)，1930年2月10日第2期)、景珩的《辛克莱与他的新书》(《抗战文艺》，1938年10月，武汉特辑3号）和《辛克莱的〈赖尼·拍特的生活〉》(白森，《小说》，1949年6月1日第2卷6期）等。

其他被评介较多的作家还有赛珍珠和德莱塞，各有5篇文章介绍其生平、作品，如毛如昇的《勃克夫人的创作生活》(《文艺月刊》，1933年12月1日第4卷6期)、庄心在的《布克夫人及其作品》(《矛盾》，1933年9月第2卷1期革新号)、章伯雨的《勃克夫人（Mrs pearl s. Buck）访问记》(《现代》，1934年3月第4卷5期三月号)、陈嗣音《关于巴克夫人》(《文艺》，1935年6月第1卷4期）和赵家璧《勃克夫人与黄龙》(《现代》，1933年9月第3卷5期九月号)。

评介德莱塞的文章也是一样，除了其中一篇是对《珍妮姑娘》的评介（子渔，《珍妮姑娘》，《文学》，1935年6月第4卷6号)，其他四篇均是介绍、评介性的，如伍蠡甫的《德莱塞》(《文学》，1934

年7月第3卷1号一周年纪念号)、毕树棠的《德莱赛的生平、思想及其作品》(《现代》,1934年10月第5卷6期现代美国文学专号)、赵家璧的《特莱赛——从自然主义者到社会主义者》(《文季月刊》,1936年6月第1卷1期)和袁水拍《人民的作家德莱赛》(《文联》,1946年3月25日第1卷5期)。

有关海明威的评介文章有4篇,包括叶灵凤的《作为短篇小说家的海敏威》(《现代》,1934年10月第5卷6期现代美国文学专号)、赵家璧的《海敏威研究》(《文学季刊》,1935年9月第2卷3期)、冯亦代的《海明威的迷茫(评《战地钟声》及其他短篇)》(《抗战文艺》,1944年2月第9卷1、2期合刊)和吴鲁芹的《论海明威》(《文艺先锋》,第12卷第6期,未印出版日期)。

另外被评介的美国小说家还包括:

- 帕索斯:其中有赵家璧的2篇文章《帕索斯》(《现代》,1933年11月第4卷1期十一月狂大号)和《从横断小说谈到柏索斯》(《作家》,1936年10月第2卷1号),以及杜衡的《帕索斯的思想与作风》(《现代》,1934年10月第5卷6期十月号现代美国文学专号)
- 刘易斯:《刘易士小论》(刘大杰,《青年界》,1931年3月30日第1卷1期)、《辛克莱·刘易士》(辛亥,《小说月刊》,1932年10月第1卷1期)、《刘易士评传》(伍蠡甫,《现代》,1934年10月第5卷6期十月号现代美国文学专号)
- 杰克·伦敦:《杰克·伦敦》(孙席珍,《青年界》,1931年6月10日第1卷4期)、《杰克·伦敦的生平》(沈圣时,《现代》,1934年10月第5卷6期十月号现代美国文学专号)、《论贾克·伦敦》(冷火,《文学批评》,1942年9月1日创刊特大号)
- 斯坦贝克:《史坦倍克的英雄》(黄桦霈,《文学创作》,1943年5月1日第2卷1期)、《史坦培克与史密司》(夏衍,《野草文从》，1948 年 4 月第 9 集)、《从〈前进的客车〉看史坦贝克（小说批判)》(孟超，《小说》，1948 年 12 月 1 日第 1 卷 6 期）

- 马克 · 吐温：《马克吐温及其作品》(黄嘉音，《论语》，1935 年 1 月第 56 期西洋幽默专号)、《美国小家马克 · 吐温》(胡仲持，《文学》，1935 年 1 月第 4 卷 1 号）
- 安特森：《安得生发展之三阶段》(苏汶，《现代》，1934 年 10 月第 5 卷 6 期十月号现代美国文学专号)、《安特生研究》(赵家璧，《文学》，1935 年 8 月第 5 卷 2 号）
- 欧亨利：《欧亨利小说》(丝环，《小说世界》，1927 年 4 月第 15 卷 15 期)、《 O.Henry 的短篇小说》(刘大杰，《语丝》，1929 年 11 月第 5 卷 36 期）

下面表 6.7 是美国小说文论中译介较多的作家及相关文章篇数。但除上述被译介的各位小说家外，还有爱伦 · 坡、亨利 · 詹姆士、韦勒 · 凯瑟、福克纳等人被 1 篇或者 2 篇的文章所提及。

表 6.7　美国小说文论所涉作家及文论篇数

小说家	翻译类（篇）	评介类（篇）	合计（篇）
辛克莱	2	10	12
赛珍珠	2	5	7
杰克 · 伦敦	4	3	7
德莱塞	—	5	5
马克 · 吐温	3	2	5
海明威	—	4	4
刘易斯	2	3	5
帕索斯	—	3	3
欧亨利	1	2	3
斯坦贝克	—	3	3
安特森	—	2	2

值得注意的是，在上述作家中，大多数都属于现实主义作家，唯有福克纳可视为现代派作家。凌昌言在《现代》1934 年 10 月第 5 卷 6 期现代美国文学专号上发表的《福尔克奈——一个新作风的尝试者》是唯一一篇介绍福克纳小说的文章。作者通过对福克纳多部小说创作技巧的分析，认为福克纳的新技巧主要可归纳为两点：一是观点的变换，二是布局的错杂。而且，凌昌言还指出，福克纳“并不是一个深刻的思想家”，他“所能给予的不是常态的社会或是人生的表现；他所给予的只是刺激，一种不平常的官感上的刺激。而现代人所要求的，也并不希望从文艺作品上来耐着性子看一看真实的人生。他们所要求的也正是瞬间的刺激。”这些文字代表的是当时人们对于福克纳写作技巧的认识。

在其余 5 篇文章中，有 2 篇是对美国小说家群体的介绍文章，如余慕陶的《美国新兴文学作家介绍》(《大众文艺》，1930 年 3 月第 2 卷 3 期）和薛蕙的《现代美国作家小传》(《现代》，1934 年 10 月第 5 卷 6 期现代美国文学专号）；另外 3 篇则更似对美国小说的评论文章，如赵景深的《二十年来的美国小说》(《小说月报》，1929 年 8 月第 20 卷 8 期现代世界文学号（下））、赵家璧的《美国小说之成长》(《现代》，1934 年 10 月第 5 卷 6 期现代美国文学专号）和林疑今的《美国当代问题小说》(《时与潮文艺》，1943 年 10 月 15 日第 2 卷 2 期美国当代小说专号）。

此处，很有必要介绍一下《现代》1934 年第 5 卷 6 期现代美国文学专号上赵家璧的《美国小说之成长》这篇长文。该文几乎论及了所有美国最重要的小说家。正如“专号”《导言》强调，现代美国文学不仅摆脱了英国文学传统的束缚，而且是与英国传统相对立，赵家璧也在文章中对此做出强烈的呼应，文中有多处地方强调美国文学是“和英国传统根本相反”、具有“独特的美国格调”和“冲破英国束缚的勇气”这样的字眼，如对马克·吐温的幽默，赵家璧这样评论道："在丰足而快乐的美国西部所产生的那种轻快诙谐的美国幽默，是和英国传统根本相反，而早被勃列特·哈特称为美国文化所产生的第一颗美丽的果实的"；在论德莱塞时，赵家璧称他是"第一个不承认在美国的文学中有所谓英国传统的存在。在他的作品中，不但充满了美国味的背景，行动着典型的美国人物，并且追随了费特曼（惠特曼）和马克·吐温，在文字上也逐渐养成了一种独特的美国格调"；在讨论福尔克奈（福克纳）时，赵家璧对他的写作风格做出了这样的评论："福尔克奈的散文，正像美国的文化一样是受了许多外来的影响而产生的另一种东西。他应用简单的字汇，写得独创而特殊，流畅而美丽。许多对话是黑人的，这些黑人的对话是每部书中最美丽的一部分，而在对话以外，更混杂许多黑人口里所说的那种不合英国文法的话，有时更发明许多像德文般用许多字拼合而成的新字。在叙述故事的时候，更把对话、心理描写拼合在一起，这一种形式上冲破英国束缚的勇气，比海敏威和安特生（安德森）的更值得纪念"。总之，赵家璧这篇文章既对美国重要小说家做出了评论，也可说是对"现代美国文学专号"编者所著《导言》的最佳注脚。

6.2.2 美国诗歌文论译介

虽然我国从晚清起就有黄遵宪等人倡导的"诗界革命"，但是，只有到了"五四"之后，中国诗歌才发生了根本性的变革；而且，在"这一变化过程中，美国诗人起了极大的作用。"（王锦厚，1996：477）美国诗歌对中国新诗的影响可归纳为四点：（1）诗的现代意识，即诗的观念的转变，不是将诗作为载道或娱乐的工具，而是将诗作为一种艺术；（2）诗的现代技艺；（3）诗的语言的运用；（4）议论的入诗（王锦厚，1996：477~491）。从下面对美国诗歌文论在中国现代文学期刊中的译介描述，也许可以发现这些影响的源头。

实际上，美国诗歌文论从译介数量看，在美国文论总数（264篇）中并不占优势，仅有43篇，其中翻译类和评介类分别是23篇和20篇。译介内容也可大致分为诗人译介和诗歌文论译介两类。在23篇翻译类美国诗歌文论中，论及诗歌理论的文章有14篇，论及美国诗人的文章有9篇，其中有关惠特曼的就占了6篇。而在20篇有关美国诗歌文论的评介类文章中，述及美国诗歌的概论、史论、专论类文章共10篇，对美国诗人的评介文章也是10篇，而其中4篇也是关于惠特曼的。

先看有关惠特曼的10篇译介文章。它们包括：翻译类中的日本作者3篇——岛武郎著、金溟若译的《草之叶（论文）》(《奔流》，1928年10月30日第1卷5期)、高村光太郎著、静闻[①]译的《窝尔特·惠特曼》和中野重治著、余人可诒译的《布尔乔亚诗之选手惠特曼》(《诗创作》1942年4月30日第10期)；以及戈斯著、伍实译的《窝脱·惠特曼》(《文学》，1934年12月第3卷6号)、林焕平译的《惠特曼诗的现实主义》(原作者不详，《东流》，1934年12月第1卷2期)、菲北译的《华尔特论惠特曼》(《诗创作》，1942年9月20日第14期)。评介类的4篇文章则是田汉的《平民诗人惠特曼的百年祭》(《少年中国》，1919年7月第1卷1期)、谢六逸的《平民诗人惠特曼》(《文学周报》，1922年2月第28期)、《辛克莱论惠特曼》(作者不详，《文学》，1937年2月第8卷2号）和高寒的《关于介绍惠特曼》(《文讯》，1948年5月15日第8卷5期)。

田汉应是最早在中国现代文学期刊中评介惠特曼的。他的长文《平民诗人惠特曼的百年祭》，从八个方面分别介绍、探讨了“惠特曼的生平”“惠特曼的伟大”“惠特曼与美国主义”“惠特曼与民主”“惠特曼的灵肉观”“惠特曼的自由诗”“中国的Renaissance（文艺复兴)”

① 静闻即钟敬文。

以及“纪念惠特曼的意义”。他援引日本学者厨川白村的话，把惠特曼誉为“真正的生之真实”“现代的象征”，并号召中国诗人借鉴惠特曼的诗歌形式，顺从这“自然的趋势”，形成时代的风格，以达到中国文艺之复兴。文章还特别强调了在中国纪念惠特曼的诸多意义：

A. 我们因为我们的“中国精神”——就是平和平等自由博爱的精神——还没有十分发生，就要纪念惠特曼，把他所高歌的美国精神（Americanism）做我们的借镜。

B. 我们少年中国所确信能够救“少年中国”的就只有“民主主义”一副药。所以我们要纪念百年前高唱‘民主主义’的惠特曼的出生……

C. 我们“老年的中国”因为灵肉不调和的缘故已经亡了。我们“少年中国”的少年，一方要从灵中救肉，一方要从肉中救灵。惠特曼是灵人而赞美肉体的主张灵肉调和的思想，所以要纪念他……

D. 我们少年中国勃兴的时候，少年中国的解放，文学自由诗亦同时勃兴，渊源探本，也是受了惠特曼的影响。我们要发达民众艺术，所以要纪念这个。

田汉对惠特曼的赞赏显然溢于言表，“他把惠特曼作为美国精神的化身，把惠特曼作为自己的榜样，要像惠特曼一样高唱‘民主主义’的战歌，夺取民主在中国的胜利！”（王锦厚，1996：476）[①]。

1922 年 2 月谢六逸在《文学周报》第 28 期上也发表《平民诗人惠特曼》一文，指出惠特曼“与自然极相亲近……他以五体吸收自然之力”，因而他的诗便是“自然的复写”，其特点是“个性的动作的呼声”，从中“找不到一点厌世的倾向。”此外，1937 年 2 月 1 日的《文学》第 8 卷 2 号也有一篇《辛克莱论惠特曼》的文章。该

① 根据李强（2007：67），田汉此文中的一些内容间接取材于厨川白村 1914 年 4 月出版的《文艺思潮论》中有关惠特曼的部分。

文原是辛克莱所著《拜金艺术》第八十章，指出了惠特曼的独特之处，认为“惠特曼真正了解美国底平民；他了解他们的程度，超过以前的任何文人……对于他，一切事物底内在本质全是一样的，一切的生命都是神圣的，全体人类都是弟兄。……”

有意思的是，在戈斯著、伍实译的《窝脱·惠特曼》(《文学》，1934年12月第3卷6号）一文中，原作者说，“惠特曼比差不多所有的同代人都富有诗的资产，然而因缺乏一种定形和坚定性，就被注定永远离开‘诗人’之群而坐了”。可是，译者伍实在译文的篇末却希望读者用另外一种眼光来读这篇文字，把戈斯所谓的惠特曼的缺点当作他的长处来看待。伍实的这一做法，可以说完全迎合了当时国内提倡自由诗的革新要求。比如胡风在谈到为何翻译惠特曼的《草叶集》时，就明确说，“想翻出来使不断受到攻击的语体无韵的新诗能够得到借鉴，提供新诗人一种加强创造性的精神食粮”。可见惠特曼的诗歌形式和风格对当时我国的新诗具有重大的借鉴意义。

1942年，《诗创作》为纪念惠特曼逝世五十周年，刊发了两篇翻译文章——《窝尔特·惠特曼》(高村光太郎著、静闻译）和《布尔乔亚诗之选手惠特曼》(中野重治著、余人可诒译)，分别对惠特曼做了简要的介绍，在前一篇文章中，作者认为，惠特曼“精神和肉体同样看，在他，身体常常是和人事有某种关联，自然常常人和交通，他最理解林肯，嚷着站在同胞意识和平等观上面的真正民主主义。”在后一篇文章中，作者也说，“特曼的歌，实际上，在阿美丽加资产阶级间的一般心理尚未到达那境地之前，就先于人民抓住了那题材的歌唱，……惠特曼就是站在这基本精神之上，以最明确的姿态最初地为人表率地表现出了革命的资产阶级的心理者也。”两篇文章无疑都看到了惠特曼诗歌中的人民性，及他所高歌的人与自然的亲密结合。从上述评价惠特曼的文章可知，惠特曼的民主精神、追求自由与个性解放、积极向上的乐观态度以及奔放不羁的诗句，不仅代表了美国浪漫主义诗歌的精髓，也为中国新文学运动输送了思想养料。

其余论及美国诗人的文章，包括3篇翻译类中的综述文章，如辛克莱著、丘韵铎译的《美国新诗人底介绍》及续篇（载于《畸形》杂志1928年5月30日的创刊号和6月15日第2期）和美国萨洛扬著、胡仲持译《美国的未来诗人之一》(《人世间》，1943年4月1日第1卷4期)。在评介类文章中，还介绍了其他美国诗人，主要有施蛰存的《支加哥诗人卡尔·桑德堡》(Carl Sandburg，1878—1967)(《现代》，1933年6月第3卷3期 六月号)、方玮德的《女诗人米莱及其再生》(Edna St. Vincent Millay，1892—1950)(《文艺月刊》，1933年6月1日第3卷12期)、徐迟的《诗人Vachel Lindsay》(林赛，1879—1931)(《现代》，1933年12月第4卷2期 十二月号)、《哀慈拉·邦德及其同人》(《现代》，1934年10月第5卷6期 十月号现代美国文学专号）和沈济《哀略忒论诗》(《诗创造》，1948年6月第12期）等。

关于美国诗歌理论的13篇翻译类文章，有些是从纯诗学的角度，探讨了诗歌的原理、定义、范围、诗人的特质等，比如布利斯、佩里（Bliss Perry，1860—1954）著、傅东华译的《诗人与非诗人之区别》(《文学周报》，1922年11月第55期)、佩里著、金兆梓与傅东华合译的两篇文章《韵节及自由诗》(《文学周报》，1923年12月第100期）和《诗之研究》(《文学周报》，1924年1月第105期)、阿兰坡（现译爱伦·坡，Edgar Allan Poe，1809—1849）著、林孖译的《诗的原理》(《小说月报》，1924年1月第15卷1期)、斯平加恩著、林语堂译的《七种艺术七种谬见》(《北新》，1929年7月第3卷12期)、巴伯特·陶逸士著、施蛰存译的《诗歌往哪里去?》(《现代》，1934年6月第5卷2期 六月号)、罗维斯著、曹葆华译的《关于诗中的革命》(《文学季刊》，1935年12月第2卷4期)、威尔逊著、李育中译的《诗的范围》(《诗创作》,1943 年 5 月第 18 期）及 C · 桑德堡著、方青译的《诗底定义》(《呼吸》, 1946 年 11 月 1 日，创刊号)。

另有几篇文章是对美国诗坛的通论性文章，如路易斯 · 安特迈耶（ Louis Untermeyer，1885—1977，美国作家以及诗歌选集编辑者）著、陈勺水译的《现代美国诗坛》(《乐群》, 1929 年 6 月 1 日第 1 卷 6 期)、白璧德著、吴宓译的《白璧德论今后诗之趋势》(《学衡》, 1929 年 11 月第 72 期)、厨川白村著、东声（韩侍桁）译的《美国的厌世诗派》(《文艺月刊》, 1933 年 12 月 1 日第 4 卷 6 期)。

评介类文章中，介绍外国诗歌理论的同时往往也介绍诗人诗作。惠特曼几乎是美国诗论中一个绕不过去的最重要人物。比如刘延陵发表在 1922 年 2 月《诗》第 1 卷 2 号上的《美国的新诗运动》一文就是一例，从惠特曼讲到庞德，称惠特曼“不但是美国新诗的始祖，并且可称为世界的新诗之开创之人；而且不但启发世界的新诗，就是一切艺术的新的潮流也无不受他的影响。”当然，作者在评论新诗时的观点也很具代表性，一开头便指出：“新诗‘ The New Poetry ’是世界的运动，并非中国所特有：中国的诗的革新不过是大江的一个支流”，而美国的惠特曼就是这条大江的源头。就新诗的形式而论，“一面他是打破诗之桎梏的人，论到精神一面他是灭熄旧的精神燃起新的精神之人。”文章还说，美国在 1913 到 1917 年，新诗成了美国的一种民众运动，而“幻想派[①]诗人乃是助成美国诗界新潮的一个大浪”，文章还介绍了意象派的六个信条：

一、用寻常说话中的字句，不用死的、僻的、古文中的字句。

二、求创造新的韵律以表现新的情感，不死守规定的韵律。

三、选择题目有绝对的自由。

① 即意象派。

四、求表现出一个幻象，不作抽象的话。

五、求作明切了当的诗，不作模糊不明的诗。

六、相信诗的意思应当集中，不同散文里的意思可作松散的排列（转引自张大明，2001：714）。

文章明显地表露出作者希望从国外的诗歌发展历程，尤其以惠特曼、庞德为代表的新诗，找到中国新诗的理论根据。这也可能是意象派六大信条首次被引入中国。不过，有意思的是，意象派这六大信条曾被不同的人如郁达夫（“论诗”，《文艺论集》，1926）、徐迟（《意象派的七个诗人》(《现代》，1934 年 4 月第 4 卷 6 期))、邵洵美(《现代美国诗坛概观》，(《现代》，1934 年 10 月第 5 卷 6 期现代美国文学专号)）等人提及，并且各自依据自己的理解，给出了略有差异的译文（张大明，2001：714~720）。

朱复在《小说月报》1930 年 5 月号上发表的《现代美国诗概论》一文同样也谈到了惠特曼。其中有一节专讲到，“惠特曼可以代表新兴的美国，他的诗歌是讴唱美国，也是称颂现代人，并且他的体裁开创了现代诗人艺术的先河，为‘自由体诗’的先进作家。”文章从主题和艺术两方面肯定了惠特曼诗歌的成就，明确了诗人在现代美国诗歌发展史上开一代诗风的地位。

此外，还有晓萍的《美国诗坛的复兴》(《文艺月刊》，1934 年 6 月 1 日第 5 卷 6 期)、邵洵美的《现代美国诗坛概观》(《现代》，1934 年 10 月第 5 卷 6 期现代美国文学专号)、杨任的《现代亚美利加诗》(《诗歌生活》，1936 年 3 月，创刊号)、董每戡的《近代美国诗歌简史》(《文艺先锋》，1948 年 4 月 25 日第 12 卷 3、4 期）和徐迟的《美国诗歌的传统》(《中原》，1943 年 6 月，创刊号)。

邵洵美在《现代美国诗坛概观》中也指出，惠特曼是现代美国的“诗父”“先知”“革命的英雄”“灵魂的解放者”。徐迟在他的《美国诗歌的传统》这篇文章中也给予惠特曼高度评价，说美国的诗歌传统就是惠特曼的传统："惠特曼之与林肯总统，正如马雅可夫斯基之与列宁，是一个历史的平衡"。他于 1946 年 2 月发表在《文联》第 1 卷 3 期上的文章《关于美国文学》，还极力推荐首先翻译惠特曼，说在介绍爱默生、霍桑、爱伦·坡等五位作家之前更重要的工作是译惠特曼的《草叶集》和马克. 吐温的《哈·费恩历险记》。

评介类中其他诗学专论文章还有：易康的《黑人诗歌中民族意识之表现》(《前锋月刊》,1930 年 10 月 10 日，创刊号）和荒芜的《论黑人诗》(《文艺春秋》，1948 年 4 月 15 日第 6 卷 4 期)。

6.2.3 美国戏剧文论译介

在美国戏剧文论译介方面，翻译类文章共有 19 篇。论及美国剧作家的有 5 篇，而其中通论文章有 2 篇——G. J. Nathan（内森）著、胡春冰译的《美国戏剧家概论》(《戏剧》，1929 年 11 月 15 日第 1 卷 4 期）和 R. 华思著、黄谷柳译 [原文如此]《现代美国剧作家及其作品》(《戏剧时代》，1944 年 6 月 1 日第 1 卷 4、5 期)。另 3 篇是：美国作者惠普尔（T.K.Whipple）著、查士骥译的《剧作家友琴·沃尼尔——介绍灰布尔教授的沃尼尔论》(《北新》，1929 年 5 月第 3 卷 8 期)，这篇文章出自惠普尔教授所著的《代言人：现代作家和美国生活》(Spokesmen : Modern Writers and American Life）的第十一章；美国作者温特（S.K.Winther）著、王思曾译的《奥尼尔的剧作技巧》(《文艺月刊》，1937 年 5 月 1 日第 10 卷 4、5 期)，和 R.V. 郭尔德著、楚英译的《剧作家威廉萨罗扬（世界名作家访问记之二)》(William Saroyan，1908—1981)(《宇宙风》，1947 年 4 月第 149 期)。

其余 14 篇文章中，有些是关于戏剧理论的专论文章，如戈德曼(E.Goldman）著、震瀛[①] 译的《近代戏剧论》(《新青年》，1919 年 2

① 震瀛即袁振英。

月第 6 卷 2 期)、韩米顿（现译汉密尔顿，C. Hamilton）著、陆祖鼎译的《戏剧原理》(《学衡》，1925 年 8 月第 44 期)、C.Hamilton（汉密尔顿）著、如琳[①]译的《戏剧是什么?》(《戏剧》，1929 年 7 月 25 日第 1 卷 2 期)、美国著名戏剧大师马修士著、陈治策译的《三一律》(《戏剧与文艺》，1929 年 8 月 1 日第 1 卷 4 期)；有些是对不同戏剧种类的讨论，如 B.Roland Lewis（罗兰・刘易斯，1884—1959）著、如琳译的《独幕剧研究》(《戏剧》，1929 年 5 月 25 日第 1 卷 1 期)、哈贝尔（J.B.Hubbell）著、亦华、觉人译的《论独幕剧》(《戏剧与文艺》，1929 年 8 月 1 日第 1 卷 4 期)、《思想剧》(Thomas H. Dickinson 著、胡春冰译，《戏剧》，1929 年 7 月 25 日第 1 卷 2 期)、C. Hamilton 著、赵如琳译的《近代的社会剧》(《北新》，1929 年 9 月第 3 卷 16 期）和本特利（美国戏剧评论家，Gerald Eades Bentley，1901—1994）著、章泯译的《论闹剧与趣剧》(《戏剧春秋》，1942 年 5 月第 2 卷 1 期)。另有 5 篇是由胡春冰翻译、狄金森（Thomas. H Dickinson）著的《现代戏剧大纲》，分别刊载于《戏剧》杂志 1929 年 5 月第 1 卷 1 期、11—12 月第 1 卷 4~5 期、1930 年 4 月第 1 卷 6 期和 1931 年 2 月第 2 卷 3、4 期)。

美国戏剧文论的评介类文章有 11 篇，奥尼尔成为其中明显的评介亮点，共有 7 篇文章主要评论他的作品——刘大杰的《奥尼尔的新作》(《语丝》，1927 年 12 月第 4 卷 2 期)、胡春冰的《欧尼尔与〈奇异的插曲〉》(《戏剧》，1929 年 12 月 15 日第 1 卷 5 期)、柳无忌的《二十世纪的灵魂——评欧尼尔〈无穷尽的日子〉》(《文艺》，1936 年 7 月第 3 卷 3 期)、俞志远的《奥尼尔的生涯及其作品》(《文学》，1937 年 2 月第 8 卷 2 号)、赵家璧的《友琴・奥尼尔》(《文学》，1937 年 3 月第 8 卷 3 号)、冼群的《读欧尼尔的〈加力比斯之月〉》

① 如琳即赵如琳。

（《文艺先锋》，1945 年 8 月 31 日第 7 卷 2 期）和顾仲彝的《奥尼尔和他的〈冰人〉》介绍》(《文艺春秋》,1947 年 2 月 15 日第 4 卷 2 期)。在这些文章中，时间最早的是刘大杰的《奥尼尔的新作》。[①]

此外，还有张骏祥写的《美国当代剧作家克利福·奥代茨（介绍)》，两篇连载于《文艺先锋》1942 年 10—11 月第 1 卷 2~3 期，以及顾仲彝著的《现代美国的戏剧》(《现代》，1934 年 10 月第 5 卷 6 期十月号现代美国文学专号）和孟哲的《评剧本〈飘〉（书评)》(《文艺先锋》，1944 年 12 月 20 日第 5 卷 6 期)。总体上讲，当时文学期刊中对美国戏剧文论方面的译介是很薄弱的，但就在这有限的译介中却还有奥尼尔这颗闪亮的明星。

6.2.4 美国文学理论译介

在 153 篇翻译类美国文论中，纯文学理论与批评方面的文章共有 80 篇，占到总数的 52%，可见我国对现代美国文学理论的重视。具体而言，这些文章分别涉及文学批评理论（16 篇)、文学理论与研究（34 篇)、文学思潮与流派（10 篇）和各种专题文章（20 篇)。

经梳理发现，1923 年 7 月第 81 期的《文学周报》即已刊登《文学批评》一文，由贺自昭译，但原作者姓名由于当时的拼写错误，如今已无法查证。同年 11 月第 94 期,《文学周报》又发表柳威生（又译柳维松，Ludwig Lewisohn，1882—1955）著、佩弦（朱自清）译《近代批评丛话》。稍后,《小说月报》也开始刊登美国文学批评方面的理论文章，首先是美国诗人和文学批评家爱伦·坡著、M译录的《批评与批评家》(《小说月报》，1924 年 3 月第 15 卷 3 期)；尔后又分别在 1925 年 6—7 月第 16 卷 6~7 期和 10—11 月第 16 卷

① 不过，如果要追溯奥尼尔最早进入中国现代文学期刊的文字，也许可以追溯到 1922 年 5 月。当时，沈雁冰在他主持的《小说月报》第 13 卷 5 期的“海外文坛消息”中刊发了“美国文坛近况”一文，将奥尼尔称为“美国戏剧界的第一人才”。

10~11 期，分 4 期刊登美国“新批评”文学流派的创始人之一，蒲克（现译伯克，Kenneth Burke，1897—1993）所著的《社会的文学批评论》(*Social Criticism of Literature*)，译者是傅东华。

其他有关文学批评的文章还有：美国新闻编辑兼评论家门肯（Henry Louis Mencken，1880—1956）著、傅东华译的《批评家的职务》(《文学周报》，1927 年 6 月第 272 期(第 4 卷 22 期))、美国文评家勃卢克斯（现译布鲁克斯，Van Wyck Brooks，1886—1963）著、林语堂译的《批评家与少年美国》(《奔流》，1928 年 6 月 20 日第 1 卷 1 期)、美国“新批评”学派的最早倡导者之一斯平加恩（Joel Elias Spingarn，1875—1939）[①] 著、林语堂译的《新的批评》(《奔流》，1928 年 9 月 20 日第 1 卷 4 期)、卡尔浮登著、李兰译的《文学之社会学的批判》(《大众文艺》，1930 年 6 月 1 日第 2 卷 5、6 期)(此文还另有滕固的译文，刊于 1930 年 6 月《金屋》)，以及英国小说家和文学批评家福司透（现译福斯特，E. M. Foster，1879—1970）著、唐旭之译《现代美国的文学批评》(《青年界》，1935 年 4 月第 7 卷 4 期)、美国 George Sprau 著、赵景深译的《文学批评的三个倾向》(《文艺春秋》，1946 年 2 月第 2 卷 3 期）等。

布鲁克斯的《批评家与少年美国》一文从“拉拉拜文学之剖析”[②]“所谓欢迎欧洲文学”“文学与平民”“乐观”“反抗”这五个方面对美国文学提出了批评：“文学是达到由人生阅历得来的理想与态度之津梁，这种理想与态度是能解放个人创造的动力，而激起个人对于环境的反应。这个职务，我们的文学没有尽；我们的文学是比较近似一种的消遣，而不似一种表现。自身既乏生气，又无激发生气之能力，这文学不能由周围环境取得意义，发挥光彩，所以只在美

① “新批评“(New Criticism) 一词由斯平加恩于 1910 年首次提出。

② 拉拉拜，英文为 lullaby，意为催眠曲，摇篮曲。

的声色上面，专用功夫。”同时，作者对欧洲文学的接受、文学平民化趋势也提出了批评，认为“我们（美国人——笔者注）自身缺乏民族的精神的经验，所以我们也不能明白世界的思想与情感”，“我们的文学家，无论学哪一派的，总不能脱离游牧时代的思想，以为文学者，非消遣即催眠剂也。”而且，“因为美国文学没有蕴藏着人生自身重要的深义（而这深义只有艺术与文学能赐给我们），美国人的心思已被耳所闻目所见的环境完全克服”，其结果就是系统的乐观主义左右了美国人的心性，“把真理看作物质上的成功”。最后，作者希望美国人能够依凭自身社会与教育的发达的组织，建立起一个“他们所需要的精神上的组织，一个活的文化，一个理想目的的联合计划，得着社会的扶助，使他们能够埋没个人的自由于建造新文化的共同合作……”（贾植芳、陈思和，2004：668~678）

林语堂在布鲁克斯文章的中译文“译者赘言”中，借布鲁克斯批评美国文学趋时附势之辞，表达了他对中国文学同样的关照。首先，他说，“勃卢克斯对于美国的传统文学，敲击得体无完肤，当然会给太平洋对岸的华族相当的暗示，……美国艺术之破产，文学之幼稚，思想之迟滞，文学平民化之结果，‘拉拉拜’诗歌之盛行，文明小说之俗不可耐，反抗领袖之稀少，都要使‘少年美国’深觉不满于旧文学，而发生反抗之大潮流。”并且认为，“文学而沦落至于为平民之‘慰安’，之‘消遣品’‘安眠剂’‘拉拉拜’，至于以文字之优美，以文字之旖丽词华为高下标准，自然要引起精神健康者的反抗。”他所坚持的文学无功利性的主张在这里也有所彰显：“文学不能为传统思想之功臣，也不能为趋时主义之走狗。其原素在于能否引起我们与我们时代间之反应，加赠我们心灵经验之丰富。其‘革命’与否，要随‘文学家’之趋时附势的本领而定，有无可以听便。”（贾植芳、陈思和，2004：668）可以说，林语堂翻译此文的目的，就是用他人之笔批中国文学之弊。

在美国文学理论与研究方面最令人瞩目的是对辛克莱的《拜金艺术》的译介。除了郁达夫在《北新》杂志（1928 年 4 月第 2 卷 10 期至 1929 年 8 月第 3 卷 14 期）分 19 期连载他所译的《拜金艺术》之外，冯乃超也曾在 1928 年 2 月 15 日《文化批判》第 2 期上发表译文《拜金艺术——艺术之经济学的研究》，把辛克莱对艺术的主要看法介绍给中国读者，比如辛克莱所批评的“通用于世界的艺术的六大诳语”，即“为艺术的艺术（Art for Art’s Sake）”“艺术至尊（Art Snobbery）”“艺术固袭（Art Tradition）”“艺术享乐主义（Art Dilettanism）”“艺术背道（Art Pervert）”和“艺术没有利害关系”；辛克莱所谓的“一切的艺术是宣传”的主张；以及辛克莱对此的观点：“富有生气而重要的宣传，用适宜的技巧，由所选的艺术发挥出来的时候，就是产出了伟大的艺术”。文章最后说到，“这些‘艺术’与‘宣传’的区别纯粹是阶级的区别及阶级的武器；这区别的自身即是支配阶级的一种宣传，欺瞒人心的手段，使人们奴役于这种虚伪的标准，艺术的与人生的。”因为辛克莱的艺术观明显带有阶级意识而正好适宜于当时中国的境况，所以译文在前言中谈到了译介辛克莱的意义，认为辛克莱“和我们站着同一的立脚地来阐明艺术与社会阶级的关系，从种种著作之中我们不能不为此书介绍。他不特揭破了艺术的阶级性，而且阐明了今后的艺术的方向”，希望这篇译文“能给努力于文艺批评及建设革命艺术的各种文学劳动者作参考”。

在现代文学期刊中，对莫尔顿文学理论著作的译介主要有《文学之近代研究》（傅东华译，《小说月报》，1926 年 1 月—3 月第 17 卷 1~3 期、1926 年 5 月第 17 卷 5 期）和《文学进化论》（傅东华译，1927 年 2 月第 18 卷 2 期；4—5 月第 18 卷 4~5 期和 8 月第 18 卷 8 期）。而《文学进化论》的译文可能出自莫尔顿在 1890 年由克拉伦登出版社出版的著作《古典戏剧：文学进化论研究》（*Ancient*

Classical Drama: A Study in Literary Evolution）。

其他相关文章还有：斯平加恩著、林语堂译的《七种艺术七种谬见》(《北新》，1929 年 7 月第 3 卷 12 期)、辛克莱著、王熙译的《艺术与商人》(《北新》，1929 年 10 月第 3 卷 18 期)、卡尔浮登著、刘穆译的《艺术的起源》(《北新》，1930 年 7 月第 4 卷 14 期)、梭罗（Henry David Thoreau，1817—1862）著、白石（许天虹）译的《论艺术与美》(《现代文艺》，1940 年 8 月第 1 卷 5 期）和杜德来（(L.Dudley）著、赵景深译的《文艺的普遍性与永久性》(《青年界》，1946 年 10 月新 2 卷 2 期）

有关美国文学思潮与流派的翻译类文章共有 10 篇，而刊载在 1920 年 5 月第 1 卷 11 期《少年中国》上的两篇——《新唯实主义》和《新唯实主义的认识论》(美国哲学家拉尔夫・巴顿・佩里（Ralph Barton Perry，1876—1957）著、查谦译）——是美国文学理论文章中最早被翻译成汉语的。其他文章则有：

- 法国作者马西尔（Louis J. A. Mercier）著的两篇文章——《白璧德之人文主义》(吴宓译，《学衡》，1923 年 7 月第 19 期）和《布朗乃尔与美国之新野蛮主义》(乔友忠译，《学衡》，1931 年 3 月第 74 期）
- 白璧德著、徐震堮译的《白璧德释人文主义（Irving Babbitt: What is Humanism)》(《学衡》，1924 年 10 月第 34 期）
- 卡尔浮顿著、李霁野译的 2 篇文章《罗曼主义与革命》(《未名》，1929 年 2 月第 2 卷 4 期和 1929 年 3 月第 2 卷 5 期）
- 美国批评家穆尔（Paul Elmer More，1864—1937）著、吴宓译的《穆尔论自然主义与人文主义之文学》(《学衡》，1929 年 11 月第 72 期）
- 布吕穆非里德著、沈起予译的《自然主义论》(《中国文艺》，1937 年 6 月第 1 卷 2 期）

- 格莱登著、吴茗译的《美国晚近文艺思潮汛论（论文）》(《时与潮文艺》，1945 年 6 月 15 日第 5 卷 2 期）

在 20 篇有关美国文学的专论文章中，卡尔浮登的文章有 5 篇：《清教徒美学中的性》(李霁野译，2 篇刊登于《未名》杂志 1929 年 4 月第 2 卷 8 期和 1930 年 4 月第 2 卷 9~12 合刊)、《现代文学中性的解放》(傅东华译，《小说月报》，1930 年 3 月第 21 卷 3 期)、《现代美国文学之趋势》(钟宪民译，《文艺月刊》，1930 年 11 月 15 日第 1 卷 4 期)、《美国新兴文学之起衅》(周绍仪译，《北新》，1930 年 10 月第 4 卷 19 期)。

其他被翻译的主要有孟肯（H.L.Mencken，1880—1956）著、李霁野译的《清教徒与美国文学》(《未名》，1928 年 2 月第 1 卷 4 期)、穆尔著、吴宓译的《穆尔论现今美国之新文学》(《学衡》，1928 年 5 月第 63 期)、艾萨克·戈德堡（Isaac Goldberg，1887—1938）著、莫索译《文学与宣传》(《文学周报》，1928 年 6 月第 321 期（第 6 卷 21 期))、黎巴嫩姜伯伦（纪伯伦）著、汪倜然译《美国黑人文学底启源》(《真美善》，1930 年 5 月第 6 卷 1 号)、W.Phillips 著、何封译的《最近的革命文学问题》(《七月》,1938 年 3 月第 2 集 4 期（总第 10 期))、F.H.Pritchard 著、胡仲持译的《统一与陪衬》《律动》《论文采》(《艺丛》,1943 年 5 月第 1 卷 1 期、1943 年 7 月第 1 卷 2 期)、《文艺杂志》，1943 年 12 月第 3 卷 1 期)、俄苏安尼西莫夫著的《文学与美国生活》(译者不详，《小说》，1949 年 2 月 1 日第 2 卷 2 期）等等。

相形之下，美国文学理论方面的评介类文章就少多了，仅有 10 篇，其中有 5 篇发表在《现代》1934 年 10 月第 5 卷 6 期十月号的现代美国文学专号上，包括郑振铎的《莫尔顿的〈文学的近代研究〉》、张梦麟的《卡尔浮登的文艺批评论》、赵景深的《文评家的琉维松》、梁实秋的《白璧德及其人文主义》和李长之的《现代美国的文艺批评》。其他 5 篇分别是曾虚白的《我的美国文学观》(《真美善》，1928 年 11 月第 3 卷 1 号）、N.C 的《美国工人与文艺》（《艺术》，1930 年 3 月 16 日第 1 卷 1 期）、谢康的《最近法国文坛对美国的批判》（《小说月报》，1931 年 1 月第 22 卷 1 期）、林疑今的《现代美国文学评论》（《现代文学评论》，1931 年 4 月 10 日第 1 卷 1 期）和刘宇的《关于黑人文学》（《文艺春秋》，1945 年 9 月 1 日，丛刊之五）。

梁实秋的《白璧德及其人文主义》一文可以说是对白璧德学说的极佳阐释。文章既解释了何为人文主义，又阐明了人文主义与其他各种文学流派，如浪漫主义、伪古典主义、自然主义、表现主义等的区别；既简要说明了人文主义的批评方法，又分析总结了人文主义的优缺点。指出人文主义是“积极的主张”；“人文主义不涉及宗教学的玄谈”，以及“人文主义倡导的节制的精神是现代所需要的”，但缺点是：“人文主义的论著在文字上太嫌含混笼统”；“人文主义不应该与近代科学处在敌对的地位”。（贾植芳、陈思和，2004：703~704）这篇文章是梁实秋为白璧德的人文主义论学说在中国所做的注释。

李长之的文章《现代美国的文艺批评》，一方面回溯了美国自 1776 年独立以来，直到 19 世纪末、20 世纪初的各种文艺批评主潮的演变趋势，指出“美国的文艺批评是没有自己的传统作背景的，是欧洲的文艺批评的移植”，另一方面又区分了人文主义和写实主义、自然主义之间的差别，而且借艾略特之口，指出了人文主义的不足，认为白璧德“捧起来的那些当为我们称赞和模范的人物，是完全和他们的种族及时地游离了的。”并说，“在白璧德先生的独善其身的狷洁自好的个人主义，是和他所求有助益于国人及文化本身者的中间有着一条鸿沟。”“人文主义不是宗教的对头，就是宗教的附庸。”李长之在文章中还引用美国表现主义学派批评家斯宾迦（现译斯平加恩，J.E. Spingarn）的观点，强调美学和审美能力对于文学批评的重要性。根据斯宾迦的观点，文学批评不能以道德评价代替审美批评，美国的文艺批评界，是有三大急需：

第一，美国的思索的教育。……必须把认为批评家是道德的监督者或赞扬者的观念一改而为批评家乃是美学的思想家。第二，须纳美国文艺批评于世界的学术界之中，有这种训练而使美国文艺批评有一种更广的国际的眼光以及更深的民族的识力。第三，在批评之先，美国批评家须有一种更锐利透到的感性，而更完全地在艺术家的理想力之下屈服一点。想象的同情是一切文艺批评的中心。……审美能力，也就是美学的享受的训练，是唯一的批评家的升堂入室之门（贾植芳、陈思和，2004：694）。

然而，李长之并不只介绍美国的文艺批评状况，而是在文章第一节便以"文艺批评和美国：顺路说到中国的急需"为题，表明自己著述的目的。作者认为，由于美国立国时间太短、民族十分复杂、又太重实际、效能，因而，美国的文艺批评，"没有什么本国的传统可说。"就这一点来看，中国与美国有相同之处，即"同样地现在拿不出代表本国的成为独立面目的体系的文艺批评来"；当然不同之处是，中国有着传统的人生观、传统的哲学和审美能力，就好像"有元宝藏在地下……而不能马上用"。因此，作者认为，这就是"现代中国人文化上的最大苦闷时期"（贾植芳、陈思和，2004：686）。而对于白璧德的人文主义和斯平加恩的表现主义论说，李长之尖锐地指出，前者因为特别在文学里找道德而忘了艺术，后者因为忽视了文学中的道德方式而忘了人生。因此，两者都有褊狭之处。但是在二者之间，作者还是表明了他的立场："人生问题不是文艺批评者的专责的，所以倒是表现派没抹杀对象——艺术品"（贾植芳、陈思和，2004：696）。

从上面转述的林语堂、梁实秋和李长之三人的文章，可以看出，他们的目的都不只在于单纯译介美国的文学批评，而是借译介之力来警示中国的文艺批评发展方向。

6.2.5 美国文学史论译介

最后看美国文学史论方面的译介文章，共有 11 篇，其中翻译类文章 5 篇，评介类文章 6 篇。翻译类中有 4 篇是译自日本作者，分别是北村喜八、汤浅辉夫、清水晖吉合著、方天白译的《现代美国的文学》(《北新》，1929 年 10 月第 3 卷 18 期)、吉田甲子太郎著、陈勺水译的《现代美国文学概观一〈美国文学的诞生〉》(《乐群》，1929 年 7 月 1 日 第 1 卷 7 期)、高垣松雄著、陈勺水译《现代美国文学概观 二〈现代美国的新兴文学〉》(《乐群》，1929 年 7 月 1 日第 1 卷 7 期）和宫岛新三郎著《美国文学概观》(译者不详，《当代文艺》，1931 年 10 月 15 日第 2 卷 4 期)；另一篇是科恩著、芳草译的《大战以后的美国文学》(《现代文学评论》，1931 年 10 月 20 日第 2 卷 3 期与 3 卷 1 期合刊)。

这方面的评介类文章只有 6 篇，分别是郑振铎的《文学大纲》(二九）第四十章美国的文学（《小说月报》，1926 年 12 月第 17 卷 12 期)、克修的《现代美国文坛概况》(《现代小说》(附)《五一特刊》，1929 年 10 月第 3 卷 1 期)、曾虚白的《美国文学 ABC》(《新月》，1929 年 7 月 10 日第 2 卷 5 期)、莳人的《美国文学的倾向》(《东流》，1936 年 2 月第 2 卷 3 期世界文学新动向特辑)、李育中《贫困的一年——记 1945 年美国文坛》(《文艺生活》，1946 年 3 月 1 日第光复版第 3 期（总第 21 号))、徐迟的《关于美国文学》(《文联》，1946 年 2 月 5 日第 1 卷 3 期)。

6.3　结语

与同时期英国文论在中国现代文学期刊中的译介相比，美国文论的译介显示出几个不同特点。除了明显的美国本土文论为主要来源之外，译介者对美国文论类别的选择和译介热点也显示出很大不同。

首先，在美国文论译介中，戏剧文论和诗歌文论的译介数量很少，但尽管如此，却各有亮点：戏剧文论侧重对奥尼尔的译介，诗歌文论侧重对惠特曼的译介。而小说文论和文学理论则成为明显的两大译介重点。在小说文论译介中，又是以评介类文章居多，总共90篇译介文章，均以介绍、评论美国多位小说家及作品为主。但在文学理论译介文章中，则以翻译类文章见长，共80篇，而且其中有多篇是以连载方式，介绍了当时美国的文学批评与理论思想，如莫尔顿的《文学进化论》和《文学之近代研究》、辛克莱的《拜金艺术》、卡尔浮登的《罗曼主义与革命》和《清教徒美学中的性》。而卡尔浮登的《文学之社会学的批判》一文，虽然被李兰和滕固两人在1930年6月的《大众文艺》和《金屋》上重译，但是，同年上海华通书局出版了卡尔浮登这部《文学之社会学的批判》全书，由傅东华翻译，里面收入了“文学之社会学的批评”“美的价值之无持久性”“普罗列塔利亚的艺术”“道德与决定论”“客观心理学之兴起”“艺术科学及量的观念”“近代心理学的倾向”等10篇有关文学批评的文章。蒲克的《社会的文学批评论》从1925年6月至1927年1月，也曾由傅东华翻译，在《小说月报》上分载4期。1926年1月，上海商务印书馆也出版了全书。

同时，根据《汇编》，美国批评家布利斯·佩里（Bliss Perry，1860—1954）的《诗之研究》(*A Study of Poetry*）一书中的部分章节，在1923年和1924年也已有傅东华与金兆梓合译的《韵节及自由诗》和《诗之研究》二文，刊登在《文学周报》第100期和第105期。但1923年11月上海商务印书馆出版了这部由傅东华、金兆梓合译的专著。此后，又于1926年、1927年再版此书。全书内容包括诗之背景、诗之范围、诗人的想象、诗人之文字、声调及格律、韵节及自由诗等 6 章[①]。这些情况说明当时文学期刊所发表的这些论文颇为重要，得到了社会的认可和重视。

其次，在美国文论的译介者中，我们发现，那些积极的译介者都有比较特定的关注点。除前面所说的郁达夫外，翻译类文论中，其他译者也有一定的关注范围，比如傅东华比较注重对美国文学理论的翻译，他所翻译的文章包括《社会的文学批评论》(蒲克著)、《文学之近代研究》(莫尔顿著)、《文学进化论著》(莫尔顿著) 和《诗之研究》(布利斯・佩里著) 等。吴宓则侧重对美国新人文主义倡导者白璧德和穆尔的译介；他所翻译的文章包括《白璧德之人文主义》(1923 年 7 月第 19 期)、《白璧德论欧亚两洲文化》(1925 年 2 月第 38 期)、《白璧德论今后诗之趋势》(1929 年 11 月第 72 期)，及《穆尔论现今美国之新文学》((Paul E.More，1864—1937) 著，1928 年 5 月第 63 期) 和《穆尔论自然主义与人文主义之文学》(1929 年 11 月第 72 期) 等，且这些文章均发表在《学衡》上。李霁野的译介重点也在文学批评方面，他所翻译的文章均刊于《未名》杂志，如卡尔浮登著的《罗曼主义与革命》及续篇、《清教徒美学中的性》及续篇，以及门肯著的《清教徒与美国文学》。

在美国文论译介者中胡春冰也很值得一提。他对戏剧文论情有独钟，在本来就只有 19 篇的美国戏剧文论中，他一人就翻译了 7 篇，均发表于《戏剧》杂志上，其中有 6 篇译自狄金森（Thomas H. Dickinson）的《现代戏剧大纲》。

在美国文论的评介者中赵家璧是最突出的，他一人著有 10 篇文章，关注焦点在美国小说方面，他所写的 7 篇有关美国小说的评介

① 佩里原著《诗之研究》分两部分：一通论诗歌，二专论抒情诗。傅东华、金兆梓合译的《诗之研究》为佩里原著的第一部分。第二部分由穆女译述，书名为《抒情诗之研究》，内容包括抒情诗之范围、抒情诗的联系及其风格、种族时代与个人、现代抒情诗的状况等 4 章，讨论抒情诗歌的基本理论并介绍其发展情况，于 1932 年由北平文化学社出版发行。

文章就涉及帕索斯、海明威、德莱赛、斯坦因、安德森和维勒·凯瑟等。而徐迟的评介主要在美国诗歌方面，共有 3 篇文章，其中两篇发表在《现代》杂志上，它们是《诗人 Vachel Lindsay》(《1933 年 12 月第 4 卷 2 期 十二月号）和《哀慈拉·邦德及其同人》(1934 年 10 月第 5 卷 6 期十月号现代美国文学专号)，另一篇《美国诗歌的传统》发表在《中原》杂志 1943 年 6 月创刊号中。

在上述描述过程中，我们也发现，在进行译介研究时，必须注意到一个事实，那就是译介的量与译介的质（即译介所产生的影响）有时并不是成正比的。虽然译介的量大，一般来说容易产生较大的影响，但有时，译介的数量多寡似乎并不能决定译介所产生的影响之深远。以美国诗歌文论的译介为例，它的译介量并不是最大的，只占美国文论总数的 16.6%，但是，有学者就指出，美国文学对"五四"新文学最深刻的影响主要表现在精神和诗艺两个方面。而精神方面的影响也主要由美国诗歌引起。这是因为以惠特曼为代表的美国文学从精神上与"五四"新文学所追求的自由、平等、民主、个性解放、反对旧道德的理想是十分契合的（王锦厚，1996：474）。而美国小说文论与文学理论的译介量相对大得多，分别各占美国文论总数的 34%，但相对而言，美国小说文论译介由于以作家介绍为多，所以其作用主要体现在帮助或者加快中国读者对美国小说家的了解。而美国文学理论的译介对中国现代文学与文学理论所产生的影响就更大一些，因为像蒲克的《社会的文学批评论》和卡尔浮登的《文学之社会学的批判》这类著述，可说从"文学社会学的方法、概念范畴乃至体例模式等，直接为中国现代文论的写作提供了现成样本"（傅莹，2001：89）。进化论原与文学思潮也没有必然联系，但是莫尔顿在《文学进化论》中所阐述的观点，以及白璧德等人的新人文主义思想，对中国新文学倡导者的影响从文学观念到文学批评的方式方法，都是毋庸置疑的。美国文论的译介者，在积极引进当时新的文学理论和批评理论的同时，也注重对浪漫主义诗人惠特曼和现实主义小说家的介绍，这显然也是考虑到了中国社会现实的需要。

6.4　附录：英美文论译介补述

考虑到英美两国在文化、文学、语言上的亲缘关系，此处对一些以“英美”为题、兼论英美文论的文章加以简要描述。根据资料，共有翻译类文论文章 8 篇，评介类文章 15 篇，内容主要论及英美诗歌、小说等。

首先，论及英美诗歌的翻译类文章有 4 篇——《英美新兴诗派》(日本阿部知二著、高明译，《现代》，1933 年 2 月第 2 卷 4 期 二月号)、《现代英美诗论》(恩格尔 [美] 和路易士 [英] 著、陈北鸥译，《质文》，1936 年 11 月第 2 卷 2 期)、《英美现代的诗歌》(Louis Mac Neice 著、胡仲持译，《文学》，1937 年 1 月第 8 卷 1 号新诗专号)，以及《二十世纪英美诗人论》(詹姆逊著、宗玮译，《诗创作》，1942 年 10 月第 15 期诗论专号)。

在《英美现代的诗歌》这篇翻译文章中，作者首先回顾了乔治时代和维多利亚时代的诗歌和诗人的特点，及其对现代诗歌的影响，并对现代重要诗人如庞德、艾略特、叶芝等进行了介绍和分析，包括追溯前辈诗人对每一位现代英美诗人的影响，及其所属的流派、创作手法、体现的风格、优劣之处等等。比如在介绍艾略特时，文章首先强调他的重要地位，认为他是“新理想主义的主角”，他的诗歌的特点具有“艺术的客观性或是非人格性”。但作者也指出了诗人的不足，认为他的诗歌有太宽泛的毛病。这篇文章的发表，对当时的文化界要摆脱旧的诗歌形式，创造新形式和风格，挖掘新的主题有一定的启迪作用。

评介类中也有 3 篇评介英美诗人的文章——温源宁的《现代英

美四大诗人》(《青年界》,1932 年 9 月 20 日第 2 卷 2 期)、徐迟的《意象派的七个诗人》(《现代》，1934 年 4 月第 4 卷 6 期）和苏新的《英美近代六大意向派诗人》(《诗创造》，1948 年 1 月第 7 期)。

如果说日本阿部知二著、高明译的《英美新兴诗派》仅从侧面介绍了庞德及其意象派诗歌，那么，徐迟的《意象派的七个诗人》一文则重点介绍了英美两国诗人，如美国的庞德、罗厄尔（Amy Lowell，1874—1925)、希尔达·杜利特尔（美国女诗人 Hilda Doolittle，1886—1961)、弗莱契（John Gould Fletcher，1886—1950)，和英国的阿尔丁顿（Richard Aldington，1892—1962)、劳伦斯（D.H.Lawrence）和弗兰克·斯图尔特·弗林特（Frank Stuart Flint，1885—1960）的生平及其诗作，肯定了庞德对意象派兴起的重要作用，及以庞德为首的意象派诗人所信奉的六大信条，继而系统地阐释了意象诗的美学特征和表现手法，重点描述了他们的理论主张和创作实践。徐迟认为，意象派诗人追求的意象之美，指的就是"五官全部感受到色、香、味、触、声的五法"，并认为"把新的声音、颜色、嗅觉、感触、辨味渗入了诗"，便"是意象派的任务，也同时是意象派诗的目的。"(古远清，2009：22）徐迟认为庞德的诗美丽的时候，"也严肃而富有弹性，富有音乐，色彩"；"雕刻的风格，是可爱的，值得吾人欣赏了"。

翻译类文章中谈及英美小说的文章有 4 篇，其中两篇是日本北春喜人著、查士骥译的《英美的左倾文学》(《语丝》，1929 年 12 月第 5 卷 39 期）和辛克莱著、梁指南译的《英文圣经之文学的价值》(《北新》，1928 年 6 月第 2 卷 14 期)，另两篇则是有关英美小说的概述文章——John Carruthers（卡鲁瑟斯）著、赵景深译的《现代英美小说的趋势》(《文学周报》，1929 年 1 月第 354 期（第 8 卷 4 期))和《英美小说之过去与现在》(《现代文学评论》，1931 年 5 月 10 日第 1 卷 2 期)。这两篇文章很有可能是赵景深译自作者的《小说的未来》(The Future of the Englis h Novel)(1928 年）一书。

评介类中小说文论文章有6篇，其中两篇是程小青著的《英美小说杂志的一瞥》(上、下)(《小说世界》，1927年7月第16卷2期；16卷3期)，两篇是赵景深的《英美小说之现在及其未来》(《现代文学评论》，1931年6月10日第1卷3期）和《儿童文学女作家（二）十九世纪——英美》(《青年界》，1933年5月5日第3卷3期)，以及沙白的《现代英美的幽默作家》(《青年界》,1934年6月第6卷1期)和范存忠的《一年来英美的传记文学》(《文艺月刊》，1936年3月1日第8卷3期)。

最后7篇是连载文章《最近英美杂志中的文学论文》，如题目所示，应是对英美杂志所载的文学批评文章的介绍，由毕树棠编著，刊登在《文学季刊》1934年1月创刊号至1935年9月第2卷3期上。

参考文献

段怀清．新人文主义思潮：白璧德在中国[M]．南昌：江西高校出版社，2009.

傅莹．外来文论的译介及其对中国文论的影响——从本间久雄的《新文学概论》译本谈起[J].《暨南学报（哲学社会科学)》，2001（6）：84~90.

古远清．徐迟与现代派[J].《盐城师范学院学报（人文社会科学版)》，2009（4）：20~25.

贾植芳、陈思和．中外文学关系史资料汇编（1898—1937）[C]．桂林：广西师范大学出版社，2004.

李强．中国厨川白村研究述评[J].《国外文学》，2007（4）：66~73.

龙泉明．现代性与现代主义[J].《文艺研究》，1998（1）：80~83.

盛宁．二十世纪美国文论[M]．北京：北京大学出版社，1994.

王锦厚．五四新文学与外国文学[M]．成都：四川大学出版社，1996.

徐日君 . 现代传媒与中国现代作家 [M]. 长春：吉林大学出版社，2010.

杨仁敬 . 20 世纪美国文学史 [M]. 青岛：青岛出版社，2000.

于海冰 . 跨文化视野中的欧文 · 白璧德 .（博士论文）. 北京语言大学，2006.

张大明编著 . 西方文学思潮在现代中国的传播史 [M]. 成都：四川教育出版社，2001.

张源 . 从“人文主义”到“保守主义”：《学衡》中的白璧德 [M]. 北京：生活 · 读书 · 新知三联书店，2009.

第七章
德国文论译介

德国文学最早被中国人提及，可以追溯到李凤苞（1834—1887）的《使德日记》。其中记述了他1878年11月29日在德参加美国公使美耶台勒的葬礼时所闻歌德、席勒二人，并称歌德为“德国学士巨擘”。然而，李凤苞是当年清朝派往德国的公使，他的任务不是译介德国文学，而是受命去购买德国军舰。因此，“歌德乃至席勒这两位德国文学大家首次出现在李凤苞笔下，纯属偶然”（谢天振、查明建，2004：451）。直到20世纪20年代，德国文学才在中国迎来了翻译高潮。也就是在这一时期，中国现代文学期刊中也开始出现了对德国文学文论的译介文章。纵观德国文学史，从文艺复兴开始，每个时代都是名流辈出，思潮更替，既有18世纪的狂飙运动和19世纪的浪漫主义文学，也有19世纪末20世纪初的新浪漫主义和20世纪初的表现主义流派，但当时的译介者对德国文学文论的译介却表现出主观的选择性，而没有像对俄苏、日本、法国文论译介那样，采取的几乎是全盘接受的态度。对中国现代文学期刊中的德国文论译介做一描述，可以从一个侧面厘清我国在1915—1949年间对德国文论的译介与接受情况。

7.1 德国文论译介的总体描述

根据对《汇编》中276种期刊的梳理，可以发现在1915年至1949年间有76种中国现代文学期刊共发表了有关德国文论的翻译类文章104篇（含复计1篇）和评介类文章85篇（含复计文章7篇）。下面将从德国文论译介年代、文论来源国、文论译介者及文论类别等方面进行总体描述。

7.1.1 德国文论译介年代与文论来源国的统计与说明

按三个时期统计，德国文论依然是在第二个时期的译介量最大，但第一和第三个时期差别则不是很大，数据如表7.1所示。

表7.1 按三个时期统计的德国文论译介篇数

译介年代	翻译类（篇）	评介类（篇）	合计（篇）
1915—1927	19	21	40
1928—1937	60	36	96
1938—1949	24	21	45
合计	103	78	181

注：表中统计总数不包括复计文章数。

在103篇翻译类德国文论文章中，德国作者共产出48篇，约占总数的46%，而其余55篇文章则出自日本（20篇）、俄苏（7篇）、法国（6篇）、奥地利（2篇）、英国和美国（各1篇），以及原作者国别不详的18篇（见表7.2）。

表7.2 德国文论来源国及文论篇数

文论来源国	翻译类（篇）	总数百分比（%）
德国	48	46.6
日本	20	19.4
俄苏	7	6.7

（续表）

文论来源国	翻译类（篇）	总数百分比（%）
法国	6	5.8
奥地利	2	1.9
美国	1	1
英国	1	1
国别不详	18	17.5
合计	103	99.9

从译自日本的有关德国文学的译介文章看，译介重点主要有三。第一是对德国文学运动、文学史和文坛方面的介绍和概述，如对德国18世纪70年代到80年代反封建和强调文学民族性的文学运动，就有黑田礼二著、海镜（李书诗）译的《雰飙运动》(《小说月报》，1921年6月第12卷6期)；对德国文学史、文坛方面，则有《自歌德至现代》(加藤美仑著，金溟若译，《文学周报》，1924年5月第120期)、《由日本文坛看来得欧美文坛的优点（四）〈德国的最新诸艺术〉》(村山知义著，陈勺水译，《乐群》,1929年9月第2卷9期）等。第二是对德国文艺思潮，尤其是表现主义文艺流派的译介，如《近代德国文学的主潮》(山岸光宣著，海镜（李书诗）译，《小说月报》，1921年8月第12卷8期)、《"最年青的德意志"的艺术活动》(金子筑水著，厂晶（李书诗）译，《小说月报》,1921年8月第12卷8期)、《表现主义的艺术》(北村喜八著，张资平译，《当代文艺》,1931年1—3月第1卷1期（创刊号）~3期)，包括前面已经提及的和《德国表现主义的戏曲》(山岸光宣著，程裕青译，《小说月报》，1921年8月第12卷8期)。第三是对德国诗歌，尤其是对歌德的重视，译介文章有《哥德的〈浮士德〉（介绍)》(山岸光宣著，史俊宣译，《北新》，1930年4月第4卷8期)、《德国的革命底政治诗人》(舟木重信著，杨骚译，《质文》，1936年11月第2卷2期)、《政治诗人海涅》(舟木

重信著，穆木天译，《文学》，1937 年 1 月第 8 卷 1 号新诗专号）等。“日本之桥”在中国对西方文论译介中的重要作用在此可见一斑（肖霞，2003：35）。

7.1.2 德国文论译介者及其文论篇数的统计与说明

由于德国文论在中国现代文学期刊中的译介数量相对于俄苏、英美、法国和日本来讲，不仅篇数较少，而且从原作者文论篇数看，也相当分散，所以，在此仅对译介者及其文论篇数进行统计说明。如表 7.3 所示，103 篇翻译类文章出自 72 位译者，仅翻译了 1 篇和 2 篇文章的译者就至少有 66 位，占到译者总数的 92%；翻译了 3 篇文章以上（含 3 篇）的译者仅有 6 人，占总数的 8%。

表 7.3　德国文论翻译者及其所译文论篇数

翻译者	文论 / 人（篇）	合计（篇）
李辰冬	6	6
冯雪峰	5	5
李长之　鲁迅	4	8
李书诗　张资平	3	6
潘希真　陈勺水　段可情　冯至　小默 李霁野　田汉　吴寿彭　宗白华	2	18
曹葆华　颜一烟（2 人合译）	1	1
1 人译 1 篇者（共 55 人）	1	55
译者不详 *	4	4

* 指文章没有译者署名。由于译者人数难以确定，故此处只统计总篇数。

同样，从评介者群体看，在 50 位作者中，仅写了 1 篇或 2 篇文章的作者就有 45 人，占总数的 90%，而所写文章数量超过 3 篇以上（含 3 篇）的作者仅有 5 人，只占总数的 10%。

表 7.4　德国文论评介者及其所写文论篇数

评介者	文论 / 人（篇）	合计（篇）
杨丙辰	6	6
沈雁冰　陈铨	5	10
商章孙	4	4
钱杏邨	3	3
冯至　郭沫若　季羡林 梁实秋　杨昌溪　郁达夫　赵景深	2	14
1 人写 1 篇者（共 38 人）	1	38
作者不详 *	3	3

* 指文章没有译者署名。由于作者人数难以确定，故此处只统计总篇数。

这些数据表明，德国文论从译介者人数和译介文章篇数统计的角度看，与前述各国的情况基本一致：众多参与者与少数领头人共同构成了德国文论译介的基础和塔尖，虽然塔尖之上的译介者至今仍被人所敬仰，而处于塔基的众多译介者如今鲜被提及，但不可否认的是，二者都为德国文论进入 20 世纪初的中国文坛做出了各自的贡献。

7.1.3 德国文论类别的统计与说明

根据不同文论类别进行统计，则可以发现，在德国文论中，译介总量最多的是诗歌文论，共有 58 篇，其中翻译类 24 篇，评介类 34 篇，各占德国翻译类和评介类文论总数的 23% 和 44%。其后是文学理论，共计 45 篇，其中翻译类 37 篇，评介类 8 篇。其他三类（小说文论、戏剧文论和文学史论）都各有 20 多篇，译介量基本平衡，见表 7.5。

表 7.5　按文论类别统计的德国文论译介篇数

文论类别	翻译类（篇）	评介类（篇）	合计（篇）
小说文论	14	12	26
诗歌文论	24	34	58
戏剧文论	13	13	26
文学理论	37	8	45
文学史论	15	11	26
合计	103	78	181

而根据不同的德国文论类别在中国现代文学期刊中的最早译介文章进行梳理，发现这些早期文章都是在20世纪20年代中期以前进入中国文坛的，其中最早的是《说尼采的“悲剧之发生”》一文（详见下表7.6）。译介者中有鲁迅、郭沫若、田汉、沈雁冰这样的文学大家。而《小说月报》《文学周刊》《少年中国》《语丝》和《创造》则成为我国最早关注并引入德国文论的文学期刊。

表 7.6　中国现代文学期刊中最早刊登的有关德国文论的译介文章

文论类别	翻译类	评介类
小说文论	《论小说的浏览与选择》(上、下)(开培尔著，鲁迅译，《语丝》，1925年10月第49期)	《〈少年维特之烦恼〉序引》(郭沫若，《创造》(季刊)，1922年5月第1卷1期)
诗歌文论	《歌德诗中所表现的思想》(Shokama著，田汉译，《少年中国》，1920年2月第1卷8期)	《大战后德国的新诗》(梁俊青，《文学周报》，1924年11月第147期)
戏剧文论	《说尼采的“悲剧之发生”》(尼采著，田汉译，《少年中国》，1919年9月第1卷3期)	《霍甫德曼传》《霍甫德曼的自然主义作品》《霍甫德曼的象征主义作品》(希真（沈雁冰)，《小说月报》，1922年6月第13卷6期)
文学理论	《雰飙运动》(黑田礼二著，海镜（李书诗）译，《小说月报》，1921年6月第12卷6期)	《世界文学中的德国文学》(唐性天，《文学周报》，1921年6月第4期)
文学史论	《新德国文学》(A.Filppov著，希真（沈雁冰）译，《小说月报》，1922年8月第13卷8期)	《现代德奥文学者传略——现代世界文学者略传之一》(沈雁冰，《小说月报》，1925年1月第16卷1期)

7.2 德国文论译介的具体描述

7.2.1 德国小说文论译介

德国小说文论翻译类文章共有 14 篇，其中涉及德国作家、作品的文章和有关小说理论的文章各 7 篇。如《德国短命女作家碧萝芙的小说》(德国巴特斯著，段可情译，《现代文学评论》，1931 年 4 月 10 日第 1 卷 1 期)、《格列姆兄弟传——论童话及童话之研究》(德国倭尔加斯特著，魏以新译，《小说月报》，1931 年 6 月第 22 卷 6 期)、《赫尔曼黑塞评传》(Hermann Hesse，1877—1962)(德国威尔赫谟·孔辙著，段可情译，《现代文学评论》，1931 年 8 月第 1 卷 4 期）和《雷马克晤谈记》(法国 Frèdèric Lefèrre 著，由稚吾译，《现代文学评论》，1931 年 8 月第 1 卷 4 期)、《关于两个德国作家》(国别不详，O.Bicha，韩起译，《文艺》，1933 年 11 月第 1 卷 2 期)、俄苏洛克托夫著、李葳译的《反纳粹的德国作家》(《时与潮文艺》，1944 年 1 月 15 日第 2 卷第 5 期）和《一位德国作家底道路》(俄苏 T. 莫蒂列娃著，谢庸译，《小说》，1949 年 3 月第 2 卷 3 期)。

其他 7 篇有关小说理论的文章包括德国开培尔著、鲁迅译的《论小说的浏览与选择（上、下)》(《语丝》，1925 年 10 月第 49~50 期)、《近代德国小说之趋势》(德国 Jacob Wassermann（瓦塞曼，1873—1934）著，赵家璧译，《现代》，1934 年 6 月第 5 卷 2 期)、《叙事文艺作品底结构》及续篇（德国 Alfred Döblin 著，译者不详，《文艺月刊》，1936 年 9、11 月第 9 卷 3、5 期)。另有奥地利小说家、诗人霍夫曼史达尔（Hugo Von Hofmannsthal，1874—1929）所著的《德国的小说》一文，由冯至翻译，先在 1944 年 1 月《新文学》第 1 卷 2 期上发表，后又刊于《文学杂志》1947 年 9 月第 2 卷 4 期。故这两篇译文疑为重译。

德国小说文论评介类文章共有 12 篇，全部论及德国作家作品，如歌德（Johann Wolfgang von Goethe，1749—1832）、托马斯·曼（Paul Thomas Mann，1875—1955）、雷马克（Erich Maria Remarque，1898—1970）等人的小说作品。其中论述歌德小说《少年维特之烦恼》的文章就包括《〈少年维特之烦恼〉序引》(郭沫若，《创造》(季刊)，1922 年 5 月第 1 卷 1 期)、《〈少年维特之烦恼〉与〈强盗〉的比较及其它》(长虹[①]，《狂飙》，1926 年 12 月第 11 期) 和《〈少年维特之烦恼〉考》(商章孙，《时与潮文艺》，1943 年 3 月 15 日第 1 卷 1 期创刊)。介绍托马斯·曼的文章也有 3 篇：赵景深的《托马斯·曼》(《小说月报》，1929 年 12 月第 20 卷第 12 期)、《今年得诺贝尔文学奖金的德国小说家托马斯曼》(赵景深，《文学周报》，1929 年 12 月第 377 期第 9 卷 2 期) 和《托马斯曼的生平与作品》(沈来秋，《真美善》，1930 年 5 月第 6 卷 1 号)。

评介类文章中，对雷马克也有关注。他的《西线无战事》在 1929 年 1 月正式出版后，在德国以及世界其他许多国家都引起了轰动，仅在德国国内，第一年就销售了 120 万册。英译本在 9 个月之间也卖出了 26 万本。把其他许多语种的译本一并计算在内，这部小说总发行量当在 500 万册以上。对于这样一部风靡全球的小说，中国译者并不甘落后。上海平等书店在 1929 年也发行了洪深、马彦祥合译的中译本。《新月》杂志在 1929 年 9 月 10 日第 2 卷 6、7 期合刊中就有梁实秋为洪深、马彦祥合译的《西线无战事》所写的简短推荐与评论："这部书是德国现代的最著名的一本战争小说。作者雷马克并不是怎样伟大的作家，我们也不知道他除了这部小说以外还有作品没有"。梁实秋还指出了这部小说的缺陷："差不多是平铺直叙的描写战争生活，……似乎没有一个连贯的有组织的布局"；虽然

① 长虹即高长虹。

如此，“作者描写的手段的确是极为动人，他写枪林弹雨中的士兵的恐惧、放荡、戏谑、友谊，都写得深刻，他写的伤兵的痛苦，慈母的悲哀，都能打动读者的至情。”1930 年 11 月《读书月刊》第 1 卷 1 期又发表了凌梅的《雷马克与〈西线无战事〉》。此外，还有两篇文章是《雷马克的续著及其生活》(杨昌溪，《现代文学》，1930 年 7 月第 1 卷 1 期）和杨昌溪的《雷马克与战争文学》(《现代文学评论》，1931 年 4 月 10 日第 1 卷第 1 期)。

其他评介德国作家的文章还包括《谈 E.T.A.Hoffmann》(E（rnst）T（heodor）A（madeus）Wilhelm Hoffmann，霍夫曼，1776—1822)(冯至，《沉钟》，1927 年 7 月特刊）和《亨利昔·曼的新著》(Heinrich Mann，1871—1950)(王似，《小说》，1949 年 5 月 1 日，第 2 卷第 5 期)。

7.2.2 德国诗歌文论译介

德国诗歌文论的译介量在德国文论中是最多的，而且译介重点也十分突出。无论是翻译类还是评介类文章，德国伟大的诗人、剧作家和思想家歌德及其诗剧《浮士德》成为当之无愧的译介焦点，其他诗人的译介文章则相对较少，见下表 7.7。

表 7.7　德国诗论译介内容及文章篇数

译介内容	翻译类（篇）	评介类（篇）	合计（篇）
歌德	15	22	37
席勒	1	5	6
海涅	4	3	7
其他诗论	4	4	8
合计	24	34	58

虽然翻译类 24 篇文章论及范围从 18 世纪的歌德、席勒（Johann Christoph Friedrich Schiller，1759—1805）到 19 世纪的海

涅（Heinrich Heine，1797—1856）、赫尔德林（Friedrich Holderlin，1770—1843）等，但是其中有关歌德的文章就占有15篇。在这些文章中，介绍歌德的生活、文学艺术思想等方面的文章有6篇，如《歌德诗中所表现的思想》（Shokama著，田汉译，《少年中国》，1920年2月第1卷8期）、《自歌德至现代》（日本加藤美仑著，金溟若译，《文学周报》，1924年5月第120期）、《哥德的生活艺术》（德国卜德著，沈来秋译，《真美善》，1930年6月第6卷2号）、《歌德的谈话》（德国哀革曼著，张月超译，《中国文学》，1934年3月第1卷2期）、《作为写实主义者的歌德》（日本甘粕石介著，周学普译，《文学》，1937年5月第8卷5号）、《哥德论——卡尔·格林底〈从人的观点所看到的歌德〉一书之批判》（德国恩格斯著，曹葆华、颜一烟合译，《文艺月报》，1942年6月第15期）。而对歌德在六十年的漫长岁月里完成的鸿篇诗剧《浮士德》，则有9篇翻译文章，如《哥德的〈浮士德〉（介绍）》（日本山岸光宣著，史俊宣译，《北新》，1930年4月第4卷第8期）、《歌德的〈浮士德〉中的浮士德》（原作者不详，以人译述，《东流》，1936年4月第2卷4期最近世界名著介绍专号）、《对于〈浮士德〉下部应有的态度》（原作者不详，李辰冬译，《光明》，1937年4月第2卷10期），法国黎克登贝吉著、李辰冬译的《浮士德研究》分5期刊于《文艺先锋》1943年7月20日第3卷1期、1943年9—11月第3卷3~5期和1944年2月第4卷2期）和《歌德与浮士德》（薏迪丝·汉蜜顿著，叶大军译，《戏剧时代》，1944年10月第1卷6期）。

相较而言，评介类文章对歌德的述评就丰富多了，不仅有对歌德生平的介绍，也有对歌德作品的评论，以及对他的精神的分析。生平介绍方面有杨丙辰的《葛德略传》（《猛进》，1925年4月第7期）、方玮德的《关于“诗人歌德的死”》（《新月》，1932年11月第4卷4期）和魏以新的《歌德的生平及其著述》（《新时代》，1932年6月第2卷2、3期）。

有关歌德诗作的评论有李竟何的《关于歌德四行诗问题的商榷》（《现代评论》，1925 年 11 月第 2 卷第 50 期）、臧云远的《叙事诗的模范——评歌德的〈赫曼与窦录台〉》（《文坛》，1942 年 6 月第 5 期）、冯至的《歌德的西东合集》（《文学杂志》，1947 年 11 月第 2 卷 6 期），以及有关《浮士德》的多篇文章：《〈浮士德〉与欧洲近代人文主义思想》（宗白华，《诗歌月报》，1934 年 11 月第 2 卷 2 期）、《浮士德的精神》（陈铨，《战国策》，1940 年 4 月第 1 期）、《〈浮士德〉及其中译本》（娄塘，《文艺知识连丛》，1947 年 5 月第一集之二）、《浮士德简论》（郭沫若，《中国作家》，1947 年 10 月第 1 卷 1 期）、《浮士德的路》（巴金，《文艺春秋》，1949 年 3 月 15 日第 8 卷 2 期）。

至于中国为何对歌德其人其作抱有特殊的译介热情，李长之在《歌德之认识》（《新月》，1933 年 6 月第 4 卷 7 期）这篇短文中给出了这样的解释："中国的诗人，是没有歌德那样的生命力的，是没有歌德那样的实生活的体验的，是没有歌德那样浓烈的感情的"。不但如此，而且还正如李长之在文中所引王国维之言，"试问我国之大文学家，有足以代表全国民之精神，如希腊之鄂谟尔 [荷马]，英之狭斯丕尔 [莎士比亚]，德之格代 [歌德] 者乎？我人所不能答也。殆无其人欤，抑有之而我不能举其人以实之欤？二者必居一焉。"所以，译介歌德在一定程度上满足了国人对于一个伟大诗人的精神需求。

在 20 年代还有两篇比较研究的文章，一是德国著名汉学家卫礼贤（Richard Wilhelm，1873—1930）的《歌德与中国文化》。卫礼贤的文章原载于《慕尼黑最新消息报》副刊《自省》1926 年 2 月 3 日第 7 卷 10 期。后经温晋韩翻译，发表在《小说月报》1927 年 6 月第 18 卷 6 期上。在这篇文章中，卫礼贤阐述了中德文化交流中的几件事实，例如歌德读过不少中国小说和戏曲，其中包括广东木鱼书《花笺记》。而歌德所读的《花笺记》的英译本是 1824 年由英国汉学家唐默（Peter Perring Thoms，汤姆斯）翻译，首次介绍给西方社会的。并且，歌德在此后所写的名诗《中德季日即景》共14首，极有可能是受了《花笺记》的影响而产生冲动所写的。1929年10月梁实秋在《新月》第2卷8期中发表《歌德与中国小说》一文，将歌德与爱克曼（J.P.Eckermann，1792—1854）[①]谈话时对中国才子佳人的崇高评价介绍到中国。梁实秋这样评论歌德的才子佳人小说："他赞美中国的地方，由我们自己看，未免太过，但是他能以同情的态度了解别国的文学，不以狭隘的民族主义的文学自囿，我们不能不佩服他的胆量和识见。"可以说，《歌德的谈话》或许可以作为中国小说对欧洲文学影响的一个重要佐证。也正是在他的谈话录中，歌德提出了"世界文学"的概念。在40年代也有两篇比较性质的文章，是朱维基的《摆伦与哥德》(拜伦与歌德)，分两期发表在《文艺春秋》1945年6月丛刊之四朝雾和1945年9月丛刊之五黎明。

其他评介歌德的文章主要还有杨丙辰的4篇连载文章《葛特(J.W.V.Goethe) 和德国的文学》(《猛进》,1925年6月第14~17期)、《哥德文艺思想的断片》(唐得源，《清华文艺》，1926年6月无期号刊)、陈铨的《狂飙时代的歌德》(《大公报》,1942年7月第31期副刊《战国》)、郭沫若的《关于歌德》(《诗创作》,1942年11月25日第16期)、《歌德之生命情绪与对人生的启示》(王聿均，《文艺先锋》，1948年5月25日第12卷5期）等。从这些文章的译介时间可以发现，我国从上世纪20年代至40年代末对歌德的译介是持续不断的。

当时，国内对与歌德同时代的诗人席勒的译介就很少，翻译类文章仅1篇，即《德国诗人席勒》(德国希尔特著，小默译，《文学》，1935年1月第4卷1号)；评介类文章四篇：《释勒略传》(杨炳辰，《猛进》,1926年1月第44期)、《释勒的叙事诗》(商章孙，《文艺月刊·战时特刊》,1941年5月16日5月号)、《释勒的〈大钟歌〉》(张嘉谋，《文

① 爱克曼是《歌德谈话录》一书的作者。

艺月刊·战时特刊》，1941年9月16日9月号)、《狂飙时代的席勒》（陈铨，《战国策》，1940年11月第14期）和《席勒对德国民族文学的贡献》(陈铨，《文艺先锋》，1943年3月第2卷3期)。

对德国另一位著名诗人海涅的译介，共有翻译类文章4篇和评介类文章3篇：《革命文豪——海涅》(德国梅林格著，唐苏译，《青年文艺》,1944年12月新1卷5期)、《海纳与革命》(德国O.毗哈著，鲁迅译，《现代》，1933年11月第4卷1期)、《德国的革命底政治诗人》(日本舟木重信著，杨骚译，《质文》，1936年11月第2卷2期）和《政治诗人海涅》(日本舟木重信著，穆木天译，《文学》，1937年1月第8卷1号新诗专号)、《海涅的恋歌》(晶萍女士，《华严》，1929年6月第1卷6期)、《学习海涅》(北鸥[①]，《质文》,1935年12月第4号)、《H.海涅和他的艺术》(静闻[②]，《文艺生活》,1949年2月海外版第10、11期合刊)。

翻译类诗歌文论中还有《近代的诗人》(德国Richard Moritz Meyer著，于若译，《莽原》，1926年10月第20期）和《赫尔德林的诗（论文)》(奥地利S.支维格（茨威格）著，陈占元译，《诗创作》，1942年2月第8期）等。评介类诗论文章还包括《大战后德国的新诗》(梁俊青，《文学周报》，1924年11月第147期)、《德国两个爱国诗人》(侯佩伊，《文艺月刊》，1934年7月第6卷1期)、《德国近代伟大抒情诗人薛德林早期诗的研究》(季羡林，《文学评论》，1934年10月第1卷2期)、《中世纪德国抒情诗人法尔特》(张传普，《文艺月刊》，1936年4月第8卷4期）等。

7.2.3 德国戏剧文论译介

德国戏剧文论本身不是译介的重点，翻译类和评介类都各只有

① 北鸥即陈北鸥。

② 静闻即钟敬文。

13 篇，但在这为数不多的文章中，霍普特曼（Gerhart Johann Robert Hauptmann，1862—1946）却颇受译介关注。作为德国著名的剧作家，中国现代文学期刊中各有 6 篇翻译类和评介类文章，对他的生平、作品等加以介绍、评价，如《霍甫德曼与尼采哲学》(选自“Anton Hellmann”)(原作者不详，希真[①]译，《小说月报》，1922 年 6 月第 13 卷 6 期)、《霍普特曼谈话记》(Joseph Chapiro 著，张骏译，《现代小说》，1929 年 11 月 15 日第 3 卷 2 期)、《霍蒲特曼评传》(《现代戏剧大纲》第十章)(美国 Thomas H. Dickinson 著，胡春冰译，《戏剧》，1930 年 10 月第 2 卷 2 期)、《霍甫特曼的〈热情之书〉》(成赖无极著，刘大杰译，《现代文学评论》，1931 年 6 月 10 日第 1 卷 3 期)、《霍卜特曼的从日出到日落》(卢纳卡尔斯基著，陈永翱译，《文学杂志》，1933 年 7 月第 1 卷 3、4 号)、《霍普特曼论》(A. 卢纳察尔斯基著，周行译，《青年文艺》，1943 年 5 月 15 日第 5 期)。评介类文章中有沈雁冰发表在 1922 年 6 月《小说月报》第 13 卷 6 期中的 4 篇，除前面刚提到的《霍甫德曼与尼采哲学》外，还有《霍甫德曼传》《霍甫德曼的自然主义作品》和《霍甫德曼的象征主义作品》；另有钱杏邨的 2 篇文章——《织工》(批评)(《小说月报》，1928 年 12 月第 19 卷 12 期）和《霍普特曼的戏剧》(《现代小说》，1929 年 12 月 15 日第 3 卷 3 期)，以及《霍普特曼是伪善者 》(ABC，《大江》，1928 年 10 月创刊号)。

德国戏剧文论中，其他重要的文章还包括《德国表现主义的戏曲》(山岸光宣著，程裕青译，《小说月报》，1921 年 8 月第 12 卷 8 期)、《歌德研究二篇：歌德戏剧中文艺复兴与 Barogue 文风之影响》(皮 · 沃尔著，刘勳卓译，《矛盾》，1934 年 3 月第 3 卷 1 期、《悲剧世界底变迁》(德国 Ludwig Marcuse 著，宗白华译，《文艺月刊》，1936 年 2 月第 8 卷 2 期)、《说尼采的“悲剧之发生”》(德国尼采著，

---

① 希真即沈雁冰。

田汉译，《少年中国》，1919 年 9 月第 1 卷 3 期）、《论戏剧艺术（论文）》（德国史莱格尔著，章泯译，《戏剧春秋》，1942 年 7 月第 2 卷 2 期）。在评介类文章中还有几篇对德国剧坛的纵论、介绍文章，如《德国的民众剧运动》（予倩[①]，《戏剧》，1929 年 7 月 25 日第 1 卷 2 期）、《德国剧坛的现状》（思慕，《中流》1936 年 12 月 30 日第 1 卷 8 期）、《最近的德国戏剧运动》（天宪，《文艺》，1937 年 3 月第 4 卷 3 期）和《纳粹德国的戏剧》（陶雄，《文艺月刊》，1937 年 5 月第 10 卷 4、5 期）等。

7.2.4 德国文学理论译介

德国文学理论译介文章共有 45 篇，翻译类 37 篇，评介类 8 篇，是德国文论中被译介第二多的一类。从这些文章可以梳理出几个译介重点，第一是艺术理论，第二是德国表现主义及其他文学思潮。

对于德国艺术理论，译介时间都集中在 20 年代后期和 1938 年之前，而且译介的文章主要都是源自德国作者，其中有德国著名的哲学家、思想家、艺术理论家、文艺批评家、文学家、社会活动家等，如哲学家、心理学家理查德·穆勒 - 弗莱恩费尔斯（Richard Müller-Freienfels，1882—1949）的《生活中的创造艺术》（李霁野译，《莽原》，1927 年 2 月第 2 卷 4 期）；哲学家、历史学家、心理学家威廉·狄尔泰（Wilhelm Dilthey，1833—1911）《经验与创造》（李霁野译，《莽原》，1927 年 7 月第 2 卷 14 期）；戏剧家、诗人赫布尔（Friedrich Hebbel，1813—1863）的《艺术箴言》（C 译，《莽原》，1927 年 8 月第 2 卷 16 期）；文论家梅林格《现代艺术论》（画室[②]译，《引擎》，1929 年 5 月创刊号）；哲学家、思想家马克思（Karl Marx，1818—1883）的《艺术形成之社会的前提条件—— 关于艺术的断片》

---

① 予倩即欧阳予倩。

② 画室即冯雪峰。

（洛扬[①] 译，《萌芽》，1930 年 1 月第 1 卷 1 期）；文艺批评家霍善斯坦因（W. Hausenstein, 1882—1957）的《关于艺术的意义》（韩侍桁译，《萌芽》，1930 年 5 月第 1 卷 5 期）、社会活动家李卜克纳希（Wilhlm Liebknecht, 1826—1900）的《艺术底研究》及续（德雪峰[②] 译，《北新》，1930 年 10 月第 4 卷 17~18 期）；哲学家叔本华（Heinrich Floris Schopenhauer，1788—1860）的《风格论》（吴寿彭译，《中国文学》，1934 年 5 月第 1 卷 5 期）和康德（Immanuel Kant，1724—1804）的《关于优美感与壮美感的考察》（上、下）（李长之译，《文艺月刊》，1937 年 7—8 月第 11 卷 1~2 期）。

歌德不仅是诗人、剧作家、思想家，也是德国启蒙时期的重要文艺理论家。他的一篇文艺理论文章《简单的自然之仿效，形相，风格》1934 年 6 月经吴寿彭翻译后发表在《中国文学》1934 年 6 月第 1 卷 6 期上；1935 年又见宗白华的重译文《单纯的自然描摹 · 式样 · 风格》，发表在《文学》1935 年 7 月第 5 卷 1 号上。诗人海涅的文艺理论也同样得到了翻译，如《艺术与文学》（辛人（陈辛仁）译，《东流》，1936 年 2 月第 2 卷 3 期世界文学新动向特辑）。

但是，有关德国文艺思潮方面的译介文章则主要译自日本作者。而德国作为表现主义的主要发源地，对其诗歌、戏剧、小说及其他艺术活动都产生了广泛和深刻的影响，引起了世界各国的关注。然而，我国当时对德国表现主义文论的译介，基本都是从日语转译的，所译介的文章主要有《小说月报》1921 年 6 月第 12 卷 6 期“德国文学研究专号”中黑田礼二的《雰飙运动》（海镜[③] 译）；1921 年 8 月第 12 卷 8 期中的 4 篇——山岸光宣的《近代德国文学的主潮》（海镜译）和《德国表现主义的戏曲》（程裕青译）、金子筑水的《“最年青的德意志”的艺术活动》（厂晶（李书诗）译）和片山孤村的《大战与

① 洛扬即冯雪峰。
② 德雪峰即冯雪峰。
③ 海镜即李书诗。

德国国民性及其文化文艺》(李达译)；以及北村喜八的《表现主义的艺术》(张资平译，3 篇连载于《当代文艺》1931 年 1—3 月第 1 卷 1~3 期)。[1]

这些文章从不同的角度对表现主义做了介绍和阐述。如黑田礼二在《雰飙运动》中分析了表现主义在德国的起因，认为大战后的德国经济衰落，民众生活困苦，青年们厌恶破坏，要建设。他们不满于未来派，排斥印象派，要独创表现主义艺术。他们渴望性欲的满足，表现色情。(转引自张大明，2001：655)山岸光宣的《近代德国文学的主潮》一文则分析了表现主义与自然主义和新罗曼主义之间的区别，认为“表现主义把自然主义和新罗曼主义看作都是由外部吸收印象的印象主义艺术。印象主义完全是消极的；表现主义的使命就在补这个缺点，使消极的转为积极的。”而且，山岸光宣认为，“我们人的精神不是单单吸收印象的，这精神里面还藏有具备微妙作用的自我。”所以表现主义者“一定要溶化了这由外界吸收来的东西，依了自我的理想改造为新的东西才行。这就是表现主义的方向。所以表现主义不模仿自然，要把自然收入了自我里面，然后再照全人类所宜遵奉的普遍法则加以改造。”(转引自张大明，2001：657)。

译自金子筑水的《“最年青的德意志”的艺术活动》一文，对表现主义特征有比较全面的解释。文章指出，反对战争、渴望和平、“要使人生底本然复活的苦闷”，就是“最年青的德意志”的艺术运动的出发点。而“描写人生底惨祸，广泛主张人道主义的态度，就是这运动初期的特征。”它是“‘最年青的德意志’的艺术运动；而且不但是德国艺术界的新运动，也是盘结在世界的时代精神里面根柢最深而且最有意义的一个大文化的发端。……它在根柢上的确藏

① 根据张大明(张大明，2001：653)，中国文坛最早一篇介绍表现主义的文章是马鹿的《戏剧上的表现主义运动》(《东方杂志》1921 年 2 月 10 日第 18 卷 3 期)。

有一种新的精神，藏有一种20世纪的文化革新上所不可或缺的意志新的精神。”（转引自张大明，2001：658）但是，文章也指出，这一运动的“神秘的或宗教的动机或根据”，也导致这青年运动被人批评为“病的”，或被人污蔑为似是而非的神秘主义。“但他们这种哲学的神秘的倾向，也许就是从他们固有的形而上的德意志精神胚胎出来的自然结果。”（转引自张大明，2001：659~660）。

片山孤村的《大战与德国国民性及其文化文艺》一文认为，表现主义的主张，是追求艺术在“体验、精神、主观三者的表现，并不是描写印象。印象的描写是使艺术家变成外界的奴隶，失掉至贵至重的灵魂。外界、自然、乃其印象，不过是艺术家因为要表现内界而使用的手段，不但是可以自由取舍选择，而且不妨变化改造的。所以在艺术品上表现的外界的事物，无论如何的不自然，无论如何的变换，只要艺术家的精神最强，最能直接的表现出来就够了。”（转引自张大明，2001：660）。

其他有关德国文学思潮的文章还有梅林（Franz Mehring，1846—1919）的《自然主义与新浪漫主义》（冯雪峰译，《朝花》，1929年6月1日第1卷1期）、日本高桥祯二《文学研究法—最近德国文艺学的诸倾向》（张清荣译，《小说月报》，1930年6月第21卷6期）、席列尔的《文学上的浪漫主义——马克思、恩格斯的见解》（孟式均译，《当代文学》，1934年8月第1卷2期）、席勒的《〈十九世纪的现实主义〉序》（羽卒译，《戏剧与文学》，1940年3月第1卷2期）等。

德国文学理论方面的评介类文章仅有8篇，较有意义的文章有《世界文学中的德国文学》（唐性天，《文学周报》，1921年6月第4期）、《马克思、恩格斯和文学上的现实主义》（静华，《现代》，1933年4月第2卷6期）、《五四运动与狂飚运动》（民族文学月刊社编者，《民族文学》，1943年9月第1卷3期）和《论马恩的文艺批评》（邵荃麟，《大众文艺丛刊》，1948年9月第4辑）等。

7.2.5 德国文学史论译介

德国文学史论的翻译类文章有15篇，评介类文章11篇。里面仅有少数文章介绍了德国较早时期的文学史，如翻译类文章中有《文艺复兴在德国》(原作者不详，田禽译，《文艺先锋》(无出版日期)，第13卷1期）和《德国新浪漫主义的文学史》(《文艺月刊》，1936年4月第8卷4期)，评介类文章中有郑振铎在《文学大纲》第二十二章所论述的《十八世纪的德国文学》(《小说月报》，1925年12月第16卷12期)、《歌德以后的德国文学举目》(郁达夫，《现代文学评论》，1931年10月第2卷3期、3卷1期合刊）和《狂飙时代的德国文学》(陈铨，《战国策》，1940年10月第13期）外，其他文章都是对现代德国文学史或当时文坛的关注，其中包括A.Filppov著，希真译的《新德国文学》(《小说月报》,1922年8月第13卷8期)、霍普特曼著、元枚译的《新德国文学的新倾向》(《小说月报》，1922年12月第13卷12期)，日本村山知义著、陈勺水译的《由日本文坛看来得欧美文坛的优点四〈德国的最新诸艺术〉》(《乐群》，1929年9月1日第2卷9期)；以《德国新兴文学》为题的文章3篇，分别发表在《乐群》1929年8月第2卷8期（山岸光宣著、陈勺水译)、《大众文艺》1930年3月第2卷3期（中野重治著、陶晶孙译）和《拓荒者》1930年2月第2期（川口浩著、冯宪章译）；其他还有德国梨梨·珂贝著、在易译的《今日的德国文坛》(《文学》，1934年10月第3卷4号）和赫曼·舍佛（国别不详）著、胡咏荷译的《现代德国文学》(《风雨谈》，1944年1、2月合刊第9期)，《德国的反法西斯文学》(俄苏梅泰洛夫著，诸侯译，《时与潮文艺》，1944年1月第2卷5期)；以及德国玛尔霍兹著、李长之译的《科学的文学史之建立》(《文学季刊》，1934年4月第1卷2期)。在评介类文章中则有下列文章对近期德国文学做了一些介绍，如余祥森的《二十年来的德意志文学》(《小说月报》，1929年8月，第20卷第8期，现代世界文学号（下）)，思明的《德国无产阶级革命文学运动的概况》(《前哨文学导报》，1931年9月13日，第1卷第4期）和季羡林的《现代德国文学的动向》(《文艺复兴》,1947年5月1日，第3卷第3期)、《民族社会党统治下的德国文学》及续篇（商章孙,《文艺月刊》，1936年1月第8卷1期、3月第8卷3期）和《现代德国文学的动向》(季羡林,《文艺复兴》，1947年5月第3卷3期）等。

7.3 结语

综合上述对德国文论的译介描述，可以看到，我国在1915—1949年之间对德国文论的译介比对其他国家的文论译介更有选择性，对每一种文论类别也都体现了一定的关注范围和译介重点。在德国文学史上，席勒可以说是与歌德齐名的18世纪著名诗人，但在中国现代文学期刊中，只有对歌德与其《浮士德》的译介才是德国诗歌文论译介的主体，对席勒的译介却黯然失色。在德国戏剧文论译介中，也只有霍普特曼一人独受青睐。然而，诗歌和戏剧是德国表现主义的主要载体（吴元迈，2004：306），但在这两方面都没见当年译介的文章，虽然在文学理论的译介文章中，有几篇转译自日本的评述表现主义的文章。对德国文论的译介不仅在数量上较少，在译介的广度上也相当有限，也许对德国文艺理论的译介可算是其中的一个小小例外，因为对德国文艺理论的译介确实从康德、叔本华到马克思、狄尔泰，从歌德、席勒到海涅、霍善斯坦因等，都有译介文章，尽管那些译介文章大多仅为单篇。造成这种译介状况的客观原因也不难分析，一是学习德语、留学德国的学生要比学习俄语、英语和日语并去那些所学语言国留学的学生少很多，所以参与译介的人数自然就减少；二是德国文学中能够与当时中国社会现实相呼应的文学家，远比俄苏的要少。而但凡能够与中国社会产生某些关联、为中国社会与文学界变革提供某种精神力量和理论支持的德国文学理论和文学家，如歌德、反战小说家雷马克和表现主义理论，也还是得到了当时中国文坛的关注。尤其是对歌德及其作品的广泛译介，使不少中国文人深受影响。以郭沫若为例，他不仅翻译了歌德的书信体小说《少年维特之烦恼》(上海泰东书局，1922年)、诗剧《浮士德》(第一部)(上海创造社出版部，1928年)，而且还在1936年翻译了歌德的长篇叙事诗《赫尔曼与窦绿苔》，发表在1937年《文学》杂志第8卷1、2号上，并在抗战期间1942年4月由重庆文林出版社出版。歌德从文艺思想、文学创作到“自强不息”的精神都对郭沫若产生了全面影响（王慧，孔令翠，2010：87）。他曾说过：

我开始做诗剧便是受了歌德的影响。在翻译了《浮士德》第一部之后，不久我便做了一部《棠棣之花》。……《女神之再生》和《湘累》以及后来的《孤竹君之二子》，都是在那个影响之下写成的。助成这个影响的不消说也还有当时流行着的新罗曼派和德国新起的所谓表现派。特别是表现派的那种支离灭裂的表现，在我的支离灭裂的头脑里，的确得到了它的最适宜的培养基，妥勒尔的《转变》，凯惹尔的《加勒市民》，是我最欣赏的作品。那一派的人有些是崇拜歌德的，特别把歌德的“由内而外”(“Von Innen nach Aussen”）的一句话做为了标语。在把《浮士德》第一部译过了之后的我，更感觉着了骨肉般的亲热。但这一个影响却把我限制着了，我在后来要摆脱它，却费了不少的努力。(郭沫若:《创造十年》，上海现代书局1932年9月初版，转引自王锦厚，1996：656)。

郭沫若的这番说明正是德国文学和文论在中国译介而对中国文学产生影响的重要佐证。

参考文献

王慧，孔令翠．歌德在中国的译介与接受——以郭沫若为例[J].《国外理论动态》，2010（10）：86~90.

王锦厚．五四新文学与外国文学[M]. 成都：四川大学出版社，1996.

吴元迈主编．20世纪外国文学史（第二卷）：1914年至1929年的外国文学[M]. 南京：译林出版社，2004.

肖霞．“日本之桥”与成仿吾浪漫主义文学理论的形成[J].《山东大学学报（哲学社会科学版）》，2003（3）：34~38.

谢天振，查明建．中国现代翻译文学史[M]. 上海：上海外语教育出版社，2004.

张大明编著．西方文学思潮在现代中国的传播史[M]. 成都：四川教育出版社，2001.

第八章
其他欧亚诸国文论译介

本章所要描述的是比利时、奥地利、西班牙、希腊、意大利、匈牙利、丹麦、挪威和印度九个欧亚国家文论在我国1915—1949年期间文学期刊中的译介状况。虽然与前述各章的国别文论译介相比，这些国家的文论不仅在译介数量上要少很多，而且有不少文章还是从俄语、英语、日语转译的，但是，这些小国文论却常常以其独特的内容，在世界文学、文论中占有一席之地，因而受到我国译介者的重视。

8.1 比利时文论译介

对另一法语国家比利时的文论译介，主要包括两方面。一是对比利时文学史方面的介绍。在5篇翻译类文章中，有4篇即与此有关，而且译介时间都在20世纪30年代早期，如《比利时一百年来的法语文学》(Gaston Pilings，Leon Chenov著，式微编译，《小说月报》，1931年10月第22卷10期)、《战时战后的比利时文学》(日本堀口大学著，凌坚译，《青年界》，1932年10月第2卷3期)和《比利士的文学》及续篇(Maur Joumotte著，鲁彦译，《文艺月刊》，1933年11—12月第4卷5~6期)。

二是对比利时诗人和剧作家梅特林克（Maurice Maeterlinck，1862—1949）的译介。事实上，早在1915年，陈独秀在《现代欧洲文艺史谭》(《青年杂志》(《新青年》)，第1卷3~4号）中即已提到梅特林克，而且给予他相当高的评价，认为丹麦“易卜生及俄国屠尔格涅甫，英国王尔德，比利时之梅特尔林克”可并称为“近代四大代表作家”。虽然陈独秀没有对梅特林克做详细介绍，但由于陈独秀此文是中国文学界对西方繁杂的文艺思潮及其流派进行认真、系统梳理的首创之作，而且他以中国新文学运动主将的身份写的这篇文章，在当时产生了很大的影响，成为以后中国文艺界关注梅特林克，对他进行译介的一个重要原因（谢天振、查明建，2004：444~445）。

经梳理，现代文学期刊中对梅特林克的译介和研究文章都是陈独秀以后所出的，主要有易家钺的《诗人梅德林》(《少年中国》，1920年4月第1卷10期)、黄仲苏的《梅特林的戏剧》及续（《创造周报》，1924年1月第35~36号)、陈雪清的《梅德林克》(《真美善》，1930年1月第5卷3号)、文治平的《梅脱灵克与〈青鸟〉》(《文艺》，1936年11月第3卷5期女作家专号)、陈瘦竹《象征派剧作家梅特林》(《时与潮文艺》，1944年10月第15第4卷2期)。在1933年4月《文艺月刊》第3卷10期中还有一篇翻译类文章《梅特林克的神秘剧》(法国Henri Bidou著，傅雷译)。[①]

对梅特林克进行比较全面介绍的是易家钺。他在《诗人梅德林》一文中，不仅介绍了他的生平与前后两期的思想变化，而且分析了他的宿命论、神秘主义的思想渊源，并把他的戏剧与旧戏剧做了比较，认为“自然派所写底戏剧，人生怎么样，他就怎么样写；梅特林则不然，他要写底，是人物底性格和事件，完全是暗示不实现于

① 根据谢天振、查明建（2004：446)，其他较早的译介梅特林克的文章还有《梅特林克的〈青鸟〉及其他》(滕若渠，《戏剧》，1921年6月第1卷2期)；《梅德林克评传》(美国腓文柏斯（William Lyon Phleps）著，孔常译，《东方杂志》，1921年第18卷4期)。

外界的超越的神秘世界，破坏从前戏剧底形式，别开一新的独创的方面，他在变更古剧底 technio 一点，其功当在易卜生以上”。梅特林克是“神秘主义的巨子，象征主义的先锋”。(转引自谢天振、查明建，2004：445)。他能够在二、三十年代被中国文坛所接受，并在现实主义成为中国文艺界主潮之时仍有一席之地，不能不说是个奇迹。

8.2 奥地利文论译介

有关奥地利文论的文章，翻译类有 15 篇（含复计 1 篇），评介类有 7 篇（含复计 3 篇）。这十几篇译介文章中，有几篇是介绍奥地利文学的，如《奥国的现代文学》(John E. Jacoby 著，韦兴（沈雁冰）译，《小说月报》，1923 年 4 月第 14 卷 4 期)、《现代德奥两国的文学》(生田春月著，无明译，《小说月报》，1923 年 11 月第 14 卷 12 期）和《现代德奥文学者传略——现代世界文学者略传》(一、二)(沈雁冰，《小说月报》，1925 年 1 月第 16 卷 1 期和 7 月第 16 卷 7 期）和《奥国三大剧作家》(黎锦明，《青年界》，1934 年 5 月第 5 卷 5 期)。

有 3 篇则是论述奥地利小说家茨威格（Stefan Zweig，1881—1942）的作品，如《褚威格及其作品》(罗曼・罗兰著，陈占元译、《现代文艺》,1941 年 4 月第 3 卷 1 期)、《史丹芬・初伐格的戏剧》(孔司旦丁・弗丁著，郑容译，《中原》,1944 年 3 月第 1 卷 3 期）和《茨威格与他的未完成杰作》(柏图（黄征夫)，《文艺知识连丛》，1947 年 4 月 15 日第一集之一)。

另有几篇文章是对奥地利著名诗人里尔克（Rainer Maria Rilke，1875—1926）的评介。在中国，对这位诗人关注且译介最多的，是著名诗人冯至。其实，早在1923年，《小说月报》就首次提到了里尔克，只是没有详细的介绍。1926年9月第17卷9号，郑振铎在《文学大纲·十九世纪的德国文学》就提到："李尔克也是一个重要的诗人，曾在巴黎为大雕刻家罗丹的书记。他的诗形式极秀美整齐，而有神秘的意味，为后来一班少年表现主义的抒情诗人的先生。"1926年年底，里尔克逝世，中国文坛为此做了特别报道。余祥森在他的《二十年来的德意志文学》(《小说报月》，1929年8月第20卷8号现代世界文学号（下））中介绍了里尔克的多部作品：《画像集》《新诗集》和《新诗别集》等。1936年，里尔克逝世10周年。《新诗》在12月第3期开辟了"里尔克逝世十年祭特辑"，冯至在特辑中推出他译的《里尔克诗钞》等5篇作品，还专门写了一篇纪念文章《里尔克——为10周年祭日作》。

另一位专门评介里尔克的是徐迟。他在《里尔克礼颂》(《时与潮文艺》，1943年3月第1卷1期创刊号）这篇文章中，对里尔克的诗歌赞叹不已。他这样写道："我也只知道他生命中很少的事件。谈了解他自然是不可能的。但是纵然我只有他很少的几首诗，这几首诗我还是咀嚼着，有时我一整天，甚至整整一个星期咀嚼他的一行诗，我觉得够，即使是一行诗，他的一行诗，香味不散。但这香味又不是浓厚，我们知道浓厚的香味还是会散尽的啊！咀嚼着，我不敢继续他的第二行诗。在念他一首新的诗的时候，我得抱很大的勇气，下了一个决心才念。""是里尔克，使我第一次感到我的童年的幸福，在他启示了我以后，我更听懂了巴哈的乐曲。是里尔克，使我第一次感到了恋爱的幸福，在他启示了我以后，我才懂了女人的可爱。是里尔克，使我第一次懂得了寂寞的幸福，在他启示了我以后，我才懂得了我情感中最宝贵的一部分。"

然而，奥地利文论在现代中国的译介不是以量取胜，而是以其质取胜。取胜的根源就是对弗洛伊德（Sigmund Freud，1856—1939）

精神分析学说的译介。据《汇编》，较早译介弗洛伊德理论的有张松年。他在 1920 年 2 月《新青年》第 7 卷 2 号上即著《近代心理学》一文，里面提到弗洛伊德的精神心理学。《文学周报》从 1922 年 12 月第 57 期至 1923 年 4 月第 71 期，也曾分 10 期陆续刊登了日本松村武雄著、樊仲云译的《研究资料——精神分析学与文艺》。这是《汇编》所收的现代文学期刊中最有系统地译介弗洛伊德精神分析法的文章。另在 1932 年 6 月《文学月报》创刊号中也有周起应（周扬）译自佛理契的《弗洛伊特主义与艺术》一文。

说起对弗洛伊德精神分析学说在中国的译介，樊仲云除了翻译上述文章外，还从 1923 年 12 月第 103 期起在《文学周报》上连载发表了译自厨川白村的《文艺思潮论》；又在《小说月报》上翻译介绍了厨川白村其他有关精神分析法的文章，如《病的性欲与文学》（《小说月报》，1925 年 5 月第 16 卷 5 期）和《文艺与性欲》（1925 年 7 月第 16 卷 7 期）。这些文章都是试图运用弗洛伊德精神分析理论来解释文艺现象的。①

虽然当时对弗洛伊德的译介并不全面，但是有研究者却认为，“这并不意味着弗洛伊德学说对现代中国文艺理论介入不深”（殷国明，1999：92）。诚如殷国明所指出的，弗洛伊德的学说，尤其是其泛性论观念，对传统的中国人来说几乎是奇谈怪论，难以接受，“但这并不能证明人们对其没有感受或者感受很浅。相反，这很可能表现了一种很强烈的冲击力。尽管弗洛伊德的影响在理论批评方面远远不如文学创作方面那么明显和普遍，但还是留下了很深的印记”（1999：92）。

① 另据殷国明（1999：91），朱光潜在《东方杂志》第 18 卷 14 期中也曾著有《福鲁德的隐意识说与心理分析》一文。

8.3 匈牙利文论译介

经梳理，匈牙利文论译介文章中，翻译类有 17 篇，评介类有 10 篇。虽然数量不多，但是对小说、戏剧和诗歌文论却都有涉略，而且还有不少篇数是有关匈牙利文学史论的。

在小说文论中，最值得注意的是译自匈牙利著名文学批评家卢卡奇（Ceorg Lukacs，1885—1971）的文章，如《论新现实主义》(王春江译，《文学月报》，1940 年 1 月第 1 卷 1 期)、《叙述与描写》(吕荧译，《七月》,1940 年 12 月第 6 集 1、2 期)、《小说的本质》及续（胡风译，《小说家》，1936 年 10—12 月第 1 卷 1~2 期)、《论文学上人物的智慧风貌》(周行译，《文艺杂志》，1944 年 3 月第 3 卷 3 期)。另有凯士特勒著、焦菊隐译的《小说作家的三个危机》(《时与潮文艺》，1945 年 11 月第 5 卷 3 期)，但同名文章还可见于 1946 年 2 月《文艺复兴》第 1 卷 2 期，故疑为再版文章。

小说文论方面的其他文章还有味茗（沈雁冰）的《匈牙利小说家育诃摩耳》(《文学》，1935 年 1 月第 4 卷 1 号)、《匈牙利作家的悲观倾向》(作者不详，《文艺阵地》，1938 年 5 月第 1 卷 3 期）和匈牙利 K.Barta 著的《匈牙利的近代作家们》(马耳译，《文艺阵地》，1938 年 11 月第 2 卷 3 期)。

裴多菲（Petöfi Sándor，1823—1849）是匈牙利爱国英雄和诗人。他强烈的爱国情怀、反抗反动势力的勇气、歌颂人类自由和革命的诗篇，从现实和理想两方面对中国 20 世纪三、四十年代的人有着广泛的影响。他那首脍炙人口的《自由与爱情》短诗，经由左联作家殷夫的翻译，鲁迅的传播，成为当年中国人走向革命的标志和誓言。但对裴多菲的译介主要集中在诗歌翻译上。鲁迅、梅川、孙用都曾翻译过裴多菲的诗歌，而孙用是其中最主要的译者。(谢天振、查明建，2004：554~555）。在中国现代文学期刊中对裴多菲的译介文章，则主要有冯至的《 Petofi Sador 》(《沉钟》，1926 年 8 月)、英国

Charles Harvey Genung 著的《沛妥斐》(梅川译,《朝花》,1929 年 3 月第 10 期)、奥地利 Alfred Teniers(德涅尔斯)著的《彼得斐・山陀尔行状》(白莽(殷夫)译,《奔流》,1929 年 12 月第 2 卷 5 期)、匈牙利海维西著的《匈牙利大诗人裴都菲》(赵景深译,《现代文学评论》,1931 年 8 月第 1 卷 4 期)和李微的《匈牙利人民诗人彼得斐略传及其诗歌》(《文学》,1937 年 1 月第 8 卷 1 号新诗专号)。此外,赵景深还译介过另一篇文章介绍匈牙利诗人《匈牙利大诗人亚拉奈》(匈牙利海维西著,《前锋月刊》,1931 年 4 月第 1 卷 7 期)。

戏剧文论仅有两篇翻译类文章——匈牙利文论家玛察的《新演剧领域上的试验》(冯雪峰译,《新文艺》,1930 年 3 月第 2 卷 1 期)和 Adam de Hegedus 的《匈牙利的戏剧与戏剧家》(胡春冰译,《戏剧》,1930 年 10 月第 2 卷 2 期)。

但是,对匈牙利文学史论的译介文章则较多一些,有《欧战给与匈牙利文学的影响》(Bèla Zolnai 著,元枚译,《小说月报》,1922 年 11 月第 13 卷 11 期)和《现代匈牙利文学概观》(本田满津二著,楼适夷译,《青年界》,1932 年 3 月第 2 卷 1 期)。其他为评介类文章,最早的有沈雁冰的《十九世纪及其后的匈牙利文学》及续(《新青年》(《青年杂志》),1921 年 6—7 月第 9 卷 2~3 期);沈雁冰、郑振铎合著的《现代世界文学者略传》之三,里面提及匈牙利作家(《小说月报》,1924 年 3 月第 15 卷 3 期);玄珠(沈雁冰)连载于《文学周报》1924 年 4—5 月第 119~121 期的《匈牙利文学史略》三篇;以及杨昌溪的《匈牙利文学之今昔》,载于《现代文学评论》1931 年 4 月第 1 卷 1 期。

8.4 西班牙文论译介

西班牙文学源远流长,从 12 世纪的《熙德之歌》到文艺复兴时期的塞万提斯,从浪漫主义、现实主义、自然主义到战后各个文学群体，都有骄人的成就（沈石岩，2006）。但谈到对西班牙文论的译介，则发现当时译介文章共有翻译类24篇（含复计2篇），评介类25篇（含复计1篇），主要涉及西班牙小说文论、戏剧文论和文学史论的译介。

在小说文论中，最早被介绍的是自然主义作家伊巴涅斯（Vicente Blasco Ibanez，1867—1928），评介者是沈雁冰。他的《西班牙写实文学的代表者伊木讷兹》一文于1921年3月刊登在《小说月报》第12卷3期上，应是这方面最早的文章。另外还有孙春霆的《伊木纳兹》，刊于1928年5月《小说月报》第19卷5期。

然而，当时受到更多关注的是西班牙“98年一代”中的著名小说家巴罗哈（Pio Baroja Y Nessi，1872—1956）。鲁迅曾从日译本翻译过巴罗哈的短篇小说。在《放浪者伊利沙辟台》和《跋司珂族的人们》的译者附记中他对巴罗哈有如下评价：“在思想上，自云是无政府主义者，翘望着力学底行动（dynamic action）。在文艺上，是和伊巴臬兹齐名的现代西班牙文坛的健将，是具有哲人底风格和最为独创性的作家。”（转引自谢天振、查明建，2004：536）。

国内第一篇评介巴罗哈生平及其基本创作情况的文章《西班牙现代小说家巴洛伽》依然是沈雁冰所著，刊于《小说月报》1923年5月第14卷5期。1929年3、4月《朝花》第13、14期上也刊登了德雷克（W.A. Drake）著、崔真吾译的《巴罗哈》及续二文。30年代也有2篇译介巴罗哈的文章，是亨利·倍林著、玄明译的《巴罗哈访问记》（《现代》，1933年6月第3卷2期）和克夫译的《巴罗哈访问记》（原作者不详，《译文》，1937年西班牙文学专号）。此外，巴罗哈本人的一些文学论述也被人译成汉语，如1925年9月、10月，樊仲云将其《小说的创作》汉译文发表在《文学周报》第192、193期上。1936年7月《译文》新1卷5期也发表了巴罗哈著、庄重译的《文艺上的小定理》。

对西班牙现代著名小说家、散文家阿左林（Azorin，1874—1967）的译介则稍晚一些。徐霞村曾著文2篇，加以介绍，一是《一位绝世的散文作家——阿左林》(《新文艺》，1929年12月第1卷4期)，一是《阿左林的唐唤》(《文学评论》，1934年8月小说家、第1卷1期)。另外还有徐中玉的《一位绝世的散文家——西班牙的阿左林》(《宇宙风》，1938年2月第59期)。

二、三十年代文学期刊中对西班牙其他作家的译介还包括《柴玛萨斯评传》(沈馀（沈雁冰)，1927年8月第18卷8期)、《两个西班牙文人》(沈雁冰，《文学周报》，1923年8月第86期)、《真理的呼声——介绍毕卡恩的〈在西班牙的报名者〉》(梅雨，《希望》，1937年3月第1卷1期)、《西班牙的革命作家别尔加曼》(俄苏凯琳著，铁弦译，《抗战文艺》，1938年8月第2卷4期）和《西班牙散文作家俞拿米罗》(原作者不详，金满成译，《矛盾》,1934年6月第3卷3、4期合刊弱小民族文学专号)。

1934年还出现了几篇关于西班牙小说的概述文章，如《西班牙近代小说概观》(戴望舒，《矛盾》，1934年1月第2卷5期）和《近代西班牙小说之趋势》(英国V.S.Pritchett著，赵家璧译，《现代》，1934年7月第5卷3期）和《新西班牙的新兴作家》(许德佑，《小说月报》，1931年11月第22卷11期)。

当然，西班牙小说文论中最突出的是对西班牙“现代小说之父”塞万提斯（Minguel de Cervantes，1547—1616）及其作品《堂·吉诃德》的译介。不过，经梳理发现，当时国内文学期刊中对塞万提斯的译介，主要为翻译类文章，如屠格涅夫的《Hamlet 和 Don Quichotte》(哈姆雷特和堂·吉诃德)(郁达夫译，《奔流》，1928年6月第1卷1期)、别林斯基的《论〈唐·吉珂德〉》(徐激译，《现代文艺》,1941年9月第3卷6期)、卢纳察尔斯基的《论堂·吉诃德》(阿南译，《野草》，1941年9月第3卷1期)、伊·泼拉斯的《西万提斯的文艺背景与唐·吉坷德的创作历程》(纪乘之译，《文艺月刊·战时特刊》，1941 年 11 月号)、日本片上伸的《论〈唐·吉珂德〉》(陈秋帆译，《文艺生活》，1941 年 11 月第 1 卷 3 期)，以及《俄国作家论莎士比亚及西万提斯》(原作者不详，李嘉译，《文学月报》，1941 年 12 月第 3 卷 2、3 期合刊)，而且大多发表在 1941 年。国人自己撰写的评介文章仅有傅东华的《西万提斯评传》(《小说月报》，1925 年 1 月第 16 卷 1 期）和郭沫若的《摩登唐·吉珂德的一种手法》(《萌芽》，1946 年 8 月第 1 卷 2 期)。

若论西班牙戏剧在中国的译介，不能不从沈雁冰、张闻天、鲁迅等译介西班牙剧作家倍那文德说起。较早介绍倍那文德的文章可能是沈雁冰写于 1923 年 2 月的《倍那文德的作风》(《小说月报》，第 14 卷 2 期)。1922 年，倍那文德荣获诺贝尔文学奖。1923 年 7 月张闻天就在《小说月报》第 14 卷 7 号上发表了倍那文德的《热情之花》的汉译文，并附“译序”，对倍那文德攻击旧物、发展生命的精神大加赞许：“一切艺术家因为感受的敏锐，所以凡是社会上的缺点他总最先觉到。倍那文德也是不在这个例外的。他对于西班牙社会上种种旧道德与旧习惯的攻击，非常利害。……他这一种发展生命为第一的精神，在他的尖利的讽刺剧中间都可以看出来。”鲁迅读了张闻天的这部译作以后，也产生了介绍倍那文德的兴趣，特意从日本文艺评论家厨川白村的论文集《走向十字街头》译出《西班牙剧坛的将星》一文，发表在《小说月报》1925 年 1 月第 16 卷 1 期上，并特意说明：“因为记得《小说月报》第十四卷载有倍那文德的《热情之花》，所以从《走向十字街头》译出这一篇，以供读者的参考。”译文中引用剧本时也注明：“所引剧文，用的就是张闻天先生的译本。”倍那文德的《热情之花》和《伪善者》两个剧本，与后来沈雁冰所译的《太子的旅行》合编成《倍那文德戏曲集》，于 1925 年 5 月列为“文学研究会丛书”，由上海商务印书馆出版。

沈雁冰和张闻天分别写的评介倍那文德的文章作为“序一”“序二”列于卷首。张闻天同鲁迅、沈雁冰等共同译介倍那文德的史实，是中国新文学史和中西两国文化交流史上的一段佳话。1929 年 12 月又见马彦祥的《倍奈文德及其近作》，刊于《戏剧》1929 年 12 月第 1 卷 5 期。

西班牙戏剧方面的其余译介文章还有退尔译自爱尔兰的西班牙语学者斯达基（Walter Starkie, 1894—1976）的文章《西班牙的戏剧》(《戏剧的园地》,1929 年 7 月第 1 卷 1 期)，以及从予[①]的《最近的西班牙剧坛》(《小说月报》，1925 年 1 月第 16 卷 1 期)、徐霞村的《近代西班牙戏剧概况》(《文艺月刊》，1933 年 9 月第 4 卷 3 期)。

有关西班牙诗歌文论的文章仅有 4 篇，它们是戴望舒的《关于阿尔陀拉季雷》(《新诗》，1937 年 3 月第 6 期）和加洛德著、戴望舒译的《关于阿尔陀拉季雷》(《文艺生活》，1941 年 11 月第 1 卷 309 期)、《西班牙战争中的诗人们》(D. 特里瓦尔著，高寒译，《抗战文艺》,1938 年 7 月第 2 卷 1 期)、和《忆 A. 马夏多》(丁 · 马立内罗著，李葳译，《诗创作》，1942 年 8 月第 13 期)。

在“五四”那个所谓“东张西望”的年代，学界对各国文坛的兴趣是非常浓烈的。对西班牙这样一个有着优秀文学传统的国家，其文学趋势与发展、文坛历史与现状等，自然成为国人介绍和评论的要点，因此各文学期刊也出了不少这类译介文章，如《二十年来的西班牙文学》(徐霞村，《小说月报》，1929 年 7 月第 20 卷 7 期现代世界文学号（上))、《现代西班牙的文学与革命》(杨昌溪，《前锋月刊》，1931 年 4 月第 1 卷 7 期)、《新西班牙的文学》(爱南，《读书月刊》，1931 年 8 月第 2 卷 4、5 期文学研究专号)、《大战后的西班牙文学》(J. Cassou 著，董秋芳译，《文学评论》，1934 年 8 月第 1 卷

① 从予即樊仲云。

1 期）、《西班牙文学上的英雄主义》（F. V. Kelvin 著，《光明》，1937 年 1 月第 2 卷 3 期）、《当今的西班牙文学》（俄苏 F. 凯林著，铁弦译，《译文》，1937 年 4 月新 3 卷 2 期西班牙专号）、《现代西班牙文坛的展望》（黎端，《文艺科学》，1937 年 4 月创刊号）和《西班牙的自然主义者》（白平，《中流》，1937 年 4 月第 2 卷 3 期）。

8.5 希腊文论译介

古代希腊是欧洲文化的摇篮。其古典神话、史诗、悲剧、文论、哲学和美学对于欧洲，乃至全世界的文学艺术都产生了至深至远的影响。在 1915—1949 年间，我国现代文学期刊中对希腊文论的译介文章共有翻译类 11 篇，评介类 32 篇；而最早的文章应是写于 1921 年。虽然篇数不算很多，但综合起来看，这些译介文章却涵盖了希腊文学中最可引以为傲的几个主要方面。

第一是对古希腊神话的译介。古希腊神话对希腊艺术乃至西方艺术的意义在马克思的《政治经济学批判·导言》中有过明确肯定，"希腊神话不只是希腊艺术的武库，而且是它的土壤。""希腊艺术的前提是希腊神话。"（中共中央马列编译局，1972：113）。在"五四"新文化运动中，国人虽然大力译介了西欧诸国的文学、文论，然而也对希腊古典文学有所关注。在对古希腊神话的译介文章中，翻译类文章有 2 篇：《〈希腊神话〉引言》（英国哈利孙著，岂明[①]译，《语丝》，1926 年 8 月第 94 期）和《小泉八云论肯斯黎的希腊神话故事》（张友松编译，《春潮》，1929 年 1 月第 1 卷 3 期）。后一篇文章应是小泉八云对英国历史传奇小说作家金斯利（Charles Kingsley，1819—1875）所著的《希腊神话故事》（*The Heroes*，*or Greek fairy*

① 岂明即周作人。

tales for my children）的译介。评介类文章中有郑振铎的 3 篇，主要是他在《小说月报》上发表的《文学大纲》一书中的部分章节，如《文学大纲（一）》，内含叙言、第一章《世界的古籍》和第二章《荷马》三部分（1924 年 1 月第 15 卷 1 期）、《文学大纲（三）》即为第四章《希腊的神话》（1924 年 3 月第 15 卷 3 期）、《文学大纲（七）》即为第九章《希腊与罗马》（1924 年 7 月第 15 卷 7 期；1924 年 10 月第 15 卷 10 期）。此外还有沈雁冰的两篇文章：《希腊神话与北欧神话》（《小说月报》，1928 年 8 月第 19 卷 8 期）和《希腊罗马神话的保存》（《文学周报》，1928 年 9 月第 336 期）。

第二是对荷马史诗的译介。我国现代文学期刊中最早的文章可能是 1921 年 5—6 月《文学周报》在第 2~4 期连载的唐性天的系列文章《西喇叙事诗》。1928 年 12 月《文学周报》在第 350 期又刊登了朱湘、赵景深、顾随三人关于荷马史诗的讨论文章：朱湘的《〈荷马史诗〉里的罗托斯——致赵景深》、赵景深的《〈荷马史诗〉里的罗托斯——复朱湘》和苦水（顾随）的《〈荷马史诗〉里的罗托斯——致江绍原》。1942 年 2 月《野草》第 3 卷 5 期发表了严杰人的《〈奥德赛〉的精神》一文。

2008 年 5 月中国社会科学院外国文学研究所联合希腊驻中国大使馆共同举办中希荷马研讨会，两国的荷马史诗专家、学者发表了他们对荷马史诗上、下部《伊利亚特》和《奥德赛》的最新研究成果，代表了中国学界对古希腊文学研究的较高水平。

第三是对古希腊古典悲剧的译介。1937 年 8 月《文艺》第 5 卷 1、2 期抗战戏剧专号上梅君达的《悲剧的起源及其三大作者》，即对古希腊悲剧最著名的三大剧作家埃斯库罗斯（Aischulos，约前 525—前 456）、索福克勒斯（Sophocles，约前 496—前 406）和欧里庇得斯（Euripides，约前 485—前 406）进行介绍。1944 年 3 月、6 月《文艺先锋》在第 4 卷 3 期、6 期上刊出黄桦霈的《论攸里辟得斯》（今译欧里庇得斯）和《论埃斯库罗斯》。1948 年 9 月《文学杂志》第3卷4期则发表了常风的《沙福克理斯的〈窝狄浦斯王〉》(今译《俄底浦斯王》)。

其他有关希腊古典悲剧的文论文章还有《论希腊悲剧》及续篇(原作者不详，焦菊隐译，《华严》，1929年1—2月第1卷1~2期)、《亚里思多德与悲剧的定义》(美国路卡斯著，柯西译，《华严》，1929年5月第1卷5期)；以及评介类文章《希腊的悲剧》(洪深，《文学季刊》，1934年7月第1卷3期)和陈瘦竹的《希腊戏剧艺术之渊源与竞赛》(《文艺先锋》，1948年4月第12卷3、4期和第12卷6期)。

第四是对古希腊诗学的译介。亚里士多德（Aristotle，前384—前322）作为古希腊文艺理论的集大成者，其《诗学》为西方文艺理论奠定了基础，影响西方文艺理论达两千多年之久。对亚里士多德这部重要的文艺理论著作，傅东华是根据布乞尔的英译本，用文言体转译，并在《小说月报》上先后发表译文和评论文字，如《小说月报》1925年1—2月第16卷1~2期上就有傅东华译的《诗学》章节；1925年3月、5月第16卷3期、5期又分别发表他的《读〈诗学〉旁札》(上、下）二文。1926年，傅东华的汉译本《诗学》由上海商务印书馆出版发行，书后有译者的《读〈诗学〉旁札》。1933年重版时又增添了重校译序。其他有关亚里士多德及其《诗学》的译介文章还有《亚里士多德的“诗学”》(陈淑，《新月》，1928年11月第1卷9期)、《亚里斯多德的〈诗学〉》(毛秋白，《当代文艺》，1931年2月第1卷2期）和《亚里士多德先生（译述)》(西龙著，惠泉译，《文艺阵地》，1939年9月第3卷11期)。

1931年3月《当代文艺》第1卷3期发表了孙俍工的《感情底意义与智性底意义》，阐述了柏拉图和亚里士多德对于主观与客观的论说。

第五是对希腊文学史的关注，从近代文学到文坛近况，从现代文学到文学概观，都被纳入国人视野。这方面最早的文章许是《小说月报》1921年11月第12卷11期中刊登的《新希腊文学的近况》

（法国 Astèriotis 著，汉俊[①]译）。之后，在 1923 年 1—2 月第 13~14 期《学衡》中也刊登了吴宓的《希腊文学史》及续两篇。其他文章则有《现代希腊文学》（迦桑察季思著，吴克修译，《新文艺》，1929 年 9 月创刊号）、《现在希腊文学概观》（日本千叶龟雄著，武陵译，《文艺月刊》，1933 年 12 月第 4 卷 6 期），及其罗念生的《近代希腊文学》（《青年界》，1934 年 12 月第 6 卷 5 期）和瞿世英的《希腊文学研究》（《解放与改造》（《改造》），1922 年 1 月第 4 卷 5 期）。

8.6　意大利文论译介

有关意大利文论的译介文章共计只有 30 篇，其中翻译类 12 篇，评介类 23 篇（含复计 5 篇）。本节的译介描述，将分古代罗马文学文论译介和现代意大利文学文论译介两部分。在古代罗马文学文论中，被我国译介的作者包括古代罗马诗人维吉尔（Publius Vergilius Maro，前 70—前 19）和古罗马文艺理论家贺拉斯（Quintus Horatius Flaccus，前 65—8）、被誉为意大利文艺复兴的先驱者但丁（Dante Alighieri，1265—1321）和薄伽丘（Giovanni Boccaccio，1313—1375），以及意大利神话和童话。虽然译介篇数多少不一，但毕竟被译介到了一个新的国度，开始了它们新的旅途。

根据《汇编》，我国对维吉尔的译介文章主要载于《小说月报》，1930 年 11 月第 21 卷 11 期上刊出四篇译介文章，介绍维吉尔及其诗歌与史诗，如施蛰存的《魏琪尔之牧歌》和《魏琪尔之田功歌》、欧斯根著、傅东华译的《富有近代精神的诗人魏琪尔》、加德耳著、叶启芳译的《魏琪尔与〈伊泥易德〉》（今译《伊尼德》），而且还有傅东华翻译的《第四牧歌》和《伊泥易德》（卷一）的节译。1930 年 12

① 汉俊即李书诗。

月傅东华又在《现代文学》发表译文《魏吉尔二千年纪念》(原作者不详，第1卷6期世界文学家纪念号)。对于贺拉斯的译介文章仅有一篇，是演弦的《批评家贺拉斯及其诗的艺术》，载于《文艺先锋》1947年2月第10卷2期戏剧专号上。

但丁被恩格斯称为“中世纪的最后一位诗人，同时又是新时代的最初一位诗人”。我国对但丁最早的译介应是始于1921年。是年9月，《小说月报》第12卷9期发表了《檀德六百周年纪念》一文(作者不详)，并同期刊出钱稻孙选译的《神曲一脔》。而有关但丁的译介文章最早的则是贺麟根据杨宗翰讲话而整理成文的《但丁的生平及其著作》，1925年9月发表在《清华文艺》1卷1号上。1934年12月《文学季刊》第1卷4期刊出西奈勒著、吴朗西译的《最近的但丁研究》一文。而对于薄伽丘，则只有1931年2月汪倜然谈论其代表作的文章《〈十日谈〉故事小论》(《读书月刊》，1931年2月第1卷5期)。

30年代，还有两篇关于希腊罗马神话的译介文章，是沈雁冰的《希腊罗马神话的保存》(《文学周报》，1928年9月第336期）和郑振铎的《希腊罗马神话传说中的英雄传说》(《小说月报》，1930年2月第21卷2期)。

意大利是文艺复兴的发源地，也是欧洲童话的故乡，童话在意大利的产生远比其他欧洲国家要早得多。意大利童话中对于真理、正义、善良、勤劳、勇敢等优秀品质的热情赞颂，对于虚伪、凶残、贪婪、狡猾、怯懦等丑陋品质的严厉谴责，往往能够跨越时空而令人垂爱。《译文》在1936年7—8月新1卷5~6期高尔基逝世纪念特辑中便连续两期刊登高尔基著、沙可夫译的《意大利的童话》。一年之后，《译文》新3卷4期又刊登了同名文章。

对于现代意大利文学文论的译介，比较突出的是皮兰德娄（Luigi Pirandello，1867—1936）。他是20世纪初期意大利小说家、怪诞戏剧作家。有关他的译介文章，在中国现代文学期刊中最早的是袁昌英的《皮兰得罗》(《现代评论》，1928 年 3 月第 7 卷 173 期）和徐霞村的《皮蓝得娄》(《熔炉》1928 年 12 月第 1 卷 1 期)。但徐霞村的同名文章又于 1935 年 3 月载于《文学季刊》第 2 卷 1 期。同年还有金谷的《鲁吉·皮兰得娄》(《文饭小品》,1935 年 2 月创刊号)。此外,1934 年赵家璧曾译出皮兰德娄著的《近代意大利小说之趋势》,发表在《现代》第 5 卷 4 期。

虽然上世纪 30 年代意大利著名诗人、小说家、剧作家邓南遮（Gabriele D'Annunzio，1863—1938）已在我国得到译介（谢天振、查明建，2004 ：528)，但文学期刊中有关他的译介文章却仅有意大利作者里奇奥（Luigi Del Riccio）著、若斯译的《杜西与邓南遮》一文，刊登在《文艺月刊》1932 年 6 月第 3 卷 5、6 期中。

其他有关现代意大利文论译介的文章还有胡梦华的《表现的鉴赏论——克罗伊兼的学说》(《小说月报》，1926 年 10 月第 17 卷 10 期)、意大利作者帕格里奥尼西（C.Puglionisi）著、徐霞村译的《魏尔嘉论》(现译维尔加，Giovanni Verga，1840—1922)(《新文艺》，1929 年 10 月第 1 卷 2 期)、高明的《未来派的诗》(《现代》，1934 年 7 月第 5 卷 3 期)，以及黄峰的《意大利的黑衫文学》(《文艺新潮》，1940 年 1 月第 2 卷 3 期)。其中，胡梦华的《表现的鉴赏论——克罗伊兼的学说》是当时国人首次全面介绍意大利著名文艺批评家、哲学家克罗齐（Benedetto Croce，1866—1952）“直觉说”的文章。胡氏的评论有三点值得人们关注：第一，从厨川白村“苦闷的象征”说进入克罗齐的“直觉说”，把克罗齐误读成柏格森；第二，强调克罗齐与维科间的思想姻缘。这与朱光潜强调的“康德到克罗齐一线相传的形式派美学”脉络不同；第三，从革命话语的角度读解克罗齐，赋予克罗齐直觉美学以文学革命的角色。(转引自刘小新，2004)。

如果说对于现代意大利作家作品的评介显得零星、单薄，那么对于现代意大利文学史的评介则可说稍成气候，共有10篇。除了被复计的3篇——郑振铎所著《文学大纲》第九章和第十二章《希腊与罗马》(《小说月报》，1924年7月、10月第15卷7期、10期）和毛一波的《德意法文学的历史观》(《新时代》，1932年7月第2卷4、5期)，其他文章都是着重对现代意大利文学态势的介绍评论，如1921年王统照译的《意大利文学的最近趋势》(原作者不详，《曙光》，1921年第2卷2期)。此文可能是我国对意大利文学最早的译介文章。之后，陆续在不同时期的文学期刊中可见国内学人评介意大利文坛的诸篇文章，如洪丹（沈雁冰）的《欧战与意大利文学》(《小说月报》，1922年12月第13卷12期)、徐霞村的《二十年来的意大利文学》(《小说月报》，1929年7月第20卷7期现代世界文学号上)、意大利作者普拉兹（Mario Praz）著、赵景深译的《最近的意大利文学》(《现代》,1932年8月第1卷4期)、秋宇的《意大利文学的趋势》(《中国文学》,1934年3月第1卷2期)、谢宏徒的《罗马文学的发生》(《当代文艺》,1931年1月第1卷创刊号)、劳荣的《意大利战后文学》(《文讯》，1948年10月第9卷4期）等。[①]

8.7 丹麦文论译介

丹麦被誉为童话的王国，而安徒生（Hans Christian Andersen，1805—1875）就是这个童话王国的缔造者。他的童话自出版发行以来至今在世界范围行销不止，始终是儿童文学世界炙手可热的作品。对于这样一位享誉世界的童话作家，我国对安徒生正式的文字译介，根据王泉根的研究（2005：3），可以追溯到1912年周作人所撰写的

① 同时，在《小说月报》1930年第21卷2、3期的“现代文坛杂话”栏目中，还可见《意大利现代文学史》《皮兰德娄的厄运》《意大利斯维福派的小说》和《意大利青年作家的兴起》这些短小的译介文章。

文章《童话略论》。在这篇论及“人为童话”的文章中，周作人提到了安徒生与他的童话：“今欧土人为童话唯丹麦安兑尔然（Andersen）为最工，即因其天性自然，行年七十，不改童心，故能如此，自邻以下皆无讥矣。故今用人为童话者，亦会以安氏为限，他若美之诃森（Hawthorne）等，其所著作大抵复述古代神话，加以润色而已。”这是安徒生首次以童话作家的身份被引入中国。而安徒生童话最早的中译本应是陈家麟、陈达镫二人的《十之九》，1918 年上海中华书局出版。但因以文言译出，引起当时学人诟病。如周作人即认为，陈家麟与陈达镫的译文完全抹杀了安徒生“小儿一样的文章”与“野蛮一般的思想”，而变成了“班马文章，孔孟道德”。正是由于对《十之九》文言翻译的强烈不满，周作人身体力行，在 1919 年 1 月 15 日《新青年》第 6 卷 1 号发表了用白话文翻译的安徒生经典代表作品《卖火柴的女儿》。这是周作人第一次完整地用白话文原原本本地翻译安徒生童话的处女作，也是中国第一篇具有儿童文学特色的安徒生童话译文。（秦弓，2004：4；王蕾，2009：30）

根据梳理，我国现代文学期刊在 1915—1949 年间对安徒生的译介成为丹麦文论在华译介中的奇葩，在共计 27 篇译介文章（翻译类 10 篇、评介类 18 篇（含复计 1 篇）中），安徒生一人独占 19 篇（翻译类 8 篇和评介类 12 篇（含复计 1 篇））。而最早对安徒生进行译介的文章约是沈雁冰的《十九世纪丹麦大文豪约柯伯生》，1921 年 6 月载于《小说月报》第 12 卷 6 期。而真正较大规模译介安徒生则要等到 1925 年。这一年正值安徒生诞生 120 周年、逝世 50 周年，所以《小说月报》在当年 8 月、9 月第 16 卷 8 期、9 期连发两期安徒生号（上、下），刊出多篇安徒生童话译文和有关安徒生生平、作品的译介研究文章。而推出两期专刊的目的，正如郑振铎在《卷头语》中所言，“安徒生是世界最伟大的童话作家。他的伟大就在于以他的童心与诗才开辟一个童话的天地，给文学以一个新的式样与新的珠宝。他所用的文字是简易的如谈话似的文字。当他动手写童话之前，先把这童话告诉给小孩子听，然后才写在纸上，所以能创出一种特异的真朴而可爱的文体。”从“卷头语”可以看出，关于安徒生童话文体的体认已经成为“五四”文坛的共识（秦弓，2004：3），所以，一时间像郑振铎、赵景深、焦菊隐、徐调孚、顾均正等人纷纷或译或评，在中国掀起了一个翻译安徒生的高潮。

在“安徒生号（上）”中翻译安徒生童话的译者有徐调孚、赵景深、郑振铎、文基、岑麒麟、顾均正等，翻译童话10篇，同时还有关于安徒生生平与创作的译介文章5篇：顾均正的《安徒生传》、郑振铎的《安徒生的作品及关于安徒生的参考书籍》、赵景深译安徒生自叙作品的文章《我作童话的来源和经过》与《安徒生逸事（四则）》，以及博益生著、张友松翻译的《安徒生评价》。其中郑振铎的《安徒生的作品及关于安徒生的参考书籍》这篇长文共列举安徒生的著作20种，涵盖其所创作的童话、小说、戏剧、诗歌及自传，还列举了12种英译本的安徒生作品，及部分关于安徒生的重要论文与传记作品。（王蕾，2009：31）

“安徒生号（下）”中同样发表了由文基、郑振铎、胡愈之、张友松、季赞育、樊仲云、顾均正、沈志坚、梁指南翻译的安徒生童话11篇，并收有关于安徒生的传记与文学研究的文章6篇，其中2篇是安徒生原著、焦菊隐译的《安徒生的童话》（安徒生《我的一生的童话》第一章）与张友松译的《安徒生童话的来源和系统》；2篇是丹麦作者彼德森（C.M.R.Petersen）著、后觉译的《安徒生及其出生地奥顿瑟》和勃兰兑斯著、赵景深译的《安徒生童话的艺术》（勃兰兑斯《安徒生论》第一章）；最后还有顾均正、徐调孚合著的《安徒生年谱》和顾均正的《即兴诗人》。

除了《小说月报》，《文学周报》也在1925年推出纪念专号，刊登了5篇关于安徒生的译介文章：赵景深的《安徒生童话里的思想》、徐调孚的《“哥哥，安徒生是谁”》和《安徒生的处女作》、顾均正的《安徒生的恋爱故事》和沈雁冰的编译文章《文艺的新生命——布兰特斯〈安徒生论〉第一节的大意》。此后，在《文学周报》上还有赵景深的《柴霍甫与安徒生》(1928 年 7 月第 323 期）和钟敬文的《安徒生传》(书评)(1928 年 12 月第 349 期)。《文学》杂志也在 1935 年 1 月第 4 卷 1 号刊登了狄福的《丹麦童话家安徒生》。上述译介文章代表了当时我国对安徒生译介的最高水平。

丹麦文论译介中的第二大特色是对文评家、文学史家勃兰兑斯（Georg Brandes，1842—1927）的译介。虽然《新青年》1917 年 7 月第 3 卷 5 期中刊出的记者（陈独秀）译自白兰兑（勃兰兑斯）的文章《十九世纪文学之主要潮流》是当年国人了解丹麦文学的一个重要途径，但集中译介并研究勃兰兑斯，则主要发生在上世纪二、三十年代。其中有关他的评介类文章共 4 篇：郑振铎《丹麦现代批评家勃兰特传》(《小说月报》，1923 年 4 月第 14 卷 4 期)、樊仲云的《勃兰特的〈杜斯传〉》(《小说月报》,1927 年 1 月第 18 卷 1 期）和袁振英的《白兰特底批评》及续篇（《泰东》，1928 年 3—4 月第 1 卷 7~8 期)。[1]

在其余的丹麦文论译介文章中，则有零散的文章介绍丹麦文学和作家，如《近代的丹麦文学》(亨利・哥达・倡赤著，沈泽民译，《小说月报》，1923 年 8 月第 14 卷 8 期）和叶灵凤的《现代丹麦文艺思潮》(《现代文学评论》，1931 年 4 月第 1 卷 1 期)；胡仲持的《关于丹麦小说家安特生・纳克索》(《文学》，1935 年 11 月第 5 卷 5 号)

① 根据张春田（2008：89~90)，鲁迅在日本期间就已在写于 1907 年的《文化至偏论》中大段铺排，明确表示对尼采、易卜生诸人的欣赏。在论及易卜生的《国民公敌》一剧时，鲁迅这样写道：“更睹近世人生，每托平等之名，实乃愈趋于恶浊，庸凡凉薄，日益以深，顽愚之道行，伪诈之势逞，而气宇品性，卓尔不群之士，乃反穷于草莽，辱于泥涂，个性之尊严，人类之价值，将咸归于无有，则常为慷慨激昂而不能自已已也。如其《民敌》一书，谓有人宝守真理，不阿世媚俗，而不见容于人群，狡狯之徒，乃巍然独为众愚领袖，借多陵寡，植党自私，于是战斗以兴，而其书止：社会之象，宛然具于是焉。”

和 A.Deutsch 著、俞荻译的《丹麦名作家尼克梭七十诞辰纪念》(《文艺新闻》，1939 年 11 月第 5 号)。

8.8 挪威文论译介

挪威文论在中国现代文学期刊中的译介，共有翻译类文章 20 篇和评介类文章 26 篇。在这为数不多的译介文章中，易卜生（Henrik Johan Ibsen，1828—1906）一枝独秀，一人就占有 29 篇，其中翻译类 15 篇，评介类 14 篇。根据资料，我国文学期刊对易卜生的译介主要集中在上世纪 20 年代和 40 年代，但最早开始译介易卜生的是《新青年》。1918 年 6 月第 4 卷 6 期的《新青年》推出“易卜生号”。在这期的专号里，第一篇文章即是胡适的《易卜生主义》。接着是罗家伦和胡适翻译的《娜拉》(A Doll's House，1879)、陶履恭翻译的《国民公敌》(An Enemy of the People，1882）和吴弱男翻译的《小爱友夫》(Little Eyolf，1894)。之后是袁振英的《易卜生论》。这两篇文章也可看作是我国在 1949 年之前文学期刊中对挪威文论的最早译介文字。①

胡适在他的《易卜生主义》中对易卜生的创作思想及其剧作的社会批判意义进行了比较全面的分析。首先，胡适说，所谓的“易卜生主义”——“易卜生的文学，易卜生的人生观，只是一个写实主义”。文章分析了易卜生戏剧所反映的多元社会面相，指出易卜生

① 根据张春田（2008：89~90）研究，鲁迅在日本期间就已在写于 1907 年的《文化至偏论》中大段铺排，明确表示对尼采、易卜生诸人的欣赏。在论及易卜生的《国民公敌》一剧时，鲁迅这些写道：“更睹近世人生，每托平等之名，实乃愈趋于恶浊，庸凡凉薄，日益以深，顽愚之道行，伪诈之势逞，而气宇品性，卓尔不群之士，乃反穷于草莽，辱于泥涂，个性之尊严，人类之价值，将咸归于无有，则常为慷慨激昂而不能自已也。如其《民敌》一书，谓有人宝守真理，不阿世媚俗，而不见容于人群，狡狯之徒，乃巍然独为众愚领袖，借多陵寡，植党自私，于是战斗以兴，而其书止：社会之象，宛然具于是焉。”

所写的家庭都是“极不堪的”，“里面有四种大恶德：一是自私自利；二是倚赖性，奴隶性；三是假道德，装腔做戏；四是懦怯没有胆子。”而他的“问题剧”则深刻反映了社会三大势力——法律、宗教与道德的虚伪无耻。比如“法律的效能在于除暴去恶，禁民为非。”但是，法律又是“死板板的条文，不通人情世故；不知道一样的罪名却有几等几样的居心，有几等几样的境遇情形”，因而知法犯法的律师可以借此要挟不懂法律的娜拉，同时又使她受到丈夫的指责。宗教在易卜生眼里也“久已失了那种可以感化人的能力；久已变成毫无生气的仪节信条，只配口头念得烂熟，却不配使人发奋鼓舞了。”不但如此，而且宗教还“处处与人类的天性相反，处处反乎人情”，如《群鬼》中的牧师。至于道德，在易卜生看来，“社会上所谓‘道德’不过是许多陈腐的旧习惯。合乎社会习惯的，便是道德；不合乎社会习惯的，便是不道德。”正是这种“不道德的道德在社会上造出一种诈伪不自然的伪君子。面子上仁义道德，骨子里都是男盗女娼。易卜生最恨这种人。”文章还着重分析了易卜生剧作中所反映的人与社会的关系，指出人与社会经常互相损害，“社会最爱专制，往往用强力摧折个人的个性（individuality），压制个人自由独立的精神；等到个人的个性都消灭了，等到自由独立的精神都完了，社会自身也没有生气了，不会再进步了。”字里行间可以看出五四时期知识界对独立之思想、自由之精神的向往。胡适在文中还说道，“发展个人的个性须有两个条件。第一须使个人有自由意志。第二须使个人担干系负责任。”而社会最大的罪恶“莫过于摧折个性的个性，不使他自由发展。”从易卜生的戏剧分析谈到社会发展的前提，胡适此文代表了五四时期中国文学界对外国文学批评的境界。而对易卜生的译介，同时也强化了中国人对中国社会的问题意识，从而推动了“问题小说”“问题戏剧”的兴盛，也促进了话剧的发展（秦弓，2003：80）。

20 年代的译介文章主要有《戏剧》杂志从 1922 年 1 月至 4 月

第2卷1号至4号连续刊出的、日本宫森麻太郎撰著的《近代剧大观》系列文章7篇，介绍易卜生的多部剧作。在第2卷1~2号中有周建侯、龚漱沧二人所译的《近代剧大观》3篇文章，分别介绍《易卜生·约翰·亨利克传、易卜生名剧之一〈傀儡家庭〉、易卜生名剧之二〈群鬼〉》。在1922年3月第2卷3号中有龚漱沧译的《易卜生名剧之三〈民众之敌〉》和陶铁梅译的《易卜生名剧之四〈建筑师〉》；在1922年4月第2卷4号中有龚漱沧译的《易卜生名剧之五〈海之夫人〉》和陶铁梅译的《易卜生名剧之六〈社会的柱石〉》。

1925年6月，沈雁冰在《文学周报》第176期上发表了《谭谭〈傀儡之家〉》。1928年适逢易卜生诞辰一百周年。于是，《新月》《泰东》《奔流》都纷纷推出译介易卜生的文章。如1928年5月《新月》在1卷3期中发表了余上沅的《伊卜生的艺术》和张嘉铸的《伊卜生的思想》。《奔流》则在同年8月1卷3期中刊出5篇译自不同语言的论述易卜生的文章，如英国哈孚洛克·蔼理斯（Havelosk Ellis）著、梅川译的《伊孛生论》、日本有岛武郎著、郁达夫译的《伊孛生的工作态度》、丹麦勃兰兑斯著、鲁迅译的《Henrik Ibsen》(易卜生)、英国R.Ellis Roberts著、林语堂译的《 Henrik Ibsen》(易卜生)、俄苏普列汉诺夫著、梅川译的《易卜生断片》。同年10月，《泰东》第2卷2期连发袁振英的2篇文章：《易卜生百年祭》和《易卜生的女性主义》，并在12月第2卷4期上再次刊登袁振英对易卜生又一剧作《培尔·金特》(旧译《伯尔根》）的评论文章《〈伯尔根〉（Peer Gynt）底批评》。由此可见袁振英在早期译介易卜生方面之用力。

其他有关易卜生的翻译类文章还有Xiane著、褚保时译的《真的傀儡之家——和易卜生的娜拉本人的一段谈话》(《小说月报》，1924年9月第15卷9期)、俄苏高德曼著、李芾苍译的《易卜生底四大社会剧》(《一般》，1928年3月第4卷3号）和苏俄普列哈诺夫著、何凝[1]译的《易卜生断片》(《文学丛报（人民文学)》，1936 年 9 月第 6 期)。

40 年代又出现一批对易卜生的评介文章，主要有唐密[2]的《寂寞的易卜生》(《战国策》，1940 年 5 月第 4 期）和《第三阶段的易卜生》(《民族文学》，1943 年 12 月第 1 卷 4 期)、何洛的《易卜生在中国》(《五十年代》，1941 年 5 月创刊号)、林觉夫的《易卜生研究》(《文学批评》，1943 年 3 月第 2 号)、陈瘦竹的《易卜生〈傀儡家庭〉技巧分析》(《文艺先锋》，1945 年 7 月第 7 卷 1 期)，以及洪深的《论者谓易卜生非思想家》(《文讯》，1948 年 7 月第 9 卷 1 期文艺专号)。

对挪威文论的其他译介文章，主要涉及对挪威作家比昂松（旧译般生，Bjornstjerne Bjornson，1832—1910）、汉姆生（旧译哈姆生，Kunt Hamsun，1859—1952）、包以尔（旧译鲍具尔，Johan Bojer，1872—1959）等人的译介。《小说月报》在 1921 年 1 月第 12 卷 1 期中刊登了沈雁冰的文章《脑威写实主义前驱般生》，对般生（比昂松）的生平及其创作特点做了比较详细的介绍，称其虽然没有易卜生那样的影响，但比易卜生更具挪威民族特色（转引自谢天振、查明建，2004：545)。1930 年 8 月《文艺月刊》创刊号上也有卧子的《般生的多才和他的〈手套〉》。

汉姆生显然是除易卜生译介之外的又一个挪威文论译介重点。1920 年汉姆生获诺贝尔文学奖。次年，沈雁冰就撰文《汉姆生和斯劈脱尔》[3]，发表在《新青年》1921 年 5 月第 9 卷 1 期上。其他译介汉姆生及其作品的文章还有海峰的《汉姆生传》(《文学周报》，1922 年 3 月第 31 期》、鲁迅的《汉姆生的几句话》(《朝花》，1929 年 3 月

---

① 何凝即瞿秋白。
② 唐密即陈铨。
③ 斯劈脱尔（今译施皮特勒，Carl Spitteler，1845—1924）是瑞士著名诗人，1919 年获诺贝尔文学奖。

第11期)、赵景深的《哈姆生七十岁纪念》(《小说月报》，1929年12月第20卷12期)、奚行的《〈饿〉与哈姆生》(《现代文学评论》，1931年5第1卷2期)。另外，《新文艺》1929年9月创刊号上还有日本宫原晃一郎著、汪馥泉译的文章《关于哈姆生》。①

《小说月报》在1921年和1922年也刊登了3篇对包以尔的译介文章：1921年4月第12卷4期中有沈雁冰的《脑威现存的大文豪鲍具尔》和1922年4月第13卷4期中有挪威卡特著、沈泽民译的2篇文章——《包以尔传》和《包以尔的著作中的人物》。另还有一篇文章论及挪威作家温塞特（Sigrid Undset，1882—1949）：赵景深的《挪威女作家安达西》(《文学周报》，1929年1月第352期)。

对挪威文学的一般性译介文章则包括挪威Johan Bojer著、佩韦（沈雁冰）译的《脑威现代文学》(《小说月报》，1922年11月第13卷11期)、樊仲云的《挪威文坛的新星》(《文学周报》，1926年1月第209期)、叶灵凤的《现代挪威小说》(《现代文学评论》，1931年5月第1卷2期）和日本武者小路实笃著、鲁迅译的《文学者的一生》(《莽原》，1927年2月第2卷3期)。

8.9 印度文论译介

从亚洲国家中，日本文论在中国现代文学期刊中的译介是令人瞩目的，完全可与欧美国家比肩。而相较之下，对印度文论的译介则是相形见绌，共计翻译类文章仅7篇，评介类文章共

① 《小说月报》在1921年第12卷1、2、5、6期的“海外文坛消息”栏目中连续刊发了沈雁冰撰写的多条关于汉姆生的短讯，介绍他的获奖、生平以及作品。这些短文包括12卷1期中的《脑威文豪汉姆生获得1920年诺贝尔文学奖金》；2期中的《汉姆生生平的余闻》《汉姆生的〈饿者〉》《汉姆生的〈Pan〉》；5期中的《汉姆生最近作的井旁妇人》；6期中的《汉姆生的〈土之生长〉》。

43 篇。但是，如果从作家作品论角度看，印度诗人、作家泰戈尔（Rabindranath Tagore，1861—1941）在 20 年代就受国人关注，并有相当数量的译介文章使他在中国成为最受欢迎的外国诗人之一，确实可算是中国现代文学史上的一个亮点。根据《汇编》，1921 年 10 月《新潮》第 3 卷 1 号冯友兰的《与印度泰谷尔谈话——东西文明之比较观》一文许是中国现代文学期刊中最早论及泰戈尔的文章。在 7 篇翻译类文章中，有 6 篇都是从不同方面对泰戈尔的译介。不过，需要说明的是，这几篇翻译类文章中，除去一篇是泰戈尔所著的文章——《艺术之意义》(太戈尔著，徐迟译，《中原》，1943 年 9 月第 1 卷 2 期)，其他文章均译自日语和英语，如 1923 年 9 月《小说月报》第 14 卷 9 期太戈尔号（上）有文章如下：《夏芝的太戈尔观——太戈尔》(爱尔兰夏芝 [叶芝] 著，高滋译)、《太戈尔的戏剧和舞台》(日本武田丰四郎著，仲云 [樊仲云] 译)、《太戈尔与音乐教育》(日本吉田玄二郎著，樊仲云译)，以及《泰戈尔传》及续（塞克女士著，李志纯译，《文艺先锋》，1946 年 3—4 月第 8 卷 3~4 期）。

对泰戈尔生平、作品与思想的评介与研究也在评介类文章中占了大半以上，共有 25 篇。《小说月报》和《文学周报》是译介泰戈尔的主要刊物。1922 年 2 月《小说月报》第 13 卷 2 期上即刊登了 6 篇文章，介绍了泰戈尔的人生观、世界观、艺术观、妇女观等，如郑振铎的《太戈尔传》和《太戈尔的艺术观》、瞿世英的《太戈尔的人生观与世界观》，以及张闻天的《太戈尔之〈诗与哲学〉观》《太戈尔的妇女观》和《太戈尔对于印度和世界的使命》。1923 年 9 月和 10 月《小说月报》第 14 卷 9、10 期又发行泰戈尔号上、下两期，刊登泰戈尔的短篇小说、剧作和诗歌的译作，以及评介他的作品、思想与艺术的文章，除了郑振铎的两篇连载文章《太戈尔传》，还有王统照的《太戈尔的思想及其诗歌的表象》、樊仲云的《音乐家的太戈尔》、西谛[①]的《关于太戈尔研究的四部书》和徐调孚的《太戈尔的重要著作介绍》。

《文学周报》也在1923年刊登了多篇文章，如《评〈飞鸟集〉》(赵荫堂，1923年7月第79期)、《杂谈太戈尔诗》(郑振铎，1923年11月第95期)、《泰果尔批评》(闻一多，1923年11月第99期)、《太戈尔的我观》(诵虞，1924年4月第118期)、《太戈尔》(徐志摩，1924年6月第124期)、《太戈尔最近的小诗》(余世鹏，1928年12月第349期)。

20年代中国学界出现的"泰戈尔热"，其根本原因是泰戈尔的思想、风格与五四文学的现代诉求相吻合（艾丹，2008：60）。其作品所体现的宏富深邃的思想内涵，甚至某种复杂神秘的意味，以及其清新自然的风格，给了"五四"前后的中国文坛各派作家各取所需的机会。他那些表现自我、歌颂自由、弥漫着神秘主义泛神论的作品，被中国的浪漫主义作家引为榜样；他那些清新纯真、批判社会不平等的作品，被中国追求现实主义的作家视为楷模；他那些宣扬"信爱"，充满"童心""母爱"的作品，更为大批小资产阶级作家和青年学生视为知音；他那追求正义、光明的理想，博大仁慈的胸怀，独具魅力的人格，更是赢得了无数中国读者的敬仰。《小说月报》和《文学周报》等期刊对泰戈尔作品的翻译和对其作品的评介研究无疑为这股"泰戈尔热"增添了更多助力。虽然泰戈尔1924年来华访问时的某些言论曾在当时引起风波，但是，作为印度现代诗人、哲学家、音乐家和宗教家，他的作品可以说继承了印度古典和民间文学的优秀传统，又吸收了欧洲浪漫主义与现实主义文学的丰富营养，因而对于读过或者翻译过他的作品的中国新文学作家，如郭沫若和冰心，都产生了很大影响。而受到泰戈尔的影响或激励的

① 西谛即郑振铎。

中国现代诗人与作家，并不限于以上两位典型代表人物。在郑振铎、刘半农、徐志摩以及林徽因身上都可以看到泰戈尔留下的影响。

有关泰戈尔的评介类文章也可见于其他文学期刊，如《创造周报》1923年10月第23号中有郭沫若的《泰戈尔来华的我见（感想）》，《小说世界》1926年8月第14卷7期载有秋山的《泰戈尔作品之初次介绍至中国》，《大江》1928年10月创刊号中有谭云山的《泰戈尔氏底国际文学一瞥》，《文艺月刊》1930年10月第1卷3期中有铭竹的《泰戈尔在巴黎》，《诗创作》1942年8月第13期中有静闻（钟敬文）的《纪念泰戈尔》，《文艺先锋》1942年12月第1卷5期中有张道藩的《泰戈尔先生与东方精神》。

1937年，日本帝国主义发动侵华战争以后，泰戈尔屡次发表公开信、谈话和诗篇，斥责日本帝国主义，同情和支持中国人民的正义斗争。（季羡林，1979：293~295）这成为他在中国持续受到关注的另一个理由。

当然，在所有关于印度文论的译介文章中，还有其他一些主题也引起了一定注意，如印度戏剧方面就有如下文章：《印度的一种民众剧》（E.G.Hatch著，徐昌霖译，《戏剧岗位》，1939年4月第1卷1期）、许地山的《印度戏剧之理想与动作》（《戏剧与文艺》，1929年6月第1卷2期）、柳无忌的《沙恭达罗（名著评介）附论印度的戏剧》（《时与潮文艺》，1944年2月第2卷6期）。

对其他印度诗人也有评介，如《印度诗人万拜尔的略传与其诗之表象》（王统照，《曙光》，1921年第2卷1期）、《文学大纲》第六章《印度的史诗》（郑振铎，《小说月报》，1924年5月第15卷5期）、《印度抒情小诗》（傅东华，《文学周报》，1925年7月第182期）、《印度女诗人》（谢落，《真美善》，1929年3月第3卷5号）、《印度独立声中两个诗人之比较》（次敏，《北新》，1930年5月第4卷10期）、《印度的史诗》（柳无忌，《时与潮文艺》1944年9月第4卷1期）。

虽然泰戈尔自1924年访问中国以来，已成为中国文学界家喻户晓的名人，而与他同时代的另一位女诗人奈都（Sarojini Naidu，1879—1949）却不为人知。1929 年 9 月费鉴照撰文《现代诗人——奈陀夫人》(《新月》，第 2 卷 6、7 期合刊)，对她做出了这样的评价："奈陀夫人对于我们，可以说完全是陌生。不要说中国人，就在英国对于这位女诗人注意的也很少。她的作品，虽不及泰氏多，单就质讲，他们确乎可以比肩的。"对这位女诗人的评介还有易康的文章《印度民族革命领袖女诗人奈都》(《前锋月刊》，1930 年 11 月第 1 卷 2 期)。

在《文学周报》中郑振铎、沈雁冰、赵景深、许地山也分别对印度的寓言、童话、神话等加以评介研究，如《印度寓言》(西谛，《文学周报》，1925 年 1 月第 157 期)、《中国文学所受的印度伊兰文学底影响》(许地山，《小说月报》，1925 年 7 月第 16 卷 7 期)、《童话的印度来源说》(赵景深，《文学周报》,1926 年 1 月第 208 期)、《埃及印度神话的保存》(玄珠（沈雁冰)，《文学周报》，1928 年 9 月第 337 期)。

8.10 结语

经过积极的译介和评析，上述欧亚诸国的文论在我国现代文学、文论的发展史中留下了不少可圈可点、无可替代的闪光点。从比利时的戏剧家梅特林克到奥地利的精神分析学说的创始人弗洛伊德，从匈牙利的文论家卢卡奇和诗人裴多菲到西班牙的"小说之父"塞万提斯和现代作家巴罗哈，从古希腊罗马的史诗、悲剧和神话到丹麦的安徒生童话，从挪威的戏剧之王易卜生到印度的伟大诗人泰戈尔，无一不曾在中国文坛引起反响，在中国现代文学史上留下深刻的影响，进而成为中国学界宝贵的世界文化资源。梳理这些资源如何在早年进入国人视野，就是为了更好地认识和继承这世界文学的伟大遗产。

参考文献

艾丹．中国现代文化史上的“泰戈尔热”——五四学界对泰戈尔的译介与研究（1920—1924）[J].《甘肃社会科学》，2008（1）：60~62+68.

季羡林．泰戈尔与中国 [J].《社会科学战线》，1979（2）：287~295+296~297.

刘小新．审美直觉 [A]. 文化研究网 http://www.culstudies.com，2004 年 7 月 10 日．

秦弓．易卜生热——五四时期翻译文学研究之二 [J].《中国社会科学院研究生院学报》，2003（4）：80~89.

秦弓．“五四”时期的安徒生童话翻译 [J].《涪陵师范学院学报》，2004（4）：1~5.

沈石岩．西班牙文学史 [M]. 北京：北京大学出版社，2006.

王蕾．安徒生童话的翻译与中国现代儿童观的建立 [J]. 中国现代文学研究丛刊，2009（5）：26~34.

王泉根．中国安徒生研究一百年 [M]. 北京：中国和平出版社，2005.

谢天振、查明建．中国现代翻译文学史 [M]. 上海：上海外语教育出版社，2004.

殷国明．20 世纪中西文艺理论交流史 [M]. 上海：华东师范大学出版社，1999.

张春田．论五四时期的“易卜生热”及其文化逻辑 [J]. 北京大学研究生学志，2008（1）：88~101.

中共中央马列编译局编．马克思恩格斯选集（第二卷）[M]. 北京：人民出版社，1972.

朱晓进．论三十年代文学杂志 [J].《南京师范大学学报（社会科学版）》，1999（3）：102~108.

第九章

《中国现代文学期刊目录汇编》中的外国文论译介综述

中国近、现代文学的历史就是一段深受外来影响、学习与接受外国文学与外国文艺理论的历史。从近代时期梁启超等提出的“新文体”“诗界革命”“小说界革命”开始，到五四时期翻天覆地、如火如荼的新文学运动，近现代文学史呈现给我们的百花齐放、百家争鸣的景象，离开外国文学的译介，是无法想象的。20世纪上半叶，在对外国文化传播和译介的热潮中，除了外国文学作品被大批译介，外国文学理论的译介活动也轰轰烈烈，关于各国文学史、文艺流派、作家作品评论等的翻译、介绍与研究交织在一起，为当时正在摸索中破旧立新的中国现代文学（创作）提供了理论支持和方法指导，并且产生了深远的影响。而这深远影响的源头之一，可以追溯到中国现代文学期刊。从五四运动到1949年，文学期刊与出版机构在外国文论译介的过程中始终扮演着非常重要的角色。它们以其周期短、更新快、价格低廉、读者众多等优势，承担了译介外国文论的很大一部分任务。期刊的编纂者们积极从国外引进、介绍当时世界的思想与思潮、文学作品、文学理论，形成了几乎“凡期刊必有译文、无译文不成期刊”的壮观景象（王建开，2003：133）。

然而，在有关外国文论译介的研究中，对期刊译介活动研究甚少。正如王建开（2003：133）所说的，“翻译文学研究习惯上只把目光投向出版机构的单行本译著，文艺期刊的情况则常有忽略”。文学作品译介是如此，文论译介更是如此。目前，就文学期刊展开比较全面研究的著述仅有刘增人等人编著的《中国现代文学期刊史论》（2005 年），但其重点不在外国文论译介。其他相关研究则多基于个案，只针对某一刊物，或某一刊物在某段时期内的活动情况。至于外国文论在中国现代文学期刊中的译介状况，尚无比较全面的论述。

考虑到唐沅等编的《中国现代文学期刊目录汇编》（1988 年）（以下简称《汇编》）“是自有现代文学期刊研究以来最为完备的工具书和资料库，至今仍是现代文学研究特别是现代文学期刊研究最可靠的依据之一”（刘增人等，2005：9），其中所选收的 276 种期刊，不仅在我国现代文学史上有影响、有代表性，而且可以说“比较全面地反映了我国现代文学期刊发展的实际情况”（徐鹏绪、赵连昌，2007：37）。若以此为主要研究来源，应该能反映当时文学期刊对外国文论译介的基本面貌。因此，下面我们将以《汇编》为研究对象，对收入其中并参与外国文论译介的主要期刊进行描述。

9.1 现代文学期刊译介情况的总体描述

经对《汇编》的梳理统计，在其所收的 276 种现代文学期刊中，有 194 种期刊发表了翻译类外国文论；208 种期刊发表了中国作者所著的关于外国文论的评介文章；同时涉及外国文论翻译和评介的期刊总计 149 种，占《汇编》总数的 54%；同时或分别涉及外国文论翻译类和评介类文章的期刊总计 227 种，占《汇编》总数的 82%。

从 1917 年 7 月陈独秀在《新青年》第 3 卷 5 号发表其译自 19

世纪丹麦文学批评家乔治·勃兰兑斯的《十九世纪文学之主要潮流》开始，至1949年，各种文学期刊上刊载了总计1818篇外国文论翻译类文章，最多的时候仅1929年一年间发表的文论译文就多达213篇。所涉内容既有欧美文学简史（如伊达源一郎所著的《近代文学》），也有针对作家作品的专论（如明斯基《托尔斯泰的〈活尸〉与法国精神》和劳伯慈《托尔斯泰论》）；既有西方文艺思潮史（如厨川白村的《文艺思潮论》），也有对各文艺思潮及代表人物的译介，如古典主义（欧斯根《富有近代精神的诗人魏琪尔》(古罗马诗人维吉尔，前70—前19）和写实主义（藏原惟人《到新写实主义之路》)；等等，不一而足，可谓包罗万象，不拘一格。

相对于文学期刊中外国文论的翻译类文章，关于外国文论的评介类文章出现的时间更早些。1915年10月《新青年》第1卷2期刊登作者署名为汝非的《托尔斯泰之逃亡》乃是最早发表的评介类文章之一。紧随其后的是陈独秀《现代欧洲文艺史谭》及续，发表于《新青年》第1卷第3、4期上，首次向中国读者介绍了西方近代文艺思潮从古典主义、理想主义（浪漫主义）到写实主义（现实主义)、自然主义发展演变的历史。在1915年至1949年间，各种文学期刊上发表的关于外国文论的评介文章总计2008篇。

总体而言，1915—1949年间，以中国现代文学期刊为依托的外国文论译介活动经历了萌芽期（1917—1920)、发展期（1921—1927)、繁荣期（1928—1937）和低落期（1938—1949)，其中每一阶段都与当时中国的文学革命、新文学建设、文学社团的发展情况紧密相关，乃至于和当时国内的政治状况、社会状况也有着密切的关系。

在现代期刊文论译介活动的发展之初（萌芽期)，起核心作用的期刊是《新青年》和《少年中国》等。很快，随着20年代最有影响的文学社团文学研究会的成立，其主要刊物《小说月报》和《文学周报》担当起文论译介的主力军的重任，为现代期刊文论译介活动迅速由第一个时期的萌芽期过渡到发展期再到第二个时期的繁荣期起到了举足轻重的主导作用。

第二个时期堪称现代期刊文论译介活动的繁荣期，各种文学期刊纷纷创刊并积极译介外国文论，其中虽然《译文》和《文艺月刊》等在篇数上占首位，但其并不像第一个时期的《小说月报》和《文学周报》那样具有一枝独秀的特殊地位。《小说月报》和《文学周报》仍在继续发挥作用，其他如以鲁迅、茅盾等人为主编或核心人物的系列文学期刊也在这个阶段大放异彩。

在整个 1915—1949 年期间，《小说月报》《文学周报》《文艺月刊》和《译文》是译介文论篇数最多的四种重要期刊（其中《译文》是专门发表翻译类文论的期刊）。其出刊时间主要分布在第一个和第二个时期。

在 1915—1949 年期间，刊载外国文论翻译类文章单项计算达 20 篇及以上的 20 种期刊中（见表 9.1），有 17 种的出刊时间分布于前两个时期，只有 3 种见于第三个时期。这从另一个侧面说明了第三个时期现代期刊文论译介活动的低落。而发表外国文论评介类文章单项计算也达 20 篇的期刊则有 24 种。（见表 9.1）。

表 9.1　1915–1949 年间刊载外国文论译介文章单项计算达 20 篇的期刊

序号	期刊名	翻译类（篇）	评介类（篇）	合计（篇）
1	《小说月报》	151	225	376
2	《文学周报》(《文学旬刊》;《文学》)	92	200	292
3	《文艺月刊》	80	75	155
4	《译文》	95	—	95
5	《北新》	69	26	95
6	《语丝》	47	36	83
7	《文学》	28	53	81
8	《现代》	26	53	79

（续表）

序号	期刊名	翻译类（篇）	评介类（篇）	合计（篇）
9	《文艺先锋》	18	39	57
10	《青年界》	19	34	53
11	《时与潮文艺》	13	38	51
12	《乐群》	45	3	48
13	《东流》	30	15	45
14	《文艺春秋》	2	43	45
15	《创造月刊》	6	37	43
16	《奔流》	42	—	42
17	《真美善》	12	30	42
18	《新青年》	10	31	41
19	《小说世界》	27	14	41
20	《莽原》	34	6	40
21	《现代文学评论》	20	18	38
22	《文学季刊》	17	21	38
23	《学衡》	15	22	37
24	《宇宙风》	13	23	36
25	《少年中国》	9	25	34
26	《戏剧》(欧阳予倩、胡春冰主编)	23	11	34
27	《新月》	4	30	34
28	《诗创作》	22	11	33
29	《文艺生活》	11	20	31
30	《朝花》	28	2	30
31	《文艺新潮》	21	5	26
32	《新文艺》	20	6	26
33	《文艺阵地》	22	4	26
34	《文学杂志》(朱光潜主编)	2	22	24
35	《一般》	1	21	22

在上述所列各种期刊中，《小说月报》《文学周报》《文艺月刊》《译

文》《北新》《语丝》《文学》和《现代》这8种期刊在1915—1949年间所发表的外国文论译介文章篇数最多，共有1256篇，占当时期刊所发表的两类文章（翻译类1818篇和评介类2008篇）总数的32.8%。

9.2 现代文学期刊译介情况的分期描述

9.2.1 第一阶段（1915—1927）

按照传统的现代文学三个时期的分期，第一个时期或许可以称为现代期刊外国文论译介活动的萌芽期和发展期。1915至1927年间文学期刊共刊载翻译类文章320篇，在数量上远远不及下一个时期，也略少于第三个时期。其中1917年、1918年分别只有1篇文论翻译，都刊载在《新青年》上，分别是白兰兑（勃兰兑斯）著、记者（陈独秀）译的《十九世纪文学之主要潮流》(《新青年》，1917年7月第3卷5期）和英国W.B.Trites（特里狄斯）著、周作人译的《陀思妥夫斯奇之小说》(《新青年》，1918年1月第4卷1期)。

在此后两年1917年和1920年中，翻译类文论也仅有4篇和7篇，到1921年文论数量则突飞猛进，达到48篇，并从此之后每年都保持在三四十篇以上。

以翻译类文论而言，1917年至1920年可以称为现代期刊文论译介活动的萌芽期，发表翻译类文论的期刊只有《新青年》《少年中国》和《曙光》三种。1921年以后则进入发展期，刊登外国文论翻译类文章的期刊从数量上大有增加，如革新后的《小说月报》《文学周报》《戏剧》《解放与改造》《学衡》《小说世界》《语丝》《莽原》《北新》等。

在第一个时期中，评介类文章的绝对数量几乎是翻译类文章的两倍。但三个时期纵向比较来看，评介类文章的情况与翻译类文章基本类似，第一个时期文章数量大大少于第二个时期（但略多于第三个时期）。

评介类文章的最初发表时间略早于翻译类文章，1915 年至 1917 年发表的评介类文章都是个位数（1916 年未发表评介类文章）。1915 年至 1920 年五年间发表的评介类文章总共 60 篇，少于 1921 年一年间所发表的篇数（65 篇）。因此，从评介类文章的情况来看有理由认为，1920 年也是萌芽期与发展期的分界线。1921 年至 1927 年间，每年发表的评介类文章都在 60 篇以上（仅 1926 年为 58 篇），1922 年至 1924 年三年更是超过了 90 篇。这些文章主要刊载于《小说月报》《文学周报》《学衡》《语丝》《一般》《创造周报》《文艺旬刊》《小说世界》等期刊上。可见在现代期刊文论译介活动的发展期，不仅评介类文章在数量上激增，而且参与译介的期刊也有相应数量的增加。可以说，译介活动的规模和所涉及的范围，在很大程度上与期刊种类的丰富多样是密不可分的。期刊是外国文论得以显身的重要园地之一。

9.2.1.1　萌芽期

从发表刊物上看，1915—1919 年这四年共 6 篇翻译类文论文章都刊登在《新青年》上；1920 年也有 2 篇翻译文论刊登在《新青年》上，无疑，《新青年》是现代期刊文论译介活动萌芽期最重要的期刊。

陈子展（1929/2000：101）《中国近代文学之变迁》中指出："《新青年》最初只是主张思想革命的杂志，后来因主张思想革命的缘故，也就不得不同时主张文学革命。因为文学本来就是合文字思想两大要素而成；要反对旧思想，就不得不反对寄托旧思想的旧文学。"这可以解释为什么中国现代外国文论译介活动最早出现在《新青年》上。作为20年代具有影响力的革命期刊、文学革命的主力、新文化运动的发起者,《新青年》早在创刊之初，1915年就开始刊载国内作者受到外国文论影响所作的评介类文章（汝非《托尔斯泰之逃亡》，见于《新青年》1915年10月第1卷2期)。同年11月、12月,《新青年》第1卷3～4期发表陈独秀《现代欧洲文艺史谭》。从1915年至1920年间,《新青年》共发表文论评介类文章26篇，内容涉及外国作家（托尔斯泰、易卜生)、新文体（诗、小说、戏剧)、外国文学（日本）等。这些文章的作者陈独秀、胡适之、周作人、刘半农、傅斯年、袁振英等也正是积极倡导文学革命的主力。

包括《新青年》在内，萌芽期发表的评介类文章总共60篇，远远多于同期翻译类文章。从内容上看，包括一般的文论、思潮、批评研究，也有具体的诗论、戏剧、小说论等。文章涉及的国家主要包括俄苏、法国、比利时、日本、英国等。这60篇文章集中发表于6种杂志，分别是:《新青年》26篇,《少年中国》15篇,《解放与改造》(《改造》)8篇,《新潮》5篇,《曙光》和《每周评论》各3篇。从作者方面看，萌芽期评介类文章的主力作者有：陈独秀（《现代欧洲文艺史谭》等6篇)；胡适（《建设的文学革命论》等6篇)；周作人（《人的文学》等6篇)；田汉（《平民诗人惠特曼的百年祭》等4篇);沈雁冰（《托尔斯泰的文学》等3篇);王晴霓（《新文学的问答》等2篇）等人。

在这样热切渴望了解外国文学、文论、思想；渴望借助外来的新文学反对旧文学、借助文学革命完成思想革命的环境下，直接翻译外国文论的活动自然有了发生的土壤。1917年至1920年间发表的外国文论也主要是由陈独秀、周作人、袁振英等人翻译的。

表 9.2 1915~1920 年间期刊中外国文论翻译类文章简表

年代	发表期刊	翻译篇目	译者
1917	《新青年》	《十九世纪文学之主要潮流》	陈独秀
1918	《新青年》	《陀思妥夫斯奇之小说》	周作人
1919	《新青年》	《Ljov Toistoj 对于〈可爱的人〉的批评》(Lev Tolstoy)	周作人
	《新青年》	《近代戏剧论》	袁振英
	《新青年》	《文艺的进化》	朱希祖
	《新青年》	《精神独立宣言》	张嵩年
	《少年中国》	《说尼采的"悲剧之发生"》	田汉
1920	《新青年》	《文学与现在的俄罗斯》	郑振铎
	《新青年》	《文艺与布尔塞维克》	袁振英
	《曙光》	《近代俄罗斯小说》	瞿世英
	《少年中国》	《歌德诗中所表现的思想》	田汉
	《少年中国》	《新唯实主义》	查谦
	《少年中国》	《新唯实主义的认识论》	查谦
	《少年中国》	《自托尔斯泰学说上的俄罗斯解释》	李小缘

正如陈子展（2000：110）指出的，革命总是一方面破坏，一方面建设。自 19 世纪末谭嗣同、梁启超等人倡导“诗界革命”“小说界革命”（即近代文学革命运动的开端）以来，文学革命破坏旧文学的同时，建设的工作也在外来文学的刺激之下轰轰烈烈地展开，外国文论的译介正是这建设工作所倚重的工具之一。1919 年五四运动之后，新文化运动进一步扩大，提倡新文化的刊物一时间如雨后春笋在全国各地出现。与这一时期文学革命运动的破坏与建设发展相印证的是外国文论翻译活动的急速增长，从 1920 年的 7 篇一下子增至 1921 年的 48 篇；评介类文章也由 1920 年的 29 篇一跃而至 1921 年的 65 篇。1921 年以后，“文学革命的讨论时期已经过去”，“新文学的创造时期”开始了。

9.2.1.2　发展期

从 1921 年开始至第一个时期结束，现代文学期刊中的外国文论译介活动呈现出繁荣、稳定的发展趋势。这个时期的特点是：

一、数量激增。从数量上看，翻译类文章每年发表的篇数最少 32 篇，最多高达 82 篇。虽然还远远不如第二个时期，但与萌芽期每年翻译一两篇的数目相比，是很大的飞跃。从发表刊物种类上看，这期间文学刊物纷纷创刊，参与外国文论译介活动的刊物也多了起来。萌芽期 4 年仅有 3 种期刊发表翻译的外国文论，发展期增至 15 种期刊。

评介类文章在这一时段共发表 560 篇；每年发表的篇数最少 58 篇，最多高达 98 篇；发表在《小说月报》《文学周报》(《文学旬刊》;《文学》)(以下简称《文学周报》) 等 28 种期刊上。从发表刊物种类上看，与萌芽期的 6 种相比，也是一个飞跃。

二、内容多样。萌芽期所翻译的外国文论中有一半以上是关于俄罗斯文学的（见表 9.3），评介类文章也主要集中在俄苏、西欧和日本等国家与地区。到了发展期，《小说月报》《文学周报》等文学期刊的译介者将眼光投向了更为宽广的文论领域，各个国家、民族、不同流派、不同风格、不同作家、不同主张的文论都被译介进来。在继续重视俄苏文学并关注英法日等先进资本主义国家的同时，译介者也翻译了关于犹太文学、斯干底那维亚（即斯堪的纳维亚）、波兰、捷克、塞尔维亚、芬兰、希腊、保加利亚、南斯拉夫等小国及弱小民族的文学作品，其中《小说月报》1921 年还出版了“被损害民族的文学”专号。评介类文章更涉及埃及、阿拉伯世界、甚至中世纪的波斯等较为边缘的地区与时代。从涉及流派上看，外国文学中的一些主要流派如自然主义、浪漫主义、写实派等得到了介绍。从涉及文体上看，这一时期主要翻译的是概论，此外小说和诗仍然是译介者关注的重点，而其他文体如散文、戏剧、歌剧、童话、民间故事也有所涉及。

三、长篇连载多。由于外国文论的译介此时刚开始大规模进行，一时间许多文学概论、方法论、文学史类长篇文章或著作被翻译成中文，在期刊上连载。这些作品少则分三五期、长则十几期二十几期在《小说月报》《文学周报》等期刊上连载，可见在文论译介活动发展期，现代文学理论建设尚处于起步期的国内文坛对于系统的、全面的、大规模的、理论性强的外国文论作品的欢迎。这些连载作品不少在几年之后就出了单行本，如英国哈德生（W.H.Hudson）著《研究文学的方法》最早在1923年上半年由邓演存翻译，分5篇发表在《小说月报》第14卷1~3、5~6期上；1930年，原书由宋桂煌重新翻译，译名为《文学研究法》(An Introduction to the Study of Literature)，由上海光华书局出版，次年再版（傅莹，2001年）。伊达源一郎著《近代文学》首先发表在1921年的《文学旬刊》(后改名《文学周报》）上，连载十二期；1923年，商务印书馆随即出版张闻天、汪馥泉的译本。本间久雄著《新文学概论》由章锡琛以白话翻译的《后编》首先于1924年年底连载9期发表在《文学》(后改名《文学周报》）上，题为《文学批评论》；次年章重译《前编》，并结集由上海商务印书馆出版。至1928年，该译本先后共出了4版。1930年，上海开明书店又出了修订本，更名为《文学概论》。此外，1925年和1930年上海书店和上海东亚图书馆也分别出版并再版过汪馥泉的译本（同上）。

从1921年到1927年，共有5种期刊集中发表了由傅东华、樊仲云等8位译者所翻译的13种长篇连载，共103期次，占1917—1927年翻译类文章总篇数的1/3之多。详细情况见下表9.3。

表 9.3 1915–1927 年间翻译类外国文论主要长篇连载文章简表

发表期刊		篇名	连载期数（期）	作者	作者国别	译者
《少年中国》	1924 年 第 4 卷 9~11 期	《文学史方法》	3	巨斯大佛·郎宋 G.Lanson	法国	黄仲苏
《小说月报》	1923 年第 14 卷 1~3、5~6 期	《研究文学的方法》	5	W.H.Hudson	英国	邓演存
	1925 年第 16 卷 6~7、10~11 期	《社会的文学批评论》	4	蒲克 / 埔克	美国	傅东华
	1926 年第 17 卷 1~3、5、8 期	《文学之近代研究》	5	莫尔顿	美国	
	1927 年 第 18 卷 2、4~5、8 期	《文学进化论》	4	莫尔顿	美国	
《文学周报》	1921—1922 年 第 7~13、17~18、23、25、30 期	《近代文学》	12	伊达源一郎	日本	赵光荣
	1922—1923 年 第 57~ 62、64、66、68、71 期	《研究资料——精神分析学与文艺》	10	松村武雄	日本	樊仲云
	1923—1924 年 第 102~115、119~120 期	《文艺思潮论》	16	厨川白村	日本	
	1924 年 第 128~129、138 期	《文艺创作论》	3	厨川白村	日本	
	1926 年 第 216~217、219 期	《论无产阶级的文化与艺术》	3	脱洛斯基	俄苏	
	1924 年 第 132~136、138、140~142 期	《文学批评论》	9	本间久雄	日本	章锡琛
《学衡》	1924 年第 28~30 期	《世界文学史》	3	李查生、渥温（William L. Richardson and Jesse M. Owen 著）	美国	吴宓
《小说世界》	1924 年 5 卷 4~13 期、6 卷 1~12 期、7 卷 1~4 期	《欧洲最近文艺思潮》	26	不详	不详	忆秋生

同时期还有不少国内作者编写的关于外国文论的研究和评介的长篇连载。从 1921 年到 1927 年，连载期次超过 3 期（含 3 期）的

长篇评介类文章共有 10 种（此外尚有不少连载两期以及从篇名上看是长篇连载、但数据中只找到一篇的文章没有计入），共计 61 期次，发表于《小说月报》等 6 种期刊上。与翻译类的长篇连载相比，连载的评介类文章的内容不仅包括文学理论与文学史，更进一步深入到文学体裁的研究，如剧论、诗论、小说论等。

表 9.4　1915—1927 年间评介类外国文论主要长篇连载文章简表

发表期刊		篇名	编、作者	连载期数（期）	文章所涉国别
《文艺旬刊》	1924 年 29 期~40 期	《近代戏剧中的家庭研究（论文）》	楚茨	5	无国别
《猛进》	1925 年 14~17 期	《葛　特（J.W.V.Goethe）和德国的文学》	杨丙辰	4	德国
《创造月刊》	1926 年 1 卷 2 期~4 期	《十月革命与俄罗斯文学》	蒋光赤	3	俄苏
《真美善》	1927 年创刊号 ~1 卷 3 号	《论法兰西悲剧源流——希腊悲剧原始》	病夫（曾朴）	3	法国
《文学周报》	1921 年 2~4 期	《西喇叙事诗》	性天（唐性天）	3	希腊
	1925 年 172~195 期	《论无产阶级艺术》	沈雁冰	4	俄国
《小说月报》	1922 年 13 卷 1~11 期	《西洋小说发达史》	谢六逸	7	欧洲
	1923 年 14 卷 5~9 期	《俄国文学史略》	郑振铎	5	俄苏
	1924—1927 年 15 卷 1 期 ~18 卷 1 期	《文学大纲》	郑振铎	21*	世界
	1924 年 15 卷 1~9 期	《现代世界文学者略传》	沈雁冰、郑振铎	6	世界

* 这个数字仅包括《文学大纲》中涉及外国文学部分的相关章节。

《小说月报》显然是发表长篇连载的主力之一；除了在这个时期发表了《研究文学的方法》等四种翻译类外国文论连载文章和《西洋小说发达史》等四种评介类长篇连载之外，在接下来的 1929 年到 1930 年还继续连载了冈泽秀虎著、陈雪帆译的《苏俄十年间的文学论研究》(论文)(《小说月报》第 20 卷 3、5、6、8、9 期，第 21 卷 8 期)

和俄苏凡伊斯白罗特著、洛生[1]译的《苏俄文学概论》(第一至七章)(《小说月报》第21卷1~2期)。可见长篇连载的步伐在第二个时期也并未完全停止，只是明显放缓了。

另一个有意思的现象是美国蒲克著的《社会的文学批评论》一书，最早由上海商务印书馆于1923年出版，译者傅东华；但1925年,《小说月报》分四期（6—7月、10—11月）连载了可能是这本书的部分章节。而后，1926年，上海商务印书馆又再版了这本书。可见，出版机构的译介活动与文学期刊的文论译介是互相交织、互相影响的。

四、文学研究会文学期刊的主导作用。文学研究会是现代文学史上的第一个纯文学团体，也是20年代最有影响的文学社团之一。文学研究会1921年成立，1931年解散；它以“为人生”的现实主义文学观而著名，十分重视外国文学的介绍研究。其主要刊物《小说月报》和《文学周报》在外国文论译介活动中扮演着重要角色。革新时期的《小说月报》(1921—1931年，从12卷1期开始作为文学研究会会刊至22卷停刊共出136期；另据上海地方志记录是1932年一·二八淞沪战争时停刊）与《文学周报》(1921—1929年，共出9卷380期）是所有现代文学期刊中译介外国文论篇数最多的两种期刊，翻译类文章分别为151篇和92篇；评介类文章分别为224篇和203篇。其中1917—1927年期间《小说月报》刊载外国文论翻译类文章113篇,《文学周报》刊载外国文论翻译类文章77篇，也就是说，文学研究会这两份重要刊物译介的外国文论篇数占1917—1927年外国文论翻译类总篇数的62%之多。1917—1927年期间《小说月报》刊载外国文论评介类文章183篇,《文学周报》刊载外国文论评介类文章151篇，两者之和也超过了这个时期文论评介类文章总数

[1] 洛生即刘灿波。

的一半以上。考虑到这两种刊物都是1921年创刊，它们在1921—1927年期间文论译介活动中所占的实际比重更大。可以说，将第一个时期中1921年以后的时期称为外国文论译介活动的发展期，很大程度上与这两种杂志的创刊是分不开的。

由此可见，文学研究会期刊在第一个时期中外国文论译介活动的发展期起着举足轻重的主导作用。表9.3所列举的13种主要长篇连载外国文论翻译类篇目中，就有10种是《小说月报》和《文学周报》译介的；表9.4所列举的10种主要长篇连载外国文论评介类篇目中，也有超过一半（6种）是《小说月报》和《文学周报》译介的。这种主导作用，也延续到了第二个时期的开端，但随着文学研究会的解散和其刊物的停刊，更多其他的文学团体与文学期刊出现在了外国文论译介活动的舞台上。现代文学期刊中的外国文论译介活动迎来了它的鼎盛时期。下面表9.5是对第一个时期中各期刊发表外国文论译介文章篇数的统计。

表9.5　1915—1927年间刊载外国文论译介文章的期刊与所载文章篇数

期刊名	翻译类（篇）	评介类（篇）
《小说月报》	113	183
《文学周报》(《文学旬刊》《文学》)	78	151
《新青年》	10	31
《莽原》	34	6
《小说世界》	27	14
《少年中国》	9	25
《语丝》	6	22
《学衡》	8	19
《戏剧》(民众戏剧社)	13	5
《解放与改造》	1	11
《北新》	3	8
《曙光》	3	5
《创造》(季刊)	1	6

（续表）

期刊名	翻译类（篇）	评介类（篇）
《沉钟》	1	4
《大江》	2	1
《创造周报》	—	30
《创造月刊》	—	22
《文艺旬刊》	—	11
《一般》	—	10
《诗》	—	9
《洪水》	—	8
《猛进》	—	8
《新潮》	—	7
《现代评论》	—	5
《泰东》	—	4
《真美善》	—	4
《每周评论》	—	3
《狂飙》	—	3
《清华文艺》	—	3
《努力周报》	—	2
合计	309/15	619/30

9.2.2 第二阶段（1928—1937）：繁荣期

1928—1937年是现代文学期刊外国文论译介活动的鼎盛时期。这个时期外国文论译介活动的空前繁盛从以下几方面可见一斑：

一、期刊数量。1928—1937年期间发表外国文论翻译类文章的期刊共有97种，发表外国文论评介类文章的期刊有106种；而第一个时期中，这两个数字分别为15和30。与第一个时期相比这是一个飞跃。而这97种期刊在第二个时期共刊发了翻译类外国文论共计1076篇，大大高于前后两个时期，占全部1818篇文章总数的59.2%。

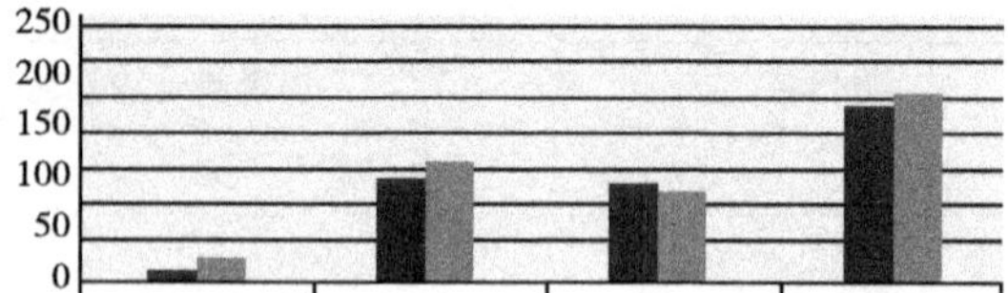

	1915—1927	1928—1937	1938—1949	总计
■ 刊登翻译类文章的期刊（种）	15	97	82	194
■ 刊登评介类文章的期刊（种）	30	106	72	208

图 9.1　三个时期刊登外国文论译介文章的期刊数量

根据刘增人等（2005：4）纂著的《中国现代文学期刊史论》，三个时期创刊的期刊数目统计如下：

1915 年 9 月—1927 年 4 月，共创刊 350 种，占 10% 左右；

1927 年 4 月—1937 年 7 月，共创刊 1186 种，占 34% 左右；

1937 年 7 月—1949 年 7 月，共创刊 1968 种，占 56% 左右[①]。

而我们根据《汇编》所得到的有关参与文论译介活动的期刊数量及译介文章篇数的增长，与刘增人等对全国文学期刊发展的总体情况是相符的。

20 世纪 30 年代正是文学期刊纷纷创刊、出刊、介绍国外文学和消息、张扬办刊人或社团主张的黄金时期。1930 年甲子社编印出版的以现代经济史料为中心的《人文月刊》是全国首创的检索刊物，据其统计，1932 年人文图书馆收到全国的杂志计 877 册，1933 年增至 1274 册，1934 年更飙升至 2086 册（王建开，2003：135）。这从另一个侧面说明了 30 年代文学期刊蓬勃发展的局面，它也为文论译

① 从上面分段数据可以看出，第三个时期由于战争全面爆发，时局动荡，文学期刊纷纷创刊又纷纷停刊或被禁，寿命十分短暂，有的甚至只出 1 期便遭停刊（刘增人等，2005：4）。于是出现了此期间内文学期刊创刊数目最多，但文论译介活动并未出现相应繁荣局面的现象。

介活动的空前繁盛提供了大环境。

这段时期文论译介活动的繁荣与文艺期刊的繁荣是密切相关的。一方面在第一个时期外国文论译介活动萌芽并稳定发展之后，此时进入了进一步向纵深发展的成熟时期；另一方面随着社会的发展、文艺期刊的繁荣、外国文学、思潮的影响进一步扩大，读者对外国文论译介的接受和需求也越来越扩大了。相对于战乱频仍的第三个时期来说，这段时间全国虽然也政局动荡，但社会毕竟相对稳定，因此也给文艺期刊和其中外国文论译介活动繁荣提供了外部环境。

二、期刊种类。这一时期外国文论译介活动向纵深发展，覆盖面更加广阔。不同作者、各种文艺流派、各种文论等都得到了进一步译介。当时的文学期刊积极介绍国外最新文论，如美国作家辛克莱的 *Mammonart* 一书发表于 1925 年，1928 年 2 月《文化批判》(《文化》) 便发表了冯乃超的节译《拜金艺术——艺术之经济学的研究》；随即《北新》又从 1928 年 4 月开始至 1929 年 8 月分 19 章连载刊登此书，译者郁达夫。同时，译介者也兼顾了关于古典作品的文论，从《论希腊悲剧》到《哥德的生活艺术》，从纪德的《论古典主义》到小泉八云的《浪漫派文学与古典派文学在风格上的关系》。

很明显，这段时期最受重视的仍然是关于俄苏文学的文论译介。1076 篇翻译类文论中，原作者国籍为苏联的，有 300 篇；而文章内容涉及苏联文学的更多，有 334 篇，占全部篇数近 1/3。其中不乏《苏俄十年间的文学论研究》(论文)(《小说月报》分 5 期连载)、《苏俄的文艺政策：关于文艺政策评议会速记录》(《奔流》分 5 期连载，鲁迅译) 这样占据期刊大量篇幅的长篇连载。评介类文章中，按涉及国别分类，也是涉及俄苏的文章最多，达 151 篇。再比如，像高尔基这样深受当时中国文学界和译介者热爱的作家，第二个时期翻译了高尔基所作的文论方面的作品 42 篇次（个别文章被两种期刊不约而同地翻译，如《论形式主义》）而以高尔基及其作品为研究对象的评介类文章达 51 篇（仅从标题看，实际可能更多），当时的中国对苏联文论的接受状况可见一斑。

由于十月革命的巨大影响，随着马列主义文艺思想在中国的传播及左翼文学思潮在中国的引进，国内五四运动爆发，工人阶级登上历史舞台，文学革命也相应发生了变化。“文学艺术方面的重建，由‘全盘西化’转为‘俄国文学热’。”（林伟民，2005：55）这种环境下，中国文学界、尤其是其中先进的革命文艺工作者对于俄苏文论的欢迎和积极引进及进一步热切学习与讨论成为十分自然的现象。

另一个值得注意的现象是，大量外国文论是翻译自日本，然而这些文论多半并不是关于日本文学本身，而是关于其他各国文学。比如上文提到的《苏俄十年间的文学论研究》就是译自日本作者冈泽秀虎。

事实上，在整个 1915—1949 年期间，译自日本的文论都是中国现代文艺期刊的文论译介活动、乃至中国现代文学界的文论译介活动的重要组成部分。“日本文论是现代中国文论的一个重要的外部来源。”（王向远，1998b：68）而译自日本的文论中，则有很大一部分内容是关于俄苏文学，尤其是俄苏作家、作品及文艺思潮论。正如张大明所言，左翼文学思潮产自苏联，但中国所输入的左翼文学思潮“基本上都是从日本转运的”（2001：478）。第二个时期的文艺期刊中文论译介情况正好可以作为佐证：这个时期内，译自日本的文论有 265 篇（数目仅次于译自俄苏），而其中内容涉及日本文学自身的仅 24 篇，不到十分之一。译自日本作者的文论篇目最多的是关于俄苏文学，共 62 篇，其次是英国文学，40 篇。与此形成佐证的是：评介类文章中涉及日本文学的也不过 54 篇，与涉及俄苏（151 篇）、英国（137 篇）的文章相比，数量上远远不及。由此也可见中国文学界对俄苏与英国文学、文论的关心程度之甚。

西方文艺思潮对中国的影响有赖于“日本之桥”的中介已是许多学者公认的（卢铁澎，2001）。这种现象一方面与当时留日学生、学者人数众多有关；另一方面，日本近现代文艺理论的发展从明治维新开始，短短百年译介了西方文艺复兴以来几百年的文艺理论成果，全面吸收和借鉴西方文艺理论而建构了基本理论体系和思维模式（王向远，1998），这一特点与中国现代文艺理论在 20 世纪上半叶的发展境况十分相似。中日相似的东方传统文化背景也使得译介自日本的文论更容易为中国文论界所接受。从现代文艺期刊的文论译介活动来看，日本也是当之无愧的“转运”俄苏及其他西方国家文论的“日本之桥”。

1928—1937 年间，外国文论翻译类文章主要译自俄、日、英、美、法、德等国家，文论内容所涉及的国家也主要是这些，但其数量比例并不一一对应。图 9.2 显示的是翻译类文论来源国与文论内容涉及最多的 6 个国家的数据对比。图 9.3 则是评介类文章涉及最多的 6 个国家。

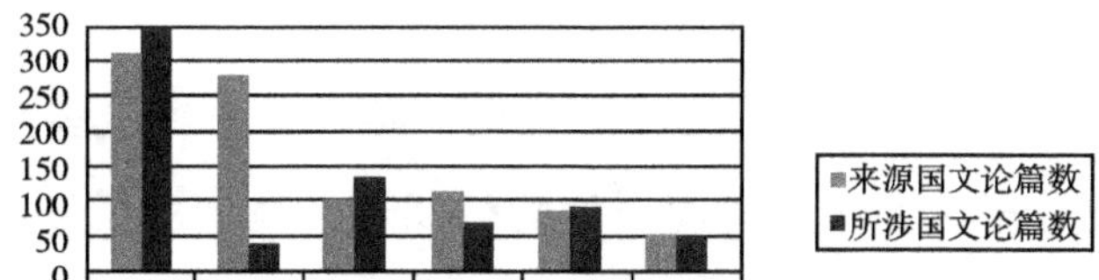

	俄苏	日本	英国	美国	法国	德国
来源国文论（篇）	300	265	92	101	73	40
所涉国文论（篇）	334	25	120	54	79	37

图 9.2　1928–1937 年间 6 国翻译类文论来源国与所涉国文章篇数对比

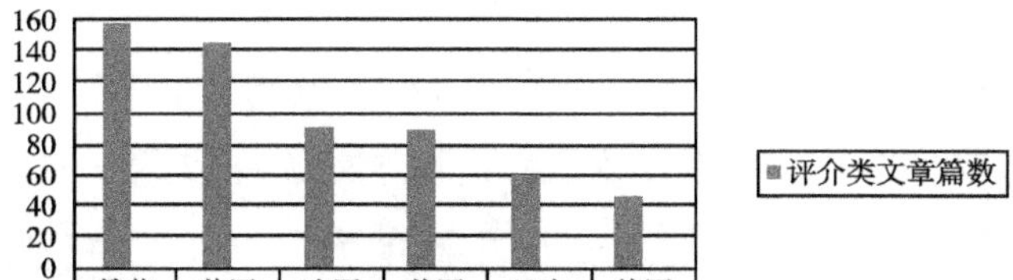

	俄苏	英国	法国	美国	日本	德国
评介类文章（篇）	151	137	83	82	54	39

图 9.3　1928–1937 年间 6 国评介类文论所涉国别

由图 9.2、图 9.3 可见，第二个时期外国文论译介的主要对象与来源除了俄苏与日本之外，还是英、美、法、德这几个发达资本主义国家。这与整个 1919—1949 年间的数据比例是一致的。

三、主要期刊。与前一个时期相比，这个时期文艺期刊中外国文论译介活动的繁荣鼎盛还表现在译介文论的主力期刊上。在外国文论翻译方面，这个时期不再是由一两种期刊独力承担大部分译介活动，而是出现了一批积极译介外国文论的文学期刊。就翻译类文论而言，从统计数据上来看，除了前一个时期里作为翻译主力的《小说月报》和《文学周报》在这个时期之初仍继续积极从事翻译活动之外，《译文》《文艺月刊》《乐群》《奔流》《东流》《文学》《朝花》《现代》《现代文学评论》《新文艺》《戏剧》等期刊的发刊时间基本上都在这个时期里，《北新》《语丝》虽创刊于第一个时期，其主要翻译活动也在这个时期。而这些期刊杂志在整个 1915—1949 年间，都是刊载翻译类外国文论的篇数最多的。

而从评介类文论的情况看来，评介类文章已经从第一个时期在《小说月报》和《文学周报》两种期刊上集中大量发表的状况转入由多种期刊较为平衡地广泛发表的状况。第一个时期中，《小说月报》与《文学周报》刊载外国文论评介类文章分别为 183 篇和 151 篇，仅这两种期刊发表的评介类文章数量就超过了第一个时期评介类文章总数的一半以上。而到了第二个时期，单种期刊发表评介类文章的篇数最多也不过 62 篇（《文艺月刊》），单种期刊发表评介类文章篇数超过 20（含 20）篇的期刊只有 10 种，但发表评介类文章的期刊总数量多达 106 种，发表评介类文章总数达 916 篇。可见，翻译类外国文论多集中发表于十几种主力期刊（其中包括《译文》这样专门刊载翻译文章的期刊），而评介类文章则分布于更多种类的文艺期刊，且文章数量比较均衡。下表是对第二个时期刊载外国文论译介文章超过 20（含 20）篇的期刊统计。

表 9.6 1928–1937 年间刊载外国文论译介文章篇数达 20 篇以上的期刊

序号	期刊名（刊物起止年月；编辑者；总期数）	1928—1937 翻译类文章（篇）	1919—1949 翻译类文章（篇）	期刊名（刊物起止年月；编辑者；总期数）	1928—1937 评介类文章（篇）	1919—1949 评介类文章（篇）
1	《文艺月刊》(包括《文艺月刊·战时特刊》)(1930.8.15—1941.11；中国文艺社（王平陵）；徐仲年等；126）	75	80	《文艺月刊》(包括《文艺月刊·战时特刊》)(1930.8.15—1941.11；中国文艺社（王平陵）；徐仲年等；126）	62	75
2	《译文》(1934.9.16—1935.9.16；1936.3.16—1936.6.16；黄源；28）	95	95	《真美善》(1927.11.1—1928.4.16 1928.5.16—1931.1.16 1931.4—1937.7；真美善杂志编辑所（曾朴、曾虚白）；54）	26	30
3	《北新》(1926.8.21—1927.10.16 1927.11.1—1930.12.1；北新书局(孙福熙、潘梓年、石民等)；124）	66	69	《读书月刊》(1930.11.1—1933.10.20；顾凤城；18）	25	25
4	《文学》(1933.7.1—1937.11.10；上海文学社；傅东华、郑振铎(黄源)、王统照；58）	28	28	《文学》(1933.7.1—1937.11.10；上海文学社；傅东华、郑振铎(黄源)、王统照；58）	53	53
5	《小说月报》(1921.1.10—1931. 12.10；沈雁冰、郑振铎（有一段由叶绍钧代)；135）	38	151	《小说月报》(1921.1.10—1931. 12.10；沈雁冰、郑振铎（有一段由叶绍钧代)；135）	42	225
6	《现代》(1932.5.1—1935.5.1；施蛰存、杜衡、汪馥泉；无总期数）	26	26	《现代》(1932.5.1—1935.5.1；施蛰存、杜衡、汪馥泉；；无总期数）	53	53
7	《奔流》(1928.6.20—1929.10.20；鲁迅、郁达夫；15）	42	42	《新月》(1928.3.10—1933.6.1 新月社（徐志摩、闻一多、潘光旦、梁实秋等)；43）	30	30

（续表）

序号	期刊名（刊物起止年月；编辑者；总期数）	1928—1937翻译类文章（篇）	1919—1949翻译类文章（篇）	期刊名（刊物起止年月；编辑者；总期数）	1928—1937评介类文章（篇）	1919—1949评介类文章（篇）
8	《语丝》（1924.11.17—1930.3.10；语丝社（孙伏园、鲁迅、柔石、李小峰）；259）	41	47	《文学周报》（1921.5.1—1929.12.22；郑振铎、沈雁冰、谢六逸、赵景深等；380）	49	200
9	《东流》（1934.8.1—1934.11.15；东京东流文艺月刊社（林焕平、陈达人）；14）	30	30	《青年界》（1931.3.10—1937.7 1946.1.10—1949.1；李小峰、石民、赵景深等；86）	25	34
10	《朝花》（1928.12.6—1929.5.16；1929.6.1—1929.9.21；鲁迅、柔石；32）	28	28	《文学季刊》（1934.1.1—1935.12.16；郑振铎、章靳以；8）	21	21
11	《乐群》（1928.10.1—1928.11.15 1929.1.1—1930.3.1 乐群半月刊编委会张资平；乐群月刊编委会（张资平，陈勺水，周毓英，洪涛，悲禅）；17）	45	45	—	—	—
12	《现代文学评论》（1931.4.10—1931.10.20；李赞华；7）	20	20	—	—	—
13	《新文艺》（1929.9.15—1930.4.15；新文艺月刊社；现代文化社；8）	20	20	—	—	—
14	《戏剧》（1929.5.25—1931.6；欧阳予倩，胡春冰；12）	23	23	—	—	—
	合计	591	796		386	746

由表9.6可见，在第二个时期内，参与文论译介活动的文学期刊种数急剧增长，不过，此种译介活动的繁荣鼎盛状况显然离不开

《译文》《文艺月刊》《北新》《语丝》等主力期刊所发挥的中流砥柱作用，因为在1928—1937年间表9.6所列的14种期刊共刊登了翻译类外国文论591篇，占这一时期翻译类文章总数的55%。

表9.6所示的发表评介类文章最多的几种期刊，如《文艺月刊》《北新》《文学》《现代》《译文》《文学周报》和《小说月报》等，同时也是发表翻译类文章的主力期刊。可见评介类文章在文艺期刊中的发表情况也并非完全均衡。以上这几种期刊在外国文论译介活动中所起的主力作用是集中而一致的。

在第一个时期的外国文论译介活动中起着绝对主导作用的文学研究会刊物《小说月报》和《文学周报》，在整个1915—1949年间，其译介文论总篇数稳居第一、第二。前者的译介篇数分别是151篇和225篇，后者的译介篇数分别是92篇和200篇。但它们的主要活动时期在第一个时期，于第二个时期之初就先后停刊（分别为1931年及1929年），因此在1928—1937年间，译介活动有所减少，尤其是翻译类。从下表9.7可以看出，《小说月报》和《文学周报》在这一期间的翻译类文论篇数分别居第7位和第22位；评介类文章篇数分别居第5位和第4位。尽管这两份刊物在此期间所发表的译介文论篇数仍然十分可观，但其他刊物所发表的外国文论译介文章篇数已然超过了它们以往的数目。此时译介总数占据前三位的已是《文艺月报》《北新》和《文学》。而《译文》杂志则以95篇的数量占据翻译类第一。

经统计，在第二个时期内，参与外国文论译介的刊物共有120种，其中刊发翻译类文章的期刊共有97种，刊发评介类文章的期刊共有106种，而同时刊发翻译类和评介类文章的期刊则有83种，占到这一时期所有参与译介的期刊总数的69%。这一高重合率恰好从一个侧面证明了当时译介的繁荣。

表 9.7　1928–1937 年间刊载外国文论译介文章的期刊与所载文章篇数

期刊名	翻译类（篇）	评介类（篇）
《文艺月刊》	75	62
《北新》	66	18
《文学》	28	53
《小说月报》	38	42
《现代》	26	53
《文学周报》	14	49
《语丝》	41	14
《乐群》	45	3
《东流》	30	15
《青年界》	16	25
《新月》	4	30
《朝花》	28	2
《现代文学评论》	20	18
《真美善》	12	26
《文学季刊》	17	21
《戏剧》(欧阳予倩、胡春冰主编)	23	11
《拓荒者》(海燕)	18	13
《新时代》	13	17
《现代文学》	16	12
《读书月刊》	3	25
《新文艺》	20	6
《光明》	19	6
《文艺科学》	14	9
《文学丛报（人民文学)》	19	3
《创造月刊》	6	15
《作家》	12	9
《东方文艺》	7	13
《海风周报》	14	6
《质文》	14	6

（续表）

期刊名	翻译类（篇）	评介类（篇）
《矛盾》	7	13
《未名》	17	1
《文艺》(胡绍轩，胡绍辑)	6	11
《宇宙风》	6	11
《中国文学》	10	7
《新诗》	13	3
《当代文艺》	6	9
《论语》	3	12
《金屋》	8	6
《现代小说》	8	6
《大众文艺》(郁达夫，夏莱蒂)	3	11
《杂文》	3	11
《文艺讲座》	7	6
《华严》	8	5
《一般》	1	11
《戏剧与文艺》	4	8
《人间世》	3	8
《夜莺》	10	1
《春潮》	6	5
《文饭小品》	7	4
《学衡》	7	3
《当代文学》	7	3
《前锋月刊》	3	7
《诗歌生活》	3	7
《春光》	7	2
《文学评论》	1	8
《文艺月报》(北平文艺月报社；张盘石，陈北鸥)	8	1

（续表）

期刊名	翻译类（篇）	评介类（篇）
《文学月报》(文学月报社姚蓬子、周起应)	6	2
《北斗》	4	4
《芒种》	4	4
《文艺杂志》	1	7
《今代文艺》	6	2
《涛声》	1	6
《文学界》	2	5
《文艺》(现代文艺研究社；周文，刘丹)	5	2
《大江》	3	4
《新演剧》	3	4
《文艺春秋》	4	3
《太阳月刊》	1	5
《南国周刊》	3	3
《文学杂志》(文学杂志社王志之、万古川、潘训、陆万美等)	4	2
《戏剧时代》	1	4
《海燕》	4	1
《现实文学》	2	3
《畸形》	3	1
《文艺风景》	2	2
《文季月刊》	2	2
《我们》	1	2
《诗歌杂志》	2	1
《新诗歌》	2	1
《熔炉》	1	1
《前锋周报》	1	1
《文化月报》	1	1
《诗歌月报》	1	1

（续表）

期刊名	翻译类（篇）	评介类（篇）
《译文》	95	—
《奔流》	42	—
《萌芽》(萌芽月刊社鲁迅主编)	13	—
《无轨列车》	5	—
《文学新地》	5	—
《引擎》	3	—
《中国文艺》(中国文艺月刊出版社，上海)	3	—
《文化批判》	2	—
《电影戏剧》	2	—
《小说家》	2	—
《山雨》	1	—
《戏剧的园地》	1	—
《文学生活》	1	—
《絜茜》	1	—
《泰东》	—	11
《中流》	—	7
《艺术》	—	6
《开展》	—	6
《小说月刊》	—	6
《逸经》	—	6
《现代评论》	—	5
《骆驼草》	—	4
《文艺茶话》	—	4
《文学杂志》(朱光潜主编)	—	4
《南国月刊》	—	3
《流沙》	—	2
《前哨·文学导报》	—	2
《艺术新闻》	—	2

（续表）

期刊名	翻译类（篇）	评介类（篇）
《太白》	—	2
《希望》	—	2
《文艺》(徐懋庸、曹聚仁)	—	2
《萌芽》(中华全国文艺协会重庆分会)	—	1
《新流月报》	—	1
《十字街头》	—	1
《世界文化》	—	1
《新小说》	—	1
《七月》	—	1
合计	1076/97	916/106

9.2.3 第三阶段（1938—1949）：低落期

1937 年抗日战争全面爆发后，中华民族面临生死存亡的危急关头；抗日战争胜利后又爆发了解放战争，国共两党从对抗到合作再到对抗，社会局势势必影响到文艺界，无论在现代文学期刊还是在期刊的外国文论译介活动上都得到反映。这一时期文学期刊创刊数量史无前例，超过前两个时期创刊杂志种数之和；但这一时期文学期刊生命大都十分短暂，往往不过一两年，甚至仅出 1、2 期，或者 3、4 期便遭停刊。虽说这是中国 20 世纪上半叶的社会现状所导致现代文学期刊普遍存在的问题（刘增人等，2005：49），但文学期刊的“短命”在第三个时期中尤为突出。

表现在外国文论译介活动上，很容易看出：第三个时期可称为现代文学期刊中外国文论译介活动的低落期。这一时期参与外国文论译介的期刊共有 95 种，其中发表外国文论翻译类文章的期刊有 82 种，与第二个时期的 97 种相比只是稍稍减少；但考虑到中国文学杂志创刊数量的大趋势上突飞猛进的增长（刘增人等，2005：4），从总体比例上说，发表外国文论翻译文章的期刊的比例下降了。发表评介类文章的刊物有 72 种，比上一个时期的 106 种则有较大幅度下降。更说明问题的则是，这个时期翻译类外国文论篇数也大为下降，共 433 篇，只相当于前一个时期的 40%；评介类文章的数量为 473 篇，也只相当于前一个时期的 52% 左右。

从具体期刊来讲，在前两个时期中，《小说月报》《文学周报》《译文》《北新》《语丝》《现代》等显然是外国文论译介的主力期刊。但在第三个时期中，这些期刊已经气势大减；《文学》《东流》等都已停刊，仅《文艺月刊》继续发行“战时特刊”，从 1939 年至 1941 年发表了 5 篇外国文论翻译文章，4 篇评介类文章。

此时，新创刊的文学杂志译介外国文论的力度也远不及前两个时期；以茅盾主编的《文艺阵地》为例：从办刊宗旨、内容和形式上，它都是茅盾主编的（或以茅盾为核心和主将的）系列文学杂志（《小说月报》《文学》）的延续，“像个缩小的《文学》”，1938 年创刊的《文艺阵地》“在烽火硝烟中支撑了六年左右”，几乎可“称为文学期刊史上的奇迹”（刘增人等，2005：46）。在第三个时期，《诗创作》和《文艺阵地》可算是刊登翻译类外国文论篇数最多的两个期刊，然而也只有 22 篇，数量上无法与前两个时期中的《小说月报》《译文》等相提并论。同时，还可以发现，这一时期期刊所载文章篇数超过 10 篇以上的也很少，翻译类仅 13 种，评介类 16 种。绝大多数刊物的译介文章发表量都在个位数。下表 9.8 便是对第三个时期中的期刊与所载译介文章篇数的统计。

表 9.8 1938–1949 年间刊载外国文论译介文章的期刊与所载文章篇数

期刊名	翻译类（篇）	评介类（篇）
《文艺先锋》	18	38
《时与潮文艺》	13	38
《文艺春秋》	2	43

（续表）

期刊名	翻译类（篇）	评介类（篇）
《诗创作》	22	11
《文艺生活》	11	20
《文艺新潮》	21	5
《文艺阵地》	22	4
《文讯》	11	12
《抗战文艺》	11	12
《艺文杂志》	7	15
《黄河》	7	14
《青年文艺》	14	5
《野草》	17	2
《小说》	4	15
《宇宙风》	7	12
《文艺知识连丛》	4	14
《文学杂志》(朱光潜主编)	2	16
《七月》	16	2
《现代文艺》	13	3
《风雨谈》	5	11
《中原》	9	6
《文学批评》	8	6
《文学新报》	4	10
《文艺杂志》	9	4
《民族文学》	2	10
《青年界》	3	9
《时代文学》	8	4
《人世间》	4	7
《文艺》(上海文艺社发行)	9	2
《文艺复兴》	3	7
《戏剧春秋》	8	2
《萌芽》(中华全国文艺协会重庆分会)	5	4

（续表）

期刊名	翻译类（篇）	评介类（篇）
《文艺月报》(延安文艺月会；舒群、萧军等)	6	3
《笔阵》	4	5
《文学战线》	6	3
《艺丛》	5	3
《大众文艺丛刊》	3	4
《文哨》	5	2
《文联》	2	5
《文艺大众》	1	6
《诗创造》	1	5
《文艺月报》(天蓝、吴伯箫等)	4	1
《谷雨》	4	1
《文学创作》	2	3
《鲁迅风》	2	3
《文艺新闻》	3	2
《论语》	1	3
《希望》	1	3
《奔流文艺丛刊》	2	1
《诗文学》	2	1
《东北文艺》	2	1
《宇宙风乙刊》	2	1
《文章》	2	1
《文坛月报》	1	2
《五十年代》	1	2
《北方文化》	1	2
《中国文艺》(延安文抗分会)	1	1
《文艺月刊·战时特刊》	5	4
《大众文艺》(大众文艺丛刊社周文主编，延安文抗分会出版发行)	4	4

（续表）

期刊名	翻译类（篇）	评介类（篇）
《清明》	4	—
《新演剧》	4	—
《戏剧与文学》	4	—
《中国文化》	4	—
《文学月报》(文学月报社罗荪，读书生活出版社发行)	15	—
《新文学》	3	—
《戏剧时代》(洪深、吴祖光等)	3	—
《自由中国》	3	—
《戏剧岗位》	3	—
《群众文艺》	2	—
《战地》	2	—
《新中国文艺丛刊》	2	—
《华北文艺》(华北文艺界协会编辑部)	2	—
《笔谈》	1	—
《战时文艺》	1	—
《天下文章》	1	—
《高原》	1	—
《长城》	1	—
《呼吸》	1	—
《文艺丛刊》	1	—
《文艺突击》	1	—
《西线文艺》	1	—
《华北文艺》(晋察冀华北文艺社)	1	—
《文艺月刊》(中国文艺社王平陵)	—	9
《战国策》	—	6
《文坛》	—	4
《中国作家》	—	4
《万象》	—	3

（续表）

期刊名	翻译类（篇）	评介类（篇）
《大公报》	—	3
《当代文艺》	—	2
《文艺工作》	—	2
《微波》	—	1
《人民文艺》	—	1
《白山》	—	1
《呼吸》	—	1
《野草文从》	—	1
合计	433/82	473/72

从上表 9.8 可见，1915—1949 年间发表翻译类外国文论篇数最多的 20 种期刊中，仅有 3 种的出刊时间是在最后一个时期：即《诗创作》《文艺阵地》和《文艺新潮》。至于评介类方面，发表文章篇数超过 20（含 20）篇的期刊也仅有 4 种——《文艺春秋》《文艺先锋》《时与潮文艺》和《文艺生活》。这个时期发表外国文论评介类文章的期刊数量比前一个时期有大幅下降。如前所述，评介类文章在各文艺期刊发表的情况相对比较平均，因此发表评介类文章的期刊数量的下降与这个时期评介类文章发表总数的下降是直接相关的。

这个时期的另一个特点是，俄苏仍然是译介者最关注的译介文章来源和对象；而且随着马克思主义文艺理论和无产阶级文艺理论在中国接受度的提高，作为其主要来源和途径的俄苏的重要性和关注度甚至比前两个时期更甚。译自俄苏作者和文章内容涉及俄苏的文论翻译篇数分别为 161 篇和 197 篇（见图 9.4），分别占这个时期翻译文章总篇数的 37% 和 46%；比第二个时期的这个数字 28% 和 31% 有所增长。外国文论评介类文章也呈现出相似的情况：这个时期文章内容涉及俄苏的评介类文章数量为 105 篇（见图 9.5），占这个时期评介类文章总篇数的 22%；比第二个时期的 16% 也有所增长。

可见尽管绝对数量上翻译篇数比前一个时期少了，译自俄苏作者和文章内容涉及俄苏的文论翻译和评介类文章在这一时期整个文论译介活动中的比重却是增加了。

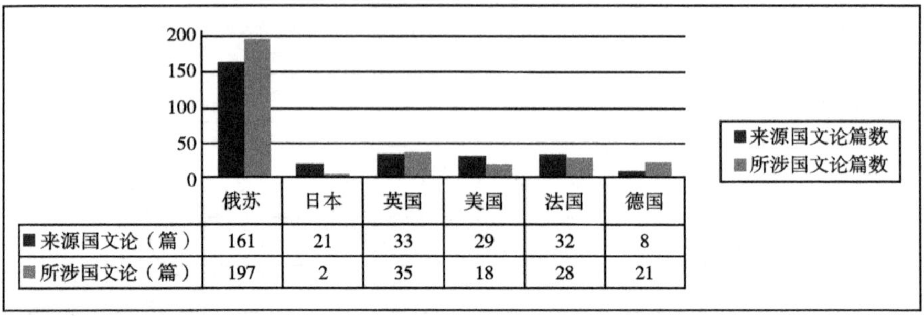

	俄苏	日本	英国	美国	法国	德国
■来源国文论（篇）	161	21	33	29	32	8
■所涉国文论（篇）	197	2	35	18	28	21

图 9.4　1938–1949 年间 6 国翻译类文论来源国与所涉国文章篇数对比

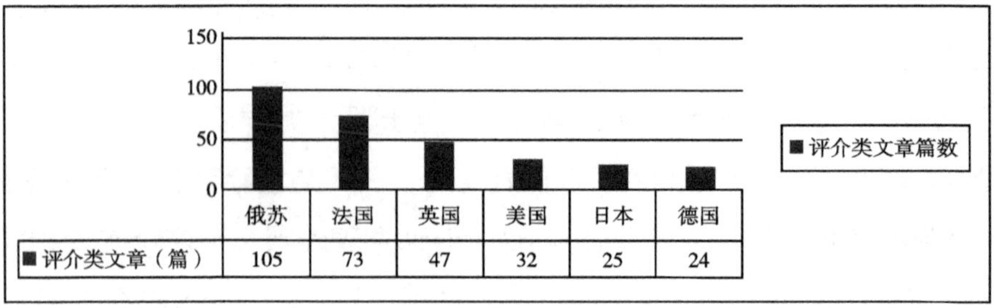

	俄苏	法国	英国	美国	日本	德国
■评介类文章（篇）	105	73	47	32	25	24

图 9.5　1938–1949 年间 6 国评介类文论所涉国别

与俄苏情况正相反，译自日本作者的文论翻译篇数大大减少了。433 篇文论中仅有 21 篇译自日本作者，不到 5%；这与前一个时期中译自日本的文论占文论翻译总篇数 25% 的数字相比，落差相当大。由此可见抗日战争对外国文论翻译活动的影响。

第三个时期中外国文论评介类文章的一个新情况是，法国取代英国成为外国文论译介者关注度仅次于俄苏的国家（见图 9.5）。文章内容涉及法国的评介类文章数量为 73 篇，仅次于俄苏，占这个时期评介类文章总篇数的 15%；而第二个时期这个数字仅为 9%。

9.3 结语

以上是从期刊数量、文章来源国和文章涉及国等方面，对1915—1949年间中国现代文学期刊译介外国文论活动所进行的简要描述。

20世纪上半叶外国文论的译介情况应当是研究中国现代文学研究所不能回避的重要组成部分。从王国维批评文艺引用西洋文学家的话，陈独秀作《现代欧洲文艺史谭》(《新青年》第一卷第3期)，断定今后中国文艺当趋向写实主义（陈子展，1929/2000：98），都可见外来文学对中国现代文学乃至思想的刺激，从一开始就不仅仅是文学作品之功，文学理论、文学批评也是其不可分割的一部分。而以现代文学期刊为依托的外国文论译介活动在中国翻译史上则堪称独具特色的景观，值得中国现代文学研究者进行更加全面与深入的研究。

参考文献

陈子展.中国近代文学之变迁：最近三十年中国文学史[M].上海：上海古籍出版社，1929/2000.

林伟民.中国左翼文学思潮[M].上海：华东师范大学出版社，2005.

刘增人等编著.中国现代文学期刊史论[M].北京：新华出版社，2005.

卢铁澎.欧美文学主流[M].北京：中国广播电视出版社，2001.

唐沅等编.中国现代文学期刊目录汇编（上、下）[Z].天津：天津人民出版社，1988.

王建开."五四"以来我国英美文学作品译介史（1919—1949）[M].上海：上海外语教育出版社，2003.

王向远.中国现代文艺理论和日本文艺理论[J],《北京师范大学学报（社会科学版)》，1998（4）：68~75.

徐鹏绪、赵连昌.中国现代文学目录类型论略[J].《鲁迅研究月刊》，2007（5）：35~40.

张大明编著.西方文学思潮在现代中国的传播史[M].成都：四川教育出版社，2001.

第十章

中国现代文学期刊中外国文论译介对中国现代文学与理论的影响

“中国的现代化进程在一定程度上即是与西方认同的过程，媒介首先是译介。”（张生祥，2005：111~118）中国现代文论的发生与发展，也不例外。前述各章根据《汇编》而对外国文论在中国现代文学期刊中的译介描述，就是从一个侧面反映了中国文学与理论在从传统迈向现代的过程中，译介所发挥的催生作用。不过，回顾我国在1915—1949年间现代文学期刊中的外国文论译介史，可以发现，译介高潮的到来实际上与自晚清以后中国社会所出现的三种现象，或曰物质基础是密切相关的。它们是当时大量的留学生、蓬勃滋生的公共舆论——报刊，及以众多学会、社团为代表的公共空间。“五四”以来的译介高潮就是以这三个物质条件为基础的（马永强，2003）。

10.1　外国文论在现代中国译介的物质基础

10.1.1 留学生：外国文论译介的主体

首先，留学生作为中国近现代新知识群体的一支重要力量，成为承载中西文化的载体。这一载体的"迁徙、互动，带动文化从一个区域向另一个区域的传播"；"他们既以'知'的权利主体出现，是异域文化的受传者，留学归国又以传播异域文化的主体登场"。（马永强，2003：83）在中国近现代文化交流史中，留学生的这二种主体身份，成为西方文论在中国的译介最重要的物质保障。

在第一章的表1.8中，我们对翻译和评介文章超过15篇（含15篇）的35位译介者进行过统计。在这些译介者中，除了赵景深、樊仲云、傅东华、冯雪峰、胡春冰、胡仲持、李兰、郁达夫、陈瘦竹、戈宝权、李霁野、赵家璧和钱杏邨这13位译介者外，其他人均有留学或旅居海外的经历。其中又以留学日本的居多，有鲁迅、周作人、郭沫若、韩侍桁、陈勺水（陈启修）、穆木天、林焕平、汪馥泉、张香山、楼适夷、谢六逸、沈起予、胡风、徐霞村；旅居日本的有沈雁冰；留学法国的有戴望舒、焦菊隐；留学美国的有梁实秋、林语堂；留学俄国的有耿济之。郑振铎则有旅居英法的经历。

从当时的文学社团成员看，创造社成员大部分都有留日经历，如郭沫若、郁达夫、成仿吾、张资平、田汉（田寿昌）、穆木天、徐祖正、陶晶孙、何畏、李初梨、郑伯奇、冯乃超、彭康、王独清、朱镜我等。而在新文学运动中"承接西学的文化保守主义"的学衡派成员如胡先骕、梅光迪、吴宓等，以及因对民族文化的危机意识而提倡古典主义、主张现代格律诗派的新月派同人如闻一多、朱湘、梁实秋、孙大雨等人，则都有留学美国的经历（俞兆平，2006：293~314）。这些留学海外的经历为他们学习、接受和传播外国文论提供了最直接的机缘。

以发起未名社的鲁迅为例。他译介的重点主要是日本和俄苏文论。在他的译介文章总数中，评介类文章只有4篇，但翻译类文章却有52篇，是1949年之前所有外国文论译介者中翻译文章篇数最多的一位。在他52篇翻译类文章中，有25篇译自日本，21篇译自俄苏，其他5篇译自德国，1篇译自捷克。根据《汇编》，鲁迅最早的译文是署名唐俟、译自捷克微拉绥克的《近代捷克文学概观》一文，刊登在《小说月报》1921年10月第12卷10期上，而译自高尔基的《俄罗斯的童话》系列文章的最后一篇则可能也是他最后的一篇翻译类文论，刊登在《译文》1935年4月第2卷2期上。

在他译自日语的25篇文章中，既有介绍世界文艺的概论文章，如千叶龟雄的《一九二八年世界文艺界概观》(《朝花》，1928年10月13日至1929年1月24日第2~8期)，也有介绍文艺理论的文章，如山岸光宣的《表现主义的诸相》(《朝花》，1929年6月21日第1卷3期)、金子筑水的《新时代与文艺》(1925年7月第14期)、厨川白村的《东西之自然诗观》(1926年1月第2期)、武者小路实笃的《论诗》(1926年6月第12期)、升曙梦的《无产阶级诗人和农民诗人》(1926年11月第21期)，又有涉及不同国家如西班牙、挪威、俄国、爱尔兰、法国等国的文学家及作品的评论，比如厨川白村的《西班牙剧坛的将星》(《小说月报》，1925年1月第16卷1期)、中泽临川、生田长江合著的《罗兰的真勇主义》(1926年4月第7、8期合刊)、有岛武郎的《伊孛生的工作态度》(易卜生)(《奔流》，1928年8月20日第1卷3期)、黑田辰男的《关于绥蒙诺夫及其代表作〈饥饿〉》(《北新》，1928年10月第2卷23期)、片上伸的《北欧文学的原野》(《大江》，1928年11月15日第2期)、野口米次郎的《爱尔兰文学之回顾》(《奔流》，1929年6月20日第2卷2期)、立野信之的《果戈理私观》(《译文》，1934年9月第1卷1期）和石川涌的《说述自己的纪德》(《译文》，1934年10月第1卷2期)，等等。

而鲁迅译自俄语的21篇文章则主要选择卢纳察尔斯基（A. Lunacharski，1875—1933）、罗迦契夫斯基（Lvov-Rogachevski，1874—1930）、高尔基（Maxim Gorky，1868—1936），以及关于俄苏文艺政策的文章。他发表译文最多的期刊主要是《莽原》《朝花》《奔流》《语丝》《小说月报》和《译文》。

再以文学研究会发起人之一沈雁冰为例。根据《汇编》，从1920年7月在《解放与改造》第2卷13期上发表《巴比塞的小说〈名誉十字架〉》开始，到1946年10月在《文艺春秋》第3卷4期上发表《谈苏联战时文艺作品》止，沈雁冰在这期间共有142篇译介文章问世，其中翻译类有40篇，评介类有102篇，是我国外国文论译介者中撰写评介文章最多的一位。从文论类别看，沈雁冰的译介文章既有小说、戏剧、诗歌的作家作品论，也有文学史论和纯文学理论文章，但以作家作品和国别文学史介绍居多。

在40篇翻译类文章中，沈雁冰主要介绍的是奥地利、巴西、丹麦、德国、俄国、荷兰、南斯拉夫和挪威的文学史或文学现状，此外，还介绍了英国戏剧家萧伯纳、浪漫诗人柯勒律治和俄国诗人普希金。但实际上，他最重要的作品应该是他在《小说世界》上连载26期的译文《欧洲最近文艺思潮》(1924年1—7月第5卷4期~第7卷4期)。

而他所撰写的102篇评介文章，则涉及的国家和地区更多（详见表10.1），其中包括欧洲的俄国、英国、奥地利、德国、法国、西班牙、希腊、意大利、匈牙利、丹麦、挪威、捷克、波兰、南斯拉夫、冰岛、芬兰、荷兰和瑞士；南美洲的巴西、乌拉圭和秘鲁；北美洲的美国；以及印度和埃及。此外，还有标题中包含“世界”“欧洲”“犹太”“北欧”等字样的文章，如他与郑振铎合著的系列文章《现代世界文学者略传》，分5期载于《小说月报》1924年1—5月第15卷1~5期。这些文章分别述及法国、匈牙利、犹太、南斯拉夫、波兰和捷克的36位小说家和剧作家。同时，沈雁冰自己也写了《现代德奥文学者传略》两篇，刊登在《小说月报》1925年1月第16卷1期和1925年7月第16卷7期。

表 10.1　沈雁冰译介文章所涉国别、地区统计

文章所涉国别、地区	翻译类（篇）	评介类（篇）	合计（篇）
俄苏	2	14	16
法国	—	12	12
西班牙	—	5	5
德国	2	5	7
匈牙利	—	7（含复计 1 篇）	6
挪威	1	5	6
英国	3	5	8
埃及	—	3	3
波兰	—	3	3
希腊	—	3	3
捷克	—	2	2
奥地利	1	2（此 2 篇为复计）	1
瑞士	—	1（此篇为复计）	—
丹麦	1	1	2
意大利	—	2（含复计 1 篇）	1
秘鲁	—	1	1
美国	—	1	1
印度	—	1（此篇为复计）	—
乌拉圭	—	1（此篇为复计）	—
巴西	1	—	1
芬兰	1	—	1
荷兰	1	—	1
南斯拉夫	1	1（此篇为复计）	1
犹太	—	2	2
欧洲	26	3（含复计 1 篇）	28
北欧	—	2（含复计 1 篇）	1
东欧	—	1	1

（续表）

文章所涉国别、地区	翻译类（篇）	评介类（篇）	合计（篇）
世界	—	3	3
—	40	76	116

在大量译介各国现实主义文学的同时，沈雁冰还撰写了26篇理论文章，充分阐释他所理解的文学和人生的关系，坚定了文学研究会“为人生”的文学立场。在这些理论性文章中，比较重要的有《小说月报》所刊载的《新文学研究者的责任与努力》(《小说月报》，1921年2月第12卷2期)、《文学与政治社会》(1922年9月第13卷9期)，和《文学周报》所刊载的文章，如《写实小说之流弊？》(1922年11月第54期）和《论无产阶级艺术》等。《论无产阶级艺术》这篇长文是分4期，载于1925年5月第172、173、175期和1925年10月第195期。文中，沈雁冰称高尔基“是第一个把无产阶级灵魂的伟大无伪饰无夸张的表现出来，第一个把无产阶级所负的巨大的使命明白地指出来给全世界人看……”。据沈雁冰回忆，当时写此文的意图“是起于一九二四年邓中夏、恽代英和沈泽民提出了革命文学口号之后，就考虑写一篇以苏联的文学为借鉴的论述无产阶级革命文学的文章，既可对无产阶级艺术各方面试作一番探讨，也可借以清理过去自己的文艺思想。”(转引自田仲济，1982：32）沈雁冰的文章大多刊载于《小说月报》《小说世界》《文学周刊》《文学》《译文》《新青年》《解放与改造》《语丝》《笔阵》《文艺春秋》《作家》等。

应该说这些有着留学或旅居海外经历的译介者们，利用自己得天独厚的条件，通过积极译介和竭力倡导，为中国新文化运动输入了亟须的理论依托和知识基础。

10.1.2 “公共舆论”和“公共空间”

作为“公共舆论”的报刊和期刊，“除大量刊载文学创作外，还承担着输入域外文学的重任。它对文学生态的变革，对新的艺术技巧、文艺观的传播，已开始影响、改变文学的生存方式，左右文学的发展走向。”（马永强，2003：125）同时，众多文学社团、学会的存在，形成了极有利于文学传播的公共空间。据统计，从1921年到1923年，中国出现大小文学社团40余个，出版文艺刊物50多种。到1925年，文学社团和文艺刊物激增至100多个。这种文学现象，是“五四”新文学运动和外国文艺思潮译介的双重作用的结果。可以说，“外国文艺思潮促进了新文学社团的蜂起，而文学社团又进一步助长了外国文艺思潮的涌入，两者相辅相成。”（许怀中，1997：338）茅盾在《中国新文学大系第三集·小说一集》（1935年）导言中也指出，五四时期是青年团体和文艺期刊蓬勃滋生的时代，仅1922年到1925年3年时间，就有不下100种文学团体和刊物成立或出版。可以说，自晚清以来，在中国社会由报刊、出版、社团等形成的“公共舆论”和“公共空间”，“不但是传播异域文化并使之与传统文化碰撞的媒介，而且是影响近[现]代社会变革和文学发展的主要载体和力量。”（马永强，2003：132）从文论译介的角度看，西方文论的广泛传播也是在引入全新的文学理念和批评价值体系的同时，激发了公众对传统文学和批评体系的反思、批判，甚至改造。“由‘公共舆论’和‘公共空间’操纵的这一传媒力量解构着传统，从而带动了包括文学艺术在内的一次次变革和创新。因此，把‘公共空间’和‘公共舆论’理解为近现代文学变革的策源地，一点也不过分”（马永强，2003：132）。

以译介外国文论最为活跃、最为积极的文学研究会为例。根据有关资料和研究，如赵景深的《现代文人剪影》（2009年）和石曙萍的《知识分子的岗位和追求——文学研究会研究》(2006)等，一般认为，可以确定为文研会成员的至少有170多人。但我们根据对《汇编》资料进行梳理之后，发现文学研究会同仁在1921年1月4日文研会成立至1932年《小说月报》停刊之间的十余年时间内，共发表了外国文论翻译类文章232篇和评介类文章305篇。参与外国文论译介的成员，翻译者有27人，评介者有51人（见下表10.2），其中同时进行翻译和评介的有20人。

表10.2 文研会成员及其译介文章篇数

文研会成员	翻译类(篇)	评介类(篇)	合计
樊仲云	42	20	62
傅东华	28	6	34
赵景深	26	42	68
谢六逸	8	20	28
耿济之	7	6	13
徐霞村	6	7	13
欧阳予倩	6	6	12
陈望道	10	1	11
沈泽民	7	3	10
汪馥泉	7	3	10
周作人	2	8	10
王统照	1	8	9
夏丏尊	4	2	6
胡愈之	2	4	6
张闻天	2	4	6
孙俍工	3	2	5
李之常	1	3	4
金满成	1	3	4
滕固	1	3	4
汤澄波	1（此为复计）	1	1

（续表）

文研会成员	翻译类（篇）	评介类（篇）	合计
沈雁冰	36	—	36
冯雪峰	26	—	26
朱自清	2	—	2
叶启芳	2	—	2
黎烈文	1	—	1
胡天月	1	—	1
金兆梓	2（此为复计）	—	—
郑振铎	—	76	76
瞿世英	—	5	5
朱自清	—	9（含复计 2 篇）	7
刘延陵	—	6	6
俞平伯	—	5	5
徐志摩	—	5	5
唐性天	—	4	4
胡哲谋	—	4	4
严既澄	—	4	4
徐调孚	—	4	4
李青崖	—	3	3
许地山	—	3	3
胡仲持	—	2	2
李健吾	—	2	2
王伯祥	—	2	2
郭绍虞	—	2	2
叶圣陶	—	2	2
瞿秋白	—	2	2
宓汝卓	—	2	2
熊佛西	—	2	2
许杰	—	1	1

（续表）

文研会成员	翻译类（篇）	评介类（篇）	合计
顾仲彝	—	1	1
李金发	—	1	1
梁宗岱	—	1	1
朱湘	—	1	1
王任叔	—	1	1
甘乃光	—	1	1
丰子恺	—	1	1
陈醉云	—	1	1
汪仲贤	—	1	1
余祥森	—	1	1
合计	232	305	537

据不完全统计，文研会成员中留学日本的有周作人、沈雁冰、夏丏尊、汪馥泉、欧阳予倩、孙俍工；留学英国的有王统照、许地山、朱自清、徐志摩；留学美国的有瞿世英、朱湘、李之长、刘延陵；留学法国的有胡愈之、李金发、梁宗岱、戴望舒、李健吾、徐霞村、黎烈文；以及留学俄国的耿济之、留学比利时的李青崖，等等。

文研会成员所译介的外国文论，从文论类别统计看，其译介也是全方位的，当然其中也有所侧重（见表 10.3）。如在翻译类文章中，有关文学理论的文章最多，为 125 篇，超过该类总数的一半以上，而其他文类，如小说文论和诗歌文论的翻译文章则相对较少，文学史论和戏剧文论译介最少，各仅有 14 篇。相比之下，305 篇评介类文章在文学理论、小说文论和诗歌文论这三方面比较均衡，都有七八十篇，而戏剧文论则篇数最少，仅有 21 篇。

表 10.3 按文研会成员所译介的外国文论类别统计的数据

文论类别	翻译类（篇）	评介类（篇）	合计（篇）
文学理论	125	74	199
小说文论	49	84	133
诗歌文论	30	77	107
文学史论	14	49	63
戏剧文论	14	21	35
合计	232	305	537

这一数据显示，文研会成员对外国文学理论和小说文论译介给予了最大的投入。事实上，在文研会时期，其成员除了翻译单篇外国文学理论的文章外，最主要的贡献之一就是选择翻译了大量有关文学理论、外国文艺思潮、文学批评、文艺创作理论和无产阶级文学理论等的长篇专文，在《小说月报》《文学周报》和其他各期刊上连载发表。其中最积极的翻译者除了前面已经提到的沈雁冰外，还有樊仲云、陈望道、傅东华等。

由樊仲云翻译的文学理论文章发表在《文学周报》上的就有4篇，包括松村武雄的《研究资料——精神分析学与文艺》(连载10期，1922—1923年第57~62、第64、第66、68、71期)、厨川白村的《文艺思潮论》(连载16期，1923—1924年第102~115、第119~120期）和《文艺创作论》(连载3期，1924年第128—129、第138期）和脱洛斯基的《论无产阶级的文化与艺术》(连载3期，1926年第216~217、第219期)。由陈望道（陈雪帆）翻译的多篇外国文学理论文章也在不同文学期刊上连载，如冈泽秀虎的连载文章《苏俄十年间的文学论研究》(连载两期，《小说月报》，1929年3、5—6、8月第20卷3、5~6、8期)、德国李卜克纳希的《艺术底研究》(连载两期，《北新》，1930年10月第4卷17~18期)、匈牙利I.Matsa（玛察）的《现代欧洲艺术及文学底诸流派》(连载两期，《奔流》，1929年8月、

12月第2卷4、5期）和俄苏V. 弗理契（佛理契）的《艺术社会学之任务及诸问题》(连载两期，《萌芽》(《新地》)，1930年1—2月第1卷1~2期)。傅东华则主要在《小说月报》上连载发表他所翻译的美国蒲克的《社会的文学批评论》(分4期载于1925年第16卷6~7、10~11期)，以及他译自美国莫尔顿的《文学之近代研究》(分5期载于1926年第17卷1~3、5、8期）和《文学进化论》(连载4期，1927年第18卷2、4~5、8期)。上述所有这些文章为中国文坛了解欧洲文艺流派、文学批评与研究、文学纯理论观念起到了无比珍贵的启蒙作用。

在74篇外国文学理论评介类文章中，除了涉及国别文学理论的评介文章外，其他则更多地表现出评介者对西方文论的诠释和对其在中国语境中的运用。这些文章都有浓厚的西方文论的底蕴，却又被评介者融入了对中国文学的思考。如《小说月报》所刊载的郑振铎的《文学的统一观》(1922年8月第13卷8期）和《文学周报》所刊载的郑振铎的《文学的定义》(1921年5月第1期)、佩弦（朱自清）的《文学的美》(1925年3月第166期)、许杰的《文艺与社会》(1928年1月第297期)、赵景深的《文学的艺术的表现论》(1923年6月第77期)，以及丏尊（夏丏尊）的《艺术与现实》(《一般》，1927年1月第2卷1号）等，无不反映出评介者通过西方文论的视角重新定义文学、探讨文学本质和功能的努力。

在小说文论方面，文研会同仁在译介各国小说家及小说作品的同时，也注重对小说理论及创作理论的译介。比如樊仲云在《文学周报》上发表了译自西班牙鲍罗耶的《小说的创作》(1925年9月第1卷2~3期)；谢六逸在《现代文学》上发表了译自日本片冈铁兵的4篇连载文章《新兴小说的创作理论》(1930年8—11月第1卷2~5期)。但在更早时候，谢六逸已在《小说月报》上连载7篇发表评介文章——《西洋小说发达史》(1922年1—3、5—7、11月第13卷1~3、5~7、11期)。这些文章实际上是谢六逸参照日本作者中村星湖的讲义编写而成，以各种文艺思潮，如浪漫主义、自然主义等为主线，简述欧洲小说的发展史，并于1923年由上海商务印书馆结集出版。《小说月报》在1922年7—9月第13卷7~9期上还刊登过瞿世英的连载文章《小说的研究》。这一时期，《小说月报》和《文学周报》上对小说的创作似乎也比较关心，因此，都刊登过这方面的文章，如金满成的《创作的意义》(《文学周报》，1925年11月第200期)、孙俍工的《小说创作与作者》(《小说月报》，1923年10月第14卷10期太戈尔号（下))、谢六逸的《小说作法》(《文学周报》，1921年10月第16期）和宓汝卓的《小说的“做”的问题》(《文学周报》，1922年7月第42~43期)。

《小说月报》和《文学周报》作为文研会的主要刊物，自然是其成员发表文章的主要园地。根据《汇编》统计，在1915—1949年期间，《小说月报》和《文学周报》发表文研会成员的译介文章分别为80篇和139篇，60篇和106篇。不但如此，其成员的译介文章还可见于其他多种文学期刊，如《北新》《语丝》《现代文学》《现代文学评论》和《奔流》等，如表10.4所示。经统计，刊登过文研会成员翻译类文章的刊物共有26种，刊登评介类文章的刊物共有23种，其中有14种刊物同时刊登文研会成员的翻译类和评介类文章。

表10.4　刊载文研会成员译介文章的期刊及文章篇数

期刊名称	翻译类（篇）	评介类（篇）	合计（篇）
《小说月报》	80	139	219
《文学周报》(《文学旬刊》；《文学》)	61	106	167
《北新》	5	8	13
《语丝》	5	6	11
《现代文学》	9	1	10
《戏剧》(欧阳予倩、胡春冰主编)	3	7	10
《戏剧》(民众戏剧社)	3	2	5

（续表）

期刊名称	翻译类（篇）	评介类（篇）	合计（篇）
《新文艺》	4	1	5
《现代文学评论》	4	1	5
《曙光》	1	2	3
《大江》	1	1	2
《文艺月刊》	1	1	2
《青年界》	1	1	2
《当代文艺》	1	1	2
《小说世界》	26	-	26
《奔流》	5	-	5
《无轨列车》	3	-	3
《文艺讲座》	2	-	2
《前锋月刊》	2	-	2
《萌芽》(萌芽月刊社鲁迅)	6	-	6
《朝花》	4	-	4
《金屋》	1	-	1
《莽原》	1	-	1
《拓荒者》	1	-	1
《引擎》	1	-	1
《北斗》	1	-	1
《诗》	-	9	9
《一般》	-	8	8
《新月》	-	2	2
《解放与改造》(《改造》)	-	2	2
《新青年》	-	1	1
《新潮》	-	1	1
《现代小说》	-	1	1
《熔炉》	-	1	1
《戏剧与文艺》	-	3	3
合计	232/26	305/23	537

从文研会成员所著、所译的文章可见，他们通过自己的译介，实践着“研究介绍世界文学、整理中国旧文学、创造新文学”的文学主张；而且，其创作实践和文学主张均明显地表现出现实主义倾向。文研会刊物《小说月报》所刊行的多种号外、专号或专辑，如“俄国文学研究”（1921 年 9 月第 12 卷号外）、“被损害民族的文学号”（1921 年 10 月第 12 卷 10 号）、“泰戈尔号”（上、下）（1923 年 9—10 月第 14 卷 9~10 号）、“法国文学研究”（1924 年 4 月第 15 卷号外）、“拜伦专辑”（1924 年 4 月第 15 卷 4 号）、“安徒生号”（上、下）（1925 年 8—9 月第 16 卷 8~9 号）、“现代世界文学号”（上、下）（1929 年 7—8 月第 20 卷 7~8 号）等，无不证明文研会在介绍代表外国的现实主义和积极浪漫主义文学方面所做的积极努力。

总之，由于有了留学生作为译介主体、文学报刊作为“公共舆论”和文学社团作为公共空间的三者合一的效力，本来是以“鱼贯式”历时性地出现在西方文坛的外国文学思潮和文学创作流派，却在 20 世纪初“雁行式”地传入中国，对中国文学发生了共时性的综合影响（龙泉明，1998：81）。但是，在这“雁行式”的输入模式之下，有些外国文论是以“同步态”，有些则以“错位态”进入中国（陈思和，转引自黄修己，1994：124）。也正是通过这“同步”和“错位”并重的译介，中国文坛才在短短几十年内即看到了一个全方位的、古今时空交错的世界文学大格局。但即便是处于这样一种兼容并包的译介状态之下，各种外来文论，在中国的译介及其所产生的影响也是不可同日而语的。比如小说文论是当时文学期刊译介的重点之一，论及外国众多作家及作品，但被译介最多的也就是现实主义作家，其中译介量非常突出的有高尔基、托尔斯泰、罗曼·罗兰、纪德；在诗歌文论译介中则主要关注了浪漫主义诗人如拜伦、惠特曼、普希金、歌德；在戏剧文论译介中莎士比亚、萧伯纳、奥尼尔、易卜生则是主角。

而在外国文学理论的译介中，比如现代主义、新批评理论、马列文论，尤其俄苏文艺理论，都是在“同位态”状态下进入中国的。但是，对前二者的译介，大大少于马列文论和俄苏文艺理论的译介。事实上，正如宋剑华所指出的，从鲁迅的《狂人日记》开始，中国作家就曾在小说、诗歌、戏剧等方面尝试着接近现代主义文学，但是，“这些文学现象并没有构成20世纪中国文学发展的主流，也根本代表不了百年中国文学的全貌。”（宋剑华，1998：78）到了上个世纪30年代，一方面，我们仍然可以看见赵景深在《现代文学》1930年7月第1卷1期创刊号的“编辑后记”中这样的声明：

说实话，我们自己还是在继续地研究文学，对于欧洲文学的诸流派，都还在竭力的探求，一面固然是在很惭愧的编杂志，一面也是在学习。我们想由时间的累积，获得一切文学上的新的知识，我们想遍尝一切新鲜的‘异味’。无论普罗文学，新写实主义，新感觉派，……只要是‘现代的’，我们都想知道，甚至是古代的，也想知道一些。

但是，这样一种愿望在左翼思潮日渐强盛的30年代中期以后，很快被边缘化了，马列文论和俄苏文论很快从那时起开始占据主导地位，并对中国的文学创作和文学理论产生了巨大而持久的影响。而与此同时，处在‘错位态’译介状况的古典主义、浪漫主义、自然主义、现实主义等文论，对中国现代文学的影响，主要在于对作家作品的创作方面。其中只有现实主义文学理论，“因为与中国本土的务实传统以及迫在眉睫的现实局势紧密相关”而受到特殊青睐。而且，在现代中国，通过“错位”译介进入中国的现实主义文学理论并不是孤立地存在，而是与“同步”译介的马克思主义相互依存、同步发展：“现实主义文学依附于马克思主义的深远影响成为中国新文学的主潮；马克思主义也通过现实主义的文学来实行它对文学的指导。”（陈思和，1987：72~73，转引自王丽丽，2003：2）当然，这种“同步”与“错位”译介的联姻，也完全可以看作是中国文学与中国政治的联姻，因为中国文学自“五四”以后受到了政治理性的强力支配，阶级性、意识形态成为了文学的本质，文学成了政治的附庸（杨春时，1998：105）。这一切说明，“一切外来思潮或文艺进入中国社会，都曾按照中国社会的需要受到筛选和改造。”（乐黛云，1987/1994：289）。

在“五四”前后至1949年外国文论的译介过程中，国内文坛始终存在着这样一个局面，即以留学生为主的译介主体与当时的文学社团、文学刊物在政治理想、文学观念、审美情趣、创作技法等多个层面都是相互交错、多元并存的。在中国现代文学史上那些令人耳熟能详的名字，如大力推动思想革命、又发起文学革命的先驱者陈独秀、胡适、傅斯年、欧阳予倩；主张“为人生而艺术”的文研会主将沈雁冰、郑振铎、赵景深、傅东华、谢六逸等；坚持俄苏马列文论的周扬、冯雪峰、鲁迅、胡风等；追求唯美主义的梁实秋、徐志摩等；热衷浪漫主义、“为艺术而艺术”的早期郭沫若、郁达夫、成仿吾等；崇尚闲适与性灵文学的林语堂、周作人；引进现代主义思潮、推崇现代意识的施蛰存、戴望舒、卞之琳、穆时英等；所谓的“自由人”或“第三种人”如苏汶、胡秋原；甚至后来沦为汉奸的陶晶孙、樊仲云、张资平、汪馥泉；等等，他们都或多或少地、在某个时期内归属于某个文学社团及其主办的文学报刊，追随某种西方文学流派和理论。在译介中宣扬着西方文论，同时也藉此审视、评判、改变着自己国家的文学生态。仍以文学研究会为例，根据对唐沅等人编撰的《汇编》的梳理和统计，发现其成员对俄国的现实主义、法国的自然主义和现实主义，以及“被损害民族的文学”都给予了及时译介，对中国现代文学创作和理论都产生了深远影响。

事实上，今人在重新认识五四时期的译介高潮时，对于当时文学社团与报刊的作用，是无论怎样强调都不会过分的。马永强（2003：124）在《文化传播与现代中国文学》一书中指出，“有的以报刊社为基础办社团、学会，有的在社团、学会下面创办报刊。不仅大学有社团、学会，而且遍布国内的中学也组建了各种新式社团、学会。社群宗旨不一，以自由、民主的社会批判为宗旨者有之，以自由研讨学术者有之，还有纯粹追求政治理想的，但总的目标都是追求民族独立和社会解放。”杨义在《关于中国文学现代性的世纪反省》一文中对中国现代文学社团的影响也有适当的总结：

社团流派峰起的景观，产生了三种效应：一是把俄苏、日本和欧美19世纪至20世纪初期的五花八门的思潮流派，以各社团独特的文学追求的方式，渗透、重演和变异于中国文学的各个层面和角落。二是诸社团流派纷纷创办同人刊物和策划丛书，使文学写作和传播方式，作者成长和成名方式，文学思潮风气的形成和转换方式，都与新闻传播和出版业紧密地交织在一起，从而导致文学事业除了精神探索之外，尚带有某些现代产业的形态。三是这些社团流派的辐射和影响作用，使其后的文学流派和风格的追求多姿多彩，……总之社团流派的出现，使文学成为一潭活水，改变了人们写文学和看文学的方式。（杨义，1998：5）

总之，译介者、文学社群与文学报刊的共同存在，对文学变革，乃至社会变革所给予的影响是难以估量的，值得我们进行深入研究。

10.2 外国文论译介对中国现代文学与理论的影响

通过梳理外国文论在中国现代文学期刊中的译介状况，可以看出，这30多年的译介工作，从译介重点到译介范围，译介数量到译介方式，并非是一成不变的。下面表10.5的数据可以作为一个佐证，证明中国在译介各国文论时明显的选择取向。从国别文论和文论类别而言，显然俄苏文论是我们译介最多、最全面的，德国文论则是最少的。但即便这样，俄苏的小说文论、诗歌文论和文学理论乃是当时译介的重中之重，而且影响最大。而在日本文论中，文学理论、小说文论、文学史论则成为最主要的译介内容。之所以如此，是因为日本文论几乎被当时的人们视为西方文论的一个分支，其中包含了很多有关西方文学文论的内容。英国文论也是被译介最多的国家之一。但是，从译介内容看，诗歌文论因为浪漫主义诗歌，尤其浪漫派诗人拜伦、戏剧文论因为莎士比亚与萧伯纳而使这两类文论译介有了数量上的偏重，而英国小说文论的译介，虽然数量不算少，但却可以说是广度有余，而热度与深度非常不足。即便这样，英国小说文论中有关现实主义小说家，如笛福、菲尔丁、狄更斯、劳伦斯、哈代、高尔斯华绥、萨克雷等等，几乎全被译介，因而占了大多数的译介篇数，而现代主义作家如伍尔芙、乔伊斯、康拉德相对而言，则是其中几个不太起眼的被译介的对象。法国文论显然以现实主义（包括自然主义）在内的小说家及其作品为译介重点；至于美国文论，翻译类中文学理论是重点，但评介类中小说文论是重点。德国文论则因为歌德而使诗歌文论成为译介焦点。

表 10.5　按文论类别统计的俄苏、日、英、法、美、德六国文论译介篇数

国别	小说文论（篇）		诗歌文论（篇）		戏剧文论（篇）		文学理论（篇）		文学史论（篇）		合计（篇）	
	翻译类	评介类	翻译类	评介类	翻译类	评介类	翻译类	评介类	翻译类	评介类	翻译类	评介类
俄苏	300	192	112	46	37	16	200	45	33	23	682	322
日本	91	30	64	9	21	6	155	22	63	29	394	96
英国	53	57	67	97	54	62	46	17	13	14	233	247
法国	84	122	35	33	23	24	38	21	9	27	189	227
美国	27	63	23	20	19	11	80	10	5	6	154	110
德国	14	12	24	34	13	13	37	8	15	11	103	78
合计	569	476	325	239	167	132	556	123	138	110	1755	1080
	1045		564		299		679		248		2835	

至于其他欧亚诸国文论，如果没有了对安徒生、易卜生、塞万提斯、裴多菲、里尔克、梅特林克、泰戈尔等作家作品，以及古希

腊罗马的古典文学、神话、诗学的译介，那么，有关这些国家文论的译介必会黯然失色。

尤其在外国文学理论、文学思潮方面的译介，所表现出来的偏向应该说也是十分明显的。虽然在文学期刊中对表现主义、未来主义、意象派、意识流、弗洛伊德精神分析学说等现代主义文艺思潮及作家作品也有译介，但是从译介质量到译介深度，远远逊色于对现实主义和浪漫主义文艺理论，尤其俄苏的无产阶级文艺理论的重视。正如有研究者所指出的那样，“那么多主义，我们其实也就只选择了现实主义和浪漫主义，选择了象征主义和马克思主义、左翼文学思潮”（张大明，1999：42）。

无论怎样，如今，我们回首当年文学期刊对外国文论的译介之路，可以看到所侧重的两个方面的译介对我国现代文学和理论的影响最大。第一是对包括小说、诗歌和戏剧在内的作家作品论及有关这些文类的理论性文章的译介。第二是对纯文学理论，包括文学本体理论、文艺思潮论、文学批评理论等的译介。我国现代文学文论，就是在这译介的影响之下发生了前所未有的变化。归纳起来，可以说，从专业化的文学术语到文学观念、从文学的本体思考到理论化的文学批评，都与中国传统的文学理论产生了重大区别。但是，若要追溯译介影响的源头，当然是在翻译。而若论译介影响之力度，则不能不谈评介。因为评介往往意味着作者不仅要对源头文论加以理解和消化，更要对之加以运用，哪怕是初期青涩的、模拟性的运用。

不过，外国文论译介之所以能够对中国现代文学和理论产生重大影响，还有一个绝对重要的文学及社会环境，那就是在西方近现代的“进化论”和科学思想影响下的中国新文化运动和文学改良运动。作为新文化运动和文学改良运动的主将，胡适、陈独秀等人以批判中国旧文学、建设新文学为努力的目标。而他们留学海外的经历又使他们成为接受和传播国外激进主义思想的急先锋。如胡适在

1917年1月《新青年》第2卷5期上发表《文学改良刍议》一文，提出了他著名的“八不主义”：

一、不做“言之无物”的文字。

二、不做“无病呻吟”的文字。

三、不用典。

四、不用套语烂调。

五、不重对偶：——文须废骈，诗须废律。

六、不做不合文法的文字。

七、不摹仿古人。

八、不避俗话俗字。

1918年4月，他又在《新青年》第4卷4期上撰文《建设的文学革命论》，对早先提出的“八不主义”做了概括和修正，总括为四条：

一、要有话说，方才说话。这是“不做言之无物的文字”一条的变相。

二、有甚么话，说甚么话；话怎么说，就怎么说。这是二、三、四、五、六诸条的变相。

三、要说我自己的话，别说别人的话。这是“不摹仿古人”一条的变相。

四、是甚么时代的人，说甚么时代的话。这是“不避俗话俗字”的变相。这是一半消极，一半积极的主张。

在文中，他还写道，“西洋的文学方法，比我们的文学，实在完备的多，高明得多，不可不取例。”他明确地说，欧美古今著名散文家，如古希腊柏拉图的“主客体”论说、英国培根和法国蒙田的散文、赫胥黎的科学文字、英国弥儿、吉朋和和美国富兰克林等的自传、英国鲍士威尔和美国莫里的长篇传记、法国泰纳和巴克的史论，“都是中国从不曾梦见过的体裁。”而从二千五百年前的希腊戏曲、近代的莎士比亚和莫里哀、近世的“问题戏”“象征戏”“心理戏”“讽刺戏”等，胡适同样也看到了其中的优胜之处。他这样写道，欧洲的“‘问题戏’，专研究社会的种种重要问题；‘象征戏’，专以美术的手段作的‘意在言外’的戏本；‘心理戏’，专描写种种复杂的心境，作极精密的解剖；‘讽刺戏’，用嬉笑怒骂的文章，达愤世救世的苦心。”显然，这些也是中国戏剧所缺乏的。至于小说，“那材料之精确，体裁之完备，命意之高超，描写之工切，心理解剖之细密，社会问题讨论之透切，……真是美不胜收。”尤其那近百年新创的“短篇小说”，“真如芥子里面藏着大千世界；真如百炼的精金，曲折委婉，无所不可；真可说是开千古未有的创局，掘百世不竭的宝藏。”在胡适看来，如要实现中国的文学革命，达到创造新文学的目的，“只有一条法子，就是赶紧多多的翻译西洋的文学名著做我们的模范”。他在文章中还列举意大利和英国两国以文学创造国语，又以国语创造文学的情形，来为他的“国语的文学，文学的国语”的宗旨提供理据，从而说明中国建设白话文学、进行文学改良的必要性。[①]

陈独秀发表在1917年2月《新青年》第2卷6期上的文章《文学革命论》，同样表明了坚定的文学革命的立场，明确提出“三大主义”作为新文学的革命目标，即“推倒雕琢的阿谀的贵族文学，建设平易的抒情的国民文学”；“推倒陈腐的铺张的古典文学，建设新鲜的立诚的写实文学”；“推倒迂晦的艰涩的山林文学，建设明了的通俗的社会文学”。他从内容到形式对封建旧文学持批判否定态度，主张以革新文学作为革新政治、改造社会之途。在文章的末尾，陈独秀这样写道：

---

① 根据程巍（2009：8~20）的《胡适版的“欧洲各国国语史：作为旁证的伪证”》，胡适的文学革命主张是受到了厄迪丝•薛谢儿《文艺复兴》一书的启发，但也误读了她书中“national language”一词的原意，将欧洲各国国语发生史与中国国内的语文革命相混淆。

欧洲文化，受赐于政治科学者固多，受赐于文学者亦不少。予爱卢梭、巴士特之法兰西，予尤爱虞哥、左喇之法兰西；予爱康德、赫克尔之德意志，予尤爱桂特郝、卜特曼之德意志；予爱倍根、达尔文之英吉利，予尤爱狄铿士、王尔德之英吉利。吾国文学豪杰之士，有自负为中国之虞哥、左喇、桂特郝、卜特曼、狄铿士、王尔德者乎？

从陈独秀的质问，我们不难理解和想象他心目中的中国新文学应有的风貌。

外国文论译介在中国最大的影响，莫过于运用外国文论本身于中国文学批评和中国现代文学理论的建设。《新青年》上刊载的一系列文章，包括胡适的《文学改良刍议》(1917 年 1 月第 2 卷 5 期)、《历史的文学观念论》(1917 年 5 月第 3 卷 3 期) 和《建设的文学革命论》(1918 年 4 月第 4 卷 4 期)、陈独秀的《文学革命论》(1917 年 2 月第 2 卷 6 期)、周作人的《人的文学》(1918 年 12 月第 5 卷 6 期) 等，无不证明，在中国五四时期的新文学创立之初，西方文论思想对这些著作者的启蒙和影响。也正是这场文学改良运动为我国从 1915—1949 年间的外国文论译介提供了最迫切的理由。

下面，我们将从小说、诗歌、戏剧和文学理论这几个方面着重从评介类文章角度探讨外国文论对中国现代文学文论的影响。

10.2.1 外国小说文论译介的影响

在对外国小说文论的译介过程中，我们发现有为数不少的文章是对外国作家，包括对其生平、轶事、生活行踪、生辰逝世等等情况的译介。这类文章，从今天的角度看已是历史价值远大于学术价值，但是，由于“报刊连通了文学生产和文学传播，连通了作者和读者，连通了文本和社会，连通了思潮、时尚和热点”，又以“现代印刷、发行、营销的新的传播速度和范围，把阅读者卷进了一个新鲜而陌生的空间之门，刺激着阅读者的求知欲、好奇心和时髦感，把他们塑造成奋进者、鉴赏者、消闲者或追星族”（杨义，2009：145）。

以俄苏作家高尔基为例。有关他的译介文章共计127篇（翻译类文章76篇和评介类文章51篇）。这些文章主要可分为两类。一类是对高尔基生平的论述和对其逝世的纪念性文章，共计44篇（其中翻译类19篇，评介类25篇）。另一类是对高尔基文学思想和作品的译介，共计83篇（其中翻译类57篇，评介类26篇）。当时对高尔基的评传性文章约占到了对其译介文章总数的35%。从高尔基之死到高尔基的一生，从高尔基小传到悼高尔基，从高尔基片断到伟大的战士高尔基，分别有《译文》《文艺月刊·战时特刊》《作家》《大众文艺》《现实文艺》《今代文艺》《语丝》《北新》《诗歌生活》《东流》《笔阵》《谷雨》《文艺复兴》《野草》等期刊参与了译介活动。《译文》《文学丛报》《东方文艺》和《文学》等杂志还专门为高尔基逝世刊印了纪念特辑。当然，对于高尔基作品和文学思想的译介文章更多，此处不再赘述。这些林林总总的文章，分别在55种中国现代文学期刊中刊发。这对于中国学界和普通大众了解和接受高尔基其人其作，所起到的宣传、普及作用应该是毋庸置疑的，也是任何人、任何工具无法替代的。在那个没有现代化传媒手段的时代，报刊几乎是当时人们了解、接触和接受这些外国作家的唯一途径。事实上，当年被中国现代文学期刊连篇累牍地译介的外国作家，哪一个不是如今中国的外国文学史中的主要作家或伟大作家？

但是，对中国小说研究产生更重要影响的应该是对外国小说理论的译介。内容主要涉及小说（包括短篇小说）创作的技法问题和对小说本体理论的讨论。实际上，有关小说创作技法的文章，早在1921年就开始出现在《文学周报》上，如谢六逸的《小说作法》（1921年10月第16期）、宓汝卓的《小说的“做”的问题》（1922年7月第42期、第43期）、赵景深的《短篇小说的结构——在新华艺术大学演讲》（1927年9月第283期）等。其他文章则来自不同的刊物，主要有劲风的《小说作法之一得》（《小说世界》（周刊），1925年10月第12卷5期；1925年11月第12卷7期）、郁达夫的《小说的技巧问题》（《洪水》，1927年2月第3卷27期）、贺玉波的《小说新技巧概论》（《读书月刊》，1931年3月1日第1卷6期）、余楠秋的《短篇小说的构造法》（《当代文艺》，1931年5月15日第1卷5期）和张寿林的《小说题材之统一与结构》（《黄河》，1948年4月，复刊第2期）。

不过，最早谈论小说形式问题的文章可能要算胡适的《论短篇小说》，发表在《新青年》1918年5月第4卷5期上。文章对短篇小说做出了这样的界定：“短篇小说是用最经济的文学手段，描写事实中最精彩的一段，或一方面，而能使人充分满意的文章。”然而，这篇“在五四时代颇负盛名”的、对短篇小说试图进行定义的文章，后来被人指出，跟汉密尔顿的《小说艺术指南》差不多。（李菊休，1931：19；陈平原，1988：80）。

瞿世英连载于《小说月报》1922年7—9月第13卷7~9期的《小说的研究》，也是“五四时期理论色彩较强的小说专论”。（陈平原，1988：80）文章介绍了自然主义，也同样推崇“佐拉的意见”和“科学的研究法”。他还特别指明“科学精神对于小说至少有三种贡献”：一是增加了创作的“材料”，使“小说家更学了一种新的方”；二是受“科学的濡浸”，写出人生真实，形成了“近代小说的特别优点”；三是“因为科学发达”，从而改变了人们的世界观与人生观，影响了作家作品。不过，这篇文章“基本上是根据佩里的《小说的研究》前几章编译的”。“其实何止胡适、瞿世英，绝大部分现代中国小说

理论家，都大大得益于汉密尔顿的《小说艺术指南》和佩里的《小说的研究》。"（陈平原，1988：80）

如果说胡适和瞿世英的文章代表的是早期译介者对西方小说理论的、最初的、比较生涩的运用企图，那么，沈雁冰的《自然主义与中国现代文学》(《小说月报》，1922年7月第13卷7号）一文，则从小说的创作目的、小说理论及理论的运用方面都显得更加成熟而明确。他在文章中指出，中国当时的旧派小说在思想上和技术上都存在错误。思想上最大的错误，是"游戏的消遣的金钱主义的观念"，文学被看作为消遣品、游戏之事、载道之器，甚至是牟利的商品。而技术上共同的错误是："一、他们连小说重在描写都不知道，却以'记账式'的叙述法来做小说"，以至使人觉得'味同嚼蜡'；"二、他们不知道客观的观察，只知主观的向壁虚造"，因而"满纸是虚伪做作的气味"。这些错误，已经造成一种传统的写作和阅读心理，不论在读者方面还是在作者方面，都已无形中'养成一股极大的势力'，就算是提倡新文学的人都一时难以改变。比如，青年人"注意社会问题，同情于第四阶级，爱'被损害者与被侮辱者'"，"然而他们对于第四阶级的生活状况素不熟悉"，勉强描写起来，"总要露出不真实的马脚来"；而且，"过于认定小说是宣传某种思想的工具，凭空想象出一些人事来迁就他的本意，目的只是把胸中的话畅畅快快吐出来便了；结果思想上虽或可说是成功，艺术上实无可取"。因此，为了去除旧派小说在人们头脑中形成的根深蒂固的错误观念，发展"表现人生"的新文学，沈雁冰认为"须得提倡文学上的自然主义"，以自然主义的技术医中国现在创作的毛病。因为就描写方法而言，"自然主义者最大的目标是'真'；在他们看来，不真的就不会美，不算善"，自然主义者"事事必先实地观察"，再"把所观察的照实描写出来"。实地观察与客观描写是自然主义者的两件法宝，能够免去中国现代小说"内容单薄与用意浅显两个毛病"，对于中国现代小说的病根能够对症下药，对于“专以小说为‘发牢骚’，‘自解嘲’，‘风流自赏’的工具的中国小说家”，也是一剂“清毒药”。因此，沈雁冰写道，“佐拉这种描写方法，最大的好处是真实和细致……这恰巧和上面说过的中国现代小说的描写正相反对”；他甚至相信，对佐拉写作方法的借助是矫正中国小说创作缺陷的良药，也是中国文学唯一的出路所在。在他看来，自然主义能疗救中国现代小说的缺点，起到“反映人生”“诅咒人生阴暗面”的作用。沈雁冰借助自然主义的角度分析中国当时小说创作中的问题，又运用自然主义的写作方法指出中国现代小说的改进出路。从胡适到沈雁冰，外国小说文论对中国现代小说的影响由此可见一斑。

根据吴功正（1985：23~24），在我国古代小说理论中，清代罗浮居士的《蜃楼志序》对小说观念的认识、理解可以说是最有见地的：

小说者何，别乎大言言之也。一言乎小，则凡天经地义，治国化民，与夫汉儒之羽翼经传，宋儒之正诚心意，概勿讲焉。一言乎说，则凡迁固之瑰玮博丽，子云相如之异曲同工，与夫艳富、辨裁、清婉之殊科，宗经、原道、辨骚之异制，概勿道焉。

然而，罗浮居士只是从内容到形式划清了小说与经史、诗文、辞赋的界限，确定了小说的特点范畴。当然，这从体裁学上讲已是相当了不起的成就了。而且他的小说观念是这样的：

其事为家人父子日用饮食往来酬酢之细故，是以谓之小；其辞为一方一隅男女琐碎之闲谈，是以谓之说。然则，最浅易、最明白者，乃小说正宗也。

到了晚清，中国小说理论家对小说有了不同层次的认识。比如侠人在《小说丛话》中指出，“小说者，一种之文学也。文学之性，宜于凌虚，不宜于征实。”这是侠人从审美特征论述小说：宜乎虚构，不宜征实（转引自吴功正，1985：35）。

但是，比较一下受到外国文论译介影响的、“五四”之后的小说

（理论）评介者、研究者所写的文章，就可发现，仅下面这些文章标题的写法，就已经鲜明地显示出与中国传统小说与文论的诸多不同之处。比如下面这些有关小说本体理论研究的文章——《小说的使命（论文）》（楚茨，《文艺旬刊》，1923年9月第8期）、《纯正小说与读者》（禹钟，《小说世界》，1924年12月第8卷10期）、《一个作家的基本理论》（徐祖正，《骆驼草》（周刊），1930年9月29日第21期）、《作家与社会》（陈彝荪，《读书月刊》，1931年4月第2卷1期“我的读书经验”专号）、《论作家的气质》（魏东明，《文艺月报》，1941年6月第6期）、《小说与道德》（张寿林，《黄河》，1948年3月复刊第1期），以及《忠实现实与心境小说》（欧阳凡海，《杂文》，1935年7月第2号）、《关于新心理写实主义小说》（凌鹤，《质文》，1935年12月第4号）等等，无一不与外国现代小说理论中的核心议题相契合，如小说家的功能、小说家的道德观、作家的气质、作家与社会、小说与大众、小说与现实、小说与心理的关系，以及写实小说、心理小说等等。而这些文章所应用的术语、概念和理论都是在梁启超《小说与群治之关系》一文发表之前不曾拥有的。

比如叶公超在《写实小说的命运》（《新月》，1928年3月创刊号）一文中，指出英美写实小说中所表现出来的特点：“冷淡的客观主义”、与其连带的“普遍的同情”和“好奇心”“偏重于‘性’的表现”和“科学式的记载和表现法”，并对这种小说提出了批评，认为“所谓写实并不是仅将眼见耳闻的人事都像照相机似的描写出来”，因为“这种无选择的记载，不分美丑的态度”将来只能“失去我们艺术的原意，想象的发展和配合的比例，人事的轻重。这样的前途，说起来都令人可怕！”作者在文中还表达了这样一种——小说创作观：“小说创作是一种创作的文艺。”而且，“文学是文艺家批评他个人所见所觉到的那一部分的生活。既是他个人所见所觉到的生活，他的创作当然是不能逃脱他的‘自己’；换言之，他的著作无形中就在那里好像自动的给他表示他的人格、思想、主见。因此多数的艺术批评家才领会到艺术家的目的是在使得别人也要感觉到他自己所经过的一番觉悟或是情绪。所谓作者自己的觉悟当然是属于主观心灵上的经验；否则怎能将这种个人的觉悟授益于人呢？所以其实没有一本好的写实小说在见解上不是主观的，无意中不是间接着批评生活的。”

叶公超对写实主义小说的批判和他对小说创作者个体化的、人文精神的强调，在一定意义上代表了中国文学界从对写实主义小说的接受与倡导到对其的质疑与批判的过程。而这个过程中的叶公超不仅充分显示了他对西方写实主义小说的了解，而且更重要的是他对这股思潮在中国文坛所产生的负面效应的警觉。

在查理斯的《大众小说论》(《当代文艺》，1931 年 8 月第 2 卷 2 期）中，也是既有西方文艺观的折射，也有作者自己观点的阐述。比如在这篇文章的开始，作者首先对英国哲学家斯宾塞（Herbert Spencer，1820—1903）的艺术游戏说表示异议，认为这样的艺术观已经不适宜于现代的普罗文艺。而他所倡导的是大众小说，它“不得不以大众所看的为第一条件。因为大众两字，当然是指全社会的人类而言，换一句话说，有了人类，才会产生出大众小说。”在作者看来，大众小说所要展示给读者的内容是“表现事体的进行上面，集团和个人间的关系上面，全社会的错综复杂及其必然的进展上面”；从语言和趣旨角度来讲，“大众小说要使每个大众都能看懂，绝不可像念经式的东西，也一定要使大众小说有趣，才会受人们的欢迎。反之，如果大众小说没有趣味，那么，虽然有很好的题材，但是这却与社会没有什么多大的关系的”。作者进而提出大众小说的八大要素——构想、动机、性格描写、情绪、背景、文体、目的和滑稽味。虽然这些要素与中国传统小说理论同大于异，但是，他又特别强调大众小说“非有趣不可”，却明显地使大众小说具有了通俗小说的特质。他借苏联文论家卢纳察尔斯基之言，给予大众小说这样的荣誉："能够将复杂的，尊贵的社会的内容，用了使千百万人都能感动的强有力的艺术单纯表现出来的作家，愿于他有光荣罢。即使靠了比较单纯的，比较初步的内容也好，能够使这几百万大众感动的作家，愿于他有光荣罢。"对于大众小说，作者最后的定义是："由于时代不断地在潮流中转变，人们的生活方式也逐渐地益行复杂。现在因生活之需要集团化的关系，我们的大众小说当然是集团的，战斗的，勇敢的，现实的，社会的……"

根据作者的论述，可以发现他对大众小说的概念与上世纪30年代提出的"无产阶级大众文学"的概念是紧密相关的。然而，在一定程度上，他又把大众小说与平民文学和通俗小说混为一谈。根据现今的学术研究，无产阶级大众文学的内涵"一是无产阶级的政治性，二是通俗性、普及性，三是民间性、民族性，而其中阶级性是主导的。因此，虽然都强调通俗化，但通俗文学与大众文学是完全不同的文学形态，通俗文学的特性是趣味性和消遣娱乐功能；大众文学的特性是意识形态的通俗表达和教化功能。"（杨春时，2009，333~334）不过，倒退到作者生活的那个时代，他对大众小说有这样的认识，已然表明他对当时流行的无产阶级文学观念有很大程度的认同和接受，和对更早的西方艺术发生论的反驳。这篇文章让我们看到了作者对西方某些文艺观的接受和批评，也看到了他对大众小说在构成与特征上的严肃思考。中西文论交融，是西方文论译介在中国所能产生的最佳影响。

10.2.2 外国诗歌文论译介的影响

就诗歌理论而言，我国有三千年来积累的丰富又精深的诗歌理论，可算是世界上诗学批评最发达的国家。在我国的诗歌理论中，"志、情、形、境、神，是中国古代诗论中五个复现率很高的概念，也是中国古代诗论中五根重要的支柱。中国自有诗以来，诗歌理论对诗歌创作实践的抽象表述是：发端于‘志’，演进于‘情’与‘形’，完成于‘境’，提高于‘神’”(陈良运，1988：321)。

我国不仅有完备的诗艺理论，而且，各时期还有基于不同理念的诗学批评型态：在先秦、两汉时期，诗歌观念从发生到演进，产生了基础层次的功利批评型态。到魏晋南北朝时期，由于前一型态的批评只注视诗的社会功用，很少切入诗歌文体本身，品评具体的作品时缺乏自觉的审美意识。因而这一时期的诗歌批评注重文体、风格。从隋、唐至两宋和金、元这近八百年中，中国古典诗歌登上了艺术的高峰。诗从“文章”领域彻底解放了出来，也与散文分道扬镳，诗的文体样式空前丰富，诗歌理论也走向多元化。美学批评成了这一时期中国诗歌批评的主要型态。道家与佛家，以及后来的禅宗的美学思想都进入了诗学批评领域，改变了儒家美学思想一统天下的局面。最后，历明、清两朝直至近代，属于综合了功利批评、风格批评与美学批评的流派批评。明代的前后七子、“公安”“竟陵”，清代的“神韵”“格调”“肌理”“性灵”是众多流派中理论纲领之昭著者。流派的理论批评，相互对峙各立门户，各有所崇尚和排斥：明代以复古和反复古为两大阵营；清代以遵奉儒家诗教和坚守诗歌美学本体为两大阵营。(陈良运，1994a：167~169；1994b：42~45)

但是，这份宝贵的古典诗学理论，自晚清的“诗界革命”起，就开始遇到了发展瓶颈。“诗界革命”的倡导者黄遵宪、谭嗣同、夏曾佑、梁启超等不满长期统治中国诗坛的拟古主义、形式主义倾向，一方面要求作家努力反映新的时代和新的思想，另一方面也主张取法西方。在这一情势下，部分新体诗试图摆脱旧体格律的束缚，采用趋于通俗的语言。但是，从现在的角度看，这场“诗界革命”只是中国诗歌发展历程中的一个阶段，是中国诗歌由旧体诗到新体诗的桥梁。它的意义在于为“五四”前夕新诗的诞生，从诗歌的语言形式到表现内容做了必要的铺垫。

而对中国新诗理论建设贡献最大者莫过于胡适。他在回国后1919年10月写的《论新诗》中，提出了“诗体大解放”的主张：

这一次中国文学的革命运动，也是先要求语言文字和文体的解放。新文学的语言是白话的，新文学的文体是自由的，是不拘规律的。初看起来，这都是“文的形式”一方面的问题，算不得重要的。却不知道形式和内容有密切的关系。形式上的束缚，使精神不能自由发展，使良好的内容不能充分表现。若想有一种新内容和新精神，不能不先打破那些束缚精神的枷锁镣铐。因此中国近年的新诗运动可算是一种“诗体的大解放”。因为有了这一层诗体的解放，所以丰富的材料，紧密的观察，高深的理想，复杂的感情，方才能跑到诗里去。五七八言句的律诗决不能容丰富的材料，二十八字的绝句决不能写紧密的观察，长短不一的七言五言决不能委婉达出高深的理想与复杂的感情（转引自陆耀东，1985：313）。

新诗理论的另一个重要论者是俞平伯。他在《白话诗的三大条件》一文中与胡适呼应，提倡新诗要用白话来做，因为用文言写诗，“诗体很拘苦，诗思很腐败”，已不能适应变革时代的需要，而白话诗是诗体的解放，可用以自由地“描写社会上的种种生活状态和群众运动——罢工示威等等”。因此，他明确提出了写白话诗的三个要求：（一）用字要精当、做句要雅洁、安章要完密；（二）要音节务求谐适、却不限定句末用韵；（三）说理要深透、表情要切至、叙事要灵活。在《社会上对新诗的各种心理观》中，俞平伯更是强调了对新诗内容的革新。他说：

我们做诗的人，也绝不能就形式上的革新以为满足；我们必定要求精神和形式两面的革新。主义是诗的精神，艺术是诗的形式。新诗的艺术固然也很重要，但艺术离了主义，就是空虚的，装饰的，供人开心不耐人寻味起人猛省的（转引自陆耀东，1985：314）。

《诗底进化的还原论》（《诗》，1922年1月第1卷1号）则是俞平伯另一篇从形式到内容论述新诗理论的重要文章。这里所谓的“进化的还原”，是以“平民诗”作为要还原的目标和方向。俞平伯认为，“好的诗底效用是能深刻地感多数人向善的”。而具有如此效果的诗只能是平民诗，是诗歌还原的方向。在这篇文章中，俞平伯其实表达了两个内容。一是“还原”，即诗歌在外在形貌上的还原，相当于胡适的“新诗进化说”，也就是主张用白话来做诗；二是“进化”，即“诗的素质的进化”。他认为，新诗要以新的语言表现新的精神，“直写胸中底情怀”，“无所谓拘束依傍”。可以看到，俞平伯既继承了胡适的“新诗进化说”，又在新诗内容的革新方面超越了胡适。

“五四”前夕的新诗运动，与中国乃至国际社会的新的经济、政治、文化思潮等因素是密切相关的，是中国诗歌发展历史的必然，也是“诗界革命”的继续和发展。同时，中国的新诗运动，又是在外国诗歌的影响下发生的（陆耀东，1985：312）。那么，中国的新诗运动究竟从外国诗歌和诗学理论中学到了些什么呢？

从本项研究的角度可以发现，中国的新诗作者大多有留学欧、日的经历，都或多或少地接触或学习过外国文学作品，并受到外国文艺思潮的影响。但是，客观地说，应该是外国诗人的作品比外国诗歌理论对我国新诗创作的影响要更大。作为中国新诗的集大成者，郭沫若就是其中最具典型性的一个。他曾留学日本，学会了日语、英语、德语，从外国文学中汲取了营养。他曾这样说道：

自己在国内所涉猎的，主要的就是文学。到了日本虽然把文学抛弃了，但日本人教外国语，无论是英语、德语，都喜欢用文学作品来做读本。因此，在高等学校的期间，便不期而然地与欧美文学发生了关系。我接近了太戈尔、雪莱、莎士比亚、海涅、歌德、席勒，更间接地和北欧文学、法国文学、俄国文学，都得到接近的机会。这些便在我的文学基底上种下了根，因而不知不觉地便发出了枝干来……（转引自陆耀东，1985：6）。

根据《汇编》，郭沫若1922—1947年间在《创造》《创造周报》及其他多种文学期刊中发表过22篇评介类文章，其中有17篇就论及外国文学与理论。如他在《创造》(季刊）中发表的文章包括《〈少年维特之烦恼〉序引》(1922年5月第1卷1期)、《雪莱的诗》和《雪莱年谱》(1923年2月第1卷4期雪莱纪念号)、《英国诗人葛雷的〈墓畔哀歌〉》(1924年11月第2卷2期)。在《诗创作》上发表《关于歌德》的文章（1942年11月第16期)，在《中国作家》中发表《浮士德简论》(1947年10月第1卷1期)，在《萌芽》发表《摩登唐·吉珂德的一种手法》(1946年8月第1卷2期)。同时，郭沫若也写了多篇文章，阐述他的文艺理论。这些文章多发表在《创造周报》中，如《自然与艺术》(1923年8月第16号)、《未来派的诗约及其批评》(1923年9月第17号)、《文艺上的节产》(1923年9月第19号)、《批评——欣赏——检察》(1923年10月第25号)、《瓦特裴德的批评论（介绍)》(1923年11月第26号)、《艺术的评价》(1923年11月第29号)、《关于诗的问题》(《杂文》,1935年8月第3号）等。

然而，正如陆耀东（1985：315）所言，郭沫若在新诗理论上的建树，远不及他在创作上的建树大。在他的代表作《女神》中，我们不仅可以看到泰戈尔、斯宾诺莎的泛神论思想、尼采的反偶像的反抗精神、歌德和惠特曼的浪漫主义精神，以及惠特曼的自由体、散文化的诗歌形式；自然，我们也绝不会忽略《女神》中所表现出来的屈原的爱国情怀和李白的豪迈气派。应该说，这些中外诗人所代表的精神、理想、情感、风格、神韵等等都已融入了他的诗歌当中，共同铸就了《女神》在中国新诗中里程碑式的意义。

在中国的新诗运动中，对浪漫派诗人如郭沫若等影响最大、最直接的外国诗人就是惠特曼。如果说郭沫若的贡献在于将惠特曼所赞颂的自由、平等、博爱的“美国精神”、自由奔放的气势和自由体的诗歌形式直接融入其创作中，那么，田汉、谢六逸、刘延陵等人的贡献就在于把惠特曼的诗歌特点译介、阐述给中国诗界。这些文章对于中国新诗在主题和形式上的革新是很有促进作用的（参见美国诗歌文论译介部分）。

事实上，在中国新诗的发展历程中，受到惠特曼诗歌影响的诗人远不止以郭沫若为代表的浪漫派。普罗诗人蒋光慈等，七月派诗人艾青等，从诗中意象到诗风，也都受到惠特曼的直接影响（谭桂林，2009：150~174）。其他还有诸多诗人受到过不止一个或者一种外国诗人和理论的影响，如闻一多、冰心、徐志摩、冯至、卞之琳、何其芳等，都在诗歌创作的不同时期、不同程度上受到英国浪漫主义诗歌、印度的泰戈尔、法国的波德莱尔和象征主义诗歌、奥地利的里尔克、西方现代派诗歌的影响（曾小逸，1985）。而李金发和戴望舒二人则是被公认为受到法国象征主义诗歌影响最为明显的中国诗人（宋永毅，1985：385；夏仲翼，1985：458）。但是，不可否认的是，这些诗人在借鉴西方诗歌进行创作时，其自身固有的特质、对诗意的敏感、深厚的文化素养是同样重要，或是说更为重要的元素。

除了中国新诗诗人身上所折射出来的外来影响外，我国在1915~1949年期间有关外国诗歌理论的译介文章，也无疑对中国新诗的理论建设发挥着积极作用。外国诗歌文论中，翻译类文章主要有布吓尔著、武思茂译的《诗歌及音乐底起源》(《小说月报》，1931年8月第22卷8期)、原作者不详、金兆梓、傅东华合译的《韵节及自由诗》(《文学周报》，1923年12月第100期)，以及《新诗》杂志上所载加洛德著、周煦良译的4篇文章——《诗的教育》(1937年3月5期)、《诗与真理》(1937年4月第2卷1期)、《诗与愉快》(1937年5月第2卷2期）和《诗与批评艺术》(1937年7月第2卷3、4期）等。

在评介类文章中，理论性较强的可以《诗创作》上刊登的文章为例。1942 年 3 月第 9 期的《诗创作》刊登了吕亮耕的《诗论八题》一文，从“诗与自然”“诗的语言”“诗的素描”“诗的韵脚”“诗的弊病”“诗与模仿”“诗与批评”“诗的蜕变”八个方面谈论诗歌。1942 年 4 月，林焕平在《诗创作》第 10 期上发表《论诗的自然及其他》作为对吕亮耕的回应。两位作者在文章中都引用了英国诗人皮科克（Thomas Love Peacock，1785—1866）的话，尤其林焕平还提到了欧洲的荷马、莎士比亚、歌德、海涅等诗人，来论述他对于诗与自然的看法。

1942 年 4 月《诗创作》第 10 期上还有王亚平的《诗的情感》和臧云远的《新诗的新美学》二文。王亚平以雨果、马雅可夫斯基为参照，臧云远则以拜伦为例来谈新诗创作。《诗创作》1942 年 7 月第 12 期刊载了伍辛的论文《诗和生活》。文中也有多处提及欧美多位著名诗人，如荷马、但丁、歌德、雪莱、海涅、普希金、惠特曼、莱蒙托夫、马雅可夫斯基等。这些文章与翻译类中的诗论文章和评介类中有明确国别指向的文章最重要的区别在于它们不再以译介外国诗学为唯一的或最主要的目的，而是以外国诗学为参照、依据外国诗歌中的观点或外国诗歌中的真人、实例，来讨论诗歌本质，并同时对中国诗歌及其创作展开批评。这类文章对于中国的新诗发展，及现代诗歌批评理论的建构，应该说具有很好的开创、启发意义。

其他颇具学理性的诗论文章还包括：佩弦（朱自清）的《短诗与长诗》(《诗》，1922 年 4 月第 1 卷 4 号)、李健吾、朱佩（朱自清）合著的《为诗而诗》(一、二)(《一般》，1927 年 11 月第 3 卷 3 号；1928 年 4 月第 4 卷 4 号)、俞平伯的《诗底自由和普遍》(《新潮》，1921 年 10 月第 3 卷 1 号)、《文学周报》所载汪静之文章 3 篇——《诗歌与想象》(1927 年 11 月第 289 期)、《诗歌与情感》(1928 年 2 月第302期)、《诗歌与真理》(1928年4月第312期)、《现代评论》所载孟实（朱光潜）的2篇连载文章《诗的实质与形式》(1928年8—9月第8卷194~195期)、《人间世》所载朱光潜的《诗的隐与显》(1934年4月第1期）和《诗的主观与客观》(1934年11月第15期)，以及袁可嘉的《新诗戏剧化》(《诗创造》，1948年6月第12期）和《释现代诗中底现代性》(《文学杂志》，1948年11月第3卷6期)。

在评介类外国诗歌文论中，还可以举出更多的文章来说明，当时的诗界、学界对诗学问题的浓厚兴趣和积极阐述。以田汉的《诗人与劳动问题》及续（《少年中国》，1920年2—3月第1卷8~9期诗学研究号（一、二））为例。在文章中，田汉从英、法、德三种语言对“劳动”一词的定义和解释谈起，指出劳动可以分为两种：“为在内的目的的游戏冲动”和“为在外目的苦痛的”“实用冲动”。据此他提出了劳动与文学的关系。依第一种劳动而产生的文学就是“为艺术而艺术”的文学；依第二种劳动而产生的文学就是“为人生而艺术”的文学。而诗歌艺术，自然应该是源于“自己表现的艺术冲动”(an art-impulse of self expression)。田汉认为，外国诗论在这一点上与我国古典诗歌理论是相通的：“诗言志，歌咏言，声以咏，律和声。”因此，他说道，诗歌者“若专重格律而不重情感，或以格律而束缚情感，都不算真正的诗歌。”诗人必须“是托外形表现于音律的一种感情文学！！是自己内部生命与宇宙意志接触时一种音乐的表现！！”

像这类围绕诗学本体意义而撰写的文章还可见于其他多种文学期刊，如《少年中国》上所刊载的李思纯的《抒情小诗的性德及作用》(1921年6月第2卷12期)；《文学周报》1923年8月第83期上刊载的西谛（郑振铎）的《诗歌之力》；《小说月报》1924年5月第15卷5期上希和的《论诗的根本概念与功能》；《乐群》1929年5月第1卷5期上陈勺水的《论诗素》；《金屋》1930年9月第1卷12

期上再生的《诗的本质》；《现代》1934 年 6 月第 5 卷 2 期上穆木天的《诗歌与现实》；《诗歌生活》1936 年 3 月创刊号上发表的林蒂的《诗人应该反映或表现些什么》；《文学》1937 年 1 月第 8 卷 1 号新诗专号上欧阳克的《写实主义的诗歌与生活》；《笔阵》1942 年 6 月新 3 期上王亚平的《论诗的想象》；《文学批评》1942 年 9 月创刊特大号上胡明树的《论“诗与自然”》，以及《青年界》1947 年 1 月新 2 卷 4 期上臧云远的《新诗和新美学》，等等。

在中国新诗的发生史上，俞平伯、王统照、郑振铎、朱光潜、朱自清、汪静之、袁可嘉、穆木天、李健吾等人的论述，在摄取外国诗歌的异域营养、突破旧形式、旧观念对新诗的束缚、为新时代探索新的诗歌理论和创作方法方面，无疑代表了对现代学术的专业分工有了更清晰认识的后起一代新诗人和新学者。他们利用现代西方文艺理论，为中国新诗打下了必要的知识基础，为新诗的发展搭建起基本的理论框架（姜涛，2003：193）。

10.2.3 外国戏剧文论译介的影响

纵观中国现代戏剧变革的历史，不外乎两条路线：一条是对传统戏曲的改良，另一条就是引进西洋话剧，以及相关理论。“这两条路线反映着 20 世纪初期东西文化撞击中，中国戏剧由不同出发点上的转型。”（杨义，2009：66）而真正最后占据中国戏剧舞台的还是后者。如果把 1907 年 2 月春柳社在东京演出的话剧《茶花女》视为中国现代话剧史的开端，那么，今天戏剧界的局面就是传统戏剧已即将成为文化遗产，而现代话剧则俨然是表演舞台的台柱。

要谈外国戏剧及戏剧文论译介对中国现代话剧的影响，不能不谈两个人：田汉和易卜生。首先，田汉自述是“由旧乐剧的改作才转到话剧创作的。”但是旧戏内容的狭隘和刻板僵化，使田汉渴望找到戏剧改良的真正出路。1916 年田汉留学日本，适逢日本剧坛盛行

“易卜生热”。田汉通过对易卜生戏剧的系统专研，找到了易卜生戏剧的奥秘：“易卜生之所以被尊为‘近代文学之父’，是因为‘易卜生比时代先进了一步’，当那时代还没有注意到那些问题时，他已把它写到作品中间去了。”在他此后所创作的近70部话剧中，田汉凭借着从易卜生那里学到的“比时代先进了一步”的创作思想，满腔热情地把表现工人、无产阶级和有关抗日战争和解放战争的题材搬上了话剧舞台，表现出对现实人生的关注和对严肃重大社会舞台的积极思索。

但是，易卜生之于田汉决不意味着唯一的外来影响。在田汉其他的一些剧作中也可看到其他外国剧作家的影响。比如《灵光》就受到了歌德的《浮士德》的影响；《古潭的声音》受启发于日本诗人松尾芭蕉的诗句“古潭蛙跃入，止水起清音”；屠格涅夫的《父与子》中新旧思想的冲突则启迪了田汉《生之意志》的主题，等等。（刘珏，1985：597~598）如果说田汉在戏剧创作思想上接受了易卜生的引导，那么，在戏剧结构上田汉则放弃了易卜生而更加接近莎士比亚。原因是田汉发现，莎士比亚的戏剧结构与中国古代戏曲有许多相似之处：剧情自然展开，有头有尾，比较适合中国观众的审美习惯。（刘珏，1985:600）

至于易卜生，他在中国的影响当然也决不仅仅止于田汉一人。五四时期的其他新剧作家，包括郭沫若、成仿吾、熊佛西、陈大悲、胡适、蒲柏英等等，也都在主题、人物塑造、戏剧语言等方面接受了易卜生的影响。如郭沫若在1923—1925年创作的《三个叛逆的女性》——《卓文君》《王昭君》《聂嫈》就都体现着易卜生的个性主义精神。胡适的《终身大事》一改传统戏曲的唱、念、做、打，而是采用了口语化的戏剧语言。正如洪深在《论者谓易卜生非思想家》（《文讯》，1948年11月第9卷1期）中所说的，“受易卜生甚大影响的我们——在写剧的诸方面，从目的内容到技术，都曾向易卜生学习。”当然，五四时期我国新剧作家在向易卜生学习的过程中也不免因为对戏剧的功利性目的而没有撷取易卜生戏剧的精华（谭桂林，2009：17~20）。实际上，这个局限在当时就已被余上沅发现，并在《国剧运动·序》(1927年）中有鞭辟入里的批评：

新文化运动期的黎明，易卜生给旗鼓喧闹的介绍到中国来了。固然，西洋戏剧的复兴，最得力处仍是易卜生的介绍；可是在中国又迷入了歧途。我们只见他在小处下手，却不见在大处着眼。中国戏剧界，和西洋当初一样，依然兜了一个画在表面上的圈子。政治问题、家庭问题、职业问题、烟酒问题、各种问题，做了戏剧的目标；演说家、雄辩家、传教家，一个个跳上台去，读他们的词章，讲他们的道德。艺术人生，因果倒置。他们不探讨人心的深邃，表现生活的原力，却要利用艺术去纠正人心，改善生活。结果是生活愈变愈复杂，戏剧愈变愈烦琐；问题不存在了，戏剧也随之而不存在。通性既失，这些戏剧便不成其为艺术（转引自谭桂林，2009：20）。

向外国的剧作家学习是中国戏剧从传统走向现代的一条捷径。同时，对外国戏剧理论的译介和研究也为中国戏剧走向成熟提供了必要的理论支撑。尽管我们在根据《汇编》梳理相关资料时发现，有关外国戏剧文论的译介量并不是最大的，但外国戏剧及戏剧文论对我国现代戏剧的创作、批评与理论建设等方面的影响同样也是史无前例的。这些影响在下面介绍的译介文章中都可窥一斑。

如在翻译类文论中，《戏剧》杂志刊登的《戏剧艺术与伦理》(原作者不详、赵如琳译，1930年4月第1卷6期)、《文艺阵地》刊登的密莱特著、章泯译的两篇论文——《论戏剧对话》(1941年2月第6卷2期）和《剧本的情节研究》(1941年6月第6卷3期)，以及其他文章如《论戏剧的本质》(雪林格尔著、章泯译，《电影戏剧》，1936年10月第1卷1期）和《作剧之选材》(裴克著、白音译，《新演剧》，1937年7月第1卷3期)，都涉及戏剧理论与戏剧创作中的核心问题。

从译介到最初运用西方戏剧理论，我们看到了一个极有意思的例子，就是马彦祥的《戏剧的情景（Dramatic Situations）》一文，载于《文艺月刊》1935年3月第7卷3期。马彦祥指出，戏剧编剧中必须要有主题。“有了主题后，须寻找一种适宜于主题的‘戏剧的情境’”。于是，他一共列举了36种情境，每一种情境都用中英文词语提示。在他所举例的情境中有求告（supplication）、拯救他人（deliverance）、恶有恶报（crime pursued by vengeance）、骨肉间的报复（vengeance taken for kindred upon kindred）、被追捕（pursuit）、灾难（disaster）、反抗（revolt）、勇敢的企图（daring enterprising）、谜（enigma）、获得（obtaining）、因奸杀人（murderous adultery）、疯狂（madness）、偶一不慎致成灾难（fatal imprudence），等等。不但如此，他对每一种情境都以中国传统戏曲中的人物、情景、故事、动作等为例加以具体说明。毫无疑问，马彦祥试图在西方戏剧理论与中国戏剧之间架起一条可以沟通的桥梁。

而在外国戏剧的评介类文论中，所述及的内容就更加丰富了，主要有四个方面。一是对戏剧本体所进行的理论性探讨，如夏斧心的《悲剧何以是愉快的》（《戏剧与文艺》，1930年3月第1卷10、11期）、唐槐秋的《戏剧讲座第一回：戏剧的二元性》（《矛盾》，1933年12月第2卷4期）、顾仲彝的《戏剧的本质》（《文艺月刊》，1934年1月第7卷1期）、白音的《戏剧的本质》（《新演剧》，1937年6月第1卷1期）、陈瘦竹的《自然主义戏剧论》（《文艺先锋》，1946年12月20日第9卷第5、6期合刊），以及1947年2月30日《文艺先锋》所载的陈瘦竹的《论戏剧性》和丁小曾的《戏剧与文学》（第10卷2期戏剧专号）等。

二是对戏剧创作中的艺术处理和主题问题的探讨，如《黄河》杂志在1941年2月第2卷1期戏剧专号上刊登的冷波的文章《戏剧的 Tempo 和 Rhythm》(《戏剧的速度与节奏》) 和麦里的文章《关于歌剧》，以及楚茨的《近代戏剧中的家庭研究》，分 5 期载于《文艺旬刊》1924 年 4—7 月第 29~30、第 35、第 39~40 期。这类文章的一个主要特点就是以西方戏剧理论为观照，同时根据中国语境，既介又评，体现了西学中用的目的。比如欧阳予倩的长文《戏剧改革之理论与实际》(《戏剧》，1929 年 5 月 25 日第 1 卷 1 期) 分六个部分——“概论”“戏剧之内容”“戏剧的要素”“话剧与歌剧”“悲剧与喜剧”和“我们应有的觉悟”，首先从一般意义上探讨了戏剧的使命或价值，指出“戏剧是社会的反映，从这反映所得到经过一种新的组织再放射出来，便能很鲜明的使人认识人生，认识自己，能给人类新力量，而助其发展，这才是戏剧的真使命。”文章还引用了德国舞台艺术家哈格曼的戏剧观——“戏剧是文化的会堂”和美国诗人惠特曼的话——“文学要能帮助人类生长，才是伟大”等西方文学观点，来论证自己的戏剧价值观，然后文章从希腊的悲剧和罗马的默剧、西方的歌舞剧和英国的莎士比亚、萧伯纳等剧作家的经验，提出中国戏剧必须在对话、表情、舞台灯光、服装、音乐、歌唱等多方面满足观众。文章认为，戏剧就是要做到“情绪与观众以感化，思想与观众以暗示；观众对戏剧是精神的需要，戏剧与观众的是精神的供给。”文章最后指出，中国戏剧要改革，就必须做到：“一要打破因袭的观念，二要扩充研究的范围。”欧阳予倩这篇文章，西学中用，以西喻中，典型地代表了我国从最初译介西方文论到日后接受并运用西方文论来服务于中国现代文学理论建设的转变过程。

《戏剧》1929 年 9 月第 1 卷 3 期上还有欧阳予倩的另一篇文章《民众剧的研究》，也是如此。文章是在法国罗曼·罗兰的民众剧理论框架下写出的、对中国戏剧的研究文章，开篇即引用罗曼·罗兰的话：“我们要使平民的力与健加入在艺术里，使无血气的艺术有生气，使瘦弱的胸膛挺出来。吾人不是为平民而使用其智能的荣誉，是要平民和我们一齐为这荣誉而劳动！”作者认为，“中国的旧戏在内容和形式方面都早已不能应大多数平民的需要”，因而他结合中国戏剧的情况，对平民剧的内容和形式进行了讨论。

第三方面的内容是戏剧批评，比如潘孑农的《戏剧批判的诸原理》(《矛盾》,1933 年 3 月第 1 卷 5、6 期合刊戏剧专号)、王平陵的《戏剧批评者的责任》(《文艺月刊》，1937 年 5 月第 10 卷 4、5 期)、熊佛西的《建立戏剧批评》(《戏剧春秋》，1942 年 4 月第 1 卷 6 期）和鲁思的《戏剧批评 ABC》(《文艺春秋》，1944 年 10 月 10 日丛刊之一)。而黄素发表在《南国月刊》上的两篇文章《中国戏剧角色之唯物史观的研究（一）生的研究》(1930 年 2 月第 1 卷 5、6 期合刊）和《中国戏剧角色之唯物史观的研究（二）旦的研究》(1930 年 5 月 20 日第 2 卷 2 期)，也明显反映出作者以借西方理论研究中国戏剧的目的。

第四方面的内容主要关注中国的戏剧改良问题。《新青年》是最早关注中国现代戏剧改良的杂志。而胡适，作为中国新文化运动的主将之一，其最大贡献虽不在戏剧，却是中国现代话剧的重要奠基人之一。理由有二：第一，是他第一个用白话创作了独幕剧《终身大事》(《新青年》，1919 年 3 月第 6 卷 3 号)，从此确立了中国现代话剧的新形式。第二，他于 1918 年《新青年》第 4 卷 6 号上开辟了第一个中国现代戏剧文学研究的专号“易卜生专号”，并发表了他的第一篇关于戏剧改良的文章《易卜生主义》。之后又于 1918 年 10 月 15 日在《新青年》第 5 卷 4 号上组织了戏剧改良的第二个专号，发表戏剧理论文章《文学进化观念与戏剧改良》。这是胡适戏剧改良的两篇重要文章，提出了自由主义、写实主义戏剧观，以及戏剧进化论和悲剧观念。在《易卜生主义》中胡适认为，“易卜生的文学，易卜生的人生观，只是一个写实主义。”在《文学进化观念与戏剧改良》一文中，胡适对中西悲剧观念作了比较：

中国文学最缺乏的是悲剧的观念。无论是小说，是戏剧，总是一个美满的团圆。……这种“团圆的迷信”乃是中国人思想薄弱的铁证。做书的人明知世上的真事都是不如意的居大部分，他明知世上的事不是颠倒是非，便是生离死别，他却偏要使“天下有情人都成了眷属”，偏要说善恶分明，报应昭彰。他闭着眼睛不肯看天下的悲剧惨剧，不肯老老实实写天工的颠倒残酷，他只图说一个纸上的大快人心。这便是说谎的文学。更进一层说：团圆快乐的文字，读完了，至多不过使人觉得一种满意的观念，绝不能叫人有深沉的感动，绝不能引人到彻底的觉悟，绝不能使人起根本上的思量反省。

虽然胡适对中国旧戏的严厉批评中有些不尽合理的成分，但是，他的这些观点对初期的文学革命产生过很大影响，而且对整个中国现代戏剧的改革和发展也有着重要意义。

在中国戏剧改革问题上，与胡适相互呼应的是傅斯年。他与胡适在同期《新青年》上撰文《戏剧改良各面观》，从六个方面——旧戏的研究、改革旧戏所以必要、新剧能为现在社会所容受否、旧戏改良、新剧创造和评戏问题——对中国戏剧提出了尖锐的批评和戏剧改良的观点。而傅斯年对中国戏剧的批评无不显示出西方戏剧文学观念对他的影响，如在文章开始他就指出，“在西洋戏剧是人类精神的表现（Interpretation of human spirit），在中国是非人类精神的表现（Interpretation of inhuman spirit）”，并引用西洋的美学观点“齐一即是丑”（Uniformity means ugliness）来衡量中国戏剧，认为，如果以此来为衡量标准，则中国戏剧“没价值的地方，可就不难晓得了。”而他所列举的中国戏剧的多种不足，也都是以西洋戏剧为映衬的。比如，他说，“就技术而论，中国旧戏，实在毫无美学的价值。举其最显着的缺点：第一是违背美学上的均比律（Law of proportion）”；“第二是刺激性过强”；“第三是形式太嫌固定”；“中国文学，和中国美术，无不含有“形式主义”（Formalism），在于戏剧，尤其显着”。“第四是意态动作的粗鄙”；“第五是音乐轻躁，胡琴一种东西，在音乐上，竟毫无价值可言，‘躁音浮响，乱人心脾’，全没庄严润流的态度。”而且，“再就文学而论，现在的旧戏，颇难当得起文学两字”，或太卖弄笔墨，或太直白粗糙。虽然他对中国旧戏的批评，和胡适一样，未必全然正确，但西方戏剧理念对他们的影响确是昭昭在目的。

余上沅的《中国戏剧的途径》(《戏剧与文艺》，1929 年 5 月第 1 卷 1 期）一文，是针对纽约出版的《戏剧艺术》月刊（*Theatre Arts Monthly*）第 12 卷 6 号上维拉·凯尔西（Vera Kelsey）的文章《中国的新剧场》(*The New Theatre of China*）而阐发他对中国戏剧改革的观点。余上沅同意美国作者所言，“若要成功，中国新戏剧非得用中国的背景来表现中国的生活”；“假使没有更稳固的基础而兢兢于贩运西洋戏剧形式，新戏剧之可能也就真是没有日期了”。而“迷信西洋的东西都是高明的，并且主张立刻把西洋剧本搬到中国的舞台上去”这种想法，显然不利于中国戏剧的改良。

“五四”以来，中国文学的生态环境发生了整体性的变化，从文学语言到表现形式，从主题意义到创作方法，从社会环境和作家的精神追求，都与几千年沉淀下来的文学传统大有区别。如果说现代意义上的中国小说和诗歌都有主动的、积极的取法外来经验和理论的印迹，那么，中国现代戏剧也不例外。从外国剧作家和戏剧理论，我们的确借鉴了很多。从五四时期胡适等人的“娜拉型”话剧到曹禺的《雷雨》，中国话剧逐步地从简单模仿走向了成熟，戏剧批评也从简单的对号入座式的评析进入深层次的思考。

10.2.4 外国纯文学理论译介的影响

总体上看，外国纯文学理论译介对中国现代文学和理论的影响可以归纳为以下几点：一、对西方文学本体理论的译介引起中国现代文学界对纯文学理念的思考及由此而引发的观念变化；二、对西方文艺思潮的译介引起中国文坛对文学流派及其创作主张的关注和倡导，从而使中国文坛出现了貌似西方文学流派的发生现象，虽然在这背后有共生与对抗的较量；三、对西方文论的译介为中国现代文学理论的建构和文学批评提供了现代性的知识基础和研究范式。下面将从这三方面分别论述译介所产生的影响。

10.2.4.1　对文学本体论的思考

在“五四”至 1949 年之前，我国学人对西方文学本体理论的关注，一方面自然是通过译介，但更重要的意义是在于由此而引发的、凭借西方视角而开启的中国学人对文学本体观的思考和批评。因此，这个时期的相关文章往往包含两方面内容，一是介绍、阐述西方学理、概念，二是在此基础上阐发作者自己的文学观念或认识，并对中国文学及理论提出批评。而且需要强调的是，这种译介加阐发的努力从一开始就始终伴随着西方文论译介大潮。换言之，译介与影响几乎是同时发生的，尤其对五四时期的那些文化译介主将。如周作人作为文学研究会的发起者和重要成员之一，在其《人的文学》（《新青年》，1918 年 12 月第 5 卷 6 期）中，就旗帜鲜明地提倡“人的文学”，但从他的文章可以看出，他的文学主张是以欧洲的人道主义精神为依托的，同时，又是与中国旧文学传统背道而驰的。

罗家伦在《新潮》1919 年 2 月第 1 卷 2 期上发表过一篇名为《什么是文学？》的文章，旨在给文学一个科学的界说。由于作者认为中国文学史上对“文学”二字的界定都是比较宽泛、模糊的，所以，他根据西方 15 位文论家、批评家，包括伍斯特、布鲁克、阿诺德、赫胥黎、爱默生、哈德森、亨特等人提出的不同定义或者说法，概括出他所认为的文学八种要素：

文学是人生的表现同批评：这是文学发生的根本原因。……文学不但是表现人生的并且是批评人生的，明白这个道理，才知道文学的本体，文学的实用。

最好的思想：文学是表白思想的科学（the science of the expression of thought），而且是最好思想的记述。

想象：想象是文学里最重要的要素；是文学家的手腕。

感情：文学又可以算是感情的出产品。……文学不但是主观的，并且是客观的；不但是要写自己的抑郁牢骚的，并且是要写他人的悲欢离合的。总之，文学的第一要义是要唤起人类的同情。

体裁：因为文学的形体各有不同，文学家所秉的性气又因人而异，就各异的性气缘附在不同的形体上，所以发生什么叫做体裁艺术；

艺术：有了思想、想象、感情、体裁种种东西，也不能不有一点艺术的手腕来补助他。所以每篇文学里面总要有几处“匠心独出”的地方。但是按照美学的道理，艺术只能辅助天然的美使他愈增其美，绝不能以天然的美来强就他的艺术。以天然的美来强就艺术，那就是矫揉的僵死的，矫揉的僵死的就不成其为美。

普遍：人类的审美感情想象种种性质都是人类普遍的天性，都是一触即来的。文学家的责任就是用这种普遍的灵敏的感觉为人类保全天真。

永久：永久实在是文学的一种特性。真好的文学，是经过多次的淘汰的——是经过多次淘汰而不磨灭的文学，永久的价值是从以上七条性质决定，不必从界说中另行定出。

最后，罗家伦综合各家之言，对文学做出了这样的界定：“文学是人生的表现和批评，从最好的思想里写下来的，有想象，有感情，有体裁，有合于艺术的组织；集此众长，能使人类普遍心理，都觉得他是极明了，极有趣的东西。”可见，罗家伦对文学的定义，在很大程度上是根据西方各家的理论归纳出来的。这一界定与传统中国文学理论对“文学”这一概念的界定很不一样。比如在刘勰的《文心雕龙》中，“文”可分专用义和普通义。专用义是指文辞或华美有文采，如“昔诗人什篇，为情而造文”（《情采》篇）、“情动而言行，理发而文见”（《体性》篇）；而普通义则泛指文学，如“文武之术，左右唯宜”（《程器》）、“自献帝播迁，文学蓬转”（《时序》篇）等（转引自杜黎均，1981：47~49）。但是，罗家伦对文学的定义显然更加丰满而全面。然而，这仅是文章的一部分。在接下来的篇幅中，罗家伦对照西方文学的普遍意义，对中国文学提出了五点批评：

第一，中国文学不但批评人生的没有，并且连表现人生的也很少，大都浮浮泛泛混混沌沌——没有确切的人生观……。第二，退一步而论，中国文学里虽然也有表现人生的著作，但是他所表现的，乃是著者个人的荣枯，而不是人类共同的感想。若是著者自己没有荣枯，他就永不愿产生文学。西洋文学家却多半从主观而外还能以客观的观念唤起人类的同情。第三，即再退一步，就中国文学家荣枯的著作而论，也都是说谎的，不近人情的——看中国名人述怀寄感种种的著作就知道。“假”字真是中国文学的第一个特性呢！美感为普遍人类的心理可以领略的，而中国文学只讲字面上的雕琢，供少数人的玩具的。第五，西洋文学是极力发挥个人情绪有兴趣的，而中国文学只是摆出道学先生的面孔，代圣人立言的。

基于这样的中西对比，罗家伦对中国文学的结论是：“西洋文学是切于人生的，中国文学是见人生而远避的；西洋文学是为唤起人类同情的，而中国文学是为个人私自说法的；西洋文学是求真像的，而中国文学是说假话的；西洋文学是平民的天然的，中国文学是贵族的矫揉的；西洋文学是要发展个性的，中国文学是要同古人一个鼻子眼出气的。所以从艺术而论，中国文学却很有在博物院里的价值。就文学的体用特质而论，我们中国文学惭愧得多呢！”虽然罗家伦的批评大有一概而论的毛病，但用西方文学的概念来剖析中国文学之不足，其用心是完全可以理解的。

成仿吾是创造社最主要的文艺批评家和理论家之一。他先后担任过《创造》季刊、《创造周报》《创造月刊》《文化批判》等刊物的编辑，并发表了许多文学评论和思潮译介的论著。《创造周报》所刊发的成仿吾的文章，如《新文学之使命（论说）》(1923年5月第2号）和《艺术之社会的意义（论说）》(1924年3月第41号)，则明显与康德“不用之用”的美学思想有关。在《新文学之使命》一文中，他明确地把“内心的要求”称之为文学的“根本的原理”，认为，“文学上的创作，本来只要是出自内心的要求，原不必有什么预定的目的。”他认为，“文学既是我们内心的活动之一种。所以我们最好是把内心的自然的要求作它的原动力。”他一方面承认文学的“不用之用”：“我觉得除去一切功利的打算，专求文章的全（Perfection）与美（Beauty）有值得我们终生从事的价值之可能性。而且一种美的文学，纵或他没有什么可以教我们，而它所给我们的美的快感与慰安，这些美的快感与慰安对于我们日常生活的更新的效果，我们是不能不承认的。”但另一方面，他也认为，文学的这种“不用之用”与其社会功用并不完全矛盾。因此，他又写道：“我们的时代是一个弱肉强食、有强权无公理的时代，一个良心枯萎、廉耻丧尽的时代，一个竞于物利、冷酷残忍的时代。……所以文学家在这一方面的使命，不仅重大，而且是独任的。我们要在冰冷而麻痹了的良心，吹起烘烘的炎火，招起摇摇的激震。”正如俞兆平（2001：50）所言，文学的美感特性和文学的社会功利目的，对成仿吾来说是并不矛盾的，因为二者在成仿吾心目中同为中国新文学的两大使命。当然，成仿吾对文学“使命”的阐述，更主要的是着眼于普遍的人生意义和美学意义，与具体的社会政治问题并不发生最直接的联系。

在《艺术之社会的意义》中，成仿吾将艺术的社会价值归纳为两种：“一、同情的唤醒。艺术由她所必有的社会的成分，利用人类对于美的憧憬，唤起在人类中间熟睡了的同情。”“二、生活的向上。艺术由她所反映的生活，提醒我们的自我意识，促成生活的向上。”这种对艺术的社会功能的理解，与康德美学中通过美和艺术来陶冶人的心灵，从而使自然的人逐步上升向善，趋向“道德—文化的人”的理想，显然也是十分吻合的。

1923 年 6 月郁达夫在《创造周报》(第 7 号) 上发表《艺术与国家》的论文，文中写道：“艺术所追求的是形式和精神上的美。我虽不同唯美主义者那么持论的偏激，但我却承认美的追求是艺术的核心。自然的美，人体的美，人格的美，情感的美，或是抽象的悲壮的美，雄大的美，及其他一切美的情素，便是艺术的主要成分。”根据俞兆平（2001 ：53）《创造社与康德美学》一文，“创造社主要成员郁达夫、郭沫若、成仿吾既强调艺术的审美特性、又坚持艺术的功利作用的文学观念，正是康德关于‘美的理想’二律背反的综合命题在中国的新的历史语境中的延续。”

受西方文论和美学思想影响的不仅有创造社成员，也有文学研究会的主将郑振铎。他在 20 世纪 20 年代初，也写过不少有关文学本体理论的文章，如《文学的使命》(《文学周报》，1921 年 6 月第 5 期)、《新文学观的建设》(《文学周报》，1922 年 5 月第 37 期)、《文学的统一观》(《小说月报》，1922 年 8 月第 13 卷 8 期) 等等，系统阐述自己的文学观点。作为“为人生”的文学思想的有力倡导者之一，郑振铎在《文学旬刊宣言》(1921 年 5 月第 1 期) 中明确写道：文学是“人为地改造的原动力”，是“人们的最高精神的联锁”。在《文学的使命》中他又呼吁作家要创作与“雍容尔雅”“吟风啸月”相对立的“血与泪的文学”，认为这才是“现在中国文学最主要最伟大的责任”，但是，他并没有因此而忽略文学的普遍意义，他同样强调，文学的“使命就是扩大或深邃人们的同情与慰藉，提高人们的精神”。在《新文学观的建设》一文中，他进一步阐述了对文学的观点，认为创作成败的关键在于作家的情感素质；新文学运动初期的创作，普遍存在思想题材的“平凡纤巧”，缺少作家的“独创精神”，所以千篇一律。要加以救治，就不能把作品当成“灌输什么教训”的工具，而应作为“通人类的感情之邮”。（转引自林荣松，2000：49~50）

在罗家伦、成仿吾、郁达夫和郑振铎所著的文章中，我们显然能够看到他们思想中对文学本体的认识已经包含了西方文艺思想的元素。这些元素已渗入他们的字里行间，成为他们表述自己的现代文学观念的工具和出发点。借助期刊的发行，他们的思想也为更多的读者所了解和接受。其实，这样的文章还可列举很多，如再生发表在《金屋》中的多篇文章——《抽象观念与具体观念》和《二种的艺术》（1930 年 6 月第 1 卷 9、10 期合刊）、《表现与观照》（1930 年 8 月第 1 卷 11 期）和《感情与知性》（1930 年 9 月第 1 卷 12 期），以及前面提到的他的另两篇文章《诗的本质》和《浪漫主义与现实主义》，都是如此。这些文章几乎都是作者对西方文论或西方文论家，如柏拉图、亚里士多德、克罗齐等人的文艺思想的阐释，具有浓郁的西方学理背景。虽然它们已经不是严格意义上的对西方文论的直接翻译，而是经过了作者的咀嚼和消化，但从文章的用词到内容，甚至研究的范式，都有西方文论依稀可辨的烙印，闪耀着西方文论的思辨光辉。在某种意义上，这类文章可说是中国现代文学理论的奠基之作。

下面仅提供另外一些刊载此类文章较多的刊物及所载文章题目：

《青年界》：傅东华关于文学心理学的系列文章：《刺激和反应》《所谓文思是什么？》《文学的情绪》《文学的意识》和《文学的个性》（1933 年 8—12 月第 4 卷 1~5 期）。

《时与潮文艺》：李长之的《语言之直观性与文学创作》（1943 年 9 月 15 日，第 2 卷 1 期）和俞大絪的《文学里的女性自我表现》（1944 年 12 月 15 日，第 4 卷 4 期）。

《文艺春秋》：陈烟桥的《艺术的使命与艺术家的任务》（1946年2月第2卷3期）、《关于艺术的兴衰底问题》（1946年5月第2卷5期）和《论艺术与物质基础》（1946年6月第2卷6期）；林焕平的《文体风格和作家的环境思想性格及方法（论文）》（1946年7月第3卷1期）、《现实主义和作家的二重性》（1946年9月第3卷3期）和《论思想性真实性艺术性（论文）》（1947年10月第5卷第4期）。

《读书月刊》：剑民的《唯物史观的文学论》（1930年12月第1卷2期）和史晚青的《文学之社会的意义》（1931年8月第2卷4、5期文学研究专号）。

《小说月报》：郑振铎的《文学的统一观》（1922年8月第13卷8期）；沈雁冰的《文学与政治社会》和《自由创作与尊重个性》（1922年9月第13卷9期）、《文学家的环境》（1922年11月第13卷11期）；朱自清的《文艺的真实性》（1924年1月第15卷1期）；郭绍虞的《文气的辨析》（1929年1月第20卷1期）；傅东华的《风格论》（1931年1月第22卷1期）。

《文学》：兰[①]的《伟大的作品产生的条件与不产生的原理》（1934年7月第3卷1号）、舫（沈雁冰）的《文艺与社会的需要》（1935年7月第5卷1号）、渔（沈雁冰）的《究竟应该怎样地反应或表现》（1935年11月第5卷5号）、独的《反映与想象》（1935年11月第5卷5号）、周扬的《典型与个性》（1936年4月第6卷4号）。

总之，这些评介文章更多地侧重于论述者对文学自身命题的思考和探究，其目的不再囿于对外国文论做单纯的翻译和介绍。这些经过评介者严肃思考的文章，对中国现代文学观念和理论的初期建设，意义重大。可以说，它们明确无误地反映了外国文论在中国的最初的消化与接受，标志着西方文论进入中国文学理论与批评的话

① 兰即沈雁冰。

语场，是中国学人在西学东渐的进程中洋为中用的早期尝试和努力。

10.2.4.2 对外来文艺思潮的选择与接受

对于外国文艺思潮的译介，在前面有关俄苏、英国、美国、法国等国别文论译介各章中都有论述。这里主要讨论那些无国别标识而有关现实主义和浪漫主义思潮的评介文章。首先，必须指出一个事实，即我国在“五四”前后至建国前这一时间段中，对西方各种文艺思潮、流派，虽然都有译介，但是无论从热度、深度和广度讲，却因为复杂的社会、政治因素而各不相同。在所有西方文艺思潮中，现实主义，尤其是苏联的“社会主义的现实主义”，对中国现代文学与理论的影响之大，是其他各西方文论流派所无法企及的，因而对它的介绍和评述也是最多的。但是，在梳理资料的过程中我们发现，我国对西方现实主义文艺思潮的译介可以 1937 年（即第二个时期末）为界。在 1937 年之前，浪漫主义或其他文学概念尚可与现实主义“相提并论”。但是，在 1937 年之后，几乎就是现实主义的一统天下了。

有据为证。1937 年之前在文学期刊中虽然可以看到以“现实主义”为唯一或主要关键词的文章，如孟式均的《现实主义的基础》(《杂文》，1935 年 7 月第 2 号)，以及《文学》杂志在 1936 年发表的周扬的《现实主义试论》(1936 年 1 月第 6 卷 1 号新年号）和胡风的《现实主义底一“修正”》(1936 年 2 月第 6 卷 2 号)，但还有更多的文章则把现实主义和浪漫主义及其他概念放在一起评析，比如再生的《浪漫主义与现实主义》(《金屋》，1930 年 4 月第 1 卷 8 期)、静华的《马克思、恩格斯和文学上的现实主义》(《现代》，1933 年 4 月第 2 卷 6 期)、周起应（周扬）的《关于“社会主义的现实主义与革命的浪漫主义”——“唯物辩证法的创作方法”之否定》(《现代》，1933 年 11 月第 4 卷 1 期)、陈北鸥的《创作技术与现实主义》(《杂文》，1935 年 8 月第 3 号）、欧阳凡海的《国防文学与现实主义》（《文学界》，1936 年 8 月第 1 卷 3 号）。

因此，可以说在 1937 年之前，我国学界对西方文艺思潮的引进还抱着包容、客观而清醒的态度。如庚革思在其《社会主义的现实主义与革命的浪漫主义之“正确性”与“国际性”》（《新潮》，1936 年 3 月第 1 卷 1 期）一文所表现出来的那样，他针对国内文坛全盘接受苏联社会主义的现实主义文艺理论的倾向保持了必要的理论警觉并提出了批评。他这样写道：

提到“社会主义的现实主义”在中国应用的问题，这是一般作家及批评家们正在当作讨论的重心看待的，因为这个口号的被提出是社会主义共和国苏维埃联邦那样的客观环境中的事，牠的产生是有着苏联的客观作根据的，所以，周起应在他《关于社会主义的现实主义与革命的浪漫主义》一文的结尾最后一句这样说：“他使把这个口号生吞活剥地应用到中国来，那是有着极大的危险性的。”自然这话我们是都认为正确的，不过问题不在这个或那个，而是在“生吞活剥”一点上去作为危险性的理由的。我们认为任何事物都是如此，到不是只限于这个口号是生吞活剥地运用是危险的，别的问题生吞活剥地应用便没有危险。问题不是这么单纯的，一切问题，如果不去加以深刻地理解，只是盲目生吞活剥，绝免不掉危险性可能的出现。

庚革思的文章明白无误地在提醒人们，对于任何外来文艺理论，包括“社会主义的现实主义”，都必须要“加以深刻地理解”，盲目照搬必有危险。但是，在 1937 年之后，这样的警惕之声被一片赞同之声淹没。而“现实主义”成为标题中的唯一或主要关键词的文章也就更多起来，如王任叔的《现实主义者的路》（《中流》，1937 年 6 月第 2 卷 6 期）、史笃的《关于现实主义》（《文艺新潮》，1939 年 12 月第 2 卷 2 期诗歌特辑）、荪的《强调现实主义》（《抗战文艺》，1939

年1月第3卷5、6期合刊）和祝敌的《现实主义的发展》(《文艺》，1939年6月第3卷3、4期)。

在40年代，多家刊物曾先后刊发有关现实主义的文章，包括毁堂（王任叔）的《关于现实主义补释》(《文艺新潮》，1940年1月第2卷3期小说特辑）和闻歌的《现实主义的“发凡”》(《文艺新潮》，1940年3月第2卷5期)、唯明的《略谈现实主义》(《文艺月刊》，1941年5月号)、于潮的《论生活态度与现实主义》(《中原》，1943年6月创刊号)、周钢鸣的《现实主义的求真精神》(《当代文艺》,1944年4月第1卷4期)、林焕平的《现实主义和作家的二重性》(《文艺春秋》，1946年9月15日第3卷3期)、丁素的《新现实主义时代》(《小说》，1948年12月第1卷6期）等。

1937年4月,《文艺科学》创刊号刊登了多篇论述社会主义的现实主义的翻译文章，如多利科诺夫、施惠林合著的《社会主义的现实主义概观》(梁惠译)、吉尔波丁的《论社会主义的现实主义》(田方绥译）和《新现实主义与革命的浪漫主义》(赫戏译)、罗森达尔的《社会主义的现实主义基本的诸源泉》(卓戈白译）和西尔列尔的《社会主义的现实主义的前提》(李微译)。按照这期创刊号后面的预告，在第二期中本还应该刊登另外5篇文章，包括林为梁的《现实主义与浪漫主义》、奴西诺夫的《社会主义的现实主义与世界观及创作方法》和《社会主义的现实主义之心理表现》、高冲阳造的《现实主义与艺术形式的问题》、卢纳察尔斯基的《戏剧上之社会主义的现实主义》。但遗憾的是,《文艺科学》仅出了创刊号一期便停刊了。

相对于现实主义而言，对浪漫主义文学思潮的评介文章，数量就少多了，主要有赵景深的《浪漫主义与基督教》(《文学周报》，1929年12月第380期)、辛人（陈辛仁）的《论浪漫主义》(《芒种》，1935年4月第3期)、《马宗融浪漫主义的起来和它的时代背景》(《文学》，1936年3月第6卷3号)、以群（叶以群）的《关于浪漫主义的文学》(《时代文学》，1941 年 9 月第 1 卷 4 期)；而刘大杰的《中国新文化运动与浪漫主义》(上、下)(《宇宙风》，1937 年 1 月第 32、33 期) 则显然欲从浪漫主义角度探讨二者之间的关系与影响。

在 1937 年之前，兼论现实主义和浪漫主义的文章，多将二者作为对比或对照，一并予以评介，如风闻的《浪漫的与写实的》(《语丝》，1927 年 11 月第 155 期) 和再生的《浪漫主义与现实主义》(《金屋》，1930 年 4 月第 1 卷 8 期)。以再生的《浪漫主义与现实主义》为例，开篇即对这两种文学思潮进行区分和说明："一切艺术，在他表现上有客观主观二派的决定的区分。这是划分艺术旷野的二范畴，二者各自标立旗号，持了武器，相对列阵而对峙着"，并进一步解释道："客观派文学指写实主义和自然主义文学，主观派文学指浪漫主义和人道主义文学。"

总之，客观主义是在这现实的世界中，承认一切"现存的东西"而要在其中寻出生活的意义与满足，是立脚于 Realistic 的现实的人生观上。客观主义的哲学，不外就是现实主义，反之，主观主义不满于现实的世界，而欣求一切"不现存的东西"。他们不绝在现实的彼岸，求生活所悬揭的梦，热心于进求梦境。所以主观主义的人生观，不外乎浪漫主义。

因此艺术上的主观主义与客观主义的对立，是归结于在人生观的立境上的浪漫主义与现实主义的对立。他若是浪漫主义者，必成为表现上的主观主义者，他若是写实主义者，必成为表现上的客观主义者。

再生此文对现实主义和浪漫主义并无偏倚，只是对于二种思潮加以评析，仍是属于学术范畴的理论探讨。但是，由于中国社会局势的变动及其 30 年代后的俄苏左翼文艺思想对于中国文坛的绝对影响，一面倒的译介现实主义，尤其社会主义的现实主义文艺理论，无疑使中国文学理论的发展从最初的合理性演变为非理性。这非理性突兀地表现在将浪漫主义和现实主义这两种有着完全不同的发轫时代和哲理背景的思潮解释为后者包含前者。当然，这问题的源头出在上世纪30年代的苏联。根据古浪斯基和吉尔波丁的观点，“革命的浪漫主义”是“社会主义的现实主义”中被包容的一种成分。“我们主张社会主义的现实主义，而同时也不拒绝革命的浪漫主义”，“我们提出了社会主义的现实主义，然而这绝不是和革命的浪漫主义相矛盾冲突的。”而将“社会主义的现实主义”作为苏联社会主义文学创作方法被正式确定下来是在1934年的苏联第一次作家代表大会上。庚革思的《社会主义的现实主义与革命的浪漫主义之“正确性”与“国际性”》(《新潮》，1936年3月第1卷1期）文章也是完全按照这种理解来谈论社会主义的现实主义创作方法的。他这样写道：

所谓的“革命的浪漫主义”正是因为艺术家或作家们是在社会主义的现实主义的创作方法下，在活地全面地深刻去理解与认识现实中把他们的富有活力浪漫司染上了“革命的”色彩。

而这就是俞兆平所批评的中国现代文论史上将浪漫主义和现实主义降格或者减缩成为创作方法问题（俞兆平，2006：16）的第二大错误。造成这个错误的原因不在于相关知识的缺乏，而是出于政治斗争的需要。“因为如若承认浪漫主义是建立于某一种哲学、美学体系上独立自存的创作精神或原则的话，那必然会出现与现实主义分庭抗礼的现象。但是客观现实斗争的尖锐与激烈，不能容许无产阶级意识形态有包容多元哲学体系的可能性。”（俞兆平，2006：18）

从对浪漫主义和现实主义兼容并包的译介到一刀切的现实主义倾向，中国文学理论也因为外在的苏联文艺观的影响和内在的革命政治的需要而对外来文论作出了实用主义的选择。这一选择的代价就是，直至20世纪80年代，我国的文学及文学理论一直受到政治理性的强力支配。文学应有的本质和地位受到严重扭曲。在现实主义独占文艺中心舞台的时候，几乎所有其他文艺思潮都被边缘化，有的文艺流派甚至受到排斥和批判。这一现象直到新时期文学开始批判“左”的政治理性主义才逐渐改观。

10.2.4.3 构建中国现代文学批评观的最初努力

在对西方文论的译介中，我们也很注意国外的文艺批评理论和批评方法。除了对各国文论中专门涉及文学批评的理论积极加以引进外，我国学人在西学的影响下，也开始摸索构建基于中国现代文学背景的批评理论和批评形式，从而引发了很多讨论和思考，有的剖析中国文学批评存在的不足，并试图建构中国文学批评的理论和方法（如罗家伦和胡先骕）；有的则借他山之石，或倡导新的文学批评观（如毛秋白和杨非），或直接对中国文学开展非传统模式的文学批评（如戴行轺和王平陵）。从所收集到的评介文章可见，罗家伦1920年4月在《新潮》杂志上发表的《批评的研究》可能是当时最早的对中国文学批评开展研究的文章。在这篇文章中，他对当时中国的批评状况表示了很大不满，并指出只有“批评的精神”才是引导人们去发现新的事物、新的真理：

中国的学术和社会，到现在真是沉闷极了！不特现在沉闷，简直可以说是二千年来，一脉相传，一点变更都没有，一点进步没有。而西洋则除中古时代稍微停滞一个时期而外，从“新生世代”Renaissance以后，则无刻不在进化之中，蓬蓬勃勃的发达，终究造成现代的文化，这是什么道理呢？据我细细的观察，创造西洋文化的要素，只有一件东西，就是“批评的精神”！近代的科学就是这批评的精神造成的，所以不缀于陈言，不拘于故训，不迷信人，不迷信国，而纯粹取一种批评的态度；所以常常有新的事物可以发现，新的真理可以搜寻。

他比较了中西文学批评的状况，分析说西洋文学能进化到现在这个地步，“乃是因为他有两种最可宝贵的素质，(一) 他自己能作人生的批评；(二) 他自身能容人家的批评。文学本身是人生的表现和批评，所以决不能空言‘文以载道’而泛泛无着的。至于容人家的批评，实在是文学进化的重要原则。”而中国之所以不能产生批评，一是因为“中了政治专制的毒”，二是“中了思想专制的毒”。因而，罗家伦提出了一个“三 W 主义”作为批评的方法，即：

“What”——在进行批评之前必须“对于那种文学的本身有一种感想。有了这种是好是坏，是良是窳，是进化是退化的概念以后，然后有继续研究可言”。

“Why”——要说出所以不满足的理由，否则不足取信于人，也不能促起大家的觉悟。

“How”——批评者不能“妄作空言”，而要告诉人们怎么做。

罗家伦认为批评家的职责应“是社会的针砭，也是社会的兴奋剂。他的责任是天天去激励社会，一方面使社会知道错误，一方面使社会知道改良，才可以步步的走到进化路上去”。从罗家伦对批评与批评家的论述，可以看出他的文学批评观念带有明显的社会功用的色彩，这也是五四时期受到社会变革影响下的文学观的表现。虽然在当下看来他的批评理论显得粗浅，但在当时看来也是完全具有建设性的。

自他以后，以“批评”为主题词的论述文学批评的理论文章在三个时期中都有大致相当的篇数。在第一个时期中，主要有胡先骕的《论批评家之责任》(《学衡》，1922 年 3 月第 3 期)、楚茨的《非审美的文学批评》(《文艺旬刊》，1923 年 7 月 1 期)、卢自杰的《批评文艺的标准是什么？》(《文学周报》，1924 年 5 月第 123 期)、罗家伦的《批评家与文学批评》(《现代评论》，1925 年 4 月第 1 卷 19 期)、成仿吾的《文艺批评杂论》及续（《创造月刊》，1926 年 3 月第 1 卷 1 期和 5 月第 1 卷 3 期）和芳孤的《文艺批评与批评家》(《泰东》1927年11月1卷3期)。同时,《创造周报》上也有多篇文章,如郁达夫的《批评与道德(论说)》(1923年7月第10号)、成仿吾的《批评与同情(论说)》(1923年8月第13号)、郭沫若的《批评——欣赏——检察(评论)》(1923年10月第25号)、成仿吾的《批评与批评家》(1924年5月第52号)。

胡先骕这个曾被错误地视为新文化运动中的守旧派和古典主义者，也对中国文学批评之不发达有深刻的认识。他在“融化新知”(俞兆平，2006：295)的基础上写下了《论批评家之责任》一文，指出中国与英国略同，“皆长于创造而短于批评”；即便有批评，也如英国诗人华兹华斯所诋为“伪妄与恶意之批评”。“流弊所届，至使固有文化，徒受无妄之攻击，欧西文化仅得畸形之呈露”。因而，胡先骕“就今日批评界之缺点观之，批评家之责任”，提出了用以建立或规范中国文学批评机制的六点要义：

(一)批判之道德。“批评家之责任，为指导一般社会。对于各种艺术之产品，人生之环境，社会政治历史之事迹，均加以正确值判断，以期臻于至美至善之域。”

(二)博学。“批判之业，异于创造。创造赖天才，故虽学问不深，亦能创造甚高之艺术。至批评则须于古今[中外]政治历史社会风俗以及多数作者之著作，咸加以博大精深之研究，再以锐利之眼光，为综合分析之观察。”

(三)以中正之态度，为平情之议论。“好而知其恶，恶而知其美，批评之要件也。”

(四)具历史之眼光。“立论必具伟大洞察之目光，遍察国民性、历史政治宗教之历程，为客观的评判，斯能公允得当。”

(五)取上达之宗旨。“批评之主旨，为指导社会，”使社会与人类全体通晓德义。

(六)勿谩骂。

总之，“批评最大之要件，为博学，为无成见，为知解敏捷，为心气和平，为有知识上之良知，为有指导社会上达之责任心。”胡先骕提出的批评家六大责任比起罗家伦的“三 W 主义”批评方法，显然更得要领，更加全面。

在第二个时期，我们看到有下面这些探讨文学批评的文章：如李初梨的《普罗烈搭利亚文艺批评底标准》(《我们》，1928 年 6 月第 2 期)、毛秋白的《自然主义的文艺批评》(《当代文艺》，1931 年 6 月第 1 卷 6 期)、李辰东的《现代中国文学批评》(《华严》，1929 年 7 月第 1 卷 7 期)、谦弟的《艺术的科学批评论》及续（《新时代》，1931 年 11 月—1932 年 1 月第 1 卷 4~6 期)、苏汶的《批评之理论与实践》(《现代》，1933 年 3 月第 2 卷 5 期)、李长之的《我对于文艺批评的要求和主张》(《现代》，1933 年 8 月第 3 卷 4 期)、陈强的《文学批评建立诸问题》(《当代文学》，1934 年 8 月第 1 卷 2 期）和秦甫的《论文学批评之基准》(《芒种》，1935 年 5 月第 5 期）和杨非的《批评与创作》(《青年界》，1936 年 3 月第 9 卷 3 期）等。

在毛秋白的《自然主义的文艺批评》文章中，我们可以发现他主要是在根据泰纳（Hippolyte Adolphe Taine，1828—1893）的《艺术的哲学》(Philosophie de l’Art)，阐述他认为的正确的文艺批评观。他，或者更准确地说，泰纳认为，“自然主义的文艺批评，是以科学的态度批评文艺的批评。”第一步，批评家必须要有整体观。艺术品本身“各是一个全体”，而且是“从属于这艺术家的作品的全作品”。这还不够，批评家还必须“再把艺术家自身与他所制作的全作品一并考察起来，”因为他的作品不会是孤立的东西。第二步是“要把艺术家之群又被包含在围绕他们趣味与他们相同的‘社会’这个全体之中。”换言之，评论艺术家，除了要了解他本人，必须了解与他相同的“艺术家之群”，以及他们的趣味和所处的整个“社会”全体。因为泰纳是“把艺术的作品当作依了实验科学的定则而创造的东西看待，”所以，艺术的研究就是要“指摘作品中种种的特征及这种种的特征来由”。泰纳的科学的文艺批评可以总结为“是一种解释的批评，归纳的批评，客观的批评。”

这样一种文艺批评就是作者所赞同的，所以才诉诸文字，加以传达。像毛秋白这样，借西人之口，表自我心声之人，还有杨非。他在《批评与创作》一文中，引用亚里士多德、阿诺德、法朗士、梁实秋、周作人等多位中西学人关于批评的理论，指出“只是客观地判断作品本身的好坏，自己胸中没有一些根本的意见，而对于被批评者只是否定地批驳，或肯定地赞同，这，我以为只能称为指摘或者赞扬，而不是批评。”作者认为，当批评家面对被批评的对象时，他的批评动机应是主动的，而不是被动的。

真正的批评家，必定先在他的胸中有了一种根本观念，一个中心思想，因为洞察了某一篇的创作，得到了一种新鲜的印象，这才倾泻而出，从而凝结出一篇批评文字来。这种批评，绝不是针对被批评者的，绝不是因为批评者的对象而有所限制的；而是一般地原理的叙述，是充满着批评者的观念、思想、个性和印象的。

文章最后强调，“一篇真正的批评文字，他底本身就是一篇创作。”把批评等同于创作，确是中国以往的批评理论中没有的、大胆而崭新的理念。

第三个时期中，关于文学批评的文章主要有史笃的《论批评的相对性与绝对性》(《奔流文艺丛刊》，1941 年 3 月第 3 辑)、李宝泉的《艺术上的鉴赏与批评》(《文艺月刊》1941 年 4 月第 4 月号)、梁宗岱的《文艺底欣赏和批评》(《大公报》，1942 年 5 月第 25 期副刊《战国》)、戈茅的《论文学批评》(《文学批评》，1943 年 3 月第 2 号)、许杰的《论文艺批评的积极性与建设性》(《当代文艺》，1944 年 5 月第 1 卷 5、6 期合刊)、郭麟阁的《文艺批评的科学性与艺术性》(《艺文杂志》，1944 年 8 月第 2 卷 7、8 期合刊)、焕平的《典型论——文艺批评论之一》(《文艺春秋》,1947年7月第5卷1期)、李长之的《文学批评的课题》(《文讯》，1948年3月15日第8卷3期）等。

一般认为，中国传统的文学批评模式主要有两种：一是评点、体悟式的批评，不拘形式，但重直觉、经验和感悟，主要表达一种阅读中的审美经验；二是实证式的考据、注疏和索引。这样的文学批评模式，常可在细微之处凸显论者的深邃、灵通和机智，然而却缺乏西方那种抽象思辨和逻辑分析，也因此缺失了理论系统性。但是，假如我们仔细分析一下戴行轺的文章《过去中国文学的典型》(《当代文艺》，1931年12月第2卷5期)，就可发现，这篇文章从批评客体到章法结构，都颇具西方文学批评的范式。文章开宗明义地指出，“文学是上层建筑之二的一种，自然受上层建筑之一政治法律等的影响，自然受下层经济结构的牵动，那就是说，文学在某一时期之内，其典型和某一时期社会经济结构是有密切的关系。”作者就是在这样一种外来理论的高度论析中国过去文学的典型，并据此归纳出两种典型类型，一种是封建主义的典型，另一种是出世主义的典型。在每一种典型中，又分辨出“外表的”和“内心的”两类。在所谓封建主义的典型中，作者从“外表的”层面细分出“古典的”“艳丽的”“涩晦的”和“伟雄的”；在“内心的”层面则析出“尊上的”“攘敌的”“守法的”和“重农的”类别。至于出世主义的典型，作者也从“外表的”角度分成“虚无的”“酒精的”“山林的”和“神怪的”几种；又从“内心的”角度提出有“反上的”(不在知识阶层，而在民间)、‘厌倦的’和‘超世的’几类。并且，每举一类，作者即辅以实例，并非泛泛而论。如果说文章条分缕析的结构组织颇近西方写作的严谨风格，那么，作者在观点分析上也可说入木三分。他说：

中国文学是含有道德极浓化的产物，同时又是政治的必要手段。这道德就是封建领主，专制魔王想麻醉人的工具，想幽囚人的灵魂，三纲五常，就是封建的宗法的社会产物，文学所表演的都是这种玩意儿。

……

在中国文学的内心，是多么充实着封建主义的情绪，原来这是维持封建主义地位唯一的目的。所以在他们的文学里充满着那些情绪，没有尊上的实质，安能就自身尊严的发挥，没有攘敌的精神，安能把自己的地位维护得更加稳当，没有宗法的根蒂，安能把自身的地位维护坚密，没有重农的思潮，又怎能把封建的经济组织完全肯定呢。

同样值得称道的是王平陵。他那篇《中国文艺思潮的没落与复兴》(《矛盾》，1932 年 12 月第 1 卷 3、4 期合刊）是针对中国文坛的现状分析，但他直接批评的是中国文艺界外来文艺流派此起彼伏、国内文艺团体你方唱罢我登场的纷乱态势，对此他有一个形象的描述：

十余年来，无论什么主义，只须欧美文坛上曾经流行过的，中国都来过。在五四前后，浪漫主义、自然主义、写实主义等等是同时入口的，那时候的文艺界，大家都艳称着摆伦、华士活斯、雨果、大小仲马、佐拉、莫伯爽的作品。隔了几年，大家觉得厌倦了，于是又来了一批所谓新浪漫主义、象征主义、新神秘主义的货色，中国文艺界乃大唱艺术为人生的高调。到了反正前后，中国到处燃着了革命的烽火，标语式，口号式的文学，就为这一时期最被利用的工具。

等到“革命文学”也“开始叫喊不出什么东西来”的时候，打着艺术至上主义的招牌的鸳鸯蝴蝶派上场了。依作者之见，“我们要企图利用他来表达现代革命的情绪和意识，表达民族的被压迫的反抗精神，是万万不可能的”。正是针对这一“中国文艺界没落”的状况，作者清理出六条导致没落的原因：

（一）缺乏中心思想。

（二）缺乏创造的精神。

（三）个人主义的失败；个人主义色彩太浓。

（四）文艺界缺乏修养。

（五）缺乏批评的精神。

（六）没有忠实的读者，或者真能鉴赏文艺的读者太少。

尤其对于第三点，作者这样解释道："在过去的二十年中，中国青年之从事于文艺工作者，……只是表达出一些 Egoism[个人主义] 的抑郁和烦闷，充满着小资产阶级没落的意识，纯粹是由于不能满足个人的欲望而发出来的凄苦，不是大众所要说的话，更不能代表一个时代的主要的作品。"

那么，面对如此的局面，中国文艺何以复兴呢？明确而肯定的答案是不存在的。但是，复兴的希望确是有的。作者以饱含激情的笔触，表达了中国文艺复兴的希望之所在：

为了我们的国家，为了我们民族，中国的青年文艺家，为什么一点不振作呢？为什么我们天天渴望着的文艺作品竟产生不出来呢？我们渴望着有写《哀希腊》，为希腊的独立而从军战死的摆伦；我们渴望着有菲希脱（Fichte）这样的人，于拿破仑的大兵压境之际，公开宣布德意志的病根，把德意志的大众从睡梦里唤醒起来；我们渴望着有匈牙利的诗人裴都菲，为着祖国的自由，投笔出征，一去而不复返；我们渴望着有能写《铁与火》(Par le fer et par le feu)的显克微支，加紧波兰的年青斗士们对普鲁士武力压迫的抗争；我们渴望着能够听到比利士诗人范尔哈伦（Verhaeren）在欧战正酣时对他国内文艺家的高呼："诗人呵！别人正在动刀动剑的时候，再不要把你们文艺的天枰拿稳着了"，我们渴望着有像比利士的老诗人康梅耳（Emile Cammests）似的，能够写出《爱国吟》，《比利士魂》一类的作品，鼓励着我们空前的民族的斗争；我们渴望着有写《孤星泪》(Les Misérables) 的雨果，写《最后一课》(La class de dernier) 的都德，写《方堡攻陷》(Qulevement de la Redoute) 的梅丽美，写《马卡》(Macar) 的福禄贝，在他们的作品里，可以看见法兰西如山岳的沉毅刚果的民族精神；可以看见法兰西军队吹着阔大的号音，唱着悲壮的军歌，游击队疯狂似的猛扑，骑士们刀锋迸触的火花，那两片海洋相互击撞似的双方肉的苦斗。

正如作者所言，“文艺是人生的反映，时代精神的前驱，是环境的透明的镜子。由文艺的表现上，可以检验民族血液的冷然与清浊，可以观察整个民族命运的没落与复兴。”如若中国的文艺家们能够写出如期望中的那般壮丽、抗争、激昂的文学篇章，中国文学岂能没落？

以西方文论、文学作为文学批评的依托和参照，以中国文坛的境况作为文学批评的客体对象，又以西方文学批评的方法直接融入自己的批评文理，王平陵的文章应该可以被视为西方文论译介对我国文学批评领域所产生影响的极佳实例之一吧。

10.3　结语

通过前面的论述，1915—1949 年间外国文论译介对中国现代文学与理论的影响，可以总结为以下几点。

第一，外国文论译介不仅使现代意义上的中国文学理论产生了从无到有的飞跃（钱中文，1999：44），而且成为导致中国文论从近代、传统的思想体系到现代思想体系转型的直接动因之一。这首先表现在文学观念的转型。“五四”以降的译介先驱们积极输入外国文论，在观念上“毁弃了中国文艺理论受儒家文论束缚，以载道框范文学，将载道作为评估文学的价值标准的思想系统。”（严锡华，

2000：139）这对中国传统文论无疑构成极大冲击，促进了中国现代文学观与传统文学观的分裂。同时，也如许祖华（2002：9）、傅莹（2008：51）等指出的那样，在西方文论的影响下，以西方文论为楷模而构建起来的五四时期的新文学理论，从一开始就注意到了文学的本体论问题，提出了“人的文学”等崭新的文学观念和“反映论”“再现论”“表现论”等接近文学本体论的命题，也开启了对文学和人的关系、艺术和政治的关系等问题的思辨，催生了中国现代文学观的产生。

第二，在文学批评方面，五四时期的批评家们，一方面接受西方文学理论与批评理论，另一方面直接或部分效法西方批评模式，因此“加速了中国文学理论的现代化、科学化，改变了单一的以感觉、体验为主要手段的中国传统文艺理论的话语体系”（严锡华，2000：140）。而伴随这一切的自然离不开一整套文学理论术语的更替。国内学者正是通过利用这些西方术语，展开现代意义上的文学理论的探讨和争鸣，其中郑振铎、罗家伦、成仿吾、郭沫若等人，对文学的定义、本质与功能的讨论、周扬和胡风关于“典型”问题、周扬对“社会主义的现实主义”理论的讨论，以及关于文学的阶级性、“革命文学”“大众文学”等等问题的论争，都是一种在自觉的文学观念指导下、运用西方现代文论话语而开展起来的理论活动。因此，可以说，外国文论译介对于突破中国传统文学观念、展开现代理论范式下的文学批评和理论批评具有重大意义。

第三，因为对外国文学理论与文艺思潮的译介，引起国内新旧文学思想的较量，或者是不同派别论者的论争与对立，在一定意义上促进了外国文论在中国本土语境下的深入阐发（刘炎生，1999：2；傅莹，2008：54）。可以说，外国文论译介史与中国现代文论发生史在很大程度上是相伴相生的。如果说20世纪初西方文论的译介，导致了中国现代文论与传统文论的决裂，从而催生了“文学革命”，那么，五四时期对外国文论的译介则促使了从“文学革命”到“革命文学”的转身。而从1928年起，创造社及其他左翼学人开始译介并提倡无产阶级文学和马克思主义理论，则进一步导致了与“五四”新文学理论的脱离。在上个世纪三、四十年代，随着大量俄苏无产阶级文学、马列文论的译介，文学的阶级性与真实性问题日益成为中国文坛的重要理论话题，国内文坛也随之掀起了对“大众文学”与“普罗文学”的热烈讨论，从而导致了1937年以后的“革命文学”进一步向“大众文学”“民众文学”“无产阶级文学”的转向。到了40年代，由于受到俄苏文艺政策的影响，文艺与政治的关系成为文坛的焦点命题与论争。随着中国社会意识形态的转变，文艺的功利性得到进一步放大，使文艺大众化、文艺为大众服务的理念最终成为中国文学家的理论原则和创作指南。40年代，现实主义与“主观论”的论争，以及对文学创作方法的探讨，同样成为俄苏社会主义的现实主义文学理论深刻影响之下的中国文坛的重大议题。总之，西方文论在现代中国的译介所引起的具有时代色彩的论争，不但使西方文论的思想得到了中国式的阐释，而且为中国现代文论的形成提供了大量的理论资源。

第四，利用引进的外国文论，开展对本土文学的批评。诚如乐黛云（1987/1994：289）所言，中国现代文学新的开始，“一方面是中国社会发展的产物，一方面是外国思潮、外国文艺大量涌入的结果。”。而通过对《汇编》的梳理和统计，我们一方面得到了一些清晰的数据事实，另一方面也清楚地看到，译介本身确实就是一种理论活动。其理论性不仅在于译介者对译介内容的理性思辨与选择，更在于被译介的外国文论在译入语语境中所发挥的理论更替与更新的作用。这是因为由译介而输入的域外思想与理论，对于接受方而言，往往代表着新鲜的活力、新生的力量，它们不仅具有破坏性，也往往具有填补和构建的作用。中国经验已经非常确凿地证明了这一点：通过当初直接与间接的译介、评析、阐述，我们不但接受了西方的很多文学观念，并且以此为理据、为工具，开始了对中国传统文学理论和批评范式的审视，甚至否定。比如，1942年，李长之在分析“中国文学理论不发达”的原因时，就指出了三个理由，“一是中国的文学观念不正确，如不承认文学的独立价值，缺少‘为文学而文学’的精神；二是中国的其他科学如心理学、社会学、艺术学、美学、哲学、语言学、文法学、神话学等不发达；三是中国的著述体例不完备，中国文学理论多是诗话、札记、批点校正、指南等，缺少有课题、有结构、有系统的、有普遍妥当的原理原则。”（转引自胡疆锋，2008：36）在此我们可以暂且不对李长之所言进行是非判断，但从他的言论可以看出，他对中国文学理论不发达的批评完全是以西方文论体系为参照的。事实上，基于中国文言文学之上的传统文艺理论，对于“五四”之后蓬勃发展的白话小说、新诗、戏剧和现代语体文章，已无法作出判断、评析、概括和总结（毛庆耆、董学文、杨福生：2004：23）。也正是在传统文论对新文学关注薄弱的地方，代表新观念、新方法的西方文论得到了重视和译介；并且，随着西方文论的不断涌入，国人开始从西方文论的视角，对本土文学展开研究和批评。这一点在评介类文论中表现最为突出，如周作人论述中俄文学关系的《文学上的俄国与中国》(《新青年》，1921年1月第8卷5期)、沈雁冰阐述自然主义之于中国文学意义的文章《自然主义与中国现代小说》(《小说月报》，1922年7月第13卷7期)，以及查士元的《中日神话之比较》(《小说世界》，1927年9月第16卷14期)、季满桂的《〈沙贡特拉〉和“赵贞女型”的戏剧》(《文学》,1934年6月第2卷6号中国文学研究家专号)、芦蕻的《从奥布洛莫夫·罗亭论中国知识分子的几种病态生活》(《中原》，1945年10月第2卷2期）等等，莫不以外来文论和文学为比照，对中国文学进行批评，为中国文学理论和批评的革新提供理论依据。

第五，由于外国文论的译介，中国新文学家们无论从创作原则，还是创作技法及创作题材，都有了更加新颖的视角，更加丰富的手段，形成了多种文艺体裁和风格的并存共荣，大大丰富和增强了中国文学的表现张力。比如自然主义和现实主义文论的译介，促使中国小说家们在创作人物和故事时，要考虑到表现与再表现的关系，及表现的目的和意义。而浪漫主义、象征主义诗歌文论的译介，对于中国新诗的产生和发展无疑具有很大的启迪作用，使中国诗歌理论和诗歌创作从传统步入现代。这在新诗与现代诗的创作方面成就尤其显著。至于中国现代戏剧，也完全是在借鉴西方戏剧理论、模仿西方现代话剧的创作方法和风格，加上对中国传统戏剧改良的基础上发展起来的。

通过对外国文学和文论的译介，中国新文学先驱们“成功地为新文学的发展找到了坚实的逻辑基点与历史归属，这就是，以发展新的民族文学为基点，以世界文学为目标。”（许祖华，2002：13）这一点，沈雁冰早在1921年1月发表的文章《文学和人的关系及中国古来对于文学者身份的误认》（《小说月报》，第12卷1号）中就已清楚地表明了，新文学“应当发展本国的国民文学、民族文学……，促进世界的文学。”因此，可以说，在中国现代文学史和文学理论发展史上译介始终是中国文学现代性的最主要的原动力之一。

参考文献

陈良运．中国古代诗歌理论的一个轮廓[A]．中国社会科学院文学研究所《中国文学研究年鉴》编辑委员会编．中国文学研究年鉴1986[C]．北京：中国文联出版公司，1988：320~328.

陈良运．中国历代诗学批评型态简述[J]．《诗探索》，1994a（1）：166~170.

陈良运．中国诗学批评的发展历程[J]．《江西师范大学学报（哲学社会科学版）》，1994b（3）：41~45.

陈平原．重提两部早该遗忘的小说论 [J].《读书》，1988（4）：79~86.
陈思和．中国新文学整体观 [M]. 上海：上海文艺出版社，1987.
陈思和．中国新文学史研究中的整体观 [A]. 黄修己编．中国现代文学研究方法论集 [C]. 北京：首都师范大学出版社，1994：114~133.
程巍．胡适版的“欧洲各国国语史”：作为旁证的伪证 [J].《北京第二外国语学院学报》，2009（6）：8~20.
杜黎均．文心雕龙文学理论研究和译释 [M]. 北京：北京出版社，1981.
傅莹．中国现代文学理论发生史 [M]. 上海：上海文艺出版社，2008.
胡疆锋．西风东渐 30 年——西方文论与新时期中国文论建设 [J].《当代文坛》，2008（3）：35~37.
姜涛．早期新诗的“阅读问题”[J]. 中国现代文学研究丛刊，2002（3）：182~197.
李菊休．现代小说研究 [M]. 上海：亚细亚书局，1931.
林荣松．“五四”新文化运动中的郑振铎 [J].《新文学史料》，2000（2）：47~52+46.
刘珏．田汉：新剧之诞 [A]. 曾小逸主编．走向世界文学——中国现代作家与外国文学 [C]. 长沙：湖南人民出版社，1985：591~604.
刘炎生．中国现代文学论争史 [M]. 广州：广东人民出版社，1999.
龙泉明．现代性与现代主义 [J].《文艺研究》，1998（1）：80~83.
陆耀东．二十年代中国各流派诗人论 [M]. 北京：中国社会科学出版社，1985.
马永强．文化传播与现代中国文学 [M]. 合肥：安徽大学出版社，2003.
茅盾．中国新文学大系第三集·小说一集 [M]. 上海：上海良友图书印刷公司，1935.
毛庆耆、董学文、杨福生．中国文艺理论百年教程 [M]. 广州：广东高等教育出版社，2004.
钱中文．文学理论：走向交往对话的时代 [M]. 北京：北京大学出版社，1999.

石曙萍 .《知识分子的岗位与追求——文学研究会研究》[M]. 上海：东方出版中心，2006.

宋剑华 . 现代意识与现代文学 [J].《文艺研究》，1998（1）：76~78.

宋永毅 . 李金发：历史毁誉中的存在 [A]. 曾小逸主编 . 走向世界文学——中国现代作家与外国文学 [C]. 长沙：湖南人民出版社，1985：382~408.

谭桂林 . 现代中外文学比较教程 [M]. 长沙：湖南师范大学出版社，2009.

田仲济 . 从一个人看新文学的发展——《我走过的道路》(上）读后 [J].《读书》，1982（9）：29~32.

王丽丽 . 胡风的理论问题解析（上）[J].《中国现代文学研究丛刊》,2003（1）：1~26.

吴功正 . 小说美学 [M]. 南京：江苏人民出版社，1985.

夏仲翼 . 戴望舒：中国化的象征主义 [A]. 曾小逸主编 . 走向世界文学——中国现代作家与外国文学 [C]. 长沙：湖南人民出版社，1985：456~475.

许怀中 . 中国现代文学史研究史论 [M]. 厦门：厦门大学出版社，1997.

许祖华 . 五四文学思想论 [M]. 武汉：华中师范大学出版社，2002.

严锡华 . 二十世纪的中国文艺理论 [M]. 上海：上海三联书店，2000.

杨春时 . 文学的现代性与中国现代文学 [J]. 学术月刊，1998（5）：102~106.

杨春时 . 现代性与中国文学思潮 [M]. 北京：生活 · 读书 · 新知三联书店，2009.

杨义，中井政喜，张中良 . 中国现代文学图志 [M]. 北京：生活 · 读书 · 新知三联书店，2009.

俞兆平 . 创造社与康德美学 [J].《厦门大学学报（哲学社会科学版)》，2001（1）：46~54.

俞兆平 . 中国现代三大文学思潮新论 [M]. 北京：人民文学出版社，2006.

乐黛云 . 比较文学与中国现代文学 [A]. 黄修己编 . 1994. 中国现代文学研究方法论集 [C]. 北京：首都师范大学出版社，1987/1994：289~293.

曾小逸主编 . 走向世界文学——中国现代作家与外国文学 [C]. 长沙：湖南

人民出版社，1985.

张大明编著 . 西方文学思潮在现代中国的传播史 [M]. 成都：四川教育出版社，2001.

张生祥 . 对欧洲认同的几点思考 [J].《欧洲研究》，2005（3）：111~118.

赵景深 . 现代文人剪影 [M]. 武汉：湖北人民出版社，2009.

周发祥 . 西方文论与中国文学 [M]. 南京 : 江苏教育出版社，1997.

结束语

外国文论译介影响下的中国现当代文论：得失与出路

从上世纪初绵延至今的外国文论译介及其对现当代中国文学理论的影响，从译介活动之始就一直是人们积极评议的话题之一。总体而言，对于新文学先驱们通过外国文论译介来建设中国现代文学和文学理论的贡献，肯定的声音历来是不容置疑的。随着西方文学理论的大量输入，各具特色与批评个性的理论家、批评家也得以形成和发展自己的观念学说，如周作人“自己园地”的“趣味说”、沈雁冰的社会历史批评、成仿吾的不断“反省的批评”、梁实秋的新人文主义批评等等，这些批评范式在1917—1927年间就已“初步奠定了中国现代文学批评的格局，表征着中国现代文学批评范式的建立。”（刘进才，2001：136）类似肯定的结论应是当今学界的共识。从前述各章的论述，我们应能看到，自1915年以来在西方文论影响下，由中国现代学人所写的有关文学理论和批评的文章，已经初具西方理性思维的特点，因而成为一种颇为“西化”的理论述说，而不再是中国传统的经验性、体悟式的批评。由此，我们也能看到，西方文论汉译对现代中国文学及理论建设所产生的多重影响。比如，引进西方小说、诗歌和戏剧理论，因而拓展了中国作家的创作视野和技巧，同时也提升了对相关文类的理论研究和批评的水平。以西方文论为楷模，“根据时代的需要，建立逻辑的框架，展开相应的推理，做出肯定或否定的判断”（许祖华，2002：9~10），则使“学术研究从印象式的鉴赏转向科学的归纳、演绎、比较和分析”（周发祥，1997：30），因而，促进了现代意义上的中国文学批评的展开和理论的建设，并使之具备了传统文论所不具备的现代性品格。在西方文学和西方文论译介的整体作用下，中国学者开启了对文学本体的自觉思考，从而使文学研究在现代意义上获得了独立的学术地位。中国自“五四”以降逐渐形成的、有时基于译介、有时介于译介之间的现代文论，“不仅构成了中国现代文学理论与批评区别于近代文学理论与批评的标志，而且也表明，在以西方文论为楷模方面，中国的现代文学理论较之近代文学理论学习得更自觉，吸收得也更为卓有成效”（许祖华，2002：10）。诚然，这样的现代文论既不能完全代表原汁原味的西方文论，也不能算作中国自己的文论。但是，只要读者能够超越语言的界线，具有如前面提及的胡先骕所期待的批评家应有的“博学”，那么，就不难发现这样的文论中时常含有中西合璧的思想光芒。去发现和领会那些依然熠熠生辉的思想及其来龙去脉，应该就像一次精神的漫游，也是理论的溯源。

不过，学界对外国文论在中国译介所产生的影响，也有批评和反对的声音，也一直是文论界争论的重大议题。尤其针对当代西方文论在中国的译介，这种批评的声音尤为尖锐。有学者就认为，对西方五花八门的文论译介导致了“中国文论失语症”（曹庆顺，1996；孙绍振，2001）。如曹庆顺指出，“长期以来，中国现当代文艺理论基本上是借用西方的一整套话语，长期处于文论表达、沟通和解读的‘失语’状态。”（曹庆顺，1996：50）。他说，“自‘五四’‘打倒孔家店’传统文化以来，中国传统文论就基本上被遗弃了，只在少数学者的案头作为‘秦砖汉瓦’来研究”，而“五光十色的西方文学理论，使我们面临着难以选择的困难，就像一个走进超级市场的中世纪的灰姑娘，没有什么可供选择固然悲哀，但选择过多也手足无措。”结果是“别人有的我们都开始有，别人没有的我们也没有。”（曹庆顺，1996：50）当然，持这种批评见解的学者，应该不是要抹杀西方文论对于中国文论的功绩，而是不满于中国文论在接受西方文论之后的无所建树。特别是20世纪80年代以后，国人以更大的热情和规模，译介引进了西方的各种文论。如陈剑晖（1998：88~89）所说，到了80年代中后期，“西方各种文学创作和文学理论如现实主义、浪漫主义、自然主义、象征主义、表现主义、未来主义乃至荒诞小说、魔幻现实主义、新小说以及系统论、信息论、控制论、符号学、叙述学、本体论等等更是轮番上阵，匆匆在中国文坛演习了一遍，从而导致了中国文坛的‘无主潮’局面……。在90年代，我们看到了一系列的‘后’——后新时期、后工业社会、后现代主义、后殖民……还有德里达的‘解构’理论，福柯的‘话语/权力’说，杰姆逊的‘民族寓言’，这些理论以及伴随着经济现代化而来的包括文学、艺术、建筑在内的随处可见的商业包装，便构成了90年代文学艺术领域里的价值平面化景观。”的确，直至今日，中国文论界对于世界上出现的任何一种新的文学理论依然保持着极大的好奇和热情，并凭借当今先进的传播媒介，以及知识界、出版界的积极努力，对外国作品的译介和出版速度，相对于当年，绝对是有过之而无不及。所不同的是，过去没有版权意识，所以期刊上可以发表西方文论的译文；如今，期刊上发表西方文论的译文很少，相关译著必须通过购买版权，经出版社才能面世。在20世纪80年代之前，国内最有影响的西方文论译著应该是伍蠡甫主编的上下两卷本《西方文论选》，1964年由人民文学出版社上海分社出版，成为高校文科教材；1979年又由上海译文出版社出版；后于1988年再版。而我国当代最积极译介西方文论的应是王逢振教授。由他翻译、主编或与他人合译的西方文论专著就有二十几部，如《当代西方文学理论》（[英]特里·伊格尔顿（Terry Eagleton）著，中国社会科学出版社，1988）、《意识与批评：现象学、阐释学和文学的意思》（漓江出版社，1988）、《今日西方文学批评理论：十四位著名批评家访谈录》（漓江出版社，1988）、《最新西方文论选》（漓江出版社，1991）、《批评之路》（[加]诺思洛普·弗莱（Northrop Frye）著，北京大学出版社，1998）、《政治无意识：作为社会象征行为的叙事》（[美]弗雷德里克·詹姆逊（Fredric Jameson）著，中国社会科学出版社，1999）、《向权力说真话：赛义德和批评家的工作》（[美]保罗·鲍威（Paul A.Bove）编，中国社会科学出版社，2003）、《单一的现代性》（弗雷德里克·詹姆逊著，天津人民出版社，2005）、《现象学、阐释学、接受理论：当代西方文艺理论》（[英]特里·伊格尔顿著，江苏教育出版社，2006）、《交锋：21位著名批评家访谈录》（上海人民出版社，2007）、《二十世纪西方文论》（外语教学与研究出版社，2009）、《批评的新视野》（河南大学出版社，2010）；此外还有由王逢振主编的5卷本《詹姆逊文集》译著——《新马克思主义》《批评理论和叙事阐释》《文化研究和政治意识》《现代性、后现代性和全球化》（中国人民大学出版社，2004）和《论现代主义文学》（中国人民大学出版社，2010）；由王逢振主编、漓江出版社出版的年度西方文论选——《2000年度新译西方文论选》《2001年度新译西方文论选》《2002年度新译西方文论选》和《2003年度新译西方文论选》，这些作品都是遴选当今世界文论大家最新佳作，有些文章为首次中文译介，内容覆盖现代性和后现代性、解构主义、后殖民主义、新历史主义、女性主义、文化研究和通俗文化、萨伊德研究、知识分子、文学和批评、大学和知识、现代主义和现代性等等，内容既涉及文化研究理论，也涉及文学作品；既涉及哲学和美学，也涉及当前社会。这些译著为国内学者了解当前西方文论提供了非常及时的帮助。

与这些西方文论译著相伴的还有多位学者、研究者撰写的有关西方文论的论著、专著以及教科书得以出版。尤其突出的是1998—1999年之间山东教育出版社出版的、王岳川主编的《20世纪西方文论研究丛书》，共9册，包括《“新马克思主义”文论》(马驰，1998)、《精神分析文论》(陆扬，1998)、《接受反应文论》(金元浦，1998)、《女权主义文论》(张岩冰，1998)、《现象学与解释学文论》(王岳川，1999)、《后殖民主义与新历史主义文论》(王岳川，1999)、《后结构主义文论》(方生，1999)、《形式主义文论》(方珊，1999)、《存在主义文论》(李钧，1999)。其他著名学者如朱立元、孟庆枢、童庆炳、王一川、赵一凡等也有多部专著出版。根据国家图书馆馆藏书目的不完全统计，从20世纪90年代以来，仅以“西方文论”冠名的专著，不包括译著在内，就不下百十部。以“文学理论”冠名的专著则在500部左右。以“中国文学理论”为题的专著有40多部。

但是，我们在译介并了解了如此之多的外国文论之后，到了上世纪90年代似乎仍未摆脱文论失语、缺乏自主性的尴尬。对于中国应该如何建构或者重建自己的文论话语，使之具有自身的自主性和主体性，学界展开了积极讨论。但基于不同的立足点，学者们在建构之本和建构之法方面仍是有所分歧的。有的学者如朱立元（2000：5）就认为，“建设、发展新文论须以现代文论传统作为优先或主要的选择对象，而不能以古代文论为本根；‘五四’以来的现代文论经过不断变革发展，形成了一个不同于古代文论的具有新质的传统，同时，这个动态过程还将继续下去；21世纪的中国文论应该走‘立足当代，今古对话，中西融通，综合创造’的路。”而有些学者则倡导以古代文论为根本，再汲取现代文论中的有益成分来建构当代文论。(高文强，2008：90）基于此，就出现了关于建构中国当代文论的不同方法和路径，归纳起来主要有古代文论现代转换、西方文论中国化和中西文论交往与对话三种。

“古代文论现代转换”的思路最早是钱中文提出的。他认为，中国当代文论的建设面对三个传统，即我国“五四”以后的文学理论传统、我国古代文学理论和外国文学理论传统。“没有对古代文学理论的认真继承与融合，我国当代文学理论实际上很难得到发展，获得比较完整的理论形态。”（钱中文，1996：15）从钱中文后来的研究中可见，他注重对中国古代文论的发掘，是因为他认为，中国古代文论“确有自己的特征”，“是个宝库，就其丰富性与独特性来说，它与西方古代文学理论相比较，可说是二美俱在，两难并存，各领风骚”。因此如能最大限度地利用中国古代文学理论的丰富资源，使中外文学理论共享，那将是中国文论对世界文论的一种反哺。（钱中文，2001：158）曹顺庆和李思屈对中国古代文论的古为今用也寄予了颇高的期待，希望能在与西方文论的对话中凸现中国特色。他们的文章《重建中国文论话语的基本路径及其方法》因而强调要发掘整理中国传统文论话语，恢复我国传统文论中的核心概念和基本范畴，并且设想，“在具体的做法上，我们可以从讨论文学的基本问题入手，围绕不同话语都共同涉及的文学基本问题展开对话”，因为他们认为，“无论中西方文学理论话语在概念、范畴上及其基本言说方式上存在着多大的差异，其话语所指涉的对象和话语的功能却是大体相同的，作为某种文学理论话语，它们都是对文学艺术现象的言说，都是对艺术、人生的关系，对艺术审美现象的探讨。这就是两种话语的根本一致性，就是不同话语进行对话的坚实基础。”（曹顺庆、李思屈，1996：17）。或者，如其他学者所说，“转换”应以古代文论的人文精神、思想气质和话语方式为根基，通过“对古代文论进行辨析、选择、阐释和创新，从而化古为今，建构一种新型的中国文论”。（转引自高文强，2008：90）当然，要实现这一转换，绝非易事。困难之一是，“古代文论在当代文艺学中除了起到一点装饰作用外，基本失去了发言的权利”（高文强，2008：89）；困难之二是，“中国古代文论无力完整地阐释一大批现代的本土作家，例如鲁迅、巴金、茅盾，或者余华、张承志、残雪。”（南帆，1999：78）因此，如高文强所言，在中国古代文论和现当代文论之间如要进行对接，还有很大距离。这是因为“中国古代文论主要以重体悟、轻体系，概念范畴具有模糊和不确定性为主要特点”，而中国现当代文论则“是在西方文论的示范和影响下形成的”，是以“遵循严密的形式逻辑推理，构建宏大的概念范畴体系”为基本特征的。事实上，在古代文论现代转换说的提法背后，不难看出潜含着的“当前文艺理论研究中的一种客观状况：古代文论研究与现代文论研究的严格分野”（高文强,2008：90）。大多古代文论学者倡导以古代文论为根本，再汲取现代文论中的有益成分来建构当代文论。而当代文论学者一般以现代文论传统为出发点，强调以现代文论传统为根本、再汲取古代文论中的有益成分，“努力发掘其中今天仍有生命力的东西，或者通过现代阐释转化为具有当代意义和价值的观念、思路等”，然后融入现代文论传统之中从而创造出新的中国文论。可以看出就“转换”的最终目标而言两种思路是完全一致的，所不同者只是在于“转换”中是以古代文论传统为准则还是以现代文论传统为准则（转引自高文强，2008：90）。

继“古代文论现代转换”之后，以当代文论研究为主的学者，如王宁（2000：17~18）、张峰（2002：60~65）等，又提出了“西方文论中国化”的思路。其中曹顺庆和谭佳（2004：120）的观点比较有代表性。他们认为，这是“‘融汇中西’、‘杂语共生’的必然路径”，“是又一条具有可操作性的中国当代文论建构的有效途径”。它可分两个阶段，第一是西方文论中国化的初涉阶段，主要包含西方文论的跨语际译介和传播。但根据赛义德的“理论旅行”说，以及语言译介中不可避免的阐述与误读的结果，“一种文学理论译介之后被再理解和再吸收，在一定程度上就具有‘他国化’的特征”（2004：123）。第二阶段就是要让“西方文论与中国自己独特的传统言说方式相结合，并以中国的学术规则为主来加以创造性地吸收，并切实有效地用于中国当代的文学创作和批评实践。”唯此，才能真正实现西方文论的中国化，从而推动中国文论话语体系的建设（2004：120）。他们以王国维和钱钟书等人为例，证明了西方文论中国化的可能性。这些学界泰斗，虽然凤毛麟角，但是他们“合理运用中西方文化资源”“极大地发展和丰富了本国的理论”；“他们既未在西学思潮下‘失语’，同时又为本民族文化发展做出了自己特有的贡献。他们所走的路正是以中国文论话语为主，创造性地将西方文论中国化，而非俯首称臣，让西方文论‘化中国’”（2004：122）。在具体的操作层面上，曹顺庆和谭佳认为，“在西方诗学全面取代中国传统诗学并已出现‘失语’危机的情形下，应试让传统诗学的学术规则成为吸收和融汇的平台，让外来理论和现代诗学在这个平台上与中国的话语系统、学术规则相互补充，互为启发。”因此他们提出了一系列方法，比如，在寻找和理解民族文化传统的源头和根基时，可以通过异同比较法来将我们自己的独特价值呈现出来；也可使用双向阐发法来检验西方文论的有效性和本土的实效性；或者通过对话研究来寻求双方的碰撞和沟通点。总之，在面对完全“异质”的外来理论形态时，“我们要善于从中弥补传统文论思维方式的不足，让之成为具有现代意义的批评方法。对于有“可结合性”的理论样态，我们更要以此为平台，为中国传统文论的现代转化找到新的平台和生发点”。西方文论中国化应该本着这个原则，建立和发展符合中国学术规则的新的理论话语。（2004：125~126）

还有一种观点认为，要建构当代中国文论，必须实现中西文论之间的交往与对话。实际上，这一观点的形成得益于上世纪 90 年代以后直至现在，我国文学理论批评界的不断反思和自我批评，也可以说代表了当今中国文论界的共识：唯有努力通过“真正的、平等的、深度的中西方文论的对话”，对之“进行补充、修正、改造、衍生、甚至全部或部分地颠覆”，才能实现对中国文学理论的创造性的建构。（孙绍振：2001 ：71）而在钱中文看来，中西文论的交往与对话，“表层的意义当然在于双方互通有无、相互学习，但是其深层意义，则是为了我们自己的复苏与生存。”（钱中文 2001 ：154）“不同国家之间的文学理论批评进行交往与对话，利用交往、对话中的‘外位性’，使自己融入他者的文化，进而使用他者的目光来反观自身，可以观照自身的不足；可以从他者获取新的知识，吸收新的有用成分，从而在一些问题上，修正失误，达到共同的理解。”（钱中文 2001：156）

事实上，以上有关重建中国文论话语的不同观点，是在不同的阶段经过学界讨论和思考之后，先后提出来的。自 20 世纪 90 年代中期以来，在如何建设当代中国文论话语这个问题上，无论是提倡古代文论现代转换，还是西方文论中国化，或是中西文论交往与对话，大家都面对着钱中文所说的三个文论传统——我国“五四”以后的文学理论传统、我国古代文学理论传统和外国文学理论传统，同时也已注意到了这三种传统之间，或者更简单一点讲，是中西文论之间应该保持的一种合理关系。这就是互补、对照、共存的关系，而不是我们曾经经历过的那种一边倒的关系：要么接受文化霸权主义的统治，从而使我们的文学理论成为附庸，要么实行文化孤立主义，从而又使我们故步自封，与世隔绝，拒绝了有着真正普遍意义的东西。（钱中文，2001 ：159）经过不断的批评审视，大家认识到，“文学理论体系应是一个包含和融会各种思想、观念、理论和方法的多元知识系统。因此，回到中国文论的核心价值与尊重西方文论的现代标准两者并非完全对立，而是可以共存的。”（高文强，2008 ：92）因此，进行当代文论话语建设，不可一味照搬以前的中国传统学术话语，也不可完全照搬西方话语系统；“它必须在具有中国文化精神的同时，而又吸收作为全人类文化成就的新型话语系统。在必须既面对中国传统学术话语和西方话语系统资源的情况下，‘重建’的关键是怎样处理二者之间的关系，即如何看待当代西方文论在中国的种种现状，如何面对铺天盖地而来的西方各种主义与各种流派，如何才能既合理吸收西方文论，同时又不至‘失语’。”（曹顺庆、谭佳，2004：121~122）也有学者提出，我们可以“将去西方中心主义与学习西方都同时一起‘工具化’，‘修辞化’，即‘衬托’、‘模拟’与‘对照’。去西方中心主义，是为了‘衬托’出中国的特点，更求真求实，更细致地发现问题。而学习西方，则一方面是通过‘模拟’的手段来提升或加强中国的优点，以发掘传统的文论资源。另一方面是以‘对照’的方法看出中国哪些方面有问题。”（胡晓明，2005：5）总之，历史的教训已使我们学会了二元、甚至多元元素的合理结合与并存，而不是简单机械的对立或排斥。

那么，经过这些年来的努力，中国文论究竟取得了什么成就？或者究竟达到了怎样的境界？学界从不同的学术立场再一次给出了不同的解答。在钱中文（2001：158）看来，自90年代以来，中国文学理论在中外文化的交往与对话中，一方面“摆脱了政治的束缚，批判了过去文学理论在观念、功能上的僭越与反科学，”另一方面又“使得双方对文学理论研究有了完整的理解，从而出现了理论探讨对象、问题的共同性，逐渐走向了真正的对话”，因此中国文学理论在当代取得的最大成就就是“初步建立了自身的学理性、主体性”。但是王宁则更多地看到了中西文化和文论交流为中国文论所注入的异质因子，他认为“经过五四新文化运动的洗礼，中国现代文学的理论话语已经成为一种自满自足的、‘不中不西’的混杂体：它既不属于中国的传统，也不完全是西方的‘舶来品’，而是传统的中国文化和文论与西方文化和文论的交往和对话而产生出来的一个‘第三种’

成分。”（郭军，2003：105）王宁的观点实际上在肯定中国文论自主性的同时，凸显了中国文论因深受外来影响而生成的混杂性。这种表述应该说是符合中国文论发展的真相和实质的。试看童庆炳主编的《文学理论新编》（北京师范大学出版社，2005/2010）、李春青的《在审美和意识形态之间》（北京大学出版社，2006）、杨春时的《文学理论新编》（北京大学出版社，2007）、陶东风主编的《文学理论基本问题》（北京大学出版社，2007），以及王宁主编的《文学理论前沿》（北京大学出版社）从2004年开始一直到2011年，已连续出版8部，估计往后还会有续集；再有中国作家协会理论批评委员会编辑的《中国文学理论批评文选》（作家出版社），从2001年至2009年，已出版4部。其他学者的研究成果不一而足。从这些力作，我们不难发现，西方文论已不再是中国学者进行理论思考的唯一资源和价值取向，也不是他们思维活动的主要背景或框架。相反，我们可以看到，更多的是中国学者融合中西文论思想所开展的自己的思考，而且是结合中国自身文学传统和现状的理论性、建设性的思考。读这样的著作，再对比“五四”前后的外国文论译介文章，谁也无法否认中国现当代文论界，已然从当年的青涩学步逐步迈向现在的稳健进步。

王锦厚在《五四新文学与外国文学》一书中曾指出，“吸收外来文化，最重要的主要是选择、消化。一般说来，要消化一种外来文化，须经过翻译、介绍、研究三个阶段，模仿、选用、融汇三条途径，最后达到吸收、消化、创造三种境界！”（1996：77）从“五四”至今的近一个世纪的外国文论译介史，我们对外国文论的译介从未有过完全的停歇；我们也已见证了中国文论所经历的这“三个阶段”和“三条途径”。但是，对于那三种境界，尤其是“创造”，我们确实还不能说已经达到或者做到了。有人看到了我们在世界文学中仍然没有文论话语权。我们以为，那只是看到了问题的表象。更深层的原因，可能还得归结到我们是否真正拥有了“五四”先驱者们所追求和倡导的“独立之精神，自由之思想”。中国文论在世界上的话语权需要靠我们自己的声音、我们自己的具有创新意义的思想去获得。任何焦虑是无济于事的。这意味着，中国文论的研究者们还需做出更大的努力，直到有一天其他国家的文论家开始聆听我们的文论言说。

参考文献

曹顺庆、李思屈．重建中国文论话题的基本路径及其方法 [J].《文艺研究》，1996（2）：12~21.

曹顺庆、谭佳．重建中国文论的又一有效途径：西方文论的中国化 [J].《外国文学研究》，2004（5）：120~127.

曹顺庆．文论失语症与文化病态 [J].《文艺争鸣》，1996（2）：50~58.

陈剑晖．现代性：百年文学的艰难历程 [J].《文艺研究》，1998（1）：87~89.

高文强．失语・转换・正名——对现代文论十年转换之路的回顾与追问 [J].《长江学术》，2008（2）：88~92.

郭军．面对西方理论，我们能做什么？——理论问题访谈录 [J].《外国文学研究》，2003（1）：104~107.

胡晓明．中国文论的正名——近年中国文学理论研究的“去西方中心主义”思潮 [J].《西北大学学报》，2005（5）：5~15.

刘进才．1917—1927：现代文学批评范式的初步确立 [J].《广东社会科学》，2001（5）：136~140.

南帆．中国古代文论：“失语”与阐释功能 [J].《人文杂志》，1999（5）：77~78.

钱中文．会当凌绝顶——回眸二十世纪文学理论 [J].《文学评论》，1996（1）：5~17.

钱中文．文学理论：走向交往与对话 [J].《中国社会科学》，2001（1）：152~159.

孙绍振．从西方文论的独白到中西文论对话 [J].《文学评论》，2001（1）：71~78.

王锦厚．五四新文学与外国文学 [M]. 成都：四川大学出版社，1996.

王宁．西方当代文学批评在中国 [M]. 天津：百花文艺出版社，2000.

许祖华．五四文学思想论 [M]. 武汉：华中师范大学出版社，2002.

乐黛云．比较文学与中国现代文学 [A]. 黄修己编．中国现代文学研究方法论集 [C]. 北京：首都师范大学出版社，1987/1994：289~293.

张峰．试论西方现当代文学理论的"中国化" [J].《福建外语》，2002（1）：60~65.

周发祥．西方文论与中国文学 [M]. 南京：江苏教育出版社，1997.

朱立元．走自己的路——对于迈向 21 世纪的中国文论建设问题的思考 [J].《文学评论》，2000（3）：5~14.